A última Tudor

PHILIPPA GREGORY

A última Tudor

Tradução de
José Roberto O'Shea

1ª edição

EDITORA RECORD
RIO DE JANEIRO • SÃO PAULO
2019

CIP-BRASIL. CATALOGAÇÃO NA PUBLICAÇÃO
SINDICATO NACIONAL DOS EDITORES DE LIVROS, RJ

G833u

Gregory, Philippa, 1954-
A última Tudor / Philippa Gregory; tradução de José Roberto O'Shea. – 1ª ed. – Rio de Janeiro: Record, 2019.

Tradução de: The Last Tudor
Sequência de: Três irmãs, três rainhas
ISBN 978-85-01-11741-0

1. Ficção inglesa. I. O'Shea, José Roberto. II. Título.

CDD: 823
CDU: 82-3(410.1)

19-59710

Vanessa Mafra Xavier Salgado – Bibliotecária – CRB-7/6644

TÍTULO ORIGINAL:
THE LAST TUDOR

Publicado mediante acordo com a editora original, Touchstone, uma divisão da Simon & Schuster, Inc.

Texto revisado segundo o novo Acordo Ortográfico da Língua Portuguesa.

Direitos exclusivos de publicação em língua portuguesa somente para o Brasil adquiridos pela
EDITORA RECORD LTDA.
Rua Argentina, 171 – Rio de Janeiro, RJ – 20921-380 – Tel.: (21) 2585-2000,
que se reserva a propriedade literária desta tradução.

Impresso no Brasil

ISBN 978-85-01-11741-0

EDITORA AFILIADA

Seja um leitor preferencial Record.
Cadastre-se no site www.record.com.br
e receba informações sobre nossos lançamentos e nossas promoções.

Atendimento e venda direta ao leitor:
sac@record.com.br

Para minha irmã

AS CASAS TUDOR E STUART EM 1550

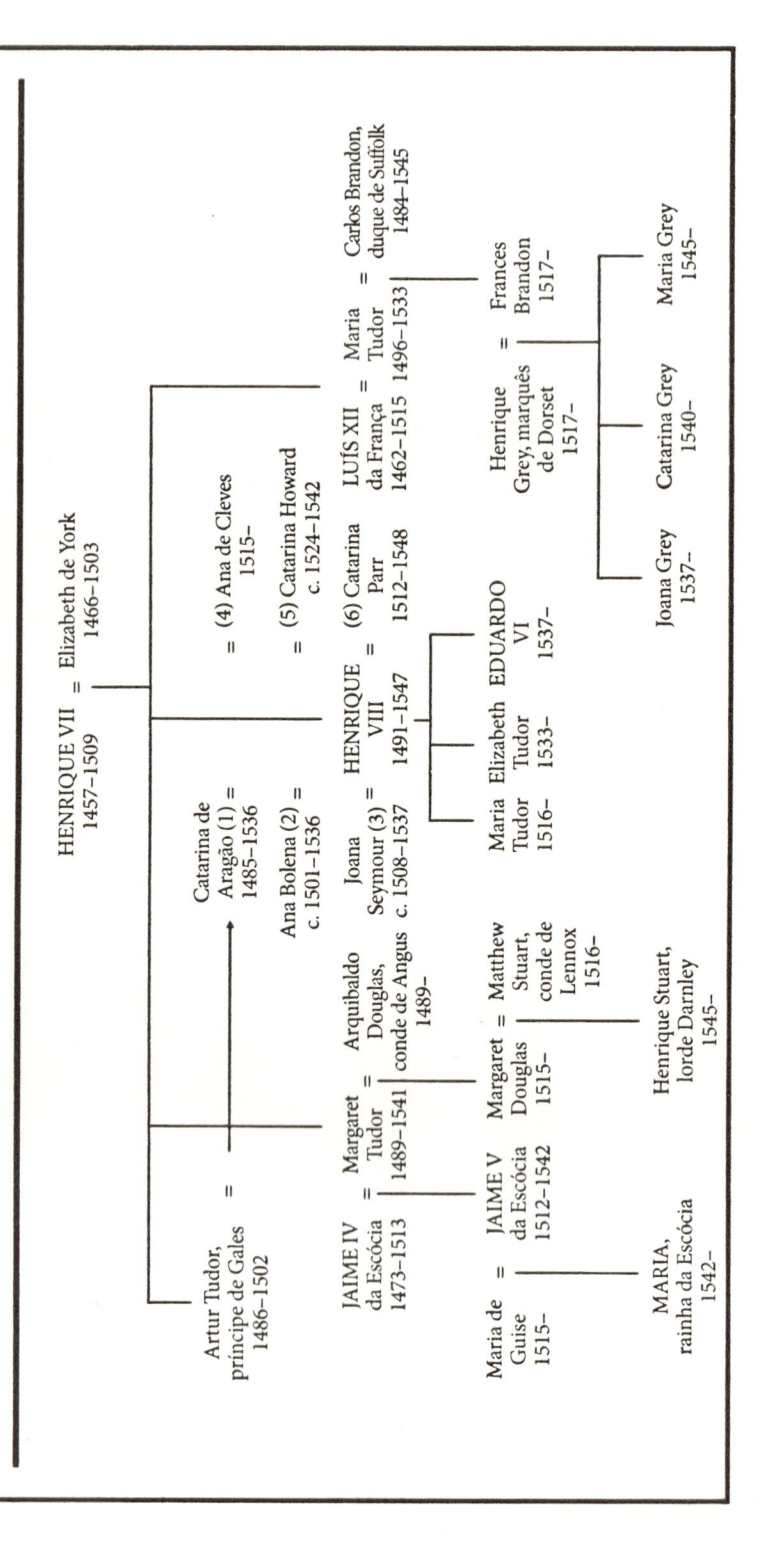

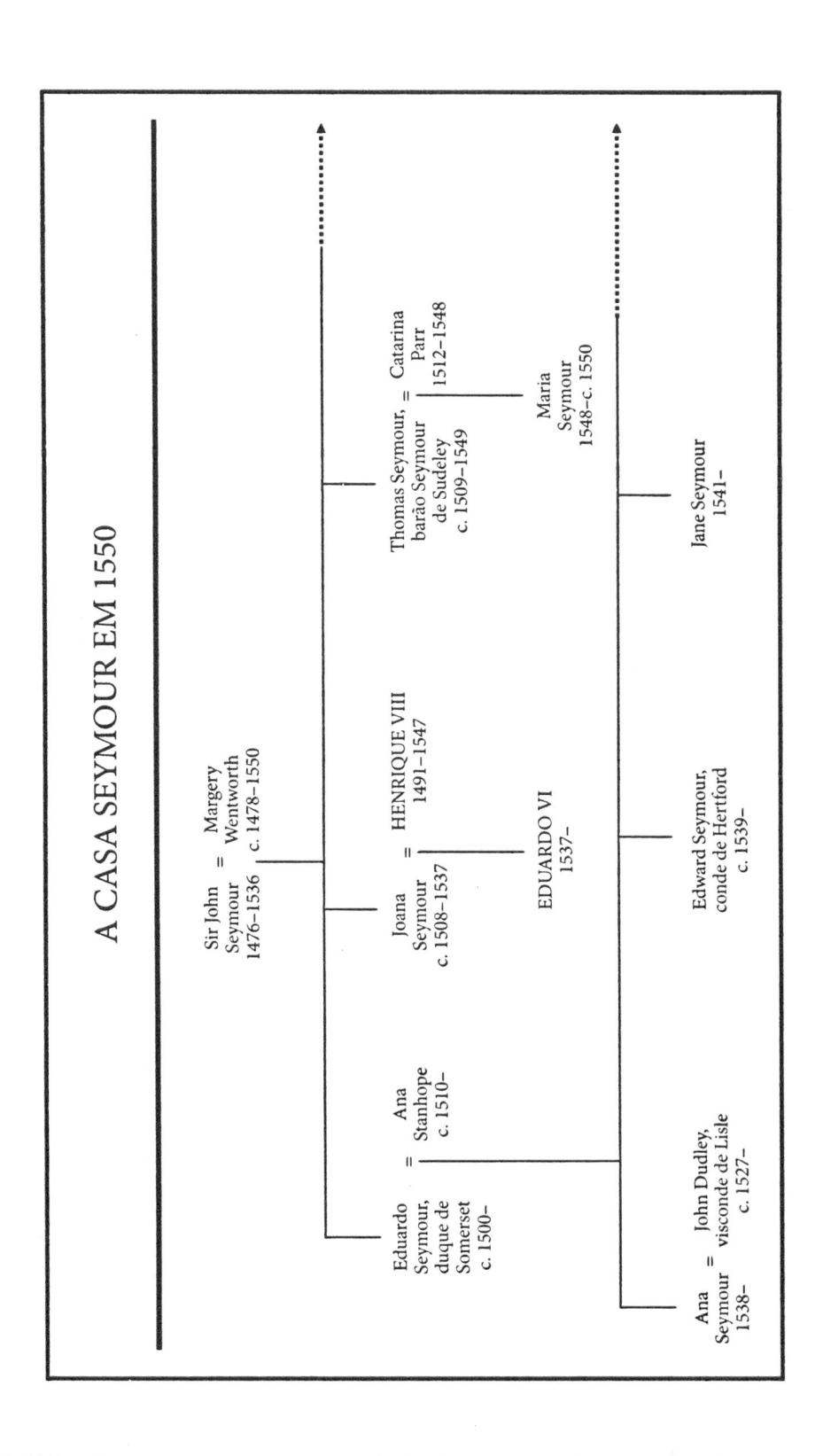

A CASA SEYMOUR EM 1550

Sir John Seymour 1476–1536 = Margery Wentworth c. 1478–1550

Eduardo Seymour, duque de Somerset c. 1500– = Ana Stanhope c. 1510–

Joana Seymour c. 1508–1537 = HENRIQUE VIII 1491–1547

Thomas Seymour, barão Seymour de Sudeley c. 1509–1549 = Catarina Parr 1512–1548

EDUARDO VI 1537–

Ana Seymour 1538– = John Dudley, visconde de Lisle c. 1527–

Edward Seymour, conde de Hertford c. 1539–

Jane Seymour 1541–

Maria Seymour 1548–c. 1550

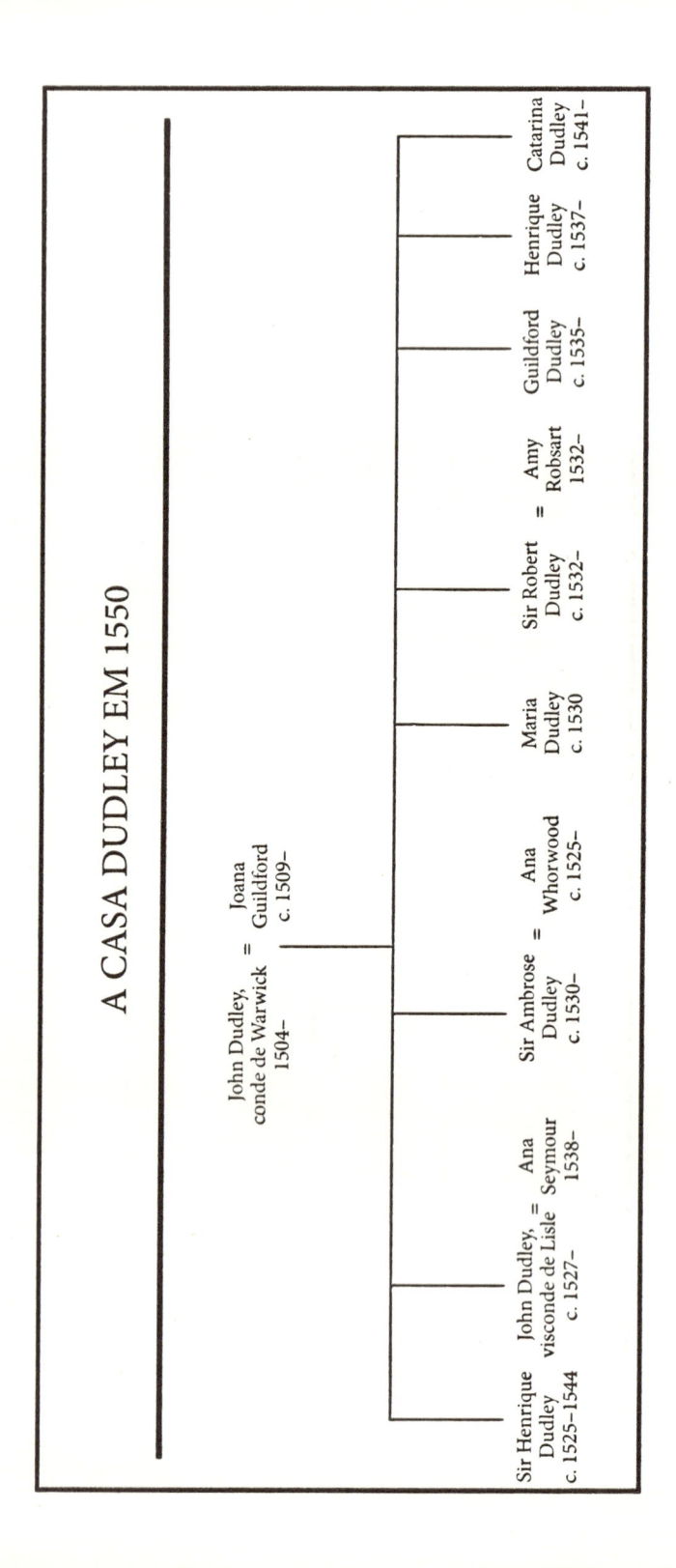

A CASA DUDLEY EM 1550

John Dudley,
conde de Warwick
1504–
=
Joana
Guildford
c. 1509–

Sir Henrique
Dudley
c. 1525–1544

John Dudley,
visconde de Lisle
c. 1527–
=
Ana
Seymour
1538–

Sir Ambrose
Dudley
c. 1530–
=
Ana
Whorwood
c. 1525–

Maria
Dudley
c. 1530

Sir Robert
Dudley
c. 1532–
=
Amy
Robsart
1532–

Guildford
Dudley
c. 1535–

Henrique
Dudley
c. 1537–

Catarina
Dudley
c. 1541–

LIVRO I

JOANA

Bradgate House, Groby, Leicestershire, Primavera de 1550

Amo meu pai porque sei que ele jamais morrerá. Tampouco eu morrerei. Somos escolhidos por Deus e seguimos por Seus caminhos, e de tais caminhos jamais nos desviamos. Não precisamos conquistar nosso lugar no reino do céu subornando Deus com atos ou missas. Não precisamos comer pão e fingir que é carne, beber vinho e chamá-lo de sangue. Sabemos que isso é tolice para os ignorantes e ardil para os tolos papistas. Esse conhecimento é nosso orgulho e nossa glória. Entendemos, assim como um número crescente de pessoas nos dias de hoje, que fomos salvos para todo o sempre. Não tememos, pois jamais vamos morrer.

A bem da verdade, meu pai é mundano — pecaminosamente mundano. Eu gostaria que ele me deixasse lutar por sua alma, mas meu pai ri e diz: "Vai, Joana, e escreve aos nossos amigos, os reformistas suíços. Devo-lhes uma carta; podes escrever por mim."

É errado ele se esquivar do discurso sagrado, mas isso se trata apenas do pecado da desatenção — sei que o coração e a alma dele estão com a verdadeira religião. Além do mais, preciso me lembrar de que ele é meu pai, e devo obediência ao meu pai e à minha mãe — a despeito de minha opinião a respeito deles. Deus, que tudo vê, há de julgá-los. E Deus vira meu pai e já o perdoara; meu pai fora salvo pela fé.

Receio que minha mãe não será salva do fogo do inferno, e minha irmã Catarina, três anos mais jovem que eu, uma criança de 9 anos, com quase certeza morrerá e jamais ressuscitará. É incrivelmente frívola. Se eu fosse uma tola supersticiosa, haveria de crer que está possuída; é um caso perdido. Minha irmã caçula, Maria, nasceu com o pecado original e não parece capaz de crescer para se livrar dele. Ela é minúscula. É bela feito uma miniatura de nossa irmã Catarina, pequenina feito uma boneca. Milady minha mãe queria despachá-la, ainda bebê, para longe de nós e nos poupar da vergonha, mas meu pai se compadeceu do rebento atrofiado, e ela permaneceu conosco. Nada tem de tola — faz bem suas lições; é uma menininha inteligente —, mas não percebe a graça de Deus; ela não é um dos eleitos, ao contrário do meu pai e de mim. Uma pessoa como ela — cujo crescimento físico foi prejudicado por Satanás — deveria buscar a salvação com um fervor especial. Suponho que uma criança de 5 anos seja jovem demais para renunciar ao mundo — mas eu já estudava latim aos 4, e Nosso Senhor tinha a idade que tenho hoje quando foi ao templo e pregou aos sábios. Se não se aprende o caminho do Senhor ainda no berço, quando se começa a fazê-lo?

Eu estudo desde criança. É bem provável que eu seja a jovem mais instruída do reino, criada na religião reformada, o credo escolhido pela grande erudita, a rainha Catarina Parr. Entre os jovens da Europa, é provável que eu seja a maior estudiosa; com certeza, sou a menina mais educada. Não considero minha prima, a princesa Elizabeth, uma verdadeira estudiosa, pois muitos são chamados, mas poucos são escolhidos. A pobre Elizabeth não demonstra sinais de estar entre os eleitos, e seus estudos são demasiado mundanos. Ela quer ser considerada brilhante, ela quer agradar aos preceptores e se exibir. Mesmo eu preciso cuidar para não cair no pecado da soberba, embora minha mãe diga, de maneira ríspida, que eu deveria cuidar para não cair no completo ridículo. Porém, quando lhe digo que está em pecado, ela puxa minha orelha e ameaça me bater. Eu de bom grado levaria uma surra em consequência de minha fé, a exemplo de santa Anne Askew, mas creio que Deus prefira que eu peça desculpa, faça uma reverência e me sente à mesa do jantar. Além do mais, o cardápio inclui torta de pera com *crème brûlée*, meu prato predileto.

Não é nada fácil ser um farol da virtude em Bradgate. Trata-se de uma casa mundana, que conta com vasta criadagem. Construída com tijolos vermelhos, como os do palácio de Hampton Court, Bradgate é uma edificação imponente, com uma guarita tão grande quanto a do palácio, em meio à imensa floresta de Charnwood. Temos pleno direito à grandiosidade real. Minha mãe é filha da princesa Maria, que foi rainha da França e a irmã preferida de Henrique VIII; portanto, minha mãe é herdeira do trono da Inglaterra, na sequência das filhas do falecido rei, minhas primas, as princesas Maria e Elizabeth, herdeiras do irmão caçula, o rei Eduardo. Isso nos torna a família mais importante da Inglaterra, fato do qual jamais nos esquecemos. Mantemos a casa repleta de serviçais, mais de trezentos, para atender a nós cinco; somos proprietários de um estábulo, repleto de belos cavalos, e dos bosques ao redor da casa, além de fazendas, vilarejos, rios e lagos situados no coração da Inglaterra. Temos nosso próprio urso, enjaulado no estábulo, nosso próprio fosso, onde o urso luta contra cães ferozes, e nossa própria rinha de galos. Nossa casa é uma das maiores da região central da Inglaterra; temos um salão com um balcão para músicos em uma extremidade e um tablado real na outra. Os campos mais belos da Inglaterra são nossa propriedade. Cresci sabendo que todas essas terras me pertencem, assim como nós pertencemos à Inglaterra.

Evidentemente, entre milady minha mãe e o trono há três crianças: Eduardo, o rei, que como eu tem apenas 12 anos e que governa por meio de um lorde regente, e suas irmãs mais velhas, a princesa Maria e a princesa Elizabeth. Por vezes, as duas princesas não são consideradas herdeiras, visto que ambas foram chamadas de bastardas e rejeitadas pelo próprio pai. Sequer seriam incluídas na família real, não fosse a bondade cristã de minha preceptora, Catarina Parr, que as levou à corte e promoveu sua aceitação. Ainda pior, a princesa Maria (que Deus a perdoe) se declara abertamente papista e herege; e, embora eu deva amá-la como prima, é um horror, para mim, visitá-la em sua casa, onde ela observa as horas litúrgicas como se residisse em um convento e não em um reino reformado, visto que toda a Inglaterra, sob o jugo do rei Eduardo, é hoje protestante.

Eu não falo sobre a princesa Elizabeth. Jamais o faço. Desfrutei até demais da companhia dela, quando ambas morávamos com a rainha Catarina e seu jovem marido, Thomas Seymour. Digo apenas que Elizabeth deveria se envergonhar de si mesma e que terá de responder diante de Deus pelo que fez. Eu vi tudo. Eu estava lá e assisti ao assédio, às brincadeirinhas e à libertinagem com o marido da própria madrasta. Ela conduziu Thomas Seymour — um grande homem — à imprudência e à morte. Foi culpada de luxúria e adultério — se não na cama, no coração. É tão culpada pela morte dele, que é como se o houvesse denunciado traidor e o tivesse enviado ao cadafalso. Permitiu que ele se considerasse seu amante e seu marido e que ambos se vissem como herdeiros do trono. Talvez não tenha falado nesses termos, exatamente, mas não precisava ser tão explícita. Eu vi o jeito como se comportava, e sei o que ela o incitou a fazer.

Mas não, não julgo. Não julgarei. Jamais o faço. Isso é atribuição de Deus. Devo manter o pensamento recatado, o olhar baixo e ter compaixão, de pecadora para pecadora. Mas tenho certeza de que Deus não pensará nela quando ela estiver no fogo do inferno, rezando tarde demais por sua falta de castidade, por sua deslealdade, por sua ambição. Deus e eu teremos piedade dela e a deixaremos em seu castigo eterno.

Seja como for, visto que as princesas Maria e Elizabeth foram ambas declaradas ilegítimas e são ambas flagrantemente inadequadas ao trono, essas meias-irmãs do rei Eduardo têm menos direito à coroa que a filha da rainha Maria, a irmã predileta do rei Henrique, ou seja: minha mãe.

E essa é a razão, a razão precípua, da importância do estudo da religião reformada e do desprezo pelo brilho e pela pompa. Por isso ela deve evitar banquetes e bebedeiras, só deve dançar com as damas mais castas da casa e não deve correr pelos campos o dia inteiro montada em seu excelente cavalo, caçando o animal da estação como se fosse uma fera esfaimada. Nos grandes bosques em torno de nossa propriedade ecoam as trombetas de suas caçadas, os prados são revirados em busca de animais. Cães morrem no fosso do urso, novilhas são abatidas do lado de fora da cozinha. Receio tanto que ela seja depravada (os Tudor são extremamente depravados), sei que é orgulhosa (os Tudor já nascem tiranos), e qualquer um pode ver que é extravagante e venera o exibicionismo mundano.

Eu deveria repreendê-la, mas, quando menciono ao meu preceptor que estou criando coragem para dizer à minha mãe que ela é culpada ao menos de soberba, ira, gula, luxúria e cobiça, ele me responde, apreensivo, "Lady Joana, francamente, é melhor não fazer isso", e sei que tem medo dela, assim como todo mundo — inclusive meu pai. Isso já demonstra que ela é culpada de uma ambição que não condiz com sua natureza feminina, assim como é culpada de tudo o mais.

Eu sentiria tanto medo quanto os demais, todos uns fracos, mas sou sustentada por minha fé. Sou, deveras. Isso não é fácil para quem segue a religião reformada. É fácil para os papistas sentir coragem — cada um daqueles tolos conta com vários objetos que promovem instrução e incentivo: as imagens na igreja, os vitrais, as freiras, os padres, o coro, o incenso, o vinho, que acreditam ser salgado por causa do sangue. Mas tudo isso é pura vaidade e frivolidade. Sei que sou sustentada por minha fé porque me ponho de joelhos, em uma capela fria, silenciosa e pintada de branco, então ouço a voz de Deus falar comigo, singela como a de um pai amoroso. Leio minha Bíblia sozinha — ninguém a lê para mim —, então ouço a Palavra de Deus. Rogo por sabedoria e, quando falo, sei que o faço com palavras bíblicas. Sou serva e porta-voz do Senhor — e por isso acho muito errado quando minha mãe esbraveja: "Pelo amor de Deus, sai da minha frente com essa cara de sofredora e vai participar de uma caçada, antes que eu mesma te cace até que saia desta biblioteca!"

Muito errado. Rogo a Deus que a perdoe, assim como eu a perdoo. Mas sei que Ele não há de esquecer os insultos a mim dirigidos, pois sou Sua serva; tampouco eu esquecerei. Pego um cavalo no estábulo, mas não vou à caça. Em vez disso, cavalgo ao lado de minha irmã Catarina, seguidas por um cavalariço. Podemos cavalgar o dia todo, em qualquer direção, sem jamais sair de nossas terras. Galopamos por prados e circundamos campos onde a aveia cresce verde e viçosa; atravessamos vaus e deixamos os cavalos beber a água cristalina. Somos rebentos da família real inglesa, felizes nos campos ingleses, abençoadas por nosso legado.

Hoje, por algum motivo, minha mãe está toda sorridente, e recebi ordens para usar meu vestido novo, que chegou de Londres na semana passada, um traje de veludo vinho, com capuz e mangas pretas, pois temos convidados ilustres para o jantar. Pergunto a nosso lorde camerlengo quem virá, e ele informa que se trata do lorde protetor, Edward Seymour, duque de Somerset. Estava detido na Torre, acusado de traição, mas havia sido libertado e retornara ao Conselho Privado. São perigosos esses tempos em que vivemos.

— E vai trazer o filho — acrescenta o lorde camerlengo, atrevendo-se a dar uma piscadela para mim, como se eu fosse uma menina fútil, que se entusiasmasse com a notícia.

— Ah, que ótima notícia! — responde minha fútil irmã Catarina.

Deixo escapar um suspiro que traduz paciência e digo que estarei lendo, em meu quarto, até chegar a hora de me vestir para o jantar. Se eu fechar a porta que separa meu quarto de nossa sala particular, talvez Catarina perceba a insinuação e não entre.

Não é o que acontece.

Passado um instante, ouço uma batidinha à porta forrada de linho, e ela coloca a cabeça alourada em meu quarto e diz:

— Ah! Você está estudando?

Como se eu fizesse algo além de estudar.

— Certamente era minha intenção, quando fechei a porta.

Ela se mostra surda diante da ironia.

— Por que você acha que o duque de Somerset vem aqui? — pergunta ela, entrando no quarto sem ser convidada.

Maria vem logo atrás, como se meus aposentos fossem a sala do trono e qualquer indivíduo adequadamente trajado pudesse passar pelo sargento-porteiro.

— Você vai entrar aqui com esse macaquinho nojento? — Eu a interrompo ao ver o animal empoleirado em seu ombro.

Ela reage como se a pergunta a chocasse.

— Claro que vou. O sr. Careta me acompanha aonde eu for. A não ser quando eu visito o pobre do urso. Ele tem medo do pobre do urso.

— Bem, ele não pode entrar aqui e estragar meus livros.

— Ele não vai estragar. Vai ficar sentado no meu colo. O sr. Careta é muito bonzinho.

— Leve ele embora.

— Não.

— Leve ele embora; estou mandando.

— Você não manda em mim.

— Eu sou a mais velha, e estes aposentos são meus...

— Eu sou a mais bonita, e estou lhe fazendo uma visita de cortesia...

Fechamos a cara, uma para a outra. Ela me indica a corrente de prata presa em volta do pescoço escuro e magricela do bicho.

— Joana, por favor! Eu seguro ele bem firme — promete ela.

— Deixa que eu seguro ele pra você! — oferece Maria, e agora tenho as duas querendo segurar o macaco, que sequer deveria estar nos meus aposentos.

— Ah, vão embora! — digo, com irritação. — Vocês duas!

Entretanto, em vez de se retirarem, Catarina suspende Maria e a faz se sentar em uma cadeira, onde a menina se acomoda, não muito maior que uma boneca, sorrindo para mim com todo o charme do mundo.

— Sente com as costas eretas — adverte Catarina, e Maria ergue os ombros e corrige a postura.

— Não! Vão embora!

— Eu vou, assim que fizer uma pergunta para você. — Catarina está satisfeita porque, como sempre, faz valer sua vontade. É absurdamente bela, e tão sensata quanto o sr. Careta.

— Muito bem — eu digo, com ar sisudo. — Pergunte logo, e depois vá. Ela respira fundo.

— Por que você acha que o duque de Somerset vem nos visitar?

— Não faço a menor ideia.

— Eu sei por quê. Então, como é que você não sabe? Você não é tão, tão sabidinha?

— Eu não quero saber — respondo, simplesmente.

— Eu posso explicar como. É que você só sabe coisas de livro.

— Coisas de livro — falo, repetindo as palavras de uma mocinha ignorante. — De fato, eu sei "coisas de livro", mas, se quisesse saber coisas mundanas, perguntaria ao meu pai, que me diria a verdade. Não sairia por aí escutando a conversa dos meus pais e prestando atenção ao fuxico da criadagem.

Catarina pula sobre minha cama de madeira, como se pretendesse ficar até a hora do jantar, e então se recosta nos travesseiros, como se fosse dormir ali mesmo. O macaquinho se acomoda ao lado dela e coça com os dedos esquálidos o pelo sedoso.

— Ele tem pulga?

— Ah, tem, sim — responde ela, com displicência —, mas não tem piolho.

— Então, tire ele da minha cama!

Como resposta, ela o coloca no colo.

— Não fique irritada, porque é muito empolgante. Eles estão vindo para o seu noivado! — anuncia ela. — Pronto! Achei que essa notícia fosse fazer você pular de alegria.

Estou pulando tão pouco que mantenho um dedo firme sobre a página do livro, a fim de marcar o local em que interrompi a leitura.

— E de onde saiu isso?

— Todo mundo já sabe — responde ela, o que significa que se trata de fuxico da criadagem, conforme eu previra. — Ah, como você é sortuda! Eu acho Ned Seymour o jovem mais bonito do mundo!

— Sim, mas você gosta de qualquer um que apareça de culotes.

— Ele tem olhos tão gentis...

— Ele tem olhos, sem dúvida, mas olhos não se prestam à emoção, apenas à visão.

— E um belo sorriso.

— Suponho que ele sorria como qualquer pessoa, mas não me dei ao trabalho de olhar.

— E cavalga belamente, e tem roupas lindas, e é filho do homem mais poderoso de toda a Inglaterra. Não existe família mais ilustre que a família Seymour. Nem mais rica. Eles são mais ricos que nós. Têm até mais direito ao trono que nós.

Penso, mas não falo, que toda a importância da família não serviu para proteger Thomas Seymour, que, por culpa de Elizabeth, teve a cabeça decepada um ano atrás; nem seu irmão mais velho foi capaz de salvá-lo. Posteriormente, esse mesmo irmão — e lorde protetor — caiu em desgraça, e agora se esforça para se reaproximar do poder.

— O belo filho do lorde protetor — suspira ela.

Como sempre, ela está se confundindo.

— Ele não é mais lorde protetor; o cargo foi extinto — eu a corrijo. — O conselho é liderado pelo lorde regente, John Dudley. Se você pretende se aliar a homens emergentes, procure a família Dudley.

— Bem, ele ainda é o tio do rei, e Ned ainda é conde de Hertford.

— Edward Seymour — eu a corrijo.

— Edward ou Ned! Que diferença faz?

— E todos estão falando que ficarei noiva dele? — pergunto.

— Sim — responde ela, simplesmente. — E, depois que se casar, você vai ter que ir embora de novo. E vou sentir a sua falta. Apesar de você sempre dizer que sou uma tola, é melhor quando você está aqui. Senti saudade quando você foi morar com a rainha Catarina. Sinceramente, fiquei feliz quando ela morreu... por mais que sentisse pena dela, é claro... porque tinha esperança de que você voltasse para casa.

— Não vai embora, Joana! — exclama Maria, subitamente, sem conseguir entender muito bem o que está acontecendo.

Mesmo sabendo que a Bíblia diz que o discípulo deve deixar a própria casa, irmãos, irmãs, pai e mãe pelo bem do evangelho, comovo-me com tal reação.

— Se eu for chamada para ocupar um lugar importante no mundo, terei de ir — digo. — A corte de nosso primo, o rei Eduardo, é reverente, e será uma satisfação residir em tal corte; e, se Deus me chamar para ocupar um lugar importante no mundo, haverei de servir de modelo àqueles que me admirarem. E, quando chegar a sua vez, vou lhe mostrar como se conduzir, se você fizer exatamente o que eu lhe disser. Na verdade, também sentirei a sua falta e da pequena Maria, se eu tiver de ir embora.

— Você vai sentir falta do sr. Careta? — indaga Catarina, esperançosa, avançando pela cama e erguendo-o em minha direção, de modo que a carinha triste do macaco se aproxima da minha.

Delicadamente, afasto as mãos dela.

— Não.

— Bem, quando chegar a minha vez de me casar, espero que meu noivo seja tão bonito quanto Ned Seymour — comenta ela. — E não me incomodaria ser condessa de Hertford.

Deduzo que esses serão meus novos nome e título, e que, quando o pai de Ned falecer, Ned será duque de Somerset, e eu serei duquesa.

— Que seja feita a vontade de Deus — digo, pensando nas folhinhas de morango que ornam o diadema de uma duquesa e na leveza de uma gola de arminho. — Para com você e para comigo.

— Amém — diz ela, com ar sonhador, como se ainda pensasse no sorriso de Ned Seymour. — Amém...

— Duvido muito que Deus lhe faça duquesa — assinalo.

Ela olha para mim, os olhos azuis arregalados; a pele, alva como a minha, agora enrubescida.

— Ah, reze por mim — pede ela, confiante. — Você me consegue um duque, se rezar por mim, Joana. Você é tão beata, que, com certeza, consegue que Deus me arrume um duque. Peça para Ele um duque bem bonito.

Para fazer justiça a Catarina, devo admitir que Ned tem o charme típico da família Seymour. Ele me faz lembrar seu tio Thomas, o homem mais amável que já conheci, marido de minha preceptora, a rainha Catarina Parr, antes de Elizabeth destruir a felicidade do casal. Ned tem cabelo e olhos castanhos. Eu não havia notado o olhar gentil, mas minha irmã tem razão; Ned é afetuoso e tem um sorriso irresistível. Espero que não tenha pensamentos pecaminosos por trás daquele brilho arguto. Foi criado na corte, amigo de meu primo, o rei; portanto, já nos conhecemos, cavalgamos juntos e juntos aprendemos a dançar, e até estudamos juntos. Assim como eu — assim como todos nós —, ele acredita que todos os jovens esclarecidos são protestantes. Eu o chamaria de amigo, na medida em que alguém possa ser considerado amigo no fosso de ursos que é a corte real. É um grande defensor da religião reformada; logo, temos mais esse ponto em comum, e por trás de sua jocosidade se esconde uma mente séria e reflexiva. Meu primo, o rei Eduardo, é estudioso e circunspecto como eu; por isso, gostamos de ler um na companhia do outro. Mas Ned Seymour nos faz rir. Jamais é indecente — meu primo, o rei, não tolera a companhia de tolos —, mas é espirituoso e elegante; tem o célebre carisma da família Seymour, que o ajuda a fazer amizades por onde passa. É um rapaz que provoca sorrisos nas pessoas que o veem.

Durante o jantar, sento-me ao lado das damas de companhia de minha mãe, e ele se senta ao lado dos homens de seu pai. Nossos pais se sentam à cabeceira da mesa, sobre um tablado, acima de nós, e de lá observam o salão. Ao ver a soberba elevação do queixo de minha mãe, lembro-me de que os últimos serão os primeiros e de que os primeiros serão os últimos, pois muitos serão chamados e poucos, escolhidos. Ela, especificamente, jamais há de ser escolhida, e, quando me tornar duquesa, estarei hierarquicamente acima dela, e ela nunca mais poderá me achincalhar.

Depois que os pratos são retirados da mesa, os músicos tocam, e recebo ordens para dançar com as damas de minha mãe e com minha irmã, Catarina. Obviamente, Catarina gira a saia e levanta a barra, de modo a exibir os belos sapatos e os pés cintilantes. Ela sorri o tempo todo para a mesa principal, onde Ned está de pé, detrás da cadeira ocupada pelo pai. Lamento dizer que, em dado momento, ele deu uma piscadela para nós. Acho que a piscadela foi para nós duas, e não apenas para Catarina. Agrada-me saber que ele nos observa dançando — mas fico um tanto decepcionada por ele ter piscado o olho.

Em seguida, outras pessoas começam a dançar, e minha mãe determina que eu dance com Ned. É comentário geral que formamos um belo par, ainda que ele seja bem mais alto que eu. Sou pequena e pálida; nenhuma das meninas Grey tem ossos largos. Mas prefiro ser delicada a ser corpulenta como a princesa Elizabeth.

— Você dança divinamente — comenta Ned, no momento em que nos encontramos e aguardamos a evolução de outro casal. — Sabe por que meu pai e eu viemos aqui?

O movimento da dança nos separa e me concede um momento para pensar em uma resposta digna.

— Não, você sabe? — é o máximo que consigo articular.

Ele segura minhas mãos, e passamos diante de outros casais alinhados. Paramos e formamos um arco com os braços, e ele sorri, enquanto os demais pares se abaixam e avançam em fila.

— Querem nos casar — diz ele, alegremente. — Já está acordado. Seremos marido e mulher.

Temos de ficar frente a frente, enquanto outro casal atravessa o salão por baixo do arco, de modo que ele vê minha reação à notícia que acabo de receber. Sinto minhas faces se aquecendo, e tento não corar feito uma tola ansiosa.

— Cabe ao meu pai me informar a respeito, não a você — digo, com severidade.

— E vai ficar feliz quando ele o fizer?

Olho para baixo, de maneira que ele não perceba o que estou pensando. Não quero que meus olhos castanhos brilhem como os dele.

— Estou comprometida pela Palavra de Deus a obedecer ao meu pai — digo.

— E vai ficar feliz em lhe obedecer e se casar comigo?

— Bastante.

Evidentemente, meus pais acreditam que eu deva ser a última pessoa a ser consultada, pois só sou chamada aos aposentos de minha mãe no dia seguinte, quando Edward e seu pai estão prestes a partir, os cavalos já posicionados diante da porta aberta, o aroma da primavera inglesa entrando pela casa, acompanhado pelo gorjeio arrebatador de pássaros silvestres.

Ouço os lacaios, no andar inferior, saindo do salão com os alforjes, enquanto me ajoelho diante de meus pais, e minha mãe, com um aceno de cabeça, ordena a um empregado que feche a porta.

— Você vai se casar com Edward Seymour — declara ela, sumariamente.

— Foi prometida, mas o compromisso ainda não foi firmado por escrito. Primeiro, precisamos ver se o pai dele consegue voltar ao conselho e trabalhar com John Dudley. Dudley é o homem do momento. Precisamos ver se Seymour vai trabalhar com ele e retornar ao poder.

— A menos que aquela outra questão se torne possível... — contrapõe meu pai, dirigindo à minha mãe um olhar repleto de significado.

— Não, ele vai desposar alguma princesa estrangeira, com certeza — declara minha mãe.

Logo percebo que estão se referindo a Eduardo, o rei, que já declarou publicamente que pretende se casar com uma princesa estrangeira, provida de um dote monárquico. De minha parte, jamais pensei diferente, embora haja quem diga que eu seria uma ótima rainha, uma luz e uma guia da nova fé reformada, e que aceleraria a reforma religiosa em um reino atualmente tão desalentado. Cuido para manter a cabeça baixa e nada dizer.

— Mas os dois combinam tanto — insiste meu pai. — Ambos são estudiosos, ambos são devotos. E a nossa Joana seria uma herdeira digna de Catarina Parr. Foi por nós criada com tal propósito; foi treinada pela rainha Catarina com tal propósito.

Sinto os olhos de minha mãe me examinando, mas não ergo a vista.

— Essa aí haveria de transformar a corte em um convento! — exclama ela, rindo.

— Uma luz no mundo — retruca meu pai, com seriedade.

— Duvido que isso possa acontecer. Em todo caso, Lady Joana, pode se considerar prometida em casamento a Edward Seymour, até segunda ordem.

Meu pai toca meu cotovelo e me faz levantar.

— Você será uma duquesa ou algo ainda melhor — promete ele. — Não quer saber o que seria melhor? Que tal o trono da Inglaterra?

Balanço a cabeça.

— Tenho os olhos voltados para uma coroa celestial — digo a ele, e ignoro a risadinha vulgar esboçada por minha mãe.

Suffolk Place, Londres, Primavera de 1553

Foi bom eu não me entusiasmar diante da ideia de ter o belo Ned Seymour como marido. O retorno de seu pai ao poder é curto e resulta em sua própria morte. O pai de Ned foi pego conspirando contra John Dudley, detido, acusado e executado por traição. O chefe da família está morto, e a linhagem, novamente, arruinada. Anne Stanhope, sua esposa notoriamente orgulhosa, que certa vez, em um jantar formal, atreveu-se a empurrar e passar à frente da rainha viúva Catarina, é agora também viúva e está aprisionada na Torre. Ned não frequenta mais a corte. Tive sorte de escapar de um casamento com um jovem que — a despeito dos olhos gentis — é hoje um infeliz filho de um traidor.

É bom, também, eu jamais permitir que a ambição de meu pai se intrometa em minhas preces, embora não possa ignorar que todos os clérigos reformistas, todos os fiéis protestantes, todos os santos vivos na Inglaterra queiram que me case com o rei e conduza um reino de peregrinos à morada celestial. Não é que meu primo, o rei Eduardo, admita isto — ele insiste que há de se casar com uma estrangeira de sangue real —, mas, com certeza, não haveria de tolerar uma princesa papista. Dentre todas as moças protestantes, sou a mais adequada, a mais dedicada à religião que ele e eu compartilhamos, além de sermos amigos de infância, e filha de uma princesa de sangue azul.

Propositadamente, meu pai ordenou que eu aprendesse retórica — uma habilidade monárquica —, e resolvi estudar árabe e hebraico, além de grego e latim. Se algum dia o chamado para assumir a coroa vier, estarei pronta. Residi com a rainha Catarina Parr; sei que é possível uma mulher ser instruída e rainha. Na verdade, meu preparo é superior ao dela. Mas não cederei ao pecado de cobiçar a coroa.

As meias-irmãs do rei não seguem meu exemplo, seja em relação ao estudo, seja quanto à devoção religiosa. Quisera o seguissem. Elas fazem o possível para resguardar suas posições na corte e seus lugares aos olhos do mundo, mas não aos olhos do Senhor. Ao contrário de mim, nenhuma das primas reais caminha na luz. A princesa Maria é uma papista aguerrida, e só Deus sabe em que Elizabeth crê. A outra herdeira direta, Maria da Escócia, é papista e foi criada na depravação pecaminosa da corte francesa, e Margaret Douglas, filha de minha tia-avó Margaret que se casou com um escocês, vive isolada em Yorkshire e consta que seja igualmente papista.

A princesa Maria, porém, é a herdeira mais próxima do trono, e devemos a ela profunda reverência, a despeito do que pensarmos de sua crença religiosa. Minha mãe e a esposa de John Dudley integram o cortejo da princesa Maria quando ela entra em Londres com enorme demonstração de força, como que para lembrar a todos que é a herdeira do rei e que são todas grandes amigas.

Sou o único membro de nossa família que se recusa a vestir trajes sofisticados e participar do cortejo da princesa Maria. Não me disponho a me exibir com um capuz profusamente bordado. Mas ela me envia vestidos, como se desejasse comprar meu afeto de prima, e digo à sua dama de companhia, Anne Wharton, que não vou tolerar ouvir a vaidosa princesa Elizabeth elogiada por se vestir de forma mais modesta que eu. Haverei de envergar os trajes mais sóbrios. Existirá somente uma teóloga real na Inglaterra, uma herdeira da rainha reformista Catarina Parr, uma donzela a liderar a Igreja reformada, e essa pessoa serei eu. Não serei vista em trajes mais extravagantes que os da princesa Elizabeth e não desfilarei em um cortejo papista.

Esse foi o fim do afeto da prima. Seja como for, não creio que a princesa Maria nutrisse por mim grande afeição, visto que certa vez insultei o imenso ostensório de cristal que guarda a hóstia consagrada no altar de sua capela, quando perguntei à dama de companhia por que se curvava diante do objeto. Eu pretendia lutar com aquela alma — desafiá-la a um debate religioso, no qual ela afirmasse que, na condição de papista, acredita que o pão é o próprio corpo de Cristo. Então, eu demonstraria que é apenas pão — que o próprio Jesus queria que os discípulos entendessem que Ele lhes ofereceu pão, na Última Ceia, pão de verdade, e os convidara a rezar por Ele. Não disse que se tratava de Seu corpo. Ele não falou literalmente. Sem dúvida, qualquer idiota é capaz de entender isso.

Imaginei que seria uma discussão extremamente interessante, capaz de levá-la a um esclarecimento autêntico. No entanto, infelizmente, embora eu soubesse com exatidão o que pretendia dizer, ela não respondeu conforme eu esperava. Não disse nada do que eu supunha; disse apenas que se curvava diante d'Aquele que nos criou — uma resposta bastante absurda.

— Como? — indaguei, um tanto afobada. — Como é que Ele que nos criou pode estar ali, e o padeiro O criou?

A pergunta foi muito mal formulada, e Deus que me perdoe por eu não ter construído uma argumentação adequada, repetindo três vezes meu ponto de vista, conforme aprendera nas aulas de retórica. Saí-me bem melhor no meu quarto que na capela papista de Beaulieu, e só pode ter sido assim porque o diabo protege os seus, e Anne Wharton vive sob os cascos peludos do demônio.

Voltei ao meu quarto, a fim de ensaiar melhor a fala diante do espelho. Contemplei meu rosto pálido, meu cabelo castanho, meus traços diminutos e a manchinha de sardas em meu nariz, característica que, a meu ver, estraga minha beleza delicada. Minha tez lívida parece porcelana, exceto por essa sujeirinha que surge durante o verão inglês, como se fosse um punhado de sementes de salgueiro. Fui flagrantemente persuasiva ao defender sozinha os dois lados da questão: brilhei como um anjo ao lutar com a alma da Anne Wharton imaginária. Mas foi impossível convencer a verdadeira Anne Wharton.

Acho bastante difícil converter pessoas; elas costumam ser tão tolas! É difícil elevar pecadores a um estado de graça. Ensaiei algumas falas, e achei que fosse tão poderosa quanto um pastor; mas, enquanto eu ensaiava minha oratória, Anne Wharton procurou a princesa Maria e lhe contou o que eu tinha dito; a partir daquele momento, a princesa soube que eu era uma inimiga declarada de sua fé, o que é uma pena, pois ela sempre fora gentil e carinhosa comigo. Agora me despreza por causa de minha crença, no seu entender, equivocada. Meu credo maravilhoso considerado um equívoco! Preciso perdoá-la por isso também.

Sei que ela não vai me perdoar, tampouco vai esquecer o incidente; portanto, não me sinto à vontade para seguir minha mãe e integrar o cortejo da princesa Maria. Ao menos, a situação da princesa Elizabeth é ainda pior que a minha. Sequer pode comparecer à corte, desde que caiu em desgraça em consequência do ocorrido com Thomas Seymour. Se eu fosse ela, haveria de me sentir como em um inferno de vergonha. Todos sabem que ela foi praticamente amante dele, e, depois da morte da esposa, Seymour admitiu que planejava se casar com Elizabeth e se apoderar da coroa. Que Deus livre a Inglaterra de uma mulher dissoluta como Elizabeth! Que Deus livre a Inglaterra de uma rainha papista como Maria! Que Deus ajude a Inglaterra, se Eduardo morrer sem deixar um herdeiro do sexo masculino, e o reino tiver de escolher entre a papista, a libertina, a princesa francesa ou minha mãe!

A princesa Maria não se demora. O palácio do irmão não é uma corte feliz. Meu primo, o rei Eduardo, padece de uma tosse da qual não consegue se livrar. Ouço o ruído áspero, característico, quando me sento ao lado dele e lemos Platão — filósofo que ambos admiramos —, mas ele logo se cansa e precisa repousar. Percebo o sorriso velado de meu pai ao me ver lendo grego para o rei da Inglaterra, mas os demais se preocupam com o fato de ele parecer tão doente.

Eduardo consegue comparecer à sessão de abertura do Parlamento, mas, logo em seguida, cai de cama. Conselheiros e advogados entram e saem dos aposentos do rei, e corre o boato de que ele já esteja cuidando da sucessão e escrevendo o testamento. Acho difícil acreditar nisso. Eduardo tem apenas 15 anos — temos a mesma idade —, e não posso crer que esteja escrevendo seu testamento. É jovem demais para morrer. Certamente, com a chegada do verão, ele vai poder sair em excursão com a corte e, com a temperatura cálida, vai se livrar da tosse e recuperar a saúde. Acho que bastaria ele vir a Bradgate, sentar-se no jardim, caminhar à beira do rio, passear de barco em um dos nossos belos lagos, para logo voltar a ser saudável. O testamento poderá ser arquivado e esquecido junto à papelada importante do conselho. Ele vai se casar e ter um filho, e todas as especulações acerca de qual herdeiro contaria com qual apoio poderão ser olvidadas. Ele há de se casar com uma ilustre princesa europeia, dotada de imensa fortuna, e eu serei amiga da princesa e grande dama da corte, provavelmente uma duquesa. Talvez me case com Ned Seymour, apesar de seu pai ter caído em desgraça. Quem sabe ele até recupere seu título; ainda poderei ser uma duquesa notoriamente erudita e uma luz a guiar os indignos.

Palácio de Greenwich, Primavera de 1553

A corte viaja até Greenwich, o palácio favorito de todos, localizado rio abaixo em relação ao barulho e aos cheiros de Londres, com seu cais dourado e banhado pela maré duas vezes por dia, reluzindo feito um ancoradouro celestial. O local seria um espelho do reino do céu, exceto pela ausência quase total de devotos. Meu pai e eu seguimos na barcaça real, movida a remos, e Eduardo viaja deitado sobre almofadas, envolto em peles, como se tremesse de frio, e, quando os canhões rugem na Torre e os navios ancorados fazem disparos, ele se contrai, incomodado com o estrondo, e desvia o rosto pálido.

— Ele vai melhorar, não vai? — pergunto ao meu pai, em voz baixa. — Eduardo parece muito doente, mas vai melhorar no verão?

Meu pai meneia a cabeça, exibindo um semblante sombrio.

— Ele já fez o testamento — retruca ele. Posso ouvir o entusiasmo contido em sua voz trêmula. — Já escolheu o herdeiro.

— O trono não vai para o parente mais próximo e mais velho?

— Claro. Deveria ser a princesa Maria. Mas como ela pode ser rainha, se jurou obediência ao bispo de Roma? Como pode ser rainha, se, com certeza, vai se casar com um papista estrangeiro e colocá-lo acima de nós? Não, o rei fez a coisa certa; obedeceu à vontade de Deus e a excluiu da linha sucessória... assim como fizera seu pai.

— O rei pode escolher um herdeiro? — indago. — Isso está na lei?

— Se o trono é propriedade do rei, então é claro que ele pode escolher o herdeiro — diz meu pai.

Ele fala baixo, para que o rapazote envolto nas peles não o ouça, mas algo em seu tom de voz indica que ele não está disposto a tolerar objeções. Os argumentos em questão têm sido cautelosamente repetidos em todos os cantos da corte.

— A coroa é uma propriedade, assim como todos nós possuímos propriedades. Um homem deve ser livre para dispor de sua propriedade, e todos podemos escolher os nossos herdeiros; Henrique VIII escolheu os seus. E, o que é mais importante, um jovem como Eduardo, que cresceu na fé reformada, jamais contemplando sequer um único pensamento papista, não há de legar o trono a uma serva de Roma. Ele jamais toleraria algo semelhante... e John Dudley há de cuidar para que isso não aconteça.

— Então, quem será? — pergunto, supondo que já saiba a resposta.

— O rei... e seus conselheiros... preferem o parente mais próximo que siga a religião reformada, alguém capaz de ter um filho que assuma o trono.

— É indispensável que seja um Tudor do sexo masculino?

Meu pai faz que sim. É como se fosse uma maldição lançada em sua família. Os Tudor têm de contar com filhos para ocupar o trono, e os filhos vêm com extrema dificuldade. De suas seis esposas, o rei Henrique obteve apenas um filho: Eduardo. A irmã mais velha de Henrique, Margaret, teve apenas um filho, James, que teve uma filha: a rainha Maria da Escócia, que reside na França e foi prometida ao delfim, o primogênito do rei da França. Filha de Margaret e de um lorde escocês, Maria é papista e, provavelmente, ilegítima; já a irmã preferida do rei Henrique, a rainha Maria, era minha avó; os descendentes dela foram designados herdeiros da coroa pelo próprio rei, e minha mãe ainda vive. Minha mãe só tem três filhas e, certamente, não terá outra criança. A princesa Elizabeth não está prometida a ninguém — quem haveria de querer uma bastarda provida de um dote tão insignificante? A princesa Maria já foi prometida e recusada por quase todos os monarcas da Europa. Evidentemente, não só não temos um menino Tudor entre nós como não existe a menor perspectiva de que surja algum.

— Mas nenhuma de nós está grávida — digo, pensando nas primas da família real. — Se querem que o trono vá para um menino Tudor, não existe candidato. Nenhuma de nós, as cinco herdeiras, está sequer noiva. Nenhuma de nós é casada.

— E é isso que vocês vão fazer — diz ele, rispidamente.

— Casar?

— Imediatamente.

— Eu?

— Todas vocês.

— As princesas Maria e Elizabeth?

— Elas, não. Você, Catarina e Maria.

Palácio de Greenwich,
Primavera de 1553

Catarina não faz absolutamente nada contra esses planos inusitados. Milady minha mãe ordena que ela venha depressa à corte, e Catarina se entusiasma com os salões e a criadagem, com os cardápios e os vestidos. Ela veste o sr. Careta com uma jaqueta verde-tudor e adquire uma gatinha branca, com parte da mesada que recebe para gastar em laços e fitas. Catarina chama a gatinha de "Fita", é claro, e a leva a toda parte, dentro do bolso do manto. Sua única queixa é ter ficado longe dos cavalos e do urso, em Bradgate. Ela pretendia domar o urso com carinho, para que ele pudesse se tornar um urso dançarino, em vez de assassino. Não fica apavorada, como convém a uma donzela, diante da perspectiva de um casamento; ela está simplesmente radiante.

— Eu vou casar? Ah, que Deus seja louvado! Graças a Deus! Finalmente! Quem eu vou casar? Quem?

— *Com* quem — corrijo, friamente.

— Ah, quem se importa? Com quem se importa? Com quem eu vou me casar? Me diga!

— Lorde Henrique Herbert — respondo, sem delongas. — O filho do conde de Pembroke.

Ela enrubesce, vermelha feito uma rosa.

— Ah! Tão bonito! — suspira ela. — E jovem, da nossa idade, não é um velho saco de ossos. — Catarina traz um lindo passarinho empoleirado no dedo, e o ergue, aproximando-o do rosto, para beijar-lhe o bico. — Eu vou me casar! — diz ela ao pássaro. — E com um lorde bonito e jovem! — O passarinho gorjeia como se a entendesse, e ela o transfere para o ombro, onde ele abre a cauda, para se equilibrar, e inclina a cabeça em minha direção, com olhinhos tão cintilantes quanto os de minha irmã.

— Sim — digo, com sinceridade —, ele é bastante satisfatório.

— E é religioso — acrescenta ela, para me animar. — É sobrinho de Catarina Parr. Com toda certeza, você deve gostar dele.

— Na verdade, gosto, sim.

— Como seremos felizes! — Catarina faz uma pequena pirueta, ali mesmo, como se os pés tivessem de dançar de alegria. O passarinho bate as asas e tenta se manter firme. — E eu serei uma condessa!

— Sim — concordo, secamente —, e o pai dele será obrigado a se aliar ao nosso pai e a John Dudley, duque de Northumberland.

Catarina não pensa na questão: os três homens mais poderosos do reino, os três líderes da fé reformada, unindo-se e casando entre si mesmos os filhos e as filhas, a fim de se protegerem de traições. Confiam tão pouco uns nos outros, são tão descrentes em sua crença comum, que trocam filhos e filhas, no intuito de ratificar seu acordo, como Abraão ao levar Isaque à montanha, com lenha e faca para queimá-lo em tributo a Deus.

— Ah, e com quem você vai se casar? — Ela faz uma pausa em sua giga autocentrada. — Quem eles reservaram para você? Vão querer mesmo o Seymour? — Ela se espanta. — Ah! Não... O rei? Não me diga! Não me diga que você vai se casar com o rei e que será rainha Joana?

Balanço a cabeça, olhando de relance para a porta.

— Quieta! É só porque o rei está doente. A maior esperança deles é mostrar que uma de nós tem um filho, para que ele possa tornar o menino seu herdeiro. Querem que nós duas nos casemos imediatamente, e que fiquemos logo grávidas, para que o menino possa ser o herdeiro.

— Eu posso ser a mãe do rei da Inglaterra? — grita ela. — Eu? E não você? Se tiver um menino antes de você?

— Talvez.

Catarina bate palmas e ri, extasiada.

— Então, com quem você vai se casar?

— Guildford Dudley — respondo de forma sucinta.

Minha irmã fica paralisada.

— Você não vai ser com Ned Seymour, então? Trocaram de cavalos? Você está destinada ao garoto dos Dudley?

— Sim.

— O louro alto?

— Sim, claro.

— O filhinho da mamãe?

— Sim, Guildford.

— Bem, é um retrocesso — reclama ela. — Você não vai gostar nada disso! O segundo filho mais novo de um duque recém-instituído? Esse não vai lhe propiciar as folhinhas de morango que cabem às duquesas!

Minha mão coça, tamanha é a vontade de esbofetear-lhe o rosto fútil.

— Não se trata de gostar ou não gostar — retruco, com firmeza. — É desejo do meu pai se aliar ao lorde regente do conselho. O pai já decidiu que devemos nos casar e procriar, para que ele possa mostrar ao rei seus herdeiros, a serem criados de acordo com os preceitos da religião reformada. Até a pequena Maria ficará noiva... de Arthur Grey, o filho do barão de Wilton.

Ela dá um grito.

— O barão que tem uma cicatriz no rosto? Aquele feioso?

— Sim.

— Mas Maria tem apenas 8 anos! E Arthur deve ter uns 20!

— Tem 17 — digo, um tanto carrancuda. — Mas o fato é que Maria é jovem demais para se casar, além de ser muito pequena. Se não crescer, como vai ser capaz de parir? Ela tem aquele desvio na coluna vertebral; não creio que tenha condições de parir uma criança. Está tudo errado. Ela é pequena demais, você é jovem demais e eu fui prometida a Ned Seymour diante de Deus. Nossos pais empenharam nossas palavras. Não vejo como esses casamentos podem acontecer. Não creio que seja essa a vontade de Deus. Você precisa se unir a mim e rejeitá-los.

— Eu não! — recusa ela, apressadamente. — Eu é que não vou desafiar milady nossa mãe. Se o sr. Careta estiver comigo, eu fico do seu lado quando você for discutir a questão; mas não posso enfrentá-la sozinha.

— É para que eles não a casem com um estranho! É para que não a casem enquanto você ainda é uma criança! — exclamo.

— Ah, eu posso me casar com o Herbert — garante ela. — Não sou tão jovem assim. O casamento pode acontecer. Não faço objeção. Vocês podem recusar, se quiserem, mas eu quero me casar.

— Nenhuma de nós pode se casar com quem quer que seja — determino. Segue-se um silêncio; ela faz beicinho.

— Ah, Joana, não estraga tudo! Ah, por favor, não faz isso! — Ela agarra minhas mãos, e o passarinho gorjeia, incentivando-a.

— Vou rezar e ouvir o que Deus tem a dizer.

— Mas e se Deus concordar com você? — choraminga ela. — Quando é que Ele deseja algo de bom para nós?

— Então, serei obrigada a dizer ao nosso pai que tenho minhas dúvidas.

Ele não me recebe a sós, o que já me previne de que não serei atendida. Receia minha eloquência: "Ah, por piedade, não permita que ela fique falando sem parar", costuma dizer minha mãe.

Adentro a corte real como Daniel se aproxima dos leões. Eduardo, o rei, não se encontra no recinto. Deve estar trancado em seus aposentos privados, ou até mesmo em seu estúdio, ou no quarto. A corte se comporta normalmente, como se não houvesse nada errado. O marquês de Northampton, William Parr, e a esposa, Elizabeth, oferecem-me um meneio de cabeça e um sorriso peculiar, como quem já sabe de tudo — e, provavelmente, sabem mesmo. Improviso uma reverência discreta e me sinto ainda mais constrangida.

Minha mãe e meu pai estão jogando cartas com Sir William Cavendish e a esposa, Elizabeth, tia Bess, grande amiga de minha mãe. A mesa fica em uma janela com sacada, onde podem ter um pouco de privacidade no salão alvoroçado. Meus pais erguem o olhar, quando avanço em meio à aglomeração. Noto que as pessoas abrem caminho. A notícia de meu noivado com o filho do lorde regente deve ter circulado, e minha importância cresceu. Todos respeitam os Dudley. A família não é das mais tradicionais, mas sabe tomar e manter o poder.

— Dois — diz minha mãe, descartando e, com a mão livre, fazendo um gesto displicente, abençoando-me, enquanto eu faço uma mesura para ela.

Tia Bess dirige a mim um sorriso afetuoso. Sou sua favorita, e ela entende que uma jovem precisa encontrar o próprio caminho no mundo, seguindo a própria luz.

— Eu tenho uma rainha — diz meu pai, mostrando suas cartas.

Minha mãe ri.

— E talvez rainhas valham alguma coisa, afinal de contas! — Ela se vira para mim, toda satisfeita. — O que foi, Joana? Vai entrar no carteado? Vai apostar a sua gargantilha?

— Não a provoque — intervém meu pai, prontamente, enquanto abro a boca para condenar o pecado da jogatina. — O que foi, menina... O que você quer?

— Eu gostaria de falar com a senhora — digo, olhando para minha mãe. — Em particular.

— Pode falar aqui mesmo — determina ela. — Aproxime-se.

Polidamente, Sir William e a esposa se levantam e se afastam um pouco, a dama segurando as cartas, com a intenção de voltar o quanto antes à jogatina profana. Meu pai faz um sinal aos músicos, para que toquem, e meia dúzia de senhoras se juntam para uma dança. Imediatamente, homens se curvam, formando pares com elas, e, em virtude do barulho da dança, ninguém me ouve quando digo:

— Meu pai, milady minha mãe, não creio que possa me comprometer com Guildford Dudley. Orei, e agora tenho certeza.

— E por que não? — pergunta minha mãe.

Ela continua tão atenta ao jogo, que examina as cartas que tem na mão e empurra algumas moedas, acrescentando-as à pilha ao centro da mesa, mal se dando conta da minha presença.

Lady Bess meneia a cabeça, insinuando que minha mãe deveria prestar atenção em mim.

— Já estou comprometida — explico, com firmeza.

Meu pai fixa o olhar em meu rosto pálido.

— Não está, não.

— Creio que sim — retruco. — Todos concordamos que eu me casasse com Ned Seymour. Firmamos um compromisso verbal.

— Não tem nada por escrito — observa minha mãe. Dirigindo-se ao meu pai, ela diz: — Aposto mais uma moeda. Eu falei que ela reagiria assim.

— Uma palavra dada vale tanto quanto um escrito — argumento, dirigindo-me ao meu pai, cuja palavra, sendo ele um cristão reformado, tem validade de juramento. — Nós firmamos um acordo. O senhor firmou um acordo. Ned já falou comigo, atendendo à determinação do pai; eu consenti.

— Você se comprometeu? — indaga minha mãe, subitamente interessada.

— Deu sua palavra a ele? Disse: "aceito"?

— Eu disse algo semelhante.

Ela dá uma gargalhada; meu pai se levanta da mesa, pega minha mão e a posiciona na dobra do cotovelo, então me conduz para longe de minha mãe e dos pares que dançam.

— Agora, escute bem — começa ele, com delicadeza. — Falamos em noivado, e sei que concordamos com tal possibilidade. Mas todos sabíamos que dependeria da volta de Seymour ao poder. Filha minha não se casa se não houver alguma vantagem para a família. E agora tudo mudou. Seymour está morto, a mulher dele continua presa, acusada de traição, e o filho perdeu o direito à herança. Uma ligação com eles não tem o menor valor. Você pode ver, sendo tão esperta, que isto aqui é comandado por John Dudley. O rei não vai durar muito. É triste, mas precisamos enfrentar a situação. Ele vai deixar o trono à prima seguidora da religião reformada que tenha um filho. Uma de vocês há de ter um filho, e será rainha regente até o menino alcançar a maioridade e, então, assumir o trono. Você entende?

— E Elizabeth? — questiono, embora contrariada por sugerir seu nome.

— É seguidora da religião reformada. E é a parente mais próxima.

— Ela não. Não há planos para que ela se case e, com certeza, não terá permissão para escolher um marido, não depois daquilo que aconteceu entre ela e Thomas Seymour. Acho que ela já demonstrou a todos nós que está longe de ser uma virgem sábia. — Meu pai se permite uma risadinha. — O que queremos é um menino Tudor; uma menina não nos serve. O rei, que Deus o abençoe, espera viver o suficiente para ver seu herdeiro batizado na Igreja reformada. Não esperávamos por isso, não nos preparamos para isso, mas ele não está bem, e quer resolver a situação agora. Você pode fazer isso por ele. Seria um ato piedoso aliviar a consciência tão perturbada do rei. Case-se com Guildford Dudley, tenha um filho, e o rei vai saber que pode contar com dois jovens seguidores da fé reformada, ambos contando com pais experientes que os aconselhem, e um menino no berço para subir ao trono. Entende?

— Ele está tão mal assim? — Não posso crer.

— Seja como for, ele quer saber quem vai sucedê-lo, caso ele morra antes de se casar e ter um filho.

— O bebê seria o herdeiro?

— Se ele não tiver o próprio filho.

Parece uma hipótese bastante remota.

— Mas eu dei a minha palavra. O senhor deu a sua. A Ned Seymour.

— Esqueça isso — aconselha ele, sucintamente. — Edward Seymour está morto, e o filho, Ned, foi entregue a um guardião que vai fazer com ele o que mais lhe aprouver. Nem mais uma palavra a respeito disso. É melhor ser uma filha obediente, Joana, ou será forçada a obedecer.

Minha mãe, entediada de tanto esperar, surge ao lado dele.

Encho-me de coragem.

— Por favor, perdoem-me — digo aos dois —, mas fiz minhas preces, e creio que não possa me casar com quem quer que seja, antes de ser dispensada de minha promessa ao ex-conde de Hertford. Dei minha palavra a vocês, e vocês deram sua palavra aos Seymour. Não chegamos a trocar votos, mas Deus vê e ouve tudo. Não posso, simplesmente, fingir que não foi assim.

Quase às lágrimas, em consequência da minha própria atitude desafiadora, desvio o olhar, antes voltado para meu pai amado e hesitante, e encaro minha mãe, com seu semblante pétreo.

— Você não pode desobedecer a nós — declara minha mãe, secamente —, pois somos seus pais, e vamos impor a nossa vontade.

Durham House, Londres,
Maio de 1553

Ela tem razão, é claro. E, para ressaltar a importância da família Dudley, devo me hospedar em seu grande palácio em Londres, Durham House, local destinado às minhas bodas. Serão bodas múltiplas, com três noivas: eu, minha irmã Catarina e a filha dos Dudley, outra Catarina, que vai se casar com Henrique Hastings, um rapaz de 18 anos, filho do conde de Huntingdon. Minha irmãzinha Maria ficará noiva, oficialmente, mas o casamento e sua respectiva consumação só ocorrerão quando ela for mais velha. Todos parecem estar bastante satisfeitos com a situação, embora possam enxergar com clareza, como eu enxergo, que homens poderosos da Inglaterra estão assinando uma aliança com o sangue de sua prole. Eu me pergunto se serei única pessoa que pede a Deus que lhe diga por que esses três homens dependem tanto um da confiança do outro. Que perigo eles temem, se não se unirem por meio desses casamentos? Por que nós seis precisamos nos casar imediatamente, na mesma cerimônia? Minha irmã Catarina acha que a situação a beneficia, sendo ela, sem sombra de dúvida, a mais bela das três noivas. Essa é sua única preocupação.

Diariamente, chegam trajes enviados do guarda-roupa real, joias do tesouro da coroa nos são emprestadas, pedras preciosas, doadas. Meu primo, o rei, encontra-se demasiado enfermo para comparecer às bodas, mas nos envia rolos de tecido: uma peça que mescla preto e prateado, bordada com rosas;

outra em roxo e branco; uma dourada e outra prateada; uma fita confeccionada com treze diamantes lapidados, dezessete pérolas grandes e uma faixa dourada. O pátio de justas foi pintado e decorado com bandeiras: haverá um torneio de cavaleiros. Qualquer pessoa de Londres que detenha um título de nobreza virá ao grande banquete preparado pelos cozinheiros com vários dias de antecedência. Haverá dezenas de pratos, a fonte do pátio central vai jorrar vinho, centenas de convidados virão ao jantar em seus trajes mais sofisticados e vão se deliciar com inúmeras iguarias, observados por milhares de curiosos. Serei o centro das atenções, uma herdeira Tudor, vestida com a suntuosidade de uma princesa, unindo-me ao filho dos Dudley.

— Isto é o céu! — comenta Catarina, escondendo o rosto corado com um lenço de seda lilás.

— Não é, não — digo a ela. — E é heresia dizer uma coisa dessas.

— Está tão bom que parece até a Páscoa — acrescenta Maria com a fala engrolada por causa de um folhado que lhe enche a boca.

— Isso aqui não tem nada a ver com você — aviso. — Você vai ficar noiva, não vai se casar. Não há motivo para gula, e corrija sua postura.

Obedientemente, ela se empertiga, e Catarina faz piruetas, enrolada em um tecido prateado, enquanto aguardamos a chegada das costureiras. O funcionário encarregado do guarda-roupa real nos enviou mais rolos de veludo e seda, e Catarina já pôs na cabeça uma peça da mais fina renda, feito um véu.

— Tampouco há motivo para vaidade — digo, secamente.

— Já estou meio apaixonada — declara Catarina, esfuziante. — Ontem ele veio me dar uma corrente de ouro e apertou as minhas mãos quando foi embora. O que você acha que ele quis dizer?

— Minha mãe também apertou as minhas mãos — digo, mostrando pequenos hematomas nos pulsos. — Ela me disse que isso também é amor.

— É amor maternal — afirma Catarina.

Maria olha as marcas, com um semblante sério. Às vezes, nossa mãe, nossas amas, nossas governantas e nosso pai batem em nós. Apenas meu preceptor, John Aylmer, tem autoridade sobre mim e jamais me castigou fisicamente. Eu digo a ele que é por isso que adoro aprender.

— É a melhor coisa que poderia acontecer conosco. — Maria repete o que ouviu. — Vamos ficar na linha de sucessão ao trono.

— Está longe de ser a melhor coisa para você — digo. — Você não tem condição de parir o rei da Inglaterra.

Ela enrubesce um pouco.

— Sou igual a qualquer outra menina — retruca ela. — Meu coração é do tamanho do seu, e tenho certeza de que vou crescer.

A coragem inabalável de Maria sempre me amolece. Abro os braços, e nos abraçamos.

— Seja como for, não podemos desobedecer — digo, acima de sua cabeleira loura.

— Você não o ama? Nem um pouquinho? — sussurra Catarina.

— Hei de amá-lo quando nos casarmos — respondo com frieza. — A partir de então, hei de amá-lo, pois assim terei prometido a Deus.

Minhas irmãs se decepcionam com a cerimônia das bodas. Esperavam que fosse conduzida em latim, repleta de votos protocolares e incompreensíveis, abundante em música e clarins, inundada de ostentação e água benta e sufocada com incenso. Em vez disso, a cerimônia exibe a sinceridade singela da minha religião, e me sinto profundamente agradecida porque os Dudley são uma família devota que buscou a fé reformada assim que o rei viabilizou a Bíblia ao povo e os pastores levaram a palavra. A pureza das nossas bodas constitui uma reprimenda viva à papista princesa Maria, que, acintosamente, não comparece — nem à cerimônia, nem aos dois dias subsequentes, de pródiga celebração. Nossa prima Margaret Douglas tampouco é convidada. Está na Escócia, visitando o joão-ninguém que ela chama de pai. Visto que o próprio John Dudley a autorizou a deixar o reino, suponho que quisesse vê-la longe.

Meu traje não é simples, como conviria a uma protestante, apesar do meu expresso desejo. Envergo púrpura real e uma veste de brocado dourado, bordada com diamantes e pérolas. Meu cabelo castanho cai sobre os ombros, descendo à cintura. É a última vez que uso o cabelo solto, minha condição de donzela. Sou, sem dúvida, a noiva mais luxuosa, e Catarina, com seu cabelo louro e o vestido prateado, é, sem dúvida, a mais bela. Mas não invejo a alegria que ela demonstra com o vestido e com a aparência. Se fosse minimamente sensata, ela saberia que tudo isso não passa de exibicionismo mundano.

As celebrações incluem danças e justas; dois grupos de mascarada, um composto por homens e o outro por mulheres; há atores e músicos. Os Dudley convidam toda a criadagem para a festa e abrem os portões de seu casarão em Londres, para que curiosos possam testemunhar nosso esplendor. Parece que os festejos jamais chegarão ao fim, mas a coisa toda é prejudicada em decorrência de um desastre com a comida. Um dos pratos estava estragado, e muitos convivas acabaram sofrendo episódios de vômito e diarreia. Muitos dos que no primeiro dia exageraram na comida e na bebida precisaram se desculpar por não poder comparecer no segundo. Lady Dudley, minha nova sogra, ficou mortificada, porque foi obrigada a passar boa parte do dia em seus aposentos, gemendo de dor de barriga. Não creio que seja um sinal, pois Deus fala por meio de Sua Palavra Santa, e não de estrelas, suores ou ventanias. Mas creio que seja uma contundente reprimenda ao meu pai e à minha mãe o fato de meu casamento revirar os estômagos dos convidados — assim como faz revirar o meu.

Somos casais um tanto díspares. Arthur Grey, de Wilton, o marido prometido a minha irmã Maria, atrofiada, é muito mais alto que ela. Já é um moço e se considera parceiro do pai. É velho demais para ser companheiro de folguedos de Maria; ela é jovem demais para ser sua esposa. Obviamente, é demasiado pequena para se casar e procriar; acho que, com aquele desvio congênito na coluna, jamais terá condição de se deitar com um homem e parir uma criança. É claro que, em seu íntimo, Arthur Grey deve desprezá-la. Agradeço a Deus pelos dois permanecerem separados durante alguns anos e por ela continuar em casa, junto à nossa mãe. Suponho que o compromisso será desfeito antes que seja necessário entregá-la ao esposo prometido.

Minha nova cunhada, Katherine Dudley, é um poço de vaidade. Foi concedida a Henrique Hastings, um cortesão extremamente ilustrado. Ele contempla a noivinha saltitante com um sorriso tolerante que logo há de desaparecer. O marido de minha irmã Catarina, lorde Henrique Herbert, filho caçula do conde de Pembroke, não fala uma palavra, com ninguém, durante os dois dias de festa. Está pálido feito um cadáver, e parece tão doente que mal consegue ficar de pé. Dizem que foi arrastado do leito de morte, embora tenha jurado que não teria condição de caminhar até o altar. Tem apenas 15 anos. Espero que minha irmã não fique viúva antes mesmo de se tornar sua mulher. É certo que não conseguirão consumar o casamento, ela tão ingênua e ele tão debilitado; portanto, ela é poupada do sofrimento a mim imposto. Essas três uniões que não podem ser consumadas só fazem com que eu me sinta ainda pior. Sou a única jovem que há de ser tanto noiva quanto esposa, nominal e factualmente.

— Não sei por que você está tão carrancuda — comenta Catarina, minha irmã fútil. — Você sabia que o casamento era pra valer. Comigo seria a mesma coisa, se ele não estivesse tão doente.

— E comigo — diz Maria.

— Não seria a mesma coisa com você — rebato, dirigindo-me a Maria.

— Não vejo por que não — retruca ela, obstinada.

Estou cansada demais para discutir.

— E você é jovem demais — digo a Catarina.

— Não sou, não. Em todo caso, você, com certeza, não é. — Catarina dá um puxãozinho no lenço que trago à cabeça, para indicar que sou agora uma mulher casada. — Ora! Será a primeira a ir para a cama. Sortuda!

Sinto-me injustamente forçada quando minha mãe e minha nova sogra, e suas respectivas damas de companhia, surgem à porta, conduzem-me à câmara nupcial, despem-me, e então, subitamente, deixam-me a sós com meu marido.

Não que ele seja desagradável, de jeito nenhum. É um belo rapaz, alourado, dono de uma fisionomia afável, franca, e olhos de um azul intenso. É bem mais alto que eu. O topo da minha cabeça não chega sequer aos seus ombros, e preciso inclinar o pescoço, a fim de olhar para ele; mas, apesar da altura, é bastante ágil — dizem que dança bem — e costuma cavalgar, caçar e participar de torneios, como seria esperado. Cresceu em uma casa de gente religiosa e é bastante instruído. Se não fôssemos casados, eu poderia dizer, criticando-o, que ele procura a mãe para resolver toda e qualquer questão. O bebezão re corre à mãe antes mesmo de abrir a boca, antes de se sentar ou de se levantar.

Ele não foi minha escolha, e não seria minha escolha; receio que, aos olhos de Deus, eu não estivesse disponível para desposá-lo. No entanto, considerando que estamos casados, não posso falar absolutamente nada de negativo a respeito dele. Uma esposa religiosa é obediente. Ele está acima de mim assim como Adão esteve acima de Eva. Devo lhe obedecer, a despeito do que pense de suas decisões.

Nossa noite de núpcias foi tão constrangedora e dolorosa quanto eu esperava. Não acho que teria sido melhor se tivesse me casado com Edward

Seymour, embora ele talvez fosse mais confiante que Guildford e talvez não fizesse com que me sentisse tão bobinha, por não saber como proceder. A dificuldade é que nenhum dos meus livros contém qualquer informação sobre o amor, a não ser no sentido mais abstrato. Nenhum dos meus livros contém qualquer informação sobre a dor, a não ser a dor do pecado. Nenhum deles me adverte de que o pior de tudo é o sofrimento de ter um estranho se esforçando para fazer uma coisa comigo — sem que nenhum de nós saiba, exatamente, o que fazer — e de que, quando dá errado, a culpa é minha. Eu sequer sabia que algo poderia dar errado, apenas que no começo doeu, e depois foi nojento. Ele não agiu inspirado por desejo ou afeto, e eu tampouco. Aguardo até que Guildford pegue no sono, e então me levanto e rezo, pedindo forças para aguentar tudo aquilo, assim como devo aguentar tudo o mais neste vale de tristeza, no lugar onde Ele me colocou.

Finalmente, os convidados se despedem, Catarina segue para seu novo lar, o Castelo de Baynard, onde vai devolver ao leito o marido pálido e cuidar dele como se fosse sua mãe, visto que a mãe biológica do rapaz é falecida. Meu pai e minha mãe voltam para Suffolk Place, levando consigo a pequena Maria; quanto a mim, sou deixada em uma casa estranha, com os criados limpando a sujeira acumulada em dois dias de festa, minha sogra trancada em seus aposentos e meu esposo amuado e quieto, agora que ela não está presente para lhe dizer o que fazer.

De manhã, sou autorizada a ir ao encontro de minha família, mas somente até Suffolk Place. Anseio pelos campos ensolarados de Bradgate, mas sou obrigada a permanecer em Londres.

— Milady minha mãe disse que você pode ir até sua casa, se quiser — diz meu marido, sem a menor cortesia. — Mas ela disse que eu tenho de jantar com você depois de amanhã e passar a noite na sua casa.

— Meus livros estão todos lá — digo, tentando arrumar uma desculpa. — Preciso ir para casa estudar.

— Milady minha mãe disse que você pode ir.

Não pergunto se esperam que eu retorne em breve. Prefiro não saber. Talvez eu consiga estender até o verão a visita à nossa casa de Londres, e então, se o rei excursionar com a corte, John Dudley e os filhos talvez o sigam sem as esposas, e eu seja liberada para ir até Bradgate. A ideia de ir até lá — cavalgar pelo bosque, presenciar a colheita, caminhar sob a lua cheia de junho e sair de barco pelo lago — é a única coisa que mantém minha paz nos primeiros dias do meu casamento. Isso e meus livros, é claro. Sempre posso abrir um livro e me esconder naquele mundo interior, privado.

Meu desejo de voltar a Bradgate, de buscar minha mãe como refúgio de um lar ainda menos acolhedor que o dela, faz com que eu compreenda, pela primeira vez, o que Deus disse a Eva: *Multiplicarei grandemente a dor da tua concepção; em dor darás à luz filhos; e o teu desejo será para o teu marido, e ele te dominará.* De fato, é um sofrimento ser mulher; e Eva nos mostra que ser esposa é ainda pior.

É acordado entre Lady Dudley e minha mãe que eu posso residir com meus pais, em Suffolk Place, desde que visite os Dudley regularmente e jante com eles com frequência. E assim ocorre nas primeiras semanas do meu casamento. Mas Lady Dudley rompe o acordo, entra em nossos aposentos privados antes de um jantar, enquanto Guildford e eu mantemos um silêncio desconfortável, e diz:

— Você deve mandar buscar as suas roupas e todos os seus pertences, Joana. Vai dormir aqui esta noite, e vai ficar. Você vai morar aqui agora.

Levanto-me e faço uma mesura.

— Pensei que o combinado fosse que eu iria para casa. Minha mãe está à minha espera.

Ela balança a cabeça.

— Tudo isso vai mudar. Meu marido e senhor me escreveu, dizendo que você deve ficar aqui. Deve ficar aqui conosco. Precisamos ficar a postos.

Guildford, de pé desde o instante em que avistara a mãe, ajoelha-se, e ela lhe toca os cabelos cacheados, abençoando-o.

— Precisamos ficar a postos? Ele piorou? — pergunta, ansioso.

Desvio o olhar da mulher para o filho ajoelhado.

— Quem piorou?

Lady Dudley deixa escapar um muxoxo de irritação diante de minha ignorância.

— Saiam — diz ela às damas que a acompanhavam. — Sente-se, Joana. Guildford, filho querido, venha para perto de mim.

Ele se posiciona atrás dela, feito o sr. Careta e Catarina, observando meu semblante enquanto sua mãe diz:

— O rei, que Deus o abençoe, piorou. Você sabia ao menos que ele estava doente?

— Claro que sabia. Eu costumo visitá-lo.

— Agora, ele piorou. Os médicos dizem que ele não vai passar do verão.

— Do verão? — O prazo é incrivelmente curto. Pensei que ele viveria o suficiente para se casar e gerar um filho. Eu não fazia ideia da possibilidade de perdê-lo naquele mesmo ano. — Que Deus proteja Sua Graça — sussurro, impactada. — Eu não sabia. Mas como isso é possível? Eu pensei que ele só...

— Isso não tem importância — interrompe-me ela. — O mais importante é o testamento dele.

Na verdade, o mais importante é a eternidade de sua alma. Mas não posso dizer isso a ela naquele momento.

— Ele alterou o testamento — continua Lady Dudley. Há em sua voz um toque de triunfo. — Alterou, e a totalidade do conselho se comprometeu com as alterações. — Ela ergue o olhar, em direção a Guildford, e ele sorri. — Seu pai já tomou as providências. Ele está pronto para o que der e vier. — Ela se vira para mim. — O rei excluiu da linha sucessória as meias-irmãs — diz, bruscamente, ignorando meu sobressalto.

Ponho-me de pé, como se precisasse me levantar para ter coragem de discutir com ela.

— Não é possível — retruco lentamente.

Sei que a princesa Maria é a primeira da linha; a despeito do que eu pense acerca de sua religião, não há como lhe negar o direito. Não se pode apontar herdeiros aleatoriamente. O trono não é para ser entregue a qualquer um. Meu primo, o rei, sabe disso. Apesar do que meu pai diz, o rei não pode escolher um herdeiro. Não há um menino Tudor. Ele não pode preferir uma prima em detrimento de outra.

— É possível, sim — retruca Lady Dudley. — E ela saberá disso quando ele morrer.

De repente, receio que o cenário configure traição. Com certeza, é traição falar da morte do rei; com certeza, é traição falar de ir contra as princesas!

— Acho melhor eu ir para casa — digo.

— Você vai ficar aqui — contesta ela. — Não é hora de sair correndo para a mamãe.

Com desdém, olho para o filho dela, que evidentemente não precisa correr para a mãe, pois está sempre embaixo de suas asas.

— Você precisa ficar aqui, para que meu marido possa levá-la à Torre — explica ela.

Levo um susto. O último homem levado à Torre pelo marido dela acabou com a cabeça no cepo: Edward Seymour.

— Não, sua tola — diz lady Dudley, irritada. — Você vai precisar ir até a Torre depois que o rei morrer. Tem de ser vista na Torre. É do interesse do meu marido mantê-la segura.

É simplesmente inacreditável demais, ridículo demais, considerar tal situação. Sei que meu pai e minha mãe jamais permitirão que eu seja levada à Torre por John Dudley.

— Eu vou para casa — declaro, com firmeza, e me dirijo à porta.

Não tomarei parte nisso. Minha barcaça está à espera no cais, e minhas damas me aguardam na galeria. Ninguém pode me impedir de voltar para casa, para perto de minha mãe, com a notícia de que os Dudley enlouqueceram, de que pensam que podem alterar a sucessão e de que pretendem me levar à Torre.

— Segure ela! — ordena a mãe de Guildford ao filho.

Ele avança e me segura pelo pulso. Eu reajo.

— Me solte! — digo, enfurecida, e ele recua, como se o gatinho de Catarina o atacasse e arranhasse seu rosto.

Não espero por uma segunda chance. Eu fujo do recinto e corro pelo palácio e pelo píer de madeira.

— Vamos embora! — digo, já sem fôlego, e então começo a rir, porque estou livre.

Suffolk Place, Londres, Junho de 1553

Percebo que minha mãe está enfurecida, antes mesmo de entrar na sala ou ter a oportunidade de contar que fui maltratada por Lady Dudley. Encontro-a caminhando de um lado ao outro de seus aposentos privados, meu pai sentado à mesa, observando-a em silêncio, com as pontas dos dedos juntas e uma expressão defensiva. Ela se vira quando eu entro, e vê meu rosto empalidecido.

— Já falaram para você, então.

— Lady Dudley me falou — digo, em voz baixa. — Mas não estou entendendo. Eu vim embora imediatamente, pai.

— Diga a ela! — ordena minha mãe. — Diga a ela o que John Dudley fez, e vocês todos concordaram!

— Ficou evidente, para o rei e para todos nós, que ele não vai viver o suficiente para gerar filhos — começa meu pai, pesaroso. — Os médicos duvidam até que ele esteja vivo quando o seu filho nascer.

— E com as princesas Maria e Elizabeth excluídas, eu sou a herdeira mais próxima — afirma minha mãe, em voz alta.

— Os médicos falam em semanas, nem mesmo em meses.

— Bom Deus! Tão pouco tempo assim? — murmuro.

— Eu devo herdar o trono em questão de semanas, nem mesmo de meses! — exclama minha mãe.

— Mas o rei está decidido a garantir um herdeiro do sexo masculino, assim que possível — prossegue meu pai, ignorando o resmungo de protesto enunciado por ela. — Portanto, ele pretende pular sua mãe... pelo bem do reino... favorecendo a próxima geração, você e suas irmãs... e a geração seguinte: o seu filho, Joana.

— Mas o senhor disse que...

— Então, ele apontou você como rainha, e seu filho será rei depois de você. Ele não pode apontar um menino ainda não nascido; portanto, apontou você.

— E todo o conselho, inclusive seu pai, assinou um acordo a esse respeito! — exclama minha mãe. — Me excluindo! Me descartando! E ainda esperam que eu concorde! Foram até o rei e assinaram um acordo me privando do meu direito!

— Não tínhamos opção — argumenta meu pai, pacientemente. — Eu defendi seu pleito com veemência, mas a solução partiu do próprio rei, para garantir a nós um rei no intervalo de uma geração.

— A solução leva ao trono o neto de John Dudley! — Minha mãe explode de raiva. — Foi por isso que ele convenceu o conselho a concordar com o desejo do rei! John Dudley planejou a coisa toda, desde o começo: Joana é coroada em meu lugar, com Guildford Dudley de consorte, e a tribo dos irmãos Dudley se torna duque real! Ao passo que eu, filha da rainha da França, sobrinha do rei da Inglaterra, sou preterida. E você ainda me diz que devo concordar com isso!

Comedido, meu pai olha para ela.

— Ninguém está negando seu sangue real — diz ele. — Em primeiro lugar, foi seu sangue que levou o rei a pensar em Joana. Seu direito passa para ela, e você se torna milady rainha mãe, a mulher mais ilustre da corte, depois da própria rainha.

— Preciso rezar e refletir sobre essa questão — digo. — Isso não pode estar certo. O rei tem irmãs.

— O rei já rezou; todos nós rezamos — comenta ele. — Deus disse a ele que era o único meio de levar um menino Tudor ao trono.

— E cabe a mim gerar o menino? — pergunto, pensando nas investidas dolorosas que Guildford me impõe. — Cabe a mim conceber um herdeiro Tudor, parir um menino Tudor, quando cinco esposas não foram capazes de fazê-lo?

— Se for a vontade de Deus — meu pai me faz lembrar. — E você será a chefe da Igreja anglicana. Pense nisso, Joana. Pense nisso.

Ponho-me a rezar. Minha irmã caçula, Maria, encontra-me na capela, de joelhos, com o olhar perdido na parede branca que fica detrás do altar desnudo. Em volta de nós, como fantasmas, estão os contornos sombreados das pinturas de imagens de santos encobertas pela caiação, afrescos que eram alegres e inspiradores quando a capela foi construída e as pessoas necessitavam daquelas "diversões", porque não tinham acesso à Bíblia, tampouco permissão para rezar diretamente a Deus. Devo fazer o que for preciso para salvar meu reino e impedi-lo de regredir àqueles tempos, escravizado por um papa distante, com uma rainha papista pregando mentiras ao povo ignorante.

— A duquesa de Northumberland, sua sogra, mandou buscar você — murmura Maria. De pé ao meu lado, e eu ajoelhada, a cabeça dela fica na altura da minha. — Ela mandou uma de suas damas de companhia para dizer a milady nossa mãe que você precisa voltar para a casa deles imediatamente. Ela falou que você foi desobediente, e que será o fim de todos nós, se não estiver à disposição no momento necessário.

Ergo os olhos, mas, obstinada, não me mexo.

— Eu não vou.

— Nossa mãe disse que você não iria e que pode ficar aqui, mas Lady Dudley falou que, se assim for, ela vai prender Guildford em casa, e você vai ser tachada de esposa desobediente e abandonada.

Olho para minha irmã caçula, perplexa.

— Devo obedecer ao meu marido. Jurei ser sua esposa — declaro, angustiada.

Os olhos de Maria parecem enormes em seu rostinho pálido.

— Foi isso que a mamãe falou.

— Ela insiste que eu devo voltar?

— Você tem de ir — afirma Maria. — A mamãe diz que é esse o desejo dela.

Levanto-me. Sinto-me tão fraca quanto meu primo, o rei, lutando pela vida enquanto todos brigam por seu legado.

— Então, eu vou. Só Deus sabe o que há de acontecer.

Meu estômago chega a revirar, enquanto a barcaça me leva de volta à casa dos Dudley. Como meu marido é alto, vejo-o no cais, esperando por mim, e no momento em que a barcaça encosta e sacode levemente, ele me oferece uma reverência discreta. Quando a prancha de madeira é posicionada e os remadores atracam a embarcação, ele me estende a mão, auxiliando-me a desembarcar. Vislumbro as janelas opacas da casa, que parecem vigiar os jardins e o rio, como se me aguardassem um tanto insatisfeitas.

— Sim, meu pai me enviou ao seu encontro — explica ele. — Ele está nos olhando da janela. Quer falar com você nos aposentos dele imediatamente.

— Não estou me sentindo bem — aviso. — Estou enjoada.

— Isso não é motivo para deixar de falar com ele — retruca Guildford, sem demonstrar a menor simpatia. — Ele veio de Westminster assim que soube que você tinha ido para Suffolk Place. Você contrariou a vontade dele, o pedido da minha mãe e as minhas ordens.

— Mas eu estou, de fato, enjoada. Preciso ir para o meu quarto. Não estou em condição de falar com ninguém. Apresente minhas desculpas ao seu pai; diga a ele que preciso me deitar.

— Vou falar com milady minha mãe — diz ele —, mas é provável que ela vá até seu quarto e a obrigue a ir. — Ele hesita, como uma criança infeliz que adverte outra. — Não tem como trancar o quarto, você sabe disso. A porta não tem chave. Se você se enfiar na cama, ela vai entrar e vai arrastar você de lá.

— Ela não pode bater em mim — afirmo, demonstrando um humor sombrio.

— Na verdade, pode, sim.

Ele dá meia-volta e me deixa ali, no jardim, sozinha, a não ser pela companhia de minhas damas, até que uma delas se aproxima, pega-me pelo braço e me conduz aos meus aposentos.

Logo depois, conforme o filho previra, Lady Dudley irrompe no quarto, sem bater, e me encara com uma expressão ávida.

— Você sente enjoo pela manhã, antes de ir à capela? — pergunta ela.

— Sim.

Tento me levantar, mas, para minha surpresa, ela me empurra de volta ao travesseiro.

— Não, fique deitada... Descanse. E você tem uma sensação de fraqueza na cabeça?

— Sim.

— Seus seios estão sensíveis?

Considero a pergunta tão íntima partindo de uma mulher a uma nora por quem jamais demonstrou interesse, que enrubesço e não respondo.

— Quando virão suas próximas regras?

Eu nunca sei; algumas vezes as regras atrasam; outras vezes nem acontecem.

— Acho que é nesta semana, ou talvez tenha sido na semana passada.

A fisionomia contrariada de Lady Dudley exibe uma estranha convulsão — percebo que está comovida. Ela toma minha mão.

— Você deve descansar — recomenda ela, com súbita ternura. — Descanse, minha querida.

Ouvimos o ruído de cascos vindo do pátio, diante da janela do meu quarto, no momento em que cavaleiros da família Dudley entram na propriedade e convocam cavalariços e guardas. A barulheira ecoa em minha cabeça, e desvio o rosto da janela iluminada.

— Você pode ir para o solar de Chelsea e descansar — oferece ela. — Você gosta de lá, não?

Morei no solar com a rainha Catarina, logo que ela enviuvou e começou a escrever seu livro. É meu lugar predileto neste mundo.

— Eu gosto muito de lá. Mas seu marido não falou que preciso ficar aqui?

— Ah, não, não, não. Pode ir para lá, enquanto aguardamos as notícias — diz ela. — Guildford vai poder visitá-la, e meu marido vai mantê-la a par das notícias. Suas damas podem acompanhá-la. — Ela sorri e acalenta minha mão fria. Jamais fora tão amável comigo. — Vai ter tranquilidade lá, e vai se alimentar bem. Eu tive treze bebês — confidencia ela. — Entendo muito bem disso.

Será que essa louca pensa que estou grávida? Carregando seu neto? Bem, seja lá o que for, não vou discutir, mesmo porque ela está me enviando para o solar de Chelsea sem Guildford.

— Vou mandar preparar seus aposentos no velho solar — avisa ela. — Pode ir em nossa barcaça, assim que os preparativos estiverem concluídos. Está vendo como cuido bem de você? Mas agora vai descansar.

Fecho os olhos e, quando volto a abri-los, Lady Dudley desapareceu.

O Velho Solar, Chelsea, Julho de 1553

Mal posso acreditar que minha amiga, minha preceptora, minha quase mãe, rainha Catarina, não esteja aqui em Chelsea comigo. Quando estou diante de uma página, sempre que ergo os olhos espero vê-la sentada à mesa, lendo e fazendo anotações.

Esta era a casa dela, e eu era sua pupila favorita, uma menina por ela formada segundo a própria imagem, tão amada quanto uma filha. Caminhávamos juntas pelos jardins, brincávamos no pomar, sentávamo-nos à beira do rio, e todos os dias, sem falta, estudávamos nas belas salas voltadas para os jardins e o rio. Se ela sentia falta das multidões e da agitação da corte real, jamais o demonstrou. Ao contrário, vivia como sempre desejara: uma dama instruída, distante do mundo profano, feliz junto ao marido que amava, livre, finalmente, para se dedicar aos estudos e às preces. Foi desta biblioteca que ela encaminhou seu livro aos tipógrafos. Aqui, convidou os mais ilustres estudiosos para falar. Agora, sinto como se ela tivesse acabado de sair ao jardim, ou como se caminhasse pela galeria, e que, a qualquer momento, poderia revê-la — e tal pensamento me conforta. A vida que ela construiu para si aqui é a vida que desejo para mim: esta paz tão douta.

Nesse período de tranquilidade, resolvo ler tudo que posso acerca do nanismo, pois penso que minha irmã Maria não seja apenas fraquinha, desnutrida ou que esteja demorando a crescer — meu pai recorreu a essas desculpas a fim de mantê-la dentro de casa. Receio que ela jamais cresça, e me pergunto o porquê de tal fenômeno. Não aprendo quase nada com os filósofos gregos, mas no antigo Egito havia deuses anões, e cortesãos anões pertencentes a castas elevadas. Escrevo a Maria relatando meus achados, mas não faço menção ao comportamento dos anões nas cortes romanas. Nada daquilo seria informação condizente com uma mocinha que é filha de uma herdeira do trono. Na verdade, fico bastante surpresa em encontrar tais fontes na biblioteca de Catarina Parr.

Moro quase sozinha no solar, a não ser pela presença de minhas damas. Dia sim, dia não, Guildford cavalga até aqui, para me visitar, e me traz as notícias de que tem conhecimento — e que nunca são muitas. Depois, retorna à corte, onde é mantida uma vigília interesseira a meu primo infeliz, o rei agonizante. Às vezes, Guildford janta conosco, mas, de modo geral, faz as refeições com os pais e dorme na casa deles. Minhas damas perguntam se sinto sua falta — um marido tão bonito e recém-casado. Exibo um leve sorriso e digo "não muito". Nunca digo que é um alívio não ter a presença dele em minha cama, transpirando embaixo das cobertas, pesando sobre o colchão. Ele precisa cumprir seu dever conjugal, assim como eu devo aceitá--lo; devemos nos deitar juntos, pela lei da Igreja e por ordem de nossos pais, mas, por que uma mulher cometeria tal ato por prazer, ou mesmo por desejo, não faço a menor ideia.

Mas me lembro de que a rainha Catarina demonstrava grande felicidade nas manhãs em que Thomas Seymour saía dos aposentos dela. Sei que minha mãe gosta da companhia de meu pai e que Lady Dudley é visível e absurdamente dedicada ao meu sogro. Talvez seja algo que ainda possa acontecer comigo, quando eu for mais alta e mais vigorosa. É possível que, tratando-se de prazeres da carne, seja necessário bastante carne para se sentir prazer. Se não me sentisse tão enjoada e febril, talvez a experiência fosse melhor. Mas não posso me imaginar corpulenta e vigorosa a ponto de ansiar pelos solavancos desastrados de Guildford ou de dar risadinhas quando ele desfere palmadas nas minhas nádegas.

Trata-se da única ocasião em que sinto que meus livros me decepcionam. Há alguns estudos gregos acerca da concepção de crianças, mas se restringem a discorrer sobre as fases da Lua. Há imagens medonhas de um bebê sendo extraído da mãe morta, e bastante teologia sobre Nosso Senhor sendo concebido pelo Espírito Santo em uma virgem — e alguns autores conscienciosos indagam como isso seria possível. Mas parece que ninguém escreveu nada sobre uma mulher comum. É como se eu e as do meu sexo existíssemos apenas enquanto símbolos. Os livros nada dizem sobre a estranha mescla de dor e vergonha que Guildford e eu sofremos juntos em silêncio. Nada dizem sobre a concepção de um bebê em decorrência do acasalamento doloroso. Penso que ninguém saiba, exatamente, como isso ocorre e, decerto, não me atrevo a perguntar.

Guildford conversa comigo certa manhã e informa que a enfermidade do rei já foi anunciada ao Parlamento e que as igrejas estão rezando por seu restabelecimento. A princesa Maria e a princesa Elizabeth já foram convocadas à corte e ambas aguardam notícias em suas respectivas casas de campo.

— Elas vão atender à convocação? — pergunto.

— Não sei. Meu pai há de saber.

— O que vai acontecer?

— Não sei. Meu pai há de saber.

— Você não pode perguntar a ele?

Guildford faz uma careta engraçada.

— Não. Você pergunta ao seu pai o que ele pretende fazer?

Balanço minha cabeça.

— Ele fala com John, Ambrose ou Robert — responde Guildford, mencionando os irmãos mais velhos. — Conversam; sabem o que está acontecendo. Mas eles são bem mais velhos que eu; já frequentaram a corte e já estiveram em batalhas. Eles podem aconselhar o nosso pai, ele os ouve. Eu sou só... — Ele interrompe o que dizia.

— Você é o quê?

— Uma isca para fisgar você — completa, com a voz ríspida, como se insultasse nós dois. — Uma minhoca gorda para pegar uma truta idiota.

Hesito, ignorando a grosseria e a rispidez em sua voz.

— Mas como vamos saber o que fazer?

— Alguém vai nos dizer — afirma ele. — Quando quiserem a nossa presença, vão mandar nos buscar. Minhoca e truta juntas.

Pela primeira vez, vejo-o como um jovem de menos de 20 anos que é obrigado a obedecer à família, assim como sou obrigada a obedecer à minha.

Pela primeira vez, vejo-o ansioso com o que nos está reservado. Pela primeira vez, reflito que estamos na mesma situação, juntos. Nosso futuro será comum; cresceremos juntos, e juntos teremos de enfrentar o que der e vier. Ofereço-lhe um sorriso tímido.

— Então, nos resta esperar?

Surpreendentemente, ele encosta seus dedos nos meus, como se compartilhasse da minha sensação de encarceramento, como o urso em Bradgate, aguardando a chegada dos cães.

— Nos resta esperar — concorda ele.

É Mary Sidney, irmã mais velha de Guildford, que vem certa tarde nos visitar, trajando manto e capuz, como se fosse a heroína de um dos poemas que ela tanto aprecia. Seus olhos azul-escuros transbordam entusiasmo, sua silhueta franzina treme.

— Você precisa vir comigo! — diz ela, sussurrando, embora estejamos a sós em meus aposentos privados, exceto pela presença de minhas damas, sentadas à janela, valendo-se da última luz do sol poente que reflete nos livros que estão lendo.

— Foi seu pai quem mandou me buscar?

— Sim! — responde ela, empolgada. — Você precisa vir imediatamente.

— Eu não estou bem. Sinto um enjoo permanente, como se estivesse envenenada.

— É claro que você não está sendo envenenada. Você precisa vir agora.

Hesito.

— Meus pertences, meus livros...

— Venha, é só uma visita. Não precisa levar nada. Venha, agora.

— Apenas com a roupa do corpo? Sem levar nada?

— Sim! Sim!

Minhas damas levam meu manto e meu chapéu. Não há tempo para trocar o vestido. Pego uma pele, para me proteger na barcaça, pois o vento frio sopra pela superfície da água ao anoitecer.

— Vamos! — chama Mary Sidney. — Depressa!

A barcaça dos Dudley está à nossa espera, mas as flâmulas e o estandarte ducal foram enrolados e amarrados. Embarcamos sem dizer uma palavra e partimos imediatamente, em silêncio, os remos trabalhando suave e rapidamente. De pronto, suponho que estão equivocados e seguem na direção oposta — rio acima, afastando-se da cidade, para o oeste. Não consigo entender. Se meu primo infeliz piorou, deveríamos seguir na direção dele, para o Palácio de Greenwich, rio abaixo. Mas a maré está enchendo e segue conosco, a embarcação salta a cada remada, de modo que Mary e eu, sentadas uma ao lado da outra embaixo do toldo, sacolejamos a cada movimento. Levo a mão ao ventre, onde sinto um aperto causado pelo medo, ou pelo enjoo, ou por ambos.

— Aonde estamos indo? — pergunto.

— A Syon House — responde ela.

Eu me sobressalto um pouco. Syon House foi o local onde Catarina Howard esteve detida antes de ser levada à Torre, para ser decapitada.

— Agora, a casa pertence ao meu pai — diz Mary, com impaciência, como se adivinhasse que estou com medo. — Ele quer nos encontrar lá.

— Por quê?

Ela meneia a cabeça.

— Não sei.

Mary se recosta, enfia as mãos embaixo do manto e olha por cima da cabeça dos remadores, contemplando o rio cujas águas já escurecem, enquanto bosques e campos deslizam pelas margens. Passamos por remansos onde garças alçam voo lentamente, deixando os charcos e empoleirando-se nas árvores; passamos por pastagens molhadas onde o gado, chafurdando na lama, olha para nós com ar de reprovação, como se nós, e não os próprios cascos, fôssemos culpados por revirar a água turva que bebem. Passamos por matas fechadas onde as árvores se curvam ante o próprio reflexo, e tudo o que vejo é galho tocando reflexo de galho, e folhas verdes tocando o reflexo da relva ainda mais verde. O derradeiro brilho do sol se torna cinzento, Mary ajeita a pele sobre meus ombros, e um fiapo de Lua minguante surge atrás de nós, lançando uma luz pálida e amarelada sobre as águas vítreas, como se fosse um fogo-fátuo nos impelindo para nossa própria destruição.

— Você não sabe mesmo por que fui chamada? — pergunto a Mary em voz baixa, como se o céu que escurecia não devesse ouvir.

Ela faz que não com a cabeça, como se tampouco se atrevesse a romper o silêncio. Uma coruja pia, e eu a vejo, branca feito um fantasma, as asas espessas abertas, deslocando-se de uma árvore a outra, então ouvimos mais uma vez o pio pesaroso.

Horas se passam, até que Mary diz:

— Lá está! — E enxergo as luzes. É Syon House.

Syon House, Isleworth, Julho de 1553

Encostam a barcaça rente ao píer, atracam-na, estendem a prancha e nos reverenciam, enquanto desembarcamos. Lacaios munidos de tochas iluminam a longa subida até o casarão. Meu sogro transformou a velha abadia em uma imponente residência, mas deixou paredes inteiras e o acabamento de pedra das belas janelas expostos ao luar sombrio e pálido, de modo que tenho até a impressão de ouvir a liturgia e o canto das freiras percorrendo o esqueleto de seu antigo lar.

Passamos pelas pedras como se não fossem nada: meros dentes de um crânio largado em um velho campo de batalha. Ignoramos imagens tombadas, uma seta dourada encravada na relva, um fragmento de pedra entalhada em forma de galho de hera, uma tampa de caixão. Mary Sidney não olha nem à direita nem à esquerda, e eu tampouco, enquanto seguimos pelos escombros da antiga fé, subimos um pequeno lance de degraus, cruzamos os portões e pátio após pátio, até chegarmos a uma galeria comprida, soturna com paredes revestidas de madeira, talvez os aposentos da própria abadessa, onde costumava ficar em companhia de suas damas devotas. Agora, a galeria está vazia e faz ecoar qualquer som; as brasas dentro da imensa fornalha de pedra estão frias, e a única iluminação provém de um candelabro de ferro forjado, com chamas oscilantes, posicionado junto a uma poltrona. Há pontos desbotados nos painéis de madeira que revestem as paredes, onde pendiam quadros de cenas religiosas, agora devidamente removidos, pois *Maldito o homem que fizer imagem de escultura, ou de fundição, abominação ao Senhor*; mas isso torna ainda mais infeliz um recinto já sombrio.

Olho para Mary e digo:

— Onde está todo mundo? Por que viemos até aqui?

— Eu não sei — responde ela, mas agora tenho certeza de que está mentindo.

Ela vai até a porta e a abre para ouvir melhor. Da cozinha, ao longe, ouve-se barulho de panelas e som de vozes, mas as saletas adjacentes ao salão nobre estão silenciosas. Mary fecha a porta e olha para mim, como se estivesse se perguntando o que fazer comigo. Embrulho um pouco mais meu corpo franzino no manto e a encaro.

— Você está de olhos arregalados — comenta ela, inoportunamente. — Não tenha tanto medo. Você tem de ser corajosa.

— Eu não estou com medo — minto.

— Parece uma corça acuada.

Minha fé deveria me suster agora, com a mesma força que o faz quando estou sozinha em meu quarto, em Bradgate. Sei que Deus está comigo. "*Ó Senhor, Deus meu, a ti clamei, e tu me curaste*", digo, em voz baixa.

— Ah, pelo amor de Deus! — exclama Mary, impaciente. — Você veio apenas jantar com seu sogro!

Ela arrasta uma banqueta até a grande lareira. Depois de um instante de hesitação, faço o mesmo, e nos sentamos lado a lado, feito uma dupla de velhas fuxiqueiras, e Mary põe na lareira alguns gravetos e uma pequena tora. O fogo não gera calor, mas uma luz bruxuleante que empurra para os cantos as sombras escuras.

— Tem a ver com o rei? — sussurro.

— Sim.

— Ele me apontou como rainha?

Ela estreita os lábios, como se pretendesse manter as palavras dentro da boca.

— Vai ser... em breve?

Mary faz que sim, como se a situação fosse demasiadamente temerária para ser verbalizada, e então permanecemos em silêncio; em seguida, a porta se abre e entra um criado, trajando a libré da família Dudley.

— Sua Graça deseja vê-las no salão nobre — anuncia ele.

Mary e eu o seguimos escada abaixo; ele abre as portas duplas e adentramos o salão todo iluminado. Imediatamente, fico deslumbrada com as velas e a lareira; o salão está repleto de dignitários do reino e seus respectivos e infindos séquitos. Vê-se uma pompa de riqueza expressa por meio de joias que enfeitam chapéus, e pesadas correntes de ouro que pendem de uma dúzia de tórax largos, estufados como se fossem de pombos. Reconheço alguns dos indivíduos. O marido adoentado de minha irmã Catarina está ausente, mas seu pai, Guilherme Herbert, encontra-se no local; o cunhado dele, Guilherme Parr, marquês de Northampton, está de pé ao lado dele. Francis Hastings e Henrique FitzAlan conversam colados um ao outro, mas se calam quando nos veem. Invadimos o súbito silêncio que se instala no recinto, e meu sogro, John Dudley, dirige a Mary um meneio de cabeça, em sinal de agradecimento pelo serviço prestado; então, um por um, todos tiram o chapéu e permanecem em silêncio. Olho ao redor, meio que esperando ver o rei logo atrás de mim, ou talvez a princesa Maria. Mas, então, o próprio John Dudley, duque de Northumberland, o integrante mais ilustre do conselho, retira o chapéu cravejado de pérolas e oferece a mim uma profunda reverência.

— O rei está morto — declara ele. — Deus salve sua alma imortal. Ele vos apontou sua herdeira. Sois rainha, Deus abençoe e preserve Vossa Majestade.

Lívida, olho para ele e penso, tolamente, que aquilo não passa de um sonho: a viagem noturna de barco pelo rio, a casa silenciosa ao término da longa jornada, a lareira fria, e agora aqueles homens poderosos olhando-me como se eu soubesse como proceder, enquanto me impõem um título de traidora.

— O quê? — é só o que digo. — O quê?

— Sois rainha — repete John Dudley. Ele olha ao redor do salão. — Deus salve a rainha!

— Deus salve a rainha! — gritam todos, com bocas escancaradas e faces coradas, como se o ato de gritarem juntos pudesse tornar a coisa legítima.

— O quê? — digo, mais uma vez. Penso que logo vou acordar, e tudo isso há de parecer ridículo. Estarei em minha cama, em Chelsea. Talvez eu conte o pesadelo a Guildford e ele caia na risada.

— Vai buscar minha esposa — pede John Dudley, em voz baixa, dirigindo-se ao homem que está à porta, e aguardamos em meio a um silêncio constrangedor.

Ninguém olha nos meus olhos, mas todos estão voltados para mim. Sigo pensando: como querem que eu proceda? Faço uma breve oração: "Santo

Pai, mostrai-me o que fazer. Enviai-me um sinal." Então, minha sogra, Lady Dudley, entra acompanhada por minha mãe. A entrada das duas deveria me servir de consolo, mas ao ver aquelas rivais e inimigas unidas em súbita resolução fico ainda mais assustada. Elizabeth Parr também entra no salão e fica ao lado do marido, o marquês de Northampton, e o semblante dela se mostra vívido e severo.

Minha mãe segura minhas mãos frias, mas o gesto não é de carinho.

— Joana, o rei, meu primo, está morto — diz ela em voz alta, como se desejasse anunciar seu sangue real a todo o salão.

— Eduardo... morto?

— Sim, e apontou você como a nova rainha. — Ela não se contém e acrescenta: — Por cima do meu direito.

— Pobre Eduardo! Ah! Eduardo! — digo. — Os momentos finais dele foram de paz? Foi a doença que o levou? Havia um pastor ao lado dele?

— Isso não importa — diz minha sogra, sem perder tempo com a alma de meu primo. — Ele a apontou como rainha.

Encaro seu rosto resoluto.

— Não posso ser... — digo, simplesmente.

— Você já é — reitera minha mãe. — No fim, ele designou a nossa linhagem. Você herda o trono por minha causa.

— Mas e a princesa Maria?

— Foi tachada de bastarda pelo próprio pai, em seu testamento, e, além disso, jamais aceitaremos uma rainha papista...

Lady Dudley interrompe:

— Jamais.

— A princesa Elizabeth? — sussurro.

Dessa vez, nenhuma das duas se dá ao trabalho de responder. Nem menciono Maria, rainha dos escoceses, embora seu direito seja tão válido quanto o nosso.

— Não posso — sussurro, dirigindo-me a Lady Dudley, e olho de soslaio para a sala repleta de homens. — Não posso mesmo.

— Mas é obrigada.

Um por um os conselheiros se ajoelham, até estarem todos da altura dos meus ombros, e tenho a sensação de me ver sitiada por gnomos aguerridos, da altura da minha irmãzinha.

— Não! — digo, arrasada. — Meus senhores, eu imploro, não façam isso.

Sinto as lágrimas escorrendo pelas faces, por meu primo infeliz, morto tão precocemente, e por mim, sozinha naquele salão terrível, cercada por aqueles homens terríveis, todos de joelhos, e por aquelas mulheres que se recusam a me socorrer.

— Não, eu não posso!

Como se eu nada dissesse, como se todos fossem surdos à minha recusa, a aglomeração ajoelhada aperta o cerco em volta de mim. É um pesadelo. Levantam-se; avançam, um depois do outro, fazem uma profunda reverência e beijam minha mão. Eu recolheria a mão, mas o braço de minha mãe, posicionado às minhas costas, pressionando minha axila, impede-me de fazê-lo. Lady Dudley mantém minha mão estendida, para que aqueles homens poderosos e estranhos possam encostar seus lábios carnudos no meu punho fechado. Engasgo com meu choro, enquanto as lágrimas escorrem pelo meu rosto, mas ninguém presta atenção.

— Não posso — repito, chorando. — É a princesa Maria quem deve herdar o trono. Não eu.

Contorço-me, mas elas me contêm. Sinto como se estivessem me conduzindo ao cadafalso. Desafiei minha prima Maria certa vez, ao insultar seu credo. Não me atrevo a insultá-la novamente. Reivindicar o trono é um ato de traição, punível com a morte. Não me atrevo. Não o farei.

As portas do salão nobre se abrem, e meu pai e Guildford entram juntos.

— Pai! — grito, como se chamasse meu salvador. — Diga a eles que não posso ser rainha!

Ele se põe do meu lado, e sinto o alívio intenso de uma criança resgatada. Acredito que ele vai me salvar dessa infelicidade e dizer a todos que isso é impossível. Mas meu pai também se curva diante de mim, como jamais fizera, e então diz, com sua voz mais grave:

— Joana, foste designada rainha por nosso amado rei falecido. Ele tinha o direito de te designar; é teu dever aceitar o legado que ele te concedeu. É teu dever, segundo a vontade de Deus.

Deixo escapar um grito abafado.

— Não! Não! Não, pai! Não!

Minha mãe aumenta a pressão nos meus ombros e me sacode discretamente.

— Fica quieta — diz ela, irritada, em voz baixa. — Você nasceu para isso. Deve se sentir grata.

— Como posso me sentir grata? — Engasgo, em meio a soluços. — Não posso! Não posso!

Em desespero, corro os olhos pelos semblantes sisudos, em busca de alguém que me compreenda e se solidarize comigo. Guildford se aproxima e pega minha mão.

— Seja corajosa. É uma grande oportunidade para nós. É magnífico. Estou muito orgulhoso de você.

Olho para ele, atônita, como se falasse russo. Qual o significado dessas palavras? Do que ele está falando? Guildford exibe seu sorriso de bom menino, solta minha mão e segue para o lado da mãe. Ninguém presta atenção em minha recusa; ninguém dá ouvidos quando afirmo que não aceito o trono. Haverão de me coroar com ou sem meu consentimento. Sou como uma lebre cuja pata ficou presa na armadilha. Posso me contorcer e espernear, posso gritar, mas nada há de me salvar.

Torre de Londres,
Julho de 1553

Visto um traje novo, confeccionado em veludo verde, com ouro bordado. É muito provável que o vestido tenha sido feito sob medida, em segredo, à espera deste dia. Quando ajustam o corpete em minha cintura, sinto um aperto como se fosse uma corda em meu pescoço. Então, constato que não se trata de uma herança inusitada concedida por um primo agonizante, um ato impulsivo; trata-se de um plano premeditado. A costureira foi informada sobre a medida da minha cintura meses atrás. Meu sogro, John Dudley, o líder do conselho, encarregou-se da confecção do traje e da cerimônia de coroação; meu pai concordou com tudo, os lordes do conselho firmaram um pacto, e então, meu primo Eduardo, combalido e infeliz, encampou o plano e ordenou que todos se voltassem contra sua meia-irmã Maria, a legítima herdeira.

Minha mãe consentiu em ser preterida em meu favor. Deve ter lutado com a própria soberba durante semanas. Todos dispuseram de meses para aliviar suas consciências — se é que tinham consciência. Mas eu disponho de poucos dias para entregar meus temores a Deus e lutar com o dever que o Senhor me impõe; e agora devo vestir meu traje verde, com ouro bordado, embarcar na barcaça real, sentar-me no trono sob o toldo dourado e ser conduzida a remo, com as flâmulas reais desfraldadas, até a Torre, a fim de me preparar para a coroação.

Nunca estive na barcaça real, exceto como acompanhante de meu primo, mas agora me vejo sentada no trono central, e sinto que o vento gelado resvala no rio e atinge aquele assento exposto. Quando nos aproximamos do cais, há centenas de pessoas ao longo da margem do rio e no interior da Torre, olhando fixamente para mim, e me sinto envergonhada de desembarcar da barcaça e entrar pelo Portão do Leão sob a égide de cores emprestadas. Surpreendo-me ao constatar que me sinto aliviada por ter Guildford ao meu lado, acompanhando-me naquele terror solitário. Ele pega minha mão e caminha comigo, mas, graciosamente, dá um passo atrás, para me deixar avançar, como se estivéssemos dançando em nossas bodas. Sou grata ao toldo acima de minha cabeça, como se isso pudesse me esconder dos olhos de Deus, no momento em que sigo para cometer uma traição. Minha mãe, caminhando atrás de mim, segura a cauda do meu traje, puxando-a para a esquerda e para a direita, feito um lavrador que manobra um cavalo teimoso, batendo as rédeas para forçá-lo a arar a terra pesada.

Enquanto caminhamos para o abrigo da Torre, vejo novas multidões esperando para me saudar. Vejo minha irmã Catarina espremida em meio às damas. Seu olhar de espanto cruza o meu.

— Ah, Joana — diz ela.

— Você deve chamá-la de "Vossa Majestade" — repreende minha mãe, e balança a cauda de meu vestido como se sacudisse rédeas.

Catarina faz uma reverência com sua cabeça alourada, em sinal de obediência, mas mantém os olhos azuis e perplexos em mim, enquanto eu passo. Ela me segue, acompanhada pelo marido sempre pálido. Avançamos até a câmara real, e enrubesço de vergonha quando nos intrometemos indevidamente nos aposentos particulares de Eduardo, na capela real, no dormitório real. Não sei como fui parar ali; com certeza, não dormirei ali — como poderei dormir no leito do rei! Tudo o que pertencia a ele foi retirado, às pressas; o piso foi varrido e junco fresco foi espalhado pelo chão, como se Eduardo estivesse morto há meses, e não há apenas quatro dias. Contudo, tenho a sensação de que ele vai entrar a qualquer momento, e que passarei a vergonha de ser surpreendida posando em seu trono.

Mas aqueles aposentos não pertencem mais a Eduardo; agora devem ser meus. E enquanto ali estamos, constrangidos e deslocados, a porta é escancarada e lacaios do guarda-roupa real entram com um desfile de baús contendo trajes e joias provenientes do guarda-roupa e do tesouro. Todos os belos trajes usados por Catarina Parr estão ali. Lembro-me dela assim vestida. Mantos que pertenciam a Anne de Cleves, pérolas dos Seymour, toucas francesas de Ana Bolena, ourivesaria espanhola da primeira rainha, morta antes de eu ter nascido. Os únicos vestidos que cabem em mim são os belos e pequeninos que pertenciam a Catarina Howard, decapitada por traição quando era pouco mais velha que eu, forçada a se casar, como eu, designada como rainha antes de aprender a ser uma mulher adulta.

— Belos sapatos — comenta Guildford, apontando para o bordado e os diamantes aplicados à ponta.

— Não vou usar os sapatos de uma jovem falecida — digo, sentindo um calafrio.

— Então, arranque os diamantes e os ofereça de presente a mim — diz Guildford, rindo.

Ele está revirando os baús, feito um cachorrinho procurando seus brinquedos. A mãe lhe lança um sorriso complacente, quando ele ajeita na cabeça alourada um chapéu enfeitado com joias e joga um manto de veludo sobre os ombros.

Catarina olha para mim, os olhos azuis arregalados.

— Está tudo bem com você? — pergunta ela.

— Deixe isso tudo aí — digo a Guildford, irritada. — Não vou usar peles e joias velhas.

— Por que não? — indaga ele. — Isso faz parte dos bens reais. Por que não podemos vestir o que há de melhor? Quem tem mais direito que nós?

Viro-me para Catarina.

— Acho que estou bem — respondo, sem firmeza. — E você?

— Dizem que sou a sua herdeira — responde ela, debilmente. — Dizem que serei rainha depois de você.

Não consigo evitar e deixo escapar uma risadinha estridente.

— *Você* vai ficar com o trono se eu morrer? — indago.

O rosto dela faz lembrar o de uma boneca, imóvel e belo, destituído de reflexão.

— Espero que não — responde ela, sem convicção. — Para o bem de nós duas.

A mão dela vai até o bolso do manto.

— Fita, a gatinha, está aí dentro? — pergunto.

Ela balança a cabeça.

— Não tenho permissão.

Guilherme Paulet, o velho marquês de Winchester, apresenta-se, trazendo uma caixa de couro com cantoneiras douradas e ferrolho de ouro. Olho para ele, como se me trouxesse uma áspide.

— Acho que a senhora deve experimentar a coroa — sugere ele, com um sorriso desdentado. — Pode experimentá-la!

— Não quero! — exclamo, tomada por súbita repulsa. É a coroa de Eduardo; não tenho a menor dúvida de que a princesa Maria deva ser a próxima a usar a coroa. — Não quero!

— Eu quero — intervém Guildford, repentinamente. — Pode me dar. Eu experimento.

— Vamos providenciar outra maior para o senhor — avisa o marquês, sorrindo para meu marido. — Esta é pequena demais. Foi usada por Ana Bolena, na cerimônia de coroação.

Como é possível aquela coisa não ser amaldiçoada? A última rainha a usá--la foi morta três anos depois que a enfiaram em sua cabeça. Pego Guildford pelo braço e o afasto da caixa aberta e da coroa de ouro cravejada de pedras preciosas.

— Você não pode ser coroado rei — explico a ele, em voz baixa. — Somente se o Parlamento solicitar e eu concordar. Você não foi apontando como herdeiro de Eduardo. Eu fui. Se eu for rainha, você será meu marido, não rei.

— Guildford é rei consorte — interrompe a mãe dele, surgindo por trás de nós. — Será coroado rei ao seu lado.

— Não.

Sinto que isso é pior que minha usurpação. Eu ao menos sou uma Tudor. Eu ao menos estou na linha sucessória. Minha linhagem ao menos foi apontada no testamento do rei Henrique. Mas Guildford é neto de um cobrador de impostos executado por traição. Não pode ocupar o trono; essa ideia é ridícula. É um insulto à linhagem real.

— Meu primo, o rei, apontou-me, por meio de minha mãe. Se Guildford for coroado, fica evidente que não agimos por respeito à linhagem real, mas por ambição pecaminosa. Meu primo foi instituído rei por Deus. Eu herdei o reino. Sou uma Tudor, e sou rainha. Guildford não passa de um Dudley.

— Você vai descobrir que os Dudley são a família mais poderosa desta terra! Vai aprender que meu marido é um fazedor de reis! — A mãe de Guildford avança, ferozmente. — Nós te fizemos rainha e faremos o nosso Guildford rei!

— Nada disso! Eu passei meu legado a Joana! — intervém minha mãe, elevando a voz e correndo para o meu lado. — É Joana quem vai subir ao trono. Não o seu filho.

— Veja só o que você causou! — murmura Guildford, furioso, dirigindo-se a mim. — Você é mesmo uma tola! Eu sou seu marido! Por que não haveria de me coroar? Sou seu senhor; você jurou obediência a mim, como poderei ser algo menos que rei, quando você for rainha? E agora... Vê só! Deixou minha mãe aborrecida!

— Nada tenho com isso, Guildford! Fiz as minhas preces, e Deus me chamou a esse lugar importante. Eu não quero, mas vejo que Ele me chamou, a fim de pôr à prova a minha fé. Mas Ele não te chamou. Você não é o herdeiro; eu sou.

Lívido de raiva, Guildford não consegue encontrar palavras para me responder.

— Esposa desobediente! — cospe ele. — Aberração! Isso, por si só, já é traição! Imagine o resto!

— Não pronuncie essa palavra! — dispara a mãe dele, enquanto Guildford dá meia-volta e se retira, batendo o pé. Ela dirige ao filho um olhar furioso, e parte atrás dele. Permaneço onde estou, trêmula e consternada, com a caixa da coroa de Ana Bolena aberta à minha frente, e minha irmã, estupefata, olhando para mim.

O marquês de Winchester, que deflagrara tudo aquilo ao fazer a promessa inconsequente de uma coroa a Guildford, vira-se para meu tio, Henrique FitzAlan, e Guilherme Herbert, sogro de Catarina, erguendo as sobrancelhas, como se indagasse como o reino seria governado por uma família beligerante.

— Mas tudo isso já não estava acordado? — pergunta ele, um tanto irônico.

— Está acordado — diz, prontamente, o sogro de Catarina. Este, para começar, não quer complicações; também participou do plano. O filho, ao seu lado, faz que sim, como se estivesse a par de tudo.

— Eu não concordei com nada — digo. De repente, sinto a mão de Deus me protegendo; de repente, sei o que devo dizer. Não sou idiota, e sei o que é certo fazer naquele momento. Já não estou sucumbindo ao medo; enxergo o caminho. — Aceitarei a coroa, pois essa é a vontade de Deus, e assim poderei fazer o trabalho d'Ele. Mas não é esse o destino de Guildford. Sou eu quem herda a coroa do rei Eduardo, que Deus o tenha, e Guildford, meu marido, ocupa o trono ao meu lado.

Sinto, embora não veja, que minha irmã Catarina se aproximou de mim, como se quisesse dizer que está ali na condição de minha herdeira, que somos nós as jovens dotadas de sangue real e designadas a herdar o trono. Não somos tolas nem joguetes. Meu marido não será coroado rei; o marido dela tampouco.

— Mas ele precisa de um título — observa o sogro de Catarina, com ponderação. — Um título real. No fim das contas...

Ele não conclui a frase, mas todos sabemos o que pretende dizer: no fim das contas, o duque de Northumberland não faria tudo o que fez somente para levar ao trono a filha de Henrique Grey. Quem se importa comigo, afinal? Como a minha sucessão pode beneficiar a família Dudley? Guildford precisa receber um título como compensação pelo trabalho; sua família há de querer os honorários. *Não atarás a boca ao boi quando estiver debulhando*, e os Dudley são novilhos gananciosos.

— Darei a ele o título de duque — ofereço. — É um título real. Ele será duque de Clarence.

O último duque de Clarence, presunçoso e prepotente, afogou-se em uma tina de vinho doce, naquele exato local. Pouco me importa se a comparação for estabelecida.

Durmo com minha irmã Catarina no leito real, e uma de minhas damas dorme em uma cama improvisada, no chão, ao nosso lado; os lençóis de seda foram aquecidos com uma panela dourada, e o colchão foi perfurado para o caso de haver um assassino escondido ali. Guildford não me procura; pela manhã, minha cólica piora, e, quando desperto, constato que minha menstruação chegou.

Catarina pula fora da cama e arranca os lençóis.

— Que nojo! — exclama ela. — Como você faz uma coisa dessa? Você não sabia que a menstruação estava para chegar?

— Não. Nem sempre chega na mesma época. Como eu saberia que chegaria agora?

— Você não poderia ter escolhido um tempo e um local piores.

— Não é como se fosse uma escolha!

Obviamente, isso jamais havia acontecido nos aposentos do rei: jamais uma rainha se alojara ali, no leito dele. Todas as rainhas residem em aposentos específicos de rainhas. Catarina e eu embrulhamos os lençóis sujos e os enviamos à lavanderia. O criado responsável pela roupa de cama demonstra repulsa. Quase morro de vergonha. Precisamos pedir anáguas limpas e uma bacia, para eu me lavar, e os lacaios trazem jarras com água quente e toalhas perfumadas. Sinto-me tão infeliz que, quando finalmente chego à capela, levo as mãos ao rosto e rogo a Deus que me faça sangrar até a morte, e assim me livre daquele dever terrível.

Assim que chego à sala do trono e nele me instalo, recebo uma mensagem de minha sogra. Uma de suas damas entra e faz uma reverência profunda — uma reverência real. Em seguida, levanta-se e informa que Sua Graça, a duquesa de Northumberland, não comparecerá à corte naquela manhã, e que ela e o filho, lorde Guildford, estão se retirando para a casa da família, em Syon.

— Isso é porque me recuso a fazê-lo rei? — pergunto, bruscamente.

A mulher hesita diante de minha franqueza.

— Milorde Guildford diz que não basta fazê-lo duque e que, se não for rei, evidentemente, não pode ser marido da rainha.

— Ele pretende me deixar? — indago, incrédula.

Ela enrubesce diante de tal afronta. Então, curva-se novamente e permanece curvada, com os olhos cravados no chão.

Volto a sentir a feroz determinação que agora reconheço decorrer da ação de Deus operando por meu intermédio. Ele me dá força. Ele me propicia lucidez. Viro-me para meu tio, Henrique FitzAlan, conde de Arundel, que está de pé ao meu lado.

— Por gentileza, vá até meu marido e lhe diga que sua rainha lhe ordena que permaneça na corte — digo, com os dentes trincados. — E diga à Sua Graça, a mãe dele, que espero vê-la aqui também. Nenhum dos dois pode sair sem minha permissão. Ambos sabem disso.

Ele faz uma reverência e sai da sala. Olho ao redor, para os outros lordes; alguns disfarçam sorrisos. Sei que passarei a vergonha de ver meu sangue verter e meu vestido manchar, se não me retirar imediatamente para o quarto de banho. Com os olhos, peço ajuda a Catarina, que me encara, perplexa. Ela não faz ideia de como proceder.

— Não me sinto bem — aviso. — Vou me retirar para meus aposentos.

Todos se ajoelham, e avanço pelo meio da sala, seguida por minhas damas. Mal consigo me manter de pé, tamanhas as cólicas que sinto, e caminho com um andar ridículo, meio de lado, tentando evitar que o sangue escorra; mas me forço a alcançar os aposentos reais, e só choro de dor e raiva quando a porta é fechada e me vejo sozinha.

Nunca sangrei tanto; nunca me senti tão mal.

— Estou sendo envenenada — murmuro para minha criada, quando ela leva os lenços ensanguentados e a água com cor de ferrugem. — Tem alguma coisa muito errada.

Ela olha para mim, boquiaberta. Não sabe o que fazer. Da noite para o dia, ela se vê prestando serviços à rainha da Inglaterra, e agora eu digo que estou sendo assassinada. Ninguém sabe como proceder.

Torre de Londres,
Julho de 1553

A situação piora, em vez de melhorar. Meu cunhado, Robert Dudley, uma perdição de tão belo, fracassou na tentativa de prender a princesa Maria — ou Lady Maria, como agora devemos chamá-la. Ele percorre Norfolk, com uma tropa de cavalos imponentes, cuidando para que ninguém a socorra, mas não consegue detê-la sob sua custódia.

Metade dos lordes diz que Lady Maria, decerto, tentará fugir para a Espanha, o que deve ser impedido a todo custo, pois ela nos atacaria com um exército papista, causando nossa destruição e a danação da Inglaterra. A outra metade afirma que ela deve receber permissão para ir embora, exilando-se para sempre, de modo a não restar quem pudesse comandar uma rebelião contra mim. No entanto, em vez de qualquer uma dessas coisas, ela faz algo muito pior para nós, algo que ninguém previu que uma mulher pudesse fazer: ela hasteia seu estandarte na mansão em Kenninghall e escreve ao conselho dizendo que é a verdadeira rainha e que os conselheiros serão perdoados da traição caso a admitam em Londres e no trono imediatamente.

Esse é o pior desafio imposto à devota causa reformista. Sei que Deus não quer que ela assuma o trono e que suas promessas de tolerância religiosa e de não impor sua heresia aos bons cristãos da Inglaterra, que apenas recentemente enxergaram a luz, fazem parte do plano do diabo, visando anular tudo em que Catarina Parr acreditava, que Eduardo concretizou e que jurei dar continuidade. A princesa Maria não haverá de devolver o reino a Roma e destruir nossa oportunidade de criar um reino de santos. Deus me compele a fazer oposição a ela, e insisto que um exército seja recrutado a fim de capturá-la. Se for necessário prendê-la na Torre por traição, que assim seja. Ela teve todas as oportunidades de chegar a um melhor entendimento da Palavra de Deus; estudou com Catarina Parr tanto quanto eu, mas insistiu no erro. Se a capturarmos e o conselho insistir que ela deve morrer por traição ao trono, a mim, que assim seja. Haverei de encontrar a coragem necessária para mandá-la ao cadafalso, com a todos os hereges que a seguem. Não serei o elo frágil no poderoso exército de Deus. Fui chamada, fui escolhida, resistirei ao sofrimento, qual uma valorosa guerreira de Jesus Cristo; não ficarei aquém do meu chamado.

Passo horas a fio de joelhos, em meus aposentos, e minhas irmãs Catarina e Maria se ajoelham ao meu lado, enquanto rezo pedindo a Deus que me ilumine. Catarina não está em paz com os santos. Percebo que está cochilando e, com o cotovelo, cutuco suas costelas; ela se assusta e diz: "Amém." Não tem importância. Cabe a mim ser firme e fiel. Catarina é minha companheira e irmã. Pode dormir, assim como são Pedro dormiu enquanto Jesus agonizava espiritualmente, mas eu darei passo após passo, em direção a uma coroa pura e santificada.

Em resposta à reivindicação apresentada pela princesa Maria, de ser ela a legítima herdeira, o conselho me proclama rainha, e os lordes tenentes são despachados aos seus respectivos condados para anunciar que o rei está morto e eu fui apontada como herdeira. Proclamações são fixadas por toda Londres; pastores anunciam a nova nos púlpitos.

— Alguém fez objeção? — pergunto ao meu pai, apreensiva.

— Não, não, nenhuma palavra — garante ele. — Ninguém quer os espanhóis acima de nós; ninguém quer voltar ao comando do papa.

— A princesa Maria, com toda certeza, tem apoiadores no reino — digo, um tanto angustiada.

— Lady Maria — corrige ele. — Seria de se esperar... mas ninguém saiu em defesa dela, a despeito de quaisquer sentimentos reprimidos. É claro que o reino está abarrotado de papistas, mas eles não estão se declarando ao lado dela. John Dudley comanda o cenário há tanto tempo, que pôde se preparar para este momento, desde que os espanhóis não tentem se meter.

— Precisamos reunir um exército.

Não faço a menor ideia de como se reúne um exército.

— Já estamos fazendo isso — avisa ele. — Eu estarei no comando.

— Não — digo, subitamente. — Falando a verdade, pai, eu não vou conseguir fazer isso sem o senhor. Não me deixe com os Dudley, não com Guildford e seus pais terríveis. Não me deixe aqui apenas com minha mãe e as meninas, e ninguém que seja meu porta-voz junto ao conselho. Minha mãe não abre a boca para contrariar Lady Dudley, Catarina é pior que não ter ninguém e Maria é muito pequena. Eu preciso de alguém aqui.

Ele hesita.

— Eu sei que a sua mãe prefere que eu não combata a prima, a princesa Maria. Nem sou militar...

— John Dudley é quem deve ir! — exclamo. — Foi tudo ideia dele. O plano é dele. E, além disso, faz apenas quatro anos que ele debelou a revolta de Kett. É ele quem deve ir.

— Não se exaspere — diz meu pai, contemplando meu rosto corado e minha voz elevada. Ele dirige o olhar às minhas damas e faz um meneio de cabeça para minha mãe, indicando-lhe que tente me acalmar.

— Não estou exasperada — apresso-me em dizer. Devo tranquilizar todos os que me cercam, o tempo inteiro. — Eu só preciso ter minha família comigo. Guildford tem a dele: os irmãos trabalham para ele. A mãe não sai daqui, o pai fez tudo isso por causa dele. Por que hei de manter a corte cheia de gente dos Dudley, despachar o senhor e ficar aqui somente com Catarina, Maria e minha mãe?

— Estou lhe dizendo: não se preocupe. Deus está conosco, e você será rainha. As forças de John Dudley vão prender a princesa, mesmo que ela consiga chegar ao Castelo de Framlingham e hastear o estandarte real.

— Lady — eu o corrijo. — Lady Maria. E o estandarte real não pertence a ela. Pertence a mim.

John Dudley oferece um grande banquete de despedida, antes de sair de Londres, uma estranha mescla de bravata profana e inquietação profana. O discurso por ele proferido não é heroico. Já li bastante história e sei que um indivíduo prestes a marchar em defesa de sua fé e de sua rainha se expressa em termos marciais. Em vez de afirmar a justiça da causa e a certeza da vitória, ele faz soar a advertência de que está arriscando a vida e a reputação, e exprime uma ansiedade verdadeira, em vez de uma falsa confiança.

Guildford e eu estamos sentados lado a lado, contemplando o salão; o toldo real cobre meu assento, não o dele, meu trono fica mais alto que o dele, e seu pai ameaça trair o conselho, se pelo conselho for traído. Não é o tipo de discurso que César proferiria antes de marchar em triunfo diante da população, e digo isso a Guildford.

— Esses homens não são leais tribunos romanos — responde ele, com mordacidade. — Nenhum deles é confiável. Qualquer um deles vira a casaca, se achar que está no lado perdedor.

Estou prestes a explicar por que ele está enganado, quando seu pai, de repente, volta-se para nós, esboça um pomposo gesto oratório e fala a meu respeito. Diz a todos que sou rainha de ocasião, forçada a assumir o trono, e não por vontade própria. Guildford e eu pestanejamos, feito um casal de filhotes de coruja dentro de um ninho. E o meu destino estabelecido por Deus? E o direito de meu primo de legar o trono a mim? E o direito legítimo de minha mãe, sacramentado no testamento do bom rei Henrique e passado a mim? O pai de Guildford faz minha subida ao trono parecer uma conspiração, e não um ato de Deus; e, se for conspiração, é também traição.

John Dudley marcha para o nordeste, em direção a Suffolk, e nós que permanecemos em Londres damos início à rotina governamental, embora a sensação seja de farsa, e não de comando, até recebermos a notícia de que Lady Maria foi capturada. Guildford não mais questiona o próprio nome e seu título, mas janta todas as noites sem minha presença, formalmente, entronado feito um rei, embaixo de um toldo dourado, diante de um desfile de cinquenta pratos servidos à imensa corte que ele convida, só para parecer poderoso. Às vezes, tenho a insana sensação de que ele está usurpando minha usurpação, um complô dentro de um complô, um pecado em cima de outro pecado. Ele e seu séquito de tratantes bebem demais e são barulhentos. Ouço a algazarra e a cantoria, enquanto janto com minhas damas em meus aposentos. Isso já seria ruim o suficiente, visto que a gula é um risco à salvação, mas pior ainda é Guildford receber notícias do pai e do irmão antes que as notícias sejam reportadas a mim.

É o irmão dele, lorde Robert, que está recrutando tropas contra Lady Maria, em Norfolk; é o pai dele, John Dudley, que avança contra ela, seguindo de Londres a Framlingham. Naturalmente, é ao séquito de Guildford que todos recorrem em busca de notícias; meu séquito é composto de damas, e somos facilmente excluídas. Não é que as mensagens não cheguem a mim; chegam, pois todos sabem que devem se reportar à soberana. Mas primeiro as pessoas param e falam com os homens. Evidentemente, a corte de uma rainha deve ser um recinto de damas, mas como serei uma governante, se não estiver no centro dos conselhos dos homens?

Trata-se de um dilema que eu não havia previsto. Eu pensava que, depois de me forçar a aceitar a coroa do rei da Inglaterra, seria investida do poder do rei da Inglaterra. Agora entendia que assumir o poder na condição de rainha era algo diferente. Os homens tinham se ajoelhado e jurado lealdade, mas não haveriam de empenhar sua lealdade masculina a uma mulher. A bem da verdade, sou pequena e franzina e, mesmo com Deus atrás de mim, não sou uma figura imponente.

E aqueles homens eram ímpios. Na mesma noite em que John Dudley inicia sua marcha, fico sabendo que Guilherme Paulet, marquês de Winchester, aquele tolo que se precipitou e ofereceu a coroa a Guildford, retirou-se para sua residência em Londres sem minha permissão, e que o sogro de Catarina, Guilherme Herbert, também tentou deixar a corte. Não aceito esse tipo de deslealdade diante da vontade de Deus, e dou ordens imediatas para que o marquês retorne ao seu posto.

Convoco o Conselho Privado e informo que mandarei trancar os portões da Torre, diariamente, ao anoitecer, e que espero ver todos os lordes do conselho dentro das dependências. Espero que todas as damas prestem assistência a mim, às minhas irmãs, à minha mãe e à minha sogra, e ao meu marido também. Levaram-me ao trono, no interior da Torre, e ao lado do trono, no interior da Torre, haverão de permanecer comigo. Somente se ficarmos juntos e aliados aos santos celestiais haveremos de triunfar, enquanto John Dudley avança contra Lady Maria, com a mesma gana com que o diabo avança contra seus asseclas.

Guilherme Herbert se esgueira de volta à sala do trono antes da meia-noite. Fico acordada até tarde, acompanhada de minha mãe e minha sogra, Lady Dudley. Até Guildford se junta a nós, sóbrio, ao menos dessa vez. O filho de Herbert, sempre pálido e combalido, adentra a sala seguindo o pai, e minha irmã Catarina vem logo atrás do jovem marido.

— O senhor deve permanecer aqui — digo, bruscamente. — Precisamos do senhor aqui, caso surja alguma novidade. Pode ser necessário convocar o conselho a qualquer momento.

Ele me faz uma reverência, sem dizer nada. Não tem como se defender.

— E quero a companhia de minha irmã — acrescento. — O senhor não pode levá-la sem a minha autorização.

Não consigo evitar um olhar em direção à minha mãe, para ver se concorda comigo. Ela faz que sim; até Lady Dudley ensaia um leve gesto de anuência. Todos sabemos que precisamos nos manter unidos.

— Ninguém pode sair — anuncia Guildford, como se eu já não tivesse deixado clara a questão. — É a vontade do meu pai.

Precisamos trabalhar juntos; não podemos parecer desunidos. Somos soldados de Deus — precisamos marchar no mesmo passo. Portanto, o conselho se reúne e tomamos a decisão consensual de escrever a lorde Richard Rich, que jurou lealdade a mim e agora desapareceu, e lhe lembrar que deve permanecer comigo. Os condados de Norfolk estão titubeando, o leste se mostra indeciso. Temem que os marujos embarcados ofereçam apoio a Maria. A reunião é levada a termo e a carta é enviada; porém, mais tarde, na mesma manhã, Catarina entra em meus aposentos e puxa a manga do meu vestido enquanto escrevo, fazendo com que eu borre o papel.

— Veja o que você fez! O que foi? — pergunto.

— Estamos indo embora — avisa ela, sussurrando. — Preciso ir imediatamente. Meu sogro mandou. — Ela me mostra o macaquinho, acomodado em seu braço. — Preciso pôr o sr. Careta na gaiola. Ele também vai.

— Vocês não podem ir. Eu disse a ele; eu disse a todos. Você estava lá e me ouviu. Vocês todos precisam ficar.

— Eu sei que você disse — afirma ela. — Foi por isso que vim falar com você, agora.

Olho para ela. Pela primeira vez na vida, não a vejo como uma irmã mais nova, um pouco irritante, parte da paisagem familiar de Bradgate, à semelhança de uma rosa esmaecida no jardim, pela qual passo diariamente, mas como uma jovem de carne e osso, assim como eu, uma jovem que sofre como eu sofro. Contemplo seu rosto alvo e os olhos sombrios, percebo a tensão à qual está submetida, mas, em vez de me solidarizar com ela, fico irritada.

— O que há com você? Por que essa cara de feriado chuvoso?

— Todos vão conosco — continua ela, aflita. — Muitos deles. Seu conselho, o Conselho Privado, vai conosco para o Castelo de Baynard. Combinaram com meu sogro, Guilherme Herbert, de se encontrar lá. Vão deixá-la e seguir com ele. Lamento muito, Joana, mas não tenho como impedi-los...

Ela interrompe o que estava dizendo e dá de ombros. Com certeza, não tem como impedir os lordes do reino de agir como lhes convém.

— Eu falei para eles que não deviam... — recomeça ela debilmente.

— Mas eu dei ordens para que ficassem aqui! O que eles pretendem fazer na sua casa?

— Receio que pretendam proclamar Lady Maria.

Eu só olho para ela, horrorizada.

— O quê?

Catarina olha para mim.

— Preciso ir, também — avisa ela.

Obviamente, ela tem de obedecer ao jovem marido e ao pai todo-poderoso dele.

— Você não pode fazer isso.

— A gente não pode perguntar para alguém?

Catarina é absolutamente ridícula.

— Perguntar a quem? Perguntar o quê?

— O que devemos fazer... Não podemos enviar uma mensagem a Roger Ascham?

— O estudioso? O que você acha que ele pode fazer? Logo agora, que meu Conselho Privado está fugindo com o seu sogro e proclamando uma rainha papista.

— Eu sei lá! — choraminga ela.

Claro que não sabe. Ela nunca sabe nada.

— Nosso pai precisa falar com eles — murmura ela. — Com o Conselho Privado. Nosso pai precisa falar para eles não irem para o Castelo de Baynard e para não se voltarem contra você. Eu não posso fazer isso.

— Então, diz a ele que faça isso! Traga ele aqui, agora!

— Ele não vem. Já perguntei. E milady nossa mãe também não.

Ficamos caladas por um instante, unidas na condição de irmãs, mais que nunca, unidas em nossa apreensão, enquanto constato que o certo nem sempre acontece, que os santos nem sempre marcham incontestes para o reino do céu, que os devotos nem sempre triunfam, que nós duas não dispomos de mais autoridade que a pequena Maria. O macaquinho, sr. Careta, tira um lenço que Catarina leva no bolso e o enfia na mão dela.

— E o que vai acontecer comigo? — pergunto.

Pela primeira vez, vejo que ela tem lágrimas nos olhos.

— Acho que você não pode ir junto, não é? — diz ela. — Ir para o Castelo de Baynard com todo mundo. — Ela engole em seco. — Não pode pedir desculpas à Lady Maria? Dizer que foi tudo um erro. Não pode vir comigo?

— Não seja tola — retruco, rispidamente.

— E se nós duas dissermos que foi um erro? Se eu apoiar você e disser que não fez nada por querer. Que foi obrigada.

Vejo que ela segura firme a jaqueta do macaquinho, como se ele também pudesse testemunhar em meu favor.

— Impossível.

Ela sacode a cabeça.

— Achei que não dava mesmo — diz ela, entregando-me o lenço úmido e retirando-se sem mais uma palavra.

Olho ao redor. Percebo que algumas de minhas damas se foram, e me dou conta de que estiveram ausentes desde as orações matinais. Meus aposentos estão ficando vazios; as pessoas estão me abandonando.

— Nenhuma de vocês pode sair daqui — declaro, com rispidez, e as cabeças se erguem, como se todas planejassem sair correndo da Torre assim que eu me retirasse do recinto.

Isso era deslealdade, isso era falta de fé. Acho as mulheres especialmente inclinadas à desonra. Odeio-as por isso, mas nada posso fazer contra elas naquele momento. Não sei como podem ter paz consigo mesmas, como podem rezar. Deus há de castigá-las por tal deslealdade para comigo, Sua filha. Os moinhos de Deus moem lentamente, mas moem com grande presteza, conforme essas grandes damas e seus maridos desonestos haverão de constatar.

Fomos jantar como sempre. Guildford se senta ao meu lado, em uma cadeira mais baixa, e o toldo dourado monárquico cobre meu assento. Olho em volta do salão — não há nenhum burburinho de conversa; todos parecem sem apetite. Quase dou de ombros. Eles queriam isso — por que se arrependem de seus próprios atos? Será que não sabem que o mundo é um vale de lágrimas e que somos todos pecadores infelizes?

A grande porta ao fundo do salão se abre, e meu pai entra, com um andar tenso, como se os joelhos lhe doessem. Ergo o olhar, mas ele não sorri para mim. Avança em minha direção; a pouca conversa se extingue e o recinto silencia enquanto ele se aproxima.

Ele para diante de mim, movimenta a boca, mas não diz nada. Jamais o vi nesse estado; sinto um calafrio de medo, uma premonição de que algo terrível está prestes a acontecer.

— Pai? — pergunto.

Então, de repente, ele estende a mão para o alto, agarra uma das pontas do toldo monárquico e a puxa com tamanha violência que as hastes que o mantêm acima do meu assento tombam feito uma árvore cortada, com um estrondo, e o tecido é rasgado.

— Pai! — exclamo, e ele avança sobre mim.

— Este lugar não te pertence. Você deve se submeter ao destino — diz ele, de súbito.

— O quê?

— Você deve despir o manto real e se contentar com uma vida reclusa.

— O quê? — repito, mas agora tento ganhar tempo.

Deduzo que perdemos, e que ele optou por essa conduta estranha mais como uma encenação do que como um pai que, sinceramente, fala com a filha, apenas para que conste que removeu o toldo real com as próprias mãos. Ou talvez as palavras faltem a ele, mas não faltam a mim, jamais faltam a mim.

— Eu dispo o manto real com muito mais determinação do que o vesti — declaro. — Por obediência ao senhor e à minha mãe, cometi um pecado grave.

Ele parece atônito, como se o toldo rasgado tivesse falado, ou o imbecil do Guildford, boquiaberto ao meu lado.

— Você deve renunciar à coroa — repete meu pai, como se eu insistisse em mantê-la, e se retira do salão, antes que eu possa responder. Ele não faz nenhuma reverência.

Levanto-me do trono e me afasto do toldo roto. Dirijo-me aos meus aposentos privados, seguida por minhas damas. Vejo que uma delas se detém para falar com um criado de meu pai.

— Oremos — digo, assim que a porta é fechada.

— Desculpe-me — diz uma das damas, ao fundo. — Mas o pai da senhora mandou um recado dizendo que podemos ir embora. Posso arrumar as minhas coisas e ir para casa?

No silêncio dos cômodos vazios, ouço a euforia instalada fora dos portões da Torre. Os vereadores municipais mandaram guarnecer as fontes com vinho tinto, e todos os idiotas e pilantras da cidade estão se embebedando e gritando: "Deus salve a rainha." Saio à procura de meu pai. Talvez ele me leve de volta para casa, em Bradgate.

De início, não consigo encontrá-lo. Não está na sala do trono, tampouco nos aposentos reais, localizados atrás da sala do trono. Nem no salão de audiências, tampouco nos cômodos privados. Não está nos aposentos de Guildford, que, ao menos uma vez, estão silenciosos. Até Guildford está contido, jogando baralho com meia dúzia de parceiros. Levantam-se quando me veem, e pergunto se Guildford viu meu pai. Ele diz que não.

Não me detenho para perguntar por que ele está tão lívido e apreensivo; por que os parceiros, geralmente tão barulhentos, estão tão quietos. Quero encontrar meu pai. Ele não está na Torre Branca; então, saio ao ar livre e atravesso correndo o gramado, em direção à capela de são Pedro, caso ele esteja rezando sozinho diante do pequeno altar; mas ele tampouco se encontra ali. Demoro um bom tempo até alcançar o estábulo e, logo ao entrar, ouço os sinos da Catedral de São Paulo dobrando sem parar, uma desarmonia contínua, não o badalar da hora, mas batidas ininterruptas, e, então, outros sinos ribombando, uma grande cacofonia, como se todos os sinos de Londres badalassem ao mesmo tempo. Do outro lado das muralhas da Torre, ouço gritos e vivas. Os corvos alçam voo das árvores dos jardins da Torre e de seus poleiros escondidos e pairam acima da algazarra, feito uma nuvem escura, uma agourenta nuvem de tempestade, e levo as mãos aos ouvidos, a fim de obstruir a barulheira provocada pelos sinos que não param de tocar e pelos guinchos dos pássaros. Ouço a mim mesma dizer, irritada: "Não sei por que tanto barulho!" Mas eu sei.

Entro correndo no pátio do estábulo, como uma menina pobre, com as mãos na cabeça, as saias sujas de lama, e encontro meu pai no bloco de montaria, subindo na sela. Aproximo-me do cavalo e toco a rédea.

— O que está acontecendo, pai? — Preciso gritar, para superar a algazarra dos sinos. O portão do estábulo é escancarado, e meia dúzia de rapazes saem correndo, deixando-o aberto. — Pelo amor de Deus, o que está acontecendo agora?

— Perdemos — diz ele, inclinando-se da sela e pondo a mão em minha cabeça, como se me abençoasse na despedida. — Pobre menina. Foi uma grande aventura, mas perdemos.

Sigo sem entender. Acho que não entendo nada. Não consigo ouvir. Este é o problema: não consigo ouvir o que ele diz. Os sinos tocam tão alto, os corvos fazem tanto barulho... Devo ter ouvido mal.

— O que nós perdemos? Eu sabia que estávamos em retirada. Que ela estava defendendo Framlingham. Houve uma batalha? As forças de John Dudley foram derrotadas?

— Não houve batalha. Ela venceu sem que uma espada precisasse ser desembainhada. Londres proclamou Maria — explica ele —, a despeito de tudo o que fiz por você. É por isso que os sinos estão tocando.

Largo a rédea e, cambaleando, afasto-me do garanhão; imediatamente, meu pai segura a rédea, como um sinal de partida. Sem mais uma palavra, ele esporeia o cavalo e avança para o portão aberto do estábulo. Corro atrás dele.

— Mas o que o senhor está fazendo? — grito. — Pai! Aonde o senhor vai?

— Eu sou apenas um — responde ele, como se isso explicasse tudo.

— Aonde o senhor vai?

— Vou proclamar Maria rainha e depois implorar a ela que me perdoe.

Corro ao lado do cavalo enquanto ele segue até o portão da Torre, mas não consigo acompanhá-lo. Fico para trás. O portão é aberto e, lá fora, vejo pessoas dançando e se abraçando na rua, lançando moedas ao vento, debruçadas nas janelas, gritando a notícia aos que estão lá embaixo, e o tempo todo o terrível estardalhaço dos sinos de centenas de igrejas, estrondando por toda Londres ao mesmo tempo.

— Pai, pare! Espere por mim! O que devo fazer?

— Eu vou salvá-la — promete ele, então esporeia o cavalo, sai pelo portão, a meio galope e atravessa a multidão antes que alguém o reconheça como o pai da jovem que foi rainha por menos de duas semanas.

Depois que ele parte, fico parada feito uma tola, olhando. Ele vai me salvar; essa ideia deve servir de consolo. Saiu para me salvar. Sofremos um grande revés, mas meu pai saiu para corrigir a situação. Devo esperar ali, e ele há de voltar e me instruir como proceder. Seja lá o que estivemos fazendo naquele lugar — e agora tudo parece um sonho, quando se desperta e quase ri, e se entrega o estranho e descabido pesadelo a Deus, com uma oração —, a aventura chegara ao fim. Ou, em todo caso, imaginei que chegara ao fim. A não ser que o revés fosse temporário e fôssemos restaurados ao poder.

Meu pai vai me salvar, como prometeu. John Dudley há de ter um plano. É melhor retornar aos meus aposentos e cuidar para que ninguém mais se retire. Não convém passar uma impressão de desordem. Não queremos parecer laodicenses, um povo condenado por sua indiferença religiosa e política; não queremos envergonhar Nosso Senhor diante de Seus inimigos. É melhor que eu demonstre por meu pai terreno a mesma confiança que tenho em meu Pai celestial.

Começo a pensar que fizeram de mim rainha por um dia, uma espécie de Senhora da Desordem, uma tola com uma coroa de papel, embora pensasse ser uma autêntica rainha, meu cetro de papel parecesse pesado e meus deveres, portentosos. Começo a pensar que estive em uma brincadeira. Receio que as pessoas tenham rido de mim.

Se for assim, hei de morrer de vergonha; tolero qualquer situação, exceto parecer ridícula; portanto, devo permanecer em meus aposentos, ordenar que minhas damas fiquem comigo e que o séquito de Guildford permaneça com ele. O toldo monárquico foi derrubado por meu pai, e não determino que seja remontado. O trono foi removido sem que uma palavra fosse pronunciada, o grande selo oficial desapareceu, as chaves da Torre já não estão no gancho e meus aposentos foram esvaziados.

E agora constato que não agi com presteza suficiente a fim de manter minhas damas comigo. É como o fim do verão em Bradgate, quando vejo as andorinhas circundando as torres cada vez mais rápido e, de súbito, todas desaparecem, e sequer sei precisar o dia em que se foram. A exemplo das andorinhas, minhas damas somem dos meus aposentos. Eu não sabia que partiriam; não as vi partir. Até minha mãe se foi, desaparecendo feito um tentilhão. Foi embora na surdina, levando Maria consigo. Considero sua atitude pior que a de Catarina, pois ao menos aquele caniço rachado veio me dizer que precisava partir. As únicas mulheres restantes na Torre são as criadas mais simples, a esposa do condestável, que reside aqui, e minha sogra, Lady Dudley. Abandonada, ela está com um aspecto medonho, feito uma baleia encalhada em uma praia fria e deserta. Permanece sentada em sua banqueta, de mãos vazias, sem uma Bíblia que possa ser lida, sem uma blusa a ser costurada, uma mulher ociosa e cercada por planos arruinados.

— A senhora teve notícias de seu marido? — indago.

— Ele se rendeu — soluça ela, com a voz carregada de tristeza. — Em Cambridge. Rendeu-se àqueles que, com orgulho, chamavam-no de senhor um dia antes.

Faço que sim, com um gesto rápido, como se o que ela diz tivesse algum sentido, como se a entendesse, mas tudo isso está muito além do meu entendimento. Jamais li algo que pudesse me preparar para um revés como aquele. Não creio ter havido algum revés como aquele, não na história que estudei. Uma derrota completa sem uma batalha sequer? Nenhuma defesa? Um grande exército reunido e posto em marcha, e então desviado e, tranquilamente, retirado de cena? Parece mais um conto de fadas que um evento histórico.

— Bem, eu devo ir para casa — resolvo. Pareço decidida, mas, no fundo, gostaria que ela me enviasse à sua casa, em Londres, ou me dissesse para aguardar ali mesmo, até que meu pai chegasse para me resgatar.

Lady Dudley balança a cabeça.

— Você não vai conseguir. Trancaram os portões da Torre. Acha que eu ainda estaria aqui, se pudesse ir embora? Você foi uma rainha, mas agora é uma prisioneira. Trancou os portões para manter seu séquito aqui dentro; agora os portões estão trancados para manter você aqui dentro. Nunca mais voltará a ver sua casa. Deus queira que eu veja a minha.

— Deixe essa questão comigo! — respondo, bruscamente, dou-lhe as costas e sigo para os aposentos de Guildford.

Está quase tudo vazio. Detenho-me na soleira da porta, e sou tomada por uma onda de enjoo, ao sentir cheiro de carne assada rançosa. Alguns homens estão reunidos diante da lareira, ao fundo da sala. Alguns criados recolhem cálices e pratos sujos. Guildford está sozinho, sentado em sua poltrona, as hastes que sustentam seu prepotente toldo oficial pendem, uma para cada lado, como se estivessem embriagadas. Parece um bobo da corte, brincando de rei, mas desprovido de séquito.

— Todos se foram — comento, quando ele se levanta e me oferece uma reverência.

— Devemos ir também? — pergunta ele. — Minha mãe disse que podemos ir para casa agora?

— Ela disse que trancaram os portões, para nos deter aqui dentro, e prenderam seu pai.

Ele fica horrorizado.

— Eu deveria tê-lo prevenido — diz ele. — Eu deveria tê-lo acompanhado. Eu deveria ter cavalgado com ele, ao lado dele, na condição de filho!

— Você está bêbado — declaro, enfurecida. — E não sabe de nada.

Ele assente, como se a informação fosse relevante.

— Tem razão — diz ele. — Tem razão duas vezes: eu *estou* bêbado. E não sei de nada. — Ele dá uma risadinha. — Pode ter certeza de que metade de Londres vai se embebedar hoje à noite e não vai saber de nada. Principalmente, não vai saber de nada sobre nós: os Dudley.

Guildford segue bêbado por vários dias, nas dependências da Torre Beauchamp, onde está confinado, desprovido de séquito, desprovido de amigos, acompanhado apenas de dois lacaios, que o arrancam da cama pela manhã e o enfiam na cama à noite. Não tem permissão para deixar seus aposentos; portanto, suponho que será prisioneiro até Lady Maria nos perdoar. A mãe de Guildford mantém uma vigília silenciosa em meus aposentos. Não me serve de companhia.

Estudo meus livros. É estranho, mas não tenho nada para fazer. Não tenho autorização para sair da Torre — os portões são mantidos trancados —, mas, no interior das muralhas, transito livremente: posso atravessar o gramado até a capela, posso ir até as salas de registros de escrituras de propriedades, até os jardins, os estábulos. Gosto de caminhar pelas ameias, entre as torres, contemplando o rio à noite. O ar frio ameniza as dores que sinto no ventre. Ainda estou menstruada. Ainda sinto náusea. Algo está me envenenando. Acho que só vou melhorar depois que meu pai me levar de volta para Bradgate. Sonho que estou em casa, no meu quarto, vislumbrando o lago, mas acordo e ouço os ruídos da cidade, vejo a luz desenxabida no céu matinal e constato que continuo muito longe de casa.

Ouço um barulho próximo ao portão da Torre Byward e espio por cima da muralha, para ver quem está entrando. Cercados por guardas, entram prisioneiros, meia dúzia de homens. Ouço os gracejos do povo, do outro lado do portão, silenciado quando o portão é fechado e trancado com os ferrolhos. Só consigo ver o rosto do principal detento. Deus! É meu sogro, John Dudley, caminhando de cabeça erguida e chapéu na mão, e depois reconheço seus filhos entre os demais infelizes. Agradeço a Deus pela graça de meu pai não estar entre eles. Os Dudley foram detidos, mas meu pai segue livre. Ele há de se encontrar com nossa prima, a princesa Maria, e poderá explicar como tudo aconteceu, e solicitará minha soltura. Agradeço a Deus que os Dudley serão culpados pelo ocorrido. O plano partiu deles, e todos sabem disso. Faz anos que se mostram extremamente ambiciosos; agora serão derrubados — mais que merecido.

O grupo de prisioneiros é dividido. Meu sogro é levado para a Torre de São Tomás, e os filhos são conduzidos à Torre Beauchamp, onde se juntarão ao irmão, Guildford. Observo-os descendo os degraus e inclinando a cabeça, a fim de passar pelo umbral baixo, e não sinto absolutamente nada — nem compaixão, nem medo do que pode ocorrer com eles. Há um breve empurra-empurra, pois John Dudley tenta descer os degraus e se juntar aos filhos. Vejo que o caçula, Henry, está chorando. Imagino que Guildford vá se sentir consolado na companhia dos irmãos, mas vai perceber que a bebida e a igno-rância não o salvarão, sobretudo agora que seu pai foi preso.

Acho melhor voltar aos meus aposentos, mas, quando chego lá, descubro que meus trajes e livros foram retirados e que agora vou me alojar na casa do sr. Nathaniel Partridge, carcereiro-mor da Torre. A casa é bonita, com vista para os jardins e voltada para a Torre Branca. Meus aposentos têm boas dimensões e são confortáveis. Ainda conto com três damas de companhia e um criado. A meu ver, isso não faz a menor diferença, digo à sra. Partridge, esposa do carcereiro.

— Protocolos não têm significado para mim. Enquanto tiver meus livros, meus estudos e puder rezar, não preciso de mais nada.

Ela faz uma reverência discreta, não mais a reverência profunda que fazia antes da chegada dos Dudley na condição de prisioneiros. Considero o gesto um tanto irritante, mas me lembro de que se trata de um "protocolo", e não me preocupo mais.

— Pode sair — digo, em voz baixa. — Vou escrever.

Penso em escrever meu relato sobre aqueles dias e enviá-lo à minha prima, a princesa Maria. Penso em explicar que nada do que aconteceu partiu de mim e que se o desejo de meu primo, o rei, em seu leito de morte, for ignorado, contento-me em voltar a ser súdita, e ela a ser herdeira; na verdade, em vê-la coroada rainha. Deus sabe que, na condição de membros da família Tudor, vivenciamos muitas mudanças. A mãe da própria princesa Maria foi preterida, acusada de um casamento enganoso e destituída de seu título. A própria Maria já foi princesa e Lady Maria duas vezes na vida. Ninguém melhor que a princesa Maria para entender que meu título pode ser removido com a mesma facilidade com que me foi forçado e que minha consciência está tranquila.

No dia seguinte, ouço uma agitação abaixo da janela do meu quarto. Encostando o rosto na vidraça fria, vejo que é o jovem lorde Henrique Hastings, o marido debilitado de Catarina Dudley, e parece que está saindo da Torre Beauchamp, onde os jovens Dudley estão sendo mantidos. Ele ri e troca um aperto de mão com um sujeito que, evidentemente, chegou com um alvará de soltura. O condestável da Torre, Sir John Gage, está ali do lado, de chapéu na mão. Obviamente, o jovem Henrique voltou a ser um homem importante, não mais acusado de traição, ao contrário de seus cunhados. É claro que a princesa Maria será benevolente com os amigos, e Henrique é parente da governanta de Maria, Margaret Pole, que morreu no exato local onde eles agora trocam saudações joviais. Henrique deve estar aliviado por deixar a Torre, local tão infausto para sua família. Enquanto o observo sair, cruzando o portão principal, vejo outro homem entrando.

Passam um pelo outro sem esboçar o menor sinal de reconhecimento; portanto, penso que o sujeito seja algum estranho. Então, percebo que, evidentemente, Henrique Hastings jamais admitiria reconhecer alguém que entrasse aqui. Assim como meu marido, que se diz bêbado e não saber de nada nos dias de hoje, ninguém admite saber de algo e reconhecer seja lá quem for. Qualquer pessoa ligada aos Dudley fará questão de demonstrar que não sabe de nada e que não reconhece ninguém. Henrique Hastings não reconheceria ninguém que entrasse na Torre: o próprio pai está aqui dentro, completamente ignorado. Não é seguro reconhecer quem quer que seja. E assim a coisa transcorre — Henrique passa pelo recém-chegado sem olhar duas vezes, só um leve gesto, afastando-se um pouco, e um ligeiro movimento de cabeça, evitando que os olhares se cruzem.

Sorrindo diante daquela lamentável encenação, vejo-o ir embora e, em seguida, volto minha atenção para o recém-chegado. De início, não o identifico. Ele mantém a cabeça baixa e os passos lentos, igual a todos os homens que têm entrado na Torre — eles aparentam estar sem fôlego, diminuídos à estatura de gnomos, da mesma altura que me pareciam quando se ajoelharam em volta de mim.

Então, quem será esse que agora chega com passos arrastados enquanto adentra a prisão? Qual dos meus tantos autonomeados conselheiros será ele, forçado a encarar o mal cometido? Só consigo ver o topo e a parte posterior da cabeça, mas tenho certeza de que o conheço — algo no formato daqueles ombros caídos, daqueles passos hesitantes. Dou um grito. De repente, bato com força no vidro espesso da janela, e até machuco a palma da mão. Grito, mas ele não me ouve. Aquele homem aniquilado é o único em que posso confiar.

— Pai! Pai! Meu pai!

Solicito uma autorização para que meu pai possa se instalar em meus aposentos. Tolice de minha parte — ele não é um convidado do palácio real; eu já não sou rainha, e não posso designar alojamentos. Estou sob prisão domiciliar, e ele ficará detido em uma das celas. Dou-me conta de que tudo mudou — tudo. Não apenas meu pai não pode se instalar comigo como sequer tenho permissão para vê-lo. Exijo a presença de minha mãe.

— Ela nem está em Londres — diz o sr. Partridge, o carcereiro-mor da Torre, meio constrangido. — Sinto informá-la, Vossa... — Ele titubeia ao enunciar meu título. — Em todo caso, ela partiu.

— Onde ela está? — pergunto. — Está em casa?

— Não está na residência da família — responde ele. Fala devagar, escolhendo as palavras, com todo cuidado. — Foi procurar a rainha, a fim de pedir perdão.

Sinto-me tão aliviada que quase choro. Claro! Minha mãe vai falar com a prima e obter perdão para meu pai. Que Deus seja louvado!

— Ela vai mandar me buscar, a mim e a meu pai. Vamos voltar para casa, para Bradgate.

— Sim, espero que sim.

— Onde está a rainha?

Ele parece evasivo, como se achasse melhor eu não saber.

— Está vindo. Está a caminho de Londres, sem pressa. Ela viaja devagar.

— Eu também quero vê-la — declaro, bravamente.

Afinal, é minha prima, e já fui sua priminha favorita. Ela sabia que não comungo de sua fé, e mesmo assim costumava me oferecer belos vestidos. Agora, penso que deveria ter sido mais branda na oposição que fiz ao seu pensamento equivocado. Contudo, ainda somos parentes. Preciso falar com ela. Seria melhor, para mim, poder explicar a situação diretamente a ela. Estou redigindo uma justificativa, mas talvez deva pedir desculpas pessoalmente.

Ele olha para o chão, para a ponta das botas; não ergue os olhos.

— Vou dizer que a senhora solicita uma audiência com Sua Majestade, a rainha — diz ele. — Mas tenho ordens para não libertá-la.

— Até que a rainha mande me chamar.

— Sim, até que isso aconteça.

Mas ele não parece estar tão confiante como eu; e eu estava fingindo.

Torre de Londres, Agosto de 1553

Monto vigília à janela, como uma criança abandonada, mas não volto a ver meu pai, embora veja outros integrantes de meu efêmero conselho sendo trazidos à detenção. Depois, com o passar dos dias, vejo-os, um por um, saindo da Torre. Foram todos soltos. Decerto, a rainha está sendo misericordiosa. Por que não seria? Ela derrotou essa rebelião mal concebida e conquistou um apoio público que, na condição de herege, jamais deveria merecer. Ela precisava agradecer aos seus inimigos, em vez de puni-los, pois uniram o país em torno dela. Mas a rainha Maria exige o pagamento de multas vultosas — cada um deles há de pagar uma fortuna.

Penso que, ironicamente, ela tem poucas opções, exceto ser misericordiosa: se executar cada membro do Conselho Privado que se ajoelhou diante de mim, vai acabar totalmente desprovida de seu conselho. Todos os nobres da Inglaterra me conclamaram rainha; ela não tem escolha, a não ser soltá-los. Em vez de decapitá-los, vai angariar fundos, assim como seu pai e seu avô costumavam fazer — vai multá-los e subjugá-los a seu serviço, impondo-lhes pesadas sanções patrimoniais.

— O pai da senhora foi solto — comenta minha dama de companhia, depois das orações matinais.

— O quê? Como você sabe?

— Ele partiu durante a noite, a criadinha dos Partridge me falou.

— Ele fugiu? — pergunto, gaguejando. Não entendo o que aconteceu.

— Não. Ele foi solto. Mas preferiu sair discretamente, antes que os portões fossem oficialmente abertos ao amanhecer. A criadinha achou que a senhora gostaria de saber que ele está a salvo. Ela é seguidora da religião reformada, como a senhora. Sentia-se orgulhosa em servir cerveja e comida para ele. Achava uma honra servir um homem que arriscou a vida pela fé reformada.

Faço que sim, feito uma boneca cuja cabeça balança quando sacudida. Vou até o canto que reservei para orações e leitura da Bíblia. Ajoelho-me e agradeço a Deus pela libertação de meu pai, pela misericórdia da rainha e pela capacidade de persuasão da grande mulher que é minha mãe. Decerto, prometeu mundos e fundos pelo perdão real ao marido. Devo me sentir muito grata por ela ser tão convincente e ter atuado em favor de meu pai. Meu pai está a salvo. Isso é o mais importante. Devo me sentir muito feliz. Não me permito indagar por que ele não veio me ver antes de partir, nem por que não fui libertada com ele. Sei que meus pais, que sempre exigiram minha obediência, haverão de me chamar assim que possível. Sei que haveremos de estar novamente juntos. Sei que haveremos de nos reunir em nossa casa, em Bradgate. Ninguém poderá nos impedir, ninguém vai me privar do meu quarto, do belo jardim, dos campos, dos bosques, da biblioteca com centenas de livros. Só Deus sabe, em Sua misericórdia, como me sentirei feliz em poder voltar para casa.

O verão fica cada vez mais quente. Meu quarto é frio e úmido à noite e sufocante às duas da tarde. Tenho permissão para caminhar pelo jardim diante da casa dos Partridge, e, às vezes, a sra. Partridge e eu andamos pelas muralhas que dão para o rio. Ao crepúsculo, sopra uma brisa leve que vem do mar. Quando sinto o cheiro de sal no ar frio, fico animada, como se pudesse pairar nas alturas, feito as gaivotas que não param de guinchar. Tenho a sensação de que sou capaz de abrir as asas e voar com elas. Londres parece calma. Estou surpresa. Eu pensava que os devotos não tolerariam uma rainha papista; pensava que se insurgiriam contra ela. Mas, pelo jeito, o somatório da pessoa da princesa Maria, mais a força oculta da Espanha e o poder medonho do anticristo concretizou algo que meus conselheiros juravam ser impossível: levar uma papista ao trono reformado da Inglaterra, sem que uma palavra sequer fosse pronunciada contra ela.

Passo as tardes estudando e as noites escrevendo. Não faço objeções à casa pequena, nem ao jardinzinho anexo, nem ao portão de acesso ao gramado, nem à Torre Branca, cuja visão domina o local. Sou capaz de viver em meu próprio mundo, qual uma monja em sua cela. Estou fazendo uma nova tradução dos Salmos e redigindo a carta em que proclamo minha inocência à rainha. Pretendo argumentar que, se ela libertou todos os meus conselheiros, exceto os mais influentes — John Dudley e os filhos —, pode me libertar também. Ela perdoou minha mãe, cuja linhagem me levou ao trono e que está mais próxima da coroa que eu; libertou Lady Dudley, minha sogra, que tanto insistiu para que eu aceitasse a coroa. Ela pode me libertar. Será um contrassenso não fazê-lo.

— Sua sogra procurou a rainha Maria — sussurra Catarina, minha irmã, em uma de suas raras visitas, quando me traz roupa limpa e medicação, visto que ainda padeço de cólicas e ainda sangro um pouco. O sr. Careta, o macaco, se equilibra no ombro dela e aninha o focinho escuro em suas mãos. — Lady Dudley, a duquesa, tentou falar com a rainha, mas não foi sequer recebida.

— Não! — Fico tão entusiasmada quanto uma peixeira que ouve um fuxico no mercado. Admito um toque ignóbil de orgulho familiar. — Não me diga! Ela sabia que a rainha tinha recebido milady nossa mãe?

— Sim, mas acontece que milady nossa mãe é membro da família real e uma das favoritas de nossa prima, a rainha. A família Dudley tem sangue real? — Ela sorri.

— Não, é claro que não; mas ele é duque.

Catarina balança a cabeça.

— Não por muito tempo. Acho que vão confiscar a fortuna e o título dele.

— Mas por quê? A rainha não perdoou tantos outros?

— Ele fez uma coisa terrível — assinala Catarina. — Você sabe do que eu estou falando...

Ela interrompe o que dizia e olha para mim, arregalando os olhos, como se eu, mais lida e educada que ela, soubesse de antemão o que se recusa a falar. Catarina oferece o dedo ao sr. Careta, empoleirado em seu ombro, e ele o agarra, como se fosse por segurança.

Encaro-a com uma expressão pétrea e percebo que seus olhos azuis estão cheios de lágrimas.

— Joana! Você sabe!

— Juro que não sei do que você está falando, e seus olhos arregalados não me esclarecem nada.

— Ele agiu como um traidor — murmura ela. — Tentou levar uma falsa rainha ao trono. É um pecado contra a coroa, contra o reino e contra Deus. Todo mundo está dizendo que ele deve morrer. Porque é um traidor. Não foi só uma questão de enviar documentos e cartas, como nosso pai fez. Não foi só uma questão de palavras; foram atos. Ele comandou um exército contra a rainha, e os filhos dele, recorrendo à ponta da espada, proclamaram uma rainha falsa. Serão todos executados. E têm de ser.

Continuo perplexa.

— Executados? Os irmãos Dudley?

Não é possível que aqueles cinco belos jovens sejam executados. Não é possível que o pai — um homem tão calculista, tão astuto — seja levado ao cadafalso. Os rapazes são demasiado vitais, o pai é demasiado esperto. Nenhum deles pode ser executado.

— E você também, Joana — continua ela, lentamente, como se soletrasse algo para nossa irmãzinha Maria. — Você sabe, não sabe? Visto que foi a falsa rainha por eles levada ao trono. Os Dudley têm de morrer por terem proclamado uma falsa rainha, e você foi a falsa rainha. Por isso, estão dizendo que você também tem de morrer.

Olho para minha linda irmã, a única que ousou contar essa mentira terrível.

— Ah, não, eles não podem me matar. — Sinto-me chocada por ela ser capaz de dizer algo assim.

— Eu sei! — Ela concorda totalmente comigo. O sr. Careta meneia a cabecinha sisuda. — Acho que não podem mesmo. Com certeza, não podem, não é? Mas acontece, Joana, que estão dizendo que vão.

Catarina é uma tola, e eu sempre soube disso. Prefiro não discutir com ela, pois de que adiantaria citar autoridades e lhe indicar páginas que ela sequer será capaz de ler? Seria o mesmo que falar com o macaco ou o gatinho dela. Sei que nada fiz além de obedecer ao meu pai e à minha mãe, e depois obedeci ao meu marido, ao seu pai e à sua mãe. Isso não configura traição. Isso não é crime nenhum. Trata-se de um dever instituído por Deus: *Honra a teu pai e a tua mãe, para que se prolonguem os teus dias na Terra que o Senhor teu Deus te dá.* A rainha Maria — que, assim como eu, estudou sob a tutela de Catarina Parr; aliás, nós quatro, a própria Catarina, Maria, Elizabeth e eu, nos debruçamos juntas sobre nossos livros — sabe disso tanto quanto eu. Hei de "prolongar meus dias" na Terra porque honrei meu pai e minha mãe. Seria uma tremenda contradição eu ser executada por obedecer aos meus pais. Seria negar a verdade da Bíblia, e nada pode negar tal verdade.

Concluo a redação do meu recurso e, depois de revisar questões de retórica e gramática, bem como o asseio das páginas, encaminho-o à rainha. Espero que ela leia o documento, siga meu raciocínio e ordene minha soltura. Esclareço que não sei por que Mary Sidney me levou à Syon House e que, provavelmente, ela tampouco soubesse. Afirmo que não tinha o menor desejo de me apoderar da coroa e continuo sem ter. Depois que fui convencida da legalidade e da correção do ato, fiz o meu melhor. Não vejo o que mais poderia ser exigido de mim. Fui obrigada a obedecer aos meus pais e aceitar a lógica de uma argumentação. Na verdade, entendi que o ato fosse correto — mas não posso ser culpada por pensar que o trabalho de Deus seria mais bem realizado por uma rainha que estuda Sua Palavra, segue Suas leis e não se submete a Roma. Não digo isso à rainha, pois sei que ela jamais concordaria, e a verdade nem sempre agrada, mesmo se tratando de um argumento incontroverso.

Desenvolvo minha argumentação, dizendo à nova rainha que fui aconselhada — deveras, instada — a aceitar a coroa por indivíduos que, por questões de senioridade e sabedoria, estavam acima de mim. "O erro que me foi imputado não foi causado exclusivamente por mim", escrevo, sendo o mais diplomática possível, visto que toda a corte da rainha e todos os seus atuais conselheiros foram meus. Não hesito em responsabilizar John Dudley, a esposa e o filho; de fato, ressalto que me sinto enferma desde que fui obrigada a residir com eles, tendo sido, talvez, envenenada.

Enquanto aguardo a resposta da rainha, prossigo em meus estudos e na tradução. Solicito mais livros. Em meu trabalho, preciso consultar autoridades, e é por demais irritante saber que os livros não estão disponíveis porque o papa os proscreveu, e ninguém pode trazê-los a mim. Proibidos! Estão proibindo livros escritos a respeito da Bíblia por cuidadosos estudiosos da Palavra de Deus. É assim que o anticristo penetra na mente de homens e mulheres. É assim que a tirania política se vale do apoio da religião. Não me surpreende a inacessibilidade das obras das quais necessito e, portanto, vejo-me obrigada a citar de memória e incluir um lembrete, na margem, para verificar a citação, quando for libertada e voltar a ter acesso à minha biblioteca, em Bradgate, onde posso ler o que bem quiser.

Tento não me distrair com a algazarra que emana de Londres — gritaria, clarinadas e sinos tocando. Faço a ponta na pena e viro a página da gramática grega que venho estudando. Agora posso ouvir o alarido dos aprendizes e os gritos de júbilo do mulherio. Não subo às muralhas, a fim de olhar lá embaixo; posso imaginar o motivo da comoção. Não quero ver minha prima entrar em Londres pelo Portão da Torre, em triunfo, libertando do cárcere seus protegidos. Espero apenas que ela em breve mande me chamar.

Sei que os réus precisam ser julgados e executados, antes que a rainha me perdoe. Mas gostaria de ter sido poupada de ver padres falsos, e até o velho anticristo, Stephen Gardiner, o inimigo da Reforma, o perseguidor de Catarina Parr, entrando na capela da Torre com o propósito de celebrar uma missa para os traidores vira-casacas. Levo meu travesseiro para servir de genuflexório, viro-me para a janela e encosto a cabeça na pedra fria, a fim de rezar por minha alma imortal, enquanto o velho perverso faz um sermão, eleva a hóstia e pratica magia e paganismo na capela em que tenho orado diretamente a Deus, sem precisar de alguém farfalhando suas vestes diante do altar oculto, queimando incenso e aspergindo água.

Nem todo mundo pensa como eu. Meu sogro, John Dudley, renegou a fé, fez uma confissão e se humilhou diante de pão de padeiro e vinho de vinicultor, dizendo que se tratam de corpo e sangue, na esperança de agradar a rainha e garantir alguns anos de uma infame vida terrena, em troca da plena glória celestial. Pão de padeiro, vinho da adega — o herege infeliz jura que são o verdadeiro corpo e o verdadeiro sangue de Deus. Isso não é fé como entendemos a fé. É superstição e magia. John Dudley condenou sua alma imortal em troca dessa tentativa patética de salvar a própria pele.

Ele é levado junto de Sir John Gates, que o servia, e de Sir Thomas Palmer, que não fez nada além do que outros cem indivíduos fizeram, até Tower Hill, onde os três são decapitados como criminosos comuns.

Fico profundamente chocada. Não lamento a morte de John Dudley; não tenho motivo para chorar por ele. Meu sogro, nos instantes finais, virou papista e padeceu de uma morte medonha, traindo a fé verdadeira, reformada, que eu e meu primo e rei professamos — uma traição muito pior que a por ele confessada. No fim, meu sogro tentou trocar alguns dias de vida profana pela certeza da eternidade, e fez a opção equivocada, como fizera comigo.

— Eu ainda sou jovem — digo à minha irmã Catarina, que me visita sem precisar de convite —, mas não renegaria minha fé por amor à vida! Mas você diria que a vida dele era boa e ele queria preservá-la...

— Não, eu não diria isso...

— Então ele devia achar que valia a pena sacrificar a própria alma, você diria...

— Sinceramente, eu não diria...

— Ele pouco se importava com o custo. De fato, o motivo é bom, para quem prefere até viver acorrentado a gozar da vida...

Ela fica ofegante, tentando me interromper.

— Eu não diria nada disso! — protesta ela. — Mas posso entender como um marido e um pai de rapazes tão bonitos não gostaria de deixá-los e juraria por qualquer coisa para salvar a própria vida.

— Deus diz que aquele que O renegar diante dos homens será por Ele renegado no reino do Pai — declaro num tom seco.

— Mas, quando a rainha a perdoar, você terá de rezar com ela — lembra-me Catarina. — Eu já estou fazendo isso. Fico sentada atrás dela e imito tudo o que ela faz. Sinceramente, Joana, não faz a menor diferença para mim. Levanto e me ajoelho e me curvo e faço o sinal da cruz. O que importa? Você não vai se opor à missa, vai? Vai fazer tudo o que eles pedirem; vai se curvar quando elevarem a hóstia...

— Isso é comida de porcos. A hóstia, como você chama, é comida de porcos — afirmo, categoricamente; Catarina cobre as faces com as mãos e me encara, olhando através dos dedos.

— Joana... — murmura ela.

— O quê?

— Você fala tanto que vai acabar no cadafalso.

— Eu jamais renunciarei ao Senhor meu Deus — digo, com imponência.

— Joana... — repete ela.

— O quê?

— Eu não quero perder você.

Minha atenção é desviada pela saliência que se mexe dentro do bolso do manto de Catarina.

— O que é isso aí?

— É Fita, a gatinha. Eu trouxe ela. Achei que talvez você quisesse a companhia dela.

Ela retira do bolso a gatinha branca de olhos azuis. A gatinha abre a boca, com um pequeno bocejo cor-de-rosa, e estica uma linguinha rosada. Os dentinhos são brancos e pontudos, e as patas pendem molengas, de tão sonolenta que ela está.

— Eu não quero gato nenhum.

Catarina parece absurdamente decepcionada.

— Ela não faria companhia a você? Tenho certeza de que ela não é herege.

— Não seja idiota.

Torre de Londres, Novembro de 1553

Por ordem dessa rainha supostamente gentil, nós, prisioneiros que rechaçamos suas heresias e seguimos o Senhor ressuscitado, devemos ser exibidos diante da multidão, assim como Ele foi. Sei que *ela* está sendo exposta no cortejo, e não eu. Não tenho medo de ser julgada por perfídia; para mim, é motivo de satisfação. No banco dos réus, hei de dar meu testemunho; serei como Daniel levado a julgamento. Estou pronta. Serei julgada na Câmara Municipal de Londres, junto ao punhado de prisioneiros remanescentes, ocasião em que a rainha vai nos imputar a condição máxima de inimigos do povo. Ela não percebe que, para mim, trata-se de algo santificado. Sinto-me honrada em seguir em cortejo, da Torre até a Câmara Municipal, para a sessão do meu julgamento. Não me envergonho, assim como Jesus não se envergonhou de carregar a cruz. Ela pretende me expor ao achincalhe da multidão, mas a experiência será meu martírio. Será uma satisfação.

Há guardas perfilados pelas ruas, desde a Torre até a Câmara Municipal; nosso cortejo de prisioneiros é conduzido pelo machado do carrasco, seguido pelo arcebispo Thomas Cranmer, o devoto clérigo que nos propiciou o livro de orações em inglês e traduziu os Salmos, assistido por minha querida rainha Catarina. O arcebispo foi mantido na Torre desde que se opôs à celebração da missa papista, imposta pela rainha. Ele foi meu tutor, com a rainha Catarina, e o conheço bem; acredito piamente que, se ele segue o machado, o Senhor lidera o cortejo. Tenho orgulho em caminhar atrás de um homem tão digno. Eu o seguiria até os portões do reino do céu.

Mas, infelizmente, não sigo seus passos de perto, pois quem o segue é meu marido, Guildford, lívido e visivelmente amedrontado, e então sigo eu, escoltada por duas de minhas damas de companhia. Atrás de nós vêm outros dois Dudley: Ambrose e Henry. Estes, ao menos, mantêm um ar digno e até altivo.

Uso um vestido preto, um capuz preto com azeviche bordado e um manto de pele também preto. Levo nas mãos um livro de orações, aberto, e leio enquanto caminho, embora as letrinhas oscilem diante dos meus olhos e, a bem da verdade, eu não consiga enxergar nada. Não importa; sei as preces de cor. O que importa é levar o livro, dar a impressão de estar lendo e mostrar a todos que confio na Palavra de Deus, conforme enunciada pelo Filho, conforme registrada no Testamento traduzido pela rainha Catarina e por mim. Não confio nos murmúrios de um padre nem no demorado culto em latim que me aguarda na Câmara Municipal. Serei salva por minha fé na Palavra, e não pelos sinais da cruz, nem pelas águas bentas, nem pelas vestes sofisticadas, nem pelo incenso espalhado antes que os juízes entrem, façam o sinal da cruz, murmurem "Amém" e cuidem para demonstrar que a situação configura papista contra reformista, mentira contra verdade, heresia contra Deus, cordeiro contra bode, eles contra mim.

O julgamento não passa de um recital de asneira protagonizado por homens que têm pleno conhecimento do que aconteceu, mas que agora não ousam admiti-lo, e acompanhado por homens que também sabem o que ocorreu, mas cujo futuro depende de negá-lo. Todos mentem. Não sou convidada a me pronunciar, apenas a fazer uma confissão. Não tenho a menor chance de explicar o poder da Palavra de Deus.

Os juízes, tão culpados quanto os réus, condenam todos os homens à morte. Serão arrastados até o local da execução, enforcados e, depois, esquartejados; as barrigas serão abertas, as entranhas extraídas e os braços e as pernas cortados. Será enforcamento seguido de evisceração e esquartejamento, qual a crucificação. Tudo será levado a cabo em Tower Hill, cujo nome deveria ser mudado para Calvário. Ouço o veredicto e sequer estremeço, porque, simplesmente, não posso crer. O amigo mais querido e mentor da rainha Catarina há de ser eviscerado por heresia? Foi Thomas Cranmer que administrou a unção dos enfermos ao rei Henrique, quando este agonizava. Foi ele o autor do *Livro de oração comum*. Como pode ser um herege? Como pode a filha de seu amigo eviscerá-lo?

Quanto a mim, minha posição é pior e, igualmente, contraditória. Condenam-me à morte pela lâmina do machado, qual uma traidora, ou pelo fogo, qual uma herege. A execução será em Tower Green. Ouço as mentiras e as ameaças de morte, mas mantenho o semblante inabalável. Anne Askew, uma plebeia, foi queimada viva, em Smithfield, defendendo nossa fé. Será que eles acham que Nosso Redentor, que deu forças a ela, vai me abandonar? Será que acham que não hei de encarar o martírio, como ela o fez? Eu encaro — será que eles haverão de encarar?

Tenho fé. Acho que vão dizer a sentença e, em seguida, procrastinar a execução. Quando todos se aquietarem e nos esquecerem, seremos libertados e mandados para nossas casas: Thomas Cranmer, os rapazes da família Dudley e eu. A sentença de morte é uma ameaça cujo intuito é promover intimidação, silêncio e submissão. Não será o meu fim. Vou aguardar, vou estudar, não terei medo. O tempo há de passar, e serei libertada e mandada para casa, em Bradgate, e vou poder me sentar à escrivaninha, abaixo da janela aberta, e ouvir os pássaros nas árvores e sentir o cheiro do feno transportado pela brisa de verão, e Catarina, Maria e eu vamos brincar de esconde-esconde no bosque.

— Não estou com medo — explico a Catarina.

— Então você enlouqueceu!

Seguro suas mãos, que não param de mexer no vestido, na cesta de frutas que ela mantém no colo, sacudindo-a feito um bebê, o sobrinho que jamais poderei lhe dar.

— Não estou com medo, pois sei que esta vida não passa de um vale de lágrimas pelo qual somos obrigados a passar. — E digo, com altivez: — *Bem-aventurados os homens cuja força está em ti, em cujo coração os caminhos altos. Passando pelo vale de Baca, fazem dele um lugar de fontes; e a primeira chuva o cobre de bênçãos.*

— O quê? — pergunta ela, atônita. — Do que você está falando agora? Chamo-a para se sentar à janela, ao meu lado.

— Estou pronta — digo. — Não hei de vacilar.

— Implore perdão à rainha! — pede ela, súbita e aleatoriamente. — Todo mundo fez isso. Você não precisa renunciar à sua fé; basta pedir desculpas pela rebelião. Ela leu a sua carta. Sabe que você não teve culpa. Escreva para ela outra vez e diga que reconhece o erro, que vai anular o casamento, que vai frequentar a missa, e então viva em paz em Bradgate; e eu vou viver ao seu lado, e nós duas seremos felizes.

— *Não consideres estranho / Agora este meu pesar, / Pois se mi'a sorte mudar / Igual pode ser tua fortuna.*

Minha irmã deixa escapar um gritinho.

— O que você está dizendo? O que você está dizendo agora?

— É um poema que escrevi.

Ela esfrega as mãos, extremamente nervosa. Tento contê-la, mas, sobressaltada, Catarina se levanta e se dirige à porta.

— Eu acho que você enlouqueceu! — exclama ela. — Enlouqueceu por não querer sobreviver!

— Minha mente está no reino do céu — declaro, com firmeza.

— Não está, não — retruca, com uma sinceridade aguda e fraternal. — Você acha que ela vai perdoá-la sem um pedido de desculpa. Acha que vai prevalecer, enquanto John Dudley fracassou. Acha que vai proclamar a sua fé e que todos vão admirá-la por isso, assim como Roger Ascham, seu preceptor, a admira, e também aquele sujeito ridículo, lá na Suíça.

Ela toca em carne viva. Fico furiosa com o insulto ao meu mentor espiritual, Henry Bullinger.

— Você está é com inveja! — digo, com raiva. — Você cita grandes homens, mas nunca entendeu o ensinamento deles.

— Inveja de quê? — indaga ela, elevando a voz. — Disto aqui? — O gesto abarca o cômodo de pé-direito rebaixado, a vista dos jardins e as muralhas da Torre, mais adiante. — Você está presa, condenada à morte; seu marido é prisioneiro, condenado à morte. Aqui não tem nada que me cause inveja! Eu quero viver. Quero me casar e ter filhos. Quero usar vestidos bonitos e dançar! Quero uma vida. E sei que você também quer. Ninguém pode querer morrer por sua fé aos 16 anos. Na Inglaterra! Com sua prima no trono? Ela vai perdoá-la! Perdoou o nosso pai. É só pedir perdão e vai voltar para Bradgate; vamos ser felizes! Pense no seu quarto lá, nos seus livros. Pense na trilha à beira do rio, por onde cavalgamos!

Afasto-me, como se ela me tentasse. Fica mais fácil, se eu pensar que ela é uma tentação mundana, uma criaturinha com cara de gárgula, e não minha linda irmã de cabelos louros, com suas vontades tão simplórias e expectativas tão tolas.

— Não — digo. — *"Pois, quem quiser salvar a sua vida por amor a mim perdê-la-á; mas quem perder a sua vida por amor de mim, achá-la-á."*

Ouço um choramingo débil, quando Catarina se volta para a porta e bate, sinalizando que deseja sair. Não foi ensinada a argumentar, como eu fui, desde a mais tenra infância; foi bem-educada, mas não muito instruída. É bastante improvável que minha irmãzinha, bobinha, tenha a menor capacidade de me persuadir. Mas me comovo com suas lágrimas. Eu a consolaria, se pudesse, mas recebi o chamado. Não me viro para ela, mas lembro:

— *"Porque eu vim pôr em dissensão o homem contra seu pai, a filha contra sua sogra."*

— Mãe — diz ela, escondendo o rosto na manga do vestido e enxugando as lágrimas.

Fico tão surpresa que toco em seu ombro e a viro para mim.

— O quê?

— Mãe — repete ela. — É filho contra o pai e filha contra a mãe, não contra a sogra. Você se enganou porque detesta Lady Dudley. E isso é prova, Joana. Não tem nada de Palavra de Deus. É só você, tentando desforrar os Dudley. Tem esperança de que a rainha a perdoe sem que seja necessário renunciar à sua fé, e então John Dudley, que morreu renunciando à fé, vai ficar com a pecha de covarde e herege, e você vai parecer mais corajosa que ele.

Explodo de raiva diante de uma argumentação tão simplista.

— Sou mártir da sua idiotice! Você não entende nada. É louvável constatar que conhece um pouco da Bíblia, mas não sabe usá-la, para comprometer minha confiança. Pode ir, agora; e não volte.

Ela me encara, e seus olhos azuis faíscam com o gênio irascível dos Tudor. É orgulhosa, tanto quanto eu.

— Você não merece o meu amor — diz ela, com sua lógica simplista. — Mas pode contar com ele, em todo caso, quando menos o merece. Porque eu enxergo a encrenca em que você se meteu, e você, que é tão esperta, não.

Torre de Londres,
Fevereiro de 1554

Pensei que a rainha fosse me conceder um indulto de Natal, mas as doze noites do período natalino vêm e vão, e, enquanto o restante do reino é forçado a celebrar o nascimento do Salvador com missas em latim, louvo Nosso Senhor como convém a uma boa cristã, com preces e meditação, sem árvores pagãs dentro de casa, sem idolatria, sem excessos de comida ou bebida. Na verdade, acho que nunca celebrei tão bem um Natal — meu dia foi inteiramente dedicado à oração e à reflexão sobre o nascimento do meu Salvador e à leitura da Bíblia. Não houve presentes nem banquetes, e assim sempre desejei celebrar o Natal, mas nunca tive permissão para me isolar em tal pureza. Estou muito contente por estar sozinha e jejuando.

— Mas que infelicidade! — choraminga Catarina. Ela vem de nossa residência em Londres, trazendo presentes enviados por minha mãe e meu pai, e um novo capuz, cedido de seu próprio guarda-roupa. — Joana, você podia ter enfeitado isso aqui com um galho de azevinho. Ou até mesmo ter colocado uma acha natalina na lareira.

Catarina solta um pintarroxo domesticado, trazido consigo, e o passarinho pousa sobre o umbral de pedra e gorjeia, como se reclamasse por não haver guirlandas verdes nem música.

Eu sequer respondo; apenas a encaro, até que vejo seu lábio tremer, e ela diz, baixinho:

— Você deve estar muito solitária, não?

— Não estou — respondo, embora, na verdade, esteja.

— Você deve sentir falta de nós, suas irmãs, mesmo que não sinta falta de milady nossa mãe.

— Tenho meus estudos.

Mas eles não substituem uma conversa, mesmo que seja a conversa tola e frívola de moças ignorantes.

— Pois eu sinto a sua falta — diz ela, com coragem, abraçando-me, encostando em meu pescoço seu rosto molhado e soluçando alto em meu ouvido.

Não a afasto; abraço-a com mais vigor. Não digo "também sinto sua falta", pois de que adiantaria nós duas ali chorando? Além disso, conduzo minha vida como uma discípula do Senhor. Não devo sentir falta de nada. Tenho minha Bíblia; não preciso de nada mais. Mas a abraço forte, como quem abraça um cachorrinho — é reconfortante, ainda que sem sentido.

— Eu tenho um segredo para lhe contar — diz ela, encostando em meu ouvido a face molhada.

— Então conte.

Não estamos a sós, mas minha dama de companhia está sentada um pouco distante, ao lado da janela, para que a luz ilumine sua costura. Catarina pode cochichar ao meu ouvido, pois a mulher há de pensar que estamos chorando juntas.

— Nosso pai está recrutando um exército.

O som vem de longe. Mal consigo ouvir. Mantenho meu rosto escondido.

— Para me salvar?

Dou a impressão de estar chorando ao ombro curvado de Catarina, e preciso me conter, para não pular e gritar de alegria. Sempre soube que meu pai não me abandonaria. Sempre soube que, se milady minha mãe não conseguisse convencer a rainha Maria a me libertar, meu pai me resgataria à força. Sempre soube que os dois jamais me abandonariam. Sou sua primogênita e herdeira da rainha da Inglaterra. Não é como se eu fosse alguém que pudesse ser esquecido com facilidade.

— Não é arriscado demais? — pergunto.

— Ah, acho que não — cochicha minha irmã. — Ninguém mais quer a rainha Maria. Ainda mais agora, que ela vai se casar com o príncipe espanhol.

Minha cabeça começa a girar. Eu não sabia de nada daquilo.

— Ela vai se casar?

— Com Filipe da Espanha.

— Vai haver uma rebelião contra ele? Vão me levar ao trono, no lugar dela!

— Acho que sim — diz Catarina, sendo vaga. — Acho que é esse o plano.

— Não será uma rebelião em favor de Elizabeth, será? — pergunto, subitamente, desconfiada.

— Ah, não. Elizabeth virou papista. Ela pediu à rainha que enviasse crucifixos e cálices para a capelinha que ela frequenta e mandou o capelão usar sobrepeliz e capa de asperges.

Nem mesmo uma cabecinha oca feito Catarina deixaria de perceber tais sinais.

— Seja como for, você tem certeza de que o nosso pai vem me salvar?

Ela faz que sim. Esse fato, ao menos, ela assimilou.

— Tenho, sim.

Afastamo-nos; ela está com os olhos brilhando e as faces rosadas.

— Pode levar o passarinho quando for embora — eu a advirto. — Você sabe que eu não gosto de bicho.

Aguardar um resgate, sabendo que meus pais, o celestial e o terreno, não esqueceram a filha fiel, é estar às vésperas de uma aventura. A sensação ilumina meus dias e torna minhas preces ardentes e cheias de esperança, em vez de escusatórias, de quem espera apenas um perdão. Eu sabia, eu sempre soube, com certeza, que o povo da Inglaterra, vendo-se livre para ler, para pensar e para orar diretamente ao Salvador, jamais retornaria à escravidão da mente e da alma imposta pela Igreja papista. Eu sempre soube que o povo se insurgiria contra o anticristo, tão logo ficasse claro que sua fé estava sendo traída. Era uma questão de tempo; era uma questão de fé. Preciso saber esperar e ser paciente, assim como Ele é paciente.

E mais: eu poderia ter advertido a rainha Maria de que qualquer marido haveria de querer se apoderar da coroa, pois foi exatamente o que aconteceu comigo. Foi exatamente isso que Guildford fez, assim que me proclamaram rainha. Nossa prima de 11 anos, Maria da Escócia, que está na França, haverá de constatar que seu futuro marido também vai lhe usurpar o poder, assim que alcançar a maioridade. Deus posicionou os maridos acima das esposas. O marido reivindica seu lugar, mesmo que a esposa seja uma rainha e esteja acima dele. A rainha Maria tem idade para ser minha mãe, mas sinto que poderia lhe dizer: é isso que os homens fazem. Casam-se com uma mulher que lhes é superior, imediatamente invejam sua posição e imediatamente usurpam seu poder. Por isso jamais houve rainhas que, de fato, governassem este reino, apenas regentes, na ausência do rei. Por isso não há duquesas no Conselho Privado. Se um homem conquista uma honraria, a honraria lhe pertence; se uma mulher a conquista, pertence ao marido. Por isso a rainha mandou executar John Dudley, mas me poupou. Ela leu o que escrevi; ela viu que eu herdei o trono, mas Dudley o reivindicou para seu filho. Ela percebeu, de pronto, que eu era legítima, mas Guildford era ganancioso. Eu poderia adverti-la de que qualquer marido lhe sequestraria o poder e de que o povo inglês jamais aceitaria um rei espanhol. O reinado ainda não havia completado oito meses, e ela já destruíra a si própria. Lamento, por ela, mas não lamento o fato de meu pai estar se armando contra ela.

Aguardo a hora de meu resgate, mas a hora não chega. Espero por Catarina, para que venha me informar sobre o que está acontecendo, mas ela não vem me visitar. De repente, vejo-me proibida de caminhar pelo jardim e pelos telhados planos dos edifícios que compõem o complexo da Torre, mas ninguém me diz por quê. Os dias estão sombrios, com uma névoa que vem do rio e com nuvens baixas. Não quero mesmo caminhar pelo jardim, digo à sra. Partridge. Nada brota nesta época do ano; as árvores estão desfolhadas, e o próprio gramado é um canteiro de lama. Ninguém precisava me proibir. Estou aprisionada pelo clima invernal, e não pela vontade da rainha. A sra. Partridge comprime os lábios e não fala nada.

De algum ponto da cidade, ouço homens gritando e estampidos de armas. Sem dúvida, há de ser meu pai, à frente de seu exército, vindo me resgatar. Meus livros estão arrumados sobre a mesa; meus papéis, empilhados e amarrados; estou pronta para partir.

— O que está acontecendo? — pergunto à sra. Partridge, serenamente.

Ela faz o sinal da cruz, como se o gesto servisse para espantar o azar.

— Que Deus a perdoe! — exclamo, prontamente, diante daquele gesto medonho. — O que significa este aceno ridículo que a senhora está fazendo? Que bem a senhora acha que isso pode fazer a quem quer que seja? Por que a senhora não aproveita e bate palmas, para espantar Satanás?

Ele me olha nos olhos.

— Estou rezando pela senhora — é tudo o que diz, e se retira dos meus aposentos.

— O que está acontecendo? — eu grito.

Mas ela fecha a porta ao sair.

Torre de Londres,
Quinta-Feira, 8 de fevereiro de 1554

Recebo uma visita, John Feckenham, cuja idolatria é anunciada pelo hábito de lã, comprido e de cor creme, amarrado à cintura por uma correia de couro, e pelo capuz branco caído atrás de sua cara quadrada e rubra. Um monge beneditino veio me visitar, pobre coitado.

Depois de subir a escada até meus aposentos, ele se detém um instante, a fim de recuperar o fôlego.

— Muitos degraus — consegue dizer, ofegante, e então inclina a cabeça, fazendo uma reverência. — Lady Dudley, vim conversar com a senhora, se o permitir.

O sotaque dele é forte, semelhante ao de um açougueiro ou um leiteiro, nada parecido com a fala refinada dos meus preceptores formados em Cambridge. Isso me faz sorrir, como se um peão viesse ali pregar.

— Eu não preciso ser guiada por um cego no escuro — digo, calmamente.

— Trago notícias que me pesam, senhora.

De fato, ele parece sobrecarregado com o que tem a me dizer. Penso em meu pai, a caminho de me resgatar, à frente de um exército, e sinto um frio na barriga. Espero que nada tenha saído errado. Mas, decerto, se algo tivesse saído errado, não me enviariam de emissário um padre estranho e herege. Um padre obeso, de cara quadrada e sotaque inculto? Só pode ser para me insultar.

— Quem o enviou aqui com a tal notícia? — pergunto. — Quem o sobre-carregou, sendo o senhor já tão pesado, com essa notícia pesada?

Ele volta a suspirar, como se estivesse triste, além de exausto.

— Não estou aqui para debater lógica com a senhora. O conselho me enviou para lhe dar a notícia, e a rainha, em pessoa, mandou-me livrá-la da superstição na qual a senhora foi educada.

— Livrar-me da superstição na qual fui educada? — repito, com frieza.

— Sim.

— De quanto tempo o senhor dispõe? — pergunto, dando uma risadinha forçada.

— Não muito — responde, em voz baixa. — Confirmaram sua sen-tença de morte. Lamento muito. A senhora será decapitada amanhã. Não dispomos de muito tempo, Lady Dudley.

Tenho a sensação de que as palavras me golpeiam mortalmente. Não con-sigo respirar; meu estômago, sempre revirando, fica de repente paralisado. Arrisco-me a dizer que meu coração quase para de bater.

— O quê? O que o senhor falou?

— Lamento muitíssimo, minha filha — diz ele, com ternura.

Encaro seu rosto largo e corado.

— O quê?

— A senhora e seu marido, Guildford Dudley, serão executados. Amanhã.

Percebo que ele tem lágrimas nos olhos. As lágrimas, o constrangimento, o rosto ruborizado e a respiração ofegante me convencem mais que as palavras.

— Quando... o senhor disse? Quando?

— Amanhã — repete, com serenidade. — Podemos conversar sobre a sua alma imortal?

— Ah, já é tarde demais para isso. — Não consigo pensar direito; há um barulho em meus ouvidos, e percebo que são as batidas aceleradas do meu próprio coração. — Ah, não vai dar tempo de cuidar de tanta coisa. Eu não acredito... Eu não acredito...

Na verdade, eu não acredito que a rainha, minha prima, tenha se trans-formado em um abutre; mas vejo que a religião falsa a levou à loucura, como faz com tanta gente.

— Posso pedir mais tempo, a fim de lutar pela sua alma — pede ele, espe-rançoso. — Basta que eu diga que estamos conversando. Basta que eu afirme que, talvez, a senhora se arrependa.

— Sim. Está bem.

Um dia a mais talvez possa ensejar a meu pai a oportunidade de me resgatar. Preciso me manter viva, para que ele possa me salvar. A cada dia ele está mais perto; eu sei disso. Ele não vai falhar comigo; não posso falhar com ele. Naquele momento ele talvez estivesse travando uma batalha ao sul do rio. Preciso estar viva quando ele cruzar a ponte.

Torre de Londres, Sexta-Feira, 9 de fevereiro de 1554

John Feckenham chega ao alvorecer, conforme prometera, trazendo consigo sua caixa de mágica, contendo pão e vinho, taça e estola, velas e incenso, e tudo o que pode trazer, em termos de apetrechos e brinquedinhos capazes de iludir os incautos, como um saltimbanco que diverte a criançada ingênua. Contemplo a caixa de madeira, e contemplo seu rosto sincero.

— Não vou mudar de religião para salvar o meu pescoço — aviso. — Estou pensando na minha alma.

— Eu também — diz ele, com ternura. — E a rainha nos concedeu três dias, para falarmos de coisas santas.

— Sempre gostei de estudar e debater.

— Então fale comigo. Diga-me como a senhora interpreta estas palavras sagradas: "*Tomai e comei; isto é o meu corpo, que é dado por vós; fazei isto em memória de mim.*"

Quase dou uma risada.

— O senhor não entende que venho me debatendo com o significado disso quase a vida inteira?

— Eu sei — diz ele, com firmeza. — Sei que foi criada no seio de um equívoco, minha pobre irmã.

— Não sou sua irmã — corrijo-o. — Tenho apenas duas irmãs. Se tivesse um irmão, eu não estaria aqui agora. — Ouço ruídos da guarda no Portão do

Leão e o alarido de homens entrando na Torre. Ouço um grito de "alto!" e o falatório de homens designando celas. Sei que pareço estar assustada. — Eu gostaria de ver...

Ele permanece sentado, imóvel; então deduzo que sabe quem está sendo trazido à Torre, na condição de prisioneiro. Reconheço meu pai, meu pobre pai, e uma pobre gentalha, desarmados, sem estandartes, sem cavalos, flagrantemente derrotados.

Viro-me, mais uma vez, para Feckenham.

— Meu pai foi preso de novo? — pergunto. — O senhor veio aqui com palavras de conselho, mas não me informou sobre isso, justamente o que eu não sabia e que precisava saber!

— Ele voltou a trair — explica o padre, bruscamente. — Ele e Sir Thomas Wyatt tentaram entrar em Londres, comandando um exército.

— Para me resgatar! — exclamo, com súbita fúria. — Quem pode culpá-lo por tentar me salvar, quando pesa sobre mim uma sentença de morte e ele sempre me amou? Sou sua filha favorita, tão devota quanto ele, estudiosa como ele. Como poderia tal homem deixar a filha morrer sem mover um dedo para salvá-la? Ninguém poderia exigir isso dele.

Permanecemos em silêncio por um instante. Eu o encaro, enrubescida e com lágrimas nos olhos, e ele se mostra ressentido, como um açougueiro trapaceado na feira em relação ao preço da linguiça. Ele baixa a cabeça, e o rubor se espalha por suas faces.

— Ele não se insurgiu pela senhora — diz, com delicadeza, e suas palavras são como um sino anunciando a morte. — Não foi pela senhora, minha cara. Ele se insurgiu para levar ao trono a princesa Elizabeth. E foi porque ele se insurgiu por ela que vão executar a senhora. Sinto muito, minha filha.

— Ele recrutou um exército em favor de Elizabeth?

Recuso-me a acreditar. Eu avisei ao meu pai o tipo de moça que Elizabeth é. Por que ele se insurgiria por ela, sendo sua fé tão hesitante e sendo ela uma hóspede não confiável?

— Sim, recrutou.

— Mas por que me executar, só porque meu pai se rebelou em nome de Elizabeth? — questiono, em um sussurro. E então, sendo uma intelectual, acrescento: — Não tem o menor sentido. Não é lógico.

O sorriso sardônico me diz que ele concorda comigo.

— Os conselheiros espanhóis da rainha querem passar a mensagem de que ninguém pode sobreviver a uma rebelião contra eles... — Ele se corrige: — Contra Sua Majestade.

Pouco me importo. Penso apenas em meu pai.

— Ele não vinha me buscar? Nunca pretendeu me salvar? Foi tudo por Elizabeth, e não por mim?

Feckenham sabe que isso é o pior de tudo.

— A senhora teria sido libertada, disso eu tenho certeza. — Ele percebe a curvatura da minha boca e as lágrimas de ódio em meus olhos. — Só vamos conhecer os planos da conspiração depois que eles confessarem. Vamos rezar ao seu Pai celestial, que tanto a ama? A senhora sempre poderá contar com Ele.

— Sim — digo, desanimada, e nos ajoelhamos, juntos, para rezar o Pater Noster em inglês, a oração que o próprio Jesus nos ensinou, em que somos informados de que Deus é "Pai nosso". Tenho um Pai no reino do céu, embora não tenha um na Terra. O irmão Feckenham reza em latim; eu recito as palavras em inglês. Não duvido que esteja sendo ouvida. Tampouco duvido que ele esteja.

Torre de Londres,
Sábado, 10 de fevereiro de 1554

Meu pai é indiciado e será levado a julgamento por ter participado da insurreição. Foi uma conspiração em grande escala, pérfida, e poderia ter sido bem-sucedida. A intenção era levar Elizabeth ao trono e casá-la com Edward Courtenay, nosso primo Plantageneta, membro da nossa família e da nossa fé. Elizabeth nega qualquer conhecimento prévio a respeito de tudo isso, é claro. Para uma moça tão esclarecida, é impressionante como ela consegue dissimular ignorância, quando lhe convém. Mas a conspiração indica que nossa prima, a rainha Maria, precisa considerar todas as suas parentas como ameaças. Elizabeth, eu, Catarina, até a pequena Maria, Margaret Douglas e Maria da Escócia, que está na França — qualquer uma de nós pode ser apontada como rainha da Inglaterra em vez dela. Todas temos plenos direitos; todas estamos sob suspeita.

Estou tão angustiada que sinto um alívio quando ouço uma batida à porta e John Feckenham entra, com o carão vermelho e enrugado, na tentativa de esboçar um sorriso, as sobrancelhas alvas arqueadas, como se receasse não ser bem-vindo.

— O senhor pode entrar — digo, sem polidez. Inspiro e pronuncio a fala que preparei: — Tendo sido agraciada com alguns dias de vida a fim de conversar com o senhor, embora pouco lamente a minha própria situação, considero tal benesse uma declaração expressa do favor de Deus para comigo, a maior demonstração que Ele me fez até o presente momento.

— A senhora se preparou — comenta ele, reconhecendo prontamente as palavras iniciais de um debate, então deposita seus livros sobre a mesa; em seguida, senta-se, como se soubesse que lutar por minha alma será tarefa árdua para um herege equivocado como ele.

Torre de Londres,
Domingo, 11 de fevereiro de 1554

Milady minha mãe e Catarina recebem autorização para visitar meu pai; Catarina deixa nossos pais a sós — como eles sempre querem ficar — e vem até meus aposentos. Ela não sabe o que me dizer, e eu não tenho nada para dizer a ela. Ficamos sentadas, em meio a um silêncio constrangedor. Ela chora um pouco, abafando os soluços na manga do vestido. Com Catarina sentada tão perto, olhando-me com os olhos cheios de lágrimas, não consigo estudar, escrever ou orar. Sequer consigo ouvir meus pensamentos. Fico presa no turbilhão de seu remorso, seu medo e seu pesar. É como se eu fosse manteiga sendo batida numa tina; sinto que estou ficando rançosa. Não é assim que pretendo passar meu derradeiro dia de vida. Quero redigir o relato do debate que tive com John Feckenham, do meu triunfo sobre seu pensamento equivocado. Quero preparar o discurso que hei de proferir no cadafalso. Quero pensar; não quero sentir.

Ouvimos o ruído das carroças que trazem a madeira para a construção do patíbulo, bem como os gritos dos homens solicitando suas ferramentas e conduzindo as carroças até o gramado central. Cada vez que ouve o barulho da madeira sendo despejada no piso de pedra, cada vez que ouve o ranger de um serrote e o bater de um martelo, Catarina se contrai, seu belo rosto se torna branco feito leite desnatado, seus olhos da cor de nanquim.

— Vou morrer por minha fé — digo a ela, de repente.

— Você vai morrer porque o nosso pai se juntou a uma rebelião contra a rainha coroada — retruca ela. — Não foi nem por você!

— Eles podem até dizer isso — respondo, com firmeza —, mas a rainha deu as costas àqueles que creem no verdadeiro caminho que leva a Deus, quebrou a promessa de permitir que as pessoas seguissem a fé de acordo com suas próprias consciências e está entregando o reino ao comando do bispo de Roma e de fidalgos espanhóis. Portanto, ela se voltou contra mim por causa da minha fé, e é por isso que vou morrer.

Catarina tapa os ouvidos com as mãos.

— Não vou dar ouvidos à traição.

— Você não dá ouvidos a coisa nenhuma.

— Nosso pai perdeu tudo nosso — comenta ela. — Estamos arruinadas.

— Bens terrenos. Não significam nada para mim.

— Bradgate! Bradgate não significa nada para você? Como pode dizer uma coisa dessa? A nossa casa!

— Você deveria voltar sua mente para a casa do Nosso Pai celeste.

— Joana — implora ela —, uma palavra carinhosa, uma palavra de irmã, antes que eu diga adeus!

— Não posso — digo, simplesmente. — Preciso me concentrar na minha própria jornada e no meu destino jubiloso.

— Você vai estar com Guildford antes que ele seja executado? Ele pediu para ver você. Seu marido! Vocês não vão se falar uma última vez? Ele quer se despedir.

Com impaciência, balanço a cabeça diante daquele sentimento mórbido.

— Não posso! Não posso! Não falarei com ninguém, exceto com o irmão Feckenham.

— Um monge beneditino! — resmunga ela. — Por que vai falar com ele, e não com Guildford?

— Porque o irmão Feckenham sabe que sou uma mártir — respondo, de pronto. — De todos vocês, somente ele e a rainha sabem que vou morrer por minha fé. É por isso que só falarei com ele. É por isso que ele vai me acompanhar ao cadafalso.

— Se apenas admitir que isso não tem nada a ver com a sua fé, que é tudo porque o nosso pai se rebelou pela causa de Elizabeth, você nem precisa morrer!

— É por isso que não quero falar com você nem com Guildford — declaro, numa súbita explosão de ira insensata. — Não darei ouvidos a ninguém que queira me convencer de que tudo isso é uma trapalhada causada por um tolo, e que ainda por cima resulta na morte de sua filha, um simples joguete. Sim! Meu pai deveria ter me salvado; porém, em vez disso, saiu em defesa de outro joguete, e seu fracasso me condenou à morte!

Estou tomada pela raiva e pela tristeza. Elevo a voz, grito com ela, ofegante. Sinto que devo me arrastar de volta à paz, à serenidade. É por isso que não posso discutir questões mundanas com gente mundana. É por isso que não tolero vê-la, não tolero ver nenhum deles. É por isso que preciso pensar, e não sentir.

Catarina me encara, boquiaberta, de olhos arregalados.

— Ele nos arruinou — murmura ela.

— Não vou morrer pensando nisso — digo, com os dentes cerrados. — Serei mártir por minha fé, não por um incidente idiota. Jamais morrerei, e meu pai tampouco morrerá. Vamos nos encontrar no reino do céu.

Escrevo ao meu pai. Sempre soube que ele jamais morreria, e agora parto em uma viagem e não tenho dúvida de que o verei ao término da jornada.

Que o Senhor conforte Vossa Graça... e, embora Deus esteja levando dois de seus filhos, meu marido e eu, não pense, humildemente suplico à Vossa Graça, que nos perdeu, mas saiba que, ao sairmos desta vida mortal, ganhamos a vida imortal. E, quanto a mim, tendo honrado Vossa Graça nesta vida, hei de rezar pelo senhor na outra vida.

Torre de Londres, Segunda-Feira, 12 de fevereiro de 1554

Duas de minhas damas, a sra. Ellen e Elizabeth Tylney, postam-se ao meu lado à janela, aguardando a notícia de que meu marido, com quem estou casada há oito meses e meio, está morto. Elas me afastam da janela, segurando-me pelos braços, pelos ombros, como se eu fosse uma criança, como se eu não devesse enxergar a verdade. O tenente da Torre, John Brydges, está de pé à porta, com um ar severo, tentando neutralizar qualquer sentimento.

— Eu posso ver — digo, esquivando-me delas. — Não tenho medo da morte.

Quero que elas saibam que, mesmo no vale sombrio da morte, estou livre do medo. Quero que percebam isso.

Deus é meu esteio, mas fico em choque quando a carroça passa diante de minha janela, voltando do cadafalso erguido em Tower Hill. Eu sabia que ele tinha sido decapitado, mas não pensara no fato de o corpo, desprovido da cabeça, ficar menor. A cabeça foi jogada dentro de um cesto, ao lado do corpo ensanguentado. É pavoroso, é como o matadouro de um açougueiro, onde os animais são desprovidos de sua beleza e reduzidos a fatias e pedaços de carne sem pele. Eis o único homem que esteve em minha cama e que representou tamanha ameaça para mim, tamanha potência. Ei-lo ali, esquartejado, feito um livro proibido cujos capítulos foram arrancados. O corpo está sem cabeça;

parece tão estranho. Largaram seu belo rosto dentro de um cesto e atiraram seu corpo sobre um monte de feno ensanguentado. É um horror para o qual eu não estava preparada. Sempre pensei na morte como uma praia cintilante, nunca como uma fera esquartejada, um corpo conhecido todo rígido, pedaços de um rapaz dentro de uma carroça imunda.

— Guildford — murmuro, quase para lembrar a mim mesma que se trata dele próprio, e não de um ator em cena.

O carrasco, vestido de preto, com um grande capuz negro que torna seu rosto camuflado grotesco e muito alto, caminha a passos pesados atrás da carroça. A carroça se dirige à capela, o carrasco, com as mãos cruzadas sobre o machado e a cabeça baixa, dirige-se ao patíbulo recém-construído. Com um sobressalto, dou-me conta de que ele não está ali para integrar o cortejo de Guildford, mas por outro motivo. Ele veio para me decapitar. Embora pensasse que estava preparada, a constatação me faz estremecer, e meu coração quase para. Chegou a minha hora. Por mais injusto — deveras, por mais ilógico e contraditório —, eu também serei diminuída, reduzida, decapitada.

Detenho-me para escrever algo no livro de orações de John Brydges. Escrevo sem pressa, absorta naquele momento derradeiro. Sou eu mesma. As palavras não morrem jamais. E penso: *No princípio era o Verbo, e o Verbo estava com Deus, e o Verbo era Deus.* Acho que compreendo a questão: meu corpo vai morrer, mas minhas palavras vão sobreviver. A carnificina sangrenta imposta ao corpo de Guildford me abalou — mas hei de me agarrar às palavras, que jamais morrerão. Minha mestra e mentora Catarina Parr o compreendia. Ela encarou a morte sem medo. Também hei de encarar.

"Porquanto desejaste que uma simples mulher escrevesse algo em um livro tão sagrado, bom mestre tenente", inicio.

Gosto da forma "porquanto". Acho que contém uma dignidade autêntica. Escrevo um parágrafo, depois outro, então assino; o irmão Feckenham olha para mim e diz, com ternura:

— A senhora não pode escrever mais. É chegada a hora.

Estou pronta. Preciso estar pronta. Não há mais o que escrever. Redigi o relato do meu debate com o irmão Feckenham, escrevi à rainha, a meu pai, a Catarina. Agora, ao fim e ao cabo, escrevo uma despedida e concluo meu trabalho. Visto meu traje preto e levo nas mãos o livro de orações, aberto.

— Estou pronta — aviso, e percebo que me encolho, pesarosa, querendo dizer: "Esperem! Só mais um momento! Ainda preciso fazer uma coisa! Um instante, um segundo, só mais uma batida do coração..."

John Feckenham vai à frente, e eu levo meu livro de orações — meu livro de orações em inglês — e tento ler enquanto descemos a escada estreita, atravessamos o pequeno jardim, saímos pelo portão e avançamos lentamente em direção ao cadafalso erguido no gramado. É evidente que não consigo enxergar as palavras enquanto descemos a escada nem ao seguirmos pela trilha do jardim — ninguém conseguiria. Mas o gesto demonstra a todos que sigo para o cadafalso levando comigo o livro de orações. A rainha Catarina Parr escreveu aquelas preces, traduzindo-as do latim. Ali estou, a caminho do patíbulo e levando nas mãos a prova da minha virtude. O livro é obra nossa. Estou preparada para morrer por ele. Hei de morrer com ele nas mãos.

As damas atrás de mim choram sem parar, um choro abafado e convulsivo. Espero que todos vejam que, ao contrário delas, não estou chorando. Espero que todos vejam que estou orando enquanto caminho, com meu livro em mãos, uma presença profundamente devota, demonstrando minha certeza na ressurreição. Todos subimos a escada do cadafalso e nos reunimos sobre a plataforma. Pouca gente vem assistir ao meu martírio. Fico surpresa ao ver tão poucas pessoas. Dirijo-me a elas.

Eu tinha receio de que minha voz fosse tremer, mas ela não treme. Rezo por misericórdia e digo a todos, com clareza, que serei salva pela misericórdia de Deus — e não pelas preces de um sacerdote, nem por missas pagas em alguma capela. Peço-lhes que orem por mim enquanto eu estiver viva; quero que compreendam que não vou precisar de orações depois de morta, pois irei diretamente para o reino do céu. "Nada de purgatório", quero acrescentar, mas todos já sabem ao que me refiro.

Leio a Miserere em inglês, pois Deus entende inglês, e não passa de superstição pensar que é necessário se dirigir a Ele em latim. John Feckenham reza comigo, recitando as palavras em latim, e penso que se trata de um lindo idioma, que soa muito bem naquele dia, ecoando e se entrelaçando com as palavras em inglês, em meio à névoa úmida, enquanto as gaivotas grasnam acima do rio. Lembro-me de que tenho apenas 16 anos e de que nunca mais verei o rio. Mal posso crer que jamais verei as colinas de Bradgate, nem as trilhas por onde Catarina e eu costumávamos caminhar, embaixo das árvores, nem meu velho pônei no campo, nem o velho urso no fosso. A prece demora um tempo longo e estranho, um tempo sem tempo, e me surpreendo quando ela termina, e preciso entregar meus pertences: minhas luvas e meu lenço, meu livro de orações. Cabe às damas me preparar para aquele momento, para minha derradeira aparição monárquica. Retiram meu capuz, o capuz com azeviche bordado, e minha gola. Subitamente, o tempo começa a correr, e há coisas que eu queria dizer, que eu queria ver antes daquele momento. Tenho certeza de que deveria pronunciar minhas últimas palavras, de que deveria recordar algumas lembranças. Tudo agora acontece muito depressa.

Ajoelho-me. Ouço a voz firme do irmão Feckenham. Vendam-me antes que eu possa ver as gaivotas pela última vez. Eu queria olhar para as nuvens; queria que meu último olhar fosse para o céu. De repente, sinto medo, e estou imersa na cegueira branca de uma venda em plena luz do dia.

— O que devo fazer? Cadê? — grito, em pânico.

Alguém conduz minhas mãos ao cepo; uma solidez quadrada e áspera me diz que meu destino é inexorável. Eis o mundo material, deveras; essa é a coisa mais material que terei tocado na vida. Dou-me conta de que será a última coisa que vou tocar. Agarro-me ao cepo e chego a sentir o veio da madeira. Preciso apoiar minha cabeça ali. Percebo que a venda está encharcada de lágrimas, macia e morna sobre minhas pálpebras cerradas. Devo estar chorando sem parar. Mas, ao menos, ninguém está vendo e, seja lá o que acontecer em seguida, sei que não é a morte, pois jamais morrerei.

LIVRO II

CATARINA

Castelo de Baynard, Londres, Primavera de 1554

Envio-te, boa irmã, este livro, que, se por fora não é adornado com ouro, por dentro vale mais que pedras preciosas. Trata-se do livro, cara irmã, das leis do Senhor: é Seu Testamento e Derradeira Vontade, por ele legado a nós, infelizes, e que há de conduzir-te ao caminho da felicidade eterna; se de boa vontade leres este livro e com seriedade de propósito o seguires, ele há de levar-te à vida imortal e eterna.

Ele há de ensinar-te a viver e a morrer... há de propiciar-te ganhos maiores do que terias com as terras do teu triste pai... riquezas das quais o ganancioso não poderá te privar, nem o ladrão te roubar, tampouco a traça há de roer...

E, quanto à minha morte, regozija-te como eu o faço, e considera que hei de me livrar desta podridão e ser levada à graça, pois tenho certeza de que, ao perder a vida mortal, encontrarei a felicidade imortal.

Adeus, boa irmã, confia somente em Deus, pois somente Ele há de preservar-te. Tua irmã que te ama,

Joana Dudley

Leio, com crescente incredulidade, esse sermão — o único adeus que terei de minha irmã mais velha. Releio, mas dessa vez me enfureço. Não faço ideia do que ela pensou que eu fosse fazer com essa carta infeliz. Não sei que benefício ela pensou que a carta pudesse me trazer. Digo que, se eu estivesse prestes a morrer, não escreveria uma carta como essa à minha irmã caçula, Maria. Imagine, escrever uma coisa dessa! Como isso haveria de confortá-la? Leio e releio a carta, embora meus olhos estejam tão doloridos de tanto chorar, que mal posso enxergar sua caligrafia meticulosa e erudita. Nada foi rasurado; nada foi borrado. Ela não chorou enquanto escrevia, ao contrário de mim, que choro enquanto leio. Tampouco rabiscou a carta, em desespero, aflita para se despedir de mim, a irmã que a admira e tanto ama. Não se mostra ávida por me dizer que me ama, que pensa em mim, que está arrasada porque não vamos envelhecer juntas. Jamais seremos damas da corte, trocando risadinhas por causa de nossos admiradores; jamais seremos senhoras cultas, lendo para nossos filhos. Ela refletiu acerca desses parágrafos elegantes e os redigiu naturalmente, com uma erudição refinada, sem hesitar. E tudo tem a ver com Deus. Deus! Como sempre.

É claro, assim que leio e releio a carta, já sei exatamente o que farei com ela. Não vou amassá-la e atirá-la ao fogo, em um rompante de raiva e dor, contrariando meu primeiro impulso. Farei o que ela queria que eu fizesse. Joana nem precisava dizer; sabia como eu agiria. Não precisava malograr seu momento de reflexão com instruções de natureza prática. Sei o que ela pretendia, sem que ela precisasse dizer. Devo encaminhar esta carta, esta carta fria e pouco fraternal, aos supostos ilustres amigos dela, na Suíça, que vão imprimi-la e distribuí-la a todos. E todos vão ler a carta e dizer tratar-se de uma maravilhosa declaração de religiosidade, que a moça era uma santa, seus conselhos à irmã mais jovem são sábios, e, com certeza, a fé a terá levado ao reino do céu — que tivemos muita sorte em sermos abençoados com a presença dela.

Então todos vão admirar Joana e para sempre citar esta carta maldita. Haverão de publicá-la na Inglaterra, na Alemanha e na Suíça, como parte dos brilhantes estudos realizados por Joana Grey, prova de que ela foi uma jovem excepcional, cuja memória ficará para todo o sempre, cuja vida será um sermão para os jovens. E, se alguém pensar em mim, será tão somente como a mocinha tola e fútil, a destinatária da última carta de uma mártir. Se Maria Madalena chegasse ao sepulcro na manhã de Páscoa e não encontrasse o jardineiro, que era Cristo ressuscitado, e assim estragasse o milagre da Páscoa para todos e para sempre, essa pessoa seria eu: a atriz coadjuvante na cena grandiosa, aquela que sempre estraga tudo. Se Maria Madalena topasse numa pedra e saísse pulando agarrada ao dedão, essa pessoa seria eu. Todos vão se lembrar de Joana, a santa. Ninguém vai pensar em mim — a irmã tola, a destinatária de sua grande e última carta. Ninguém há de pensar que eu queria e merecia uma última carta, uma carta para valer, uma carta pessoal. E ninguém vai pensar em nossa irmã caçula, Maria, que sequer recebe um sermão miserável.

Se Joana não estivesse morta, eu ficaria furiosa com ela. "Ensinar-te a morrer"! Isso lá é coisa que se escreva a uma irmã que sempre a amou? Se ela estivesse viva, eu iria até a Torre, agora mesmo, arrancaria aquele capuz preto e puxaria seus cabelos, por ela ter escrito uma carta assim tão desalmada à irmã, por ter escrito a mim — logo a mim! — que eu deveria estar feliz por termos perdido todo nosso dinheiro, que deveria estar feliz por termos perdido nossa casa, que deveria estar feliz por ter uma Bíblia, em vez de joias. Como se eu preferisse uma Bíblia velha ao nosso lindo lar, uma Bíblia em vez de Bradgate! Como se alguém pudesse ter tal preferência! Como se eu não gostasse de joias e coisas bonitas, e não as valorizasse mais que qualquer outra coisa no mundo! Como se ela não soubesse disso, como se jamais tivesse rido da minha frívola vaidade uma centena de vezes!

E então me lembro, engolindo o horror, qual gelo em meu estômago, que o capuz já não está na cabeça de minha irmã, que sua cabeça já não está em seu corpo e que, se eu puxasse sua trança, a cabeça haveria de balançar como uma bola amarrada em uma corda; então me surpreendo gritando e cubro com as mãos a boca resfolegante, a fim de abafar os soluços misturados à ânsia de vômito.

Exausta, pego no sono em minha cama, na casa silenciosa. Meu marido, Henrique, não vem se deitar comigo. Acho que nunca mais virá. Suponho que esteja até proibido de me visitar. É certo que não fomos deixados a sós desde que a rainha Maria regressou a Londres em triunfo. Imagino que a família Herbert esteja aflita para esquecer esse casamento e livrar meu marido da terrível desvantagem de ter uma esposa cuja irmã foi decapitada por traição. Os Herbert vão escrever confissões e jurar que mal conheciam a família Grey. E foi um casamento maravilhoso — faz apenas nove meses. Naquele momento, eu era um belo dote; agora, sou uma vergonha. Fico o tempo inteiro em meus aposentos e, quando vou jantar, sento-me à mesa das senhoras, mantenho a cabeça baixa e faço votos para que ninguém se dirija a mim, pois nem ao menos sei meu nome: ainda sou Catarina Herbert? Ou voltei a ser Catarina Grey? Não sei quem devo ser; não sei o que devo dizer. Acho mais seguro não dizer nada.

Eu rezaria por meu pai, mas não sei que preces são permitidas. Sei que não podemos mais rezar em inglês, e estamos terminantemente proibidos de qualquer prática que não pertença à antiga missa. Entendo latim — não sou uma ignorante —, mas acho estranho orar em uma língua que a maioria das pessoas não compreende. O sacerdote se vira de costas para a congregação e celebra a missa como se fosse um ritual secreto, entre ele e Deus, e isso me parece muito estranho, tendo eu sido criada com a mesa da comunhão posta diante do altar e todos a ela se dirigindo para receber pão e vinho. As pessoas murmuram as respostas, inseguras ao pronunciarem as palavras desconhecidas. Ninguém sabe o que é sagrado, ninguém sabe o que é certo, e ninguém sabe quem sou eu — nem mesmo eu.

Levam meu pai a um novo julgamento e o condenam mais uma vez. Pensei: se a rainha o perdoou anteriormente, por que não repetiria o perdão? Tratando-se da mesma ofensa. Por que não o faria? Se a traição, na primeira vez, não foi algo muito grave, será muito pior se ocorrer de novo? Não posso visitar minha mãe, para perguntar se ela tem esperança de, mais uma vez, salvar o marido, porque não vou a lugar nenhum. Não saio do Castelo de Baynard. Não sei se tenho permissão para sair. Acho que não.

Ninguém vai me perguntar se eu gostaria de fazer uma visita; ninguém me leva a lugar nenhum na barcaça nem me convida para sair. Ninguém sequer me pergunta se quero cavalgar. Ninguém fala comigo, exceto a criadagem. Nem sei se os guardas da guarita abririam os portões externos para mim, se eu caminhasse até lá. Tudo o que sei é que sou uma prisioneira na casa de meu marido. Tudo o que sei é que estou sob prisão domiciliar, prestes a ser acusada de traição. Ninguém me diz nada.

Na verdade, ninguém vai a lugar nenhum. Ninguém sai de casa, a não ser meu sogro, que se embrulha em sua melhor jaqueta e corre até a corte, a fim de assistir ao julgamento de homens que eram seus aliados até uma semana antes. Agora, são acusados de traição e enforcados, um após o outro, em todas as esquinas da cidade. A própria Elizabeth, a meia-irmã, a herdeira e, pelo que sei, a conspiradora mais bem camuflada, está sob suspeita de traição, e não posso dizer que vou me importar muito se a decapitarem também. Se decapitaram Joana, que nunca quis o trono para si, não vejo por que hesitam diante de Elizabeth, que sempre ansiou pelo trono e é uma jovem tão sórdida, tão vaidosa e tão afeita a intrigas.

Não posso nem visitar minha irmãzinha, Maria, que está com minha mãe em nossa residência em Londres, Suffolk Place. Não encontro ninguém, exceto meu sogro e meu suposto marido, na hora do jantar e na capela, onde oramos quatro vezes por dia, murmurando palavras estranhas, continuamente, na penumbra iluminada por velas. Nessas ocasiões, eles não falam comigo, mas meu sogro olha para mim, como se estivesse surpreso por ainda me ver ali e não se lembrasse bem por quê.

Não dou a ele motivos para se queixar. Comporto-me com o rigor de uma freira enclausurada — uma freira enclausurada muito a contragosto. Eu não tenho culpa! Nasci e cresci na religião reformada e aprendi latim para estudar, não para murmurar palavras junto a um padre. Conheço a gramática, mas nunca aprendi as orações de cor. Portanto, para mim, os salmos e as bênçãos carecem tanto de sentido como se fossem em hebraico. Mantenho a cabeça baixa e emito sussurros aparentemente cheios de devoção. Levanto-me e me ajoelho, e faço o sinal da cruz quando todos fazem. Se já não me sentisse tão triste, morreria de tédio. Quando, pouco antes das Matinas, dizem-me que meu pai foi decapitado com outros traidores, sinto-me mais exausta que infeliz, e não sei que orações devo rezar por ele. Penso que, estando a rainha Maria no trono, ele deve ter ido para o purgatório, e que devemos encomendar missas por sua alma, mas não sei onde encomendar missas, visto que as abadias ainda estão fechadas; nem sei se missas adiantariam alguma coisa, pois Joana disse que não existe nada disso de purgatório.

Estou muito, muito cansada de tudo isso, e tudo o que me interessa é saber quando posso sair daqui, e se algum dia voltarei a ser feliz. Acho que essa minha reação significa que eu, como disse Joana, sou totalmente desprovida do dom do Espírito Santo, e, por um momento, sinto vontade de dizer que ela está certa, que sou uma bobalhona mundana, ainda que inexplicavelmente triste; e então me lembro de que nunca mais vou poder dizer nada a ela, nunca mais, e me dou conta de que é por isso que estou triste.

Por incrível que pareça, minha mãe — a criatura menos angelical do mundo —, realiza um milagre. Ela manteve presença constante na corte, suplicando à rainha que nos perdoe da traição cometida por nosso pai, sendo que nossa família está agora reduzida a três membros. Milady minha mãe persegue a boa vontade da monarca como se fosse uma corça gorda e, por fim, encurrala--a e corta-lhe a garganta peluda. Visto que Joana se foi e já não pode ser o centro de rebelião nenhuma e que meu pai está morto e enterrado, a rainha nos devolve uma de nossas residências, Beaumanor, próxima a Bradgate Park, e o lindo parque de Loughborough, repleto de caça, e somos autorizadas a voltar a viver bem.

— Mas e o urso? — pergunto à minha mãe, quando ela me informa sobre esse indulto extraordinário.

— Que urso?

— O urso lá de Bradgate. Eu estava domando ele. Vamos levar ele pra Beaumanor?

— Pelo amor de Deus! Estávamos a centímetros do cadafalso, e você vem me falar em urso? Nós o perdemos, assim como perdemos Bradgate, os cães e os cavalos. Tudo vai para algum protegido da rainha. Minha vida está arruinada. Sou uma viúva inconsolável, e você vem me falar em urso?

Joana a teria enfrentado e insistido que o urso nos acompanhasse a Beaumanor. Eu não. Não tenho as palavras necessárias, e não consigo dizer a ela que penso que o urso, o sr. Careta e todas as criaturas vivas merecem consideração, são dignos de amor. Eu gostaria de dizer que também estou inconsolável, mas não consigo encontrar as palavras, e, em todo caso, ela não está interessada.

— Vai procurar os Herbert — diz ela, rispidamente. — Vai buscar as suas coisas que estão lá.

Beaumanor, Leicestershire, Primavera de 1554

Estamos em casa, sãos e salvos, como se tivéssemos baixado a cabeça e a foice passado por cima de nós. Maria, nossa mãe, eu, o sr. Careta, a gatinha Fita, os cavalos e os cães (mas não o urso) estamos em casa (e não estamos), nas cercanias do parque, próximos o suficiente para avistar as altas chaminés da nossa antiga casa, com saudade da nossa antiga casa — contudo, estamos vivos e convivendo em uma atmosfera de picuinhas constantes, o que significa que podemos falar, podemos ouvir, e estamos salvos.

E tivemos sorte — muito mais que os outros. Meu pai não vai voltar para casa; nunca mais verei minha irmã. Enterram-na, esquartejada, na capela, e nossa prima Elizabeth é levada para a Torre, na condição de prisioneira suspeita de traição no levante comandado por Thomas Wyatt e meu pai. Somente a rainha pode dizer se Elizabeth sairá da Torre, ou se mais sangue Tudor será usado para regar o gramado, e a rainha não diz nada a respeito. Com certeza, se eu puder evitar, jamais irei à Torre. Jamais. Jamais.

Estou aliviada por estarmos em segurança longe de Londres, mas gostaria de ter voltado para Bradgate House. Sinto falta do quarto de Joana e de sua coleção de livros, e o sr. Careta sente falta do meu quarto e da caminha dele, abaixo da janela. Sinto falta do pobre urso. É um alívio estar longe do silêncio frio da casa dos Herbert, e sou informada de que meu casamento pode ser esquecido, como se jamais houvesse se concretizado. Maria, minha mãe e eu moramos juntas, as três sobreviventes de uma ilustre família de cinco pessoas, e Adrian Stokes, nosso mestre-cavalariço, nos acompanha a Beaumanor, destrincha as carnes nos jantares, é atencioso com minha mãe e gentil com Maria e comigo.

Ao menos, posso me sentar embaixo da árvore onde Joana e eu costumávamos ler, e posso ouvir o rouxinol nos galhos mais altos, no crepúsculo, e minha mãe pode galopar e caçar, como se nada de mal tivesse acontecido, como se não tivesse perdido o marido e uma filha, como se eu jamais tivesse tido uma irmã mais velha.

Foi nisso que resultou a perda das "terras do teu triste pai" — penso na carta de Joana e que vou provocá-la, dizendo que conseguimos reconquistar grande parte de nossas terras, com tristeza ou sem tristeza. Vou perguntar o que vale mais, agora: um livro velho ou alguns hectares? E então me lembro, sempre com um sobressalto: não tenho como lhe dizer que estava enganada e que terras valem mais que uma Bíblia velha. Lembro-me de que nunca mais vou poder lhe dizer coisa nenhuma.

Maria quase não cresceu no decorrer dos meses que passamos em Londres. Continua a coisinha miúda de sempre, uma bela criança. Aprendeu a manter as costas eretas, disfarçando a curvatura que tem na coluna, de modo que, ao menos, os ombros permanecem nivelados e ela consegue andar e dançar com uma graça diminuta. Acho que talvez tenha parado de crescer por ser tão infeliz, e nunca vai envelhecer, assim como Joana jamais envelhecerá. É como se minhas duas irmãs estivessem congeladas no tempo, uma na condição de noiva, a outra, na de criança. Mas não falo nada disso a Maria, que tem apenas 9 anos, e não falo nada à minha mãe, que afoga o filhote mais fraco de todas as ninhadas que suas cadelas parem.

Beaumanor, Leicestershire, Verão de 1554

Em meados do verão, minha mãe realiza novos feitos: ela consegue que Maria e eu sejamos admitidas à corte, e nós três seremos damas de companhia da rainha que executou minha irmã e meu pai. Voltamos à corte como primas bem-vindas, e nenhuma de nós, nem mesmo a pequena Maria, deixa transparecer qualquer dúvida que possamos ter sobre tal situação. Afasto da mente qualquer receio. Se começar a pensar muito, vou enlouquecer. Milady minha mãe demonstra todos os dias sua lealdade e parentesco com a prima e soberana amada — é "minha queridíssima prima" o tempo inteiro, para que ninguém esqueça que somos parentes; pertencemos à família real, mas não desejamos ser herdeiras.

Ninguém esquece as outras primas tampouco: Elizabeth, a bastarda, agora sob prisão domiciliar em Woodstock; Maria Stuart, a estrangeira, na França, prometida ao delfim francês; e Margaret Douglas, casada com um conde e mais benquista pela rainha que qualquer uma de nós, por causa de sua alardeada fé papista.

É tão divertido quanto uma mascarada ver o nervosismo com que nós, primas, seguimos enfileiradas até o salão de jantar. Elizabeth deveria estar aqui, caminhando atrás da irmã. É a herdeira apontada no testamento do rei Henrique, e a rainha Maria não pode alterar esse fato. Foi aconselhada a deserdar Elizabeth, mas lhe disseram que o Parlamento jamais aceitaria tal gesto. Por que o Parlamento aceitou a execução de Joana, mas não a deserdação de Elizabeth, somente eles próprios, em seus conluios covardes, podem explicar. Em todo caso, Elizabeth ainda está detida, e talvez nunca mais retorne à corte.

Portanto, a rainha ocupa seu próprio lugar, sozinha, no comando de todas as suas damas, uma figura pequena e atarracada, suntuosamente trajada, com rosto benévolo e quadrado, marcado de preocupação. E... espere um instante! Eis minha mãe, carregada de joias, sempre usando um vestido de brocado verde (que brada "Tudor!" aos ouvidos mais moucos). É herdeira direta do trono de Elizabeth — e, como Elizabeth não está presente, ela segue nos calcanhares da rainha. Mas... espere! — e ninguém ousa entrar na fila antes que os primeiros postos estejam ocupados —, por último, em uma corrida deselegante, surge Lady Margaret Douglas, anteriormente conhecida como filha bastarda da rainha Margaret da Escócia e seu marido bígamo. Conhecida como tal apenas anteriormente, pois agora foi declarada legítima — a rainha Maria assim o decidiu, o Papa assim o decidiu. Os fatos não importam; o que importa é o que todos dizem. E, se ela é legítima e filha de Margaret, rainha da Escócia (irmã mais velha de Henrique VIII), deve passar adiante de minha mãe, que é legítima e filha de Maria, rainha da França (irmã mais nova de Henrique). Mas em seu testamento Henrique aponta nossa linhagem, e o mesmo ocorre no testamento do rei Eduardo... Assim, quem saberá apontar o próximo herdeiro? Quem sabe dizer quem deve seguir logo atrás da rainha? Eu é que não sei. Nem ninguém que ali aguarda entrar para o jantar.

A coisa vira um embate silencioso. Lady Margaret, a Legítima, esgueira-se adiante de mim, e dou um passo atrás, dissimulando deferência e supostos bons modos. É a favorita da rainha Maria, leal a Roma, espalhafatosamente fiel à prima, agora soberana. É uma mulher corpulenta, com uma farta cabeleira meio grisalha presa em um capuz fora de moda. Passou a vida conquistando e perdendo as graças do velho rei, entrando e saindo da Torre, e está habituada a abrir caminho a cotoveladas. Ao seu lado, pareço uma filha, talvez uma bela neta. Sou loura, delicada, e tenho 13 anos. Sou neta verdadeira e legítima da célebre e formosa Tudor que é rainha da França. Dou um passo atrás, com um suspiro discreto e paciente, aparentando pertencer cem vezes mais à realeza que ela, que me empurra, com um resmungo.

Ela e minha mãe seguem ombro a ombro, quase punho a punho. É como uma luta livre no gramado central de um vilarejo, todas as noites. A rainha Maria olha para trás e sorri; basta uma palavra dirigida a uma delas, e a ordem se estabelece. Podemos prosseguir até o salão de jantar.

Maria, a menor dama de companhia do mundo, segue comigo, como se formássemos um par de dança. Juntas, somos tão bonitas que ninguém comenta que ela é pequena, se comparada com as outras pessoas. Todos riem e são amáveis com ela, e dizem à minha mãe que lhe forneça uma alimentação à base de caça e carnes assadas, para que ela possa crescer. Ninguém acha que talvez haja algo errado com ela, e minha mãe não diz nada. Depois de perder a filha mais brilhante, ela não vai desvalorizar as duas que restaram. Vejo Maria, às vezes, olhando para a anã da corte, Tomasina, feito um filhote de gato que desafia um gato maior. Tomasina, que já parou de crescer e mede menos de um metro e vinte, é por demais orgulhosa e ignora Maria por completo.

Na primeira vez que encontro os Herbert, pai e filho, é como se fôssemos estranhos. Meu casamento foi anulado, como se jamais tivesse acontecido, e nenhum dos dois me dirige uma palavra. O conde de Pembroke faz uma reverência, como se não soubesse direito quem eu sou; seu filho, Henrique, inclina a cabeça, exprimindo leve arrependimento. Ignoro a ambos.

Não me interesso por eles; não me interesso por nada na corte. Voltei a ser uma jovem pertencente à casa real. Fui restaurada. Mal posso crer que tive uma irmã chamada Joana, pois ninguém menciona seu nome. Não tive pai; não tive uma irmã chamada Joana. A pequena Maria e eu somos leais damas de companhia da rainha Maria, e minha mãe a segue por toda parte, na condição de prima predileta e dama mais experiente da corte. Tenho o próprio quarto nos aposentos da rainha, e Maria dorme nas dependências das criadas, com as outras moças. Somos reconhecidas como primas da rainha e estamos sempre fazendo novas amizades.

Encontro Janey Seymour, irmã de Ned Seymour, o belo rapaz prometido a Joana tempos atrás. Simpatizo com Janey de imediato. É uma jovem inteligente, estudiosa como Joana; até escreve poemas que rimam, mas é também alegre e engraçada. De pronto, ela me parece ser a amiga ideal:

bonita como eu e culta como Joana. Queria ter sido cunhada de Joana, e é a única integrante da corte que se refere a ela. Compartilhamos uma perda, e agora podemos ser amigas.

Nós duas sempre concordamos, e desaprovamos, em silêncio, o fato de a rainha aceitar a proposta de casamento feita por um homem onze anos mais jovem e mil vezes mais belo, o estonteante príncipe Filipe da Espanha, que chega à Inglaterra com um séquito de amigos morenos e deliciosos e nos deixa todas zonzas de desejo, ávidas por admiração.

São todos muito ricos, incrivelmente ricos! Não se pode culpar uma jovem por aprender, sob sigilo, algumas palavras em espanhol e rezar para que algum *don*, qualquer um deles, preste atenção nela. As capas pretas que usam são todas bordadas com fios de ouro e prata — puro ouro e prata. Usam gorgorões de ouro, correntes de ouro penduradas ao ombro e envoltas no pescoço, como se fossem lenços. Os chapéus são incrustados com pérolas; exibem rubis como se fossem cristais, e todos usam crucifixos enormes e profanos por baixo da camisa ou orgulhosamente à mostra, como gargantilhas. Não consigo evitar um sorriso, quando penso que Joana haveria de ter calafrios diante de tamanha demonstração de opulência e heresia em um único gesto de vaidade. Sinto saudade dela quando imagino seus olhos castanhos arregalados, o semblante escandalizado e os lábios contraídos em sinal de reprovação.

As jovens residentes dos aposentos da rainha Maria cochicham entre si e se perguntam quem não gostaria de desposar algum dos belos fidalgos e partir rumo à Espanha, para sempre, e eu penso que... sim, eu bem que gostaria. Deus sabe como eu gostaria. Eu não me incomodava com heresia e retidão; eu quero dançar e usar pequenas fortunas nos meus dedos. Quero alguém que me ame; quero me sentir viva; quero me sentir insanamente viva, todas as horas de todos os dias, pois já sei com que facilidade e rapidez uma jovem pode morrer. "Ensinar-te a morrer!" Já aprendi como se morre; e só quero viver. Janey Seymour diz que meu coração palpita tanto quanto o dela, que somos moças que querem conduzir a vida a galope. Somos jovens e queremos tudo ao mesmo tempo. Ela diz que isso é ter juventude e beleza — ao contrário da rainha, que já tem quase 40 anos e é lenta feito uma égua gorda abandonada no pasto.

A rainha se casa com o príncipe Filipe da Espanha, em Winchester, e faz má figura. Sofre dos nervos, parece pálida e, quando fica nervosa, seu rosto pequeno e quadrado exibe a carranca do pai mal-humorado. De pé, a postura dela é semelhante à dele, naqueles retratos medonhos, com os pés afastados por baixo das vestes pesadas, belicosa feito uma galinha choca. Céus! Que velha turrona! Sei que ela não tem culpa — não sou tola a ponto de achar que uma mulher tem culpa por não ser jovem e bela —, embora, com certeza, eu prefira as jovens e belas, sendo eu mesma jovem e bela. Mas no dia das bodas, ao menos, ela se apresenta da melhor maneira possível; veste-se adequadamente, com um traje dourado cujas mangas têm diamantes bordados — e, depois, prendemos a respiração e esperamos para ver se ela é capaz de dar um filho ao marido.

Palácio de Hampton Court,
Verão de 1555

Sofrendo com uma gravidez exaustiva em meio ao clima quente, a rainha Maria cede à persuasão do marido, príncipe Filipe, abre o coração e decide perdoar a meia-irmã geniosa, libertando-a da prisão domiciliar no Palácio de Woodstock. Nossa prima surge na corte vestida com bastante discrição, um pequeno capuz cobrindo-lhe o cabelo ruivo e um traje preto e branco, à moda protestante, charmosa e animada com o papel de futura tia solteira.

Sua presença apenas acrescenta mais uma concorrente no galope para ver quem será a primeira depois da rainha, por onde quer que ela caminhe. Mas, com certeza, embora Elizabeth concorra por precedência, será que ela pensa que tem alguma chance de ser apontada como sucessora da rainha? Sua simples presença faz lembrar a todos o racha religioso, pois todos sabem que Elizabeth é a herdeira protestante, tanto quanto o foi minha irmã.

Quando a corte se transfere para Oatlands, minha mãe volta para Beaumanor e, sem dar nenhuma explicação a mim ou a Maria, interrompe o luto e se casa com o mestre-cavalariço, Adrian Stokes, que desde sempre nos tem servido e cuidado de nossos cavalos e cães. Maria diz que milady nossa mãe não pode pagar os honorários de Stokes e tampouco pode prescindir de seu trabalho, mas, na minha opinião, ela está aliviada por se ver livre do nome Grey, atualmente estampado em todo e qualquer panfleto reformista ilegal e notório em toda cristandade. Casando-se com Adrian Stokes, ela pode enterrar o nome traidor com o marido traidor e a filha reformista e, assim como toda a corte, fingir que eles jamais existiram.

Para ela está tudo bem. Ela passa a ser a sra. Stokes (embora eu saiba que vai sempre exigir ser chamada de Lady Frances e ser saudada com uma profunda reverência real), mas eu ainda sou Lady Catarina Grey. Maria ainda é Lady Maria, e não temos como mudar de nome, a não ser que nos casemos também. Não há como esconder o fato de que nós, bem como Elizabeth, Maria da Escócia e Margaret Douglas, somos as últimas Tudor, todas com direito ao trono real, todas orbitando a corte e aguardando o desfecho dessa gravidez açodada. Uma de nós será a sucessora, a menos que ela dê à luz uma criança saudável — feito que sua mãe só conseguiu realizar uma única vez.

Palácio de Oatlands, Surrey, Verão de 1555

Só Deus sabe, não eu, por que nada dá certo para os Tudor. A rainha Maria não tem o filho pelo qual anseia. Ela permanece em repouso absoluto, exibindo uma bela barriga, e todas nós, suas damas de honra, sentamo-nos com muita graça perto dela e costuramos roupinhas de bebê; quando saímos de seus aposentos, balançamos a cabeça e dizemos aos belos cortesãos espanhóis que não podemos conversar sobre detalhes da intimidade feminina. Faço questão de lhes dizer que uma donzela como eu (jamais digo que uma esposa abandonada, uma jovem cujo casamento foi anulado poucas semanas depois de realizado) não saberia dizer se a rainha está passando bem, pois coisas desse tipo são um mistério para uma virgem. Mantemos essa conduta — para nosso absoluto deleite — do sétimo ao nono mês, e depois (com menos convicção) no décimo. Agora, a coisa parece, de fato, um mistério para todas nós — donzelas e parteiras. Disfarçamos nossa ansiedade da melhor maneira possível e dizemos que ela se confundiu com as datas, que o nascimento ocorrerá a qualquer momento, mas até eu estou achando isso um tanto improvável.

⮂

Durante esse tempo de espera, Elizabeth se comporta feito uma lambe-botas, esforçando-se para agradar as damas, diplomática e atenciosa com os lordes, sempre preocupada com a saúde da querida meia-irmã e sedutora qual uma freira expulsa de um convento, quando interage com o cunhado, Filipe da Espanha, que evidentemente a vê como uma garantia de sua própria segurança, caso a esposa venha a morrer no parto.

Pergunto à milady minha mãe o que está acontecendo com a rainha e por que ela não entra em trabalho de parto e pare a criança, feito uma mulher normal. Ela responde com rispidez e diz que, de todas as moças idiotas do mundo, eu deveria ser a última a perguntar pelo herdeiro do trono, pois, cada dia que passa sem o tal nascimento, ela própria continua sendo a primeira herdeira legítima e, portanto, minha posição se torna cada vez melhor. Eu sussurro: "E Elizabeth?" Milady minha mãe retruca, bruscamente: "Ela não foi declarada bastarda pelo próprio pai?" E golpeia minha mão com seu chicote de cavalgar. Deduzo que dela não vou obter esclarecimentos sobre maternidade, e não pergunto nada mais.

Outro mês transcorre e a barriga da rainha, simplesmente, murcha, como se não passasse do chamado inchaço de pasto, quando um carneiro guloso come demais e fica cheio de gases; da nossa parte, nada dizemos, quando ela deixa o repouso e volta à corte, como se nada tivesse acontecido.

Para ela, é uma agonia, com certeza, porque está enlouquecida de amor pelo rei Filipe, e ele é extremamente delicado e paciente com a esposa mais velha que se julgava grávida e fez com que ambos passassem por tolos; na verdade, a situação é bastante embaraçosa para todos: para os cortesãos ingleses, que tanto alardearam a fertilidade da nossa rainha, e para nós, damas, que ficamos afoitas e orgulhosas. A pior mesmo é Elizabeth, esbanjando solidariedade, mas caminhando até o salão de jantar atrás da rainha, nos seus calcanhares, como se a atenção que Filipe lhe dedica fosse prova de que ela é a sucessora, de modo que todos esquecem os direitos de minha mãe — e os meus.

Em tais circunstâncias — ridículas, imprevisíveis e típicas da estupidez geral —, constato que tive a infelicidade de herdar a ganância de minha mãe. Na verdade, eu deveria desprezar tal cobiça, vendo aonde ela nos levou até agora. Mas não consigo; ressinto-me quando alguém insinua que não sou a herdeira e começo a entrar no empurra-empurra por precedência na fila noturna.

Não é que eu pense que eu deva ser a rainha — não gostaria de destronar a rainha Maria —, mas gostaria de ser sua herdeira. Não vejo ninguém mais digno da coroa. Não posso me alegrar com a ideia de Elizabeth ser a soberana; não posso imaginá-la no lugar de Joana; ninguém poderia. Ela é tão desqualificada! Em todos os sentidos — desde aquele medonho cabelo amarelado, que não é dourado, como o meu, até a pele, macilenta feito a de uma espanhola —, ela é desqualificada para ser rainha da Inglaterra. Eu cederia a vez, de boa vontade, a um principezinho que fosse herdeiro da Espanha e da Inglaterra, nascido de um casamento legítimo entre dois monarcas entronados. Mas nunca cederei a vez à filha bastarda de meu tio--avô — sobretudo porque ninguém sabe, ao certo, se ela é até mesmo isso. A mãe dela cometeu adultério com cinco homens! Elizabeth pode ser filha do alaudista do rei — quem há de saber?

Contudo, nesse ínterim monótono e embaraçoso, sem um príncipe de Gales no berço e com pouca possibilidade de outra gravidez, não sou a única a pensar nos meus direitos de sucessão. Parece que sou do interesse de duas pessoas — dois homens, na verdade. Um deles é meu ex-marido, lorde Henrique Herbert, que sempre vira a cabeça e me dirige um sorrisinho maroto quando nós, as damas de honra, passamos por ele. Não retribuo o sorriso, na verdade; olho para ele com uma expressão semelhante à que Joana exibia quando lia algo que desaprovava: um ar de dúvida, com uma das sobrancelhas arqueada, um olhar de cima para baixo. Considero tal atitude bastante charmosa, e dou um tapinha em Maria, quando ela diz que estou fazendo caras e bocas para Henrique Herbert como se desejasse ainda estarmos casados.

Digo a ela, cuja cabeça não chega à altura do meu corpete, que não tem a menor condição de tecer comentários sobre minha aparência.

— Você é menor que a anã da rainha — digo, bruscamente. — Não venha me dizer que estou fazendo caras e bocas.

— Eu não sou anã — retruca ela, com firmeza. — Nasci pequena, mas com sangue monárquico. Sou muito diferente da Tomasina. Todo mundo diz isso.

Não posso desafiar sua dignidade minguada.

— Ah, é? E quem são essas pessoas que dizem isso?

— Eu — responde ela, cheia de altivez. — E isso diz respeito somente a mim.

Ela sempre demonstrou serenidade diante dos fatos de ser tão pequena e ter parado de crescer. Certa vez, Joana disse a ela que, em alguns países pagãos, anões são idolatrados feito deuses, e isso a encheu de orgulho. Maria demonstra bastante autoconfiança, para alguém de estatura tão baixa. Acho muito estranho ter tido uma irmã que desprezava os prazeres da carne e outra pequena demais para desejá-los, e aqui estou, nascida entre as duas, alta e bela, entre todas as jovens que circulam pela corte, a mais ávida pelos prazeres mundanos.

— Acho que você vai querer se casar com ele de novo — diz Maria, cruelmente. — Considerando o jeito como a trataram, pensei que jamais fosse voltar a ter algo a ver com os Herbert.

Digo a ela que de forma alguma! De forma alguma! Jamais fomos casados, de forma alguma! Assim como ela jamais foi prometida a ninguém. O casamento foi anulado e esquecido, e não faço a menor ideia de por que ele me sorri com tanto charme. Ele deveria ter me mantido como esposa, se gosta de mim tanto assim, se tivesse a sensatez de desobedecer às ordens da família e seguir o próprio coração. Mas cometeu o erro de me deixar escapar, e, agora que percebe que sou o centro das atenções na corte, fico feliz em ver que se arrependeu.

Mas o outro cavaleiro — na verdade, nobre — que tem demonstrado interesse em mim é mais surpreendente: o embaixador espanhol, o conde de Feria.

Não sou nenhuma tola. Não acho que ele tenha se apaixonado por minha beleza loura, embora seja amável a ponto de me dizer que pareço um bibelô de alabastro, que minha pele e meu cabelo são alvos feito os de um anjo. Diz que, na Espanha, as pessoas se ajoelhariam diante da minha formosura, que faço lembrar um anjo pintado em um vitral, com uma linda luminosidade. Tudo isso me agrada, é claro, mas sei muito bem que não é minha aparência — ainda que eu seja a mais bela da corte — que o interessa. Obviamente, é minha linhagem real, minha proximidade ao trono. E, se o embaixador espanhol tem interesse em mim, será que o herdeiro da Espanha — o rei consorte da Inglaterra — também tem interesse em mim? E disfarça tal atração por meio de um flerte descabido com Elizabeth? Estarei, na verdade, sendo considerada como herdeira do trono pelos papistas, assim como Joana foi pelos reformistas? Será que os espanhóis esperam, quando a rainha morrer, poder me declarar herdeira e que Filipe se case comigo e governe por meu intermédio?

Não pergunto isso ao embaixador espanhol diretamente; não cometeria semelhante tolice. Decerto, entendo como esses jogos de poder são conduzidos. E ele tampouco diz algo, diretamente, exceto que o rei Filipe me admira e que, com certeza, eu simpatizo com a Espanha, não? Sou uma reformista contumaz, qual minha pobre irmã, ou tenho alguma inclinação em favor da verdadeira Igreja?

Baixo o olhar, com recato, sorrio olhando para os pés e digo que ninguém pode deixar de admirar o rei Filipe. Não digo nada minimamente herege, nem polêmico, mas juro a mim mesma que jamais serei manipulada por quem quer que seja. Ninguém mais me dará ordens. Se alguém estiver pensando em me empurrar para o trono, assim como empurraram minha irmã, vai descobrir que possuo minha própria majestade; vão descobrir que, se puserem a coroa na minha cabeça, hei de preservá-la, e a cabeça também. Ninguém vai me tentar a cometer uma usurpação que não possa ser sustentada. Ninguém vai me tentar a exigir meu legado. Serei uma criada atenta e zelosa de meus próprios interesses. Não correrei risco nenhum por minha fé. Se Deus me quiser no trono da Inglaterra, Ele mesmo terá de empreender todos os esforços.

Mas presto total atenção quando o embaixador espanhol passa da lisonja à trama. Se os espanhóis conseguirem convencer a rainha Maria a me designar herdeira e me apoiarem, com certeza haverei de sucedê-la.

— E, a despeito da fé professada por sua irmã, a senhorita tem alguma inclinação em favor da antiga religião? — pergunta-me o conde de Feria, doce feito a geleia que ele serve em meu prato.

Olho para ele, por baixo dos meus cílios, no momento em que ele me incita a negar minha falecida irmã e tudo o que ela acreditava.

— Evidentemente, eu sigo a religião da rainha — respondo, com facilidade. — Precisei aprender tudo, desde o começo, e aprender a missa em latim, também, pois cresci numa casa repleta de reformistas que oravam em inglês. Mas tive a felicidade de estudar e aprender a verdade. — Hesito, então digo: — Não sou uma herege.

É claro que não. A rainha, minha prima, que chegou ao trono com tamanha benevolência, garantindo que cada um poderia encontrar Deus ao seu modo, executou minha irmã por causa do credo que ela defendia e agora nos traz a Santa Inquisição, para torturar e queimar os correligionários de Joana. Mas eu não! Não serei aprisionada por causa de palavras. Não serei decapitada por me recusar a me curvar diante da hóstia, ou por me esquecer de molhar os dedos na água benta, nem por qualquer outro motivo que hoje em dia virou questão de vida ou morte, e que ontem nem sequer existia. Atualmente, os altares estão escondidos detrás de uma balaustrada, de modo que a ação do padre é puro mistério. Atualmente, há estátuas em todos os nichos, e uma vela diante de cada estátua. Atualmente, há dias santos, em que ninguém trabalha, e dias de jejum, em que não podemos comer nada, exceto peixe. Há uma série de práticas que fui obrigada a assimilar, para não parecer reformista e irmã de uma perigosa mártir reformista. Ajoelho-me e inalo incenso, qual os mais devotos. Ninguém vai me chamar de herege porque viro de costas para o altar camuflado ou porque não fico de pé e não me ajoelho na hora certa.

Estou decidida a proceder assim. Farei tudo o que me pedirem. Farei minha fortuna junto a essa rainha devota, e então ela vai escolher um belo homem para ser meu marido, e terei belos filhos. E serei a sucessora papista ao trono, tendo no berço um dos fiéis, e não tenho dúvida de que ela há de fazer de mim a próxima rainha. É meu destino. Farei o que puder para propiciá-lo, mas não correrei riscos. Portanto, sorrio para o embaixador do marido da monarca, que só falta perguntar se quero ser rainha, e cuido para que ele saiba que não há em toda a Inglaterra pessoa mais adequada.

A não ser Margaret Douglas, é claro, que acha que deve ser a sucessora; a não ser pela pequena Maria da Escócia, em seus palácios franceses, que acha que deve ser ela, contando com o apoio do exército francês. A não ser por Elizabeth, a herdeira menos provável da meia-irmã, desqualificada por questões de lei, religião, temperamento e estirpe.

Elizabeth, a Infeliz, comparece à corte e suspira pelos cantos, como se seu coração se despedaçasse pelo clero aprisionado e pelos mártires que queimam nas fogueiras em Smithfield. Elizabeth se veste de maneira modesta, aquela farsante, como se não adorasse trajes suntuosos e joias preciosas. É uma pavoa disfarçada em tecido negro. Elizabeth assiste à missa e mantém uma das mãos pressionada no flanco, como se uma dor a impedisse de se curvar diante da hóstia; às vezes, simula um desmaio e é carregada para fora da igreja, de modo que a multidão possa ver que ela definha por sua fé reformista e concluir que a rainha é cruel com a meia-irmã. Elizabeth, a oferecida, recupera-se com uma rapidez surpreendente e logo pode ser vista caminhando pelos jardins, ao lado do rei Filipe, que contempla seu rosto curvado e se inclina para ouvir o que ela murmura.

Acho que Elizabeth está fazendo um grande jogo, contando que a rainha, cada dia mais enferma e letárgica, esteja prestes a morrer, e então o rei Filipe vai desposá-la e fazê-la rainha da Inglaterra, no lugar de Maria. Assim como o embaixador espanhol me corteja, seu soberano corteja Elizabeth, e vejo que o recato virginal por ela demonstrado é tão insincero quanto o meu, e que ambas temos os olhos cravados no trono.

Ela e eu nos encontramos diariamente, prestando assistência à rainha — e trocamos reverências, educadamente, e beijos de primas, e juro que ambas pensamos: você está mais longe do trono que eu! O que eles têm lhe prometido? E juro que ambas pensamos: e, se eu um dia for rainha, você vai se ver comigo!

Palácio de Whitehall, Londres, Inverno de 1558

E por isso é um choque terrível quando, apesar de ter plenas razões para me apontar, do apoio velado dos espanhóis e de todas as minhas demonstrações de devoção papista, a rainha, assim que sua enfermidade e depressão se tornam terminais, aponta Elizabeth — Elizabeth! — no último instante possível, no leito de morte, e metade do reino vai à loucura de alegria por causa da princesa protestante, que segue para Londres e ocupa o trono como se fosse uma herdeira legítima do sangue real, e não uma bastarda sortuda.

Depois de tudo o que fiz para parecer uma boa papista, a rainha Maria me trai, trai sua fé tão alardeada, pela qual tantos tombaram. Ela sequer menciona a verdadeira papista e herdeira, sua outra prima, a rainha Maria da Escócia, agora casada com Francisco da França, e que se atreve a se autoproclamar rainha da Inglaterra, como se o meu lado da família não tivesse precedência sobre o dela. A rainha Maria sequer menciona Margaret Douglas, embora houvesse prometido fazê-la sucessora. Ela nos trai, a todas, e aponta Elizabeth. Elizabeth, sua inimiga!

— Por que a rainha Maria não apontou a senhora? — pergunto à minha mãe, sendo obrigada a ser sincera com ela, ao menos uma vez, o ressentimento impelindo-me à franqueza. — Por que não apontou a mim?

A fisionomia de minha mãe está sombria, expressando uma fúria impotente. Ela agora terá de servir na condição de prima carinhosa e dama de companhia nos aposentos de Elizabeth, e não espera que uma jovem com idade de ser sua filha, e com plenos motivos para não gostar dela, seja uma ama das mais generosas. Minha mãe, que casou com um mestre-cavalariço a fim de garantir à rainha Maria que não tinha planos de desposar um homem que visasse ao trono e que não teria nenhum filho com sangue real, agora se vê sem nome e sem herdeiro, pois Adrian Stokes é um joão-ninguém, e todos os rebentos que ela gerou com ele morreram. Ela se diminuiu para agradar a rainha Maria, e agora constata que nada fez além de sair do caminho da rainha Elizabeth.

— Você pode tirar esse rato maldito daqui? — grita ela.

Tenho uma cadelinha filhote, uma pug bonitinha chamada Jô, que me acompanha aonde vou. Abaixo-me e, com calma, levo-a para fora do recinto. Ela gane e arranha a porta, e depois se senta no assoalho, toda amuada, e espera por mim.

— A rainha Maria sempre teve uma forte noção de família — diz minha mãe, com os dentes trincados. — Apesar de tudo. Chegou ao trono pela vontade do pai, e não quis contrariá-lo. Ele reconheceu Elizabeth como filha e, em seu testamento, apontou-a como sucessora da irmã, Maria. Apontou a minha linhagem para suceder a Elizabeth apenas se ela não tiver herdeiros, e foi isso que a rainha decidiu. — Minha mãe respira fundo, e percebo que se esforça para conter a raiva, um esforço tão intenso que receio um ataque apoplético. — Segundo a tradição. Segundo a vontade do rei Henrique, que Deus o abençoe.

— Mas e eu? — indago. Tenho a impressão de ter passado a vida inteira fazendo essa pergunta. — E eu?

— Vai ter de esperar — responde minha mãe, como se eu já não estivesse com 18 anos e desesperada para tocar minha vida, participar de banquetes, dançar nos bailes, usar os belos trajes do guarda-roupa, flertar com todos os rapazes reformistas que surgirem nessa nova corte, tão excitante, que logo abandona o latim, passa a ler a Bíblia em inglês e só precisa orar duas vezes por dia.

— Não vou conseguir esperar — choramingo. — Estou esperando desde que o meu pai apontou Joana como rainha. Tudo o que eu faço é esperar que algo me aconteça e fazer votos de que seja algo bom, para variar. Janey Seymour disse que...

— Já ouvi o suficiente sobre essa Janey Seymour — diz minha mãe, bruscamente. — Você vai se hospedar lá este mês outra vez? Não estão fartos da sua companhia?

— Não estão, não; e, sim, vou me hospedar em Hanworth, a menos que a senhora exija a minha presença ao seu lado, na corte — digo, desafiando-a a me proibir a companhia da minha melhor amiga. — A gente não vai ser alvo das gentilezas de Elizabeth e, portanto, não precisamos madrugar lá, para receber as benesses. Não vejo por que preciso ficar lá, pois todos os amigos de Elizabeth saíram de seus esconderijos. Não vejo por que preciso ficar lá, vendo Elizabeth pedir vestidos do guarda-roupa que deveria ser meu.

— Isso não tem nada a ver com vestidos; vestidos não têm a menor importância — declara minha mãe, mais uma vez, equivocada.

Palácio de Hanworth, Middlesex, Primavera de 1559

Em vez de ficar vendo Elizabeth esbanjar glória com os tesouros e o trono que pertenciam à minha irmã e deveriam ter sido destinados a mim, hospedo-me com Janey e sua mãe, Lady Anne Seymour, em sua linda casa de campo. Levo comigo o sr. Careta, meu macaquinho; a gatinha Fita; e Jô, minha cadelinha. Todos querem muito bem a eles em Hanworth, e ninguém pede a mim que os mantenha presos. Tenho certeza de que ninguém na corte sente minha falta, a não ser, talvez, Henrique Herbert, cujos olhares insistentes me dizem que ele agora acha que cometeu um erro grave quando permitiu que o separassem da prima da rainha. Meu outro antigo admirador, o embaixador espanhol, mostra-se extremamente contido, aguardando para ver como seu rei — agora distante, na segurança das próprias terras — vai lidar com a nova rainha, e se ela o aceitará em casamento, conforme prometera.

Duvido que ela sequer note minha ausência. Decerto, com a saída repentina dos solenes espanhóis e a morte da tristonha rainha Maria, o entusiasmo agora é geral, e todo mundo por lá é jovem, reformista e namorador. Elizabeth, no opulento centro de tudo, cheia de si por se ver subitamente segura e importante, desfila acompanhada de Robert Dudley, cunhado de minha irmã, como se fossem amantes que acabaram de receber as chaves de seu palácio. Só faltam caminhar de mãos dadas; devem estar zonzos, de tão aliviados. Foi uma transição milagrosa, da prisão na Torre aos aposentos reais, da noite para o dia. Ambos deviam achar que estavam prestes a pôr as respectivas cabeças no cepo, e agora repousam as faces em finos lençóis de linho, bordados em ouro. A mãe dela foi decapitada, e o pai dele também. Ambos gravaram o nome na parede de uma cela na Torre e contaram os dias até seu iminente julgamento. Deve ser divino sair por aquela guarita sombria e se ver a caminho da corte. Minha irmã, obviamente, fez o caminho contrário — dos aposentos reais ao patíbulo —, e o culpado da prisão de Joana foi o pai de Robert. Na visão de Elizabeth, a conspiração foi a gota de água e o motivo da execução de Joana. Não me esqueço disso, quando contemplo o triunfo da dupla, triunfo de dois mendicantes. Fico admirada que não sintam vergonha.

Mas, além de mim, ninguém pensa nisso, e tento esquecer a questão. A corte de Elizabeth está repleta de exilados retornando da Suíça e da Alemanha, ou de outros locais onde se escondiam da Inquisição. Cavalos chafurdam nas estradas desde Zurique. Nossa grande amiga, Lady Bess Cavendish, viúva, casada com outro sujeito rico e luterana convicta, volta à corte e à nossa intimidade e se mostra fervorosa seguidora de Elizabeth. A duquesa de Suffolk, Catarina Brandon, nossa jovem e bela avó de consideração, regressa do exílio com o marido plebeu e duas crianças adoráveis. O mundo inteiro aspira por postos, pensões e benesses, todos, de repente, se tornam os melhores amigos da jovem mais solitária da Inglaterra. A governanta de Elizabeth, Kat Ashley, está de volta ao lado da ama, após um período na Prisão de Fleet, acusada de traição. Elizabeth já não é a meia-irmã desprezada: é a princesa protestante que trouxe a fé reformada de volta à Inglaterra; é a heroína dos reformistas, como se minha irmã Joana jamais tivesse existido, como se eu — que nasci reformista, que nasci com sangue real — não existisse.

Não recebo crédito nenhum por ter sido irmã de uma rainha, uma rainha cujo reinado durou apenas nove dias, mas que foi proclamada por todos que agora se acotovelam na corte protestante. Elizabeth não tem noção de família: morria de medo do pai, ficava tensa diante do meio-irmão, o rei Eduardo, que tanto amava Joana, e era inimiga declarada da meia-irmã, a rainha Maria. Enquanto eu fui criada por uma mãe que diariamente nos falava sobre parentesco real, Elizabeth foi criada sozinha, com a mãe morta e o pai desposando outras mulheres. Portanto, não me surpreendo quando ela não me saúda com a mínima satisfação, e me permito empinar o nariz, erguer as sobrancelhas e me dirigir a ela como se estivéssemos quase no mesmo nível. Brilhar mais que ela — em elegância e beleza, nessas horas em que ela alardeia seu triunfo — é minha única vingança. Ela é vaidosa a ponto de ser ridícula, desesperada para ser reconhecida como a jovem mais formosa da corte, da Inglaterra, do mundo — mas eis-me aqui: esbelta, enquanto ela é hidrópica; de olhar cintilante, enquanto ela parece cansada; de espírito leve, enquanto ela acumula responsabilidades, diariamente, e toma conhecimento de novas ameaças; uma sobrevivente, tanto quanto ela, mas de pele alva e cabelo louro, enquanto ela — para falar a verdade — tem pele amorenada e cabelo ruivo. Sou capaz de levá-la à loucura só de atravessar um salão, e é exatamente o que faço.

Para mim, é ótimo que ela esteja tão preocupada em apoiar os protestantes escoceses, definir a religião dos ingleses, lutar para se tornar governante suprema da Igreja anglicana — como se uma mulher pudesse ocupar semelhante posto! — que não disponha de tempo para levantar objeções aos meus pequenos atrevimentos. Para mim, é ótimo poder correr para Hanworth, pois minha mãe me apoquenta e me chama de tola, porque atormento uma jovem recém-entronada; mas penso no trono como pertencente à Joana e a mim, e penso em Elizabeth como a filha vaidosa, emergente e gananciosa de um alaudista e uma rameira.

Ela promete apontar seu herdeiro, mas não o faz. Deveria apontar a mim, mas evita pronunciar meu nome. Enquanto não se comportar como convém a uma rainha — casando-se e gerando um herdeiro, ou designando um herdeiro —, jamais terá meu respeito; e, com certeza, ela tampouco tem por mim o menor respeito.

— Você tem toda razão — diz Janey Seymour, enfaticamente. Ela vira o rosto, a fim de abafar a tosse na manga do vestido, e seu corpo inteiro se contorce em um espasmo. Mas está sorrindo, quando se volta para mim, com um olhar ardente e febril. — Tem toda razão; todos sabem que ela não é a herdeira legítima; todos sabem que é uma bastarda, mas ninguém quer ficar do seu lado. Os reformistas acreditam que Elizabeth é sua melhor opção; nem os papistas se atrevem a sugerir a rainha Maria da Escócia, sendo ela meio francesa.

Estou com o sr. Careta no colo e faço cócegas em sua barriguinha. Ele mantém os olhos fechados, de tanto prazer. De vez em quando, boceja, ou talvez seja uma risadinha.

— Se eu fosse casada...

Penso nos Dudley, tramando, tomando providências e lutando em prol de Joana. Onde eu não estaria agora, se tivesse uma família poderosa conspirando em meu favor, se meu pai ainda estivesse vivo? Se eu tivesse um marido e o pai dele enxergasse nossas possibilidades?

— Ah, sim, mas os Herbert não vão correr riscos se opondo a Elizabeth.

— Eu nunca penso em Henrique Herbert — minto; Janey me olha nos olhos e cai numa gargalhada que resulta em um novo acesso de tosse.

— Claro que não! Mas você ainda é a herdeira do trono, e o pai dele não esquece isso! Ele agora é sempre tão cortês com você!

— Pouco me importo! — digo, balançando a cabeça, então faço o sr. Careta se sentar e nos encarar com seus olhinhos sérios.

— Mas você precisa se casar — acrescenta Janey, quando recupera o fôlego. — Elizabeth não vai encontrar um bom partido para você. Não quer ver ninguém flertando, além dela própria. Se pudesse, transformaria nós todas em freiras. Será que sua mãe não tem nenhum plano para você, agora que a rainha Maria não a apontou sucessora de Elizabeth e agora que Elizabeth tampouco lhe fez qualquer promessa?

— Ela tem esperança de que Elizabeth resolva fazer algo por nós — explico. — Eu conseguiria um bom partido, se Elizabeth nos reconhecesse como parentes. Mas, evidentemente, ela só pensa em si mesma. Fui esquecida. Sequer tenho um posto nos aposentos privados. Não pertenço ao círculo íntimo. Parece até que sou uma estranha, alguém que aguarda no salão de audiências, um solicitante desconhecido, embora meu lugar seja lá dentro, sendo eu prima. A rainha Maria jamais nos trataria desse jeito.

Janey meneia a cabeça.

— É pura inveja — diz ela, no momento em que a porta do quarto se abre, seu belo irmão Ned coloca a cabeça pela fresta e, vendo que Janey e eu estamos a sós, entra no recinto.

— Que teias essas duas aranhazinhas estão tecendo? — pergunta ele, e se senta na banqueta, ao lado da lareira, entre nós duas.

Surpreendo-me corrigindo minha postura, erguendo a cabeça para a luz e inclinando-a para exibir meu melhor ângulo. Adoro Edward Seymour desde que ele foi prometido à minha irmã Joana e, na ocasião, disse a ela que ele era o rapaz mais lindo do mundo, com os olhos mais meigos, mas ela não quis saber de nada. Agora, vejo-o quase todos os dias, e ele brinca comigo, com a intimidade de um velho amigo, e continuo achando-o o rapaz mais lindo do mundo.

— Estamos falando de casamento — responde Janey, desafiando-me a contradizê-la.

— Não dos nossos casamentos — apresso-me em dizer. — Não tenho interesse em me casar.

— Ah, que crueldade! — exclama Ned, com uma piscadela. — Vamos ter muitos corações partidos na corte, se a senhorita decidir morrer virgem.

Dou uma risadinha e enrubesço, sem conseguir pensar no que dizer.

— É claro que ela tem de se casar — intervém Janey. — E com alguém da família mais ilustre. Mas com quem? O que você acha, Ned?

— Com um príncipe espanhol? — pergunta ele. — O embaixador espanhol não é seu admirador? Um lorde francês? Com certeza, uma jovem como Lady Catarina Grey, tão próxima ao trono, tão linda, pode buscar o que há de mais elevado, não?

— Ora! — digo, tentando parecer modesta, mas feliz da vida com essa conversa tão ousada. — A decisão cabe aos meus amigos e à minha família.

— Ah, um espanhol, não! Ela não quer se mudar para a Espanha — comenta Janey, alegremente. — Ela há de merecer um belo inglês, com certeza.

— Eu não conheço nenhum — afirma Ned. — Nenhum que seja belo o suficiente. Nem sei onde começar a procurar. Todos os meus amigos são feiosos, e eu... — Ele interrompe o que dizia e olha para mim. — Você não me consideraria? Sou muito bem relacionado.

Sinto minhas faces corando.

— Eu... Eu...

— Mas que pergunta! — diz Janey, pigarreando. — Está propondo casamento, Ned? Cuidado, pois eu sou testemunha!

— Na falta de alguém digno... — Ele mantém os olhos cravados em minhas faces ruborizadas, em minha boca. Parece prestes a se inclinar e me beijar, de tão próximo e com um olhar tão íntimo.

— Você está de brincadeira — consigo murmurar.

— Só se você gostar da brincadeira — responde ele.

— É claro que ela gosta! — exclama Janey. — Que moça não gosta de uma brincadeira de amor?

— Posso compor um poema para você? — indaga ele.

Ned é um poeta maravilhoso; se escrever um poema para mim, eu já ficaria famosa. Tenho a sensação de que vou desmaiar, tamanho o ardor em minhas faces e o descompasso em meu coração. Não consigo desviar o olhar daqueles olhos sorridentes, e ele segue fitando minha boca, como se desejasse se aproximar, mais e mais, e me dar um beijo.

— Você estava caçando? — pergunto, mudando de assunto. — O cavalo é bom?

O cavalo é bom? Se antes estava encabulada, agora quero morrer. Parece até que não consigo pensar em nada, apenas em asneiras, como se meus lábios quisessem me trair, informando a ele que não consigo pensar com clareza quando está perto. Janey me encara com um olhar perplexo, e Ned dá uma risadinha, como se entendesse perfeitamente o turbilhão de tolice em que eu me encontro. Com indolência, ele se põe de pé.

— O cavalo foi muito útil — diz, sorrindo para mim. — Você sabe como é: trotando, galopando quando necessário. É um ótimo cavalo. E para quando mandado, o que também é bom.

— Eu sei. — Engulo em seco enquanto Janey nos observa, com súbito interesse.

— Vou voltar para acompanhá-las ao jantar — propõe Ned.

Agora de pé, empertigado, ele é lindo — alto, cabelo e olhos castanhos, com um corpo esbelto e saudável, vestido em seus culotes e botas de equitação. Ele puxa a jaqueta para baixo, ajeitando-a à cintura delgada, oferece uma reverência a mim e à irmã e se retira do quarto.

— Ah, meu Deus! Você está apaixonada por ele! — exclama Janey, e volta a tossir. O sr. Careta pula fora do meu colo e vai até a porta, como se quisesse seguir Ned. — Sua espertinha! Eu pensando no Herbert esse tempo todo, e você apaixonada pelo meu irmão e escondendo o segredo de mim! "O cavalo é bom?" Deus do céu! "O cavalo é bom?"

Estou quase às lágrimas, de tanto rir e de tão encabulada.

— Ah, não diga mais nada. Não diga mais nem uma palavra!

— No que você estava pensando?

— Eu não estava pensando em nada! — confesso. — Eu só estava olhando para ele. Não consegui pensar em nada, enquanto ele olhava pra mim.

Janey leva uma das mãos ao coração.

— Bem — diz ela, ofegante —, acho que isso responde à nossa pergunta. Você vai se casar com Ned, e eu serei sua cunhada. Nós, os Seymour, somos uma das famílias mais ilustres da Inglaterra; seu pai escolheu Ned para sua irmã Joana. Agora você pode se casar com ele, e como seremos felizes! E eu serei tia de um herdeiro do trono. Ninguém vai poder negar a sua importância, quando você tiver um Tudor-Seymour no berço! Acredito que Elizabeth será madrinha do menino e o apontará como sucessor, até que ela tenha o próprio filho.

— Elizabeth iria à loucura se nós nos casássemos — comento, com satisfação.

— De vez! E ainda teria de recebê-la nos aposentos privados, na condição de dama privilegiada. Seria prima, duplamente, quer queira, quer não. Ela seria obrigada a apontar seu filho como herdeiro; todos exigiriam isso. Imagina! Meu sobrinho... rei da Inglaterra!

— Milady Hertford — digo, experimentando o título, como se aproximasse um corte de tecido do rosto, para ver como a cor se harmoniza com minha pele clara.

— Combina com você — confirma Janey.

A coisa começa quase como uma brincadeira. Com certeza, no decorrer dos anos em que nos conhecemos, Janey e eu já propusemos meia dúzia de pretendentes, uma para a outra, mas, enquanto cavalga conosco, caminha ao nosso lado pelo jardim, segue conosco até o salão de jantar e joga cartas conosco à noite, Ned mantém comigo um tom carinhoso e íntimo, e eu fico ruborizada, dou risadinhas e tenho dificuldade para encontrar o que dizer. Aos poucos, com a devida cautela, a coisa se transforma de brincadeira em namoro, e constato, pela primeira e última vez na vida, que estou realmente apaixonada.

Todos percebem. Não é apenas Janey que comenta que formamos um lindo casal, em estatura, aparência e estirpe. A casa inteira trama para nos deixar a sós, ou para ensejar nossos encontros.

— Sua Senhoria está no pátio do estábulo — informa-me um dos cavala-riços, quando saio pela porta da frente, pronta para cavalgar.

— Lady Catarina está no jardim, levando a cadelinha para passear — dizem a ele, quando retorna após atender a um chamado da mãe.

— As damas estão na biblioteca... as senhoritas estão costurando, nos aposentos privados... Sua Senhoria está orando, Sua Senhoria vai voltar ao meio-dia...

Todos dirigem Ned ao meu encontro e me dirigem ao encontro dele, e acabamos passando dias inteiros juntos, e todas as vezes que o vejo sinto uma emoção como se fosse a primeira vez, e, todas as vezes que ele vai embora, eu queria que não tivesse ido.

— Você o ama, de fato? — sussurra Janey, ávida, quando estamos prestes a pegar no sono, deitadas lado a lado em sua grande cama de madeira, cercadas pelas cortinas, com minha cadelinha, o gato e o sr. Careta enfiados junto de nós.

— Não sei — respondo, com cautela.

— Então é porque está — diz ela, com satisfação. — É fácil dizer que não.

— Eu não diria... — acrescento.

— Então é porque está.

É claro que Lady Anne Seymour, mãe de Ned e Janey, enxerga a situação tão bem quanto qualquer outra pessoa e convoca o filho e a filha a comparecer em sua capela particular, de manhã. Não sou convocada. Tenho certeza de que vai proibi-los de me ver. Seremos separados, eu sei disso. Serei mandada de volta para casa. Será minha infelicidade. Ela dirá que a irmã de Joana Grey não pode ser vista flertando com o ex-pretendente da falecida jovem. Lady Anne é uma mulher temível e bastante orgulhosa. Em suas segundas bodas, casou-se com um sujeito socialmente inferior, mas seu primeiro marido era o homem mais importante da Inglaterra, depois do monarca, e ela fazia questão de afirmar seu status de esposa do lorde protetor. Dirá ao filho e herdeiro que já planejou sua união com alguém ilustre e que ele não tem permissão para me cortejar.

— Ela fez isso mesmo! — confirma Janey, depois de vir correndo da capela até nosso quarto. Tenta recuperar o fôlego, e leva uma das mãos ao coração.

— Voltei o mais depressa que pude. Eu sabia que você estaria desesperada para saber o que ela disse.

Retiro a gatinha Fita da poltrona, para que ela possa se sentar, mas preciso esperar um instante, enquanto a cor volta às suas faces e a respiração se normaliza. Assim que consegue falar, ela diz:

— Ela disse ao Ned que não fique atrás de você, que ele não é um parceiro adequado para você nem você é parceira para ele.

— Ah, meu Deus! — digo. Desabo na cama e agarro as mãos de Janey. — Eu sabia! Ela me odeia! Eu não falei? Ele vai desistir de mim?

— Ele foi maravilhoso! — exclama Janey. — Tão sereno. Tão maduro. Não demonstrou a menor preocupação. Nunca pensei que ele pudesse enfrentar a nossa mãe daquele jeito. Ele falou que jovens podem fazer amizades e que não havia motivo para evitar a sua companhia, seja aqui ou na corte. Milady minha mãe disse que ele não deveria ficar atrás de você, como tem feito, e ele falou que era evidente que a rainha não fazia objeção a uma amizade entre vocês dois, pois ela jamais dissera algo contrário e sabe da proximidade que existe entre vocês.

— Ele falou isso? — digo, atônita diante da confiança demonstrada por Ned.

— Falou. E com total serenidade.

— E o que a sua mãe disse? — pergunto, debilmente.

— Ela reagiu com surpresa e falou que não tinha nada contra você ou contra a amizade de vocês, mas que, sem dúvida, a rainha tem planos para vocês dois, e tais planos não contemplam o seu casamento com Ned. Ela disse que a rainha não haveria de querer levar uma prima ainda mais perto do trono, fazendo de você uma Seymour.

— Ah, mas Elizabeth pouco se importa! — digo. — Ela não tem plano nenhum para mim. Ela tem prazer em não ter planos para mim. Ela nem sequer pensa em mim.

— Bem, foi exatamente isso que Ned falou! — diz Janey, triunfante. — E disse que, enquanto vocês dois estiverem descomprometidos, não há motivo que impeça uma aproximação, e então... ele fez uma reverência e foi embora... simples assim.

— Simples assim? — repito.

— Você sabe como ele costuma fazer uma reverência e se retirar.

Ned se move feito um dançarino, com passos leves, mas de ombros eretos, como um homem capaz de impor respeito. Sei muito bem como ele costuma fazer uma reverência e se retirar.

Palácio de Greenwich, Verão de 1559

Ao fim da minha visita, acomodo meus animais de estimação — o macaquinho sr. Careta, a gatinha Fita e a cadelinha Jô — em suas respectivas cestas e retorno à corte, para atender à rainha e residir com minha mãe e Maria em aposentos menores que os de que dispúnhamos quando servíamos à rainha Maria e providos de itens de segunda categoria, selecionados pelo camareiro, visto que já não somos favoritas da rainha. Minha mãe obriga o sr. Careta a ficar dentro de uma gaiola e reclama quando Fita rasga alguma tapeçaria desbotada. Não falo nada sobre Ned, e ele não vem me visitar na corte, ao contrário do que me prometera. Não tenho a menor dúvida de que a mãe o retém em Hanworth. Se eu fosse devidamente reconhecida por Elizabeth — como prima e herdeira —, a mãe dele logo incentivaria nosso romance. Mas, dadas as circunstâncias, com minha prima no trono, ela teme o futuro. Elizabeth não tem sentimento de família e faz o máximo para garantir aos papistas que não precisa de um sucessor protestante.

Minha mãe tem andado enferma e, às vezes, afasta-se por completo da corte. Maria a acompanha até Richmond. Já não há embates por precedência no cortejo de Elizabeth; minha mãe perdeu a vontade de lutar.

A única pessoa que fica no meu encalço é o embaixador espanhol, o conde de Feria, e ele continua tão charmoso, atencioso e amável, que não posso deixar de confiar nele. Digo que acho que nunca serei feliz na Inglaterra enquanto Elizabeth for rainha, e ele diz — de modo tão convidativo! — que eu deveria ir para a Espanha consigo, na condição de condessa, onde seria apresentada às famílias de todos os belos nobres que retornaram ao seu reino de origem junto a Filipe. Ele me diz que há um novo tratado entre a Inglaterra e a França, e que a jovem rainha Maria da Escócia foi ludibriada por sua própria família real francesa em troca da paz. Ela jamais poderá voltar a reivindicar o trono inglês. Foi descartada. Sou a única herdeira da Inglaterra.

Reajo com uma risada — como eu poderia ir para a Espanha? Mas prometo que sempre vou acatar seus conselhos, que ele é meu único amigo e que não me casarei com quem quer que seja antes de ouvi-lo. Mas não cometo a indiscrição de dizer que já fiz minha escolha.

Palácio de Nonsuch, Surrey, Verão de 1559

A ausência de Ned na corte se prolonga, e ouço dizer que ele não passa bem e que precisa dos cuidados da mãe. É uma família de saúde um tanto frágil. Acho que Janey não está nada bem, desde a última vez que a vi, mas ela jamais permitiu que problemas de saúde a impedissem de frequentar a corte. A meu ver, nada seria melhor para eles do que excursionar com a corte — cavalgando diariamente no ar puro. Tenho certeza de que isso seria excelente. Receio que a mãe de Ned esteja tentando mantê-lo longe de mim, e isso é uma grande injustiça, pois não fiz nada para desagradar a ela ou a ele. É tudo culpa de Elizabeth, cujo desdém por mim faz com que todos me evitem.

Ela me persegue de várias maneiras, sempre com mesquinharia. Meus aposentos estão aquém do meu mérito; publicamente, assumo posições de precedência, mas ela não me favorece em situações privadas. Não sou convidada a pegar belos vestidos no guarda-roupa real — ela jamais me dá um presente. Damas de companhia recebem uma pequena pensão e fazem fortuna com presentes e pagamentos por favores prestados, mas eu jamais recebo algo de Elizabeth; e ninguém vai me pagar por intermediar um contato, pois é notório que ela nunca fala comigo.

Tenho alguma satisfação quando a corte excursiona, pois Elizabeth tem de determinar ao guarda-roupa real que forneça trajes a todas as damas, e, evidentemente, visto as roupas melhor que ninguém. O grande flerte da rainha, o mestre-cavalariço Robert Dudley, pode até tentar esquecer que já fui sua cunhada, mas não pode deixar de reconhecer que sei montar um poderoso *hunter*. Elizabeth pode não me favorecer, mas não pode esconder o fato de que sou a jovem mais bela da corte, graciosa quando danço, imponente quando cavalgo. Minha avó de consideração, célebre beldade no tempo em que era a jovem esposa de meu avô, Carlos Brandon, costuma beijar minha fronte e dizer que sou, de longe, a moça mais formosa da corte, assim como ela foi quando tinha minha idade. Viajamos durante algumas semanas, e então nos dirigimos ao Palácio de Nonsuch, um local de conto de fadas, situado em um lindo campo à beira do rio. O viúvo Henrique FitzAlan, conde de Arundel, é o proprietário; cioso de seus deveres para com a família da primeira esposa, minha tia, ele me destaca em todos os festejos que preparou para a corte. Quando Ned Seymour e Janey enfim se juntam à corte, encontram-me dançando em mascaradas e comandando caçadas em meu novo cavalo, no centro das festividades do verão.

O ritmo diário da vida na corte aproxima Ned de mim, na capela e no desjejum, na caçada e na ceia, na dança e no carteado. Todos os dias a corte planeja e realiza um novo evento. Meu tio Arundel organiza a encenação de peças teatrais e mascaradas, bailes e piqueniques, corridas e torneios. Robert Dudley é personagem ubíquo, com suas sutilezas e belas cerimônias, celebrações inesperadas. É o centro de tudo, e ninguém consegue deixar de vê-lo. Reconquistou riqueza e prestígio, e leva consigo o brilho dourado do sucesso. Elizabeth, a rainha, está abertamente, obviamente, descaradamente encantada com ele. Não consegue parar de contemplá-lo; seu semblante se ilumina quando o vê. É capaz de atravessar o salão a fim de se aproximar dele. Vejo que um procura pelo outro e que não são capazes de enxergar mais ninguém. Acho que sou a única pessoa que entende bem a situação. Sei o que ela está sentindo, porque o mesmo ocorre comigo.

Na sala do Conselho Privado, os lordes mais experientes, sobretudo os mais velhos, realizam reuniões, enquanto a corte se diverte. As urgências são constantes, e mensageiros chegam diariamente do Parlamento instando a rainha a desposar um primo de Filipe da Espanha ou o príncipe francês; alguém — qualquer um! — que possa se tornar um aliado poderoso e propiciar a ela a oportunidade de ter um filho e herdeiro. Mas Elizabeth passa o dia cavalgando com Robert Dudley e a noite dançando com ele, e qualquer mulher da corte poderia dizer aos conselheiros que a rainha sequer é capaz de ouvi--los. Solícita, ela concorda que deve se casar, que a segurança do reino requer um poderoso consorte estrangeiro e que o futuro da monarquia precisa ser garantido por um herdeiro, mas seus olhos escuros seguem Robert Dudley pelo salão, enquanto ele vai de beldade em beldade, mas sempre acaba ao lado dela.

Todos observam o namoro e, na atmosfera inebriante de uma corte na qual a rainha está flagrante e enlouquecidamente apaixonada por um homem casado, as pessoas se sentem livres para flertar e até roubar beijos. Os homens mais velhos e os conselheiros mais severos e carrancudos, as damas mais velhas, que exigem recato e sempre se remetem à maneira como as coisas eram no passado, são simplesmente ignorados quando a rainha da Inglaterra cavalga ombro a ombro com um homem que, segundo dizem, é seu amante, os dois mantendo as mãos escondidas, entrelaçadas.

Decerto, ninguém me observa, ninguém observa Ned. Encontramo-nos no quarto de Janey, quando ela se sente demasiado fraca para se levantar da cama. Vou até lá no intuito de cuidar dela; ele é um bom irmão e visita a irmã. Enquanto ela repousa sobre os travesseiros e, sonolenta, sorri para nós, ficamos sentados diante da janela, damos as mãos e sussurramos. Encontramo-nos em todo e qualquer canto e umbral da corte, para trocarmos meia dúzia de palavras e para ele roçar os lábios na minha mão, no pescoço, na manga do meu vestido. Quando passa por mim na galeria, ele agarra meus dedos; quando toca alaúde e canta uma canção romântica, olha para mim, como se quisesse dizer: estas palavras são para você. À noite, jogamos cartas com Janey e minha tia Bess, agora Lady St. Loe, e dançamos juntos quando pares são convocados ao salão. Todos sabem que Ned Seymour sempre faz par com Lady Catarina. Ninguém mais sequer me convida para uma dança, e nenhuma moça se engraça com Ned. Até as damas mais velhas da corte — a mãe dele, minha mãe e suas amigas sempre atentas — são obrigadas a reconhecer que formamos um belo casal, ambos altos e louros, e ambos próximos à realeza.

O que ninguém vê é que, terminada a dança, vamos até um canto do salão nobre, sua mão passa pela minha cintura e ele me vira de frente, como se ainda estivéssemos dançando, e, portanto, pode me segurar ainda mais perto.

— Catarina, você é minha amada — murmura. — Estou louco por você.

O toque de Ned me deixa zonza. Sinto que vou desmaiar, mas ele me segura. Permito que toque meu queixo; permito que erga meu rosto em direção ao dele, para um beijo. Seus lábios são quentes e ávidos, e ele tem um aroma delicioso de roupa limpa e água de flor de laranjeira. Ned afunda o rosto em meu pescoço, e o sinto mordiscar minha orelha. Eu o abraço, de modo a sentir seu corpo junto ao meu, os braços vigorosos, o peito largo, as coxas rígidas e esbeltas.

— Temos de nos casar — diz ele. — Isso já não é uma brincadeira.

Não consigo dizer que sim, pois a boca de Ned está colada sobre na minha. Ele me solta, por um instante, mas apoio uma das mãos em sua nuca e o puxo de volta, para mais um beijo.

— Você se casa comigo? — pergunta ele, enquanto me traz sua boca.

Palácio de Hampton Court, Verão de 1559

Álvaro de la Quadra, o novo embaixador espanhol, surge a passos largos pelo caminho do jardim, com sua túnica comprida e esvoaçante, para me trazer a notícia, como se fôssemos amigos e conspiradores.

— Graças a Deus, encontrei a senhorita! O rei da França está morto! — avisa.

— Milorde — digo, com discrição.

Não tenho com ele a intimidade que tinha com o conde de Feria. Mas ele parece achar que temos um acordo, como se tivesse me herdado do embaixador anterior, uma questão de aliança, e não de afinidade.

— Que Deus o tenha — digo. — Mas não tinha sido apenas um ferimento sofrido durante uma justa?

Sigo pelo caminho de cascalho, em direção à alameda de teixos, com Janey apoiada em meu braço. Ned vai nos encontrar lá, como que por acaso.

— Não! Não! Morto! Morto! — exclama o embaixador de la Quadra, ignorando totalmente a presença de Janey e segurando minhas mãos. — Mantiveram uma vigília ao lado do leito dele... em vão. Fizeram tudo o que podiam, mas nada foi capaz de salvá-lo. Ele se foi; que Deus o tenha. O filho, o pequeno Francisco, é rei, e sua prima Maria será rainha. — Ele baixa a voz. — Imagine o que isso significa para a senhorita!

Estou imaginando. Eu não fazia ideia de que o rei francês estivesse gravemente ferido. Os homens costumam se ferir em torneios, mas que cavaleiro ousa matar seu rei? A corte francesa deve estar em alvoroço, e o rei morto será sucedido pelo filho, Francisco II. Isso torna minha prima Maria Stuart rainha duas vezes. Já é rainha da Escócia e agora será rainha da França. A importância dela duplicou, triplicou, explodiu. Agora é rainha de um reino imenso, que há de querer se tornar ainda maior. Agora, o rei francês, escorado no exército, há de apoiar a reivindicação do trono da Inglaterra por parte de sua esposa. Todos os papistas deste reino vão preferir a católica rainha Maria à protestante rainha Elizabeth. Muitos outros haverão de dizer que ela sempre foi a herdeira legítima. É neta de uma irmã de Henrique VIII, Margaret, rainha dos escoceses, e de seu primeiro marido, o rei escocês. Ao contrário de Elizabeth, é inquestionavelmente legítima, com sangue real por parte de pai e mãe, e, acima de tudo, poderá contar com todo o poderio da França.

— Rainha da França e da Escócia — digo, reflexiva.

Ei-la, então, uma jovem cuja estirpe não é superior à minha, que não foi mencionada no testamento de Henrique VIII, como eu fui, mas que é soberana de dois reinos antes de completar 21 anos.

— E então a coisa toda se altera mais uma vez — diz o embaixador, em voz baixa, pegando-me pelo braço e me afastando de Janey, que volta ao palácio, acenando e deixando-me na companhia de meu grande amigo.

— Não vejo por quê — digo. — É preciso entrar com Janey Seymour.

— Porque os Guise, os novos parentes da rainha francesa, vão querer que ela assuma o trono escocês e detenha o avanço da religião reformada. Porque vão instá-la a reivindicar o trono inglês. Não vão se preocupar em manter a paz com a Inglaterra, como era o caso do falecido rei francês; eles querem governar a Escócia e invadir a Inglaterra pelo sul e pelo norte.

Sem dúvida, o homem é demais para mim, e tenho medo de sua voz serena, capaz de tecer um argumento, fio por fio, qual uma rede.

— Mas eu não tenho nada a ver com isso, Excelência. Não sei por que o senhor correu e veio falar comigo.

Ele sorri, como se o que vai me dizer me fará feliz.

— Vou mantê-la informada — cochicha ele. — E viremos buscá-la. Um séquito virá buscá-la.

— O quê? — pergunto, pois o que ele diz é totalmente inesperado. — Que séquito?

Ele sorri, como se há muito tempo tivéssemos um acordo tácito, e diz que meu momento está próximo.

— Vamos libertá-la do fardo que é a sua vida aqui.

Graças a Deus, Ned aparece, vindo de um caminho lateral, e quase pula de volta, ao ver o embaixador. Digo, em voz alta:

— Eis meu amigo, irmão de Janey Seymour, que vai me levar ao encontro dela. Com sua licença, Excelência. — E corro para o lado de Ned, que sem cerimônia agarra minha mão. Ele espera apenas até o embaixador fazer uma reverência e se afastar, então me abraça e me beija.

— Ned, o que está se passando na cabeça deles? — questiono, aflita. — Ele disse que vão me libertar do fardo da minha vida. Será que vão me matar?

— Eles pretendem raptá-la e obrigá-la a se casar com algum herdeiro espanhol — responde Ned, com firmeza. — Quando o vi com você, pensei que estivesse convencendo-a a seguir com ele. Fiquei sabendo do plano por meio de alguém que acaba de chegar de Madri. A coisa está sendo falada por toda a Europa. Querem um aliado espanhol no trono da Inglaterra, mais uma vez. O velho rei francês está morto, e os espanhóis não querem que a nova rainha francesa seja a sucessora na Inglaterra. Não querem deixar a França expandir ainda mais as suas fronteiras. Vão apoiá-la contra a rainha Maria da Escócia como herdeira da Inglaterra e forçar Elizabeth a apontá-la como sucessora.

— Eu não posso fazer absolutamente nada — digo, com um leve gemido. — Elizabeth tem de escolher por livre e espontânea vontade. Eu não posso forçá-la. E não posso ser inimiga da França! Eles não podem me designar como tal! Não posso ser a herdeira da Inglaterra, protegida pelos espanhóis, indo contra minha prima, rainha da França. Por que eles não enxergam que eu não posso fazer nada?

Ele meneia a cabeça, com uma expressão sombria.

— Não. A situação é ainda pior. Eles acham que não vão conseguir convencer Elizabeth a apontá-la como sucessora e que ela não será capaz de defender o reino diante de uma invasão francesa em favor de Maria. E não querem uma rainha francesa no trono da Inglaterra. O plano deles é declará-la herdeira legítima, invadir o reino e levá-la ao trono.

Solto um grito abafado.

— Ned! Eles não podem me obrigar a fazer uma coisa dessa!

— Se pelo menos a sua mãe falasse com Elizabeth! Se Elizabeth a designasse sucessora; se nos casássemos, eu posso garantir a sua segurança.

— Não me caso com espanhol nenhum — apresso-me em dizer. — Não me caso! Não me caso! Só me caso com você! — Agarro-me a ele e me rendo, imediatamente, aos seus braços, seus beijos, ao calor de sua boca que desce por meu pescoço. — Ah, Ned — murmuro. — Não podemos mais esperar. A situação mudou completamente. Não deixe que os espanhóis me levem. Serei sua mulher. Não serei forçada a subir ao trono, como Joana foi. Não morrerei como ela, sem ter sido amada.

— Nunca. São todos da mesma laia: a rainha e o embaixador espanhol, a sua mãe e a minha. Só pensam no trono. Não pensam em nós, de jeito nenhum. Nascemos um para o outro; temos de ficar juntos.

Entrego-me a ele; pouco me importam as consequências. Quero viver, quero ser amada, quero ser sua mulher. Ned geme baixinho e me leva para me sentar em um caramanchão. Pressiono meu corpo no dele; Ned abre o culote, eu levanto a saia, feito uma prostituta de Southwark. Pouco me importo. Não quero pensar. Não quero morrer jovem e sem amor. Não quero viver nem mais um instante sem ele. Ned me pega, e eu arquejo, sentindo a dor súbita que é também deleite, então arquejo mais uma vez, na fluidez do prazer; em seguida, suspiro, escondendo o rosto no ombro dele, e me deixo levar pela sensação que me torna cega e surda em relação a tudo, exceto à nossa respiração ofegante e depois ao nosso intenso suspiro e silêncio.

Só podemos ficar juntos alguns instantes. Assim que me dou conta de onde estou, do que estou fazendo, preciso me apartar dele, roubar-lhe um beijo e correr de volta ao meu quarto. Troco de vestido, o mais rapidamente possível, pedindo às criadas que se apressem com minhas mangas de renda, com a amarração do meu corpete, ralhando com a criada que prende meu chapéu em meu cabelo louro despenteado e praticamente corro até os aposentos de Elizabeth e me junto ao séquito, com a esperança de que ninguém tenha percebido meu atraso.

O olhar escuro da rainha percorre os aposentos, como um falcão em busca da presa, detém-se diante de meu rosto ruborizado e me encara.

— Ah, Lady Catarina — começa ela, como se há meses não me ignorasse.

Faço uma reverência, engolindo o medo. Sou amada por um grande homem; sou uma Tudor. Estamos mutuamente comprometidos. Isso é mais do que ela pode dizer sobre si mesma, com certeza.

— Vejo que a senhorita não se preocupa com pontualidade — observa ela. — E tampouco a vi na capela.

As damas se encolhem diante da irritabilidade da monarca, abrem uma avenida de vestidos entre mim e ela, e todos os presentes me olham. Vejo a fisionomia cansada de Sir William Cecil, irritado e impaciente com a interrupção. É o grande conselheiro de Elizabeth e fica impaciente quando ela perde tempo implicando com as damas, quando há tantas providências que ela precisa tomar no reino. Vejo Robert Dudley, que me olha como se fôssemos desconhecidos. Vejo minha tia, Bess St. Loe. Ela arregala os olhos, como se quisesse dizer que esperava uma conduta melhor da minha parte, e vejo o rostinho de Maria, meio escondido entre as damas de companhia, contraído por causa do meu constrangimento.

Penso que são todos falsos. Minha irmã foi rainha; eu chego cinco minutos atrasada ao salão de audiências de Elizabeth, porque estava com o homem que me ama, um homem bom, que há de me defender dos inimigos do reino, e eles reagem como se eu fosse uma colegial irresponsável e essa bastarda tivesse o direito de me repreender.

Faço uma nova reverência, mordendo o lábio.

— Sinto muito, Vossa Majestade — digo, o mais docemente possível.

— A senhorita estava se encontrando com o embaixador espanhol em algum esconderijo? — pergunta ela.

William Cecil ergue as sobrancelhas, diante de tamanha indiscrição. De la Quadra, o embaixador espanhol, ao fundo do salão, faz uma leve reverência, como quem diz "de modo algum".

— De modo algum — respondo, com firmeza.

— Com o embaixador francês? — sugere ela. — Pois ouço dizer, por todo lado, que a senhorita está descontente na corte; aliás, devo dizer que não sei o que fazer a fim de agradá-la. Nem — diz ela, saboreando a piadinha cruel — *por que* haveria de agradá-la, visto que sua irmã roubou meu trono.

O fato de ela se referir a Joana me leva ao descontrole. Sinto um impulso de raiva, tão ardente e intenso quanto meu recente ímpeto de desejo. Não vou permitir que essa usurpadora ruiva insulte minha irmã.

— A senhora não precisa se preocupar em me agradar — retruco. — E só cheguei um pouco atrasada.

Ela poderia ter parado por aqui, pois tinha questões mais importantes com que lidar do que minha impertinência. Mas suas sobrancelhas raspadas se erguem, em sinal de surpresa diante de minha resposta.

— A senhorita tem razão, ao menos uma vez: eu não tenho obrigação de ser boa contigo — diz ela, com mordacidade. — Decerto, a senhorita não é boa comigo. O que a senhorita traz ao meu serviço? Atrasa-se e é grosseira; sua mãe vive doente e ausente e sua irmã é uma metade. Não tenho a atenção total que se espera de uma dama de companhia de nenhuma de vocês três. Ou, devo dizer, duas e meia?

Minha raiva escapa ao meu controle, quando ela debocha de minha irmã caçula.

— A senhora não precisa fazer nada por mim. Nada se compara ao que a senhora faz pela família Dudley! Com certeza, a senhora se torce e se contorce por ele! — digo, em alto e bom som, diretamente ao rosto pálido, às faces borradas de ruge, aos olhos arregalados de horror.

Ouço um grito abafado vindo de Bess St. Loe e vejo Robert Dudley fazer uma careta de desagrado. Maria leva as mãos à boca e arregala os olhos. A própria Elizabeth não diz nada, mas a mão que segura o leque estremece, enquanto ela se esforça para manter o controle. Ela não olha para Robert Dudley, admitindo o insulto direcionado aos dois, mas dirige o olhar a William Cecil, que inclina a cabeça, como se desejasse lhe cochichar algo. Ele não precisa dizer nada: ela sabe que, se me responder com fúria, será o mesmo que fixar minhas palavras na porta da Catedral de São Paulo, pois todos ouviram o que eu disse. Cecil murmura algo prontamente, dizendo-lhe que me ignore, que considere meu rompante uma piada.

Ela abre a boca pintada de ruge e dá uma gargalhada, feito um corvo grasnando.

— A senhorita é engraçada, Lady Catarina — comenta ela, e se levanta do trono, atravessa toda a extensão do salão de audiências e se dirige a alguém, ninguém importante, como se quisesse apenas se afastar de mim e do meu desdém moralista.

Sinto a presença de Ned ao meu lado, mesmo antes de me virar e vê-lo. Seus olhos cintilam de orgulho.

— *Vivat!* — diz ele. — *Vivat Regina!*

Caio em desgraça por ter insultado Elizabeth. Nenhuma dama de companhia se atreve a ser vista ao meu lado e o embaixador espanhol me reverencia em público, mas me evita quando nos deparamos em contextos privados. Acho que ninguém presta a menor atenção em mim, exceto Ned, meu amado Ned. Mas, se ele me ama, não me importo se sou ignorada por todos.

Elizabeth tem estado de péssimo humor, infernizada pela noção de que nossa prima, a rainha Maria da Escócia, herdou o grandioso trono da França e conta com o apoio de seus poderosos parentes para reivindicar o trono da Inglaterra. Ninguém ousa se dirigir a ela; somente Robert Dudley é capaz de distraí-la de seus temores.

— Cuidado — diz minha irmãzinha Maria, aparentando a sabedoria de uma mulher trinta centímetros mais alta. — Você não pode se dar ao luxo de ofender a rainha. Só há uma mulher na corte que pode ser franca com ela. Só há uma mulher na corte que pode repreendê-la.

Dou uma risada.

— Você está se referindo à bronca que ela levou de Kat Ashley?

O sorriso fácil de Maria se ilumina para mim.

— Deus do Céu! Eu queria que você tivesse visto — diz ela. — Foi quase como uma mascarada. A sra. Ashley, de joelhos, implorando à rainha que não favorecesse Robert Dudley tão descaradamente, jurando que ela haveria de comprometer a própria reputação, lembrando que ele é casado e que ela não deve ser vista o tempo todo ao lado dele, e Elizabeth dizendo que, se está apaixonada por Sir Robert, ninguém poderá impedi-la.

— Mas o que vocês disseram? — indago. — Vocês, as damas.

A cena tinha ocorrido no quarto de Elizabeth, enquanto ela se vestia. Kat Ashley, sua antiga governanta, é a única mulher que tem coragem de dizer à Elizabeth que o reino inteiro a considera uma prostituta e Robert Dudley um adúltero ganancioso. Minha irmã teve a sorte de testemunhar essa cena. Ela estava segurando os cadarços com pontas de ouro de Elizabeth, aguardando para amarrar os sapatos da rainha, quando Kat caiu de joelhos e suplicou à monarca que não se comportasse feito uma rameira.

— Nós não dissemos nada, porque não somos tolas e metidas a corajosas, feito Kat Ashley — continua Maria, com altivez. — Não sou descontrolada e geniosa como você. Você acha que vou dizer à rainha da Inglaterra que não corra atrás do homem que ama? Acha que vou confrontá-la, como você fez?

— Ele não está desimpedido para o amor — digo, com recato. — Nem ela. Eis a diferença entre eles e Ned e eu. Ela é rainha e deve se casar pelo bem do reino, e ele é um homem casado... E, quanto a Ned e eu, somos livres, desimpedidos e nobres.

— Não me diga que tem falado em casamento com Ned? — indaga Maria.

Ajoelho-me diante dela, de modo que nossos rostos fiquem na mesma altura.

— Ah, Maria, tenho, sim — eu cochicho. — Tenho! Juro que tenho!

Palácio de Hampton Court, Outubro de 1559

Ned está acima de mim, montado em seu belo garanhão, vestido de veludo azul-marinho, a jaqueta bordada de linha azul, o chapéu de veludo enfeitado com fita azul. Estou de frente para a cabeça do cavalo, com o sr. Careta equilibrado no ombro, e olho para meu amado.

— O cavalo é bom? — pergunto, e ambos rimos diante da lembrança do meu constrangimento poucos meses antes e da alegria e da confiança que agora sentimos.

Ned está pronto para ir até o Mosteiro de Sheen e pedir à minha mãe permissão para nos casarmos.

— Não se esqueça de dizer a ela que Elizabeth não pode fazer nenhuma objeção — lembro. — Não se esqueça de dizer que tenho idade suficiente para saber o que quero.

— Vou dizer — garante. — Não há motivo para sua mãe nos negar permissão. Foi o que ela e seu pai quiseram para sua irmã. Se fui digno de Joana, devo ser digno de você. Nossas famílias sofreram uma perda de prestígio, e agora você não tem mais um grande dote e não é protegida pela rainha. Mas isso não tem importância para mim.

— Eu não merecia perder prestígio — digo, irritada. — Não perdi prestígio aos olhos de outras pessoas. O embaixador espanhol diz que eu sou a única herdeira de Elizabeth. E, de todo modo, estou reconquistando meu prestígio. Ela ficou tão enfurecida com a nossa prima Margaret Douglas por ter enviado o filho, Henrique, à coroação na França, que está prestes a me perdoar por ter sido grosseira com ela.

Ned sorri para mim, e meu coração amolece.

— Não importa de quem Elizabeth goste ou desgoste. Temos sangue real, e cabe a ela permitir a nossa união. Você é prima, além de ser uma Tudor; eu sou um Seymour. Ela não pode rejeitar o nosso casamento.

Ele vai levar uma hora para chegar a Sheen. Preocupo-me com a sela, com a cilha, com os estribos, qual uma esposa.

— Cuidado na estrada! — digo, embora saiba que ele terá a companhia de serviçais durante a cavalgada.

Ned não corre perigo. Há muitas ameaças contra a vida de Elizabeth, mas nós, da família real, somos amados. Todos se recordam de que a rainha Joana, que morreu tragicamente dando à luz o rei Eduardo, era uma boa inglesa pertencente à família Seymour. E minha família, os Grey, é amada por causa da nossa rainha Joana. O povo se refere a ela como santa. Somente Elizabeth se apraz em fingir que Joana jamais foi coroada. Somente Elizabeth se apraz em fingir que é a última Tudor.

— Volto depois de amanhã — avisa ele. — E, dentro de um mês, hei de te chamar de esposa.

Despeço-me com um aceno, e não me importo se me virem ali, observando sua partida. Não duvido dele; não duvido de que minha mãe nos autorize imediatamente. Ela sempre gostou dele, e os Seymour são uma família ilustre. A mãe dele relutou em concordar com nossa união, e só o fez com a condição de que minha mãe consulte Elizabeth. Não há nada que possa nos impedir.

Mosteiro de Sheen, Outubro de 1559

Minha mãe tem andado doente — o baço muito a incomoda (devo dizer, isso não surpreende, considerando seu péssimo temperamento). Mas, assim que se inteira da missão de Ned, ela ordena a Maria e a mim que nos juntemos a ela e ao marido, o sr. Stokes, e a Ned, em Sheen. Ela afirma que deseja ouvir de mim mesma que quero Ned como marido. Ela me recebe no salão de audiências, como a filha de uma rainha — o que, de fato, é. Maria segue atrás de mim, feito uma miniatura de dama de companhia.

O encontro tem a formalidade de um noivado.

Digo à minha mãe:

— Estou mais do que disposta a amar lorde Hertford.

Ela se levanta da cadeira, aproxima-se de mim, sorri, põe a minha mão sobre a dele e diz que seria uma alegria me ver estabelecida e bem casada.

Adrian Stokes, respeitosamente atrás dela, não é nobre, mas é sensato, e também nos dá conselhos. Todos concordamos que será necessário proceder com cautela diante de Elizabeth, a rainha. Nesse verão ela está totalmente embevecida por Robert Dudley e não tem tido tempo para mais ninguém, mas, se quero permissão para desposar o primo do falecido rei, ela há de prestar atenção em mim e há de me observar com cuidado. Ela se melindra por questões de prestígio, como qualquer bastardo, e teme por seu título, como qualquer usurpador. Jamais, jamais devemos insinuar que sabemos que somos mais bem preparados e mais qualificados para o trono do que ela. Nossa esperança é de que Elizabeth não se dê conta do fato de que eu, uma herdeira Tudor, quero me casar com Ned, um Seymour, membro da família real. Todos concordamos que minha mãe deve escrever a Elizabeth, a rainha, solicitar a permissão e depois ir à corte, no intuito de convencê-la em pessoa. Juntos, nós cinco redigimos uma carta oficial:

O conde de Hertford contempla com bons olhos minha filha, Lady Catarina, e humildemente rogo à Vossa Alteza que seja para com ela uma dama benevolente e generosa e que Vossa Majestade possa consentir o casamento dela com o referido conde.

Eu observo: e se ela negar? Elizabeth é vingativa o suficiente para negar. Ned, então, segura minha mão e diz:

— Se ela negar, vamos nos casar em segredo, e a negativa vai ser jogada ao vento.

Então a carta é rascunhada por Maria, atuando como secretária, e minha mãe fará a cópia, em sua melhor caligrafia; mas, antes de conseguir fazê-lo, ela cai de cama e diz que não tem condições de ir à corte enquanto estiver toda inchada e nauseada. Não pode comparecer diante de Elizabeth se não estiver com a melhor das aparências; vamos precisar esperar até que ela melhore.

— Então o que faremos agora? — pergunto a Ned.

— Vou voltar à corte e preparar o terreno para a chegada da carta — promete ele. — Eu tenho amigos; somos uma família influente. Posso pedir a algumas pessoas que intercedam por nós à rainha. Temos a permissão das nossas mães. Não precisamos de mais nada.

Castelo de Windsor, Outono de 1559

Ned e eu voltamos à corte separadamente, para que ninguém saiba que estamos tramando algo juntos, mas agora hesitamos. Parece impossível interromper as conversas sussurradas entre Elizabeth e Robert Dudley e fazê-la prestar atenção em nosso pleito. Há uma fila à nossa frente: embaixadores estrangeiros com propostas de casamento, William Cecil com um punhado de decretos para ela assinar, tentando convencê-la a apoiar os protestantes escoceses que estão se armando contra a regente francesa. Agora, Elizabeth será apontada como governante suprema da Igreja anglicana, embora seja mulher. Penso no que minha irmã Joana seria capaz de fazer com tal oportunidade de salvar a alma do reino e os escoceses do papado, e tal pensamento me parece amargo. Em todo caso, a rainha não tem tempo para Ned e para mim, e não encontramos uma chance sequer de interrompê-la.

A corte é um lugar de intrigas nervosas. Elizabeth está tão ansiosa em relação aos franceses e aos escoceses que não permite que Robert Dudley saia de seu campo de visão; ainda assim, recebe Sir William Pickering, na condição de pretendente, e todos os dias se refere ao arquiduque Ferdinando como se pretendesse desposá-lo. Parece que todos, desde os melros nos pomares carregados de maçãs até a rainha em seus aposentos, têm seu par. Ned e eu somos apenas um dos tantos enamorados que se beijam à sombra dos umbrais.

Os lordes protestantes escoceses se insurgem contra a regente, Maria de Guise, e a derrotam. Pedem ajuda a Elizabeth, mas, obviamente, ela não se atreve a tomar qualquer iniciativa. Se Joana fosse rainha da Inglaterra, teria enviado um exército de justos. Contudo, embora William Cecil argumente à exaustão, no Conselho Privado e nos aposentos da soberana, Elizabeth não ousa enviar mais que uma esquadra com suprimentos aos escoceses, e o faz em segredo.

Enquanto todos discutem se tal auxílio já basta ou se ela deveria despachar um exército, Ned e eu escapulimos e vivemos nosso romance, escondidos da rainha e de seus conselheiros, com o conhecimento apenas da irmã dele, Janey, e da minha irmãzinha, Maria. As duas conspiram em nosso favor: Janey me convida aos seus aposentos quando Ned está presente; Maria fica de guarda quando nos encontramos no ancoradouro à beira do rio ou nos bosques outonais em Hampton Court. Cavalgamos lado a lado, atrás da rainha e seu amante, enquanto folhas em tons de ouro e bronze caem em espiral à nossa volta. Caminhamos atrás dos dois, mantendo uma distância prudente, a cadelinha Jô correndo atrás de nós, enquanto os dois trocam sussurros, de braços dados. Elizabeth se agarra a Robert Dudley durante essa crise recente. É óbvio que não ousa cumprir seu dever diante dos seguidores de sua própria fé. É óbvio que somente Robert Dudley é capaz de provê-la da confiança necessária para contrariar os conselhos de William Cecil. Eu pouco me importo. Estou apaixonada, e tudo o que desejo é um alinhamento propício dos astros nessas noites de outono, algo que me diga que a rainha está de bom humor e minha mãe tem saúde suficiente para ir à corte pedir permissão para que eu me case.

Talvez apenas William Cecil, conselheiro da rainha há tanto tempo, perceba nosso namoro secreto, e suponho que o aprove. É um homem discreto, que não deixa escapar nada. De vez em quando, ele me dirige um leve sorriso ou uma palavra gentil, quando nos cruzamos na galeria, ou quando ocorre de nossos cavalos se emparelharem durante uma cavalgada da corte. É muito fiel à religião reformada e sabe que fui criada na mesma fé que minha irmã Joana e que eu jamais escolheria outra fé. A esposa de William Cecil, Mildred, protestante erudita, gostava muito de Joana, e acho que ele busca um pouco de minha irmã em mim. Sua fé inabalável o inspira a insistir com o Conselho

Privado e a rainha para que apoiem os protestantes da Escócia e livrem aquele reino do papado. Sei que ele me favorece como sucessora protestante e que fala por mim com os conselheiros da rainha, se não diretamente a ela. Ele jamais aceitaria minha prima Margaret Douglas, que é quase papista e que, em todo caso, caiu em desgraça, e ele jamais, jamais aceitaria Maria, rainha da França, reino onde a família da mãe de Maria, os Guise, persegue nossos correligionários com extrema crueldade.

Palácio de Whitehall, Londres, Novembro de 1559

É Janey que está ao meu lado quando chega um emissário de meu padrasto, Adrian Stokes, para dizer que minha mãe está muito mal e, provavelmente, não sobreviverá por muitos dias e que Maria e eu devemos seguir imediatamente para o mosteiro, e é Janey que segura firme minhas mãos, enquanto verto algumas lágrimas relutantes e penso que vou ficar de luto, usar preto e permanecer naquele mosteiro sombrio enquanto todos estarão bem vestidos e se divertindo nas festas natalinas.

— Você tem de dar a notícia à sua irmã — diz Janey.

Maria dorme nas dependências das criadas, e vou procurá-la. As serviçais dormem o máximo que podem e, mesmo com a pesada porta de madeira fechada, ouço a algazarra que fazem. A governanta deveria mantê-las sob controle — as criadas precisam aprender a se comportar na corte e não devem ser barulhentas feito molecas de rua, batendo umas nas outras com os lençóis, como fazem agora, a julgar pelos gritos e pelas gargalhadas.

Bato à porta e entro. Maria está pulando na cama, segurando a jarra usada para lavar o rosto e jogando água em algumas moças que estão em volta. Uma das jovens ameaça atirar uma tigela de mingau frio, e elas correm umas atrás das outras, subindo e descendo pelas camas, pendurando-se nos dosséis e gritando por misericórdia. Tudo parece muito divertido. Se eu não fosse mais velha, mais madura, quase noiva, gostaria de participar. Mas, de todo modo, estou ali para trazer uma notícia triste.

— Maria! — grito, tentando superar a barulheira, e a chamo até a porta.

Ela pula fora da cama e vem ao meu encontro, com as faces rosadas e os olhos cintilantes. É tão pequenininha, do tamanho de uma criança; mal posso crer que tenha 14 anos. Já deveria ter sido prometida a algum rapaz. Em breve, não poderá mais contar com a intermediação da mãe nesse sentido. Mas, seja como for, não sei quem aceitaria se casar com ela. Maria é da linhagem real, mas na corte de Elizabeth isso é tão somente uma desvantagem.

Apoio minha mão em seu ombrinho magro e me abaixo para cochichar em seu ouvido.

— Venha, Maria. Eu tenho más notícias.

Ela cobre a camisola com um manto e me acompanha até a galeria, fora das dependências das criadas. Os gritos e as gargalhadas soam abafados, depois que Janey fecha a porta e fica um pouco longe de nós.

Percebo que não sei o que dizer. Estou diante de uma menina que perdeu a família antes mesmo de se tornar mulher: a irmã e o pai foram decapitados, e agora a mãe está agonizante.

— Maria, eu sinto muito. Vim dizer que a nossa mãe está à beira da morte. Adrian Stokes me escreveu. Precisamos ir a Sheen imediatamente.

Ela não reage. Abaixo-me um pouco mais, a fim de ver seu belo rostinho.

— Maria, você já sabia que ela estava doente?

— Sim, é claro que sabia. Eu sou baixinha, não imbecil.

— Eu serei uma boa irmã para você — digo, meio sem jeito. — Agora, só restamos nós duas.

— E eu serei uma boa irmã para você — promete ela, com altivez, como se sua influência diminuta pudesse ter alguma utilidade para mim. — A gente nunca vai poder se separar.

É tão meiga que eu me curvo e lhe dou um beijo.

— Eu vou me casar, em breve — digo. — E, quando tiver a minha própria casa, você vai morar comigo, Maria.

Ela sorri.

— Até o dia em que eu me casar, é claro — diz ela, tão engraçadinha.

Mosteiro de Sheen
Inverno de 1559-60

Finalmente, Elizabeth nos recompensa com o reconhecimento que merecemos. Homenageia minha mãe, na morte, de um modo como jamais o faria em vida. Oferece à minha mãe um funeral grandioso, um funeral monárquico na abadia de Westminster, com a presença de dezenas de pranteadores e a corte enlutada, além de escudos que exibem o nome de minha mãe e seus títulos reais. Maria e eu, trajando veludo preto, somos o centro das atenções. Diante do caixão exposto formalmente, o arauto real brada que Deus quis chamar "a mais nobre e ilustre das princesas, Lady Frances, a falecida duquesa de Suffolk". Se já não estivesse morta, minha mãe morreria de felicidade ao ouvir seu sangue real anunciado oficialmente — e pelo arauto de Elizabeth.

John Jewel, amigo de todos os antigos mentores espirituais de minha irmã Joana, prega o sermão de despedida, em estilo reformista, e penso que Joana ficaria feliz ao ver que a mãe foi sepultada de acordo com a religião pela qual a filha morreu. É estranho e penoso pensar que Joana, uma rainha, acabou com a cabeça dentro de um cesto, atirada na vala comum dos traidores, nas dependências da capela da Torre, enquanto minha mãe jaz com todas as pompas e honrarias, com bandeiras e brasões acima de seu carro fúnebre.

As damas da corte, vestindo preto e usando luvas de couro preto adquiridas pela rainha, seguem o féretro de minha mãe, coberto de tecido preto e dourado, o que indica a importância da falecida.

Bess St. Loe segura minha mão.

— Eu amava sua mãe — diz ela. — Vou sentir saudade dela. Foi uma grande dama. Considera-me uma amiga, Catarina. Jamais poderei ocupar o lugar de sua mãe, mas prometo que vou te amar por ela.

Por um instante, vendo a emoção daquela senhora, quase choro a perda de minha mãe; mas um Tudor, a rigor, não tem pai nem mãe. A mãe é a protetora, o filho é o herdeiro, e o Tudor receia que ambos o decepcionem. Não preciso que tia Bess me diga que minha mãe foi uma grande dama, e ninguém poderá dizer que foi uma boa mãe; mas é um consolo ver que a corte, finalmente, reconhece sua realeza e, por conseguinte, a nossa.

E ainda tem mais.

Elizabeth aproveita o ensejo para restaurar nossos títulos de princesas reais. Ao morrer, minha mãe conseguiu concretizar a ambição que alimentou durante a vida inteira: nosso reconhecimento por parte de Elizabeth, sermos por ela chamadas de primas, definidas como membros da família real, intituladas "princesas", e assim sermos as primeiras entre todos os herdeiros possíveis. Minha mãe, que Deus a perdoe, teria achado sua morte um preço justo, um sacrifício condigno. Joana morreu defendendo os direitos de nossa mãe; agora tais direitos são concedidos a nós, suas irmãs, na ocasião do funeral de nossa progenitora.

Enlutadas, Maria e eu nos conduzimos com extrema dignidade, com as cabeças tão rígidas que parecemos já exibir nossos diademas de princesas. Olho para trás, a fim de me certificar de que ela se comporta de acordo com nossas novas honrarias, e sorrio discretamente. Maria mantém a cabeça erguida, os ombros retos, e faz lembrar uma rainha em miniatura. Após a cerimônia, seguimos para o Mosteiro de Sheen, e mal posso conter a impaciência, ávida por retornar à corte e constatar se Elizabeth, de fato, vai me tratar com o respeito que se deve a uma prima, vai me conceder o devido espaço nos aposentos privados e precedência entre as damas. Caberá a mim segui-la, um passo atrás, pelo resto de sua vida, e, quando ela morrer, subirei ao trono. Agora, finalmente, posso falar com ela sobre meu casamento — e na condição de prima.

— Vou me casar assim que sair do luto — digo, exultante, ao sr. Stokes, meu padrasto. — Convém pedir permissão agora mesmo, enquanto a corte observa luto oficial e Elizabeth se encontra em um estado de espírito tão cordato.

Ele aparenta grande cansaço. Está sinceramente tristonho com a perda da esposa. Ao contrário de nós, as duas filhas que a ela sobreviveram, ele a amava verdadeiramente.

— Sinto muito — diz ele, em tom grave —, falei com lorde Hertford depois do enterro. É ele quem deve falar com a rainha, agora que sua mãe se foi.

— Ah, muito bem. O que Ned falou? — indago, confiante. Tenho no colo a cadelinha Jô, abraçada com Fita, a gatinha, e acaricio as orelhinhas sedosas dela. — Ele prefere esperar até que eu volte à corte, quando sair do luto? Ou vai falar com ela agora, enquanto estamos ausentes?

Adrian Stokes balança a cabeça, encarando-me.

— Eu sinto muito — responde ele, sem jeito. — Eu sinto muito, Catarina. E sei que sua mãe também sentiria muito. Mas acho que ele não vai falar. Na verdade, ele já me disse isso. Sem a sua mãe aqui, para apresentar o pedido à rainha, a mãe dele mudou de ideia e não quer mais o casamento. Lady Seymour não quer falar com a rainha, agora que não pode contar com o apoio da sua mãe, e ele também não quer. Sendo curto e grosso: nenhum dos dois tem peito para tanto.

Mal posso crer no que ele diz.

— Mas ela acaba de me apontar princesa real! — exclamo. — Ela me reconhece como membro da família real! Ela nunca me estimou tanto!

— Essa é precisamente a questão — explica ele. — Agora que foi apontada como princesa, ela, mais do que nunca, vai querer determinar seu casamento, e não vai querer que se case com alguém que também tenha direito ao trono.

— Tem de ser Hertford! — Elevo minha voz. — Ela tem de determinar o meu casamento com Hertford! E o senhor tem de insistir em meu favor!

Ele meneia a cabeça.

— Você sabe que eu não tenho influência, Lady Catarina. Sou um plebeu, e não tenho grande fortuna. Mas sei que a rainha não vai querer o seu casamento com um lorde que tem direito ao trono. E não vai deixar que se case antes que ela se case, e correr o risco de você ter um filho com mais direito ao trono do que ela própria. Eu sei o que os Seymour estão pensando: é claro que a rainha não vai querer um menino Tudor-Seymour na corte antes que ela tenha marido e filho. Os Seymour não querem correr o risco de ofender a rainha.

— Nenhum de vocês a entende! — exclamo. — Ela não pensa assim; não planeja as coisas com tanta antecedência! Ela só pensa em ser o centro das atenções e ter Robert Dudley a tiracolo.

— Eu acho que ela pensa tudo com muita cautela — previne ele. — Acho que ela tem alguém a vigiando, e acho que não vai se arriscar a permitir que surja um herdeiro que tenha pleno direito ao trono.

— Elizabeth não está me vigiando!

— William Cecil está. — Ele vê a surpresa estampada no meu semblante e dá de ombros. — Ele vigia todo mundo.

— O senhor está dizendo que ela não vai permitir que eu me case até que ela se case e dê à luz um filho e herdeiro?

Ele faz que sim.

— É quase certo — diz ele. — A intenção seria produzir um herdeiro com mais direito do que ela própria.

— Isso pode levar anos.

— Eu sei. E acho que ela não vai tolerar uma rival.

— Ela será a minha ruína — afirmo, categoricamente.

As sobrancelhas claras do meu padrasto se juntam, franzindo seu cenho, enquanto ele se pergunta o que quero dizer com "ruína".

— Espero que não — diz ele. — Espero que você esteja sendo cautelosa com a própria reputação e com a rainha.

Lembro-me do ocorrido no caramanchão, do momento de dor aguda e prazer, de ter chorado no ombro dele e murmurado: "Sou toda sua."

— Estamos noivos e vamos nos casar! — afirmo.

— A tradição manda obter a permissão da rainha — lembra-me ele, com delicadeza. — Já foi lei. A rainha pode reinstituir a lei. Mas, seja como for, os Seymour dizem que não vão fazer o pedido.

— E aquela carta que a minha mãe escreveu, solicitando autorização para que Ned se case comigo? Eu posso entregar a carta a Elizabeth, se ninguém mais tem coragem. Podemos dizer que a carta foi encontrada no meio de uma papelada que pertencia à minha mãe... que foi seu desejo no leito de morte.

A fisionomia cansada dele se torna sombria.

— Aquela carta... — começa ele. — É por causa dela que eu sei que você está sendo vigiada. A carta da sua mãe desapareceu do armário dela. Sua mãe estava sendo espionada, e alguém levou a carta. Para sua própria segurança, Catarina, esqueça essa coisa toda.

— Eles não podem furtar uma carta endereçada à rainha! Não podem revirar nossos papéis e levar o que quiserem. Quem faria uma coisa dessa?

— Não sei. E não sei por quê. Mas, seja como for, a carta sumiu, e não temos como recuperá-la. Eu acho que só lhe resta tirar Ned do seu coração e do seu pensamento.

— Não posso esquecê-lo! — exclamo. — Eu o amo. Dei a minha palavra a ele! Estamos noivos!

— Eu sinto muito — é tudo o que ele diz. E então diz algo ainda pior: — Ele também está sentido; eu sei. Deu para perceber. Sente muito porque nunca mais vai te ver.

— Não vai mais me ver? — sussurro. — Ele falou isso?

— Falou.

Tudo está muito quieto e monótono em Sheen. O sr. Careta treme de frio por causa das correntes de ar que penetram pelas portas mal instaladas, e Fita se recusa a sair para fazer suas necessidades, pois não quer molhar as patas; portanto, preciso ficar limpando a sujeira dela. Jô, a pug, começa a ganir assim que saio do quarto, como se quisesse dizer que também se sente solitária.

Ao menos, não perdi grandes celebrações natalinas na corte. Janey me escreve, dizendo que as coisas por lá andam tão melancólicas quanto na época em que a rainha Maria ocupava o trono, pois Elizabeth está apavorada por se ver diante da decisão de enviar tropas inglesas para apoiar os protestantes escoceses. É óbvio que ela deveria fazê-lo. Seria uma tremenda e corajosa surpresa levar o evangelho a uma gente que jamais haverá de conhecê-lo, se ela não agir. Mas Elizabeth não trilha o caminho da retidão, e teme a regente da Escócia, Maria de Guise, mãe de Maria da Escócia, a nova rainha francesa. Os franceses vão invadir, no intuito de apoiar sua compatriota em um levante contra os protestantes escoceses, e, depois que se instalarem na Escócia, o que vai impedi-los de marcharem rumo ao sul, contra Elizabeth? Minha irmã

Joana teria despachado um exército de santos contra a regente papista, sem titubear. E qualquer destemido monarca inglês faria o mesmo. Mas Elizabeth, no fundo, carece de um credo, e se recusa a ir à guerra por motivo religioso. O pior de tudo é que William Cecil, um reformista tão feroz quanto qualquer membro da minha família, disse que, se ela não vai aceitar seu conselho de apoiar nossa fé na Escócia, ele não se dispõe a aconselhá-la; ele já deixou a corte e voltou para casa, para o lado da esposa, Mildred.

— Elizabeth estará de pés e mãos atadas sem ele — digo a Maria, lendo a carta de Janey, nós duas nos aposentos particulares de nossa mãe, enquanto uma chuva gelada escorre pelas janelas de vidro prensado. — Ouso dizer que Elizabeth vai perder o trono, se os franceses marcharem contra ela.

— Eles com certeza vão invadir, não vão? Se ela declarar guerra contra eles na Escócia? Vão invadir pelo canal, ao sul, e pela Escócia, ao norte, ao mesmo tempo.

Assinto, decifrando os garranchos urgentes de Janey.

— E ela nem tem um exército — comento. — Nem recursos financeiros para recrutar tropas. Só espero que ela não mande Ned para Edimburgo! — acrescento. — Aqui está escrito Hertford?

— Não — responde Maria. — Howard. Diz que Elizabeth vai mandar seu primo Thomas Howard para Edimburgo. Ned está seguro.

Junto as mãos, como se fosse iniciar uma prece ali mesmo, sentada à janela.

— Ah, meu Deus! Se eu pudesse voltar à corte e ficar ao lado dele! Se eu pudesse ao menos vê-lo!

— Se os franceses invadirem a Inglaterra, vai ser para sentar Maria da Escócia no trono, e não você — comenta Maria.

— Eu não quero o trono! — digo, irritada. — Por que ninguém entende isso? Eu só quero Ned!

Palácio de Whitehall, Londres, Primavera de 1560

Eu digo que não quero o trono, mas não consigo evitar um lampejo de ambição quando retorno a Whitehall e constato que me tornei ilustre membro da corte, como sempre deveria ter sido. O principal conselheiro da rainha, William Cecil, venceu o argumento acerca do apoio aos protestantes escoceses e está de volta ao posto, insistindo no envio de um exército inglês à Escócia, defendendo os direitos dos protestantes — mais que ciente de que sou eu a herdeira protestante. Ele sempre faz uma reverência e troca uma palavra de saudação comigo, como se agora eu fosse do seu interesse, como se pensasse que há de chegar o momento em que será meu conselheiro, depois de Elizabeth ter saído de cena.

Sou a favorita no palácio. Sou a querida princesa real, e não mais a visitante desprezada. Já não sou a prima pobre e esquecida, mas a herdeira do trono. Experimento a estranha sensação de estar em um lugar bastante familiar, mas onde tudo é diferente. Existe uma nova realidade detrás dos sorrisos falsos, como se fosse o segundo ato de uma mascarada, os atores tivessem trocado de papéis e os mesmos indivíduos agora fossem reconhecidos como outras pessoas.

Minha prima Margaret Douglas ofendeu a rainha profundamente. Uma criada de seu marido, Matthew Stuart, foi surpreendida lembrando ao embaixador francês que Margaret é a parenta mais próxima de nossa prima Maria, rainha da França e da Escócia, e que seu marido, conde de Lennox, é herdeiro do trono escocês. Isso é totalmente verdadeiro, mas qualquer pessoa poderia ter prevenido a tal criada de que uma mensagem desse tipo seria imediatamente denunciada e de que Elizabeth ficaria assustada e furiosa. Margaret deveria ter se valido de seus pontos "fortes", isto é, o fato de ser insossa e idosa, e então talvez Elizabeth não desse grande importância ao seu sangue real. Em todo caso, a corte está se divertindo a valer, porque William Cecil foi autorizado a vasculhar uma documentação antiga, mantida nos arquivos, a fim de provar que Margaret Douglas, filha de uma irmã de Henrique VIII e rainha dos escoceses, é, na verdade, ilegítima e, portanto, nem ela nem seu belo filho Henrique Stuart têm direito ao trono da Inglaterra. Até parece que a reputação de Margaret pode ser pior que a de Elizabeth, cuja mãe foi decapitada por adultério com cinco homens identificados!

Agradeço a Deus porque ninguém pode questionar minha legitimidade. Eu descendo direta e legitimamente da irmã predileta do rei Henrique, a rainha Maria, que se casou com o melhor amigo do rei, Carlos Brandon, por intermédio de minha mãe, a irrefutavelmente virtuosa e mal-humorada Frances Brandon, e, agora que voltei a cair nas graças, minha semelhança com minha bela avó de sangue real se tornou flagrante. Muita gente comenta que sou tão formosa quanto a princesa Tudor, e muita gente admira minha tez clara, típica dos York.

Robert Dudley, que entra e sai dos aposentos privados, tem livre acesso ao quarto da rainha e é reconhecido como o amigo em quem a soberana mais confia, é cortês comigo e me trata como prima. Nossas famílias têm muitos laços — ele foi cunhado de minha irmã Joana e, portanto, meu cunhado; é o pretendente mais benquisto por minha prima, a rainha, e agora reconhece com satisfação nosso parentesco. De repente, tenho amigos, ao passo que antes vivia entre estranhos. Chego quase a pensar que sou querida e admirada. Quando digo "minha prima, a rainha", como minha mãe costumava dizer, Maria ri e esconde o riso com sua mãozinha.

Mas nem meu retorno triunfante à corte, nem a descoberta de tantos novos amigos, nem mesmo o fato de ter caído nas graças da rainha compensam a perda de Ned. O jovem que me quis como amante, por livre e espontânea vontade, que buscou a bênção de sua mãe e a permissão da minha, agora passa por mim e finge que não me vê, e, quando, por acaso, ficamos frente a frente, ele faz uma reverência bem-educada, como se não passássemos de meros conhecidos.

Na primeira vez que seu olhar frio passa por cima de mim, tenho a sensação de que vou desmaiar, tamanha é minha infelicidade. É Maria, ao meu lado, cuja cabeça não chega à altura do meu ombro, que me mantém de pé. Ela belisca meu braço com tanta força que causa um hematoma, então cochicha:

— Cabeça erguida! Nariz empinado!

Olho para ela, totalmente desnorteada, mas Maria olha para mim com brilho no olhar.

— Calcanhares cravados! Mantenha assim! — diz, como nosso pai dizia durante nossas aulas de equitação, e isso faz com que eu me recomponha.

Sigo com a mão apoiada no ombro dela e mal consigo dar um passo depois do outro. Vamos juntas até a capela, ela me segurando como se eu estivesse doente, e, quando me ajoelho atrás da rainha, rogo a Deus que me livre de tanto sofrimento.

Sinto-me tremendamente infeliz quando penso que Ned desistiu de mim para não desagradar uma rainha que jamais sacrifica seus próprios prazeres. Elizabeth se permite se deliciar com seu amante, mas eu nem sequer posso falar com o homem que amo. Observo-a chamar Robert Dudley para acompanhá-la quando deixa o trono, ou para dançar com ela à noite, e em tais ocasiões Elizabeth mantém a cabeça praticamente apoiada no ombro dele, e o conduz aos aposentos privados, onde são deixados a sós, e percebo que a odeio por seu egoísmo, por pensar exclusivamente em seu próprio prazer e nunca em mim. Culpo-a, com amargura, porque estou separada do homem que amo e porque hei de morrer solteirona, enquanto ela se esbalda descaradamente em um romance vergonhoso e adúltero.

Agora ela jura publicamente que vai se casar com o Habsburgo arquiduque Ferdinando, assim que ele chegar à Inglaterra — promete consolidar uma aliança com a Espanha, para garantir a segurança do nosso reino —, mas todos sabem que está mentindo e que qualquer marido que venha a ter será traído antes de o navio que o transporte atracar em Greenwich.

Os espanhóis já sabem disso. O novo embaixador se mostra ofendido, e os integrantes de seu séquito parecem mal-humorados. William Cecil já não sabe o que fazer para preservar nossa amizade com a grande potência que é a Espanha e assim contrabalançar a importância da grande potência que é a França. O embaixador espanhol, Álvaro de la Quadra, caminha ao meu lado, enquanto seguimos pela beira do rio até um caramanchão iluminado, onde vamos ouvir uma recitação de poesia, e menciona que o arquiduque ouviu falar da minha beleza e que prefere se casar comigo a passar pelo demorado e desacreditado processo de cortejar Elizabeth. Um dia poderei ser uma grande rainha da Inglaterra, tendo o arquiduque ao meu lado e a força da Espanha atrás de mim. Nesse ínterim, eu seria uma arquiduquesa amada e ocuparia na corte inglesa uma posição invejada, o centro das ambições papistas.

— Ah, eu não sei — cochicho. Fico horrorizada de ver como ele ousa me falar de tal assunto tão abertamente. Graças a Deus, ninguém nos ouve e ninguém nos vê, exceto um dos homens de William Cecil, que passa por nós. — Excelência, sinto-me muito honrada, mas não posso ouvir esse tipo de coisa sem a autorização da minha prima, a rainha.

— Não há necessidade de mencionar o assunto a ela — declara ele, de pronto. — Falei com a senhorita confidencialmente, para que possa vislumbrar as possibilidades, se assim desejar.

— Sinceramente, não desejo coisa nenhuma — garanto a ele.

É verdade. Não desejo mais o trono. Quero ser uma esposa, e não uma rainha solteirona e mal-humorada. Quero um marido, mas nenhum outro que não seja Ned. Não poderia tolerar o toque de outro homem. Mesmo que eu viva até ser uma anciã, que viva até os 50 anos, jamais vou querer alguém que não seja ele. Passamos um pelo outro na galeria, no salão de jantar, a caminho da capela, em meio a um silêncio infeliz. Eu sei que ele ainda me ama. Vejo-o olhar para mim quando estamos na capela, e mantenho as mãos diante do rosto, e cuido para que ele não me veja espiando entre os dedos. Ele parece padecer de ansiedade, e não posso consolá-lo.

— Eu juro que ele ama você como sempre amou — diz Janey, entristecida.

— Ele está definhando, Catarina. Mas a nossa mãe o proibiu de falar com você, e o advertiu de que a rainha ficará bastante contrariada se souber que ele falou. Não me conformo que vocês não estejam juntos. Eu disse a ele que a doença que o aflige é pior que a minha. E a cura dele está bem aqui! Você é a cura dele!

— Se a sua mãe falasse com Elizabeth! — digo.

Janey balança a cabeça.

— Ela não se atreve. Ela me disse que o Conselho Privado instruiu Elizabeth a encontrar um marido adequado para você, imediatamente. Com as tropas inglesas recrutadas para lutar contra os franceses na Escócia, eles morrem de medo de que você fique contra a rainha ou até de que deixe o reino. Eles têm medo de que os espanhóis a levem. Querem ver você fora de combate, em um casamento com algum plebeu inglês que a mantenha em casa e comprometa os seus direitos.

— Eu jamais iria para a Espanha! — digo, em desespero. — Por que faria isso? Para onde eu iria? O único homem do mundo com quem eu me casaria está aqui. Não tenho interesse no arquiduque nem em mais ninguém! E por que eu me casaria com um plebeu inglês? Por que concordaria em ser insultada?

Fico espantada com o boato que Janey me traz, de que pretendem me casar com alguma nulidade e esquecer minha existência, mas fico apavorada ao saber que os escoceses propuseram que eu me case com meu primo, conde de Arran, um dos pretendentes descartados por Elizabeth, mas que tem direito ao trono escocês, de modo que a Inglaterra possa oferecer uma rainha protestante aos escoceses rebeldes, e estes possam formar fileiras atrás de Arran e de mim e derrotar os franceses. Querem que eu me case com Arran e me torne rainha da Escócia.

— O que eu vou fazer? — pergunto a Janey. — Eles enlouqueceram? Será que não vão desistir de me casar com um homem medonho depois do outro? Será que ela me reconheceu como princesa apenas para me vender e formar uma aliança? Você precisa dizer a Ned que alguém vai me raptar, se ele não me salvar.

Ned não me salva; não tem como fazê-lo. Sua mãe o proibiu, e ela não é mulher a ser desobedecida. Ele se limita a olhar para mim com uma expressão angustiada e depois se afasta. Robert Dudley não faz nada por mim. Ele só pensa em si mesmo e em Elizabeth. Permanece ao lado dela todos os dias, nesses tempos perigosos, e acho que, se não pudesse se agarrar a ele, ela perderia o juízo. Evidentemente, é William Cecil, sempre a par de tudo, que vem falar comigo. Ele faz uma reverência profunda ao sair de uma reunião do Conselho Privado e me oferece seu braço, para caminharmos pela galeria até os aposentos reais. Agito meus dedos ligeiramente, como se quisesse me libertar, mas ele segura minha mão com gentileza e ternura, e juntos entramos no recinto; vendo que as pontas dos lábios pintados de Elizabeth se curvam para cima, exibindo uma expressão obstinada, deduzo que os dois combinaram em me manter por perto e que coreografaram uma dancinha para eu executar.

— Ah, prima Catarina! — saúda ela, desviando o olhar de Robert Dudley, como se estivesse mais interessada em mim do que nele. — Prima querida.

Minha reverência não poderia ter sido menos profunda.

— Prima Elizabeth, Vossa Majestade — digo, visto que atualmente parecemos gozar de um parentesco próximo.

— Venha se sentar ao meu lado — convida ela, apontando para uma banqueta. — Quase não a vi o dia todo.

Foram muitos os dias em que ela sobreviveu à minha ausência, e jamais fui convidada a me sentar ao seu lado.

Olho para um canto, de onde Ned assiste àquele espetáculo, e ele fica paralisado, fitando o chão, como se nem sequer ousasse sorrir para mim. Ele morre de medo de desagradar Elizabeth, e eu pareço um camundongo embaixo da pata de uma gata gorda e ruiva.

— Que cadelinha adorável! — exclama Elizabeth.

Olho para baixo e vejo Jô, que se enrosca em meus pés, como se receasse que eu observasse o protocolo da corte e a oferecesse à soberana, que a contempla sem a menor expressão de carinho.

— Gosto de Catarina como se fosse uma filha — diz a rainha, lançando as palavras ao ar. Por mais mentirosa que seja, ela carece da coragem de me olhar nos olhos. Todos recebem a declaração surpreendente com fisionomias impassíveis. Vejo o olhar cintilante e interessado do embaixador espanhol. — Ela é como uma filha para mim — repete a rainha, em voz alta. Então, à medida que o significado das palavras fica mais claro para si própria, ela baixa o tom de voz e se dirige a mim: — Você deve sentir muita falta de sua mãe.

Inclino minha cabeça.

— Sinto, sim, Vossa Majestade — confirmo, condignamente. — Ela era extremamente dedicada a mim e à minha irmãzinha Maria.

— Ah, sim, Maria — diz a rainha, um tanto absorta. Ao ouvir seu nome, Maria dá um passo à frente, destacando-se das criadas, e a rainha lhe oferece um meneio de cabeça, enquanto ela faz uma reverência. Fica evidente que Maria não será mimada com afeto, apenas eu.

Elizabeth se inclina para a frente.

— Você deve sempre me dizer, se estiver se sentindo solitária ou infeliz — pede ela, com serenidade. — Sei o que é ser jovem e não ter mãe. Sei o que é não ter amigo em uma grande corte.

Eu poderia desempenhar melhor meu papel nessa mascarada, se soubesse o que devo fazer. A rainha toca meu ombro com seus dedos carregados de anéis; o toque é frio. Eu me pergunto quem haverá de se beneficiar daquele teatro. Decerto, não serei eu.

— Não careço de amigos na corte, se puder contar com vossa proteção — arrisco dizer, contemplando-lhe o rosto impassível.

Ela aperta meu ombro.

— Você pode. Você me é muito cara. Afinal, é minha parenta mais próxima.

É isso, então! Ela está me apontando sua parenta mais próxima. Sou sua herdeira. A sucessora ao trono. A indicação está feita, e não pode ser revogada. Ergo os olhos e vejo William Cecil me observando. Ele ouviu a declaração. Na realidade, foi ele quem escreveu o roteiro e idealizou cada movimento.

— E posso abordá-la com uma solicitação? — digo, contemplando-lhe os olhinhos pretos. Não há o menor lampejo de ternura: ela está fechando um negócio comigo, como se fôssemos peixeiras no ancoradouro, pesando bacalhau.

— Peça! — diz ela, com seu sorriso falso. — Peça qualquer coisa, e veja o que farei por uma prima leal e amada!

— Pedirei — prometo a ela, prometo a mim e prometo a Ned... de coração.

Escondendo um sorriso, Robert Dudley beija minha mão, de protegido para protegido. William Cecil caminha comigo pela galeria e me informa sobre o andamento da guerra na Escócia, como se o assunto fosse de meu interesse. Percebo que tenta me ensinar a política por ele estudada no decorrer de quatro reinados. Sua intenção é deixar claro que devo desempenhar meu papel de herdeira protestante de uma monarca protestante. É importante que eu entenda que o trono segue os conselhos dos lordes, que os lordes expressam as ideias do Parlamento. É preciso que eu entenda que a situação de Elizabeth no trono é instável — metade do reino ainda não se converteu à nossa religião, as grandes potências europeias são nossas inimigas naturais, e o papa conclama uma guerra santa contra nós. Na condição de herdeira, serei objeto de ambições, conspirações, promessas. Devo mantê-lo informado. Não devo fazer nada que ponha Elizabeth em risco. Preciso fazer a minha parte, garantindo uma sucessão protestante em um reino protestante.

As pessoas fazem reverências profundas quando passo, e Maria e eu somos agraciadas com mais damas. De repente, preciso de alguém que carregue minhas luvas. Maria se muda da camaradagem informal que predomina nas dependências das criadas, e juntas passamos a ocupar aposentos imponentes, assistidas por nossas próprias damas de companhia, e formamos uma pequena corte dentro da corte, ambas sendo servidas como princesas. Visto o sr. Careta com uma libré verde-tudor, e Jô e Fita ganham golinhas pregueadas, em seda verde. Fita usa um guizo de prata polida e dorme em uma almofada de veludo verde.

Por onde circulo, sou o centro de um alvoroço abafado e alimentado por uma curiosidade reverente. O guarda-roupa me provê de trajes suntuosos, confeccionados com veludos e brocados. Minha ascensão gera uma série de indagações, mas não há ninguém que eu possa consultar com segurança. Será que Elizabeth resolveu esperar até que Robert Dudley fique livre para se casar, e nesse ínterim me apontou como herdeira para assim ganhar tempo? A esposa dele pode morrer em consequência de alguma doença, ou mesmo da idade, e Elizabeth poderá finalmente desposá-lo. Ou, sendo governante suprema da Igreja, será que pretende se valer de tal prerrogativa e declarar nulo o casamento do amante, para então desposá-lo? Ninguém poderá se queixar de tal comportamento, se ela propiciar à Inglaterra uma legítima sucessora protestante — eu.

Mas, nesse caso, não seria sábio deixar que eu me case com o homem que eu quero, um nobre inglês, próximo ao trono, um reformista leal? Não seríamos Ned e eu uma grande vantagem para Elizabeth, na condição de membros da família real, protestantes convictos e, com certeza, capazes de procriar? Se eu conseguir levar ao berço real um menino Tudor, isso não haveria de liberar Elizabeth, para satisfazer suas próprias intenções? Será que ela acabaria com toda a celeuma, adotando meu filho e oferecendo à Inglaterra uma raridade: um menino Tudor sadio? Será que me atrevo a pedir Ned, como o favor que ela me prometeu? Será que me atrevo a convocar Ned aos meus novos aposentos e falar com ele diante de todos?

Elizabeth continua dirigindo seu afeto a mim. Durante a ceia, passo a ocupar a cabeceira da mesa das damas, e Maria se senta sobre uma almofada, na cabeceira oposta. Só eu levo o leque da rainha à noite, só eu seguro suas luvas, enquanto caminhamos juntas até o estábulo. Ganhei um cavalo novo; quando vamos à caça, levo meu próprio falcão. Juntas jogamos cartas, e, no santuário, ajoelho-me atrás dela para rezar. Sem dúvida, estou sendo preparada para a sucessão. O embaixador espanhol recua em relação às nossas conversas secretas e passa a me oferecer reverências profundas. Robert Dudley dirige a mim seu sorriso secreto e sedutor. Ned troca olhares comigo no salão de audiências, e sei que ele me deseja. Sem dúvida, se posso pedir um favor à minha prima e rainha, eu posso dizer a ela que quero me casar com um nobre inglês e leal e que ambos haveremos de servi-la por toda a vida.

— Tenho uma surpresa para você. Venha até o meu quarto — avisa Janey.

Falta uma hora para o jantar, e as outras damas estão com a rainha, observando as criadas, que atam os laços de seu vestido, cada uma segurando um item: o capuz dourado, a caixa de joias, o leque. Cada uma aguarda sua vez de se apresentar no ritual de vestir a deusa, para que ela possa se dirigir ao jantar e flertar com qualquer homem que tenha a sorte de atrair sua volúvel atenção naquela noite. A cada três noites, é minha vez de atendê-la; a cada quatro noites, minha irmãzinha, Maria, perfila-se e segura as joias. Às vezes, Janey se sente bem o bastante para segurar o capuz dourado, mas naquela noite ambas estamos livres.

Feito duas meninas que fogem da madrasta perversa, escapulimos pelas dependências das criadas, e Janey abre a porta de acesso ao seu quarto; entramos... e lá está Ned.

Estanco na soleira da porta; sei que estou boquiaberta, como se não pudesse crer que ele está ali, esperando por mim, como se tivesse saído de um sonho.

— Ned? — digo, hesitante.

Ele atravessa o quarto em um passo largo e me toma em seus braços.

— Meu amor — diz ele. — Meu amor, me perdoe. Eu não pude ficar sem você nem mais um instante.

Não titubeio; não me detenho por orgulho ou rancor, lanço meus braços em volta do pescoço dele, puxo sua cabeça para baixo, sua boca para perto da minha; trocamos carícias, e então nos beijamos. O gosto e o cheiro dele, que conheço tão bem, me fazem tremer. Quero rir e chorar ao mesmo tempo.

— Ned — é tudo o que consigo dizer.

O beijo parece não acabar. Ouço, ao longe, o ruído discreto do trinco da porta, quando Janey se retira. Vem-me à mente que, na verdade, eu deveria estar furiosa com Ned e exigir que me implorasse perdão, mas só consigo abraçá-lo com mais vigor. Não consigo soltá-lo; acho que jamais conseguirei deixá-lo. Não consigo pensar; tudo o que sinto é desejo.

Quando ele afrouxa ligeiramente o abraço, sinto-me um pouco tonta e quase desfaleço no deleite de seus braços. Sinto que passei tempo demais tentando ser forte, tentando ser valente, e que agora posso me apoiar no homem que amo. Ele me conduz a um assento diante da janela. Minha vontade é me deitar ali mesmo, sentir o peso dele sobre mim, sua coxa pressionando a minha; mas nos sentamos lado a lado, e ele mantém o braço em volta da minha cintura, como se eu fosse tão preciosa que não pudesse me soltar.

— Você voltou para mim — é tudo o que digo. E então: — Você voltou para mim? Isso aqui não é só... Você voltou para mim?

— É claro. Você é o amor da minha vida, meu único amor.

— Eu não aguentava mais ver você todos os dias e não poder tocá-lo...

— Nem eu! Eu ficava olhando para você na capela...

— Eu sei — digo, interrompendo-o. — Eu espiava você e via que estava me olhando. Eu tinha tanta esperança... Eu rezei...

— Rezou pedindo o quê?

— Pedindo isto.

Ele pega minha mão e a pressiona em seus lábios.

— Isto é seu. Eu sou seu. Nunca mais vamos nos separar.

— Sua mãe...

— Eu explico a ela. Ela não vai me impedir.

— Mas a rainha...

— Nós vamos nos casar — afirma ele, resoluto.

Sinto meu coração saltar, só de ver aquela boca tão firme. Quero que ele me beije novamente.

— Eu vou pedir a ela...

— Ela tem favorecido você; tem deixado isso claro para todo mundo. E não é apenas ela; não é apenas uma questão de capricho. Cecil a aconselhou a manter você por perto. Por isso ela tem sido tão amável. Ela morre de medo de que você se case por indicação dos escoceses ou dos espanhóis e seja levada da corte.

— Ah, meu Deus — murmuro. — Não permita que nós nos separemos.

— Nunca. Então não vamos pedir nada a ninguém, para não corrermos o risco de uma recusa. Vamos nos casar e informá-la depois que a coisa for feita. Informamos a todos, depois que a coisa for feita, e então o que ela ou quem quer que seja poderá fazer?

— Talvez ela fique furiosa — observo.

A corte tem receio da ira dos Tudor. Se, em momentos de raiva, a rainha Maria afundava em desespero, Elizabeth berra e arremessa objetos. O único homem capaz de apaziguá-la nesses momentos é Robert Dudley. O único homem capaz de aconselhá-la é William Cecil. Ela grita e manda qualquer outra pessoa calar a boca.

Ned, meu amante, meu futuro marido, dá de ombros, como se ela não o assustasse.

— Ela vai ficar furiosa, mas depois a raiva passa. Já a vimos furiosa com Kat Ashley; já a vimos furiosa com Cecil, a ponto de ele ir embora da corte. Mas ele voltou, e ela fez o que ele aconselhou. Conosco será igual. Ela vai se enfurecer, a gente vai embora, ela nos perdoa e nos restitui aos nossos postos dentro de um mês. Além disso, é do interesse dela que nos casemos, por sua segurança. Cecil vai aconselhá-la nesse sentido. E Dudley vai dizer a ela que sorria para nós, amantes.

— Eu quero segurança — digo, e me aconchego a ele ainda mais. — Quero segurança com você. Ah, Ned, eu sonhei com isso.

— Eu sonhei com você — sussurra ele. — Escrevi um poema para você.

— Escreveu?

Ele apalpa o bolso interno da jaqueta.

— Eu trago o poema sempre comigo — diz. — Escrevi esse poema enquanto você estava de luto, toda de preto, e eu a via, com esse cabelo tão dourado e essa pele tão clara. Parecia uma pintura, uma estátua de mármore envolta em veludo, e eu achava que nunca mais poderia tocar em você. Pensei que fôssemos como Tróilo e Créssida, separados como eles.

— Lê o poema para mim! — sussurro.

Isso é tão bom quanto um romance de cavalaria.

> *A que vestia preto, Tróilo dizia,*
> *Com seu olhar me atraía.*
> *A que vestia preto, posso dizer,*
> *Com seu olhar me fez sofrer.*

Deixo escapar um suspiro trêmulo de tanta satisfação.

— Posso ficar com ele?

Ninguém jamais escreveu um poema para mim; ninguém jamais escreveu um poema para Joana, mesmo sendo ela uma erudita e uma rainha. As pessoas escreviam sermões para Joana, mas isto era diferente, um poema, um poema de amor escrito por um homem. Melhor que isso: um poema de amor escrito por um poeta, um poeta famoso. Um sermão não se comparava com aquilo. Ele me entrega o poema, e eu aperto o presente no coração.

Palácio de Greenwich, Verão de 1560

Isso é vida, eu penso, entusiasmada. Isso é ser jovem, bonita e estar viva, e não ser absorvida por uma crença infeliz que nos ensina a morrer e não a gozar a vida. Era isso que eu desejava quando saí da Torre e deixei minha irmã para trás, para ser decapitada, esquartejada e enterrada na capela. Foi assim que acreditei que minha vida deveria ser, e agora é: intensa, apaixonante e mais maravilhosa do que eu poderia sonhar.

Ned e eu ainda nos cruzamos em silêncio, desviando nossos olhares, mas ele pisca para mim na capela e me segura deliciosamente perto quando me ajuda a desmontar do cavalo. Agora, quando a coreografia de uma dança nos emparelha, sua mão é cálida e ele aperta meus dedos. Quando a dança nos coloca frente à frente, ele chega tão perto que sinto sua respiração morna em minha orelha, e a mão que envolve minha cintura é confiante, puxando-me para perto dele. Somos agora amantes secretos, assim como antes éramos estranhos secretos, e, quando desvio o olhar e finjo não vê-lo, sinto vontade de rir. Chego a esquecer que antes sentia vontade de chorar.

A corte se diverte no clima de verão, e nada parece ter importância. É como se todas as regras rígidas de conduta fossem suspensas, todas as restrições religiosas soturnas sustadas. Não tem nada de "aprender a morrer"; não tem nada a ver com morte. Não há receio do futuro, nem de quem será o herdeiro, nem se a rainha vai conceber, nem se haverá guerra. Existe apenas o sol, as roupas bonitas e os belos dias. Toda a tristeza da corte da rainha Maria é varrida feito as ervas espalhadas pelo chão, toda a desconfiança medrosa dos anos do rei Eduardo desapareceu. Todos os que tramaram, planejaram e conspiraram contra o trono e entre si estão mortos, e nós, seus filhos, juramos pela alegria de viver. Aprendemos a viver.

William Cecil foi a Edimburgo com o propósito de estabelecer a paz entre os escoceses e sua regente francesa. O exército recalcitrante de Elizabeth fez apenas o suficiente para nos garantir a paz, e, na ausência de Cecil, a rainha tem sido mais ousada do que nunca, como se acreditasse que, se ele não a observa, ninguém pode ver o que ela faz. Elizabeth e Robert Dudley vivem como amantes, abertamente. Ele vai ao quarto dela como se fosse o marido, ri do que ela diz e faz e é obedecido como se fosse o consorte real.

Todos os dias saímos para cavalgar, sempre no encalço dos cães. Robert Dudley traz para a amante uma fileira de cavalos, cada um mais vivaz e belo que o outro, e os dois cavalgam lado a lado como se fossem invulneráveis. Todos os dias eles galopam à frente da corte e desaparecem no bosque, ressurgindo apenas na hora da refeição servida nas lindas tendas armadas pelos serviçais em alguma clareira, onde mesas são postas e vinho e água são oferecidos. Depois, abertamente, os dois partem juntos e voltam, descaradamente, com as faces rubras de prazer inconfesso. Os demais cavalgam atrás dos cães durante algum tempo, e então conduzem as montarias para beber água no rio, ou desmontam para descansar à sombra, ou vão até algum local tranquilo e escondido para trocar beijos e sussurros.

O sol é quente, mas a clareira fica à sombra das folhas verdes dos carvalhos e das faias, e os pássaros gorjeiam sem parar, como se fizessem coro aos músicos escondidos entre os arbustos. O aroma de carne assada e defumada se mistura ao odor luxuriante de relva e ervas pisoteadas, onde os criados estendem tapetes e almofadas, para que possamos nos deitar e relaxar, tomar vinho, contar histórias e recitar poemas. Às vezes cantamos juntos velhas canções do campo, e Ned lê seus poemas, embora nunca leia "A que vestia preto", que é para mim e só meu.

Somos uma corte de gente jovem e bonita. Os mais velhos e sábios não têm paciência com piqueniques que duram o dia inteiro, quando só voltamos para casa no crepúsculo, sempre cavalgando lado a lado, sussurrando promessas. Somos informados sobre o trabalho zeloso realizado por William Cecil em Edimburgo, mas nos dizem que o esforço será em vão se Elizabeth não der à Inglaterra um herdeiro que possa herdar a paz. Contudo, o alívio de Elizabeth ao fim da guerra com a Escócia a deixa inebriada de alegria. Sente-se triunfante; pensa que a vitória na guerra a torna invulnerável. É indiscreta; acha que, por amor, vale a pena perder o mundo. Mesmo depois que o Conselho Privado informa que tem cortado a língua de homens e mulheres, de norte a sul do reino, para coibir afirmações de que ela é a prostituta de Robert Dudley, Elizabeth se debruça à janela de seu quarto, de manhã, seminua, e chama Robert Dudley para vir ao seu encontro imediatamente.

Todos na corte sabem que os dois têm quartos adjacentes e separados apenas por uma porta. À noite, cada um segue para seu quarto, mas todos acreditam que o camareiro de Robert Dudley permanece a noite inteira diante da porta do amo, porque a rainha da Inglaterra passa pela porta secreta e fica lá dentro. Até a população rural, que não sabe nada sobre a corte, diz que Elizabeth está embevecida pelo mestre-cavalariço, e muita gente acredita que os dois já tenham se casado em segredo e que a pobre esposa de Dudley, qualquer que seja seu nome, será colocada de lado pela rainha, assim como seu pai, o rei Henrique, colocava uma esposa de lado para se casar com outra.

Então chega a notícia de que a regente da Escócia, Maria de Guise, morreu, e o poderio dos franceses na Escócia entrou em colapso, sem o apoio dela. Cecil vai regressar a Londres, depois de firmar um vantajoso tratado de paz, embora Robert Dudley afirme que ele não ganhou nada em troca de uma cavalgada tão exaustiva — uma ida e volta entre Newcastle e Edimburgo. Elizabeth, então, quer mais do que o que consta no tratado obtido por Cecil: exige milhares de libras a título de indenização, a devolução de Calais e que Maria, rainha da França, seja proibida de usar o brasão real na louça — exigências que vão das mais graves às mais triviais. Ela e Robert Dudley, como se fossem rainha e consorte, ficam lado a lado diante de toda a corte e saúdam William Cecil com uma lista de queixas.

A derrota do comando francês sobre a Escócia deveria ser recebida como uma vitória, mas William Cecil, cuja competência propiciou tal vitória, sente-se arrasado diante da ingratidão de Elizabeth e não consegue conter a fúria ao constatar que ela está sendo aconselhada por Robert Dudley. A corte se divide entre os que veem Dudley como um astro imbatível — marido e futuro consorte real — e os que dizem que William Cecil deve ser respeitado, assim como os lordes anciãos, e que Dudley não passa de um emergente oriundo de uma linhagem de traidores.

Elizabeth, após ter declarado carinhosamente que sou tão cara a ela como uma filha e prometido que será uma verdadeira mãe para mim, que vai me adotar legalmente e me apontar como herdeira, esquece de mim diante da nova crise — o homem que foi como um pai para ela e o homem que tem atuado como seu marido passam a se odiar e não mais se falam. A corte inteira jura que Cecil vai abandoná-la e Dudley, arruiná-la. Correm boatos sobre tramas para assassiná-la; ela tem opositores por todo lado. Elizabeth não ousa concordar que um reino possa escolher o herdeiro ao trono. Se os escoceses puderam rejeitar sua rainha Maria, por que os ingleses seriam obrigados a aceitar Elizabeth? Em meio à ansiedade causada pelo amante, pelo futuro, pela própria natureza da sucessão, ela não tem mais tempo para mim, não tem mais tempo para mulher nenhuma.

— Mas eu gosto de ter sido esquecida — observa Maria, minha irmã. — Acho que já estou até acostumada, pois vivo abaixo da linha de visão das pessoas. Isso significa que se pode fazer o que bem quiser.

— E o que pretende fazer, coisinha fofa? — pergunto, pacientemente, e me curvo para ver o rostinho dela. — Também está fazendo travessuras, assim como metade da corte? Você está apaixonada, Maria?

Janey ri, com um toque de crueldade, como se ninguém pudesse se interessar por Maria.

— Pode ficar com o meu pretendente — diz ela.

Janey está sendo cortejada por nosso tio idoso, Henrique FitzAlan, conde de Arundel. Ele já sobreviveu a algumas esposas — a primeira foi minha tia Catarina Grey. Agora, está mais uma vez disponível, e rico, e desesperado para injetar um pouco de sangue real em seu berço de ouro, em seu requintado quartinho de criança, em sua linhagem familiar.

— Não preciso dos seus enjeitados — retruca Maria, descartando com um aceno de sua mãozinha o nobre abastado. — Já tenho um admirador.

Não me surpreendo. Maria tem o charme Tudor e uma natureza gentil, algo que muitos homens gostariam de encontrar em uma esposa. Seria melhor esposa do que Janey Seymour, com sua saúde frágil e temperamento afoito. Maria é uma alegria em miniatura: diante de um cavaleiro de armadura, ela enxerga seu próprio rostinho bonito, seu pescoço e seus ombros bem formados refletidos no peitoral metálico. Se ela se sentar sobre almofadas diante de uma mesa e um homem vir apenas nossas cabeças e ombros, teria dificuldade em escolher a mais bela. Apenas quando ela se levanta é que fica subitamente óbvio seu tamaninho. No alto de uma sela, montada em um cavalo, acho que ela é até mais atraente que eu. Sabe se manter ereta e suas regras vêm mensalmente — talvez ela possa ter um pretendente, talvez possa até se casar.

— Todas as damas da corte estão flertando. Não sou diferente — continua Maria. — Por que haveria de ser diferente?

— Ah, quem está flertando com você? — pergunta Janey, debochando.

— Não é da sua conta — responde minha irmã indomável. — Eu tenho minhas questões, assim como Catarina tem as delas. E não vou deixar você se meter na minha vida do jeito que se mete na dela.

— Eu não me meto; dou conselhos — explica Janey, magoada. — Sou a melhor amiga dela.

— Bem, não venha dar conselhos a mim! — exclama Maria. — Eu já tenho uma amiga ilustre, mais ilustre que vocês duas juntas.

Castelo de Windsor, Outono de 1560

Adoro o Castelo de Windsor, as cavalgadas até os prados à beira do rio, o grande parque com manadas de veados avançando serenamente entre as árvores, o castelo situado no alto, acima do vilarejo. Vamos comemorar o aniversário de Elizabeth como se fosse uma festividade tão grandiosa quanto o Natal. Robert Dudley, na condição de mestre-cavalariço, nomeia um mestre de cerimônias e determina que ele contrate atores, coros, bailarinos e artistas — acrobatas e mágicos. Poetas haverão de cantar a beleza de Elizabeth; bispos haverão de orar por seu reino longevo e feliz. A festa há de durar vários dias, celebrando o nascimento da menina cuja mãe morreu no cadafalso acusada de adultério e cujo pai não a reconheceu como filha durante grande parte da vida da jovem. Quase caio na gargalhada quando vejo Elizabeth ordenar à corte que celebre seu aniversário, pois os mais velhos se recordam da decepção causada por seu nascimento e da indiferença geral que as pessoas a ela dedicaram durante tanto tempo.

Robert Dudley é figura ubíqua — o rei da corte, o mestre de obras da felicidade de Elizabeth. William Cecil se mantém contido em uma fúria silenciosa e sombria. O tratado que ele firmou com a França a duras penas será implementado, mas ninguém lhe agradece por isso. O feito não é celebrado como um triunfo diplomático, e ele atribui a falha de julgamento da rainha à sua paixão por Robert Dudley.

O mestre de cerimônias cria uma bela dança que todas as jovens da corte precisam aprender. Cada membro da corte vai representar uma virtude: eu serei "Dever", Janey será "Honra". Ela melhorou o suficiente para poder dançar, o calor em suas faces diminuiu e os olhos já não brilham febris. Maria será "Vitória" e vai ficar posicionada no topo de uma torre que esconde seus pezinhos e a exibe como beldade. O sargento-porteiro da rainha, oficial encarregado da segurança da corte, é um sujeito alto e espadaúdo, o maior entre todos os homens, e é chamado para levantar Maria e acomodá-la no alto da torre. Galantemente, ele se curva diante dela; Maria parece uma fadinha aos pés de um gigante. A cena faz lembrar uma peça de teatro. Ela estende a mãozinha, e ele a beija; em seguida, envolve sua cintura com as mãos e a ergue. Todos aplaudem, e alguém comenta que o sr. Thomas Keyes, nosso sargento-porteiro, deveria deixar seu substituto na guarita e desempenhar seu papel na mascarada. O sr. Keyes faz uma reverência, sorrindo, garboso em sua libré Tudor, e Maria, com a mãozinha enfiada na manzorra dele, ri e agradece, com uma expressão radiante.

Ned vai fazer o papel de "Confiança" e foi designado para dançar com Frances Mewtas, que representa o feminino de confiança — seja lá o que for isso —, talvez "Credulidade". Eu queria que ela trocasse comigo, mas não posso formular o pedido sem revelar que gostaria de fazer par com Ned, e ele não tem a ideia de sugerir a ela que, talvez, "Dever" seja um papel preferível. Ned parece até gostar da companhia de Frances. Quando a dança termina, os dois permanecem juntos, e, depois que todos saímos para apreciar o pôr do sol e tomar um gole de cerveja de mesa, ela segue com a mão no braço de Ned, e ele lhe serve um copo.

A dança transcorre com perfeição. Elizabeth, entronada, sorri enquanto bailamos diante dela, embora ouso dizer que ela preferia estar nos braços de Robert Dudley. Eu sei que preferiria estar dançando com Ned a vê-lo dançar com alguém. Frances Mewtas pintou o rosto — disso eu tenho certeza. Está ridícula, e gruda em Ned feito uma lesma no muro. Contraio o cenho, para mostrar a ele que não estou gostando, e ele me olha um tanto perplexo, como se não fosse capaz de imaginar que o fato de uma jovem estar com a mão apoiada em seu braço, olhando para seu belo rosto, pudesse me desagradar. É tão arrebatador, dotado de um sorriso tão charmoso e olhos tão cintilantes, que não tolero vê-lo fazendo par com uma coisinha sem graça feito Frances Mewtas. Seria de se esperar que ela tivesse o bom senso de saber que ele gostaria de estar comigo. Será possível que ela não perceba que a dança seria mais bonita, se Ned e eu formássemos um par?

Cumpre-me ficar ao lado do trono de Elizabeth enquanto o embaixador espanhol, de la Quadra, e os demais embaixadores se apresentam para oferecer presentes de aniversário. Devo demonstrar que somos grandes amigas, que estamos nos melhores termos. Sou reconhecida publicamente como herdeira de Elizabeth, e o tratado firmado por Cecil já determinou que Maria da Escócia abre mão de seus direitos ao trono da Inglaterra. Elizabeth se lembra de se virar para mim e sorrir, e acena para minha irmãzinha. Minha intimidade com Elizabeth é coreografada, tanto quanto a dança. Meu papel é ressaltar que a rainha Maria da Escócia não tem direito ao trono inglês, que eu sou a herdeira, e que Elizabeth vai me apontar na ocasião da próxima assembleia do Parlamento.

De la Quadra faz uma reverência profunda e dá um passo adiante, para se dirigir à rainha, mas não estou atenta a questões da monarquia; observo Ned, que caminha ao lado de Frances Mewtas, passando pelas pessoas que estão ao fundo do salão, onde as velas lançam sombras íntimas e casais flertam nas alcovas. Não consigo vê-lo, e não posso sair para procurá-lo. Para mim, trata-se de uma provação, e então, quase ao longe, ouço Elizabeth dizer ao embaixador espanhol que a esposa de Robert Dudley faleceu em consequência de cancro.

Fico tão chocada que as palavras penetram minha ansiosa vigília sobre o fundo do salão; paro de procurar por Ned e encaro Elizabeth. Ela disse mesmo que Lady Dudley morreu?

— Ou quase faleceu — corrige a própria fala. — Pobre mulher.

De la Quadra se mostra tão perplexo quanto eu. Somente suas boas maneiras o impedem de gritar: "*Qué? Qué?*"

Por que Elizabeth diria um absurdo como esse? Que mulher pode estar morta em dado momento e "quase" no momento seguinte? Será que Elizabeth perdeu toda e qualquer noção de boas maneiras? Será que ela não percebe que não é de bom-tom para uma amante espalhar a notícia de que a esposa abandonada morreu, como se fosse algo de menor interesse? E ainda ficar supondo que a esposa "quase" morreu. E, se a esposa morreu, por que Robert Dudley não foi para casa a fim de encomendar trajes de luto e providenciar o funeral? E, se ela está no leito de morte, por que Robert Dudley baila na festa de aniversário de Elizabeth, e não se posta ao lado da esposa agonizante?

Quero encontrar Ned e lhe relatar essa conversa inusitada, mas, quando termina a entrega dos presentes, todos voltam a dançar, e preciso continuar pregada no tablado, atrás de Elizabeth, que agora cochicha com Robert Dudley. Não sei o que ela está dizendo, mas, enquanto ele sorri e mantém os olhos cravados na boca da soberana, aposto que não estão falando de cancro e leito de morte.

Ned não está entre os pares que bailam no salão. Tampouco está entre os homens que observam as mulheres dançando. Tampouco está se encaminhando até a frente do salão, para ficar perto de mim. Não o vejo em lugar nenhum, tampouco vejo Frances Mewtas.

Estou presa no tablado com Elizabeth, e Ned não aparece perto de mim. Não volto a vê-lo naquela noite, ainda que a corte só se retire tarde, pois Elizabeth não para de dançar e brindar à sua própria saúde, até que finalmente resolve ir embora, sendo seguida por todas nós. Ned não está entre os cortesãos que se curvam enquanto nos retiramos. Frances Mewtas sai correndo de uma galeria no último instante, ruborizada, e se junta ao cortejo de damas que deixam o salão.

Vou dormir às lágrimas, furiosa e magoada. Jamais pensei que fosse voltar a me sentir desse jeito. É muito pior que da última vez que perdi Ned. Dessa vez, dei a ele minha palavra; acreditei que estivéssemos praticamente casados.

Viro-me de um lado para o outro nos lençóis quentes, e a dama que divide o leito comigo murmura, sonolenta:

— Vossa Senhoria está se sentindo mal? Posso ajudá-la com alguma coisa?

Esforço-me para ficar quieta, mas ouço meu coração pulsar em meus ouvidos. Ouço o relógio badalar as horas, hora por hora, da meia-noite às cinco da manhã, e somente então, quando o dia começa a clarear e os lacaios iniciam seu trabalho, repondo a lenha nas lareiras quase apagadas, consigo pegar no sono.

Na capela, Elizabeth parece ter dormido tão mal quanto eu. Não sei o que a aflige. Nada poderia afligi-la. Ela tem tudo que deseja. Sua rival está morta, ou à beira da morte; seu aniversário é celebrado por todo o reino, como se ela fosse uma rainha amada; Robert Dudley está ao seu lado, sorrindo e sereno feito um noivo confiante. Mas Elizabeth o evita. Manda convocar Cecil. E caminha ao lado dele, com a cabeça inclinada, consultando-o em voz baixa. Cecil a incentiva a aguentar firme, enquanto ela treme e se apoia nele. Algo grave está acontecendo, mas fico tão concentrada procurando por Ned que não me preocupo com Elizabeth e suas repentinas alterações de humor.

A corte caminha atrás de Cecil e Elizabeth, que não querem ser perturbados, até que Cecil faz uma reverência, retira-se e alguém aproveita para dar um passo adiante, no intuito de ser apresentado à rainha e lhe fazer um pedido. William Cecil se posta ao lado do embaixador espanhol; Maria e eu caminhamos atrás deles, e as passadas lentas dos dois convêm aos passinhos curtos de Maria. Seguro minha irmãzinha pela mão.

— Eu consigo sozinha — avisa ela, afastando-me.

— Eu sei. Eu só queria o seu apoio. Estou muito infeliz.

— Pssst! — diz ela, com insensibilidade.

Maria está flagrantemente tentando ouvir a conversa que transcorre à nossa frente. Consigo escutar fragmentos da fala de Cecil, quando a voz se sobressai ao ruído da marola na margem do rio. Está se queixando de Elizabeth — algo que ele nunca, nunca faz —, dizendo ao embaixador que pretende deixar a corte, que não aguenta ficar mais nem um dia. Belisco o braço de Maria.

— Ouça Cecil! — digo, abismada. — O que ele está dizendo? Será que ele vai embora da corte outra vez?

Maria solta minha mão e se aproxima um pouco dos dois homens, enquanto eu me mantenho mais atrás. Ninguém nota a presença de Maria — ela deveria ser um dos vários informantes de Cecil. É capaz de enveredar pelo meio de um bando de homens como se fosse uma criança abandonada e ninguém a vê. Ela os segue de perto, por alguns instantes, despercebida, então desacelera o passo e espera por mim, com os olhos arregalados, como se tivesse visto algo medonho.

— Ele disse que a rainha e Sir Robert Dudley estão tramando o assassinato de Amy Dudley, para que Robert possa se casar com Elizabeth — cochicha ela, alarmada, quase se engasgando com as palavras. — Foi o próprio Cecil que falou! Eu escutei. Ele disse que eles estão espalhando que ela tem cancro, e que a rainha vai se casar com Robert, mas que o reino jamais vai aceitar tal situação.

— Ele falou isso para de la Quadra? — Vejo minha descrença refletida no rosto de minha irmã. — O embaixador espanhol? Que leva direto para a Espanha cada palavra que escuta? Por que Cecil haveria de contar uma coisa dessa para ele?

— Pois contou. Eu não estou enganada.

Balanço minha cabeça.

— Isso não faz o menor sentido.

— Eu escutei!

— Meu Deus! Será que eles vão mesmo assassinar Amy Dudley? A gente não deveria impedi-los?

Vejo meu susto estampado no semblante de Maria.

— Para quem a gente pode contar uma coisa dessa? Como a gente vai conseguir impedi-los? Se o próprio Cecil já sabe e não está fazendo nada...

— Mas a rainha não pode, simplesmente, matar alguém, nem mesmo uma rival. Isso não pode acontecer.

— Cecil falou que isso vai destruí-la. Ele falou que o reino vai se voltar contra ela, por não querer uma assassina no trono. Ele falou que vai embora para casa.

Não estou entendendo nada. Seria Cecil, de fato, capaz de abandonar Elizabeth? A rainha que ele mesmo fez. Ele permitiria que ela cometesse um crime hediondo que lhe custaria a alma e o reinado? E, se ele fizesse isso — penso melhor, se *fizer* isso —, virá me procurar e se oferecer para me fazer rainha no lugar dela?

— Ele falou que não vai mais aconselhá-la, enquanto Robert Dudley estiver cochichando no outro ouvido dela; disse que o reino jamais toleraria um Dudley como rei consorte.

— Bem, isso é verdade — digo, com rancor, lembrando-me de que minha irmã Joana se recusou a coroar o próprio marido, Guildford, irmão desse homem, por causa da traição cometida por seu avô. — Ninguém vai aceitar outro Dudley próximo ao trono, nunca mais.

— Mas falar uma coisa dessa para o embaixador espanhol? — Maria parece atônita. — Ele falou para o embaixador que ela está desacreditada, que o reino quebrou. Eu juro que ele falou que ela e Robert vão matar Lady Dudley. Ele falou. Ele falou isso, Catarina! — Ela balança a cabeça, com um meneio estranho, como se estivesse tirando água do ouvido. — Eu mal pude acreditar. Cecil denunciando a rainha... ao espanhol?

— Não faz o menor sentido — digo. E então minha infelicidade por causa de Ned me derrota. — Nada faz o menor sentido — digo, com amargura —, e esta corte é um mundo de mentiras.

Maria deve ter ouvido direito, pois não resta dúvida de que Elizabeth está angustiada. Tem evitado Robert Dudley, e passa o máximo de tempo possível em seus aposentos, com a porta fechada a todos, exceto às damas que a atendem no quarto. Ele tinha o hábito de entrar e sair sem ser convidado; agora, guardas foram posicionados diante da porta, e ninguém tem permissão para entrar. Publicamente, ela anunciou que não tem passado bem, mas perambula pelos aposentos feito uma mulher com mais problemas na mente que no corpo. Passa o domingo inteiro como se fosse uma gata nervosa, espreitando pelos cantos. Deita-se cedo, queixando-se de dor de cabeça, mas acho que é a consciência que lhe dói. Se metade do que William Cecil disse for verdade, ela encomendou a morte de uma mulher inocente. Penso que isso seja impossível, mas me lembro de que sua mãe foi Ana Bolena, que, segundo dizem, usava veneno contra as rivais. Será que Elizabeth vai envenenar uma rival? Será Elizabeth capaz de matar uma rival?

No dia seguinte, estou de serviço, e devo assumir meu posto ao lado da rainha. Ela parece pálida e insone, assim como eu. Não posso sair à procura de Ned, pois não posso deixar os aposentos reais sem a permissão de Elizabeth. Frances Mewtas não está de serviço naquele dia, e suponho que ela e Ned estejam se divertindo juntos. Juntos e impunes. Tal ideia me causa tamanha dor que mal consigo me manter de pé, diante da parede, com as mãos unidas e o olhar cabisbaixo, enquanto Elizabeth caminha de um lado ao outro de seu quarto, vinte passos até uma janela, vinte passos até outra janela. Robert Dudley entra, e ela lhe diz que não quer cavalgar; não quer cavalgar naquela manhã, nem naquela tarde; os cavalos podem ser desencilhados e soltos no pasto, pois a corte não sairá em cavalgada naquele dia.

Ele não pergunta por quê. O fato de não perguntar me diz que Dudley sabe por que Elizabeth está aborrecida e que compartilha de seu sentimento de culpa. Ele se limita a se curvar e enviar uma mensagem ao estábulo. Quando se vira para dar a ordem ao cavalariço, percebo que ele olha além do cavalariço e além de mim, detendo-se em um homem que aguarda diante da porta. Trata-se de um criado de Robert Dudley, e o homem dá um passo à frente, com uma expressão grave, e se ajoelha diante de Dudley.

De pé, atrás da rainha, estremeço, como se eu também esperasse más notícias. Juntos, a soberana e Sir Robert encaram o homem. As mãos do casal estão próximas, e julgo que ela gostaria de se apoiar nele. O homem entrega uma carta e diz a Robert Dudley, com a voz tão baixa que somente Dudley, a rainha e eu ouvimos, que lamenta ser portador da má notícia: Lady Dudley está morta.

A rainha fica tão pálida que sua pele quase se torna amarelada. Acho que vai desmaiar. Ela se empertiga tanto quanto o gigantesco sargento-porteiro na guarita do palácio. Fica pasma. Acho que também vou desmaiar — jamais pensei que ela fosse capaz de tal ato. E jamais pensei que Robert Dudley fosse igualmente capaz daquilo.

Ela cambaleia como se os joelhos lhe falhassem. Dou um passo à frente e a seguro pelo braço.

— Vossa Majestade? — sussurro. — Aceita um copo de cerveja?

Ela olha para mim sem me ver, e recuo diante daquele olhar frio e desconfiado. Imagino que talvez seja o semblante de uma assassina. Deus me livre daquele olhar sombrio. Olho para o outro lado do quarto e vejo que Ned, chegando no encalço do criado de Dudley, também observa o casal. Ele esboça um sorriso para mim, com seu belo rosto um tanto perturbado, mas desvio meu olhar. Não posso lhe revelar o que sei. Nesse momento crucial ele falhou comigo.

Robert aproxima os lábios do ouvido da rainha e cochicha algo. Ela faz que sim, vira-se rigidamente, dirige-se ao salão de audiências e fica de pé, com uma das mãos apoiada no trono. Espero que Robert faça uma reverência e se volte para a corte, no intuito de anunciar a morte da esposa, mas ele não diz nada. A rainha tampouco fala. Eles se olham, trocando um longo olhar de terrível cumplicidade, enquanto William Cecil observa a cena, calado, no fundo do salão. Tenho a péssima sensação de que essa peça tem um roteiro, mas eu o desconheço.

Não sei como vamos chegar ao fim do dia. A morte de Lady Dudley ainda não foi anunciada. O desjejum e o almoço são servidos; a corte participa de jogos e ouve música. À noite, temos uma apresentação de palhaços, e quem desconhece o terrível segredo dá gargalhadas e aplaude. Elizabeth circula feito uma boneca, levada apenas pela força de vontade. Sua fisionomia se mantém inexpressiva; ela não diz nada. Eu sigo logo atrás. Tenho a sensação de que o mundo à minha volta está desmoronando e eu perdi o único homem em quem podia confiar.

Somente no dia seguinte, três dias após Elizabeth dizer ao embaixador espanhol que Amy Dudley falecera em consequência de cancro, a notícia é anunciada. Elizabeth se senta no trono, na capela, naquele local santificado, diante das honrosas flâmulas dos cavaleiros da ordem jarreteira, e anuncia, em alto e bom som, que, lamentavelmente, Amy Dudley faleceu. As poucas pessoas que ouviram dizer que ela estava inconsolável por ter sido abandonada pelo marido ou que apenas se queixava de não se sentir bem recebem a notícia com um sobressalto. Apenas Maria, eu e, presumivelmente, William Cecil e o embaixador espanhol estaremos nos perguntando por que eles demoraram tanto tempo para fazer o anúncio.

Elizabeth troca um olhar com Cecil, que demonstra, a despeito dos semblantes meticulosamente impassíveis, que ambos estão muito bem preparados para a situação. Ela inclina a cabeça a fim de ouvir o amante. Sua expressão é pétrea. Dudley conclui o cochicho, faz uma reverência e dá um passo atrás, afastando-se da rainha, cabisbaixo, como se lamentasse a morte da esposa.

— Lamentamos muito vossa perda — diz Elizabeth, majestosamente. — A corte observará luto oficial por Lady Dudley.

Um leve gesto de sua mão cheia de anéis diz a todos que já podem falar, e há um burburinho, exprimindo mais nervosismo que tristeza. Poucas pessoas conheciam Amy Dudley — Robert, a exemplo de outros maridos protegidos, sempre cuidou para manter a esposa longe da corte. Agora ele está livre, subitamente, incrivelmente livre. As pessoas se aproximam dele, oferecendo-lhe condolências, mas, na realidade, congratulando-o pela sorte extraordinária. Que momento propício para uma esposa mal--amada morrer! Ninguém duvida de que ele será o novo rei consorte. Todos supõem que os dois se casarão imediatamente. Ned vem em minha direção. Atrás dele, vejo Cecil, Dudley e Elizabeth, cabeça com cabeça, feito conspiradores. Robert Dudley parece abatido, os outros dois parecem frios e obstinados.

— Que sorte do Dudley! — diz Ned. — Eles agora vão se casar, com certeza!

— Eles *vão* — digo, mas ele não percebe a ênfase.

— Que estranho a rainha dizer que Lady Dudley estava morta antes mesmo que Robert anunciasse o fato à corte — comenta Janey, juntando-se a nós. — Você escutou, não foi, Catarina? Ela disse que Lady Dudley estava mal, com cancro, mas então a pobre mulher cai e rola pela escada!

— Foi isso? — pergunta Ned.

— Eu escutei Cecil falar outra coisa, bem diferente. — Maria se aproxima e fala tão baixo que todos precisamos nos curvar para ouvi-la.

— O que foi que Cecil falou? — pergunta Janey, dirigindo-se a Ned.

— Ned não ouviu, porque ele estava com Frances Mewtas e não conosco. Ele não tirava os olhos dela — digo, secamente. — Eu estava com Maria. Ned não quis ficar do meu lado.

Janey olha para meu rosto pálido, depois para o rosto dele.

— Catarina, a nossa amizade com a família Mewtas é muito antiga. A mãe de Frances serviu à nossa prima, a rainha Joana Seymour. Ela é uma boa amiga nossa... de nós dois.

Contraio meus ombros.

— Ah, claro! Mas por que Ned resolveu dançar com ela, caminhar ao lado dela e desaparecer na companhia dela a noite inteira, quando eu precisava dele? Quando eu precisava tanto dele?

— Eu não fiz isso! — retruca ele, indignado. — Eu dancei com ela porque o mestre da dança assim determinou. Você fez a mesma coisa com o seu parceiro.

— Eu não saí caminhando com ele depois nem lhe servi cerveja nem passei a noite escondida com ele em algum lugar. Não fiquei atrás dele, fazendo papel de boba — digo, aborrecida. — Só Deus sabe o que está acontecendo por aqui. Eu acho que a corte enlouqueceu, e você sumiu. Eu não esqueci as promessas que fiz. Eu não agi de modo desonrado.

A cor se esvai do rosto dele, e os olhos escurecem de raiva.

— Eu tampouco. A senhora me ofende, madame.

O fato de ele me chamar de "madame", como se fôssemos idosos e insensíveis, faz com que eu parta para o ataque.

— Como pôde fazer isso, Ned? Depois de tudo o que me disse. Depois de tudo o que me prometeu! E eu... presa lá no tablado, atrás da rainha, procurando e procurando por você... Eu não conseguia vê-lo, e não conseguia encontrá-lo, e eu presa lá, nem consegui ver você antes de sairmos do salão.

Para meu próprio constrangimento, ouço minha voz falhar e caio no choro, no meio da corte, onde todos podem me ver.

Maria se põe imediatamente do meu lado, passa uma das mãos pela minha cintura, e ambas encaramos os Seymour como se fossem nossos inimigos.

— Pode me acusar! — exclama ele, pálido e furioso. — Pode me acusar à vontade. Eu não fiz nada, e deveria confiar num homem disposto a arriscar tudo por você.

— Você não arriscou coisa nenhuma! — grito. — Fui eu que recusei os espanhóis, e recusei os escoceses, e estou aqui presa com a rainha, tendo de jurar que não vou me casar com ninguém! Só Deus sabe o que ela pode fazer, do que ela é capaz; só Deus sabe o que ela fez com uma rival. E fiz tudo isso por você; e você não fez nada por mim. É um grandessíssimo mentiroso!

— Ele não é mentiroso — intervém Janey, rapidamente. — Retire o que disse, Catarina.

— Ele é, se ela diz que é — afirma Maria, com imediata lealdade.

— Pergunte a Frances o que ele disse a ela! — digo, enfurecida, a Janey. — A Frances Mewtas, sua grande amiga... Pergunte a ela as mentiras que ele falou para ela... se ela vier a ser sua cunhada! Pois eu jamais serei!

Afasto-me imediatamente dos dois e corro para os aposentos das damas, fazendo uma mesura diante do trono, no meio da corrida. Serei obrigada a dizer que me senti mal, e por isso me retirei sem pedir permissão. Preciso me deitar. Quero ficar na cama e chorar o dia inteiro.

Minha irmãzinha Maria diz a todos que estou indisposta por ter comido maçãs mal-assadas e que necessito de repouso. Ela vem me ver, em meu quarto particular, próximo aos aposentos das damas, e atrás dela segue uma criada com uma travessa contendo carne e pão.

— Não consigo comer — digo, levantando a cabeça do travesseiro.

— Eu sei — diz ela. — Isso aí é tudo para mim. Mas você pode comer um pouquinho, se quiser.

Ela sobe em uma cadeira, ao lado da cama, e me passa uma taça de vinho misturado com água.

— Você rompeu com Ned? — pergunta. — Ele tem circulado pela corte com cara de bunda.

— Não seja tão vulgar! — digo, e dou um gole. — A nossa mãe lhe daria uma bofetada.

— E a nossa irmã, Joana, teria fechado os olhos e rezado, pedindo paciência. — Maria dá uma risadinha. — Mas é assim mesmo que ele está. Não vou mentir. — Ela me oferece um pedacinho de pão de leite. Eu o mordisco.

— Ele está cortejando Frances Mewtas — afirmo. — Eu sei que está. Acho que estou de coração partido.

Maria ergue as sobrancelhas perfeitamente delineadas.

— De todo jeito, você não se casaria com ele. Jamais teria permissão. E as notícias de Oxford são terríveis. Acontece que Lady Dudley não estava doente coisa nenhuma. Ela rolou a escada e fraturou o pescoço. E o pior é que vai ser instaurado um inquérito!

— Ela não estava doente? Mas todo mundo disse... E a rainha disse...

— Ela caiu lá embaixo e fraturou o pescoço — repete Maria.

— Meu Deus! Mas por que um inquérito?

— Para descobrir o que aconteceu. Porque estão dizendo que ela não rolou a escada, mas que foi empurrada! — Maria fala com a boca cheia de carne e pão. — E Sir Robert vai ter de se ausentar da corte e ficar de luto. Ele vai para a casa dele, em Kew, e Elizabeth não para de rondar pelo quarto, feito uma loba faminta. Ela não pode visitá-lo; não pode sequer escrever para ele. Ele é suspeito de assassinato; ela não pode ter a menor ligação. Ela não sai, e está quase sob prisão domiciliar. A corte faz refeições sem ela. Ninguém sabe o que fazer. E ele... está praticamente arruinado. Todo mundo está falando que ele matou a esposa para se casar com Elizabeth, e tem gente falando que ela sabia de tudo.

Sinto-me tremendamente feliz em pensar que Elizabeth está perdendo Robert Dudley, assim como eu estou me distanciando de Ned.

— Ela sabia, sim! Ao menos, sabia que Amy Dudley ia morrer! Mas quem está falando que foi Elizabeth?

— O próprio embaixador espanhol! — lembra-me Maria. — E ele soube por Cecil. E espalhou isso para todo mundo. Ela nunca mais vai poder ver Dudley. Está todo mundo dizendo que ela sabia que ele ia matar a esposa. E, se ele for condenado por homicídio, será executado... e bem feito para ele.

— Robert Dudley jamais será decapitado! — digo, com amargura. — Ela jamais permitirá isso. Não ele. O protegido dela.

— Não faz diferença quem ele seja, se ele matou a esposa — retruca Maria. — Nem mesmo Elizabeth está acima da lei do reino. Se o inquérito em Oxfordshire o condenar por assassinato, ela não poderá perdoá-lo. E, além do mais, ele nem será o primeiro da família a ser decapitado. — Ela percebe minha expressão, pois penso em nossa irmã, que assinava "Joana Dudley". Maria ergue a mão. — Não estou me referindo a ela. Eu nunca penso em Joana como uma Dudley.

Meneio a cabeça ao pensar em minha irmã e no mimado menino Dudley.

— Nenhum deles presta — declaro, com raiva. — Mas Robert é o menos pior.

Mais uma vez, Ned e eu nos distanciamos. Pensei que logo viria me procurar e pedir perdão, mas ele não faz isso. Fico muito infeliz sem Ned, mas não consigo pedir desculpa, pois não tenho culpa de nada. Vejo-o caminhando ao lado de Frances Mewtas e dançando com ela, e, sempre que isso acontece, meu ciúme e meu pesar se renovam. Estou decidida a puni-lo pela infidelidade, mas acho que sou a única que sofre com a situação.

A corte está desanimada e apreensiva. A impressão é de que ninguém está feliz, enquanto os dias se tornam mais curtos e as folhas mudam de cor, e o verão, que parecia eterno, definha um pouco a cada dia. O azul vai desbotando no céu, as nuvens ficam cinzentas, e o vento frio se intensifica e sopra pelo vale do Tâmisa.

Elizabeth está perdida sem Robert Dudley, que continua ausente da corte, tristonho em sua bela casa em Kew, usando luto fechado e sentindo-se humilhado. Ele espera, assim como todos nós, pelo laudo do legista de Abingdon e pelo julgamento final do inquérito. Talvez retorne à corte — afinal, ele é um Dudley, e eles só não conseguem dar a volta por cima quando são decapitados —, mas jamais poderá se casar com a rainha. Mesmo que o júri decida que a mulher morreu em consequência de uma queda acidental, todos vão acreditar que ele subornou o tribunal. Com isso, não importa se for verdade ou não. O que está em julgamento é a reputação do homem, e tal reputação já está tão morta quanto a pobre mulher. A luta pela rainha chegou ao fim. Nem ele próprio imagina que ainda possa ser aceito como conselheiro, ou cortesão, pelo reino, pelo Conselho Privado, ou mesmo pela soberana. Robert Dudley foi desqualificado pelo crime que a seu ver fortaleceria seu avanço em direção ao trono.

Discretamente, William Cecil se sente vitorioso com a ausência de seu antigo rival. Ele consegue ser, ao mesmo tempo, pesaroso e obstinado — a rainha deve se casar com um príncipe protestante; Robert Dudley foi difamado pela morte da esposa. A rainha, que estava perdidamente apaixonada, parece uma viúva inconsolável sem o marido amado. Mas a determinação de sobreviver na condição de monarca a mantém firme, qual uma rocha. Elizabeth não diz uma palavra sequer sobre Robert, mantém o franzido rostinho constantemente voltado para Cecil, a cabeça inclinada em busca de conselhos discretos, e faz exatamente o que ele diz. Ninguém duvida de que ela vai se casar com quem ele achar mais conveniente, visto que a tentativa de se casar por amor culminou em morte e infelicidade.

Voltei às graças da rainha, mas não posso dizer que a corte seja, no momento, um local alegre para se viver. Elizabeth sofre em silêncio, com saudade do homem que ama; eu, sempre um passo atrás dela, anseio por Ned. Tenho até vontade de dizer a Elizabeth que entendo sua dor, que compartilho desse sentimento. Mas então me lembro de que é dela a culpa por Ned e eu estarmos separados. Não fomos amaldiçoados por pecar; estávamos livres para nos casarmos. É de Elizabeth a culpa por eu estar tão infeliz. Uma palavra dela bastava para me devolver ao único homem que hei de amar na vida. Mas Elizabeth não pronuncia tal palavra. Jamais a pronunciará. Ela quer que todos sejam tão solitários e infelizes quanto ela.

Castelo de Windsor, Outubro de 1560

Fica mais frio, e já não se passeia mais de barco pelo Tâmisa. A corte vai regressar a Londres. A morte de Amy Dudley é julgada como um acidente. Robert Dudley, depois de cumprir um mês de luto e com o nome relativamente limpo, tem permissão para voltar à corte. Elizabeth, com os olhos do mundo nela e no amante, sabendo que todos acreditam que ele seja um assassino, o saúda com discrição, e Robert Dudley se junta ao séquito com inusitada sisudez.

Os dois precisam estar juntos; para eles, é imprescindível. Todos podem constatar tal fato. Contudo, nunca mais será possível falar em casamento: William Cecil jamais o permitiria. Foi ele quem espalhou o boato de que Dudley mataria a própria esposa e foi ele que disse a todos que o reino jamais aceitaria Dudley como rei. Não importa que tais fatos sejam verdadeiros ou falsos: toda a cristandade acredita neles, e Elizabeth e Dudley sofrem sob o peso compartilhado de sua vergonha.

Minha prima Margaret Douglas, pobre mulher — feia, velha e papista —, é convocada à corte durante esse período sombrio. Não veio para ser homenageada, mas para ser vigiada. Elizabeth, incapaz de arrancar a verdade nos prolongados interrogatórios impostos aos amalucados conselheiros de Margaret — um espião duplo, um vidente e um padre desertor —, resolveu mantê-la sob sua vigilância, na própria corte. É sabido que Margaret procurou a rainha francesa da Escócia, mas ninguém sabe o que terá oferecido à monarca.

De imediato a questão de precedência volta à baila, pois a mulher, sabidamente papista e que deveria se pôr em seu devido lugar, tenta passar à minha frente, sendo eu a herdeira protestante. Sinto-me tão descontente com a perda de Ned que não me dou ao trabalho de impedi-la. É um alívio quando Margaret é autorizada a retornar à sua casa, em Yorkshire, ainda sob suspeita, ainda papista, ainda velha e feia, é claro.

Resolvo escrever a Ned, dizendo que, depois que a corte voltar a Londres e entrarmos na rotina da cidade, não quero mais vê-lo. Sei que isso não faz sentido — não podemos deixar de nos ver, pois servimos à mesma rainha, servimos na mesma corte. Vamos nos ver todos os dias.

"Mas não quero dançar contigo, nem que me suspendas à sela, nem que me acompanhes à capela, nem que fiques atrás de mim", escrevo em um tom seco. Deixo cair uma lágrima sobre a folha, mas logo a enxugo com a manga do vestido, para que ele não perceba que chorei ao redigir. "Desejo que sejas muito feliz ao lado de Frances. Quanto a mim, jamais me casarei. Sofri uma profunda decepção amorosa."

Considero a mensagem tremendamente dignificante. Anexo à carta o precioso poema que ele escreveu para mim. Jamais me esquecerei dos versos. Sei tudo de cor. Guardei o poema dentro de uma bolsinha de linho, junto ao coração, como se fosse um amuleto contra o desespero. Mas agora acho que convém devolver o poema, para que ele saiba que o estou dispensando de todas as promessas de amor, do nosso esperançoso noivado, de sermos Tróilo e Créssida. Envio um mensageiro com o envelope ao domicílio de Ned em Londres, em Cannon Row, e o instruo a não esperar pela resposta. Não caberá resposta.

Já no dia seguinte, quando estamos saindo da capela, Janey se aproxima de mim com uma carta selada com o lacre dos Hertford.

— Recebi isto de Ned — diz ela, meio sem graça. — O mensageiro dele chegou ao amanhecer. Acho que ele passou a noite inteira escrevendo para você. Ele me pediu que entregasse isto a você imediatamente. Por favor, volte a ser minha amiga. Por favor, leia isto.

— O que é isso? — pergunta minha irmãzinha Maria, logo abaixo do meu cotovelo, com olhos cintilantes de curiosidade.

— Eu não sei — respondo, mas sinto que estou corada de satisfação. Estou sendo cortejada. Cortejada, novamente. Um homem não passa a noite em claro, escrevendo uma carta em que aceita a própria rejeição, e muito menos enviaria uma resposta ao alvorecer. Ele me ama. Ele me quer de volta. Ele está tentando me convencer.

— É Ned? — pergunta Maria. Ela puxa minha mão para baixo a fim de ver o lacre. — Ahhh...

— Não tem nada de "Ahhh"... — retruco, e dou um passo para o lado, retirando-me do cortejo que segue a rainha até o salão nobre, onde será servido o desjejum.

— Não vá se atrasar — adverte Maria. — Ela está azeda feito limão hoje.

— Vá em frente — diz Janey a Maria. — Se alguém perguntar, diga que estou me sentindo mal e Catarina me acompanhou até o meu quarto.

Maria revira os olhos, com impertinência, e segue as damas. Janey e eu saímos pela porta do jardim e adentramos o pátio frio e deserto. Abro a carta.

— O que ele diz? — pergunta Janey, com a voz abafada pela manga do vestido, que ela leva à boca, para não tossir no ar úmido que vem do rio.

Ergo minha visão turva e mal posso vê-la, pois meus olhos estão cheios de lágrimas.

— Ele diz que se casa comigo sem pestanejar — sussurro. — Assim que a corte voltar a Londres. Diz que não devemos esperar mais, que não vai dar ouvidos às advertências de William Cecil nem de mais ninguém. Diz que Robert Dudley o aconselhou a confiar na ação do tempo, mas o próprio Robert Dudley não confiou na ação do tempo e, por isso, fracassou. Ned diz que não vai confiar nem esperar. — Irrompo em lágrimas e agarro as mãos dela. — Janey! Ele vai se casar comigo!

Palácio de Whitehall, Londres, Outono de 1560

O Conselho Privado está reunido, e a rainha se faz presente, acompanhada por duas damas que se postam atrás de sua cadeira, mas não sou requisitada. Discretamente, escapo do salão de audiências e subo a escada de acesso aos aposentos das damas de honra. Janey está à minha espera, e seguimos até seu quarto particular, adjacente ao quarto principal.

Ela causa um rebuliço ao meu redor, retirando meu capuz, penteando meu cabelo, recolocando o capuz.

— A coisa não passou de uma briguinha de namorados — comenta ela.
— Nada além disso. Graças a Deus, já passou, já acabou.

Vejo-me sorrindo, como se, de repente, nada mais importasse.

— Ele escreveu uma carta maravilhosa.

— Ned é um poeta — diz ela. — O coração dele está nas palavras. E Frances Mewtas não significa nada para ele.

— Ele jamais deveria ter segurado a mão dela depois que os dois acabaram de dançar — retruco.

— Ele sabe disso — consente Janey.

— E, na noite seguinte, ele esteve com ela?

— Ele nem a viu. Estava jogando baralho com os escudeiros. Ele me jurou que foi isso, e eu mesma o vi. Foi tudo o seu ciúme.

— Eu não sou ciumenta!

Janey olha para mim, com a cabeça inclinada.

— Não é?

Dou uma risadinha, em meio a um pigarro.

— Janey... é este lugar aqui... com mentira por todo lado. E eu tão insegura, sem autorização para casar e sem um momento adequado para pedir! E agora, com Elizabeth e Robert Dudley separados para sempre, ele de volta à corte, mas sem poder ficar com ela, todo mundo o desprezando por ser o assassino da própria esposa, e Elizabeth tão apavorada que nem quer falar com ele... Como ela vai poder voltar a ser feliz? Jamais poderemos pedir permissão para o nosso casamento! Elizabeth nunca vai deixar ninguém ser feliz. Ainda mais agora, que perdeu o amante para sempre.

Em resposta, Janey vai até a porta e faz um gesto, chamando alguém. Sorrateiramente, Ned entra no quarto. Levanto-me.

— Ned — digo, insegura.

Dessa vez, ele não me arrebata em seus braços, não me suspende no ar. Ele me oferece uma mesura formal, e então diz, como se trouxesse no bolso uma fala preparada:

— Faz tempo que a vejo com bons olhos, e, para que você não pense que pretendo enganá-la, digo que terei satisfação em desposá-la, se for da sua vontade.

Ele segura minha mão. Sinto que estou tremendo. Ned retira do bolso um anel e o enfia no meu dedo anular da mão esquerda; é um anel de noivado. É um diamante, lapidado, cuja forma acompanha elegantemente o sentido do meu dedo, como se pudesse unir nossos dois corações com seu brilho flamante.

— O que você diz? — murmura ele. — Você gosta de mim? Gostou do meu pedido?

— Eu gosto de você e do seu pedido; será uma felicidade me casar com você — digo, com solenidade.

— Você pode ser testemunha do nosso noivado? — pergunta ele, logo em seguida, a Janey.

— Ah, sim! — exclama ela, e se posiciona entre nós dois, olhando para um e para o outro.

— Eu, Edward Seymour, comprometo-me a tomar você, Catarina Grey, por esposa *in futuro* — jura ele. — E como prova lhe ofereço este anel, esta bolsa de ouro e minha sagrada palavra.

Nunca assisti a um noivado. Não sei como proceder. Contemplo o belo semblante de meu futuro marido.

— Você diz o mesmo — instrui ele.

— Eu, Catarina Grey, comprometo-me a tomar-te, Edward Seymour, por marido *in futuro* — repito a promessa. — E, como prova, aceito este anel, esta bolsa de ouro e tua sagrada palavra.

— E eu sou testemunha — acrescenta Janey.

Edward me entrega uma bolsinha de moedas, simbolizando que entrega sua fortuna aos meus cuidados, e então leva uma das mãos ao meu queixo, ergue meu rosto e beija meus lábios. Eu penso: nunca mais ficarei sozinha ou infeliz.

— Quando vamos nos casar diante de um padre? — sussurro.

Mais uma vez, o plano parte de Janey.

— Na próxima vez que a rainha sair para caçar, nós podemos ir até a sua casa — sugere ela a Ned. — Eu arrumo um padre.

— Um pastor — especifica Ned.

Penso que minha irmã Joana jamais consentiria que um padre, da velha religião, celebrasse meu casamento, e sorrio para ele.

— Claro — digo —, mas não pode ser alguém que nos conheça.

— Um estranho — concorda Janey —, para que não conheça vocês e não conte a ninguém. Eu serei uma das testemunhas. Quem será a outra? Sua irmã?

Balanço a cabeça.

— Não, porque, quando contarmos à rainha, ela vai ficar furiosa, e não quero que Maria seja culpada por minha causa. Eu levo a minha criada.

— Em breve, então — diz Ned. — Assim que a rainha sair à caça. Mas estamos tão casados agora quanto estaremos depois. Já somos marido e mulher. Este noivado é um compromisso tão sério quanto um casamento.

Janey sorri.

— Vou aguardar nas dependências das criadas — avisa ela. — Ninguém vai entrar aqui.

Ela sai e fecha a porta. Ned a tranca e põe a chave na minha mão.

— Sou seu prisioneiro — diz ele. — Pode fazer comigo o que quiser.

Eu hesito. Sinto meu próprio desejo. Posso ouvi-lo latejando em meus ouvidos.

— Sou seu marido prometido — continua, com um sorriso. — Pode, de fato, fazer comigo o que quiser.

Toco nas fitas que fecham o colarinho de sua camisa de linho e dou um puxão.

— Eu quero que tire isto aqui — murmuro.

— Quer me ver despido?

Sinto-me quente como se estivesse febril. Quero ver seus ombros nus, seu peito, os laços que prendem os culotes. Quero ver aquelas coxas e aquelas nádegas musculosas. Sinto calor em minhas faces, enquanto ele as envolve com as mãos e diz:

— Graças a Deus, você me quer tanto quanto eu quero você.

Ele arranca a camisa, e eu respiro fundo ao ver aquele torso esbelto; em seguida, dou um passo à frente e encosto meu rosto ruborizado naquele peito nu e cálido.

Ned tira seu culote e está nu.

— Às ordens — sussurra ele.

— Deita — digo, e ele se estende de costas na cama, nu e sem escrúpulos, e eu me arrasto por aquele corpo inteiro e me deito sobre Ned.

Palácio de Whitehall, Londres, Novembro de 1560

E então precisamos aguardar, e passamos juntos um delicioso período de prazer e ansiedade. Todas as manhãs, tenho esperança de que talvez naquele dia Elizabeth resolva caçar em Hampton Court, ou em Windsor, ou em New Hall, ou em Beaulieu, ou seja lá onde for — pouco me importa aonde seu capricho ridículo a leve, desde que ela vá! Porém, dia após dia, Ned se posiciona em uma das laterais do salão de audiências e eu na outra, e trocamos cordatos meneios de cabeça, como se fôssemos apenas amigos, e só nos atrevemos a conversar à noite, quando a dança nos aproxima; no momento, embora nosso desejo seja muito intenso, nosso temor também é, e não nos arriscamos a ir até os cantos dos salões e trocar sussurros.

É uma alegria singular vê-lo, conseguir dispor de um instante com ele. É maravilhoso despertar de manhã e ver que o dia está bom para uma caçada: iluminado e frio o suficiente e, com certeza, hoje Elizabeth vai à caça. E então, quando ela não diz nada, é um tormento delicioso dançar com Ned e escapulir ao lado dele para um beijo e nada mais. É uma paixão tórrida, e agora sei o prazer que o toque dele me propicia. É a volúpia adiada, o amor postergado; não existe nada no mundo mais prazeroso do que estar nos braços de Ned, exceto saber que estarei em seus braços mais tarde... mas não agora.

Certa noite, William Cecil, o conselheiro da rainha, vem se sentar ao meu lado, antes do jantar, enquanto aguardamos no salão de audiências a conclusão do demorado processo pelo qual a rainha se veste em seus aposentos.

— A senhorita está mais bela do que nunca — comenta ele. — O espanhol vai novamente lhe propor casamento. Jamais a vi tão bem.

Baixo meu olhar. Não sou tola. Sei que ele é meu amigo, mas sei também que suas prioridades são a fé e a Inglaterra, em seguida a rainha, e as outras pessoas vêm depois. Já o vi triunfar diante dos franceses em Edimburgo e diante de Robert Dudley na corte, e juro que jamais cometerei o equívoco de subestimar William Cecil. Somente Deus e o próprio William Cecil sabem o que ele é capaz de fazer para manter uma soberana protestante no trono da Inglaterra.

— Ah, o senhor bem sabe que não desejo ir para a Espanha, nem para qualquer outro lugar — digo. — Meu coração está na Inglaterra.

— Mas será que ele está seguro com a senhorita? — diz ele, provocando-me com delicadeza, como um tio querido que brinca com uma bela sobrinha.

— Com certeza, nunca vou jogá-lo fora — respondo.

— Bem, ele é um belo rapaz, e vocês dois formam um ótimo par — comenta ele, com um sorriso de quem sabe de tudo.

Contenho um sobressalto. O discreto conselheiro, que aparentemente circula pela corte ignorando a juventude frívola, que só pensa em questões de Estado, percebeu algo que ninguém mais, exceto Janey e Maria, sabe.

— Eu posso estar velho, mas não estou cego — acrescenta, com gentileza. — Mas, na condição de herdeira, a senhorita precisa da permissão da rainha para se casar. Lembre-se disso.

“Tarde demais!”, penso, com alegria.

— Eu sei — digo, obedientemente. — O senhor falaria em meu favor, Sir William? Devo fazer o pedido agora?

— Tudo tem a sua devida hora — diz ele, como se desconhecesse a urgência do desejo dos jovens. — Agora, finalmente, ela compreende que precisa se casar visando ao bem do reino; agora, finalmente, ela vê que o casamento deve ser uma aliança... e não uma questão particular. Quando ela estiver noiva, será mais tolerante quanto ao seu casamento e ao das outras damas do séquito.

— É difícil para nós termos de esperar até que ela se decida, sendo ela tão hesitante — comento.

Ele me oferece um sorriso discreto.

— É difícil para todos nós servirmos a uma rainha que hesita tanto diante dos seus deveres — diz. — Mas ela vai cumprir o seu dever e vai se casar com o homem certo, então a senhorita vai se casar com o seu.

— Ela não pode mais se casar com Robert Dudley.

A julgar pelo sorriso amável em seus lábios, não consigo decifrar no que William Cecil está pensando.

— De fato, não — diz, quase em um tom lastimoso. — E agora, graças a Deus, ele sabe disso tanto quanto todos nós. E então ela vai desposar um príncipe espanhol, francês, ou até sueco ou alemão, e a senhorita e eu, e toda a Inglaterra, vamos dormir melhor à noite.

— A corte vai à caça? — pergunto, por falar em noite.

— Ah, sim, no Palácio de Eltham, amanhã.

— Acho que vou pedir para ser dispensada — digo. — Estou com dor de dente.

Ele faz que sim. Por mais esperto que seja, esquece que uma jovem não desiste de um passeio por causa de dor de dente. Ele está velho demais para ver que minha dor não tem a ver com dente, mas com volúpia.

— Pode deixar; eu falo com Sua Majestade — prontifica-se ele, com benevolência. — Fique longe de correntes de ar frio.

Cannon Row, Londres, Dezembro de 1560

Janey e eu caminhamos com dificuldade pela margem do rio, uma segurando a outra no lodo escorregadio. Achamos que o caminho mais fácil, do palácio até a casa de Ned, em Cannon Row, seria pela beira do rio, pois a maré estava baixa e ali passaríamos despercebidas. Mas o caminho estava coberto de detritos — toras rachadas, destroços de barcos e lixo nojento; meus sapatos ficam sujos e Janey está quase sem fôlego quando finalmente alcançamos o muro do jardim de Ned e os degraus do portão de acesso ao rio. Estamos sozinhas. Jamais caminhamos por Londres sem guardas, damas de companhia e criadas. A aventura me empolga, e Janey esbanja entusiasmo. Nem trouxemos minha criada, para servir de testemunha. Sem muita cautela, despachamos minha irmã Maria junto à corte, na caçada. Achamos que seria mais seguro virmos só nós duas.

Ned está no portão de acesso ao rio, espiando através do mecanismo levadiço, e ele próprio suspende o portão e me ajuda a subir os degraus cobertos de relva verde.

— Meu amor — é tudo o que ele diz. — Minha esposa!

Janey segue atrás de nós.

— Onde está o pastor? — indaga Ned. — Vocês não iam trazer um pastor?

— Eu disse a ele que nos encontrasse aqui. Ele não chegou?

— Não! Estou esperando desde que o dia amanheceu. Eu teria ouvido, se ele tivesse chegado cedo.

— Preciso voltar ao palácio antes do jantar — eu os previno. — Minha ausência será notada se eu não chegar a tempo.

— Entrem vocês dois — diz Janey. — Eu vou encontrar um pastor.

— Mas onde você vai encontrar um pastor? — pergunto. Ned apoia a mão nas minhas costas, apressando-me a entrar em casa.

— Vou até alguma igreja... ou até a Cruz de São Paulo, se for preciso — responde ela, em meio a uma risada ofegante. — Volto assim que puder.

Ned preparou o local para um banquete de casamento. Há diversas travessas de comida sobre um aparador, esperando para serem servidas; há jarras de vinho tinto e taças de vidro veneziano; há cerveja e até água. A criadagem foi toda dispensada. A cama está feita, e vejo que os lençóis bordados foram convidativamente abertos. Ele percebe meu olhar e diz:

— Imagino que tenhamos de esperar por Janey, não?

— E se eles entrarem aqui?

Ele ri.

— Então a senhora aceita uma taça de vinho, condessa?

Fico radiante diante do meu novo título, lembrando-me de quando instei à minha irmã Joana que pedisse um duque para mim em suas preces. Ela deve ter feito isso, e Deus deve tê-la ouvido, pois agora tenho um homem que foi filho de um duque e cujo título talvez seja restaurado por boa vontade de Elizabeth, se é que ela tem alguma. Então serei uma duquesa real.

— Obrigada, meu marido e senhor.

Ele serve uma taça para mim e outra para si. Sentamo-nos diante da janela e contemplamos a margem lamacenta do rio, enquanto a maré sobe e as gaivotas pairam e balançam no ar. Ele me acomoda com as costas apoiadas em seu peito e me envolve com os braços. Abraçada e amparada, jamais senti tamanha segurança e aconchego.

— Nunca me senti tão feliz — declara ele. — É como se cada momento que passo ao seu lado fosse uma dádiva.

— Eu sei — digo. — Eu amo você desde quando era menina, e pensei que minha irmã Joana fosse se casar com você.

— Que Deus a tenha! Eu vou corresponder às suas expectativas — promete ele. Você nunca mais vai sentir solidão nem medo.

— Eu serei sua esposa — digo. — Não posso sentir solidão nem medo se estivermos juntos.

Ele enfia a mão no bolso.

— Mandei fazer esta aliança para você. Fiz um desenho para o ourives, logo depois que ficamos noivos.

Dou um leve suspiro de satisfação quando ele me exibe a mão fechada e depois estende os dedos, mostrando-me o presente. A joia é belissimamente confeccionada. Uma pequena mola destrava um aro exterior, revelando cinco elos de ouro, que formam um aro interior.

— E escrevi um poema para você — prossegue.

Fico extasiada. Giro a aliança várias vezes na mão, admirando a molinha e vendo os aros internos surgindo e desaparecendo.

Se cinco elos, por força da arte, formam um só aro,
Confiança une mentes leais, por força do segredo caro,
Que ninguém (exceto a morte voraz) há de separar,
Tempo e fatos dirão; minha aliança não mais vai falar.

— "Por força do segredo caro" — repito.

— Eu prometo — diz ele. — Ninguém há de nos separar.

— Ninguém — concordo, colocando minha mão sobre a dele.

A porta se abre sem nenhum aviso, e Janey entra, fremente e ruborizada, seguida por um barbudo ruivo e de faces rosadas, vestido como um reformista suíço, com um manto forrado de pele.

— Ei-los — diz Janey, apontando para nós com um gesto extravagante.

Ele sorri diante de nossas mãos dadas e da cama preparada, e nos oferece uma reverência. Ned está com o livro de orações pronto, e deposita minha aliança de casamento — minha linda aliança de casamento, com seu segredo caro — sobre a página aberta. O pastor recita o culto, e nós repetimos com ele. Sinto-me deslumbrada — isso nada tem a ver com meu primeiro casamento, em Durham House, com um estranho, minha irmã Joana me precedendo, casando-se sob protesto com Guildford Dudley, tudo seguido por dois dias de opulenta festança. Mal ouço as palavras emboladas pelo sotaque estrangeiro; mal ouço meu próprio "sim". Tudo acaba em poucos instantes; Janey leva o pastor embora, e ouço o tilintar de moedas trocando de mãos.

Ela volta logo em seguida e diz:

— Bebo à saúde de vocês. Meu irmão e sua esposa. Que Deus os abençoe!

— Que Deus abençoe a todos nós — diz Ned. Ele olha para mim, com um olhar cálido, observando-me girar a aliança no dedo. — O tamanho está certo?

— Está perfeito.

— E que prole que vocês terão! — prevê Janey. — E tão próxima ao trono! Tudor de um lado, Seymour do outro. Quem sabe vocês não têm um menino e ele se torne o rei da Inglaterra.

— Quem sabe? — diz Ned, cheio de significado. — Como realizaríamos tal feito?

— Ah! Não precisa dar uma indireta para que eu vá embora. Já estou de saída! — diz Janey, rindo. — Vou ler um livro, ou tocar cravo, ou escrever um poema... Não se preocupem comigo. Mas precisamos ir embora antes do jantar, lembrem-se. A ausência de Catarina será notada se ela não estiver em seu posto à noite.

Ela deixa o recinto, fechando a porta ao sair. Estamos a sós, meu novo marido e eu. Ele pega com delicadeza a taça de vinho que está na minha mão.

— Vamos? — pergunta ele, polidamente.

Como se estivéssemos em meio a uma dança exótica e bela, afasto-me, ele desfaz os laços de trás da minha blusa, e eu, então, removo meu corpete e me ponho diante dele, usando apenas meu camisolão. Ned desfaz os laços da jaqueta, e ficamos os dois em nossos trajes íntimos, bordados. Viro-me novamente de costas, e ele desamarra as fitas que prendem minha saia, que cai no chão. Abandono a saia e a anágua ali mesmo.

Com um leve sorriso, Ned desamarra os laços e tira os culotes, ficando nu, exceto pela camisa; em seguida, segura a camisa pela barra e a remove pela cabeça, e agora posso vê-lo por inteiro, todo aquele corpo em forma. Ele ouve meu suspiro discreto de desejo e ri, então pega meu camisolão pela barra e o retira pela minha cabeça; e, embora eu me vire de lado e cubra os seios com os braços, Ned me pega pela mão e me leva para a cama. Ele deita primeiro, puxando-me consigo; enfio-me entre os lençóis gelados e sinto um calafrio; então ele fica por cima de mim, beijando-me, e eu esqueço a vergonha, os lençóis frios, e até o casamento e o pastor. Meu único pensamento é "Ned", e minha única sensação é de alegria por sentir, pela primeira vez na vida, aquele corpo nu roçando o meu, desde a boca que sussurra ao meu cabelo até nossos pés entrelaçados.

Fazemos amor e depois cochilamos, e acordamos e somos tomados novamente pelo desejo, como se nunca mais fôssemos dormir. Estou zonza de prazer quando ouço, como se fosse muito longe, uma batida à porta e a voz de Janey me chamando:

— Catarina! Precisamos ir embora! Já é tarde!

Surpreso, Ned olha para mim.

— Parece que faz poucos minutos — comenta. — Que horas são?

Olho para a janela. Cheguei ali sob a luz fria e clara de uma gelada manhã de inverno, e agora vejo o amarelado do sol poente.

— Ned! Ned! O sol já está se pondo!

— Somos uns tolos — diz ele, complacentemente. — Vamos, condessa. Vou precisar fazer o papel da vossa criada.

— Depressa.

Visto minhas roupas, e ele ata os laços, rindo da complexidade das amarras. Meu cabelo está despencado e quero cobri-lo com um lenço matrimonial, mas ele diz que não posso; devo guardar o lenço e os anéis junto ao coração, até termos permissão para anunciar a todos que estamos casados e consumados.

— Vou usar os anéis em uma corrente em volta do pescoço — prometo.

— E vou usá-los quando estiver sozinha à noite, na cama, e sonhar contigo.

Ele veste os culotes.

— Não vai demorar — promete. — Eu sei que Robert Dudley está do meu lado. Ele vai falar em nosso favor.

— William Cecil também — acrescento. — Ele mesmo me disse. E Elizabeth vai nos perdoar. Por que não perdoaria? Por que alguém diria que foi errado? As nossas mães nos deram permissão.

— Ned! — chama Janey, do outro lado.

Entrego a chave, e ele abre a porta. Janey está de olhos arregalados, rindo.

— Peguei no sono! — exclama ela. — Nem preciso perguntar o que vocês dois estavam fazendo. Parece até que vocês já estão no céu.

— Eu estou — diz Ned, em voz baixa.

Ele põe minha capa sobre meus ombros e saímos pelo portão do jardim, seguindo até o portão de acesso ao rio. A maré alta bate nos degraus que estavam secos quando chegamos, e Ned grita, solicitando uma barcaça, que manobra e vem em nossa direção. Ned abre o portão de acesso ao rio e me embarca.

— Até amanhã — despede-se, apaixonadamente. — Amanhã vou ver você, e não vou dormir esta noite, pensando em você e no dia de hoje.

— Até amanhã — digo. — E todos os outros amanhãs, pelo resto das nossas vidas.

Corro para dentro do palácio, cruzando o portãozinho de vime embutido nas grandes portas duplas, acenando um pedido de desculpa ao gigantesco sargento-porteiro da rainha, sr. Thomas Keyes, por não poder aguardar pela abertura protocolar.

— Estou atrasada! — digo a ele, e vejo seu sorriso benevolente.

Janey vem logo atrás de mim, com uma das mãos sobre o peito, tentando recuperar o fôlego. Estou desesperada para trocar de vestido e chegar aos aposentos da rainha quando vejo o séquito sair para o jantar, mas percebo que há algo errado; paro e olho em volta.

As pessoas não estão com pressa para se aprontar; ninguém está se dirigindo ao salão de audiências. Em vez disso, estão todos conversando pelos cantos e diante das janelas.

Em um momento de pânico, penso que estão falando de mim, que todos sabem o que aconteceu. Troco um olhar de pavor com Janey, e então Maria se afasta de um grupinho de damas e vem em minha direção.

— Onde você estava? — indaga.

— O que está acontecendo? — pergunto.

— É o reizinho da França. Ele estava doente, muito doente, e morreu.

— Não! — digo.

A situação que se apresenta contrasta demasiadamente com minha corrida, cheia de culpa, para chegar ao palácio a tempo do jantar, com meu dia repleto de prazer. Olho para Maria e percebo que, simplesmente, não entendi o que ela disse.

— Como?

Ela me sacode pelo pulso.

— Acorda! O rei da França morreu. Então a nossa prima Maria, rainha da França, está viúva. Ou seja, o trono, em si, não pertence mais a ela. O exército francês já não a apoia. Ela não tem mais o delfim no berço e já não é a mulher mais poderosa da cristandade. Tudo mudou de novo. Ela não é mais rainha da França, só da Escócia.

Olho para Janey, encostada em uma pilastra de pedra, ainda recuperando o fôlego.

— Então eu sou herdeira única de Elizabeth — digo, lentamente. — Elizabeth não tem nada a temer em relação a Maria, agora que ela é só rainha da Escócia, e o tratado firmado por Cecil a exclui do trono da Inglaterra.

Vejo a centelha de ambição nos olhos de Janey e sorrio para ela.

— Você é a herdeira de Elizabeth — concorda Maria. — Não há outra.

Palácio de Whitehall, Londres, Dezembro de 1560

Estou vivendo um sonho. O palácio me parece um reino de maravilhas de tão lindo, depois que o enfeitam com pinheiros e guirlandas por causa do inverno e passam a acender as velas cada dia mais cedo. A guirlanda do beijo é preparada — galhos de salgueiro entrelaçados com fita verde, tendo ao cetro uma imagem do menino Jesus. A guirlanda é pendurada acima da porta do salão de audiências, e Ned e eu conseguimos nos encontrar, como que por acaso, abaixo do célebre ornamento duas vezes por dia, ao menos, e ele segura minhas mãos e me beija os lábios, em nome da fraternidade natalina. Só ele e eu sabemos que estamos inebriados com o cheiro um do outro, que nossos lábios são macios e doces, que cada toque é uma promessa de um encontro posterior.

Os parapeitos das janelas são forrados de folhas verdes e reluzem à luz das velas, e as laranjas secas exalam um aroma marcante, que se mescla ao odor de seiva de pinheiro, de modo que sinto como se estivesse em um bosque invernal. Treinamos danças diariamente, e o mestre da dança me repreende e diz que devo estar apaixonada, pois meus passos andam meio incertos; todos riem, e eu também, tamanho é o contentamento. Eu gostaria de poder dizer a todos que é verdade. Estou amando, e sou amada. Melhor que isso: estou casada, sou uma esposa. Iluminei a terrível escuridão que a morte de Joana impôs à nossa família, e estou enfim livre do sofrimento e da culpa. Meu nome não é mais Grey. Agora sou Catarina Seymour, condessa de Hertford. Sou esposa de um dos homens mais belos e abastados da Inglaterra, e, quando revelarmos nosso casamento secreto, vamos nos tornar líderes da corte, herdeiros proclamados, e todos vão nos admirar.

Ned me leva ao quarto de Janey, onde temos nossos furtivos encontros de amor. Não me importo, se não dispusermos de mais que um minuto. Estou tão ávida por me sentir em seus braços que não me incomodo se ele me possuir feito uma rameira de Southwark, contra uma parede, ou se não houver tempo para nada além de um beijo roubado em um canto escuro.

Um dia, ele me leva até uma janela afastada, longe do rebuliço da corte, e diz:

— Eu tenho uma coisa para você.

— Aqui? — pergunto, provocando-o, e sou recompensada com um cálido sorriso.

— Aqui — responde, com ternura. — Toma — diz, e me entrega um pergaminho.

— O que é isto?

Abro e leio o documento. É um contrato de doação. Corro os olhos e vejo que ele está me dando uma fortuna em terras.

— São suas terras, em caso de herança — explica. — Não temos pais nem guardiões para firmarmos um contrato de casamento; portanto, estou lhe oferecendo essas terras. Está vendo o seu nome?

Ele me designa sua querida e amada esposa. Seguro o documento junto ao coração.

— Isso por si só já me faz amar este documento — digo. — As terras não têm importância.

— Nada tem importância — concorda ele. — Nem terras, nem fortuna, nem títulos. Nada além de nós dois.

A corte recebe mais notícias da França. A jovem rainha viúva, minha prima Maria, está de luto fechado pela morte do jovem marido, mas isso não a impede de ser excluída da família real francesa. Ela não vai se casar com o segundo filho; não vai sequer permanecer na França. Elizabeth não se solidariza com ela, em absoluto, embora nossa linda prima tenha perdido a mãe e agora o jovem marido. A única preocupação de Elizabeth — a única questão que a ouço mencionar, enquanto fico atrás de sua cadeira e ela confabula com William Cecil à meia voz — é que, caso Maria resolva voltar à Escócia, como tal decisão afetaria os escoceses? Será que vão se insurgir contra sua nova rainha, como se insurgiram contra a mãe dela, ou vão acolhê-la em seus corações, com um sentimento incontido, selvagens como são?

Seja como for, tornei-me essencial à segurança da Inglaterra. Nunca esteve mais claro que Elizabeth deve me apontar sua sucessora diante do próprio Parlamento, a fim de impedir que sua prima Maria reivindique o posto. Elizabeth me dirige sorrisos mais meigos do que nunca. Não quer dar motivos a ninguém para supor que Maria da Escócia possa um dia se tornar Maria da Inglaterra. "Uma prima muito distante", assim ela a chama, como se pudesse reescrever a genealogia familiar que comprova sermos todas primas no mesmo grau. "E a Inglaterra jamais haverá de coroar uma rainha papista."

Cecil não parece ter tanta certeza.

— O momento é bastante propício para decidirmos vosso marido — ressalta ele. — Porque, sem dúvida, a rainha Maria vai se casar novamente, e será uma pena perder um pretendente para ela.

Elizabeth arregala os olhos.

— Está sugerindo que Erik da Suécia haveria de preferir Maria a mim? — desafia ela. — Acha mesmo isso?

Trata-se da pergunta mais perigosa do mundo. Elizabeth tem a insegurança típica do filho preterido; precisa saber que é a preferida de todos.

— Estou sugerindo que não queremos que Maria da Escócia se case com alguma potência que se volte contra nós — retruca Cecil, com inteligência.

— Ainda mais se for um aliado que desejamos. Precisamos cuidar para que, se vier para a Escócia, não seja como princesa da França, da Espanha ou mesmo da Suécia. Se vier para a Escócia, seria melhor, para nós, que venha na condição de viúva e sem amigos.

— Isso é possível?

Cecil meneia a cabeça.

— Não é provável. Mas a senhora deve, ao menos, ter prerrogativa diante dos homens mais ilustres da cristandade. Ela não pode agarrar alguém antes, por ter sido mais rápida na escolha.

— Talvez ela não volte a se casar — observa Elizabeth.

— Ela vai, sim! Maria sabe muito bem que precisa ter um herdeiro do trono da Escócia — diz Cecil, com firmeza. — Foi criada sabendo que esse é o seu dever, a despeito de qualquer preferência pessoal. Ela está com 18 anos e dizem que é saudável e bonita; portanto, é provável que seja fértil. Toda rainha sabe que precisa dar um herdeiro ao reino. É dever do monarca, um dever determinado por Deus.

— Eu tenho uma herdeira — rebate Elizabeth, sorrindo e me olhando por cima do ombro. — Uma herdeira jovem e bela, de uma rainha jovem e bela.

Faço uma reverência e retribuo o sorriso.

— Ninguém pode negar a posição legítima de Lady Catarina — concorda Cecil, com sua paciência infinita. — Mas o reino gostaria de um menino.

Palácio de Whitehall, Londres, Primavera de 1561

À medida que o clima fica mais quente, começo a encontrar meu marido ao ar livre, e todos os dias caminhamos juntos pelos jardins que circundam o palácio. Os passarinhos ficam tão dóceis que se empoleiram nos brotos das árvores acima da nossa cabeça e gorjeiam como se estivessem tão contentes quanto nós. Coloco um guizo em Fita, a gatinha, para proteger as ninhadas que logo surgirão no pomar, na cerca viva e nas árvores.

Às vezes, Ned surge em meus aposentos, e as criadas desaparecem, deixando-nos a sós. Outras vezes, Janey me acompanha até a casa em Cannon Row e cochila na sala de visitas, enquanto Ned e eu passamos a tarde inteira na cama. Não penso em nada além do nosso próximo encontro; e, quando durmo, sonho com ele. Durante o dia, surpreendo-me tocando a textura sedosa da minha roupa íntima, a delicadeza singular da minha renda, o brocado cintilante do meu vestido, como se o mundo tivesse ficado mais intenso por causa da minha paixão por Ned.

— Comigo é a mesma coisa — diz ele, enquanto caminhamos pelo rio e sentimos o cheiro do sal, trazido do mar pelo vento. — Tenho escrito mais que nunca, e com mais fluência e profundidade. É como se tudo estivesse mais vívido. O mundo, mais brilhante; a luminosidade, mais dourada.

— Que felicidade estarmos casados e não precisarmos viver como eles — digo, indicando com um meneio de cabeça a rainha e Robert Dudley, que perambulam mais adiante, ela com a mão apoiada no braço dele, que cochicha algo em seu ouvido. — Eu não aguentaria saber que jamais poderíamos ficar juntos.

— Duvido que eles se separem. O reino inteiro está falando dela, e agora ela disse ao conde de Arran que não vai se casar com ele, e todo mundo sabe que é por causa de Dudley. Eu jamais consentiria em ver você tão difamada, como ela está sendo. Na Europa continental, dizem que é a prostituta do mestre-cavalariço.

Balanço a cabeça, como convém a uma esposa virtuosa.

— Mas que coisa terrível, se ela for obrigada a se casar sem ser por amor! — exclamo. — Eu jamais me casaria, com quem quer que fosse, se me separassem de você.

— Nem eu — sussurra ele. Sem que ninguém veja, ele aperta minha mão.

— Vai estar de serviço com a rainha hoje à noite? Posso ir ao seu quarto antes do jantar?

— Sim — sussurro. — Eu a vesti ontem. Não preciso atendê-la hoje. Vou deixar a porta destrancada.

Chega a Quaresma, pouco respeitada pela corte de Elizabeth, que, junto a outras práticas papistas, parece ter descartado esse tempo de jejum. Condignamente, não comemos carne, e a cozinha prepara banquetes à base de frutos do mar; no entanto, aves e até caça não são consideradas carne pela princesa protestante. Não sei o que minha irmã Joana pensaria sobre isso. Creio que achasse que as regras da dieta deveriam ser rigidamente obedecidas, e com certeza estaria a par de todas, incluindo proibições de alimentos sobre as quais ninguém teria ouvido falar. Eu gostaria muito de poder consultá-la.

Passados sete anos de sua morte, ainda tenho vontade de consultá-la ou de lhe contar algo todos os dias. Por estranho que pareça, sinto mais saudade dela que de minha mãe. Aceito a morte de minha mãe porque foi esperada, porque tivemos tempo para nos despedirmos, porque — a bem da verdade — ela não foi uma mulher terna e bondosa. Mas a morte de Joana foi muito repentina e injusta, e ela foi tirada de mim antes que eu pudesse lhe fazer tantas perguntas; antes mesmo que eu pudesse me tornar a mulher que sou hoje. E, embora fosse moralista e radical em seus estudos e sua fé, foi, para mim, uma verdadeira irmã; crescemos e brincamos juntas. Acho que, com o tempo, eu teria me tornado uma irmã diferente da menininha mimada que ela conheceu. Acho que ela acabaria gostando de mim, se tivéssemos mais tempo juntas. Naquele dia, em Tower Green, não perdi apenas uma irmã mas também nosso futuro juntas.

Não sei o que ela acharia de um casal que tem relações em plena Quaresma, e começo a rir quando penso na hipótese de lhe perguntar. A pergunta em si já seria escandalizante! Se ela soubesse aonde o amor me levou; se ela própria tivesse conhecido o amor. "Aprende a morrer!", palavras que me doem no coração, e eu gostaria de poder dizer a ela: "Não! Não! Aprendi a amar; e isso é como um milagre do outro mundo, enquanto morrer é algo muito terreno." Sem o conselho de Joana, e convencida pela urgência de meu desejo e pela vontade de viver, resolvo ter relações com meu marido em dias de jejum e em dias santos, inclusive domingos. Pouco me importo! Terei relações com ele durante os quarenta dias da Quaresma e vou supor que, junto ao purgatório e aos padres confessores, esse pecado também foi abolido.

— Mas suas regras não têm vindo? — pergunta Janey, enquanto discorro sobre meus embates teológicos com os velhos ensinamentos da Igreja e minha nova preferência reformista.

— Não — respondo, vagamente —, acho que não vêm desde dezembro.

— É mesmo? — Ela se mostra de repente atenta.

— Não, eu acho que não.

— Mas estamos quase em março! — exclama.

— Eu sei, mas as suas também não. Eu sei porque nossas regras vieram na mesma época, pouco antes do Natal, lembra?

Ela abana as mãos com desdém.

— Eu estou doente! Você sabe que eu estou doente, e é comum minhas regras falharem. Mas comigo isso não tem importância! É claro que não significa nada. Mas você se alimenta bem, tem saúde e está recém-casada. E agora suas regras não têm vindo. Catarina! Você não percebe? Talvez você esteja grávida!

Olho para ela, completamente espantada.

— Grávida?

— Que maravilha! Se for menino, vai ser o próximo rei da Inglaterra! Imagine!

— Grávida? — repito, atônita.

— Tenho rezado por isso, e agora vai acontecer! — diz ela. — Queira Deus que eu viva o suficiente!

— Por que não viveria? — Tudo que Janey diz só me deixa mais confusa. — A criança com certeza nasceria ainda este ano... ou seria no ano que vem? Como é que se sabe?

— Ora! Quem se importa? Você precisa contar para Ned.

— Preciso mesmo. O que será que ele vai dizer?

— Ele vai ficar muito contente — responde, com segurança. — Que homem não ficaria contente em saber que a esposa está, literalmente, com o rei na barriga?

Tenho a sensação de que tudo está correndo depressa demais.

— Eu não pensava em ter logo um filho, sabe, não até que todos soubessem que estamos casados.

— O que você esperava, indo para a cama com ele a toda hora? — Ela me olha como se eu fosse uma bobinha, e me sinto bastante tola.

— Mas como é que se sabe que a coisa aconteceu?

— Você sabe muito bem que a coisa aconteceu! — retruca Janey, e cai na gargalhada.

Enrubesço.

— Eu sei que somos amantes, é claro, mas não sabia que ficaria logo grávida. Minha mãe só teve nós três, e se deitou com meu pai todas as noites durante anos a fio.

— Então louve a Deus por ser fértil e não um solo estéril como todas as outras Tudor.

Fico feliz, mas preferia pensar em um herdeiro Tudor como algo reservado a um futuro bem distante.

— Seremos obrigados a anunciar que estamos casados — digo, agora com ansiedade. — Todos precisam saber. Precisamos fazer o anúncio imediatamente. Antes que minha barriga cresça. Quando é que isso vai acontecer?

— Eles vão perdoar o segredo se você tiver um menino — prevê ela. — Se der a Elizabeth um menino Tudor, um herdeiro do trono, tudo será perdoado. Meu Deus! Cecil há de ser o padrinho! Que alívio para todo mundo! Um filho e herdeiro para Elizabeth. Você será a salvadora da Inglaterra.

— Preciso contar para Ned.

— Hoje à noite — diz ela. — Vá até o meu quarto depois do jantar, antes da dança. Direi a ele que me faça uma visita. Vou dizer que não estou bem, e não vou comparecer ao jantar.

✎

Janey arrumou sua cama para nós, a lareira está acesa e uma pequena refeição para duas pessoas está posta à mesa, diante do fogo. Mais uma vez, ela é nosso anjo do bem. Ned entra, discretamente, fecha a porta ao passar e olha para a irmã e para mim, sua esposa.

— O que houve? — pergunta ele. — O que está acontecendo?

Há um momento de silêncio.

— Catarina tem uma coisa para lhe contar — avisa Janey, dando-me a deixa.

Tento sorrir, mas estou trêmula.

— Eu acho que estou grávida — digo. — Ned, espero que você fique contente. Eu acho que estou grávida.

Não tenho como não constatar o pânico expresso em sua fisionomia.

— Você tem certeza?

— De jeito nenhum! — digo, tão assustada quanto ele. — Janey é que acha. Pode não ser nada.

— É claro que ela tem certeza — intervém Janey. — As regras dela não vêm desde janeiro.

— Mas, às vezes, as minhas regras falham — digo. — E eu esqueço de contar. E, então, falha uma ou duas vezes.

— Então você não tem certeza? — repete ele.

— Você não está feliz? — Sinto minha boca tremer. Quero muito que Ned fique contente, assim como Janey ficou, pois tenho medo do que isso representará para nós e não sei como vamos proceder.

Ele atravessa o quarto com uma só passada, pega minha mão e se ajoelha diante dos meus pés, como se eu fosse nomeá-lo cavaleiro.

— É claro que estou feliz — afirma ele, com o rosto escondido de mim. — Estou muito contente. Não há nada que eu queira mais que um filho nosso, e que maravilha ele vir tão cedo.

— O herdeiro do trono — lembra Janey. — O único menino Tudor de sua geração. Não conto os filhos de Margaret Douglas.

— Se for menino. E se eu não estiver enganada — eu os faço lembrar.

— Menino ou menina, vou amar essa criança pela linda mãe — diz Ned. Ele beija minha mão, e então se levanta e beija minha boca. Discretamente, Janey se dirige à porta, mas ele faz um gesto para que ela fique.

— Espera, Janey, precisamos conversar. E, além disso, não vamos poder usar a sua cama agora.

Ele sorri, e me dou conta de que, se estiver grávida, só poderemos ter relações depois que eu der à luz e for à igreja. Ou seja, daqui a muitos meses.

— Eu não tenho certeza — repito.

Não tolero a ideia de não podermos fazer amor, pois continuo com o mesmo desejo de sempre, e nem sequer tenho certeza de estar grávida. Decerto, trata-se de mais uma superstição que também pode ser abolida, não?

— Claro — diz Janey, radiante. — E precisamos planejar o que faremos.

— Precisamos contar para a rainha — declara Ned.

— Precisamos contar para ela, antes que minha barriga comece a crescer — digo. — Mas não antes disso... Não há por que contar para ela antes, não é?

— Talvez, sim. Porque, então, podemos fazer a coisa aos poucos, para evitar que seja um choque para ela. Primeiro, contamos que nos casamos, e depois contamos que você está grávida.

Não digo nada. Tenho muito medo de contar a Elizabeth que estamos casados.

— Ela deveria ficar contente — comenta Janey. — Ela vai ficar livre para permanecer solteira pelo resto da vida se houver um menino no berço real.

— Ela *deveria* ficar contente — digo, com cautela. — Mas e se não ficar?

— Ora, o que ela pode fazer? — indaga Janey, com ousadia. — Excluir você da corte por algum tempo? Você já vai ficar mesmo em repouso, e, se for banida, pode ter a criança em Hanworth, e Ned e eu também podemos ir para lá.

— Se ela ficar furiosa...

— Por que se enfureceria? — pergunta Ned. — Nós apenas nos casamos sem a autorização dela. Isso não é mais ilegal, desde que a rainha Maria revogou essa lei. Não resta dúvida de que ela nos daria a autorização, se tivéssemos pedido. Não tinha por que recusar, e não tem por que ficar descontente. As pessoas vão nos culpar por nossa pressa, mas ninguém poderá nos culpar por nosso amor honrado. Os nossos pais concordaram! Não pode haver objeção.

Resgato minha coragem.

— Vamos contar a ela — concordo. Segue-se um breve silêncio. — Quando faremos isso?

— Precisamos escolher o momento certo — sugere Ned. — Não vamos falar nada antes do fim da Quaresma. Talvez, durante a celebração da Páscoa, quando a corte voltar a ficar alegre. Vai haver música e dança... Vai haver uma mascarada... Ela adora mascaradas e danças. Vamos contar quando ela estiver se divertindo.

— Sim, é uma boa ideia — concorda Janey. Ela tosse um pouco. — Na época da Páscoa.

Se não estivesse tão concentrada em Ned, observando-o para ver o que ele realmente achava da notícia, tentando enxergar além daquela alegria bem--encenada e perceber se o receio dele era comparável ao meu, eu teria percebido que Janey estava mais pálida que nunca. Ela tosse na manga do vestido, e surge uma pequena mancha de sangue.

— Janey! — exclamo, entristecida.

— Não é nada — diz ela. — Uma bolha no meu lábio.

No dia seguinte, Janey cai de cama, e agora Ned e eu nos encontramos, abertamente, no quarto dela. Todos os dias, quando saímos da capela, vamos ver como ela está. Pela primeira vez, percebo que a doença é grave, e que a intensidade e a energia por ela demonstradas resultam de uma febre alta e constante.

Os médicos dizem que ela vai melhorar quando o clima melhorar, mas não vejo por que se mostram tão esperançosos, pois o sol nasce cada dia mais cedo e os pássaros cantam do lado de fora da janela, e Janey não melhora. Certa manhã, saio da capela e vou diretamente ao seu quarto, mas a porta está fechada e a dama de companhia está sentada do lado de fora, com os olhos vermelhos de tanto chorar.

— Ela está dormindo? — pergunto. — Algum problema?

A sra. Thrift balança a cabeça, os olhos cheios de lágrimas.

— Ah, milady!

— Janey está... dormindo?

Ela engole em seco.

— Não, milady. Ela se foi. Durante a noite. Mandei chamar os médicos e o irmão dela, e ele vai ter de dar a notícia à rainha.

Eu não entendo. Recuso-me a entender.

— Como assim?

— Ela se foi, milady. Ela faleceu.

Agarro-me ao frio umbral de pedra.

— Mas ela não pode ter falecido. Eu a vi logo depois do jantar, ontem à noite; fui embora quando ela já ia dormir. Ela estava febril; ela está sempre febril, mas não estava morrendo.

A mulher meneia a cabeça.

— Ah... pobre dama.

— Ela tinha apenas 19 anos! — digo, como se isso a impedisse de morrer. Eu deveria saber: minha própria irmã morreu aos 16 anos e nosso primo, o rei, aos 15... doente, assim como Janey.

A sra. Thrift e eu trocamos olhares vazios, como se nenhuma de nós pudesse crer que ela se foi.

— O que será de mim sem ela? — digo, e minha voz soa melancólica feito a de uma criança perdida. — Como poderei enfrentar tudo isso sem ela?

A sra. Thrift se assusta.

— Enfrentar o quê, milady?

Encosto a cabeça na porta de madeira entalhada, como se minha necessidade pudesse trazer Janey de volta. Perdi minha irmã; perdi meu pai; perdi minha mãe e agora perco minha melhor amiga.

— Nada — murmuro. — Nada.

Ned fica inconsolável diante da perda da irmã. Ela era sua melhor conselheira e admiradora mais entusiasmada. A primeira leitora de seus poemas; costumava ler os poemas para ele e sugerir alterações. Disse a ele que eu o amava, antes que eu mesma lhe dissesse. Era sua amiga e confidente, assim como era minha.

— Ela encontrou o pastor! — diz ele.

— Ela me deu coragem — acrescento.

— Ela nos mostrou que o amor é destemido — concorda ele. — Destemido.

— Não sei o que será de mim sem ela — digo, pensando na corte repleta de inimigos, meio-amigos e falsos amigos; penso em Elizabeth, a mais falsa de todos, no comando de tudo, direcionando suas duas caras para todos os lados.

— William Cecil acha que devo ir à França — observa Ned. — Assistir à coroação do novo rei. É uma grande honra para mim, mas agora eu não quero ir.

— Não me deixe! — digo, imediatamente. — Meu amor, você não pode me deixar! Eu não posso ficar aqui sem vocês dois.

— Janey falou que eu deveria ir — diz ele. — Ela falou que a proteção de Cecil funciona quase como uma pensão. A amizade dele vai nos beneficiar, Catarina. Ele vai contar à rainha que estamos casados.

— Sim, suponho que sim — concordo, sem muita certeza. — Mas não posso pensar nisso agora. Não posso pensar como um membro da corte, com Janey tendo acabado de morrer!

— Preciso tomar providências relativas ao enterro — comenta Ned, com tristeza. — Enviei uma mensagem à minha mãe e vou falar com o meu irmão. E vou dizer a William Cecil que irei, se puder; vou dizer que, neste momento, não posso ter certeza.

— Eu irei ao enterro — decido. — Todos sabem que eu a amava como irmã.

— Você era irmã dela — concorda Ned. — Em todos os sentidos. E é irmã dela por afinidade, por estarmos casados. Ela estava tão feliz por isso...

O velório é impressionante. Elizabeth decreta luto oficial por Janey, reconhecendo, na morte, o parentesco por meio do rei Eduardo que ela tanto ignorou enquanto Janey vivia. Com amargura, penso que Elizabeth não quer primos, não quer herdeiros; ela quer que todos os seus parentes estejam tão mortos quanto sua mãe. Mas ela gosta de velórios pomposos. E sepulta a parenta com todas as honras que lhe negou em vida.

A mãe de Ned comparece ao enterro da filha, mas deixa em casa seu segundo marido, o plebeu. Chego a pensar, em um momento insano, que posso me abrir com ela, uma mulher que se casou por amor, sem permissão, como eu me casei. Mas ela se mantém rígida na dor. Não se derrete em lágrimas, não recorre a mim como uma possível nora, sequer fala com os próprios filhos.

Ela ocupa seu lugar no cortejo fúnebre e observa o protocolo do luto como se desejasse que nada daquilo estivesse acontecendo; então deixa a corte o mais cedo possível.

Ned não tem tempo para mais nada, exceto o planejamento do velório, tomando providências relativas à carruagem para levar o caixão e ao ensaio do coro na Abadia de Westminster. Quase trezentos pranteadores seguem o féretro, eu entre eles, e vejo o rosto pálido e tenso de Ned iluminado pela dor na penumbra da grande abadia. Ele olha em minha direção como se sentisse o efeito do meu olhar apaixonado e me dirige um sorriso discreto e tristonho. Logo o cântico imponente por ele escolhido reverbera do coro, e Janey é sepultada no jazigo da família, ao lado do nosso. O túmulo de Janey e o de minha mãe ficam lado a lado, o que representa um consolo, embora isso torne mais lamentável o fato de minha irmã Joana estar enterrada longe dali, esquartejada, na capela da Torre.

Depois do velório, Ned acompanha a mãe até Hanworth e permanece ao seu lado por algumas semanas. Embora eu escreva, ele responde apenas uma vez. Diz que tem rezado pela alma de Janey e ajudado a mãe a encaixotar as roupas e os pertences da falecida. Escrevo, imediatamente, dizendo que gostaria de cuidar dos pintarroxos que ela cria em Hanworth. Mas ele não me responde.

Palácio de Whitehall, Londres, Primavera de 1561

Enquanto aguardo o retorno de Ned à corte, ninguém se surpreende com minha tristeza velada. Todos sabem que Janey e eu éramos amigas queridas, mas ninguém desconfia de que também sinto falta de Ned. A única novidade é a notícia de que minha prima Margaret Douglas enviou seu belo filho à França, na condição de portador das condolências da família pela morte do rei francês. Como se alguém se importasse com o que a família Lennox faz ou deixa de fazer! Mas o boato é de que ela deu ordens ao filho Henrique Stuart que propusesse casamento à rainha viúva. Se Maria da Escócia quiser outro menino bonito da mamãe para substituir o que ela acaba de perder, eis um bem à mão. Mas suponho que ela há de querer um homem como marido, e não um fantoche. Com certeza, todas as outras primas preferem homens de respeito: Margaret Douglas idolatra o marido, Matthew Stuart, conde de Lennox; o gosto de Elizabeth por aventureiros é uma infelicidade; e eu jamais consideraria um homem a quem não pudesse respeitar.

Alguns dias depois do velório, deparo com uma mancha de sangue em minha camisola de linho e suponho que sejam as regras, até então, atrasadas. Não é muito sangue, e não tenho a quem consultar. Quisera ter Janey ali ao meu lado. Ela contaria os dias comigo, confirmaria que minhas regras tinham chegado atrasadas e que não havia criança nenhuma. Sinto-me uma tola, por não saber ao certo, mas não tenho acesso a uma mulher experiente, ou mais velha, que possa me dizer o que fazer. Não disponho de amigas que tenham filhos e não me atrevo a consultar alguém como, por exemplo, as velhas que cuidam dos vestidos do guarda-roupa, porque são grandes fuxiqueiras em uma corte que vive de fuxico.

É a primeira coisa que Ned me pergunta quando retorna à corte. Ele me entrega a gaiola com os pintarroxos; fico exultante, levo-os ao meu quarto e penduro a gaiola em um gancho próximo à janela, onde o sol vai bater em suas asinhas pintadas.

— Catarina, meu amor, deixe-os — pede ele. — Eu preciso falar com você.

— Vamos até o jardim — sugiro.

Caminho um pouco à frente dele, e seguimos até nosso jardim predileto, em que as trilhas de cascalho circundam a topiaria. Mas o jardim está repleto de jardineiros, varrendo o cascalho e aparando as sebes.

— Aqui, não! — exclama Ned, irritado. — Vamos até o pomar.

A florada é rosa e branca, tão espessa que os galhos parecem pesar com uma neve rosada. As abelhas correm de broto em broto, feito ordenhadeiras apressadas. Ouço um cuco cantando e procuro por uma penugem cinzenta. Adoro cucos. Ouço-os com frequência, mas raramente consigo vê-los.

— Escute — começa Ned, com urgência. — Já tenho a autorização de Elizabeth para seguir para a França. — Ele exibe a assinatura para mim, o "I" pomposo e todas aquelas linhas rabiscadas. — Mas não irei se você estiver grávida. Se você estiver gestando o nosso filho, eu fico, e vamos juntos dar a notícia à rainha.

Meu receio de encarar Elizabeth sem o apoio de Janey é quase pior que meu receio de me afastar de Ned.

— Eu não sei — comento, atordoada pelo cuco, que canta tão perto que deve estar acima de nós, escondido entre os galhos. — Eu acho que não. Não tenho certeza. Acho que minhas regras vieram logo depois do... — Não consigo falar "velório".

Ned aperta minha mão.

— Só irei se você deixar — diz ele.

— Imagino que você queira ir — rebato, irritada. — Paris e Reims... e tudo o mais.

— É claro que eu gostaria de conhecer essas cidades e assistir à coroação do novo rei. Eu quero conhecer o mundo — diz ele, com sinceridade. — E não seria ruim para nós Cecil confiar em mim. É claro que para mim é uma grande oportunidade. Mas não irei se você estiver grávida. Não posso deixá-la. Eu fiz uma promessa. Sou seu, Catarina; serei seu até a morte.

Balanço a cabeça. Tenho muito medo de confessar nossa situação a Elizabeth e estou convencida de que Janey se enganou e não existe gravidez nenhuma. Sinto como se tivesse perdido tudo naquela primavera infeliz: minha melhor amiga, a chance de ter um filho do irmão dela e agora ele também se vai.

— Já foi. Acho que nunca esteve lá — declaro.

— Uma mulher não sente uma coisa dessas?

— Eu não sei o que devo ou não sentir! — exclamo. — Tudo o que sinto é medo e tristeza por causa de Janey, e não me atrevo a encarar Elizabeth. Mas não sinto nada além disso. Nem engordei...

Ele me olha como se eu devesse conhecer tais mistérios, como se todas as moças do mundo os conhecessem por instinto, e eu fosse uma tola por desconhecê-los.

— Como é que eu vou saber? — indago. — Se todos soubessem que estamos casados, eu poderia consultar sua mãe, ou algumas parteiras. Eu não tenho culpa.

— É claro que você não tem culpa — apressa-se em dizer. — Nem eu. Mas seria tão melhor se tivéssemos certeza. Se você tivesse certeza.

O cuco canta diretamente acima das nossas cabeças; ergo os olhos e capto um lampejo da linda penugem do peito da ave.

— Você está prestando atenção em mim? — indaga ele, irritado.

— É melhor você ir e voltar assim que puder — digo, amuada. — Nada vai mudar drasticamente em um mês, eu acho. E as pessoas vão ficar cismadas, se você recusar uma oportunidade como essa.

— Se mandar me chamar, eu volto imediatamente — promete ele. — Seja qual for o motivo. Assim que me chamar, eu volto para o seu lado. Onde quer que eu esteja. Eu tenho um novo criado, que vai ser o nosso mensageiro secreto. O nome dele é Glynne. Não vai esquecer? E vai confiar nele, quando ele procurar você?

— Não vou esquecer, mas promete ir à coroação na França e depois voltar diretamente para casa? — pergunto. — Não fique correndo atrás da rainha viúva, como aquele cãozinho mandado, o Henrique Stuart, filho de Margaret Douglas!

— Prometo. Não vou demorar, são apenas algumas semanas.

— Então está bem — concordo, entristecida. — Pode ir.

Ele retira das costas um pequeno pergaminho e uma bolsinha contendo ouro.

— Isto é para você — oferece ele, com ternura. — Minha querida esposa. Para cobrir quaisquer despesas enquanto eu estiver ausente. E isto aqui é o meu testamento. Eu deixo para você mil libras em terras. Mil libras!

— Ah, nem me fale nisso! — digo, e caio em um pranto, lembrando-me de que Janey morreu durante a noite, sozinha, sem sequer se despedir de mim. — Nem me fale! Eu não quero herdar nada. Só quero viver com você, e não morrer. Todas as pessoas que amo morrem, e agora você vai embora!

— Mas guarde bem o testamento — pede ele, pressionando o pergaminho entre as minhas mãos. — Daqui a um mês, quando eu voltar, pode me devolver.

Palácio de Greenwich, Verão de 1561

A corte mal percebe quando Ned se despede da rainha, pois estão todos se divertindo a valer. Para Elizabeth, essa é a melhor época do ano, e todos os dias há bailes, caçadas e piqueniques. Costumamos cavalgar até o Palácio de Greenwich, para caçarmos nas margens do rio. Caminhamos pelos jardins à noite e contemplamos as andorinhas voando ao redor das torres e precipitando-se em direção ao rio. Elas mergulham em seus próprios reflexos, espalhando água quando se afastam de suas imagens espelhadas.

Elizabeth continua apaixonada por Robert Dudley, incapaz de resistir à mão que ele estende, convidando-a a dançar ou a caminhar ao seu lado, incapaz de resistir à pressão por ele imposta, quando ameaça se mudar para a Espanha, caso ela não o consulte como se ele fosse seu marido. Ele reconquistou junto à rainha todo o terreno perdido em consequência da morte da esposa, embora jamais se recupere junto à corte. O reino nunca vai aceitá-lo como consorte, e o grande jogo de Elizabeth é lhe prometer o suficiente para mantê-lo sempre por perto, sem revelar a quem quer que seja o que jurou a ele. Penso que o fingimento da rainha é muito maior e pior que o meu. Ao menos, não minto para Ned, embora precise mentir para todos.

William Cecil tem sido mais amável e atencioso comigo do que nunca, como se receasse que Robert Dudley fosse convencer a rainha a desposá-lo e o reino se voltasse para mim como sucessora. As pessoas haveriam de preferir a mim como rainha a qualquer mulher casada com um Dudley.

— A senhorita está um tanto pálida — comenta William Cecil, com afeto. — Está sentindo muita falta do seu ente tão querido?

Engulo um sobressalto, pois penso que ele se refere a Ned, mas a referência é a Janey.

— Sinto muita falta dela — consigo dizer.

— A senhorita deve rezar por ela — recomenda. — Não tenho a menor dúvida de que ela foi diretamente para o reino do céu. O purgatório não existe, e não se pode livrar almas de lá por meio de orações... mas é um consolo rezar pela felicidade dos nossos amigos no reino do céu, e Deus escuta as nossas preces.

Não falo a ele sobre o fervor com que rezo, pedindo a Deus que Ned volte logo para casa. Baixo o olhar e espero que ele me deixe em paz, para que eu possa seguir até os aposentos da rainha. Ninguém ali se importa se estou pálida. Na verdade, Elizabeth até prefere quando estou lívida e quieta.

— E também sente falta do irmão dela, o conde de Hertford? — pergunta Cecil, maliciosamente.

O tom de voz soa tão estranho, vindo de um homem tão sério, que arrisco olhar de relance. Ele sorri para mim, com os olhos sombrios, examinando meu semblante. Sinto que estou enrubescendo, sei que ele vai notar e vai tirar as próprias conclusões.

— Claro — digo. — Sinto falta dos dois.

— Não há nada que a senhorita deva contar à rainha... ou a mim? — sugere William Cecil com polidez.

Olho para ele; não vou cair nessa armadilha.

— O senhor me instruiu a aguardar um momento propício para falar com ela.

— Sim — concorda, judicialmente. — E este momento não é propício.

Contraio os lábios.

— Então falarei com ela quando o senhor me aconselhar.

Hei de criar coragem para falar com a rainha, e vou chamar Ned de volta, para juntos podermos enfrentá-la, assim que William Cecil indicar o momento propício. Nesse ínterim, morro de medo de Elizabeth. Não ouso contar a William Cecil até que ponto chegamos sem a permissão dele ou o apoio de Robert Dudley. Obviamente, Ned acha que tanto William Cecil quanto Robert Dudley desconfiam da nossa relação, e qualquer pessoa seria capaz de prever que um belo jovem como Ned e uma bela princesa como eu haveriam de se apaixonar, se tivessem permissão para se encontrar diariamente. Portanto, talvez eu deva contar logo, na esperança de que William Cecil fique do meu lado.

Mas e se Cecil, com seu tom irônico, estiver, na verdade, desaconselhando meu casamento com Ned? Bom seria se ele tivesse sido mais claro, antes de nós termos nos casado, consumado o casamento e Ned ter ido embora da Inglaterra.

Para piorar, tenho sentido um pouco de náusea de manhã, e não consigo ingerir carne, sobretudo carne gordurosa, durante o dia. Embrulha meu estômago, o que é estranho, pois sempre tive fome na hora da refeição matinal, ainda mais depois da visita à capela e do jejum. Minha irmã Joana costumava dizer que sou gulosa, e eu costumava rir e dizer... Já não importa o que eu costumava dizer, pois nunca mais vou poder dizer nada a ela, e agora só tolero pão e leite, e, às vezes, nem isso. Jô, a pug, fica no meu colo e come a maior parte do meu desjejum. Acho que meus seios estão mais quentes e mais sensíveis. Não tenho certeza, e continuo sem ter a quem perguntar, mas acredito que sejam sintomas de gravidez. E agora, o que devo fazer?

Lady Clinton, minha tia Elizabeth Fitzgerald, parenta nossa que amava minha irmã Joana, esbarra comigo na galeria e comenta que estou menos feliz sem meus amigos da família Seymour. Ela aguarda como se esperasse minha resposta. Lady Northampton, que vem logo atrás, afirma abertamente que, se estou apaixonada por Ned Seymour, convém contar logo à rainha e lhe pedir que o obrigue a fazer de mim uma mulher honesta. Postam-se lado a lado, amigas de Elizabeth, confidentes de Elizabeth, duas víboras, como se soubessem de tudo, como se meu segredo precioso fosse algo parecido com os flertes infames que elas próprias tiveram no reino anterior, nos anos anteriores, no tempo em que eram jovens, bonitas e sensíveis.

Minhas faces ardem de vergonha por elas se referirem a Ned e a mim como um casal comum, uma dupla de tolos que ficam de mãos dadas aos fundos do salão da corte. Elas não sabem, não compreendem, que estamos profundamente apaixonados e, de qualquer forma, já casados.

— Se ele prometeu casamento a você e foi embora, devemos contar à rainha — cochicha Lady Clinton. — Todo mundo viu que vocês dois eram inseparáveis, e então, de repente, ele vai embora. Eu falo em seu favor.

Fico horrorizada ao perceber que elas me julgam uma mulher dissoluta. E furiosa ao ver que me julgam tola a ponto de ser abandonada por um amante infiel. Eu sou a herdeira do trono da Inglaterra! Sou a irmã de Joana Grey! Será que haveria de me humilhar, indo para a cama com um homem que não fosse meu marido e dependendo de minhas tias para trazê-lo de volta para mim? Mas não posso dizer que estamos casados e que ele se foi com minha autorização. E tampouco posso confiar nas duas velhas víboras (que devem ter, no mínimo, 30 anos) e revelar que sou uma mulher casada e estou grávida. Engulo a raiva e me limito a exibir um sorriso gracioso e dizer que sinto muita falta de Janey. Elas interpretam como demonstração de tristeza minhas lágrimas de ódio e dizem que Janey era uma jovem adorável e que foi uma perda terrível; portanto, nenhuma de nós fala mais nada a respeito de Ned.

Parece que todos sentem a felicidade típica do verão, menos eu. Todos estão namorando, menos eu. Elizabeth e Robert Dudley são amantes — descaradamente. Vão juntos a todos os lugares, e às vezes chegam a ficar de mãos dadas diante de todos. Ela o trata como marido e como se ambos estivessem no mesmo nível, e todos sabem que, se quiserem um estipêndio, uma pensão, ou perdão por algum crime cometido, a palavra de Robert Dudley vale tanto quanto a da soberana, pois esta o segue como se a ele não pudesse se opor, como se sua língua não servisse para mais nada além de lhe lamber os lábios voluptuosos.

Ele se sente altivo diante de tamanho favorecimento. Ela lhe doou grandes somas de dinheiro e lhe deu incentivos fiscais para realizar negócios lucrativos. Só faltou lhe oferecer um ducado, mas belisca as bochechas dele e diz que sua família há de ascender novamente. Ninguém mais comenta que sua esposa morreu sob circunstâncias por demais suspeitas menos de um ano atrás e que todos o culparam. Ninguém se lembra de que seu pai e seu avô foram executados por traição. Eu me lembro — isso porque a jovem a quem o pai de Robert Dudley obrigou a aceitar o trono, levando-a, assim, ao cadafalso, era minha irmã. Exceto por mim, a corte inteira prefere fingir que Dudley pertence a uma das famílias mais ilustres e sempre mereceu confiança e afeto.

O mesmo não ocorre no interior do reino, é claro. Costumo receber mensagens secretas de indivíduos que me garantem apoio no caso de uma rebelião contra Elizabeth e seu amante secreto. Mal chego a ler tais mensagens. Entrego-as imediatamente a William Cecil, que diz, em voz baixa:

— Sua Majestade é abençoada por contar com uma herdeira tão leal. Ela ama a senhorita por isso.

Tenho vontade de dizer, de modo um tanto ferino: "Bem, ela me concede poucos sinais de seu amor." Ou de perguntar: "Ela me ama o bastante para permitir que eu seja feliz? Ou será que só me ama para poder me deixar na tortura da incerteza?"

Isso porque, embora todos saibam que sou sua herdeira, Elizabeth não me designa como tal oficialmente, em um decreto ao Parlamento. E, agora que a rainha Maria da Escócia vai voltar ao seu reino de origem, muita gente está dizendo que Elizabeth deveria apontá-la como sucessora e assim firmar a paz com a própria Maria e com Escócia e França.

— Seu amigo Ned foi bem recebido em Paris e me escreveu dizendo que a rainha Maria da Escócia se recusa a ratificar o tratado de paz e insiste em voltar à Escócia, ainda reivindicando o trono inglês — informa William Cecil.

— Ele tem sido um grande informante meu na corte francesa. Foi recebido feito um príncipe. Ele e o meu filho Thomas se encontraram com as pessoas mais importantes da França, e Ned me revelou muita coisa que eu desconhecia sobre os mistérios da corte.

— E quando eles pretendem voltar? — Tento falar com a voz mais leve e natural possível.

— Em breve, eu espero. Nunca vi dois jovens gastarem tanto dinheiro — comenta Cecil, sem nada me revelar de concreto.

Preciso saber se ele vai retornar logo. Escrevo-lhe e, como não obtenho resposta, preocupo-me com a possibilidade de Ned ter esquecido as promessas que me fez, de ter se apaixonado por outra mulher. Dou ordens para que Glynne, o criado, seja conduzido aos meus aposentos assim que chegar, mas ele não chega. Escrevo mais uma vez, dizendo a Ned que ainda não tenho certeza de nada, mas que meu enjoo melhorou, e isso me faz pensar que foi tudo fruto da minha imaginação e não significou nada. Ele tampouco responde a essa outra carta. Minhas regras não vieram mais e, sem dúvida, ganhei peso. Afrouxo cada vez mais meu corpete, e posso jurar que a circunferência de minha barriga aumenta diariamente. Mas não posso crer que haja uma criança ali dentro. Parece que já se passaram vários meses desde que Ned se deitou comigo e correu a mão lasciva pelo meu corpo esbelto. Faz meio ano; decerto, já faz tanto tempo que não posso acreditar na existência de uma criança, mas não consigo me livrar do medo de que, de fato, haja.

Minha dama de companhia, a sra. Leigh, tece comentários sobre meus seios maiores e minha cintura mais larga, e eu pergunto como uma mulher sabe se está grávida e quanto tempo depois da noite de núpcias chega a criança. Ela fica tão escandalizada que me assusta; de olhos esbugalhados, sussurra:

— Milady! Que vergonha! Milady!

Faço com que ela jure guardar sigilo. É minha dama de companhia há vários anos; a sra. Leigh sabe que eu jamais seria desonrada. Digo que sou uma mulher casada e mostro minha aliança e meu lenço matrimonial. Digo que guardo a carta de Ned, propondo casamento, em minha caixa de joias, junto ao testamento em que sou designada sua esposa. Explico que a criança será a próxima herdeira do trono, e ela me diz que a mulher tem condições de contar o tempo de gestação. Diz que leva dez meses, desde as últimas regras e que saberei dizer se é menino ou menina dependendo do modo como a criança se acomoda no ventre e se tenho mais vontade de comer doce ou salgado. Se eu me sentir mareada nos primeiros meses, a criança não vai morrer no mar. Se eu expulsar os gatos de meu quarto, será um homem honesto. A meu ver, metade do que ela diz é bobagem, mas é a única ajuda de que disponho.

Preciso contar com a assistência dela. A sra. Leigh pode me ajudar a calcular a data em que a criança deve nascer, se é que há uma criança. Pode me ajudar a esconder meu enjoo. Ela me diz que não terá dificuldade em me auxiliar, mas que, naquele momento, sua irmã está doente e precisam dela em casa.

Autorizo a ausência por uma semana, para que possa trabalhar na colheita do feno, mas ela desaparece.

Bem assim! Ela jamais volta para o meu lado, embora trabalhasse para mim havia tantos anos, e isso me diz que estou em uma tremenda encrenca. Se a sra. Leigh, por causa do meu segredo, vai embora sem me avisar, fugindo da corte e do serviço bem remunerado, a situação deve ser, de fato, arriscada. Eu teria pagado uma fortuna para ela ficar comigo e me ajudar — teria pagado o conteúdo total da bolsinha de ouro que Ned me deu —, mas ela preferiu se manter longe. Deve me considerar uma desavergonhada, ou que estou correndo sério perigo, e, seja como for, não quer ter nada a ver comigo; estou, mais uma vez, totalmente só.

Se eu ao menos tivesse alguém para me ajudar a decidir como proceder! Volto a escrever a Ned, por intermédio do embaixador inglês em Paris, embora nem saiba se ele ainda se encontra em Paris. Digo que os pintarroxos vão bem e que Jô, a pug, continua comicamente fiel a mim, como se soubesse que preciso de uma amiga. Passou a dormir na minha cama, e mal posso me mexer sem que ela venha farejar meu rosto. Conto que a rainha e Robert Dudley vivem feito marido e mulher nos primeiros e inebriantes meses de um casamento. Conto que a sra. Leigh fugiu e que não tenho ninguém para me aconselhar. Digo que não sei ao certo em que condição me encontro, mas que estaria muito mais feliz se ele estivesse ao meu lado. Não quero parecer queixosa, como se estivesse suplicando sua volta, mas sinto que estou sozinha com minhas preocupações, e sem meu marido; e agora preciso muito dele.

Não obtenho resposta.

Sei que há dezenas de razões pelas quais ele não deve responder, mas, obviamente, receio que tenha me esquecido, ou se apaixonado por alguma papista francesa. E se a linda viúva, a rainha Maria, se engraçar com ele e o levar para a Escócia como seu rei consorte e eu nunca mais o vir em Londres? Volto a escrever, mas, embora espere até cansar, não obtenho resposta.

— Meu menino e o seu amigo Ned Hertford vão à Itália — informa William Cecil, como se fosse uma ótima notícia. — A menos que os chamemos de volta. O que a senhorita acha, Lady Catarina? Vamos pedir que voltem e interrompam seus folguedos?

Quero dizer: ordene que ele volte já! Em vez disso, olho para os laços dos meus sapatos, por cima da silhueta do meu corpete, enquanto sinto minha barriga coçar embaixo do espartilho.

— Ora, diga-lhes que se divirtam! — exclamo, benevolamente. — Estamos todos muito felizes por aqui, não é?

William Cecil não está feliz aqui. Posso ver isso pela ruga profunda entre suas sobrancelhas, pela maneira como parece insincero quando participa da prosa frívola da corte. Ele teme a volta de Maria da Escócia ao seu reino. Teme que Elizabeth, uma rainha, pretenda entregar o trono a outra rainha, como se não houvesse Adão no Paraíso, como se mulheres pudessem apontar herdeiros, como se mulheres pudessem ser herdeiras. Abomina a ideia de uma herdeira papista na Inglaterra — isso jogaria por terra seu trabalho de uma vida, no sentido de conduzir a Inglaterra à paz, na condição de reino protestante —, mas Elizabeth está fascinada pela bela prima, tão próxima. Cecil desconfia de que a rainha Maria da Escócia — ou qualquer papista — seja sua inimiga religiosa, decidida a reverter o trabalho que ele fez ao longo da vida. Mas Cecil sabe que alcançou o limite de seu poder. Não consegue convencer a soberana de que sua prima Maria seja uma inimiga. Não consegue convencê-la a se casar com um pretendente adequado. Não consegue obrigá-la a engravidar. Ela se recusa a dar um filho ao reino. E eu tenho tanto medo de fazê-lo! Tenho tanto medo de estar prestes a dar ao reino um filho de sangue real e herdeiro, e ninguém sabe disso, a não ser eu. E nem sequer tenho certeza.

Por um instante, chego a pensar que posso lhe contar a verdade. Ele me afasta das outras damas com um leve toque em meu braço.

— Devemos chamar o conde de Hertford? — pergunta ele, gentilmente. — A senhorita precisa tê-lo de volta, Lady Catarina?

Inclino a cabeça para trás e rio, com a mesma alegria que Elizabeth demonstra quando finge estar despreocupada.

— Céus, não! — garanto. — Eu não preciso de homem nenhum, muito menos do conde!

Estamos passeando pelo rio, em barcaças, Elizabeth em seu trono na barcaça real, ladeada por músicos, o povo olhando das margens. Robert Dudley está junto a ela, como sempre; todas as damas, inclusive eu, fomos posicionadas ao longo do convés, belas e privilegiadas. Ninguém nota a ausência de Janey; ninguém sente falta dela, exceto eu. Minha irmã Maria parece uma bonequinha, sentada em uma banqueta alta, e pisca o olho para mim; parece que Maria nunca se preocupa com nada. Penso em contar a ela que tenho receio de estar grávida e ter sido abandonada por meu marido, mas me lembro de que ela é minha irmã caçula e de que nossa irmã mais velha sempre procurou nos proteger de qualquer infelicidade e foi para o patíbulo sem expressar dúvida ou medo, depois de ter escrito para mim uma carta repleta de bons conselhos, os melhores que ela poderia me oferecer, dadas as circunstâncias. Não serei uma irmã menos conscienciosa que Joana. Não deixarei que minhas preocupações pesem sobre Maria.

Embaixadores, condes e lordes estão sentados ao longo da grande barcaça, bebendo vinhos excelentes e fuxicando. Vejo Robert Dudley inclinar a cabeça amorenada sobre Elizabeth e sussurrar algo em seu ouvido, e a vejo virar a cabeça e sorrir. Os dois parecem tão poderosos, tão apaixonados, que esqueço que Elizabeth é minha prima mais antipática e me solidarizo com ela, que também é jovem e está apaixonada. Vejo o quanto ela o deseja, desde o jeito como se vira para ele até a maneira como se agarra aos braços entalhados da cadeira, contendo-se para não abraçá-lo. Acho que sei como é. Entendo isso. Também o sinto. E desvio o olhar, antes que ela perceba esse entendimento perigoso estampado em meu rosto.

— Deveras, é um espetáculo vexatório — diz alguém, em voz baixa, ao meu ouvido; viro-me e vejo lorde Pembroke, meu ex-sogro, de pé ao meu lado, vendo-me observar Elizabeth.

— Ah, eu não sei, não — retruco, valendo-me de minha reputação de ingênua e inculta, como se as duas características fossem a mesma coisa.

— Bem, Deus a abençoe por pensar assim — comenta o homem que me enxotou de sua casa sem uma bênção, sem um adeus.

Do alto de sua banqueta, Maria sorri e me dirige um meneio de cabeça, como que para me aconselhar a fazer o meu melhor ao lado daquela companhia pouco promissora.

— Temos sentido a sua falta na casa dos Herbert — diz ele, com pompa. — Sei que meu filho se arrepende de ter se separado de sua linda esposinha.

Não tenho nada a dizer sobre esse súbito bombardeio de mentiras. Arregalo um pouco os olhos e permaneço em silêncio, para ver aonde ele pretende chegar.

— E sei que você gostava dele — insinua. — Namoradinhos de infância, muito lindo. Talvez você possa voltar a vê-lo com bons olhos. Você agora é uma grande dama, talvez com um grande futuro pela frente; não esqueça os afetos da adolescência.

Há tanta coisa ali a ser rechaçada que levo uma das mãos ao corpete, onde minha barriga está sob intensa pressão, e sinto um ligeiro tremor, feito um gargarejo. Inclino a cabeça.

— Então eis meu filho Henrique, apaixonado como sempre — conclui o pai, dando um passo para o lado, feito uma dama que exibe o parceiro em uma dança, e revelando a figura de Henrique Herbert, bem mais saudável que o menino de rosto lívido que era quando nos casamos; ele agora surge garboso, sorridente e, aparentemente, apaixonado por mim.

— Eu não esperava por isso — digo a ele, enquanto seu pai se afasta e vai se ajoelhar diante de Elizabeth.

— Me perdoe — pede Henrique, abruptamente. — Você sabe que eu nunca quis abandoná-la. Você se lembra de que tudo aconteceu de uma hora para a outra e de que foi impossível saber o que era certo; eu estava doente e fui obrigado a obedecer ao meu pai.

Por um instante, fecho os olhos. Lembro-me do pavor e do caos e de saber que Joana estava perdida e que nada poderia salvá-la.

— Eu me lembro — confirmo, assertiva.

Lembro-me muito bem de que me largaram como se eu fosse algo descartável. Mas me lembro também de que não sabíamos o que fazer, muito menos o jovem hesitante que meu marido era àquela época.

— Eu jamais pensei que eles fossem nos separar — continua ele, com seriedade. — Pensei que nossas promessas fossem para valer. Pensei que estivéssemos casados e que seríamos marido e mulher. Eu não fazia ideia de que seríamos separados.

Lembro-me de desejá-lo como uma menina deseja a ideia de um marido. Lembro-me do maravilhoso glamour e da beleza das bodas, do meu vestido sofisticado e da festa de dois dias. Lembro-me dele passando muito mal, mas tentando caminhar ao meu lado, atrás de Joana e Guildford Dudley, em direção ao altar. Lembro-me de Joana, tensa feito uma corda de viola, sem saber o que fazer, sem saber qual seria a vontade inefável de Deus, lembro-me do pavor que ela sentia da coroa, da coragem com que enfrentou a situação.

Sorrio, pensando em minha irmã indomável.

— Sim, eu me lembro de tudo.

Ele vê meu sorriso e pensa que é para si.

— Você é agora a herdeira da rainha... — começa ele.

— Ela não me designou ao Parlamento — eu o advirto, mantendo um olho no trono, onde Dudley está quase se enfiando ao lado dela, de modo que parecem até duas cobras entrelaçadas, Elizabeth praticamente sentada no colo dele.

— Você é a única herdeira protestante — acrescenta ele. — E a mais amada do reino. Ela a chamou de herdeira diante de toda a corte.

Inclino minha cabeça.

— Se nos casássemos — diz ele, em voz baixa —, se nos casássemos de novo, como já fizemos, e tivéssemos um menino, ele seria rei da Inglaterra.

Tenho uma sensação estranha quando ele diz isso, como se meu estômago embrulhasse, em um espasmo de náusea ou mesmo gases. Será que a criança está pulando em meu ventre, respondendo ao chamado elevado? Como Isabel na Bíblia? Valham-me os santos, acho que sim! Se foi minha criança que se mexeu, preciso me casar, imediatamente! E que seja com Herbert! Na verdade, melhor que seja com Herbert do que com outro homem, pois ele me procurou, seu pai quer que nos casemos de novo e Elizabeth dificilmente poderá nos proibir, visto que já nos casamos antes. Formamos um par excelente à época; ainda formamos hoje. Ele quer, o pai dele quer, a rainha não tem como proibir... e eu preciso me casar com alguém. Só Cristo sabe quando Ned vai voltar. Só a mãe de Cristo, a Virgem, sabe por que ele não responde às minhas cartas. Ela, assim como eu, precisava de um homem para servir de pai ao filho. Ela, assim como eu, sabia que não podia ser demasiado exigente. Preciso me casar, se a criança já estremece em meu ventre.

O movimento em meu ventre é tão forte que mal posso crer que ele não perceba. Estendo o braço, mas ele não sabe que seguro sua mão para me apoiar.

— De fato, temos boas lembranças — comento, como que por acaso. Começo a transpirar; ele vai ver gotas de suor no meu rosto alvo.

Henrique toma minha mão.

— Nunca pensei que não estivéssemos casados — diz ele. — Sempre pensei em você como esposa.

— Eu também, eu também — retribuo, sem muita convicção.

Subitamente apavorada, eu me pergunto se a criança estaria prestes a nascer, se será agora mesmo, diante de todos. Preciso me dirigir à popa da barcaça, sentar-me em algum lugar, trincar os dentes e aguentar firme, rezando para que o passeio acabe logo e eu possa voltar ao meu quarto. Não posso deixar que a criança nasça ali. Não posso me esvair perante a corte! Na barcaça! Na barcaça real! Trajando meu melhor vestido!

Ele baixa a cabeça e me mostra algo na palma da mão. É minha antiga aliança de casamento, que me foi dada no dia das nossas bodas, tanto tempo atrás.

— Você aceita esta aliança como símbolo de nosso noivado? — murmura ele.

— Sim! Sim! — concordo, e quase arranco a aliança da mão dele, tamanho é meu desespero para que Henrique se vá.

— Depois eu lhe envio meu retrato.

— Sim, sim.

— E você me envia o seu?

— Sim, claro. Mas, por favor, eu preciso ir agora...

— Estamos noivos outra vez.

— Estamos.

Sou uma tola. Aquele espasmo não era o nascimento, mas apenas a criança se mexendo — quem diria que a sensação seria tão horrível? Não há nada na Bíblia que nos previna de que parece que estamos prestes a morrer. Porém, agora que aconteceu comigo, já sei como é. Não resta dúvida de que estou grávida; não posso negar, nem para mim mesma. Agora, com frequência, tenho a estranha sensação de que meu estômago está embrulhado. A criança se mexe à minha revelia; portanto, às vezes, estou deitada e meu ventre dá um pulinho e se contorce, e posso até vê-lo se mexendo, como se um gatinho estivesse escondido embaixo da minha camisola. Porém, não é um gatinho — eu saberia o que fazer com um gatinho, não haveria a menor objeção a um gatinho. É uma criança, uma criança que não tenho permissão de gerar, gestar ou parir. No entanto, com ou sem permissão, com ou sem a minha vontade, a criança vai nascer, qual uma força tremenda e irreversível, qual uma nuvem pesada de chuva que varre um campo aberto, escura, ameaçadora e incontrolável.

— Está tudo bem com você? — pergunta Maria, com a franqueza de uma irmã caçula. — É que você parece tão inchada quanto a rainha quando está doente e tem andado de péssimo humor nesses últimos dias.

Quero contar a ela que estou apaixonada por Ned, mas que não tenho notícias dele; que ele ficaria fora apenas algumas semanas, mas que está ausente há meses. Quero contar que estamos casados, mas que ele me abandonou, e agora estou grávida e não posso me queixar do tratamento que ele me dispensa, pois nosso casamento foi secreto e a criança é algo ainda mais secreto, e não aguento mais manter o mistério. E, seja como for, em algum momento ela vai nascer, e meu segredo será exposto e serei humilhada feito uma vadia que é puxada por uma carroça e espancada.

— Sinto-me doente — respondo, tremendamente infeliz. — Sinto-me muito doente. Ai, Maria, quem me dera poder lhe contar o quanto estou doente.

Ela sobe no assento da janela e se acomoda ao meu lado, com os pezinhos pendendo para fora.

— Está com febre?

— Não, não, não é uma doença — eu me contradigo. — É que eu me sinto doente.

— Está com saudade de Ned?

— De jeito nenhum.

Ela franze a testa para mim, seu rostinho bonito forma um bico, como se não entendesse o que eu digo.

— Eu tenho um amigo, um amigo secreto, e não posso lhe falar o nome dele, mas eu jamais o negaria. — Maria me oferece seu segredo em troca do meu. — Ele diz que me ama, e eu sei que o amo. Não posso falar mais. Isso é para ver que sei guardar segredo, que sou uma mulher madura, embora pequena. Pode me dizer que ama Ned, que eu junto o seu segredo aos meus. Pode me contar o seu segredo.

Emito um leve gemido de desespero ao pensar que minha irmã vai ficar no mesmo estado de apreensão em que eu me encontro.

— Não fale dele — peço. — Seja lá quem for esse seu amigo secreto. E não fale com ele. Não mantenha um relacionamento secreto. Esquece esse amigo. Nem sonhe com ele. E, se ele quiser se casar com você, diga que jamais poderá se casar sem a autorização da rainha.

— Ela nunca vai permitir que eu me case — diz Maria, descartando minha sugestão com um dar de ombros. — Ela teria medo de que eu gerasse um herdeiro do trono. Ela não quer um príncipe Tudor com menos de um metro e vinte de altura.

A ideia me deixa tão escandalizada que quase engasgo.

— Mas você não teria uma criança de tamanho normal?

— Quem sabe? — Ela volta a dar de ombros, uma coquete em miniatura. — Quem sabe como essas coisas acontecem? Em todo caso, vou dar um jeito de arrumar um amante alto, para equilibrar a situação.

— Maria, você não pode ter um amante! Não pode nem brincar com esse assunto. Promete que não vai ter um caso com ninguém, que vai esquecer esse seu segredo.

— Isso tem a ver com Ned? Vocês se casaram em segredo?

Cubro a boca de Maria com a mão e arregalo os olhos.

— Não fale mais nem uma palavra — ordeno. — É sério, Maria. Não fale mais nada. Eu não tenho segredo nenhum, e nunca tenha segredo nenhum.

Ela afasta minha mão.

— Ora! — diz ela, com indiferença. — Não precisa tapar a minha boca. Eu não vou falar nada. Seu segredo estará seguro comigo. — Ela escorrega até a beira do assento e dá um pulinho para o chão. — Mas Henrique Herbert não está a sua altura... Presta bem atenção ao que estou lhe dizendo. Aquele lá é um maria vai com as outras. Ele faz o que o pai mandar, e o pai dele só pensa no bem da própria família. Agora, eles pensam que você será apontada como herdeira pelo Parlamento, em vez da rainha Maria, e que vai ficar com o trono depois que Elizabeth morrer. É por isso que estão cercando você, como se gostassem de você. Não pense que é verdade.

— Acho que ninguém gosta de mim — declaro, desolada.

Maria pega minha mão e leva a sua face.

— Eu gosto — diz ela. — E meu coração é grande. Maior que o de Herbert, ao menos.

— Ele é a minha única esperança — afirmo, entristecida.

— Você vai mesmo se casar com ele? — pergunta ela, incrédula. — Porque, é bom que saiba, ele está percorrendo a corte inteira, mostrando o seu retrato e dizendo que vocês estão noivos. As pessoas têm me perguntado. E eu tenho negado.

Minha criança estremece em meu ventre, como se discordasse. Levo um susto.

— Eu não me atrevo a recusá-lo.

— Ele lhe deu uma aliança? — indaga Maria.

— Sim. A mesma de antes. Ele a guardou. E me deu uma pulseira e uma bolsinha cheia de ouro, para comprovar que está sendo sincero. O pai dele me deu um broche que pertencia à mãe.

— Peça permissão à rainha para se casar com ele enquanto estivermos excursionando com a corte — aconselha Maria. — Ela se sente melhor quando estamos fora de Londres, e ela e Dudley vão estar juntos o dia inteiro... e a noite inteira também. E por que não pedir a Dudley que fale por você? Neste verão, ele próprio é amante; está do lado do amor contra o mundo. Ele não vai sugerir postergação, ele próprio a está pressionando para se casar o quanto antes. Se é isso que você quer... embora eu não consiga entender por que quer uma coisa dessas.

Hesito.

— Mas eu não arrumei nada — argumento, sem propósito. — Nem sei onde está a cesta em que o sr. Careta viaja.

— Eu ajudo você — diz minha surpreendente irmãzinha. — Pare de chorar. Das duas uma: ou Ned volta logo ou você se casa com Henrique. Seja como for, vai ter um lar e um marido. Alguém há de amar você do jeito que é. Eu já amo. O que mais vai querer?

Excursão da Corte: Estrada para Wanstead, Verão de 1561

Partimos de Londres e pernoitamos no Palácio de Wanstead, onde lorde Richard Rich, que prontamente abandonara Joana, recebe a corte e o faz na condição de orgulhoso proprietário. Robert Dudley passa adiante de Rich, ajuda a rainha a desmontar de seu cavalo e a carrega porta adentro, como se a casa fosse sua e ela, a esposa. Elizabeth ri de felicidade, e Richard Rich esboça um sorriso.

Os serviçais aprontam nossas roupas e joias, mas tudo em Wanstead é tão requintado que usamos a roupa de cama, o ouro e a prataria da casa. Vejo Elizabeth admirando os frondosos campos ao redor do palacete, e deduzo que a corte vai à caça amanhã. Terei de inventar uma desculpa; a cavalgada de pouco mais de quinze quilômetros me causou tamanha dor que mal consigo me manter de pé quando desmonto. É certo que não tenho condições de galopar atrás de cães.

— Carta para a senhorita.

Um dos lacaios, vestindo a libré de Rich, faz uma reverência e entrega uma carta em meu nome.

— Uma carta?

Por um instante, não a pego. Olho para a carta com crescente esperança, e então, lenta e tentativamente, estendo a mão. Sinto como se alguém estivesse me entregando a chave para eu fugir do cárcere da minha angústia.

Enfim, Ned me escreveu — enfim. Talvez tenha escrito do litoral e já esteja de volta à Inglaterra, e agora já cavalgue para o norte, ao meu encontro. Fico tão feliz ao ver sua carta que até esqueço meu ressentimento por ela vir tão tardiamente. Não tem importância. Nada tem importância. Se ele voltar para mim agora, poderemos revelar tudo; eu rompo meu noivado com Henrique Herbert, falamos com a rainha, e tudo vai acabar bem. Como diz a pequena Maria, tão jovem e tão sábia: um lar e um marido, o que mais eu posso querer?

Mas então vejo que a letra não é de Ned, tampouco o lacre. Assim que manuseio a carta, minhas esperanças se desfazem. Retiro-me do estábulo agitado, onde os cavalariços recolhem os cavalos da corte e os conduzem aos ricos prados, e me dirijo ao jardim, onde as árvores projetam uma sombra fresca sobre um banco de pedra e no qual posso me sentar, descansar minhas costas doloridas e ler a carta.

O remetente é Henrique Herbert. E o conteúdo é apavorante.

Tendo até o presente levado uma vida digna, não hei de perder minha honra e passar o resto da vida ao lado de uma prostituta denunciada por quase todos os homens...

Quase deixo a carta cair no chão. Sinto que vou desmaiar; meu pavor é tamanho que sinto falta de ar. Releio a carta. Ele me chama de prostituta; diz que os homens falam mal de mim. Sinto meu coração acelerar, e a criança em meu ventre fica imóvel, como se estivesse horrorizada com o insulto à mãe.

— Ned... — murmuro, arrasada.

Não posso crer que ele se mantenha afastado e permita que essa coisa horrível aconteça comigo. Não posso crer que nosso caso de amor acabe em desgraça: uma criança em meu ventre e Henrique Herbert — logo Henrique Herbert! — chamando-me de prostituta.

Tentaste me fisgar com uma isca envenenada e disfarçada de afeto, mas (graças a Deus) estou livre e não serei mais tocado, a não ser pela devolução de alguns itens que por esperteza e má-fé de minhas mãos foram levados, a fim de esconder tua abominação e a dele também.

Ele sabe que estou grávida. Não aponta Ned, mas não há de faltar quem se disponha a arruinar o nome de Ned junto do meu. Preciso devolver os presentes que recebi de Herbert e implorar seu silêncio. Evidentemente, ele está furioso porque tentei "fisgá-lo" e, a bem da verdade, não posso dizer que esteja enganado e que sou inocente. Não posso culpá-lo por sua indignação. Eu teria me casado com ele e usado seu nome para esconder minha vergonha abjeta. E, decerto, no fundo do coração, eu sempre soube que o esquema não funcionaria. Talvez a criança nascesse antes mesmo que eu chegasse ao altar. Eu teria de confessar minha situação no momento em que nos casássemos, e ele ficaria tão furioso comigo como está agora.

Por outro lado, eu seria esposa dele, meu filho teria seu nome e eu conseguiria um refúgio, ainda que temporário. Em todo caso, que opção eu teria? Pensei que, se estivesse casada quando desse à luz, já seria uma solução para mim. Meu filho teria sobrenome, e eu teria marido. Agora, serei humilhada ao dar à luz e chamada de prostituta por um jovem que tentei desposar e trair ao mesmo tempo.

Baixo a cabeça e choro sobre aquela carta infame. De fato, não sei o que fazer. De fato, não faço a menor ideia de como proceder agora e, no mesmo instante, a criança se vira e pesa dentro de mim, pressionando tanto meu ventre que preciso correr até o quarto de banho e urinar novamente. Penso: meu Deus, que infelicidade. E penso: é a pior infelicidade imaginável, e está acontecendo comigo. Eu estava tão feliz na condição de esposa de Ned e amiga de Janey, como herdeira da rainha e irmã de uma santa, e agora me vejo tão humilhada. Tão humilhada. Tão humilhada que não sei como me reerguer.

Não é difícil convencer as damas que servem nos aposentos de Elizabeth de que não estou passando bem. A tensão estampada em meu rosto me priva de minha beleza jovial, e não consigo dormir à noite, pois a criança chuta e pressiona meu ventre assim que me deito. Estou com olheiras profundas e minha bela pele alva está toda manchada. Qualquer pessoa há de pensar que estou com disenteria. Estou toda inchada e padeço de dores constantes nas costas e na virilha. E todos os dias, a serviço da rainha, preciso ficar o tempo inteiro de pé, enquanto ela pode se sentar, caminhar e dançar. Preciso fazer reverências com as costas eretas e sorrir. Penso que isso é como uma tortura prolongada, tão cruel quanto qualquer suplício praticado na Torre, e que seria preferível confessar logo e enfrentar minha sentença a seguir, dia após dia, com essas mentiras em minha boca e esse sofrimento constante. Se estivesse sendo torturada, talvez nem fosse pior.

A excursão prossegue, indo de uma linda residência a um anfitrião generoso, Elizabeth está absolutamente exultante, com Robert Dudley acompanhando-a o dia todo, dançando com ela ao anoitecer e dormindo à noite no quarto ao lado. Comportam-se como jovens enamorados, flertando e rindo, jogando cartas e cavalgando juntos. São tão felizes como Ned e eu éramos — antes que ela o despachasse da corte e me condenasse à solidão e à vergonha.

Escrevo a uma de minhas criadas que ficaram em Westminster e peço que localize meu baú, na sala do tesouro real, pegue minha caixa de joias e me envie todos os presentes que ganhei de Henrique Herbert. Preciso lhe devolver aquele retrato idiota e o medalhão que contém um cacho de seu cabelo. Gastei o dinheiro e, portanto, não poderei reembolsá-lo.

Palácio de Pirgo, Essex, Verão de 1561

Não obtenho resposta de minha criada e receio que ela não tenha recebido minha carta, ou que não tenha encontrado meus pertences, ou que esteja havendo alguma confusão. Antes que eu possa escrever novamente, dizendo-lhe que se apresse e faça conforme ordenei, a corte chega à nova residência de meu tio, João Grey, em Pirgo. Ele se mostra sensivelmente orgulhoso da casa, uma mansão real, presente da rainha. Acredita que tamanho sinal de favorecimento deverá respingar em mim e me atribui funções de destaque nos divertimentos preparados para a rainha, querendo que eu lidere as danças. Meu tio não consegue entender por que evito a atenção da monarca.

— E você está perdendo a beleza — queixa-se ele. — O que está acontecendo, menina? Você está mais gorda. Você só pode engordar depois que for indicada herdeira real e assim declarada pelo Parlamento. A rainha não tem paciência com glutões. Todos queremos uma herdeira bonita, com aparência de fértil. Mas você parece exausta.

— Eu sei. Sinto muito — digo, sucintamente.

Por um momento, eu me pergunto se devo contar a ele que tenho um pecado muito pior que a gula, mas vejo seu semblante grave e não me atrevo a revelar que mais uma sobrinha da família Grey se posicionou do lado errado do trono.

— O que é isso aí, debaixo do seu manto? — pergunta, de repente.

— Minha gatinha, a Fita — respondo.

Ele não sorri ao ver a linda gatinha branca.

— Ridículo. Não deixe meus cães verem essa gata; eles vão estraçalhá-la.

— Carta para Lady Catarina — diz o encarregado da despensa, então me entrega uma carta com o brasão dos Pembroke. — O mensageiro aguarda a resposta.

— Ah, é? — Meu tio logo se anima. — Henrique Herbert escrevendo para você; é isso? O pai dele falou comigo faz pouco tempo. Disse que estão pensando em reatar o noivado de vocês. Abra a carta, menina.

— Prefiro ler mais tarde — falo. Minha boca está totalmente seca.

Ele dá uma risada.

— Ora, não se preocupe comigo — diz ele, voltando-se para o encarregado da despensa e falando das providências relativas ao jantar da rainha, enquanto rompo o lacre e abro a folha.

Sem demora, peço-lhe, madame, que me envie por esse mensageiro as cartas, os presentes e o retrato que lhe dei; caso contrário, para ser franco, anunciarei ao mundo inteiro sua condição de prostituta, a qual, graças a Deus, é agora de meu conhecimento e do conhecimento de tantos outros.

Tenho ânsia de vômito. Leio e releio as palavras. Ele sabe que estou excursionando com a corte — será que supõe que levo seu retrato comigo aonde vou? Pobre coitado; acho que sim. Como é vaidoso..., penso, bastante nervosa. Como é idiota. Que felicidade saber que não vamos nos casar! Mas então penso: meu Deus, se não vamos nos casar, se ele vai me denunciar como prostituta, o que vou fazer?

— Está tudo bem? — indaga meu tio. — Você não parece muito contente. Implicância de namorado?

— Está tudo bem — respondo, gaguejando ao mentir.

Se Henrique não receber as cartas de volta e anunciar que sou amante de Ned, vou cair em desgraça diante da rainha, e meu tio e todos os meus parentes cairão comigo. Maria será obrigada a deixar a corte, e para onde ela pode ir? Não seremos mais remuneradas como damas da rainha; não receberemos mais subornos de solicitantes; tampouco seremos beneficiárias dos favores de Elizabeth. Minha ruína será a ruína de toda minha família. E onde meu filho há de nascer, e quem há de sustentá-lo?

— Está tudo bem. — Exibo os dentes, em um sorriso desprovido de alegria. — Tudo muito bem.

— Que bom, que bom — diz ele, alegremente. — Vamos pedir à rainha permissão para que você e Henrique Herbert se casem; talvez façamos isso enquanto ela estiver aqui. Se tudo correr bem hoje à noite, e ela estiver de bom humor... Que tal? Você precisa ver o tamanho do castelo de marzipã! Só espero que consigam carregá-lo da cozinha até o salão sem derrubá-lo! Confesso que vou estar tremendo feito vara verde! Está na hora de você se casar, minha jovem Catarina!

— Ainda não — falo, e engulo um pouco de bile. — Não fale com a rainha, por enquanto, eu peço ao senhor. Milorde Henrique está aborrecido comigo por uma coisinha de nada. Preciso lhe enviar algo. Se eu puder enviar a minha criada até Westminster, ela localiza o que ele quer.

Meu tio dá uma risada.

— Ah, o amor dos jovens! O amor dos jovens! Vocês dificultam tanto as coisas! Mande para ele uma rosa prensada, colhida no meu jardim, e ele vai ficar mais que satisfeito... Você vai ver. E eu falo com a rainha, em seu nome, quando ela estiver de bom humor e você me fizer um sinal com a cabeça.

— Eu darei o sinal — digo, tolamente. — Mas não fale antes. Eu darei o sinal.

Ele dá um tapinha em meu ombro.

— Vá trocar de roupa; use o seu vestido mais bonito — pede meu tio. — Vamos proporcionar a Sua Majestade um jantar e um entretenimento dos quais ela há de se lembrar até o fim de seu reinado.

— Vou, sim — acato, obedientemente. — Obrigada, tio. Sou-lhe muito grata.

— E mantenha os seus animais de estimação no estábulo. Não quero que eles sujem a minha casa nova.

Mantenho Fita dentro da cesta de viagem, porque ela é incontrolável e costuma escapar, mas consigo levar a cadelinha, Jô, e o macaquinho, sr. Careta, para meus aposentos, onde eles correm à solta. Deus os abençoe; são as únicas criaturas no mundo que gostam de mim. Não vou abandoná-los no estábulo, apesar da ordem dada por meu tio.

Avanço pela noite como uma atriz velha e cansada, desempenhando o papel da sobrinha querida, da segunda prima predileta da rainha — depois de Maria da Escócia —, a herdeira apontada, com a expertise automática de uma sonâmbula. Não sei o que fazer. Não sei quem poderá me socorrer. Não posso impedir que Henrique Herbert me denuncie a seu pai, e depois ao restante do reino. Mesmo que eu conseguisse encontrar os malditos presentes e os enviasse a ele a tempo, duvido que isso o silenciasse — seu orgulho está demasiadamente ferido, sua vaidade, demasiadamente afrontada. Portanto, preciso pensar. Se ele me denunciar, a rainha logo ficará sabendo, e também William Cecil, Robert Dudley, Lady Clinton, meu tio, bem como Catarina Brandon, minha avó de consideração, minha tia Bess St. Loe — e todos os que prometeram ficar do meu lado vão me odiar por eu ser depravada e mentirosa.

Eu penso: preciso me abrir com alguém que fique do meu lado e interceda em meu favor junto à rainha. Preciso escolher alguém entre esses cortesãos hipócritas e interesseiros. Preciso encontrar uma pessoa com quem possa compartilhar meu segredo terrível e torcer para que essa pessoa me apoie.

Eu poderia falar com William Cecil — ele é o conselheiro mais habilidoso com a soberana e tem apoiado minha condição de princesa protestante e herdeira. Ele se opõe a todo e qualquer papista; portanto, há de ter preferência por mim, diante de Maria da Escócia ou Margaret Douglas. Sou a única princesa protestante. Ele prometeu defender minha causa. Mas não posso falar com Cecil. Simplesmente, não posso. Não tenho condições de olhar naqueles olhos castanhos, sinceros e melancólicos como os de um spaniel, e dizer que faz meses que venho mentindo para ele, que me casei em segredo e copulei com meu marido, que agora o perdi e ele foi embora — sabe-se lá para onde, e com o filho do próprio Cecil —, deixando-me sozinha para enfrentar a ira da soberana. É demais. Não vou conseguir. Não vou conseguir pronunciar as palavras. Estou envergonhada demais para me confessar com um homem feito William Cecil.

— Está tudo bem com você? — Minha irmã Maria surge ao lado do meu cotovelo, olhando para cima, encarando-me. — Você está verde.

— Enjoada. Não olhe para mim. Eu não quero que ninguém olhe para mim.

— O que há de errado com você nesses últimos dias? — indaga ela. — Anda com os nervos à flor da pele. — Eu pisco, e lágrimas rolam dos meus olhos. — E fica chorando toda hora! — queixa-se ela. — Ned a abandonou?

— Sim — respondo, e a palavra cai da minha boca feito uma pedra, enquanto me dou conta da verdade. — Ele disse que ia escrever e não tem escrito; disse que ficaria fora algumas semanas e faz meses que se foi. Não responde às minhas cartas, e eu nem sei onde ele está. Então, na verdade, eu tenho de dizer que ele me abandonou. E me abandonou há vários meses. E eu não sei o que fazer sem ele.

— E Henrique Herbert? — sugere ela.

— Ele está furioso comigo, porque estou apaixonada por Ned. Ele sabe de tudo.

Maria contrai a linda boquinha.

— Você não pode ser feliz sem os dois?

— Tínhamos prometido nos casar — retruco. Nem agora eu consigo falar a verdade para minha irmã. — Eu me sinto comprometida.

Maria ri de mim.

— Pelo amor de Deus! A nossa irmã morreu no cepo do carrasco por causa da Palavra de Deus. Isso é que é compromisso! Ela morreu porque se comprometeu com Deus, e não aceitava voltar atrás. Você vai permitir que a sua vida seja arruinada por causa de uma promessinha? Uma promessinha de amor? A um homem? Esquece essa tal promessa! Quebre a tal promessa!

— Joana jamais faria isso.

— Claro! Nós jamais devemos tentar ser como Joana! Devemos viver em busca da alegria e do prazer. Se a morte de Joana nos ensinou alguma coisa, é que a vida é preciosa e cada dia é uma dádiva que devemos valorizar. Vira a casaca! Volta atrás nessa promessa!

— Não era isso que ela queria nos ensinar — argumento, lembrando-me do "aprende a morrer".

— Não acho que ela foi uma boa professora, nem um bom exemplo — rebate Maria, ousada.

Fico tão espantada quanto se, de repente, a pug Jô começasse a andar apenas nas patas traseiras. Eu não fazia ideia de que minha irmãzinha tivesse uma opinião formada sobre esse assunto. Sempre pensei que ela fosse jovem demais para entender o que estava acontecendo com Joana e — para minha vergonha — eu achava que sua baixa estatura a impedisse de ouvir todas as discussões e debates que ocorrem acima do seu belo capuz.

Seus olhos pretos brilham de indignação, e em seguida ela sorri.

— Hei de encontrar a minha própria filosofia e viver a minha própria vida — diz ela. — E não terei medo de nada.

Maria passa por mim, e alguém a convida para dançar. Vejo-a emparelhada com jovens cuja estatura é quase o dobro da sua, mas que não são tão bonitas, e nenhuma delas é tão sábia. Penso em minha irmãzinha, com menos de um metro e vinte de altura, tão destemida, e concluo: não posso dizer nada à rainha; não posso arruinar Maria.

Acho que vou falar com nossa tia Bess — Lady St. Loe. Não é a mulher mais amorosa do mundo, mas amava minha mãe, e prometeu ser minha amiga. No enterro de minha mãe, disse-me que poderia contar com ela. É uma mulher muito experiente, casou-se três vezes, e já perdi a conta do número de filhos que teve. Ela há de identificar os sinais de gravidez e saber quando a criança deve nascer. É provável que compreenda que o amor é capaz de nos levar a situações extremas. E é amiga e confidente de Elizabeth. Se receber bem meu segredo, quem sabe até fale por mim e tudo acabe bem?

Tomei a decisão, mas não consigo encontrar o momento adequado, tampouco as palavras adequadas. Não me atrevo a falar enquanto estivermos sob o teto de meu tio — não posso correr o risco de envergonhá-lo. Se Elizabeth receber mal a notícia, vai se enfurecer com todos, e não posso expô-lo à descompostura que ela costuma protagonizar quando se sente ofendida. Portanto, espero enquanto a excursão avança lentamente para o leste, dia após dia, em meio a dias úmidos e temporais de verão — houve uma tempestade noturna com tantos raios e trovões que as chaminés oscilaram nos telhados e todos pensaram que fosse o fim do mundo —, até chegarmos a Ipswich, onde sinto uma dor lancinante, uma dor diferente, que vai da virilha às costelas, e penso: ai, meu Deus, agora vou rachar ao meio; preciso falar com tia Bess e chamar um médico, ou vou morrer por causa desse segredo, quando a criança sair de dentro de mim.

Casa do Sr. More, High Street, Ipswich, Verão de 1561

Espero até a noite, embora a corte esteja tão alegre e descontraída neste verão que Elizabeth só se recolhe aos seus aposentos perto da meia-noite. Quando, enfim, tudo se aquieta e os serviçais dormem sobre as mesas armadas no salão nobre da casa ou embrulhados em seus casacões diante da grande lareira, deixo Jô ressonando em meu travesseiro, o sr. Careta ao lado dela, a gata em sua cesta e vou furtivamente até os aposentos dos St. Loe. Bato à porta e, quando ouço tia Bess dizer "Quem é?", entro na ponta dos pés.

Ela está sentada na cama, de camisola, lendo a Bíblia à luz de uma vela, com uma touca de dormir amarrada sob o queixo. Graças a Deus, dorme sozinha. Se tivesse alguma companhia, eu não poderia falar nada. Seu marido viaja à frente da corte. É capitão da guarda real e mordomo-mor, então cabe a ele se certificar de que a hospedagem da noite seguinte excede os elevados padrões impostos por Elizabeth. Portanto, Bess, casada há apenas dois anos, fica longe do marido para que a rainha possa estar com seu amante em meio ao luxo mais requintado que Sir William St. Loe for capaz de promover. E, assim, todos giramos em torno dela, essa rainha tão exigente, como se ela não tivesse crescido em uma casa relativamente pequena, feliz quando ganhava roupas de segunda mão, sem nome, nem título nem amigos.

— Quem é? — pergunta Bess e, ao me ver, sorri: — Ah, Catarina, minha querida. O que foi? Não está passando bem?

Fecho a porta depois de entrar e vou até a beira da cama.

— Tia Bess... — começo, e então penso: não posso falar. Não posso contar nada. Não consigo dizer uma palavra sequer.

— O que foi, Catarina? O que foi, querida?

Ela parece preocupada. Eu penso: se minha mãe me olhasse daquele jeito, eu seria capaz de lhe contar qualquer coisa.

— Eu... Eu...

Ela semicerra os olhos.

— O quê? — insiste. — Você se meteu em alguma encrenca?

Em resposta, abro as pregas do meu robe. Por baixo, minha camisola branca está justa sobre meus seios inchados e minha cintura dilatada. Ela vê a circunferência inconfundível de minha barriga e meu umbigo ligeiramente estufado, apesar de eu ter me mantido enfaixada.

Minha tia leva ambas as mãos à boca e, por cima dos dedos, seus olhos castanhos se esbugalham, como parte de um grito abafado.

— Deus do céu! O que você fez? — sussurra ela.

— Eu estou casada — digo, em desespero.

— O quê? Com Henrique Herbert?

— Não, não... Só me comprometi com ele porque estou desesperada, mas ele sabe disto aqui.

— Deus do céu!

— Estou casada com Ned Seymour.

— Está?

— Sim. Mas ele foi embora e não tem me escrito.

— Ele nega o casamento?

— Não sei. Espero que não.

— Ele sabe disso aí?

— Não sei. Não tínhamos certeza. Janey sabia.

— Que benefício isso pode trazer? — questiona Lady Bess, furiosa. — Ela está morta, e ele foi embora. Alguém mais sabe? William Cecil?

— Não, não... Eu não consegui contar para ele. Nem para Lady Clinton, e eu...

— Por que diabo veio contar para mim? — diz ela, com os dentes trincados e as mãos ainda sobre o rosto. — Por que diabo veio contar para mim?

— Eu pensei que a senhora me ajudaria...

— Nunca! — declara ela, sumariamente.

— Mas, Lady St. Loe... a minha mãe... a sua antiga amizade? A senhora me prometeu...

— Eu amava a sua mãe, e ela foi boa para mim quando me casei com meu segundo marido na casa de vocês, e depois também, quando me casei pela terceira vez. Veja bem, menina: quando me casei. Publicamente. Ela mataria você se a visse nesse estado e sem marido. Ela não pediria a mim que a ajudasse; ela despacharia você da corte para algum lugar no interior e pediria a Deus que o feto fosse natimorto e que você conseguisse esconder sua vergonha.

— Lady Bess...

— Eu não tenho recursos — argumenta ela, com a frieza de um banqueiro genovês que recusa um empréstimo. — Eu não tenho recursos para ajudar você com isso aí. Ninguém tem. Ninguém tem o suficiente. Vai embora.

— Eu não quero dinheiro...

— Quer, sim — retruca ela. — Desesperadamente. E um lar, e um marido, e um protetor que possa explicar tudo isso à rainha. Eu não tenho nada disso, e, se tivesse, não sei se gastaria minhas reservas com uma idiota, uma menina idiota como você.

Começo a chorar baixinho.

— Mas eu não tenho para onde ir... — Jamais pensei que ela fosse ficar zangada comigo. — Para onde eu posso ir? Tia Bess, por favor! A senhora não tem um lugar para onde eu possa ir? Eu não posso ir para sua casa?

Mais uma vez ela leva uma das mãos à boca, a fim de abafar um grito.

— Um herdeiro Tudor nascido na minha casa? Uma criança metade Tudor, metade Seymour? Não percebe que ela vai achar que é uma conspiração? Não! Não! Não está me ouvindo? Elizabeth vai me expulsar da corte só de saber que falamos sobre isso, só de saber que estou a par dessa situação. Vai embora. Vai embora, já, e não diga a ninguém que falou comigo, pois eu negarei.

— Mas o que eu vou fazer? — indago.

As sombras sobem e descem por seu rosto assustado no momento em que ela manuseia a vela que está sobre a mesa de cabeceira.

— Você vai se esconder em algum lugar, dar à luz, entregar a criança para alguém, abandone-a, se necessário, e voltar para a corte como se nada tivesse acontecido — aconselha. — E nunca diga a ninguém que falou comigo. E saiba que jamais confessarei o que ouvi.

— Minha querida tia Bess, eu suplico! Por favor, não apague essa vela!

Ouve-se um sopro, e o quarto fica escuro.

Incrédula, permaneço por um instante na escuridão, depois tropeço a caminho da porta.

Vou para a cama, mas não consigo dormir. A criança se virou outra vez; acho que desceu em meu ventre, pois o inchaço em minha barriga baixou. Por um momento, penso que talvez o feto tenha morrido e esteja encolhendo, e que isso pode ser melhor para mim. Mas então ele se contorce e chuta com tamanha força que não posso me iludir, nem por um instante, que esteja morto.

Além disso, sinto um ímpeto de amor pela pobre criatura. Não quero que morra. Não posso desejar isso. Quando Lady St. Loe disse que bom seria se o feto fosse natimorto, considerei-a um monstro. Não vou entregar essa pobre criatura a quem quer que seja. Não posso nem pensar em sufocá-la com um travesseiro e atirá-la dentro de uma vala. Hei de me lembrar do sopro naquela vela e da escuridão até a morte. Como ela pôde fazer aquilo? Mas não adianta choramingar sobre Lady Bess, pois preciso pensar no que fazer e aonde ir.

Enxugo as lágrimas e me sento na cama. Preciso fazer algo imediatamente — a dor parece um tenaz que aperta minha barriga; alguma coisa está acontecendo. Embora tia Bess tenha deixado claro que não faria nada por mim, ela me deu uma ideia — devo ir embora da corte e dar à luz em sigilo; talvez eu possa deixar a criança com uma família caridosa e depois voltar à corte. Quando Ned regressar, se regressar, e se ainda me amar, se tudo isso não passou de uma grande confusão, poderemos pedir consentimento para nos casarmos, anunciar que somos marido e mulher e apresentar a criança — o novo herdeiro do trono.

Ao menos Robert Dudley ficaria satisfeito. Eu daria a Elizabeth um herdeiro do sexo masculino, que ela poderia designar seu sucessor ao trono; ela então estaria livre para desposar Dudley. William Cecil ficaria feliz com um herdeiro protestante no berço. Mas preciso encontrar um lugar onde possa me esconder e onde meu segredo estará seguro.

Gostaria muito de ir para minha antiga casa, Bradgate, mas todos me conhecem por lá e a notícia chegaria à corte tão rápido quanto a cavalgada do primeiro espião. Bom seria se eu pudesse ir para Hanworth, para a casa de Ned, mas, se a mãe dele não apoiou nosso casamento, duvido que me acolhesse sozinha, e Janey não estaria lá, como prometera. Não me atrevo a chegar sem ser convidada, e não me atrevo a dizer à mãe de Ned por que preciso de abrigo. Não posso contar para meu tio; não tenho coragem de lhe contar a verdade e me recuso a levar minha desgraça à porta de sua nova residência. Preciso de alguém que disponha de terras e muitas casas, que possa me fornecer um esconderijo até a chegada da criança. Alguém que possa pagar uma ama de leite e comprar o silêncio das pessoas. Alguém que tenha coragem de me esconder da rainha, alguém que, para garantir um herdeiro protestante, aceite correr o risco de desagradá-la.

Acho que só pode ser William Cecil ou o próprio Robert Dudley; ninguém mais possui o que Lady Bess chamou de "recursos", como se todos fôssemos avaros e nossas reputações fossem tesouros. Não vou conseguir falar sobre namoro e promessas secretas com William Cecil. Ele é idoso, honrado e me trata como uma sobrinha querida. Seria mais fácil, para mim, confessar ao meu tio Grey do que a William Cecil. Além do mais, ele já me fez essa pergunta e eu menti, descaradamente, ao longo de toda a gravidez, e Cecil jamais esquecerá tal fato. Robert Dudley, no entanto, sempre foi gentil comigo. Tinha amizade por Ned e reconhece minha importância como herdeira do trono. Reconstruiu sua reputação desde que assassinou a esposa; sua condição financeira é a melhor do reino. Ele possui dezenas de casas, todas presenteadas pela rainha — com certeza, poderá me esconder em uma delas, não? Decido contar tudo a ele na manhã seguinte e me deito novamente para tentar dormir.

Viro-me de um lado para o outro. Não adianta ficar na cama. Ergo-me feito uma baleia encalhada, mas não consigo relaxar, pois a criança pressiona minhas entranhas de tal modo que mal posso respirar e pesa em meu ventre, obrigando-me a me levantar de novo e urinar no penico. Minha mente está acelerada e meus ouvidos latejam, como se eu estivesse em perigo. Não conseguirei dormir enquanto não confessar meu segredo a Robert Dudley e ele me prometer refúgio. Ele dorme tarde, tenho certeza. Penso em procurá-lo imediatamente, contar tudo, depositar minha sorte em suas mãos, confiar meu destino a sua misericórdia.

Minha decisão me leva à porta dos aposentos de Dudley e bato de leve. A porta se abre bruscamente, como se do outro lado alguém estivesse alerta, e Tamworth, o lacaio pessoal de Robert, corre o olhar pela galeria.

— Lady Catarina! — exclama ele, com a voz abafada, dando um passo à frente, pegando minha mão e puxando-me para dentro. — Não fique aqui; alguém pode ver a senhorita.

Fecho a porta ao entrar e vejo alguém se mexer sobre uma grande cama com dossel.

— Ah, bem-vinda! — diz Dudley, com uma risadinha, então se livra das cobertas e se levanta, ao lado da cama, inteiramente nu, como se esperasse pela amante. Quando vê que sou eu, dá um passo atrás, espantado diante do meu espanto, e envolve a cintura com um lençol. Seus ombros desnudos são largos e o peito é musculoso e forte. Não posso deixar de me perguntar por quem ele esperava, nu na cama, moreno e atraente, cochilando até que ela chegasse. Não posso deixar de notar que possui um belo físico, e penso que qualquer mulher gostaria que Tamworth a conduzisse à cama do amo, como ele, decerto, costuma fazer.

— Pode ir, Tamworth — diz Dudley, sucintamente. — Espere do lado de fora. Guarde minha porta.

Tamworth põe o manto por cima do robe e sai porta afora. Ouço uma cadeira ranger quando ele se senta na galeria, com o propósito de vigiar nossa privacidade, e me dou conta de que Tamworth sabe exatamente como proceder.

Robert olha para a outra porta do quarto.

— Fale baixo — pede.

— É o quarto da rainha? — Mal posso acreditar que mesmo durante uma excursão da corte os dois tenham quartos adjacentes; portanto, os boatos devem ter fundamento.

— Não importa. Fale baixo. — Ele vai até a porta de comunicação e passa um ferrolho bem lubrificado, trancando-a. — O que deseja, Lady Catarina? A senhorita não deveria ter vindo aqui.

— Estou numa encrenca; estou numa encrenca terrível.

Ele meneia a cabeça.

— O que foi?

Mal sei por onde começar.

— Ned Seymour e eu ficamos noivos em segredo — começo.

Os olhos castanhos dele estão cravados em mim.

— Tolice — diz, secamente.

— Depois, nos casamos em segredo.

Seu olhar se semicerra.

— Loucura.

— Depois, ele foi para a França e agora para a Itália com Thomas Cecil.

Agora ele não diz nada, apenas me observa.

— E eu estou grávida.

Ele fica de queixo caído.

— Deus do céu...

— Eu sei... — Minha voz treme, mas, dessa vez, não choro. Acho que cheguei a um ponto além das lágrimas. Não posso descer mais do que já desci, confessando um segredo vergonhoso ao amante da rainha, no quarto dele, depois da meia-noite. E penso que esse pode ser o único meio de escapar dessa sequência de eventos medonha.

— William Cecil sabe disso?

Eu penso: é assim mesmo. Tornei-me um joguete nas mãos de homens poderosos.

— Não, eu vim procurar o senhor... somente o senhor.

— Bem, a senhorita não deveria ter me procurado — diz ele, rispidamente.

— Não com um assunto desse tipo.

— Mas quem então? — indago. — Não tenho amigos e estou órfã. — Enfrento seu olhar crítico. — Não tenho uma irmã mais velha que me aconselhe — lembro a ele, o homem cuja conspiração levou minha irmã à morte. — Não tenho pai. — Graças ao senhor também, penso.

Ele dá uma volta no quarto, enfia uma camisa branca pela cabeça e cobre sua nudez com um par de culotes de equitação.

— A senhorita devia ter procurado a rainha muito tempo atrás.

— Sim, mas não posso ir agora — afirmo. — Pensei que talvez o senhor me permitisse ficar em uma das suas casas mais simples, longe daqui, onde eu possa ter meu filho.

— Jamais. A senhorita nem consegue imaginar o escândalo que pesaria sobre a sua cabeça. Todos pensariam que o filho é meu, ou que a pessoa escondida fosse a rainha, dando à luz meu bastardo. A senhorita derrubaria o trono. A senhorita pensa... — Ele interrompe o que estava dizendo com um xingamento. — Não. A senhorita não pensa, não é mesmo?

Ele tem razão. Eu não tinha pensado nisso. Sou incapaz de pensar.

— A senhorita não poderia ter escolhido pior momento — diz, quase para si mesmo. — A rainha da Escócia voltando para Edimburgo, o tratado de paz nem sequer foi assinado por ela...

— Está chegando — corto, secamente. — Independentemente de a rainha da Escócia ocupar ou não o trono. A criança está chegando. Preciso ir para algum lugar.

Ele passa a mão pelo cabelo castanho e encaracolado.

— Quando?

Olho para ele.

— Quando o quê, Sir Robert?

— Quando o bebê vai chegar? Quando ele vai nascer?

— Eu não sei — respondo. — Não tenho certeza. Em breve, eu acho.

— Pelo amor de Deus! — Ele se descontrola e eleva a voz. — A senhorita deve saber quando se casou e copulou. A senhorita deve ter ao menos uma ideia.

— Nós nos casamos em dezembro, na casa dele.

Sorrio ao me lembrar de Janey e eu escapulindo e escorregando no lodo enquanto caminhávamos pela beira do rio até a casa de Ned.

— Então será no mês que vem — afirma Robert.

— É mesmo?

— Algo assim. Costuma levar cerca de nove meses.

— É?

— A senhorita não sabe? Pelo amor de Deus! Ainda não foi examinada por uma parteira?

Não tenho coragem de confessar que já fazíamos amor antes de nos casar.

— Como eu poderia ser examinada por uma parteira?

De súbito, a irritação desaparece quando ele constata o quanto tenho estado sozinha. Não tenho mãe que me aconselhe, minha irmã morreu e não encontrei uma amiga para substituir Janey. Fui humilhada a ponto de não ter opção senão procurá-lo.

— Sim, é claro — diz ele, em voz baixa. — Pobre mulher.

— Eu tenho esperança de que o senhor me socorra — digo, humildemente.
— Pela memória de minha irmã Joana. Ela se casou com o seu irmão. Foi o seu
pai que planejou tudo. A partir daquele momento, nada mais deu certo para nós.

Ele faz um gesto e me cala.

— Nem mais uma palavra sobre ela. E não lhe cabe citar o nome dela. Não
na condição em que a senhorita se encontra.

— Sou uma mulher casada — retruco, com altivez. — Ela não me conde-
naria por ter me casado por amor.

— Então onde está o seu marido?

Eu gaguejo.

— O senhor sabe que eu não sei.

— Nenhuma notícia dele?

Balanço a cabeça.

Robert Dudley desaba em uma poltrona, ao lado da lareira, mas não me
convida a sentar. Apoio-me no espaldar alto de uma cadeira. Ele pega uma
faca que está sobre uma mesa lateral e a manuseia, refletindo a luz, pensando.

— Não há dúvida de que a criança é de Ned? — questiona ele. — Fale a
verdade, agora, somente a verdade.

— Não há dúvida — respondo, engolindo o insulto.

— E, quando ele voltar, vai assumir o filho?

— Ele não tem como negá-lo.

— E a senhorita tem prova do casamento?

Em resposta, mostro-lhe a corrente que tenho em volta do pescoço, meu
diamante de noivado e minha aliança de casamento, com cinco aros.

— Vejo que a senhorita tem uma aliança — diz ele, secamente. — Quem
foram as testemunhas?

— Janey, mas ela está morta.

— Havia mais alguém presente?

— Só o pastor.

— Um pastor de verdade, de alguma paróquia?

— Um pastor conhecido de Janey.

Ele assente, com um meneio de cabeça.

— E a senhorita tem cartas de Seymour. Ele lhe deu dinheiro? Ele lhe
concedeu terras?

— Eu tenho uma carta de noivado, e o testamento dele me aponta como esposa e herdeira — respondo, com orgulho.

Robert faz que sim.

— E tenho um poema — acrescento.

Ele leva uma das mãos à fronte e esfrega os olhos, como se quisesse conter o riso.

— Esqueça o poema. Agora escute, Catarina. Não posso escondê-la. Isso tornaria as coisas piores para você e muito ruins para mim. Vou dizer à rainha o que me contou e você terá de enfrentá-la. Ela vai ficar furiosa. Você não deveria ter se casado sem a autorização dela; sendo você herdeira do trono, seu marido é de suma importância para a segurança do reino. Mas está feito e, graças a Deus, o casamento não foi dos piores. Ele não é um espião espanhol nem papista; e não tem direito sobre a Escócia. É de boa família, reformista, graças a Deus, e benquisto, e você está grávida, e, se tiver um menino, a pressão sobre Elizabeth vai diminuir.

— Ela poderia se casar com quem quisesse, se já tivesse um herdeiro inglês e protestante, um menino — comento.

Os olhos castanhos de Dudley cintilam.

— Poderia mesmo — concorda. — Mas tal comentário não lhe cabe. Não tente passar por inteligente. É mais que óbvio que você não é. Então vá para o seu quarto; de manhã, lave o rosto, vista-se, arrume o cabelo e espere até que eu mande chamá-la. Vou acordar a rainha de manhã cedo e contar a ela o que você me relatou.

Quase digo que ele não poderá acordar a rainha, porque ninguém pode entrar no quarto de manhã, enquanto ela não autorizar. Mas então me lembro da porta de comunicação e constato que Robert Dudley pode entrar e sair quando bem lhe aprouver.

— O senhor vai dizer a ela que sinto muito, que sinto muitíssimo? — digo, em voz baixa. — Ned e eu nos apaixonamos. Eu ainda o amo. Jamais amarei outro homem. Eu não tive a menor intenção de ofendê-la. Só pensei no quanto o amava.

— Darei a melhor explicação que puder — avisa Robert, concisamente. — Mas vou logo dizendo: ela nunca vai entender. Agora, vá.

⊷

Espero a manhã inteira em meu quarto pelo chamado de Elizabeth. Estou com tanto medo que me sinto enjoada. Faz meses que tenho enjoo matinal por causa da criança; agora estou enjoada de medo por causa da rainha. Eu me pergunto se algum dia voltarei a me sentir bem, se algum dia voltarei a ser feliz. Penso em minha pobre irmã, cuja decisão quanto a sua vida ou morte ficou nas mãos da irmã dessa rainha, e acho estranho, cruel e incompreensível que Joana tenha morrido por sua fé, que eu tenha medo de morrer por amor e que nunca poderemos conversar a respeito disso. Darei à luz seu sobrinho, e ele jamais a conhecerá.

Ao meio-dia, uma das damas, Peggy, enfia a cabeça pela fresta da porta e diz:

— Ela mandou chamar a senhorita. Vamos passear no rio. A senhorita escolheu mal o dia para ficar em casa!

— Ela está me chamando? — Em uma fração de segundo, dou um pulo da cadeira e me levanto, ignorando a sensação de que minha cabeça não para de girar.

— Ela só quer saber onde a senhorita está. Eu disse que a senhorita dormiu demais e perdeu a hora. Mas é melhor aparecer logo.

Contemplo minha imagem no meu espelhinho de prata forjada. Os tons esmaecidos do reflexo me exibem como uma beldade: pele alva, cabelo dourado, olhos castanhos.

— Vamos — diz Peggy, irritada. — Eles já estão embarcando.

— Ela quer que eu a acompanhe no rio?

— Não foi o que eu acabei de dizer?

Corro atrás dela até o cais. Mal posso acreditar que Elizabeth vai me interrogar enquanto velejamos pelo rio. Pensei que fosse me chamar assim que Robert Dudley falasse com ela. Não consigo entender o que está acontecendo. Elizabeth tem andado de mau humor desde que chegou a Ipswich. O vilarejo é fervorosamente adepto da religião reformada, e Elizabeth tem apego pelos antigos hábitos da Igreja. Em Ipswich, os pastores têm esposas, e ela prefere um clero celibatário trajando paramentos suntuosos. Elizabeth é um misto incoerente da reforma e do papado; não leva a própria fé tão a sério quanto Joana levava. Prometeram a ela o espetáculo de uma mascarada aquática para diminuir suas preocupações, e nos cabe ocupar nossos lugares em um dos grandes navios mercantes para comermos e assistirmos à apresentação preparada para distraí-la.

Robert Dudley se mantém ao lado dela e responde ao meu olhar inquisitivo e ansioso com uma expressão absolutamente impassível. Fica evidente que não devo esperar nenhuma ajuda dele. Elizabeth faz um gesto com a cabeça, reconhecendo minha reverência, mas não me convida a ficar ao seu lado. Não se mostra zangada nem simpática; mostra-se como sempre: fria. Parece que nada foi dito acerca de minha condição. Por um momento, penso que ele não disse nada, que a coragem lhe falhou na última hora. Com um leve gesto da mão atrás do trono, ele me adverte a não falar e não fazer nada; eu faço mais uma reverência e dou um passo para trás.

O navio está ancorado, e a maré vazante o faz retesar os cabos e balançar. O movimento é horrível, de um lado para o outro e para cima e para baixo ao mesmo tempo. É muito pior que remar em uma barcaça. Sinto a bile subir à garganta, e minha boca se enche de saliva.

— Vamos comer — diz Elizabeth, como se pudesse ler em meu semblante pálido e soubesse que receio não chegar ao fim do dia sem vomitar. — Ah! Ostras!

As célebres ostras de Colchester são ofertadas à rainha; ela corre o olhar até Robert Dudley e pergunta:

— É verdade que elas provocam volúpia nos desavisados?

— Não apenas nos desavisados — responde ele, e os dois riem.

— Será que virgens feito Lady Catarina e eu não deveríamos ingeri-las? — questiona ela.

O lacaio, entendendo a indireta, oferece imediatamente a travessa de ostras a mim. Sob o olhar sombrio da monarca, sou obrigada a aceitar uma.

— Depende do apetite da pessoa — explica Robert. — Eu sempre quero mais.

Ela ri e dá um tapinha na mão dele, que já avançava sobre outra concha, mas fica me observando. Não posso recusar uma oferta vinda de uma travessa da rainha, então levo a concha à boca. O cheiro de alga marinha e a visão da concha gosmenta serão demais para mim. Sei que não vou conseguir engolir aquilo. Sei que vou passar vexame diante da corte. Sinto o gosto salgado da bile quente em minha boca; sinto meu estômago se contorcer e se revirar.

— *Bon appétit!* — deseja a rainha, fixando o olhar mordaz em meu semblante esverdeado.

— Para a senhora também, Vossa Majestade — digo, então abro a boca, enfio a ostra e a engulo. Fecho a boca, feito uma armadilha, e a mantenho fechada.

A rainha ri tanto que precisa se apoiar nas mãos de Robert.

— A sua cara! — exclama ela. — Coma outra! — pede. — Coma mais.

Só consigo falar com Robert Dudley em particular à noite, depois de irmos à capela. Dou um jeito para ficar ao lado dele quando nos dirigimos ao salão nobre.

— O senhor falou com ela?

— Falei, mas ela só vai tratar do assunto depois de voltarmos a Londres — responde. Em seguida, dirige o olhar à mesa principal, de onde a cabeça ruiva da rainha se volta, a fim de procurá-lo. — Com licença.

— Ela não está irritada? Vai me perdoar?

— Não sei. Ela disse que só vai tratar desse assunto depois de voltar a Londres. O que você acha?

Não sei o que pensar, exceto que cada dia de excursão me aproxima do parto, e a única pessoa que tem opinião formada sobre o tema — Robert Dudley (dentre todas as parteiras que uma jovem haveria de escolher) — acha que o parto ocorrerá em setembro. Graças a Deus, em setembro estaremos de volta a Londres, e a rainha me dirá, então, o que fazer. Nada pode ser pior que essa rotina diária de viagem, essas noites infames de divertimento e o terror de ser descoberta a qualquer momento.

Palácio de Whitehall, Londres
Verão de 1561

Sou autorizada a seguir à frente da excursão real e retornar a Londres. Ninguém diz por que, mas entendo que seja um favor intermediado por Robert Dudley, embora ele não diga nada e a rainha se mantenha absolutamente lépida, como se ele nada houvesse falado. Vou diretamente à sala do tesouro real, a fim de pegar as provas do compromisso conjugal que me foram dadas por Henrique Herbert, mas a caixa em que guardo meus documentos preciosos — a declaração de meu noivado com Ned, seu testamento e as cartas de amor que recebi de Herbert — não está onde a deixei.

— A senhorita levou tudo consigo! — diz minha criada, pouco depois. — A senhorita disse que eram coisas preciosas. E por isso as levou na excursão.

— Mas eu escrevi a Tabitha e pedi que pegasse minhas coisas aqui, e ela disse que tinham desaparecido. Não estavam comigo. Nós não as levamos.

Ela parece perplexa.

— Tenho certeza de que embalei tudo. Suas joias estão aí?

— Minhas joias não têm nada a ver com a questão! — exclamo. — Eu me lembro perfeitamente de ter pedido a você que entregasse a caixa com a papelada ao encarregado do guarda-roupa para que ele guardasse tudo na sala do tesouro.

— Ah, aquela caixa! — diz ela, com a fisionomia subitamente iluminada.

— Sim, eu levei a caixa para a senhorita.

— Pois então vá encontrá-la. Por que você já não foi?

Repentinamente exausta, desabo na cama, mas ouço uma batidinha à porta. Levanto-me de pronto e eu mesma abro a porta. Do lado de fora, deparo com um capitão da casa real, acompanhado por dois oficiais.

— Lady Catarina Grey — diz ele.

— Obviamente — respondo, com aspereza. — Quem me procura?

— A senhorita está presa. Tenho ordens para conduzi-la à Torre de Londres.

— O quê?

Eu simplesmente não consigo entender o que ele está dizendo.

— A senhorita está presa. E deve me acompanhar até a Torre. A senhorita pode levar consigo três criadas. Elas devem nos acompanhar, levando provisões e roupas que forem necessárias.

— O quê?

Ele entra no quarto, sem me responder, e faz uma reverência. O braço estendido indica que devo sair pela porta aberta. Minha criança se vira em meu ventre, pressionada pelo corpete. Sigo o gesto do capitão. Ele toca minha região lombar e eu me contraio. Não suporto que me toquem. Não quero aquela mão pesada perto do meu ventre, onde, de repente, minha criança chuta e me faz ofegar.

— Por aqui — indica ele, pensando que estou prestes a gritar. — E sem escândalo, por gentileza.

Estou longe de criar um escândalo; reajo com obediência cega, qual uma novilha que leva uma pancada entre os olhos enquanto segue pelo matadouro em direção ao açougueiro. Minhas damas estão reunidas à porta, feito um bando de galinhas assustadas, olhando-me com pavor, como se eu estivesse contaminada pela peste e elas quisessem afastar as saias, com medo de contágio; mas mal consigo enxergá-las. O choque me deixa cega.

— Para a Torre? — digo a mim mesma, mas as palavras não têm o menor sentido.

O capitão segue à minha frente, e os dois oficiais vão atrás de mim. Faz lembrar uma cena de mascarada. Eu o sigo. Não sei o que mais poderia fazer. Tampouco sei o que está acontecendo.

— Eu vou precisar dos meus pintarroxos — digo, de súbito. — E da minha cadelinha. E tenho uma gata e um macaquinho, um animal bastante valioso.

— Suas criadas vão levá-los — avisa ele, solenemente, olhando por cima do ombro, para se certificar de que estou logo atrás. Sigo seus passos, e ele me conduz para fora do palácio, pelos jardins privados, em direção ao rio. Olho ao redor para ver se há alguém que possa levar uma mensagem minha, mas quem se atreveria? E, em todo caso, o que tal mensagem poderia dizer?

— Isso tem a ver com os espanhóis? — pergunto. — Porque eu não tenho falado com eles, e já contei a William Cecil tudo o que eles me disseram até o momento.

Seguimos em silêncio, através do portão, no sentido do cais. O sargento-porteiro da rainha, Thomas Keyes, está de sentinela. Ele abre o portão e me faz uma profunda reverência com sua estatura gigantesca.

— Milady — saúda ele, com todo respeito.

— Sr. Keyes — cumprimento, impotente.

O capitão segue à frente até o píer, e uma barcaça nos espera diante dos degraus, sem flâmulas que a identifiquem. Ele estende a mão para auxiliar minha descida pelos degraus, e prossigo com cautela, sabendo que minha barriga e meu peso me inclinam para a frente. Caminho pela prancha de embarque e me sento na parte posterior da barcaça. Um toldo me protege do sol da tarde e dos olhares do palácio. Em desespero, pergunto-me se William Cecil terá caído em desgraça, como costumava ocorrer com os conselheiros do rei Henrique, e se faço mal em mencionar seu nome.

— Eu também me reporto a Robert Dudley — digo. — Jamais fui desleal à rainha nem à fé por ela professada.

— Minhas ordens são para escoltá-la. Não sei de mais nada — explica o capitão.

A tripulação se acomoda e ergue os remos; então, depois que a barcaça é empurrada do píer, os remos são mergulhados na água, todos ao mesmo tempo. O timoneiro bate no tambor, todos remam juntos e a barcaça salta para a frente, fazendo-me balançar no assento. O tambor bate repetidamente e a barcaça me sacoleja no ritmo das remadas. O reflexo do sol na superfície da água é deslumbrante; a criança pesa em meu ventre. Estou apavorada; nem sei o que temer. Gostaria que Ned estivesse ali. Adoraria que Ned estivesse ali.

✎

Pela primeira vez na vida não tenho nada a dizer, nem mesmo um grito de protesto, nem um pranto, nem uma palavra sequer. O choque é tão grande que fico muda. Enquanto Elizabeth, ao ser conduzida à Torre, pisou em falso nos degraus do portão de acesso ao rio, chorou com autocomiseração e fez questão de que suas palavras fossem registradas, eu permaneço em silêncio. Desembarco e aceito a mão estendida que me auxilia a subir os degraus. Prossigo quieta, feito uma criança assustada, aonde quer que estejam me levando, subo os degraus de pedra, atravesso o portão do jardim e entro na casa do tenente pela porta principal; trata-se da maior casa do pequeno vilarejo cercado, que inclui a casa da moeda e o arsenal, o tesouro e o palácio, o cárcere e o local de execução.

Ajudam-me a subir a escada estreita que dá acesso a um quarto espaçoso situado na parte da frente da casa, e, quando desabo em uma cadeira, todos se retiram, fechando a porta delicadamente. Então ouço a chave girar na fechadura. Não é um ruído rangente e desagradável — a fechadura está bem lubrificada e tem sido bastante usada. Sou apenas mais uma prisioneira.

A casa do tenente, Torre de Londres, Verão de 1561

Quando acordo de manhã e olho através da pequena janela, vejo o gramado onde construíram o cadafalso e decapitaram minha irmã. Se olhar para a esquerda, vejo a capela onde enterraram a cabeça, ao lado do corpo mutilado. Durmo na cama que pertencia a ela, quando foi rainha, e choro em seus travesseiros. Sento-me na velha cadeira que ela usava. As tapeçarias penduradas nas paredes são as mesmas que ornavam seu quarto.

Do outro lado do terreno da Torre, mais além da Torre Branca e fora do meu campo de visão, ficam os estábulos onde ela segurou as rédeas da montaria de meu pai e implorou a ele que não a abandonasse. Ouço hoje a batida do portão que foi aberto para ele naquele dia. Aqui neste lugar minha irmã foi coroada, traída e morta. Meu pai também está enterrado aqui. Foi aqui que Elizabeth, com extrema crueldade, escolheu me aprisionar.

Sendo um autômato desprovido de coração, Elizabeth não se apressou. Sorria para mim durante a excursão da corte e acenava para a multidão. Parecia me proteger diante dos embaixadores espanhol e francês. Não disse nada, nem mesmo a Robert Dudley, quando ele deu a notícia que deflagrou nele a raiva e o ciúme. Agiu diante de todos — inclusive de mim — como se eu ainda fosse sua herdeira, sua prima, sua dama de companhia, sua favorita, uma jovem que ela considera sua filha. Na realidade, comportou-se como se

Dudley jamais tivesse falado qualquer coisa, como se não soubesse de nada. Era como se a confissão jamais tivesse sido feita, e Bess St. Loe e Robert Dudley tampouco abriram a boca.

Ela permitiu que eu voltasse antes a Londres e — assim que pôde agir com facilidade e rapidez, secreta e impunemente — deu ordens para que eu fosse detida e trancada nestes aposentos, com vista para Tower Green, onde a cena da decapitação da minha irmã passa de novo e de novo na minha mente, sempre que olho pela janela.

É certo que ela não vai ordenar a minha decapitação. Não sou medrosa a ponto de ficar imaginando uma situação pior que a realidade. Elizabeth está furiosa comigo, mas não cometi crime nenhum. Serei mantida aqui, com relativo conforto, acompanhada de meus animais de estimação e minhas criadas, até a criança nascer, até Ned voltar, e então ambos pediremos perdão e seremos libertos; depois, residiremos discretamente em Hanworth, até que ela me esqueça ou me perdoe. Na pior das hipóteses, ela vai me tratar como trata nossa prima Margaret Douglas — com desconfiança e antipatia. Da minha parte, hei de criar meu filho Tudor e rir por último.

A despeito da vontade dela, qualquer filho meu será o próximo rei da Inglaterra; meus direitos passarão para ele. Tal fato pode tornar Elizabeth mais benevolente comigo, pois ela poderia criá-lo como seu herdeiro e ninguém poderia insistir para que se casasse. Mas, tratando-se de Elizabeth — uma Tudor estéril e descendente de tiranos —, o fato pode também voltá-la ainda mais contra mim, a prima mais jovem e mais bonita que foi capaz de fazer o que ela não foi. Tratando-se de Elizabeth, não há como saber. Não tenho como adivinhar no que está pensando. Eu jamais imaginaria que ela pudesse mandar prender uma mulher prestes a dar à luz apenas porque essa mulher se casou com o homem que ama.

Conforme ela estabelece as regras, o reino inteiro e eu constatamos o quanto é poderosa e inescrupulosa. Acredito, piamente, que ela é uma tirana tão perversa quanto o pai foi, mas não temo que me faça algo pior do que me manter neste cárcere vexaminoso até o nascimento de meu filho. Ela quer que eu seja humilhada e quer tão somente triunfar. De fato, ela conseguiu me derrubar.

— Ah, não, ela pretende fazer coisa muito pior — diz minha irmã Maria, subindo em uma das cadeiras da sala de jantar e acomodando-se, os pezinhos pendendo diante de si.

— O que poderia ser pior? — pergunto.

Maria é a única pessoa que me visita, embora a corte inteira já tenha retornado a Londres, e ela vem acompanhada por uma mulher que, com certeza, é uma espiã e informa tudo o que falamos. Ninguém mais vem me ver. Minhas damas têm autorização para me servir, meus vestidos foram enviados para cá, assim como minha louça com o brasão da família e meus garfos de prata; os pintarroxos que herdei de Joana estão em suas gaiolas. Meia dúzia de filhotes de Jô estão dentro de uma cesta, e Jô cuida muito bem deles, observada pela gatinha Fita. O sr. Careta, meu macaquinho, fica o tempo todo correndo pelas paredes e pelas lareiras dos três cômodos que compõem meus aposentos, indo da tapeçaria ao aparador, da mesa ao chão, e voltando a subir. Sinto mais por ele que por mim, pois o sr. Careta adora um jardim ao sol, e estes cômodos são sempre úmidos e abafados de dia e frios à noite.

— A rainha resolveu que houve uma trama — continua Maria, em voz baixa. — Ela pensa que os espanhóis arquitetaram seu casamento com Ned e que pretendem tirá-la do trono e fazer de você rainha e de Ned seu consorte, e o filho de vocês vai ser criado como herdeiro, um herdeiro rival da candidata francesa, a rainha da Escócia.

Encaro Maria.

— Isso é loucura. Ned é protestante convicto e eu sou irmã de Joana Grey! Como alguém poderia achar que nos tornaríamos papistas só por causa do trono da Inglaterra? Como alguém poderia achar que nos uniríamos aos espanhóis?

Alguém bate à porta e a espiã se distrai.

— Mas ela acha — cochicha Maria, depressa. — Porque isso é exatamente o que ela própria teria feito. Ela faria qualquer coisa para ser rainha. E não percebe que as pessoas não são iguais. Ela jamais se casaria por amor, e não acredita que você tenha feito isso.

— Alguém precisa dizer a ela que eu jamais quis tramar coisa nenhuma! — digo. — Robert Dudley precisa dizer isso a ela. William Cecil pode dizer a ela que eu sempre o mantive informado sobre tudo o que o embaixador espanhol falava!

Maria balança sua cabecinha sábia.

— Ai, meu Deus! A coisa está feia lá na corte! Agora ela está desconfiada dos dois. De Robert Dudley porque ele sabia do seu casamento...

— Ele sabia porque eu mesma contei! E ele contou para ela no dia seguinte!

— E Ned está na França, a caminho de Roma. Ela acha que ele vai passar informações ao papa.

— Ele está com Thomas Cecil! Será que William Cecil acha que o próprio filho virou papista?

— Pois é, como eu disse, a coisa está terrível lá na corte. Ela fica repetindo: por que os dois iriam a Roma, se não para encontrar o papa? Cecil estava a par disso? Foi uma trama orquestrada por ele? A coisa está feia.

— Só pensa assim quem acha que tudo é traição.

A espiã retorna ao seu assento e corre os olhos, de Maria para mim, com receio de ter perdido alguma informação. Exibimos nossos sorrisos impassíveis e graciosos.

Maria junta as mãozinhas no colo e olha para mim com firmeza.

— É isso mesmo que ela pensa, o tempo inteiro. Ainda mais sobre nós, as primas.

Levanto-me e ajeito meu vestido largo por cima da barriga para ela ver como estou imensa. Desde o vexame da minha prisão, passei a usar roupas largas, e todos podem ver que a hora do parto não tarda.

— Será que pareço uma mulher em condições de fugir para a Espanha? Será que pareço uma mulher capaz de comandar um exército rebelde contra a rainha da Inglaterra?

— Para mim, não parece, não — responde Maria, com segurança. — E eu vou falar com Cecil.

— Não, não faça isso. — Tenho muito medo de que Maria seja detida como cúmplice na suposta trama. Se são loucos o suficiente para me prender, são loucos o bastante para acusar Maria. — Não faça nada. Fique quieta na corte e sirva à rainha da melhor forma possível. Tente se comportar com naturalidade. E não volte a me visitar... tão cedo.

— Você não quer me ver?

Percebo que ela está magoada.

— Eu não quero que você corra perigo. Não quero mais uma jovem Grey na Torre. Já bastam duas. Somos ambas tão inocentes quanto Joana. Não quero ver você trancada aqui dentro, onde mataram Joana e onde me atormentam.

Ela escorrega até a beirada da cadeira e pula para o chão. Vai até a janela e fica na ponta dos pés para ver o gramado onde a irmã morreu.

— Não tenho dúvida de que ela esteja no reino do céu — comenta Maria, com convicção. — Não tenho dúvida de que você tenha se casado por amor, e não por estratégia. Não tenho dúvida de que o nosso destino seja agir como nos parece correto, a despeito do que as pessoas pensem.

Fecho os olhos para não olhar para o gramado.

— Tenho certeza de que ela está no reino do céu — concordo. — E me casei por amor e ainda o amo. E é claro que devemos viver de acordo com a nossa consciência; mas quero que você tome muito, muito cuidado com a sua conduta, com seus amigos e com sua fé.

— Eu tomo — responde Maria, sempre intrépida. — Quem me autorizou a visitar você foi William Cecil e tenho de informar a ele como foi nosso encontro. Sou espiã dele, além de ser sua irmã. Acho que todo mundo é espião de alguém.

— Pode contar tudo a ele. Eu não tenho nada a esconder. — Percebo o olhar curioso da informante que veio com minha irmã. — Não tenho nada a esconder — repito.

— Eu sei — diz Maria. — Vou dizer a William Cecil que você deve ser libertada e enviada para Hanworth. Deve ter sua criança Seymour lá, na casa da família de Ned, e a criança deve ser batizada na capela da família.

Torre de Londres,
Outono de 1561

Faz calor, a casa do tenente é pouco arejada e não tenho permissão para sair de meus aposentos, nem para caminhar pelo jardim, nem pelo teto plano da Torre, onde eu poderia ao menos ver o pôr do sol e respirar um pouco de ar puro à noite.

Todos os dias, o tenente da Torre, Sir Edward Warner, vem ao meu quarto e indaga quem sabia que Ned e eu estávamos apaixonados e quem sabia que tínhamos nos casado, quem testemunhou o noivado e o casamento e quem nos incentivou a agir e manter em segredo.

Ele sempre repete as mesmas perguntas, enquanto o sr. Careta cutuca as paredes de pedra e arranha, desesperadamente, a borda já esgarçada da tapeçaria, balançando-se na barra pendente, como se fosse a corda de um sino e ele tocasse um dobre fúnebre.

De novo e de novo digo a Sir Edward que éramos dois jovens apaixonados, a testemunha foi Janey, que ninguém mais sabia, exceto talvez os criados, e evidentemente o pastor; ele anota tudo com atenção e diz que o pastor será localizado e que será bom para mim se a história dele confirmar a minha. Digo que a caixa contendo minha papelada, que comprova tudo o que venho alegando, está na casa do tesouro real e que eles haverão de encontrá-la — basta procurar. Digo que já relatei tudo isso a Robert Dudley, e o tenente informa que esse dado já foi anotado. Ele pergunta o que eu disse a Bess St. Loe e gaguejo, lembrando-me da escuridão que seguiu ao momento em que a vela foi apagada.

— Bess St. Loe? — repito, sem convicção.

— Ela foi detida para interrogatório — diz ele, com ar grave. — Na verdade, eu mesmo a interroguei pela participação nessa trama.

— Deus do céu! Ela também está aqui?

Ele assente.

— Sob suspeita de conspirar com a senhorita.

— Sir Edward! Isso é um grande equívoco! Tudo o que fiz foi dizer a ela que eu estava grávida e implorar sua ajuda, porque ela tinha sido amiga da minha mãe! Deus sabe que não houve conspiração nenhuma. Ela afirmou que eu jamais deveria tê-la procurado e me mandou sair do quarto. Recusou-se a falar comigo, mesmo vendo a minha situação.

Ele anota tudo, lentamente, palavra por palavra. Preciso morder o lábio, tamanha é minha impaciência.

— Sir Edward, eu juro, trata-se apenas de uma história de amor e, talvez, desatino, mas, quando eu vir Ned...

— O conde de Hertford está a caminho, retornando da França — avisa ele.

De súbito, meus joelhos falham, eu me apoio em uma cadeira que está atrás de mim e desabo.

— Eu preciso me sentar — murmuro. Perco o fôlego em pensar que vou revê-lo. Esqueço a enrascada em que me meti. Só consigo pensar que ele vai voltar para mim. — Ele está voltando?

— Foi chamado de volta para ser interrogado.

— Perguntem a ele o que bem entenderem! — exclamo, em triunfo. — Ele vai dizer o mesmo que eu.

— Eu vou interrogá-lo — diz ele, sempre contumaz. — Porque ele está vindo para cá. Está preso também.

Ned é trazido ao anoitecer, à sombra da escuridão, e ouço o barulho das botas pesadas no calçamento abaixo da janela do meu quarto. Há muitos prisioneiros caminhando com ele cercados de guardas, uma mulher com a cabeça baixa, chorando, agarrada ao braço de um homem; mais atrás, uma pessoa avança lentamente, protestando, e um homem anda com o braço apoiado nos ombros de outro. Deve haver cerca de doze indivíduos, todos presos na mesma ação.

De início, não sei quem são essas pessoas. Mas logo constato, com crescente pavor, que Elizabeth ordenou a captura de Ned e seus criados; seu irmão; sua cunhada; meu padrasto, Adrian Stokes; meus criados; damas dos aposentos da rainha; criados de Bess St. Loe — todos que tiveram contato comigo foram detidos para interrogatório. A rainha nos persegue como seu pai perseguiu a família Pole — até o último menino. A casa do tesouro foi vasculhada em busca dos meus documentos, e meus aposentos foram revirados e examinados. Os baús que Ned trouxe da França foram confiscados, e a casa dele em Londres foi esquadrinhada do porão ao sótão. Com todo o poderio de seu imenso sistema de inteligência, Elizabeth deflagrou uma grande operação com o propósito de descobrir uma conspiração generalizada. Os informantes de Cecil estão buscando ligações entre os apoiadores de minha irmã Joana, aliados da Espanha, inimigos de Elizabeth e qualquer pessoa que prefira ver no trono uma herdeira legítima a uma bastarda declarada. A rainha se convenceu da existência de um complô, organizado pelos protestantes na Inglaterra e pelos espanhóis no exterior e destinado a me levar ao trono inglês, impedindo que Maria da Escócia se torne rainha e entregue o reino à sua família francesa.

Os guardas que escoltam Ned param diante do portão da casa do tenente, então entram, desaparecendo do meu campo de visão. Penso que vão trazê-lo aos meus aposentos para morar comigo e corro até a porta, como se pudesse escancará-la, mas me lembro de que estou trancada e recuo. Ajeito meu vestido largo; receio que Ned fique chocado com minha barriga avantajada. Ele adorava minha cintura esbelta — será que vai me achar feia, nestes últimos dias de gravidez? Ajeito o cabelo, aprumo o capuz. Sento-me em minha cadeira, depois me levanto e fico perto da lareira. Tenho vontade de derrubar a porta, tamanha é minha impaciência por revê-lo.

Então ouço a barulheira de gente subindo a escada de pedra diante da minha alcova. Passam pela minha porta, sem parar nem entrar, e seguem aos cômodos do andar de cima. Dou um grito, exprimindo minha decepção, corro até a porta e encosto o ouvido, tentando distinguir as passadas de Ned, tentando identificar sua respiração. Ouço a porta acima da minha se abrir, ouço-os entrar e o barulho das sacolas sendo largadas e das pesadas cadeiras de madeira sendo arrastadas sobre o piso de laje de pedra, então escuto o impacto da porta batendo, o rangido da chave na fechadura e o som das passadas escada abaixo.

Ned está acima de mim. Se ele bater o calcanhar no piso, posso ouvi-lo. Se eu gritar com todas as minhas forças, ele pode me ouvir. Permaneço parada por vários minutos, com o rosto voltado para o teto, os filhotes de Jô choramingando como se também ansiassem pela presença dele, na esperança de ouvir uma palavra de meu marido que, finalmente, regressou.

Agora sinto cólicas estranhas todos os dias, e minha barriga fica tão rígida que penso que a criança deve estar nascendo.

— Eu não posso continuar desse jeito — digo a Sir Edward, em desespero. — O senhor quer que eu morra no parto, como aconteceu com Joana Seymour? Ele parece ansioso.

— Se a senhorita concordasse em confessar — diz ele. — Se a senhorita confessasse, eu poderia enviá-la ao seu tio, ou a Hanworth, onde haveria parteiras.

— Eu não posso confessar algo que não fiz — retruco.

Choro de dor e autocomiseração. Vejo-me em uma situação deveras impossível, pois quem há de conseguir provar a uma rainha Tudor que ela não corre perigo? Todos os monarcas Tudor pensam — muitas vezes, sem motivo — que correm perigo mortal. O rei Henrique via inimigos imaginários por toda parte e matou amigos e conselheiros por causa de tal temor.

— Eu me casei com um nobre por amor. Insisto em ver meu marido. O senhor pode ao menos dizer a ele que estou aqui, no andar de baixo, e que estou prestes a dar à luz.

Ouvimos uma batida à porta. Obviamente, meu coração bate mais forte, como se pudesse ser Ned, libertado e vindo me resgatar. Sir Edward me olha, desconfiado.

— A senhorita está esperando alguma mensagem? — pergunta ele.

— Não estou esperando nada. Só misericórdia.

Com a cabeça, ele faz um sinal para o guarda que está à porta, que a destranca e abre. É um dos lacaios do tenente.

— O que você quer, Jeffrey? — questiona ele, bruscamente.

O homem faz uma reverência. Ele segura um buquê de rosas, rosas vermelhas.

— São para a senhorita — avisa. — Do conde de Hertford.

São de um vermelho vivo, um vermelho Lancaster. Ninguém na corte Tudor oferece rosas brancas. Estendo minha mão, e Sir Edward sacode o buquê, meticulosamente, para ver se algum escrito não cai do meio das flores. Em seguida, desfaz o ramalhete, à procura de uma mensagem, e me pergunta o que rosas vermelhas significam para mim; se seriam algum sinal. Digo que significam que Ned está pensando em mim, encarcerado no andar de cima. Estamos mais uma vez sob o mesmo teto, ao contrário da nossa situação há tantos meses. Agora, ele sabe que eu estava grávida quando me deixou e o quanto tenho sofrido em sua ausência. Ele está me dizendo que me ama.

— Só isso — concluo. — Ele é um poeta. As flores são como palavras para ele. Rosas vermelhas me dizem que ele ainda me ama. Rosas vermelhas significam verdadeiro amor.

Sir Edward, embora seja carcereiro e informante de Elizabeth, não consegue disfarçar a emoção.

— Bem, a senhorita pode ficar com elas — diz ele, finalmente entregando--me as flores.

— Obrigada — digo. Levo-as aos lábios. — São as flores mais preciosas que já recebi na vida. O senhor poderia dizer a ele que fiquei muito feliz por ter recebido estas flores e que estou muito contente por estarmos juntos, mais uma vez, mesmo que seja nesta prisão, onde nossos pais foram encarcerados? Poderia dizer a ele que ainda o amo, e que não me arrependo, que jamais me arrependerei, de ele ter me amado e se casado comigo? Poderia dizer a ele que rezo todos os dias para voltarmos a ficar juntos, como marido e mulher, como planejamos?

Ele balança a cabeça.

— Vou dizer a ele que a senhorita gostou das flores. Não vou me lembrar do restante.

— Pode anotar — digo, rindo de nós dois. — O senhor anota tudo o que eu digo ou faço. Por que não pode anotar isso?

As flores enviadas por Ned vicejam, presas à fita que envolve minha cintura avantajada. Prendo-as em meu cabelo; coloco um broto embaixo do travesseiro e guardo uma rosa dentro da Bíblia, na página em que está o Cântico de Salomão, o salmo que fala do amor. Eu o perdoo como se ele nunca tivesse ido embora. Eu o perdoo por ter vindo parar ali naquele local perigoso. Eu o amo. Seu discernimento é sadio. Ele é meu marido, e não fizemos nada errado.

⬡

Maria volta a me visitar.

— Tem certeza de que não tem problema você vir aqui? — digo, curvando--me para a frente para lhe beijar a face.

— Eu venho com autorização; eles querem que eu fale com você, na esperança de que você diga algo incriminador — explica Maria, sem nenhum ressentimento, indicando uma criada que faz uma reverência e se posta diante da porta, ouvindo tudo o que dizemos.

— Mas como você veio até aqui?

— A pé. Thomas Keyes, sargento-porteiro da rainha, nos acompanhou. Está esperando lá embaixo para me levar de volta.

Não presto muita atenção à informante da rainha. Na verdade, todos na Torre são informantes; cada palavra que pronuncio é anotada. Sou interrogada diariamente, até minhas preces são vigiadas. Podem vigiar quanto quiserem; tudo o que vão ouvir é que amo meu marido e assim deve ser.

— Sua Majestade goza de boa saúde? Tenho rezado por sua saúde — digo.

— Lamento dizer que não — responde Maria. — Ela tem andado muito cansada e muito aborrecida. Não tem apetite. Acho que está bastante ansiosa por causa do medo de uma conspiração. Está convencida de que foi vítima de um grande complô. E o embaixador escocês chegou a Londres para pressioná--la a apontar a rainha da Escócia, Maria, como herdeira, em vez de você. Evidentemente, isso seria um grande equívoco. Ela está se sentindo acossada.

Faço reverência com a cabeça.

— Ela deve fazer o que achar melhor — digo, dissimulando modéstia. — Mas a nossa linhagem, descendendo da irmã do rei, indicada sucessora do rei, nascida na Inglaterra e pertencente à religião reformada, tem mais direito.

— Ela deve fazer o que quiser — concorda Maria. — Mas disse ao embaixador escocês que apontar um herdeiro seria o mesmo que se cobrir com uma mortalha. Disse que príncipes não podem ter afeto pelos próprios filhos.

Maria me olha com a expressão mais transparente possível. Articulo com os lábios "louca de pedra!", e ela assente.

— Eu gostaria de pedir perdão a ela e garantir que não tem o que temer da minha parte — digo, simpática à informante. Todos sabemos que ninguém é capaz de dizer algo que cure Elizabeth da paranoia e do medo. — Eu cometi um ato de amor impulsivo. Ela pode até me ver como uma tola, mas não como inimiga.

— Ela desconfia de todo mundo — acrescenta Maria. — Mandou prender todos os Seymour e até nosso pobre padrasto, Adrian, que nem é responsável por nós e não fazia a menor ideia do que você estava fazendo na corte. Ela tem medo até de que William Cecil soubesse do casamento de vocês e fosse um incentivador.

Fico sinceramente espantada diante da ideia de ela duvidar do homem que a aconselha desde a infância.

— Elizabeth deveria saber que William Cecil não pensa em mais ninguém além dela. É claro que ele não sabia de nada. Ele teria despachado Ned para longe de mim e me levado ao desespero se tivesse incentivado o nosso casamento e desejado que concebêssemos uma criança?

— Foi isso que eu falei — diz Maria, dirigindo um meneio de cabeça à informante, como se a instasse a relatar o que está ouvindo. — E ela sabe que eu também não sabia de nada.

— Era tudo segredo — eu digo, simplesmente. — A gente queria um casamento secreto; portanto, ninguém mais sabia, só mesmo Janey. Eu já repeti isso diversas vezes.

— Que exaustivo — observa minha irmã. — Eles perguntam isso a você todos os dias?

— Todos os dias eles vêm aqui, e eu tenho de ficar de pé enquanto perguntam a mim o que fizemos, como nos conhecemos e quem sabia do nosso caso.

— Eles obrigam você a ficar de pé?

Exibo um sorriso sardônico.

— Não chegam a torturar uma dama da nobreza, mas sabem me causar desconforto físico. Agora, ao menos, tenho uma parteira que vem me examinar, e ela diz que não há nada errado.

— Ela disse quando o bebê vai nascer?

— Ela não sabe com certeza. Ninguém sabe. Mas acha que será em breve.

A mulher à porta se agita, e Maria diz:

— Não posso ficar muito tempo. Só tenho autorização para vir saber se você está bem e se tem tudo de que precisa.

— Eu preciso ver o meu marido — declaro. — Eu preciso ver a rainha. Maria faz beicinho e dá de ombros. Ambas sabemos que tais palavras se dirigem à espiã. Maria tem permissão para me trazer maçãs, mas não minha liberdade.

— Eu volto na semana que vem — avisa ela, pulando para fora da banqueta e olhando para meus animais de estimação. — Ninguém leva esses cachorrinhos lá fora? O cheiro aqui dentro está terrível.

— Quase não tem cheiro — retruco. — Em todo caso, é o fosso ao redor da torre. Espero que o tenente me deixe ir até o jardim, então vou poder levá-los. Se ele não me deixar viver com conforto, vai ter de aguentar o cheiro.

Os dias têm sido bastante longos, e meu quarto é quente e abafado. Brinco com os cachorrinhos e assobio para os pintarroxos, deixando-os voar pelo quarto e chamando-os de volta à minha mão. O sr. Careta cava a base das paredes de pedra, depois escala as cadeiras e voa de um espaldar entalhado a outro. Dá um pinote até a tapeçaria, segura-se com a mãozinha preta, então pula nos meus braços.

— Como você vai se comportar com o bebê? — pergunto. — Tem de ser bonzinho e não beliscá-lo.

Apuro os ouvidos e, às vezes, consigo escutar os passos de Ned no andar de cima. Ele me envia pequenos presentes, e todas as noites e manhãs bate com o calcanhar para dizer que me ama. Não permitem que me envie nada escrito, e ainda nos questionam diariamente. Ouço-os marchar até o quarto de Ned e descer de lá depois de uma hora. Acho que esperam provar que conspiramos contra a rainha, mas, ao cabo de um mês, os lordes enviados por Cecil para nos interrogar aparentam tanto cansaço quanto eu. Sem nenhum conluio, fazemos o mesmo relato — a verdade, pura e simples, e eles são obrigados a crer que foi um casamento de amor, que jamais imaginamos que a rainha fosse nos ver como algo além de dois jovens apaixonados e incapazes de resistir um ao outro. Na verdade, isso ficou evidente para todos, desde o começo. Somente a medrosa Elizabeth pensou que fosse um complô. Apenas uma mulher de coração frio como Elizabeth seguiria em busca de uma explicação além do que todos enxergavam: o desejo e a impulsividade jovem e primaveril.

Torre de Londres,
Outono de 1561

Percebo que as perguntas mudaram. Já não me perguntam quem sabia de nossos planos, quem eram nossos amigos na corte, com que frequência eu me encontrava com o embaixador espanhol. Agora estão trilhando outra via. Passaram a se concentrar em quem estava presente no noivado, quem testemunhou o casamento. Perguntam sobre os criados: quem preparou os frios que Ned tinha em seu quarto? Quem serviu o vinho? Quem foi o pastor? Perguntam sobre Janey.

— Então a senhorita não conhecia esse suposto pastor? — pergunta Sir Edward.

O comitê composto de três homens permite que eu me sente, depois que me queixo de cansaço por estar perto da hora do parto e por já ser tarde da noite.

— Como eu já disse, quando o senhor me perguntou antes.

— Ele não estava ligado a nenhuma igreja?

— Acho que não. Janey correu para buscá-lo.

— Buscá-lo onde?

Tudo parece tão improvável quando me fazem esse tipo de pergunta.

— Não sei. Suponho que ela tenha ido até o local onde os pastores ficam pregando, talvez nos arredores da Catedral de São Paulo. Janey trouxe o pastor, ele presidiu a cerimônia e ela pagou dez libras.

O sujeito à cabeceira da mesa ergue a cabeça.

— Onde ela conseguiu as dez libras?

— Não sei! — exclamo, impaciente. — Talvez o dinheiro fosse dela; talvez Ned tenha lhe dado.

— Como a senhorita sabe que o tal indivíduo era de fato um pastor ordenado? — questiona Sir Edward, com ar solene.

— Porque ele trajava um manto forrado de pele, típico de um pastor suíço? — sugiro, com certa impertinência. — Porque ele acompanhou Janey quando ela solicitou um pastor? Porque ele trouxe consigo uma Bíblia e presidiu a cerimônia de casamento? Porque ele disse que era pastor? O que mais? Eu deveria ter pedido a ele uma cópia do certificado? Por que eu duvidaria dele? Por que os senhores duvidariam dele agora?

Eles trocam olhares; parecem constrangidos, e isso me diz que alguém os instruiu a seguir essa linha de questionamento contra a vontade deles.

— E a aliança?

Com orgulho, estendo a mão e exibo, no dedo anular, o diamante que Ned me deu em nosso noivado e a aliança de casamento, com os cinco aros. Depois de nosso casamento, usei o anel e a aliança em uma corrente pendurada ao pescoço, mas agora os trago no dedo.

— Eis o anel e a aliança que ganhei dele — digo. — Não me afasto deles desde o dia de meu casamento. — Dou um beijo nos dois anéis.

A fisionomia dos sujeitos, antes carrancuda, torna-se abatida.

— E a proposta escrita pelo conde, e o testamento por ele deixado antes de ir para a França, no qual ele a cita como esposa? — indaga Sir Edward.

Ele sabe que não estou de posse desses documentos. Todos sabemos que minha papelada não foi encontrada. A tola da minha criada acredita que levou minha caixa de documentos até a casa do tesouro com os outros pertences que eu pretendia deixar bem guardados, em Londres, enquanto estivesse na excursão com a rainha. No entanto, quando ela foi procurar, constatou que a caixa havia desaparecido; depois, fui detida, e ninguém conseguiu localizar minha caixa.

— Estava tudo junto com minha papelada — digo. — Se eu puder ir aos meus aposentos, tenho certeza de que vou encontrar minha documentação.

— Foi feita uma busca em seus aposentos — avisa ele, como se eu fosse uma criminosa. — E suas caixas que estavam na casa do tesouro foram examinadas. Ninguém encontrou nenhum documento que comprove sua condição de casada.

Faço um gesto, apontando para minha barriga enorme.

— Acho que qualquer pessoa pode ver que estou casada.

Sir Edward pigarreia.

— O casamento pode ser invalidado — retruca ele, canhestramente — se não tiver sido realizado por um pastor de verdade. O conde e a irmã dele podem ter ludibriado a senhorita, realizando um falso casamento, com um falso pastor, e, nesse caso, a senhorita não estaria mais casada do que... — Ele interrompe o que dizia como se não conseguisse pensar em nenhuma solteirona deflorada a título de exemplo, embora eu pudesse apostar que a rainha lhe viera à mente.

— Sir Edward, não se engane — digo, com serenidade. — É claro que estou casada. Sou Lady Seymour, condessa de Hertford, e o senhor precisa se lembrar de que tenho sangue real. Ninguém pode duvidar da minha palavra.

Ele baixa a cabeça; o interrogatório é tão embaraçoso para ele quanto para mim.

— Desculpe-me, eu só quis dizer que não dispomos de provas.

— Eu não preciso de provas... porque eu estava lá — insisto. — Minha amiga Janey jamais teria me ludibriado. Por que ela faria algo assim se era favorável ao nosso casamento? O irmão dela é meu marido legítimo. Ele jamais me enganaria. Por que faria isso? Ele queria se casar comigo honradamente, por amor. Foi isso que fizemos. O senhor mesmo pode perguntar a ele.

— Perguntamos a ele — diz o homem à cabeceira da mesa, erguendo os olhos, até então fixados nas anotações. — Mas é o único outro indivíduo a quem podemos interrogar. A única testemunha foi a irmã dele, e ela está morta, e não conseguimos localizar esse tal pastor, e não temos nenhum documento comprobatório.

— Então os senhores terão de aceitar a minha palavra e a do conde de Hertford — digo, com altivez. — E isso deverá bastar para qualquer pessoa na Inglaterra. O casamento entre duas pessoas perante Deus basta a Deus e à lei. Os senhores sabem disso tão bem quanto eu. Nem precisávamos de um pastor para firmarmos um casamento autêntico; optamos pela presença de um pastor, que conduziu a cerimônia, mas o casamento seria legal se tivéssemos trocado nossos votos diante de Deus. Não precisávamos de testemunhas; Deus viu que o casamento foi legítimo. Foi isso que fizemos. Isso já basta para mim e deve bastar para os senhores e para quem os instruiu a me questionar nesses termos.

O interrogatório me deixa tão exausta que, quando eles saem, com passos pesados escada abaixo e se queixando de não estarem descobrindo coisa nenhuma, eu me deito e durmo até de manhãzinha. Minha dama de companhia me serve pão, carne e cerveja à guisa de desjejum, além de algumas ameixas, mas não consigo ingerir nada. Sinto-me agitada e ando de um lado ao outro do quarto, olhando para o rio e para a paisagem acima do gramado. A criança está bastante quieta e — disso eu tenho certeza — desceu mais um pouco em meu ventre, de modo que me sinto ainda mais volumosa e esquisita.

A nova linha do interrogatório me deixa confusa. Eu me pergunto se resolveram questionar a validade do meu casamento, uma vez que não conseguiram comprovar a conspiração. Mas que vantagem teriam em me humilhar? E quem acreditaria em um engodo por parte de Ned, sendo ele tão rigoroso com a própria honra? Quem acreditaria que uma jovem, irmã da santificada Joana, concordaria em ser casada por alguém que não fosse um pastor protestante?

Então, de repente, enquanto contemplo o rio e as gaivotas adejantes, tenho a sensação de que minhas vísceras foram reviradas, uma sensação tão intensa que acho que vou morrer. Agarro-me ao espaldar de uma cadeira e arquejo, tamanha é a dor. A agonia é tão grande que sequer consigo gritar. Minha dama de companhia corre em minha direção, mas dá um salto para trás, pois uma cascata de água avermelhada desaba sobre o piso de pedra. O sr. Careta pula até uma tapeçaria e a escala; os cachorrinhos correm para a cesta e choramingam. Fita, a gatinha, fareja o líquido e se afasta, sacudindo a pata.

— Meu Deus! O bebê está nascendo! — diz minha dama. — A bolsa já estourou, e a senhora nem está confinada!

A dor desaparece tão de repente como chegou, e quase dou uma risada quando penso que o fato de estar trancada na Torre de Londres não configura confinamento. Evidentemente, eu deveria estar em um quarto escuro, acompanhada por duas parteiras, duas damas, duas criadas, uma ama de leite e babás prontas para levarem a criança, além de um marido andando entre a capela e a mesa do almoço. Evidentemente, está tudo errado. No entanto, nada vai impedir a criança de nascer.

— Diga ao tenente da Torre que mande chamar a parteira, e mande alguém avisar ao conde de Hertford — peço. Tenho vontade de chorar por me submeter a essa provação sem minha mãe, minha irmã ou qualquer mulher gentil e afetuosa. — Diga a ele que reze por mim e por nosso filho.

Ela esmurra a porta, e parece que demora uma eternidade até ouvirmos os passos do guarda subindo a escada.

— Deixe-me sair! Eu preciso falar com Sir Edward! — grita ela, respondendo à pergunta por ele murmurada através da porta maciça. — A criança está nascendo!

Consigo chegar até o canto do quarto, onde há um crucifixo na parede e uma Bíblia aberta. Consigo me ajoelhar e rezar. Consigo esperar que a dor volte e passe novamente, e rezo pelo bem-estar da criança e pelo meu, e pela chegada da parteira, o quanto antes, pois só Deus sabe como precisamos de alguém ali que saiba o que está fazendo.

No momento em que a parteira escancara a porta externa e sobe a escada correndo, ouço, acima de mim, meu marido, meu amado Ned, espancando a porta trancada de seu quarto.

— O que está acontecendo? O que está acontecendo? — ouço-o berrar através da porta maciça dos meus aposentos.

— Ned! Ned! O nosso bebê está nascendo! — grito para o teto reforçado.

O sr. Careta se atira na minha cama desarrumada e enfia a cabeça embaixo do travesseiro. Ouço os passos rápidos de Ned pelo piso, então ele grita, produzindo um som abafado, como se estivesse pressionando os lábios na laje de pedra, desesperado para que as palavras me alcancem.

Não consigo entender o que ele diz — o piso do quarto dele é de pedra, fria e espessa. Mas não preciso ouvi-lo. Sei que ele me ama; sei que vai sofrer de ansiedade até que eu possa lhe enviar uma mensagem dizendo que estou bem e a criança tem saúde. E, quando a parteira entra correndo e a porta é fechada e trancada atrás dela, sinto uma ponta de felicidade ao saber que, enquanto sofro minhas dores aqui embaixo, Ned está no andar de cima, de joelhos, com o rosto colado ao piso de pedra, ávido por ouvir o primeiro choro da criança e rezando por mim, sua esposa.

O sofrimento é demorado, embora a parteira diga que foi rápido para um primeiro filho e que já acompanhou mulheres que passaram por tudo isso durante vários dias. Tento não dar ouvidos às previsões lúgubres e às histórias medonhas de mães que morrem no parto e fetos natimortos, então minha dama de companhia a interrompe e diz:

— Mas Sua Senhoria está se saindo muito bem!

— Lady Catarina está fazendo o melhor que pode — concorda a velha bruxa.

Suspiro depois que a contração acaba e a corrijo:

— Lady Hertford — faço questão. — Eu sou a condessa de Hertford.

— Como a senhora quiser, milady — diz ela, desviando o olhar, e isso me faz imaginar, novamente, que talvez estejam tentando provar que nosso casamento jamais ocorreu e ela tenha recebido ordens para não me chamar por meu nome de casada.

Não tenho condições de pensar, pois minha mente está embaçada de dor e medo, enquanto ando de um lado ao outro, entre as contrações, e me deito na cama para descansar. Sinto como se estivesse rachando ao meio, uma sensação pavorosa, como se estivesse sendo esquartejada sem ter sido antes enforcada. Lembro-me de Joana, a caminho do patíbulo, não muito longe da janela daquele mesmo quarto, e penso na agonia que ela deve ter sentido quando o machado desceu, e chego a pensar que estou morrendo na Torre, assim como minha irmã, como meu pai, e que minha única esperança ao fim dessa agonia é encontrá-los no reino do céu.

A parteira, que não tira os olhos de mim enquanto caminho e paro a fim de me apoiar em uma cadeira e gemer de dor, subitamente deixa o fuso de lado e diz:

— Está chegando a hora. Prepare-se.

— O que eu devo fazer? — pergunto, desesperada. — O que vai acontecer agora?

Ela dá uma risadinha.

— A senhorita deveria ter pensado nessa pergunta antes, Lady Catarina.

— Lady Hertford — retruco, reivindicando meu nome de casada, em meio ao que talvez seja meu último suspiro. — Eu sou a esposa do conde de Hertford.

Bruscamente, ela me põe de quatro e, como se fosse uma égua parindo, eu gemo e faço força quando ela ordena, e descanso quando ela assim determina; então experimento a mais estranha das sensações, algo escorregando e se retorcendo, e ela diz:

— Que Deus a abençoe e a ajude; é um menino

Meu filho, visconde de Beauchamp, vai se chamar Eduardo em homenagem ao pai e aos antepassados. Sua linhagem ascende até Eduardo III, até antes. Com sangue real de ambos os lados, o menino deveria nascer em meio a grandes festejos, com disparos de canhão e anúncios por toda a cristandade, mas me enfiam na cama, com o bebê do lado, e ninguém vem nos visitar. Levam-no para ser batizado na capela da Torre, e meu pobre menininho é abençoado em uma pia batismal situada acima dos túmulos de membros de sua família. É como se na Torre de Londres o mausoléu dos traidores fosse a capela da nossa família. A tia do menino está enterrada embaixo da pia batismal, bem como o avô do lado Grey. O avô do lado Seymour também foi sepultado ali. Ele sequer é batizado por um pastor, mas por Sir Edward, o tenente da Torre, seu carcereiro, porque a infeliz governante suprema da Igreja anglicana, Elizabeth, não permite que um pastor ordenado vá até a prisão para abençoar a alma do primo recém-nascido. Isso me faz chorar. Isso é muito baixo. Ela é muito baixa. Proibir que um religioso abençoe uma criança inocente. Ela é só baixeza.

Torre de Londres, Inverno de 1561-62

Não tenho como me sentir infeliz com meu bebê murmurando no berço e sorrindo ao me ver. É mais divertido que qualquer animal de estimação; é encantador. Até o sr. Careta reconhece que temos um príncipe entre nós e o serve com a mesma expressão de surpresa e alegria que minhas damas demonstram sempre que correm para buscar um paninho e cobrir meu ombro quando ele golfa depois de ser amamentado ou sempre que seguram suas mãozinhas agitadas e os pezinhos gorduchos quando o desembrulho das faixas que o sustentam.

Eu mesma o amamento, como se fosse uma camponesa, e começo a rir ao pensar que a tirana Elizabeth me propiciou a maior alegria da minha vida. Se eu tivesse dado à luz o pequeno visconde em algum palácio real, onde seria de direito, ele teria sido levado de minhas mãos assim que nascesse e eu viveria longe dele. Seria instalado em um berçário real e eu teria de acompanhar a corte — aonde ela fosse, mesmo que por isso fosse obrigada a passar várias semanas longe do menino. Ele seria criado como um estranho para mim, e seu primeiro sorriso seria para a ama de leite. Mas, como sou prisioneira e ele — tão inocente quanto eu — também está encarcerado, somos como dois pássaros em uma gaiola, cantando e brincando juntos, felizes feito meus pintarroxos.

À noite, ele se aconchega a mim e dorme em meus braços. Aprendo a acordar e ficar ouvindo sua respiração tão leve quanto acelerada. Às vezes, ele fica tão quieto que encosto meu ouvido ao seu narizinho para me certificar de que está vivo e bem e que de manhã vai abrir os olhos, azuis feito duas safiras, e vai sorrir para mim.

Dizem que é um bebê tranquilo. Na verdade, ele nunca chora. Mas dizem também que o estou mimando, pois o retiro do berço assim que ele se mexe, carrego-o nos braços de cômodo em cômodo, fico com ele no colo enquanto leio ou escrevo e o levo aos seios inchados assim que ele enfia o rostinho em meu corpete. O leite verte com facilidade, assim como o amor. É uma felicidade com a qual jamais sonhei. Eu não sabia que é possível amar tanto uma criança, que seu nascimento seja pura alegria, sua vida seja um milagre, e nada, nada há de fazer com que eu me arrependa de tê-lo gerado.

Nós o chamamos de Teddy. Todas as manhãs, penduro uma fita azul em minha janela para que o pai, olhando de sua janela, saiba que o filho está bem. Gostaria que ele pudesse ver o menino bonito que o filho vai ficar. Gostaria que ele pudesse ver como nós dois, como Janey previu, geramos um bebê tão lindo. Ele tem meu cabelo claro e meus traços delicados, e o físico longilíneo e esbelto do pai. Tem compleição de príncipe. É claro, ele é um príncipe. É herdeiro de Elizabeth e sucessor do trono da Inglaterra, quer ela assim o reconheça, quer não.

Não houve presentes de Natal para esse menino cuja corte ele há de comandar. Só Maria vem me visitar, trazendo uma caixinha de música que eu reconheço — ela ficava no salão nobre do Palácio de Hampton Court.

— Eu roubei — diz ela, com franqueza, dando corda e posicionando a caixinha diante de Teddy, que não presta a menor atenção.

— Maria!

— Eu não considero que ela seja dona do tesouro real — diz, rispidamente.

— O tesouro é mais seu que dela. Se é para você ser desconsiderada como herdeira por gerar um filho fora do casamento, por que devo servir uma rainha que todo mundo sabe que é a prostituta de Dudley? E nascida da prostituta Bolena.

Imediatamente, olho para a porta, mas não há informante naquele dia.

— Isso mesmo, ninguém veio comigo hoje, a não ser Thomas Keyes, o sargento-porteiro, que fez a gentileza de me acompanhar. Ele está esperando lá embaixo.

— Ele não está ouvindo a nossa conversa? — pergunto, apreensiva.

— Ele não me espiona. É um amigo sincero — explica. Em seguida, ela sobe em uma das cadeiras surradas e balança a cabeça. — Tudo mudou de novo. Ninguém me espiona. Ninguém se importa com o que você disser. Admitem que você agiu por amor e que não houve complô nenhum. Desistiram do interrogatório e libertaram todos os prisioneiros, menos você e Ned.

Fico animada e junto as mãos diante de mim.

— Aceitaram meu casamento? Seremos libertados?

— Não, acho que o plano é negar o casamento e execrar você.

A decepção não é surpresa. Acho que já sabia que isso aconteceria quando mudaram o rumo do interrogatório no ano passado. Mas, com meu filho nos braços e meu marido sob o mesmo teto, pouco me importo com o que falarem de mim. Eu sei a verdade e sei o que Ned representa para mim e eu para ele — e Deus também sabe. Quem se importa com o que Elizabeth diz? Assim que estivermos livres, poderemos nos casar de novo, e quem há de se importar?

— Será que vão negar o nosso casamento e então ela vai nos deixar em paz?

Não precisamos dizer quem "ela" é. Elizabeth se tornou um monstro em minha mente. Uma rainha Tudor levou minha irmã; a outra vai destruir minha reputação.

Maria faz um pequeno gesto com a mão, querendo dizer que talvez sim, talvez não.

— Ela faria qualquer coisa para manter vocês presos, mas os motivos estão ficando escassos. Os interrogatórios realizados com os Seymour, com tia Bess, com você e com Ned foram relatados ao Conselho Privado, e ficou óbvio que vocês dois se casaram em segredo e por amor. Procuraram o pastor que fez o casamento, mas não o localizaram. Acho que não procuraram com muito zelo. Mas, em todo caso, vocês trocaram votos, e você tem o seu anel. Foi um casamento secreto. O casamento da mãe de Elizabeth foi quase assim. O Conselho Privado aguardou durante vários dias até que ela pudesse inventar algum crime ou criar uma lei que você pudesse ter descumprido, mas ela não disse nada.

— Por que ela não falou nada?

O rostinho bonito de Maria se contorce, com risadinhas maldosas.

— Porque ela está com medo — cochicha. — Morta de medo. A metade papista do reino prefere Maria da Escócia; a outra metade, protestante, prefere você, agora que está casada com um inglês e tem um filho e herdeiro. Na verdade, ninguém quer Elizabeth, uma rainha estéril e apaixonada por um homem que assassinou a própria esposa.

Dou um suspiro com a descrição que Maria faz de Elizabeth e o amante, Robert Dudley.

— Ninguém quer mesmo — continua ela, bruscamente. — E quem pode culpar o povo? A prosperidade no reino não é maior agora do que quando Maria estava no trono; a paz também não. Agora estamos ameaçados tanto pela França como pela Espanha, e a nossa rainha não se casa para nos garantir um aliado. Todos têm o seu herdeiro preferido, e Elizabeth diz que não podemos herdar o trono porque o nosso pai foi executado por traição; a nossa prima Margaret Douglas também não porque os pais dela não eram casados. Então sobra apenas Maria da Escócia, e Elizabeth se recusa a apontá-la! O que o povo quer saber é como fica a questão e quem será o próximo rei; e, se ela não designar o próprio sucessor, o povo então vai decidir.

Olho para o berço.

— Teddy — limito-me a dizer. — Tem de ser o Teddy. Eu venho depois de Elizabeth, e Teddy é meu filho.

— Claro — concorda Maria. — Todo mundo sabe disso. É por isso que o Conselho Privado não concorda que ela mantenha você na prisão sem motivo. No entendimento do conselho, você é a mãe do próximo rei da Inglaterra. Você lembra como foi quando a rainha Maria estava vindo para Londres e a corte inteira de Joana correu para dizer a Maria que tinha se equivocado ao apoiar a nossa irmã? — Ela ri com crueldade. — Você lembra como todos pediram desculpas?

— Eu também corri. Ao menos, meu sogro e meu marido correram.

— A nossa mãe correu. O nosso pai correu. Todo mundo pediu perdão a ela. Eu fui levada à força para me curvar diante dela. É disso que Elizabeth tem medo. Todo mundo quer ser amigo do herdeiro... e isso é sensato. Portanto, as pessoas não se atrevem a se voltar contra você enquanto não tiverem certeza de que nunca será a herdeira, e ela fica escondendo o jogo. — Maria inclina a cabeça para o lado. — Mas ninguém se atreve a ficar do seu lado, com medo da raiva dela.

— Ela não pode me deserdar — digo.

— Jamais ousaria. Ela nos condena na privacidade, mas jamais o faria diante do Parlamento nem do Conselho Privado. Mas Teddy...

— A única maneira de deserdar Teddy seria dizer que ele é bastardo — concluo, lentamente.

— Isso mesmo. Portanto, é isso que aquela bruxa Tudor vai fazer em seguida.

— Maria se debruça sobre o berço, como se fosse a fada madrinha que se opõe à fada malvada do conto. — Ela vai tentar espalhar que esse menino inocente é bastardo e por isso não pode herdar o trono. É o único jeito que ela tem para negá-lo como herdeiro: declará-lo bastardo. E logo ela, que é a notória bastarda.

✥

Maria está absolutamente certa. Em fevereiro, quando de manhã o gelo embranquece o interior da janela e lá fora fica escuro durante doze horas por dia, Sir Edward bate à porta do meu quarto e entra, fazendo uma reverência.

— Milady — cumprimenta ele, evitando meu nome de solteira e o de casada.

— Sir Edward?

— Vim lhe comunicar que a senhora foi convocada ao Palácio de Lambeth amanhã para ser interrogada pelo próprio arcebispo.

— O que ele vai me perguntar?

Sir Edward parece constrangido.

— Sobre o suposto casamento — responde, em voz baixa.

— Não sei de nenhum suposto casamento — retruco, friamente.

Ele aponta para o papel que tem em mãos. Vejo o lacre real e os arabescos da assinatura da própria Elizabeth.

— Está definido aqui como suposto casamento — reforça ele.

Sorrio, convidando-o a admitir a ironia.

— Pelo jeito, será um interrogatório bastante justo, não é mesmo? — digo.

Ele inclina a cabeça.

— Seu marido também foi convocado — acrescenta ele, com serenidade.

— Mas vocês irão em barcos separados e não poderão se encontrar.

— Diga a ele que o amo — peço. — E diga que jamais renunciarei a ele, ao nosso amor ou ao nosso filho.

— A senhora se refere apenas ao seu amor? — provoca ele.

— Ao meu amor e ao nosso casamento — reforço, aborrecida. — Ninguém vai conseguir me induzir a negar a verdade.

Matthew Parker — agraciado como arcebispo de Cantuária por ter sido um dos poucos religiosos dispostos a apoiar Elizabeth — foi um dos que levaram minha irmã Joana ao trono, mas não espero que agora fique do meu lado e desafie a rainha. Ele se casou, assim que o clero foi liberado do voto de celibato, mas não espero que defenda meu casamento. Foi nomeado por Elizabeth, e jamais haverá de desafiá-la. Não encontrarei mais justiça no palácio do arcebispo em Lambeth do que no Conselho Privado.

Mas a população de Londres está do meu lado. No momento em que minha barcaça se afasta do portão do rio, deixando atrás de si um redemoinho de água escura e subindo a correnteza, vejo pessoas paradas nas margens, olhando para nós, então, bem ao longe, ouço gritos vindo por cima da água fria e cinzenta.

O horário da minha convocação foi cuidadosamente escolhido no intuito de evitar que eu fosse vista pelo povo. A maré está subindo e a barcaça desliza com rapidez, seguida por um vento gelado, mas não avança mais rápido que a notícia de que Lady Catarina, a noiva do belo Ned Seymour, está, enfim, fora da Torre e segue para Lambeth. Quando os remadores suspendem os remos para nos emparelhar com o cais do palácio, os passageiros a bordo de uma barca que transporta cavalos se aglomeram do lado que dá para minha barcaça, e as pessoas na margem do rio e no píer me saúdam freneticamente.

Levanto-me para ser vista. Aceno com uma das mãos.

— Por aqui, milady, por favor — diz o mordomo do arcebispo, ansioso, mas não pode evitar que eu sorria para a multidão e agradeça as saudações e os bons votos.

— Não tenha medo! — grita alguém.

— Que Deus abençoe a senhora e o seu belo menino!

— Deus salve a rainha! — grita outra pessoa, sem identificar a que rainha se refere.

Aceno, como se a saudação fosse para mim, e procedo o mais lentamente possível em direção à arcada escura do palácio para que todos vejam que sou uma prisioneira a caminho de um interrogatório, que sou jovem — tenho apenas 21 anos — e bonita. Sou — como sempre fui e sempre serei — a herdeira legítima da rainha da Inglaterra, irmã da santificada rainha Joana, e agora o povo todo começa a pensar assim.

Palácio de Lambeth, Londres
Inverno de 1562

Conheci o arcebispo Parker quando ele era apenas capelão de John Dudley, sogro de Joana. Ele e outros reformistas se reuniam com frequência para debater a teologia da reformada Igreja anglicana, e Joana se correspondia com os conselheiros religiosos do grupo. Ouso dizer que ele não prestava a menor atenção em mim, a irmã mais jovem e sem importância, mas me lembro dele na corte de Joana, quando ela foi proclamada rainha, e me lembro de que ele desapareceu de cena, com a mesma rapidez que os demais, correndo da rainha protestante para a rainha papista — a despeito das promessas que tinha feito. À época, ele não me impressionou muito como conselheiro de uma devota e hoje tampouco me impressiona como arcebispo.

Ele comete a indelicadeza de me fazer esperar em seus aposentos e, quando surge, vem acompanhado de um funcionário de ar taciturno, que se senta diante de uma mesa, sem me pedir licença, molha a pena dentro de um tinteiro e se prepara para escrever tudo o que eu disser. Se eu não tivesse notado que a barcaça enviada para me buscar não exibia nenhuma flâmula de identificação, se eu tivesse ignorado a antessala fria e a saudação apática do antigo amigo e correligionário de minha irmã, eu agora perceberia, pela prontidão da pena do secretário, que aquilo não seria uma simples conversa entre um conselheiro espiritual e uma jovem que tivera o azar de desagradar uma rainha mal-humorada. Seria um interrogatório, e ele já foi instruído sobre o que deverá relatar. A dificuldade — embora ele ainda não saiba — é que eu jamais negarei meu honrado casamento, jamais renunciarei ao homem que amo e jamais condenarei meu filho visconde ao novo título de bastardo de Ned Seymour.

O arcebispo Parker me olha com severidade.

— É melhor me contar tudo sobre esse suposto casamento — diz ele, com amabilidade. — É melhor confessar logo, menina.

Respiro fundo para começar a falar e percebo a expressão de esperança que ilumina seu rosto. Se ele voltar a Elizabeth e disser que confessei que não estou casada, que jamais estive casada, ela ficará satisfeita e continuará ignorando a presença meio velada da esposa do arcebispo, embora deteste a ideia de um clérigo casado. Se disser a ela que tenho um pequeno bastardo na Torre, ela não precisa se sentir pressionada a aceitar um casamento precipitado e gerar um filho. Se ele puder garantir que a causa reformista não dispõe de um filho e herdeiro, ela pode prometer a Maria da Escócia que a sucessão da Inglaterra continua não decidida e seduzi-la com a expectativa de paz e herança.

— Eu vou confessar — digo, com doçura, e vejo o escrivão molhar a ponta da pena e aguardar, prendendo a respiração —, embora imaginasse que o senhor e minha irmã Joana concordassem que uma alma angustiada deveria se confessar diretamente a Deus. — Espero um instante para que minhas palavras possam ser registradas, então prossigo: — Seja como for, confesso que amei um jovem de estirpe nobre e que tanto a mãe dele como a minha sabiam que estávamos apaixonados e que pretendíamos nos casar. Elas iam pedir permissão à rainha quando minha mãe morreu. Confesso que ficamos noivos diante de uma testemunha e que nos casamos diante de uma testemunha e por um pastor, embora sem a permissão da rainha. Confesso que consumamos nosso casamento no leito conjugal e que ele me fez sua mulher. Confesso que temos um belo menino, ruivo e voluntarioso como qualquer Tudor. Confesso que não sei por que estou presa nem por que o senhor me pede uma confissão.

É o impactante começo de um interrogatório que dura o dia inteiro. O escrivão anota página após página enquanto o arcebispo me pergunta tudo o que eu havia respondido anteriormente. Fica óbvio que não há nada ilegal no que fizemos. A única esperança deles é que eu me renda e minta, em troca de minha liberdade. Ao fim de um dia inteiro de interrogatório, é o arcebispo que se mostra abatido e pálido, enquanto eu permaneço ruborizada e impetuosa. Ele me insta a mentir sob juramento, e eu me recuso. Mais que isso, eu o desprezo por exigir que eu, uma jovem ainda de resguardo, defina meu filho como bastardo e meu marido como canalha.

— Por hoje basta. Eu preciso orar, e a senhora... madame... precisa pensar na sua teimosia — diz o arcebispo, debilmente.

Dirijo-lhe um leve meneio de cabeça, como se o estivesse dispensando, e me volto para a porta.

— Sim, o senhor precisa mesmo orar — recomendo.

— Voltarei a vê-la depois de amanhã, e espero que a senhora me apresente um depoimento verdadeiro — retruca o arcebispo.

Detenho-me diante da porta enquanto o guarda a abre para mim, e ele pode ouvir o que digo e repetir por toda Londres, se assim desejar.

— Eu falei a verdade hoje — afirmo, com toda clareza. — Repetirei tudo amanhã e sempre que o senhor me perguntar. Eu me casei com honra e meu filho é o visconde de Beauchamp.

Torre de Londres,
Inverno de 1562

Colando o rosto à janela fria na casa do tenente, consigo enxergar os degraus que vão do gramado ao portão do rio, e fico ali, minha face cada vez mais gelada, esperando o sol nascer, então vejo os guardas saírem pela porta da frente, conduzindo Ned à barcaça.

Meu amor, o único homem que hei de amar, segue escoltado por quatro guardas, dois à frente e dois atrás, como se pensassem que ele fosse fugir, deixando a esposa e o filho na prisão. Desconfiei de que seria levado ao arcebispo Parker hoje, o dia seguinte ao meu depoimento, e, assim que ele se vai, dirijo-me a minha Bíblia e encosto o rosto gelado nela, rezando para que Ned seja verdadeiro.

Evidentemente, ele pode ser verdadeiro e, ainda assim, cometer algum erro que permita ao arcebispo nos culpar. Se Ned esquecer o detalhe do manto forrado de pele que o pastor usava ou seu sotaque estrangeiro o relato não vai coincidir com o meu. Se ele quiser proteger minha reputação, negando que fizemos amor antes do casamento, eles vão se agarrar a essa mentira. Se discordarmos com qualquer ponto que seja, vão argumentar que o casamento não existiu e que nossa história foi inventada para salvar nossa pele.

Tenho receio de que isso aconteça. Já faz tanto tempo! Um ano, e tudo ocorreu tão depressa! Eu perdi os documentos, e Ned jamais soube o nome do pastor.

Perdemos Janey, nossa única testemunha e única amiga. É muito provável que Ned esqueça algo — ao longo desse ano ele esteve na França, na Borgonha e na Itália, e ainda sofreu a provação de ser chamado de volta à Inglaterra. Mas eu estou de posse do anel e da aliança e sei de cor o poema. Ninguém há de pensar que tudo isso foi inventado. Mas ninguém se importa com a verdade. Tudo o que eles querem é tachar meu filho de bastardo, de modo que Ned, eu e Teddy possamos ser retirados de circulação, humilhados e esquecidos.

Eles ficam com Ned o dia inteiro. Já está escuro quando ele é trazido de volta, e não o devolvem à casa do tenente. Espero até que ele surja no portão; mantenho uma vela à janela e pretendo acenar para ele. Mas, de início, não consigo vê-lo; vejo apenas as chamas das tochas carregadas pelos guardas que o conduzem pela arcada escura em direção à Torre Branca, sombria contra o céu noturno. Mas ele se detém ao sair da arcada, baixa o capuz e olha para minha janela. Seguro a vela do lado de fora da janela para que Ned veja a luzinha oscilando ao vento e saiba que brilha por ele, que sou fiel a ele e confio que ele é fiel a mim.

Ordenam-lhe que prossiga, e ele ergue uma das mãos para mim enquanto passa pela porta da casa do tenente e atravessa o gramado, seguindo para a torre sinistra. Ned sobe os degraus da entrada, que se abre quando se aproxima e se fecha depois que ele entra; deduzo que disse algo ou inventaram algo que justifique sua transferência para a prisão real, confinado em uma cela. Ele já não é mantido na casa do tenente, como convém a um nobre honrado sob prisão domiciliar. Agora ficará na Torre, onde os traidores são presos e torturados.

São quatro dias de idas e vindas ao palácio do arcebispo, e, depois de cada visita de Ned, ele me questiona sobre algum detalhe — alguns são autênticos, outros são inventados, disso eu tenho certeza, e de alguns eu não consigo me recordar ou jamais tive conhecimento. Minha preocupação é crescente, e minha obstinação inicial começa a fraquejar diante do medo. Suplico ao arcebispo que entenda que nos casamos, que realizamos um casamento de boa-fé e perante Deus. Suplico a ele que entenda que, se invoco Deus como testemunha, não posso estar mentindo. Sou irmã de Joana Grey — estarei propensa a invocar o nome de Deus em vão? Percebo que minha voz vai do desprezo à súplica. O arcebispo aparenta estar cada vez menos ansioso e começa a se comportar como alguém que obtém as respostas esperadas. O secretário escreve com crescente rapidez. Não ouso pensar no que vai acontecer em seguida.

Torre de Londres, Verão de 1562

Nada acontece. É um sofrimento, mas nada acontece. Só me resta aguardar. Penso em Joana, morando na casa dos Partridge, esperando e esperando pelo perdão da rainha Maria, certa de que Sua Majestade a perdoaria e a libertaria — então penso no padre chegando para dizer que ela seria executada na manhã seguinte. Em algumas noites, acordo em lágrimas, sonhando que sou Joana, que meu tempo de espera está chegando ao fim e que naquela manhã farei a curta e derradeira caminhada até o gramado de execução. Mas então me viro na cama e pego meu bebê no berço, corado de chorar, faminto, os pezinhos chutando com impaciência, e o levo ao seio e o sinto sugando; constato que ali existe uma vida poderosa e inocente, que não pode ser morta, e que em alguma manhã, em algum dia, vou conduzir meu bebê à liberdade.

Minha irmãzinha Maria vem me visitar e traz uma caixa com aspargos frescos.

— Um homem me deu isto, da horta dele — diz ela, vagamente, esticando-se para pôr a caixa sobre a mesa. — Acho que o cozinheiro do tenente pode preparar esses aspargos no vapor para você com um pouco de manteiga.

— Ele prepara, sim, obrigada — digo. Abaixo-me para beijá-la, e ela sobe no assento próximo à janela.

— Aquela é a janela de Ned? — pergunta, olhando para a Torre Branca, onde um lenço azul se agita ao vento amarrado a uma dobradiça.

— É, sim. Ele amarra o lenço de manhã para me dizer que está bem, e eu faço o mesmo. Se estiver doente, ele põe um lenço branco, e, se for solto, não pendura nada.

Ela faz que sim. E não pergunta que lenço é pendurado à janela em caso de má notícia. Ninguém na Torre quer pensar em má notícia. Somente minha irmã Joana teve coragem para buscar a morte e me escrever, exortando-me a aprender a morrer.

— A corte vai deixar Londres — avisa ela. — Eu também devo ir. Ela não tem sido desagradável. Mas parece que não tenho nada a ver com você e que não sou parente dela. Ela me trata igual a qualquer outra dama. E liga mais para as outras do que para mim; dá mais atenção a Tomasina, a anãzinha, que a mim. Eu acompanho a corte por toda parte e janto com as damas. Ela mal fala comigo e muitas vezes ignora minha presença. Mas tem gente que ela trata ainda pior.

— Ah, quem ela trata pior? — pergunto, intrigada.

— A nossa prima Margaret Douglas, por exemplo — responde Maria, em voz baixa. — Ela está sob prisão domiciliar, no Mosteiro de Sheen, sob suspeita de traição.

Contenho uma exclamação, tapando a boca.

— Mais uma prima presa? E na nossa antiga casa?

— Dizem que ela estava tentando casar o filho Henrique Stuart com Maria da Escócia.

— E estava?

— É quase certo que sim; e por que não faria isso? Seria uma belíssima união para ele, uma união decente para ela, e um rei consorte inglês na Escócia seria melhor para nós que um francês.

— A família toda foi presa?

— O marido dela está preso aqui, eu acho, na Torre. Mas o filho sumiu.

Levo as mãos à cabeça, como se quisesse puxar os cabelos.

— O quê? Isso é loucura.

— Eu sei — diz Maria, triste. — O medo deixou Elizabeth paranoica, igual ao pai dela. E cabe a mim servi-la. E cabe a mim segui-la aonde ela quiser.

— Se você conseguisse fugir... — cochicho.

Maria meneia a cabeça.

— Ia sobrar para você. Não, vou acompanhar a excursão da corte e fingir que estou gostando.

Cubro a mão dela com a minha.

— Aonde vocês vão neste ano?

— Para o norte. Vamos nos hospedar em Nottingham, e ela encomendou uma mascarada. Todos vão participar. Até eu. Faço o papel de anjo da paz em um balanço. O título da mascarada é *Britânia e o rei*. Vai durar três dias.

— Céus!

— Na primeira cena surge Palas montada em um unicórnio. A própria Elizabeth, eu suponho. Depois vêm duas mulheres a cavalo, Prudência e Temperança. No dia seguinte: Paz. No último dia: a Malícia é derrubada, e todos cantamos.

Não consigo evitar uma risada ao ver a expressão de desalento estampada no rosto de Maria e ouvir aquela melancólica descrição.

— Tenho certeza de que há de ser uma maravilha...

— Ah, sim, e vai ter leões e elefantes também. Mas o tema central é a união de duas mulheres, a amizade entre duas mulheres. E a outra mensagem é que na Britânia a sucessão real se dá por sangue, e não por escolha.

— O que ela pretende? A mensagem é para Maria da Escócia?

— Elizabeth está querendo dizer à rainha Maria que juntas são rainhas da Britânia e que podem governar juntas: Maria ao norte, Elizabeth ao sul; e que Maria será uma rainha irmã e herdeira. Ela está praticamente prometendo o trono a Maria. Ela diz que o trono é legado ao herdeiro mais próximo. E não é designado por escolha nem por religião nem por vontade.

Dou três passos, atravesso o pequeno cômodo e paro diante da mesa.

— Enfim ela ousa negar abertamente o meu direito.

— Ainda não é uma negação e ainda não é abertamente — argumenta Maria, com raiva. — A mascarada não será apresentada diante do público. Só quem tiver uma educação clássica poderá compreender o sentido da coisa... Eu mesma tive de explicar tudo à metade das damas. Ela não tem coragem de declarar abertamente. Para tirar você de cena, ela pediu ao arcebispo Parker, aquele capacho, que fizesse o trabalho dela; e vai anunciar a coisa por meio da mascarada. Ela quer que a corte saiba que você não é a herdeira, que é motivo de vexame, que seu filho é bastardo; mas ela própria não se atreve a dizer isso ao reino.

— Ai, meu bom Deus! Maria, o arcebispo declarou meu casamento inválido?

— Declarou, sim. E chamou o pobre bebê de bastardo. — Maria balança a cabeça, melancolicamente, voltada para o berço, onde meu filho inocente dorme em paz, sem saber que seu título está sendo furtado. — Que Deus o perdoe. Ela espera que ninguém queira defender uma mulher que se entregou à luxúria e que ninguém apoie uma criança bastarda. Você está aniquilada e ele foi deserdado. E Ned, é claro, consta como um desonrado.

Pego um dos filhotes de Jô e o seguro abaixo do meu queixo para me alegrar um pouco.

— O arcebispo é um mentiroso — é tudo o que digo.

Maria assente.

— Todo mundo sabe disso.

Por um momento, guardamos um silêncio taciturno.

— E ainda sou obrigada a dançar na porcaria da mascarada que ela está montando! — esbraveja Maria. — No primeiro dia, faço parte do séquito de Palas; fico sentada no balanço e, no último dia, danço celebrando a Paz. Ela sabe como agir quando usa a minha dança para mandar um recado para a papista Maria. Logo eu! Uma irmã de Joana Grey mandando uma mensagem de esperança para a herdeira papista da Inglaterra.

— Ela sabe muito bem o que está fazendo — concordo. — Ela superou o medo que sentia de nós. Você nunca terá um filho, disso ela tem certeza. E agora ninguém vai apoiar o meu filho, tachado de bastardo e tendo uma mãe imoral.

— Ah, ela venceu — comenta Maria, com desdém. — Nós sequer conspiramos, e ela nos armou uma cilada como se fôssemos suas inimigas mais cruéis. Margaret Douglas não era grande ameaça, era só fanfarronice e ambição para o filho, mas também foi tachada de traidora. Não é uma grande prima, a nossa rainha. É pouca a alegria de estar ao lado dela. Você acha que ela vai libertá-la, agora que aniquilou você?

Levanto-me e vou até a janela.

— O que você está fazendo? — pergunta ela, enquanto abro o caixilho.

— Vou pendurar um lenço preto — respondo, em voz baixa. — Significa má notícia. Porque agora ninguém vai clamar pela minha libertação.

A corte deixa Londres, e eu penso em Maria sentada no balanço, fazendo papel de Anjo da Paz e dançando para Elizabeth na mascarada que diz à rainha Maria da Escócia que ela — papista e francesa — é a herdeira de Elizabeth e que nós devemos ser esquecidas. Penso como é difícil, para mim, a situação aqui na Torre, sabendo que o homem que amo está encarcerado a cem metros da minha janela; mas talvez seja ainda pior para minha irmã Maria, na corte, sendo obrigada a servir e sorrir para uma mulher que é minha inimiga, nossa inimiga, uma inimiga vingativa de toda e qualquer mulher por ela considerada rival.

O clima fica mais quente, e abro as janelas à noite para ouvir os melros cantando docemente nos pomares, cada vez mais tarde, enquanto namoram e constroem ninhos. Amarro guizos no pescoço de Fita para que ela não ameace as ninhadas, e todas as manhãs deixo migalhas de pão na janela e vejo um pintarroxo pousar e andar pelo parapeito, exibindo o peito avermelhado e demarcando seu território.

À noite, costumo estudar, lendo os livros que Joana deixou aqui na biblioteca do tenente, estudando a Bíblia que ela me legou, relendo a carta que escreveu a mim, aos amigos e aos mentores, enxergando-a como irmã e heroína. Tento encontrar em mim a coragem e a noção de destino que existiam em minha irmã. Ela sempre soube que seus pés trilhavam uma via-sacra, não importava se a levassem ao trono ou ao cadafalso; ela sempre soube que caminhava em direção a Deus. Receio que me achasse fútil e tola. Agora me tornei consciente, e gostaria de poder dizer a Joana que me tornei consciente.

Teddy está crescendo, e, durante a noite, só acorda uma vez para mamar. Pergunto ao tenente se podemos sair e aproveitar um pouco o ar cálido do verão para que o menino possa sentir o sol na pele; ele diz que minha dama de companhia pode levá-lo para passear no jardim ou à beira do rio todos os dias.

— Ninguém me disse que a criança inocente está confinada — responde ele.

Tenho a impressão de detectar um leve tom de ressentimento em sua voz — isso é servir Elizabeth. A pessoa se enche de esperança e segue determinado rumo, então descobre que a monarca foi além dos limites da sensatez, foi além do que se pode tolerar.

Deito-me cedo, espero o quarto escurecer lentamente e me pergunto o que vai acontecer quando a rainha Maria da Escócia responder à mensagem expressa pela mascarada produzida por Elizabeth. Será que as duas rivais declaradas firmarão uma trégua? Serão — como Maria já propôs — duas rainhas na mesma ilha? Será que vão mesmo se encontrar e se tornar amigas? Será que, finalmente, Elizabeth encontrou uma pessoa, alguém do seu nível hierárquico, em quem possa confiar?

E, caso se encontrem, caso se tornem amigas e uma se apaixone pela majestade da outra, será que serei relegada a tamanha obscuridade que Elizabeth chegue a concordar em libertar Ned e a mim da prisão? Será que hoje minha maior ambição é ser esquecida por todos os que afirmaram que um dia eu deveria reinar?

Ouço uma leve batida à porta de acesso aos meus aposentos, e a chave gira na fechadura com um ruído. Levanto-me da cama, ponho meu robe sobre os ombros e vou abrir o ferrolho da porta. Minha criada dorme ao lado de Teddy, e minha dama de companhia só chega pela manhã. Não há quem possa abrir minha porta pelo lado de dentro durante a noite. Isso não é problema — ninguém vem aos meus aposentos à noite, depois que o jantar é servido. Deve ser um guarda trazendo alguma mensagem; não me atrevo a pensar que seria um indulto.

— Quem é? — pergunto, um pouco apreensiva, mas não consigo ouvir a resposta, enquanto abro o ferrolho; quando abro a porta, deparo com um guarda e um homem alto, com o capuz tão puxado para a frente que não consigo ver seu rosto.

Tento bater com a porta, mas ele logo estende uma das mãos.

— Não me reconhece — sussurra ele —, esposa?

É Ned, é Ned, é Ned, meu marido, belo e sorridente. Ele meneia a cabeça para o guarda e empurra a porta. Em seguida, abraça-me e beija minha face, meu cabelo, minhas pálpebras úmidas e cerradas, meus lábios.

— Ned — digo, ofegante. Não consigo recuperar o fôlego.

— Meu amor. Minha esposa.

— Você está livre?

— Deus! Não! Subornei o guarda para ter uma hora com você. Catarina, como eu amo você! Jamais deixei de amar. Que Deus me perdoe por ter deixado você. Eu jamais deveria ter saído do seu lado.

— Ah, eu sei! Eu sei! Eu devia ter sido mais clara. Mas eu sabia que você voltaria. Não recebeu as minhas cartas?

— Não! Eu não recebi as suas cartas! E não entendia o que estava acontecendo! Só recebi uma, quando veio a ordem para que eu voltasse, e me informaram que você estava grávida e presa. Eu não sabia o que fazer. Os franceses disseram que eu estaria mais seguro com eles do que se voltasse para casa e enfrentasse Elizabeth. Eles me imploraram para que eu não fosse embora, mas eu não poderia abandonar você aqui.

— Você não recebeu as minhas cartas? Eu escrevi! Escrevi com frequência, implorando para que voltasse. Não é possível que tenham se extraviado.

Trocamos um olhar, percebendo a verdade, a constatação de que estamos cercados por inimigos.

— Ned, eu escrevi muitas cartas; não pode ter sido um acidente. As cartas devem ter sido interceptadas.

— Estivemos cercados de espiões desde o começo — diz Ned, levando-me ao quarto.

Ele tira o manto com capuz, arranca a jaqueta e puxa a camisa pela cabeça. Está mais magro, em consequência do encarceramento, e sua pele exibe no crepúsculo um tom pálido. Imediatamente, começo a respirar com dificuldade, consumida por um desejo tão ardente quanto o dele.

— Ah, mas você precisa ver Teddy!

— Eu vou, eu vou, mas primeiro preciso ver você. Faz tanto tempo que sonho com você...

Entramos pela porta do quarto e chegamos ao lado da minha cama. Não hesito um instante sequer. Puxo a coberta e me deito. Ned se inclina para a frente, com o peito nu, e começa a tirar minha camisola pela minha cabeça. Suspendo os braços, e a camisola se vai.

— Você jurou para o arcebispo que nos casamos?

— Jurei! E não permiti que ele dissesse o contrário.

Ele dá uma risada.

— Eu também. Eu sabia que você não me trairia.

— Jamais. Eu jamais renunciarei a você.

Estendo os braços; ele baixa os culotes e avança sobre mim. Estamos os dois ardendo de paixão. Faz mais de um ano que não nos víamos; éramos amantes, e nos deliciávamos um com o outro. Sonhei com esse momento e ansiei pelo toque dele. Ned hesita um instante, contemplando meu arrebatamento.

— Meu amor — murmuro, e ele cai sobre mim como um falcão que mergulha sobre a presa.

Dispomos de apenas uma hora juntos, e, quando ele sai da cama e eu o ajudo a vestir a camisa, lembro-me do dia do nosso casamento, quando vestimos um ao outro, atrapalhados com os laços das roupas, e Janey e eu precisamos voltar correndo para casa para não perder a hora do jantar.

— Agora eu quero ver o meu filho! — diz ele.

Levo-o até o quarto da criada, onde nosso bebê dorme em seu berço, ao lado da cama dela. A mão da criada está estendida para embalar o berço quando o menino se agita. Ele dorme serenamente, de barriga para cima, com as mãozinhas fechadas em punhos, acima da cabeça, as bochechas coradas e uma pequenina bolha cor-de-rosa, causada pela sucção, no lábio superior.

— Deus do céu! Como ele é bonito! — cochicha meu marido. — Eu não fazia ideia. Pensei que bebês fossem feiosos. Ele tem a sua beleza. É um bonequinho perfeito.

— É teimoso como você — comento. — E não é um bonequinho perfeito quando fica contrariado. Quando sente fome, berra feito um lorde faminto, e não tolera atrasos.

Com todo cuidado, voltamos na ponta dos pés até o quarto.

— Você mesma o amamenta?

— Não havia quem o fizesse! — digo, rindo do espanto visível em seu rosto. — Eu o criei feito uma mulher pobre com o filho ao seio. Dei a ele o meu leite e o meu amor, e ele vai muito bem.

Ned beija minhas mãos, meus lábios, minha face; beija-me como um homem esfomeado disposto a provar de tudo.

— Você é um anjo. Tem sido um anjo para ele e para mim. Amanhã à noite eu volto.

— Vai poder voltar? — Mal posso acreditar. — Como?

Ele dá a adorável risadinha que deixei de ouvir por tanto tempo.

— Agora que fomos anunciados publicamente como amantes pecadores, parece que temos autorização para ficarmos juntos, embora fôssemos obrigados a ficar separados quando éramos marido e mulher. Sir Edward me autorizou, como se dissesse que, já que fomos punidos tão severamente por nosso pecado, é melhor aproveitar. Eu dou uma moeda para o guarda e ele me traz até aqui.

— Podemos ficar juntos?

Não me importo se passarmos o resto da nossa vida na Torre, se pudermos dormir abraçados e Ned puder ver seu filho.

— Não é bem o jeito como eu queria que vivêssemos, mas é o melhor que temos por enquanto. E ainda tenho esperança. Elizabeth não pode contrariar todos os conselheiros, e William Cecil e Robert Dudley sabem que a nossa única culpa é o nosso amor. São nossos aliados. Querem um herdeiro protestante no trono, e nós o temos. Vão fazer oposição à rainha Maria da Escócia; jamais a aceitarão. Não vou me desesperar, meu amor.

— Nem eu — digo, minha coragem dando um salto ao ouvir as palavras dele. — Não vou me desesperar. Jamais hei de me desesperar se puder ficar com você.

Torre de Londres, Verão de 1562

Contrariando todas as expectativas, contrariando a maldade monárquica, estamos felizes. A mãe de Ned lhe envia os recursos obtidos com seus aluguéis e arrendamentos, e, por conseguinte, ele é um prisioneiro abastado. Pode subornar os guardas e pedir o que quiser. Ele vem aos meus aposentos todas as noites; jantamos juntos, brincamos com nosso filho e fazemos amor. As horas do dia são um período de espera, em que eu estudo, cuido do nosso menino e escrevo cartas aos amigos na corte. Sir Edward, o tenente da Torre, permite que eu caminhe pelo jardim; costumo levar meu bebê comigo e o deito sobre um xale na relva ensolarada para que ele possa dar seus chutinhos e ver as gaivotas voando em círculos no céu azul.

Mas é à noite que minha vida começa, quando, discretamente, o guarda permite a entrada de Ned em meus aposentos, e nós conversamos e lemos juntos. Ele observa enquanto amamento nosso filho, embrulho-o e o entrego à criada, na hora de dormir; então jantamos bem, valendo-nos de guloseimas que a mãe de Ned nos envia de Hanworth e de itens que são entregues na Torre, por cortesia do povo de Londres.

Todos os dias, Ned e eu recebemos um bilhete ou uma carta de alguém oferecendo apoio, caso tomemos a decisão de recorrer da nossa sentença. Alguns prometem que, se conseguirmos escapar, teremos refúgio. Alguns até se oferecem a reunir um exército para nos resgatar. Queimamos todas essas comunicações imediatamente, e jamais nos referimos a elas. Elizabeth nos condenou como pecadores — ela não pode ter a chance de inventar algo e nos imputar um crime pior. Não daremos a ela uma desculpa para nos julgar por traição.

Mas, seja como for, ela não tem nos incomodado neste verão. É possível que pense que já fez o suficiente para nos arruinar e tenha voltado sua atenção para outras rixas. Mandou prender Kat Ashley, sua amiga íntima e dama de companhia, por ter apoiado as pretensões do príncipe Erik da Suécia. Elizabeth se ofendeu mais por Kat tê-la instado a se casar do que por tê-la advertido de que era vista como prostituta. Quem sabe o que vai deflagrar os temores de Elizabeth? Ninguém sabe do que ela é capaz. Ela vive tão assustada e se tornou tão cruel que chegou a ponto de encarcerar a própria governanta, a querida mulher que a própria Elizabeth declarou ser para ela uma mãe.

— Qual foi a acusação? — pergunto a Ned.

— Não existe acusação — responde ele. — Não há acusação. Elizabeth não obedece às próprias leis. Kat Ashley foi detida por um capricho. Só Deus sabe o que vai acontecer com ela. Talvez Elizabeth invente um crime, ou talvez Kat fique detida por alguns dias e depois seja libertada e até volte às graças da rainha. Talvez Elizabeth ordene a nossa soltura na mesma carta.

Somos muitos os detidos sem motivo, sem acusação, vítimas dos ciúmes e dos temores de Elizabeth. Minha prima Margaret Douglas está sendo submetida a interrogatório, acusada com base em uma dezena de relatos confusos produzidos por espiões, e é mantida em prisão domiciliar. Seu marido, Matthew Stuart, conde de Lennox, está preso aqui mesmo na Torre. Nunca o vimos, seja caminhando sobre as plataformas dos telhados, seja espiando por uma janela. Receio que esteja em uma cela solitária, e sei que há de sucumbir sob tal tratamento. Ele jamais esteve entre os favoritos da rainha, e a esposa é herdeira rival. Ele não tem força para sobreviver à inimizade de Elizabeth. O filho deles, Henrique Stuart, é igualmente frágil e não tem condições de confrontá-la; a sorte dele foi ter fugido para a França. A corte fervilha de boatos segundo os quais nossa prima Margaret teria contratado necromantes e videntes para prever a morte de Elizabeth e exortado a rainha Maria da Escócia a se casar com Henrique Stuart e unir a Inglaterra e a Escócia sob seu comando...

— O quê? — interrompo. — Como é que Elizabeth tolera uma situação dessa? Se Margaret fez tudo isso, por que é mantida em Sheen como se fosse culpada de uma ofensa sem importância, enquanto nós ficamos aqui trancados por um motivo tão menos grave?

— Se a acusação de necromancia ficar comprovada, ela pode ser queimada como bruxa — diz ele, em tom grave. — Não a invejo por estar em Sheen, se estão montando uma acusação dessa natureza contra ela. Margaret pode ser levada do Mosteiro de Sheen diretamente para Smithfield, e sem julgamento, se provarem que ela recorreu a um feiticeiro para prever a morte da rainha.

O bebê está em meus braços, mamando e dormindo. Ele se mexe quando o aperto mais forte.

— Elizabeth seria capaz de matar a própria prima? — pergunto, em voz baixa. — Ela seria capaz de algo assim?

Ned balança a cabeça. Ele não sabe do que ela seria capaz. Nenhum de nós sabe do que ela seria capaz.

— Eu tenho uma notícia — digo, rompendo o silêncio. — Tenho algo para contar nesta noite. Espero que você fique feliz.

Ele me oferece morangos, presente de um amigo anônimo, diretamente dos campos de Kent.

— Conte.

— Minhas regras não vieram e acho que estou grávida.

Tento sorrir, mas meus lábios estão trêmulos. Receio que ele se zangue, que a situação possa nos causar mais problemas. Mas ele larga a colher, dá a volta na mesa, ajoelha-se ao meu lado e me abraça. Desta vez, o contentamento de Ned é cristalino. Ele envolve a mim e ao pequeno Teddy em um abraço caloroso.

— Essa é a melhor notícia, a melhor notícia que eu poderia receber. Pensar que você está saudável e fértil e eu vigoroso a ponto de concebermos uma criança neste lugar tenebroso, que já presenciou tantas mortes. Demos graças a Deus, que trouxe luz às trevas! É como um milagre. Gerar um bebê dentro das muralhas deste cárcere é como deter a própria morte.

— Você está mesmo feliz? — busco uma confirmação.

— Deus é testemunha! Sim! Essa notícia é maravilhosa.

— Devemos contar a Sir Edward?

— Não — decide ele. — Não vamos contar a ninguém. Vamos guardar segredo, como você fez antes. Consegue esconder da sua criada? Das suas damas?

— Se eu ficar esbelta como da outra vez, as pessoas só vão notar nos últimos meses. Minha barriga quase não apareceu...

— Vamos escolher quando e onde contar. Você tem um segredo poderoso; vamos guardá-lo para ser usado da melhor maneira possível. Ah, minha querida, estou tão feliz! Está se sentindo bem? Acha que será outro menino?

Dou uma risada.

— Outro herdeiro para Elizabeth? Você acha que ela ficará satisfeita com mais um priminho real?

O sorriso dele se petrifica.

— Acho que ela não pode continuar negando os nossos filhos, e, se tivermos dois, a questão fica duplamente reforçada.

— E se tivermos uma menina?

Ele pega minha mão e a beija.

— Então vamos chamá-la de Catarina-Joana, em homenagem à linda mãe e à tia santificada, e que Deus abençoe vocês três: minha filha, a mãe e a tia dela, todas injustamente presas aqui.

Torre de Londres, Verão 1562

Fica mais quente na cidade, e temo a peste. As doenças sempre grassam no verão, por isso a corte excursiona — para que os palácios possam ser limpos e Elizabeth possa levar seu corpo infértil para longe das enfermidades. É o primeiro ano que fico em Londres durante o verão, e a fedentina que emana do rio e do fosso ao redor da Torre me amedronta. Não é preciso ser um grande médico para identificar o cheiro da peste. Londres fede à morte, e tenho medo de respirar.

Kat Ashley, amiga de infância e dama de companhia de Elizabeth, é removida da Torre para sua própria segurança. Ela continua em desgraça, mas Elizabeth não vai permitir que sua querida Kat corra o menor perigo. Mas nós somos deixados aqui, expostos à atmosfera pestilenta das valas e do rio. Ela abandona meu bebê aqui, sabendo da doença.

— Devo escrever a William Cecil, pedindo a ele que nos tire daqui? — pergunto a Ned, certa noite.

Ele está com o bebê no colo e canta para ele os versos de um poema de sua autoria. A criança emite barulhinhos de deleite, como se entendesse as palavras rimadas, e mantém os olhos azul-escuros cravados na fisionomia do pai amoroso.

— Só depois que recebermos notícias da corte — responde ele, erguendo os olhos para mim. — Estão ocorrendo grandes mudanças que nos afetarão. Elizabeth está tentando se aliar à rainha da Escócia, mas ocorreu na França um ataque pavoroso aos reformistas. Os protestantes se insurgiram contra a família Guise e estão pedindo ajuda a Elizabeth. Ela pretendia se encontrar com a rainha Maria, mas agora acho que não vai ser possível. Nem mesmo Elizabeth tem o descaramento de se aproximar publicamente de uma mulher cuja família está executando protestantes. Quando Elizabeth voltar a Londres no outono, os pastores protestantes e o Parlamento vão forçá-la a admitir que não pode se aliar à França, hoje manchada com o sangue da nossa fé. São os parentes de Maria da Escócia, a família Guise, que recorreram à espada para exterminar, impiedosamente, homens e mulheres da nossa Igreja. Elizabeth não pode levar a Inglaterra a uma aliança com uma filha dos Guise. Ninguém aceitaria isso.

— Se ela desistir da aliança com Maria, não restam herdeiros, a não ser Margaret e eu — comento.

— E Sua Senhoria aqui — diz o pai. — Se a senhora concordar em passar o seu direito a ele, lorde Beauchamp é o próximo na linha sucessória. Está vendo a seriedade com que ele me olha? Há de ser um grande monarca.

— Ela o rotulou de bastardo — declaro, com firme ressentimento.

— Todos sabem que isso é mentira — retruca o pai, meu marido. — Eu nem levo isso em consideração.

Torre de Londres, Verão de 1562

A corte retorna ao palácio em Hampton Court no fim do verão e fica decidido, embora relutantemente, que a Inglaterra deve defender os reformistas na França. Elizabeth desiste de uma aliança com a rainha Maria da Escócia e reúne coragem para ordenar o reforço de Le Havre, com o objetivo de proteger os protestantes huguenotes contra a ação do exército dos Guise. Todos esperam ver Robert Dudley no comando das forças inglesas, e corre um burburinho sobre favoritismo quando a rainha insiste para que ele permaneça na Inglaterra e envia Ambrose, irmão de Robert, no seu lugar. Para ela, Robert Dudley é precioso demais, mesmo para a causa sagrada de uma guerra em defesa da religião do reino.

Essa guerra pode ser nossa salvação. É quase certo que Elizabeth liberte Ned para assumir o comando de alguma tropa.

— O conde de Lennox também ficaria feliz em ser libertado — admite Sir Edward, meu carcereiro. — Pobre homem, ele não tem garra para resistir ao confinamento.

— Acho que ninguém gosta de ser confinado — retruco, irritada.

— Ele reclama muito da liberdade do marido da senhora e do fato de vocês poderem se encontrar. Sente muita falta da esposa, Lady Margaret. À noite, chora de solidão.

— Então ele não deveria ter conspirado contra a rainha — afirmo, com certa afetação.

— Se é que ele conspirou...

— Sim, é claro. Mas o que está acontecendo com ele?

O tenente se inclina para perto de mim, como se alguém pudesse ouvi-lo, além do sr. Careta no meu ombro e Teddy nos meus braços.

— Ele está bastante perturbado, o pobre cavalheiro. Arranha a porta e chora, chamando a esposa. Diz que as paredes o estão espremendo e implora para que eu abra as janelas.

— Será que ele está enlouquecendo? — pergunto.

— Ele não está nada bem — confirma Sir Edward. — Tem gente que não aguenta, a senhora sabe. Nem todos os prisioneiros vivem felizes como a senhora e Sua Senhoria.

— Somos muito gratos.

É verdade. Somos felizes como os pintarroxos na gaiola: meu marido, seu filho e eu. E agora tenho a acrescida felicidade de saber que há outra criança a caminho.

Torre de Londres, Outono de 1562

Aguardo a visita de minha irmãzinha Maria com a crescente confiança de que virá me dizer que seremos libertados, mas ela não vem. Ela me envia um bilhete, informando que a corte permanece em Hampton Court e que a rainha está acamada; médicos foram convocados, mas ninguém sabe qual é o problema.

— Não, é pior que isso; ela está com uma doença terminal — cochicha Ned, chegando mais cedo aos meus aposentos, beijando o filho e devolvendo-o à criada. — Venha cá — chama ele, conduzindo-me a um assento diante da janela, onde podemos conversar com privacidade. O sr. Careta pula e, solenemente, senta-se entre nós.

— Doença terminal? Pensei que fosse a hidropisia outra vez...

— Eu tenho amigos na corte, e eles me mandam notícias. A coisa é séria, muito séria. Catarina, a rainha está com varíola. É verdade: varíola; e está inconsciente. Nesse momento, ela não consegue falar nem se mexer. Vai ver até que já morreu. O Conselho Privado está reunido em caráter de emergência. Tenho recebido notícias a toda hora. Estão tentando escolher um sucessor, caso Elizabeth morra.

— Caso ela morra? — Engasgo com tais palavras. Elizabeth tem sido tamanha maldição, tamanho flagelo na minha vida que mal posso imaginar o mundo sem ela. — Morrer? Elizabeth pode morrer?

— Sim! Você não me ouviu? Ela pode morrer. Parece algo impensável, mas é mais que provável. Está com varíola e sem vigor. Ela está de cama, e a febre não para de subir. Já convocaram o Conselho Privado. Eles têm de escolher o herdeiro, se ela não puder falar. Está muda em consequência da febre, e tem delirado. Estão pensando em Henrique Hastings; estão pensando em Maria da Escócia ou em Margaret Douglas. — Ele faz uma pausa e sorri para mim com os olhos cintilando. — Mais que tudo, é claro, estão pensando em você.

Respiro fundo. Penso no dia em que a coroa foi oferecida a Joana, e ela sabia que seria obrigada a aceitá-la.

— Em mim — digo, categoricamente.

Penso em Joana e no grande perigo da ambição; penso na tentação da coroa e no futuro do meu filho.

— O testamento do rei Henrique VIII aponta a linhagem de sua mãe, depois de Elizabeth — diz ele, com firmeza. — E não a linhagem da mãe de Margaret Douglas nem a linhagem escocesa; é sua mãe, e depois você. Elizabeth afirmou que a sucessão deve seguir a ordem natural, e o Conselho Privado não vai tornar Maria da Escócia, que tem sangue Guise, rainha da Inglaterra, ainda mais quando estamos em guerra com a França e a família dela. O testamento do velho rei Henrique apontou sua linhagem. O testamento do rei Eduardo aponta Joana e depois você. Resta apenas uma sucessora Tudor protestante: você. Tudo aponta na sua direção.

Reflito. Respiro fundo e penso em meu filho e no bebê que já nasceria príncipe. O encarceramento aguçou minha ambição. Não vou tolerar ser herdeira e não reivindicar meu trono.

— Estou pronta — declaro, embora com a voz ligeiramente trêmula. — Estou pronta. Posso ostentar a coroa da minha irmã.

Ele respira aliviado, constatando que reconheço meu dever para com meu reino, que estou preparada para assumir o trono.

— Elizabeth pode já estar morta e vai ver já estão trazendo a coroa. Vai ver já estão na barcaça, vindo de Hampton Court, descendo com a maré.

— Vindo ao meu encontro aqui na Torre?

— Aqui na Torre.

Penso que seria um péssimo agouro iniciar meu reinado no local onde Joana terminou o dela. Então concluo que esse é um pensamento raso e tolo. Devo preparar meu discurso para quando chegarem com a notícia da morte de Elizabeth.

— Pode haver uma guerra? — pergunto. — Se eu subir ao trono, os papistas vão se insurgir contra mim?

Ele contrai o cenho.

— Provavelmente, não. Eles não teriam apoio. A rainha Maria da Escócia não pode nos invadir enquanto a França estiver no alvoroço atual, e a família dela não está em condições de enviar tropas francesas para apoiá-la. Margaret Douglas luta uma guerra escrevendo cartas, mas não tem exército nem apoio no reino. Ela própria está em prisão domiciliar, e o marido fica chorando nas grades da janela do cárcere, o que não a ajuda em nada. Henrique Hastings pertence à antiga família real e carece de apoio. Não há ninguém mais. Esta é a sua hora. — Ele indica com a cabeça a porta fechada que dá acesso ao quarto da criada. — E a dele. O príncipe herdeiro.

Ouvimos uma leve batida à porta e dou um pulo, esbarrando na mesa e derramando vinho.

— Será agora? — pergunto.

Sinto o coração palpitando e penso na criança, segura e serena em meu ventre, e no irmão dela, no quarto ao lado. Penso que somos a nova família real e estão me trazendo a coroa.

Ned atravessa o cômodo com três passos e abre a porta. O guarda se apresenta, ao lado de outro homem.

— Um emissário, milorde — anuncia o guarda respeitosamente. — Disse que precisa falar com o senhor.

— Fez bem em trazê-lo até mim — diz Ned, com calma.

O guarda se afasta e o emissário entra. Não consigo tirar os olhos do pergaminho que ele traz na mão. Pode ser que tenha o lacre real; pode ser o Conselho Privado me informando sobre o falecimento de Elizabeth e que estão vindo ao meu encontro.

Resoluto, Ned estende a mão. O emissário lhe entrega o pergaminho. Trata-se de uma mensagem breve, rabiscada.

— Aqui diz que posso confiar em você — avisa Ned ao sujeito. — Qual é a notícia?

— A rainha apontou Robert Dudley.

— O quê?! — A exclamação de Ned é tão enfática, o choque é tamanho, que ouço Teddy chorar no quarto da criada, que abre a porta para espiar.

— Não foi nada! Não foi nada! — ordeno, gesticulando para que ela volte para perto do bebê. Viro-me para o emissário. — O senhor deve estar enganado. Não pode ser.

— Ela o apontou protetor do reino e o Conselho Privado jurou fidelidade a ele.

Ned e eu trocamos um olhar incrédulo.

— Não é possível — murmuro.

— O que diz seu mestre? — indaga Ned.

O homem sorri.

— Diz que eles não vão discutir com uma moribunda e que a esposa do senhor deve se preparar. — Em seguida, vira-se para mim e faz uma profunda reverência real. — Ele diz que não vai demorar muito. Ninguém vai apoiar Dudley e ninguém vai querer outro protetor. A rainha está delirando de febre. Ao apontar Robert Dudley, ela deu ao Conselho Privado o direito de apontar quem eles quiserem. Ela perdeu a razão; eles não têm mais como aconselhá-la. Ninguém vai entregar a coroa a ele. A rainha negou a própria linhagem, traiu o próprio trono. Todo mundo sabe que tem de ser Lady Hertford. — Ele se curva diante de mim mais uma vez.

Ned assente, pensando depressa.

— Não podemos fazer nada antes que a rainha se vá, que Deus a abençoe — diz ele. — Só poderemos agir depois disso. Enquanto ela respirar, somos seus leais súditos. E vamos orar por sua recuperação.

— Sim — concorda o homem. — Vou voltar para Hampton Court e dizer para o meu mestre que os senhores já estão a par da situação. Qualquer fato novo vai ser trazido ao seu conhecimento.

— Vivemos em uma época extraordinária — diz Ned, quase consigo mesmo. — Em uma época de maravilhas.

Evidentemente, não conseguimos pregar o olho. Não nos deitamos juntos nem nos beijamos. Tampouco conseguimos comer. Não temos condição de fazer nada, exceto andar, impacientemente, pelos aposentos e olhar através da janela o jardim escuro, na expectativa de ver uma tocha oscilando e vindo em nossa direção. Troco de vestido para me apresentar da melhor maneira possível quando os lordes chegarem com a coroa. Cubro os pintarroxos para que possam dormir e não cantem. Os cães estão quietos em sua caixa, e acomodo o sr. Careta em sua gaiola. Sem contar com um salão de audiências e sem uma corte, tentamos nos mostrar o mais dignamente possível. Sento-me na única cadeira decente, e Ned se posiciona de pé, atrás de mim. Não conseguimos deixar de posar, feito atores em uma mascarada, representando o papel de majestade, embora saibamos que um emissário talvez esteja a caminho para nos dizer que o roteiro está pronto, que a encenação se tornou real.

— Recompensarei o tenente da Torre — observo.

— Nem uma palavra nesse sentido — adverte Ned. — Estamos rezando pela recuperação da rainha, que Deus a abençoe.

— Sim — concordo.

Pergunto-me se será errado rezar pelo bem de alguém e, intimamente, querer que a pessoa morra. Quisera poder consultar Joana — é o tipo de coisa que ela saberia. Mas, francamente, como posso querer que Elizabeth viva, se ela tem sido uma grande inimiga para mim e meu filho inocente?

— Estou rezando por ela — digo a Ned.

Acho que vou rezar para que vá diretamente para o reino do céu e para que não haja purgatório, pois, se houver, ela jamais escaparia de lá.

Dentro do quarto silencioso, ouvimos o primeiro gorjeio de um pássaro, em alto e bom som; em seguida, uma por uma, as aves começam a chamar pelo dia. Um tordo canta um fragmento de trinado, agudo feito uma flauta. Agito-me na cadeira e vejo que Ned olha pela janela.

— Está amanhecendo — avisa ele. — Preciso ir embora.

— E nada de mensagem!

— Qualquer emissário pode me encontrar facilmente — diz, com ironia. — Não vou a lugar nenhum. Estarei trancado na minha cela na Torre. E, se a mensagem for entregue a você, eles vão me buscar, assim que você for notificada... — Ele interrompe o que dizia. — Lembre-se: se alguém perguntar, você passou a noite inteira rezando pela saúde dela. E ficou aqui sozinha.

— Direi isso. E, na verdade, eu rezei por ela — digo, e cruzo os dedos atrás de mim por causa da mentirinha. — Você vem amanhã à noite?

Ele me abraça.

— Sem falta. Sem falta, amada. E vou manter você informada sobre qualquer notícia que eu tiver. Mande a sua dama de companhia me procurar na hora da refeição, e eu cochicho para ela qualquer novidade que chegar de

Hampton Court. — Ele abre a porta e hesita. — Não se deixe enganar por boatos. Não saia daqui, a menos que o Conselho Privado a procure. Será fatal se aceitar a coroa e Elizabeth se recuperar.

Tenho tanto medo dela que sinto um calafrio ao pensar em cometer semelhante erro e ser obrigada a enfrentá-la sob uma acusação de traição.

— Não sairei! Não sairei! — prometo.

Juro a mim mesma que jamais serei rainha por apenas nove dias, como foi minha irmã. Serei rainha pelo resto da vida, ou rainha não serei. Mas a situação está fora do meu controle. Tudo depende do vigor de uma mulher enferma que, com quase 30 anos, luta contra uma das doenças mais graves do mundo.

— E reze pela saúde dela — pede Ned. — Garanta que as pessoas vejam você rezando por ela.

Ouvimos a porta abrir lá embaixo e o guarda sussurrar, com uma voz rouca:

— Milorde?

— Já estou indo — responde Ned. Ele me dá um beijo ardente na boca. — Até a noite — promete. — A menos que algo aconteça hoje.

Espero o dia inteiro. O tenente da Torre, Sir Edward, vem me visitar e me encontra ajoelhada, diante da Bíblia.

— Então a senhora já sabe que a rainha está doente — diz ele.

Levanto-me.

— Passei o dia todo orando por ela. Que Deus a abençoe e lhe dê forças — digo.

— Que Deus a abençoe — repete ele, mas seu olhar enviesado para mim demonstra que ambos sabemos que, se ela passar do coma à morte, haverá uma nova rainha da Inglaterra, e o menino naquele berço será Eduardo, príncipe de Gales.

— A senhora não gostaria de caminhar pelo jardim? — oferece Sir Edward.

Inclino a cabeça.

— Podemos ir.

Não consigo ficar parada e não posso ir aonde quiser. Não consigo me concentrar em leituras e não me atrevo a alimentar devaneios.

— Lucy, traga aqui a bolinha do Teddy.

Espero e espero, tendo um sobressalto cada vez que ouço alguém chegar à guarita e os portões rangerem, sendo abertos, mas não recebo mais notícias de Hampton Court. Elizabeth está travando uma longa e silenciosa batalha por sua vida, e o Conselho Privado se engaja em uma troca de favores visando à escolha do próximo herdeiro do trono. Ninguém concorda com a indicação de Robert Dudley como lorde protetor, feita por Elizabeth. O próprio Dudley — cujo pai está enterrado na capela da Torre, decapitado por traição — sabe que isso não poderá ocorrer, embora eu tenha certeza de que sua ambição desmedida, típica dos Dudley, deu um salto quando ele soube da indicação.

Ele vai defender o candidato da família: Henrique Hastings; que se casou com uma jovem Dudley na ocasião daquela rodada de casamentos em que Joana e eu tivemos de aceitar uniões que reforçassem o poderio dos Dudley. Ainda hoje, passados oito anos da morte de Joana, a velha trama dos Dudley para agarrar o trono segue girando, qual a grande roda-d'água de um moinho, incapaz de parar, que aciona uma engrenagem, que aciona outra, e então move a grande mó que faz toda a edificação trepidar. A trama é posta em ação, a água flui, a roda-d'água gira; mas ninguém há de apoiar Robert Dudley.

E, abertamente, ninguém há de apoiar a rainha Maria da Escócia. Ela é papista, e sua família está em guerra contra os protestantes huguenotes e se preparando para combater tropas inglesas em Le Havre. Do dia para a noite, ela se tornou inimiga da Inglaterra, e nunca mais vai recuperar a fama de governante capaz de tolerar nossa religião. Pouca gente apoia Margaret Douglas. Embora pertença à família real, é amplamente reconhecida como papista, e está presa pelos crimes mais diabólicos. Ninguém aceitaria tal mulher como rainha da Inglaterra. Além de mim, não resta ninguém de sangue real e fiel à religião reformada. Não resta ninguém cuja linhagem tenha sido apontada no testamento do rei. Hei de usar a coroa de minha irmã.

Em minha mente, ouço isso o dia inteiro, feito um cantochão, enquanto brinco com Teddy no jardim, ajudo-o a ficar de pé e deixo que pule no meu colo. Ouço o dia inteiro: "Hei de usar a coroa de minha irmã; hei de realizar seu sonho. Hei de concluir a missão iniciada por Joana, e haverá júbilo no reino do céu."

Na hora da refeição, mando minha dama de companhia procurar meu marido. Envio uma cesta de pêssegos de presente, e ela faz a entrega na mesa do jantar. Quando retorna, vejo seus lábios comprimidos, como se guardassem um segredo.

— Milady, eu tenho um recado.

— O que é?

Ouço em minha mente: hei de usar a coroa de minha irmã; hei de realizar seu sonho.

— Milorde mandou que eu dissesse à senhora, graças a Deus, que a rainha melhorou. Ela recuperou os sentidos, e as erupções cutâneas já aparecem. Ele disse: "Que Deus seja louvado por ela estar melhor."

— Que Deus seja louvado — repito, em voz alta. — As nossas preces foram ouvidas. Que Deus a abençoe.

Dou meia-volta e entro na casa, deixando Teddy aos cuidados da criada, embora ele me chame e erga os braços para que eu o pegue no colo. Não posso deixar que percebam a tristeza estampada em meu semblante. Ela se recuperou, aquela prima falsa, aquela rainha perversa. Ela se recuperou, e eu continuo presa, e ninguém virá me libertar. Ninguém virá me coroar hoje.

Torre de Londres, Inverno de 1562

Elizabeth se restabelece como se o próprio diabo estivesse cuidando dela, com uma ternura satânica. A cunhada de Joana, Maria Dudley, é contagiada pela varíola que infecta a rainha e quase morre — e perde sua célebre beleza. Não sinto pena. Foi ela que levou Joana, de barcaça, até Syon, na noite em que a tornaram rainha. Foi uma viagem agourenta — agora Joana está morta e Maria vai passar o resto da vida escondendo do mundo o rosto todo marcado, como se a ambição dos Dudley causasse a ruína da beleza da própria filha.

A soberana se recuperou, mas o reino está uma baderna. Todos sabem que ela esteve à beira da morte e não designou um herdeiro, e agora, partindo das grandes casas de Londres e ganhando as ruas, corre a notícia de que Elizabeth quis tornar o filho de um traidor, neto de outro traidor, protetor do reino. Nossa rainha tentou fazer do amante um tirano como Ricardo III. O povo está horrorizado por ela não ter cumprido o dever de apontar um sucessor antes de morrer, e, ainda, por trair o reino, entregando-o a um protegido. O povo menciona outros protegidos da soberana e comenta o perigo de um rei ilegítimo. Ned recebe uma série de mensagens de amigos que me apoiam, reúnem-se em jantares secretos promovidos por lordes reformistas e juram que um herdeiro precisa ser apontado ao trono da Inglaterra, e essa pessoa sou eu.

— William Cecil está decidido de que você deve ser apontada como herdeira — garante Ned. — Ele diz que ninguém tem mais direito, seja por religião seja por legitimidade, que Elizabeth sabe disso, que todo mundo sabe disso. Ele diz que você tem de ser libertada. Todos concordam.

— Então por que ainda estamos aqui? — pergunto.

Estamos sentados juntos em meu quarto, agarrados na velha cadeira que serviu de trono a Joana. Estamos seminus, ainda quentes da cama, embrulhados em uma coberta e diante do fogo — saciados de beijos e toques.

— Devo admitir que já estive em lugares piores — diz ele, abraçando-me.

— Eu passaria todas as noites da minha vida com você... desse jeito — digo. — Mas não trancafiados. Elizabeth mandou soltar Margaret Douglas e o marido, conde de Lennox. Por que não nós?

— Eles não foram libertados — corrige-me Ned. — Ele foi solto para morar com ela, mas ainda estão em prisão domiciliar. Elizabeth teve de soltá-lo porque ele não estava aguentando a prisão.

— Eu não estou aguentando a prisão! — exclamo. — Talvez ela nos deixe ficar em prisão domiciliar. Podemos solicitar isso, caso eles não concordem em nos libertar. Eu teria o bebê na sua casa, em Hanworth.

— Depois que formos soltos, eu nunca mais voltarei aqui. Só uma vez por ano, para depositar uma flor nos túmulos das nossas famílias — promete Ned.

— Nem mesmo para minha coroação? É a tradição.

— Vamos instituir uma nova tradição — diz ele. — Nunca mais trarei o meu filho para dentro destes muros. — Delicadamente, ele toca minha barriga arredondada. — Nenhum deles.

— Gosto mais do Castelo de Windsor — digo, sonolenta.

— Hampton Court — decide Ned. — E talvez possamos construir um novo castelo.

— Um novo palácio — corrijo. — Não vamos precisar de um castelo. O reino estará em paz. Podemos construir belos palácios e casas e viver como uma família real junto ao nosso povo.

— Uma paz divina, finalmente.

— Amém — digo, e faço uma pausa, pensando em um lindo palácio novo que poderíamos chamar de Seymour Court. — Isso vai acontecer, não vai? — pergunto. — Temos tido tantas esperanças e tantos problemas...

Ele reflete.

— Na verdade, acho que dessa vez tem de acontecer. Ela não tem mesmo outro herdeiro confiável, e dessa vez ela foi longe demais, até mesmo na opinião dos amigos e dos conselheiros.

Torre de Londres,
Inverno de 1562

Ned e eu temos um Natal de prisioneiros, com presentes trazidos por moradores da cidade e guirlandas confeccionadas com galhos colhidos no jardim do tenente. Mas comemos feito príncipes. Diariamente, o povo de Londres deixa regalos na guarita da Torre: comida e presentinhos. Fico sensibilizada por deixarem presentes para Teddy. Um ourives de Londres envia uma colher com o brasão da nossa família — asas de anjo — gravado no cabo; um artesão que fabrica brinquedos envia um cavalinho de pau. Teddy ficou empolgadíssimo, embora ainda não consiga andar com o brinquedo entre as pernas. Em vez disso, ele empurra o cavalinho por toda parte e pede que eu diga: "Upa, upa!" Ele só sabe dizer "Ei!", e o pai se queixa porque a primeira palavra deveria ser "Seymour!".

Jantamos sozinhos, cada um em seu quarto, mas Ned vem ao meu encontro assim que os pratos são retirados da mesa e os lacaios se recolhem para dormir. O guarda permite que ele entre, e vamos para a cama trocar beijos natalinos. Não fazemos amor desde que minha barriga cresceu, mas roço meu rosto em seu peito nu, e ele me despe para acariciar a imponente curva do meu ventre.

— Não prejudica a criança enfaixar a barriga tanto assim? — pergunta ele.

— Acho que não — respondo. — Escondi Teddy até os últimos meses.

— Estou muito feliz por poder ficar do seu lado desta vez — declara ele, e acomoda o rosto em meus seios cálidos. — Devo ser o homem mais feliz que já ficou preso dentro destes muros.

Dou uma risadinha.

— Nada de escrever nas paredes? Nada de contar os dias?

— Rezo para sermos soltos — diz ele, com seriedade. — E acho que vai acontecer logo. A rainha precisa convocar o Parlamento, se quiser obter recursos financeiros para o exército dela na França. E o Parlamento só vai liberar o dinheiro se ela apontar o sucessor. Ela está na mão deles. Os lordes do Conselho Privado têm se reunido em segredo desde a Noite de Reis, e as vozes mais poderosas têm clamado por você como herdeira.

Deixo escapar um suspiro.

— Eles admitem que estamos casados?

— Eles sempre souberam — garante Ned. — Apenas não se atreviam a contradizer Elizabeth. Em todo caso, já nos fizeram jurar a veracidade do nosso casamento diante do arcebispo da Cantuária, que registrou o juramento em nome da rainha da Inglaterra. O arcebispo da Cantuária ouviu os nossos votos matrimoniais. Estamos mais que casados. Ninguém pode negar isso agora.

Dou uma risada.

— Eu não tinha pensado nisso! Como são tolos! Acabaram se enrolando quando pretendiam nos enrolar.

— Tolos — repete ele, com a profunda felicidade de um amante nos braços da amada. Ninguém mais importa. Ninguém mais tem valor para nós dois, abraçados na cama, com o fogo que arde na lareira refletindo em nossos corpos nus. — Tolos em um mundo tolo, alheios a isto aqui, à nossa alegria.

Torre de Londres, Primavera de 1563

Maria vem nos visitar e traz broas recém-assadas na padaria real, em formato de homenzinhos, com olhinhos de corinto. Ela chega com os braços cheios de presentes.

— Céus! O que é tudo isso? — pergunto.

Ela ri e espalha os presentes sobre a mesa.

— Na minha caminhada até aqui, o povo da cidade me reconheceu e mandou essas coisas para você. Quase fui pisoteada. O guarda que me acompanhou está mostrando mais presentes ao tenente para ele verificar se no meio tem algum bilhete.

— Presentes? — pergunto.

— Todo o tipo de brinquedinho e mimo. O povo ama você. Quando eu passo, todo mundo grita que você deve ser libertada e autorizada a viver com o seu marido. A Inglaterra inteira acha que você não fez nada errado e que deve ser solta. Todo mundo... de verdade, todo mundo mesmo... das damas da corte até as rameiras de Smithfield.

— Eles clamam por mim?

— Penso que até marchariam por você.

Por um momento, não dizemos nada; apenas trocamos um olhar.

— Nada de marchar — digo, em voz baixa. — Bem, graças a Deus você não pegou varíola — digo, beijando-a. Tenho dificuldade para me curvar, e Maria logo percebe isso.

— A varíola acabaria comigo — comenta ela. — O que há de errado com você? Você está toda dura... machucou as costas?

Espero até ela subir na cadeira, então cruzo seus lábios com meu dedo para evitar que dê um grito.

— Estou grávida — cochicho em seu ouvido.

Maria arregala os olhos, e eu afasto meu dedo.

— Meu Deus! Como? — indaga.

Dou uma risada. Maria é sempre pragmática.

— Desde que fomos presos, o tenente tem deixado Ned vir ao meu quarto quase toda noite — explico. — Subornamos os guardas e passamos a noite juntos.

— Para quando é o nascimento?

— Não tenho certeza. Acho que é para logo, mais ou menos um mês.

Ela parece nervosa.

— Catarina, você precisa manter isso em segredo, pois está todo mundo falando de você lá na corte. As pessoas que clamam pela sua liberdade vão enlouquecer se souberem que está grávida, novamente, aqui dentro. Invadiriam a Torre, exigindo a sua libertação, e os guardas abririam os portões. Eu acho que Elizabeth será obrigada a apontar você como herdeira, reconhecer a validade do seu casamento e o seu filho como príncipe herdeiro.

— É mesmo? Eu sei que os lordes a estão aconselhando a me apontar...

— Ela foi ao Parlamento, e, durante o culto que precedeu a abertura dos trabalhos, o próprio decano disse que ela precisa se casar... em pleno sermão! Em seguida, as duas Casas disseram a ela, uma depois da outra, que ela precisa apontar o herdeiro. Não vão aceitar uma indicação feita no leito de morte em favor de Robert Dudley. Elizabeth agora foi longe demais. Esse erro custou a lealdade dos lordes e do Parlamento. Ela falou muito bem diante dos lordes do conselho e disse que a escolha compete à rainha, mas eles disseram, sumariamente, que ela precisa se casar e gerar um herdeiro, ou então apontar um, e que não vão se submeter aos caprichos dela.

Eu me sobressalto.

— Eles não se atreveram a dizer isso!

— Eu mal consigo descrever as cenas que têm acontecido lá na corte. Ela convocou Henrique FitzAlan, conde de Arundel, e ele falou na cara dela, na frente das damas, que, se ela se deixasse levar por caprichos, ele e os lordes haveriam de impedi-la.

— Ele se atreveu a dizer isso a ela?

— Sim. E não foi o único. Tudo mudou desde que ela adoeceu. Eu mal posso explicar o tanto que tudo mudou. Acho que Elizabeth sente como se tivesse traído a si mesma. Todos viram como ela ama Dudley. Ela pensou nele antes de pensar no bem do reino. Os lordes e os conselheiros acham que ela traiu o reino. Ninguém mais confia nela agora; ninguém imaginava que Elizabeth pudesse chegar a apontar Dudley governante da Inglaterra. Todo mundo acha que ela se degenerou e nos deixou na mão.

— O que ela disse para Henrique FitzAlan?

— Ela ficou furiosa; começou a esbravejar, então caiu em pranto. Ninguém jamais tinha visto nada parecido. Nós, damas, não sabíamos o que fazer. As lágrimas a emudeceram, e ele apenas olhou para ela, fez uma reverência e se retirou, enquanto Elizabeth correu para o quarto e bateu a porta, feito uma criança esperneando. E não saiu do quarto o dia inteiro... mas não voltou a convocá-lo.

Olho para Maria. Estou perplexa diante dessa descrição de Elizabeth se comportando como uma criança descontrolada, em vez de uma rainha poderosa.

— Meu Deus, ela perdeu o poder — digo, um tanto absorta. — Se FitzAlan pode repreendê-la, é porque ela perdeu seu poderio diante da corte.

— E Robert Dudley está sem poder nenhum. Eu contei para você que no leito de morte ela chegou a deixar uma fortuna para o criado dele?

— Tamworth? — pergunto, lembrando-me do sujeito que se levantou da cama e foi vigiar a porta, sem se surpreender ou fazer nenhuma pergunta, como se já tivesse feito aquilo inúmeras vezes.

— No leito de morte — repete Maria. — Então agora está todo mundo dizendo que ele, de fato, vigiava a porta enquanto ela estava com Dudley. Ela foi completamente humilhada, e Dudley também.

— Ninguém o apoia como protetor do reino?

Maria faz uma expressão de desdém.

— Ninguém. Nem ele próprio defende a indicação. Ele diz que Henrique Hastings deve ser o herdeiro, mas isso é só porque eles são cunhados. Nem o próprio Dudley se atreve a reivindicar o protetorado. A indicação resultou do delírio de uma febre, e demonstra que a única preocupação da rainha quando estava prestes a morrer foi em deixar o reinado para o amante e esconder a vergonha, subornando o criado dele.

— E o Parlamento vai obrigá-la a indicar um herdeiro?

— Não vão conceder os recursos financeiros que ela quer para o exército na França, a menos que faça isso. Eles estão com Elizabeth na mão. Ela precisa mandar dinheiro para a tropa, e o Parlamento só vai liberar a verba se ela apontar um herdeiro... se ela apontar você.

— Ela não pode apontar ninguém mais?

— Não tem ninguém mais. — Os olhos de Maria brilham. — Nem queira saber quantos amigos eu tenho agora lá na corte. Parece até que tenho um metro e oitenta. Todos agora são meus amigos, e todos estão inconsoláveis por sua causa. Eu guardei dezenas de mensagens para você. Todos sabem que tem de ser você. Até Elizabeth. Ela vai ter de fazer o anúncio qualquer dia desses.

Eu paro um instante a fim de saborear meu triunfo.

— É certo mesmo, Maria? Não vou aguentar mais uma falsa esperança.

— É certo. Ela vai ter de apontar você. Ela tem de apontar alguém, e não há mais ninguém.

— E me libertar — acrescento.

— É claro que vai ter de libertar você — confirma minha irmã.

— E Ned, e aceitá-lo como meu marido.

— Ela não tem escolha. Ela não vai conseguir contrariar o Parlamento com um capricho de mulher. Ela já prometeu, publicamente, aceitar conselhos e indicar um herdeiro, e todos aconselham que seja você.

— Ela ficou muito marcada pela varíola? — pergunto, pensando na vaidade desvairada de Elizabeth.

— Ela tem feito o possível para superar o problema. São poucas as marcas no rosto, e ela as esconde com maquiagem. Cortaram o cabelo dela durante o período da febre, e agora ela usa uma peruca ruiva feita de crina de cavalo. Mas ela estava bem quando foi ao Parlamento, com um vestido vermelho enfeitado de pele de arminho. Um ou dois indivíduos chegaram a dizer que ela estava tão jovem e bela que seria capaz de gerar um herdeiro dentro de um ano se concordasse em se casar agora.

— Mas ela nunca vai se casar só porque eles estão mandando — prevejo.

Maria balança a cabeça.

— Eu seria capaz de jurar que, se ela não puder apontar Robert Dudley, jamais apontará quem quer que seja. A maioria das pessoas diz que ela já demonstrou isso quando o designou sucessor.

— Então por que ela não entende que eu me casei por amor? — pergunto. — Se ela está tão apaixonada a ponto de arriscar o próprio reinado, por que não se solidariza comigo?

Maria meneia a cabeça diante do meu tom melancólico.

— Porque ela não é como você — responde. — Você não a entende. Todos pensam que ela está sendo levada pela paixão, que está pondo o coração em primeiro lugar. Mas não é nada disso. Ela sente paixão, mas não se deixa levar. É teimosa e egoísta. Jamais vai abrir mão de Robert Dudley, mas nunca vai se casar com ele. Ela ama o trono mais do que ama Dudley. Ele ainda pensa que ela é incapaz de resistir ao seu charme, mas eu acho que está enganado. Ele vai descobrir que ficou com a pior parte da barganha: sempre perto de Elizabeth, mas nunca no trono.

— Você a descreve como se ela fosse uma tirana — cochicho.

Maria ergue as sobrancelhas.

— Ela é uma Tudor — diz. — São todos tiranos.

Arquejo e levo uma das mãos ao ventre, onde acabo de sentir um forte espasmo. Curvo-me, ofegante na dor.

Maria fica alerta de imediato. Pula da cadeira e ergue o braço, pondo a mão nas minhas costas curvadas.

— O que foi? O que foi?

— Alguma coisa está se mexendo — digo, ofegante, esperando para ver se a dor vai voltar. Em seguida, ergo-me. — Deus do céu! Um espasmo terrível.

— O bebê está nascendo? Está na hora?

— Como eu vou saber se está na hora? — digo, angustiada. — Não consultei uma mulher experiente nem um médico. — Percebo a sensação voltando, e dessa vez me agarro aos braços do velho trono e respiro esbaforida, feito um cão, enquanto a dor aumenta e diminui. — Não, eu me lembro disso — digo quando recupero o fôlego. — Está nascendo...

— O que eu posso fazer? — Maria enrola as mangas e olha ao redor do quarto.

— Nada! Não faça nada! — Estou bem o suficiente para saber que Maria não pode ser encontrada ali, auxiliando o nascimento de mais um herdeiro do trono da Inglaterra. — Você precisa ir embora... e não fale nada sobre o que está acontecendo aqui.

— Eu não posso ir embora e deixar você aqui nesse estado!

— Vai, agora! E não fale nada. — Seguro a barriga com as mãos, como se pudesse retardar os movimentos implacáveis da criança e o ritmo irresistível das dores. — Vai, Maria! Assim que estiver longe, vou mandar minha criada avisar o tenente, e ele vai chamar uma parteira. Mas você não pode saber desse parto. Vai ter de esperar que a notícia chegue à corte e vai ter de reagir com surpresa.

Ela quase sapateia ali mesmo, tamanha é sua frustração.

— Como eu posso ir embora? Você é minha irmã! Sem ajuda? Aqui? No lugar em que Joana... No lugar em que Joana...

— Para que você não corra perigo — digo, ofegante. A dor está voltando. Sinto o suor brotar no rosto, em toda a barriga. — Eu me preocupo com a sua segurança. Juro que me preocupo. Vai, Maria, e reze por mim em segredo.

Estou curvada por cima da cadeira; então ela fica na ponta dos pés e beija meu rosto.

— Que Deus a abençoe e a proteja — murmura ela, com muito sentimento. — Eu já vou. Chame a sua empregada imediatamente. Mande notícias para mim sem falta.

Ela se retira furtivamente; o guarda permite que ela saia e, em seguida, passa o ferrolho na porta. Eu aguardo um instante, resistindo a mais um surto da dor, então grito:

— Lucy! Vem cá!

O alvoroço é total. Os aposentos são arrumados para um parto, e os guardas da Torre correm pela cidade em busca de uma parteira que possa atuar imediatamente e de uma ama de leite. Os criados trazem um divã para meu quarto e amarram uma corda nas pernas da cama para eu puxar durante o parto, enquanto caminho de um lado para o outro dos aposentos e me agarro ao espaldar de uma cadeira quando vem a dor. As contrações agora se sucedem rapidamente; mal consigo me recuperar entre uma e outra. Os cachorrinhos estão espalhados pelo chão, e o sr. Careta se senta no topo da veneziana de madeira e me observa, preocupado, com seus olhinhos brilhantes e castanhos. Envio uma mensagem a Ned e, quando olho pela janela, nas minhas idas e vindas, tentando amenizar a dor constante que sinto nas costas, vejo que seu lenço foi substituído no parapeito da janela. Ele agora exibe a flâmula dos Seymour, e dou uma risada diante da alegria dele, embora precise me aprumar, apoiando-me na parede.

Minha dama de companhia, a sra. Rother, entra, branca como a neve, seguida por uma mulher gorda e de rosto corado.

— Milady — diz a sra. Rother —, eu não fazia ideia! Se a senhora tivesse me informado, nós teríamos nos preparado. Esta é a melhor parteira que pudemos encontrar no meio desse alvoroço.

— Não se preocupem comigo! — adverte a mulher, falando com o forte sotaque de alguém nascido e criado em Londres.

— Não estou preocupada — garanto. — Só espero que a senhora cuide de mim e do meu bebê. É o meu segundo parto.

Ela segura minha mão, com uma firmeza reconfortante, enquanto os lacaios cobrem o divã, trazem jarras de água quente, panos e lençóis limpos, além de trapos rasgados em forma de ataduras.

Lucy segura Teddy apoiado em seu quadril.

— Devo levar ele para fora daqui? — pergunta ela, nervosa. — E os cachorros não devem ficar lá fora?

De repente, entrego-me ao cansaço.

— Sim. Façam o que for preciso — digo a sra. Rother e a Lucy. — Eu quero me deitar.

Sou levada ao divã, onde descanso entre as contrações.

— Diga a milorde que estou bem — sussurro a Lucy. — Diga que estou feliz.

A criança nasce naquela noite, um belo menino, atendendo às minhas preces. Meus órgãos, ainda sangrando, são atados com musgo, e meus seios, com tiras de pano, e me deixam repousar na cama desarrumada. Encontraram uma ama de leite, que se senta ao meu lado e amamenta meu filho. Mostramos o menino a Teddy, que aponta e diz "Ei!", como se quisesse animar o bebê. Mas Ned não tem autorização para me ver.

O tenente da Torre, Sir Edward, cochicha pela porta entreaberta da sala:

— Mandei avisar à corte, Lady Hertford. Receio que a notícia cause grande surpresa.

— Obrigada — digo, deitada sobre os travesseiros.

Sinto-me zonza em consequência da cerveja quente que bebi durante o parto. Sei que a corte ficará mais que surpresa. Os que desejam uma sucessão protestante ficarão encantados — ou seja, quase todos. Os que avaliam meus direitos verão que tais direitos foram agora duplicados. Somente Elizabeth terá inveja desse lindo bebê e da minha felicidade. Teremos de aguardar e ver o que ela fará em retaliação.

Ela age com rapidez e crueldade. O tenente da Torre, Sir Edward, é trancado em seu próprio calabouço, e Ned é intimado a comparecer perante a Alta Corte, acusado de escapar da prisão e deflorar uma virgem de sangue real, na casa da rainha, pela segunda vez.

Quando ele deixa a Torre para enfrentar os que o acusam, eu amarro a flâmula dos Seymour no parapeito da minha janela para que ele veja que os filhos e a esposa estão bem, que honramos nosso nome e jamais o renunciaremos.

Evidentemente, ele não nos renuncia. Mas não sei o que ele diz, nem como se sai no interrogatório, até receber um bilhete enviado por Maria, sem assinatura e escrito em caligrafia indecifrável.

O Conselho Privado anunciou você como herdeira no mesmo dia em que recebeu a notícia de que estava grávida. Houve tumulto, mas a decisão ratifica seu casamento e reforça seus direitos. Ned se saiu bem perante a Alta Corte e jurou que vocês são marido e mulher. Ele foi multado em um valor que ninguém seria capaz de pagar — e vai ficar preso indefinidamente. O povo de Londres clama por sua libertação, entoando baladas e comparando você com Joana. Exigem liberdade para seus filhos, e chamam os meninos de os novos e abençoados príncipes da Torre. Mande notícias do seu estado e dos bebês. Queime isto.

Torre de Londres, Verão de 1563

Batizo meu bebê de Thomas Seymour, mas ninguém é autorizado a entrar na Torre para assistir à cerimônia. Os padrinhos são dois guardas da Torre, que nomeiam o menino na pia batismal da capela, enquanto minha dama de companhia o segura no colo. Ele é trazido de volta a mim já com a alminha salva, mas não vou à igreja. Penso que sem dúvida sou uma boa protestante, pois esse é outro sacramento da velha Igreja que rejeito. Saio da cama, lavo--me, troco minhas roupas íntimas e rezo sozinha — e isso é tudo.

As únicas notícias que recebo são os boatos da corte trazidos pela sra. Rother. Ela me disse que minha prima Lady Margaret Douglas e seu marido frágil, Matthew Stuart, estão vivendo serenamente em sua residência, mantendo-se discretos, aguardando enquanto o desagrado de Elizabeth se desfaz. Agora que estão livres — logo eles, culpados de tanta coisa —, a população de Londres se mostra ainda mais indignada com meu encarceramento e começa a dizer que minha irmã Joana estava grávida na Torre assim como eu e que a criança morreu quando ela foi executada. Detesto o modo como usam o nome de Joana, mas me sensibilizo por se lembrarem de minha irmã como mártir e afirmarem que ela teria dado um herdeiro à Inglaterra. E dizem que eu também fui injustamente detida. As mesmas pessoas que clamavam por "Nossa Elizabeth" como salvadora da religião reformada na Inglaterra agora juram que ela se tornou tão perniciosa quanto os perseguidores que atuavam no passado. Dizem que ela está torturando a irmã de uma mártir protestante. As tropas de Elizabeth fracassaram na França e na defesa dos protestantes, e agora o exército derrotado se arrasta de volta para casa, ferido, sem soldo, rebelde, com as fileiras dizimadas por um terrível surto de peste.

A notícia mais extraordinária, contudo, não chega por intermédio da sra. Rother, mas de Lucy, minha criadinha, que soube da novidade pelo pobre cozinheiro do tenente, que, por sua vez, soube por intermédio de um dos cozinheiros reais, que ouviu a nova diretamente da mesa do jantar real. Na tentativa de reverter a opinião popular e produzir uma escolha segura para a sucessão, Elizabeth vai ordenar a Robert Dudley que se case com a rainha Maria da Escócia.

Fico quase louca por não poder contar isso a Ned, agora recluso na Torre Branca e impossibilitado de me visitar. Juntos, daríamos gargalhadas diante dessa proposta insana. Elizabeth deve ter perdido a cabeça, se está pensando em oferecer seu amante desonrado a outra rainha, sobretudo uma rainha tão ilustre e digna. À rainha Maria da Escócia foi oferecido dom Carlos — o herdeiro da Espanha. Por que ela haveria de considerar um súdito de Elizabeth? E logo um súdito cuja reputação está maculada por um escândalo. Mas Elizabeth está tão desesperada quanto a impedir minha legítima reivindicação ao trono que arquitetou essa trama absurda para eu ser preterida em favor de uma papista francesa cuja família acaba de derrotar nosso exército inglês.

Elizabeth vai mais além. Ela propõe residir com Maria; ela, Dudley e Maria morariam juntos em um belo palácio. Seriam duas rainhas compartilhando uma corte, compartilhando uma ilha e, supostamente, compartilhando Robert também. É uma ideia excêntrica, escandalosa, maluca, e posso imaginar o Conselho Privado, William Cecil e até o próprio Robert Dudley arrancando os cabelos.

Segundo consta, Elizabeth teria escrito cartas a Maria (a cidade está cheia de boatos), cartas amorosas, como as que um amante escreveria à amada. Ela vai enviar um anel de diamante, como se fosse de noivado. Promete eterno amor e eterna amizade. Afirma que, se Maria estiver em necessidade ou perigo, basta chamar a poderosa rainha e amiga, e Elizabeth irá ao seu encontro — sem falta. Elizabeth está fazendo o que faz de melhor: incentivando a luxúria, com objetivos políticos.

E então — exatamente como o pai, que favorecia um homem, preterindo outro, só para que os dois se odiassem — Elizabeth se volta para Margaret Douglas, nossa prima antes em desgraça, e revela ao mundo que prefere Margaret a mim, na condição de herdeira nascida em solo inglês. Lady Margaret jamais teve de enfrentar seus denunciantes como eu tive. Os depoimentos dos que afirmaram que ela contratou videntes e necromantes para prever a morte de Elizabeth foram todos descartados. Lady Margaret foi libertada da prisão sem nenhum desabono em seu caráter, e agora aparece na corte, sendo recebida com prerrogativas, e seu filho, o belo rapazola Henrique Stuart, de volta da França, segue a esteira da mãe por toda parte, feito um veleiro gracioso atrás de uma barcaça. Margaret Douglas sugere a todos que Henrique Stuart daria um ótimo marido para a rainha da Escócia — ideia que antes ofendeu a rainha, mas que agora pode ser verbalizada, pode ser aventada. Robert Dudley, por exemplo, é a favor dessa união infeliz, até mesmo para se poupar.

É loucura perguntar a uma louca o que ela acha. É tolice interrogar um tolo. Mas o que pretende a rainha, perdoando uma traidora, arriscando a própria coroa, perdendo o amante e apontando uma inimiga como herdeira, apenas para me impedir de ocupar o trono depois que ela morrer? Sempre a considerei absurdamente vingativa; agora a considero completamente insana. Por que ela arriscaria tudo para obstruir minhas honrarias? Por que é tão importante me humilhar e punir?

Só posso supor que tenha recaído no ciúme que a consumia na infância, quando vivia em estado de constante ansiedade para saber quem era a favorita do pai. Primeiramente, ela se impôs diante da meia-irmã Maria Tudor, obrigada a assisti-la quando Elizabeth era criança; depois, ficou mortificada quando a mesa virou e Maria foi favorecida. Ela viu a meia-irmã, antes desprezada, assumir o trono e ser aclamada por todos nos primeiros meses do reinado. Elizabeth sempre foi competitiva com outras mulheres — imagino que detestasse as madrastas, a meia-irmã, a pobre Amy Dudley, e agora me detesta. Deve me odiar terrivelmente, a ponto de entregar Robert Dudley em casamento a outra mulher, apenas para me manter longe de um título. Começo a pensar que é tão louca quanto o pai.

Mas tudo isso faz com que o medo que sinto dela aumente, e quem me dera poder falar com Ned sobre minhas crescentes preocupações. Já não se trata de política ou estratégia. Já não se trata de uma rainha impedindo uma herdeira que ela receia que possa fazer a atenção da corte desviar do trono; trata-se de uma mulher disposta a ir até o fim do mundo para magoar uma rival. Ela está disposta a sacrificar o amor de sua vida e apontar como herdeira uma inimiga do reino só para obstruir minhas chances de subir ao trono e impedir que eu tenha uma vida feliz ao lado de Ned e nossos filhos. Como ela deve me odiar para ir tão longe assim! Como deve odiar a ideia de um casamento feliz, com filhos amados, se está disposta a se arruinar desde que estrague minha vida! E até onde ela será capaz de ir para se vingar de mim por eu ser mais jovem, mais bonita, mais feliz e uma herdeira mais legítima que ela?

Não esqueço a maldade de Elizabeth diante da meia-irmã Maria. Elizabeth assistiu à morte de Maria e a atormentou enquanto agonizava, flertando com seu marido e recusando-lhe qualquer consolo. Não esqueço que Amy Dudley morreu sozinha em casa e que o assassino jamais foi identificado, mas Elizabeth sabia da morte antes mesmo do anúncio. Rivalidade com Elizabeth é algo que qualquer mulher deve temer. Penso em minha prima, a rainha Maria da Escócia, e rezo para que ela jamais caia nas garras de Elizabeth, como eu caí. Penso em Margaret Douglas; foi um milagre ela ter sido libertada. Começo a me perguntar se Elizabeth será tão implacável com os parentes como seu pai o foi.

Torre de Londres,
Auge do verão de 1563

O calor se torna terrível e o sol bate nas muralhas de pedra da Torre, ofuscando a visão e queimando os dedos de quem nelas tocar. O fosso vira uma vala parada e pútrida, cheia de esterco e dejetos que a maré enchente não consegue carregar, apenas revirar, e, quando vaza, deixa para trás alga podre e peixe morto. À noite, sinto o fedor de putrefação que emana do rio e a catinga pestilenta que vem da cidade.

Os lordes estão exigindo que Ned, as crianças e eu sejamos libertados da Torre e autorizados a morar no campo. Todo verão doenças assolam Londres, e, neste ano, é provável a incidência da peste. As tropas que regressaram da França, pobres e derrotadas, estão tremendamente enfermas, e não há nenhum esquema montado para recebê-las. Ex-combatentes jazem pela cidade, mendigando, tossindo e escarrando nas valas abertas no meio de cada rua, entulhadas de lixo. O clima é seco, com dias longos e abafados, de modo que não há chuva para lavar a imundície pestilenta nem brisa para afastar o miasma que paira sobre a cidade.

Lucy vem falar comigo, pálida, e diz que sua mãe, que mora fora dos muros da Torre e lava minha roupa, caiu de cama. Ela apresenta inchaços nas axilas e ínguas na virilha, sintomas que caracterizam a peste. Lucy treme de medo.

— Ela lavou a roupa da senhora ainda ontem — diz ela. — Eu mesma trouxe a roupa. E vesti o bebê. — Ela continua trêmula, tamanha é sua apreensão. — Que Deus nos poupe, milady. Eu jamais teria feito isso! Eu não sabia! E se o bebê pegar a peste?

A casa de Lucy é lacrada e marcada com uma cruz vermelha na porta. Lucy é proibida de ver a mãe; ninguém pode entrar. A enferma se debate na cama, sozinha dentro de casa. Vai sobreviver ou morrer em sua vigília solitária, mas ela sabe que é provável que morra, e a filha não pode sequer levar para ela uma caneca com água limpa. Os infelizes acometidos pela peste rezam para morrer logo, enquanto a febre sobe e os inchaços pelo corpo os fazem gritar de dor, mas ninguém pode socorrê-los.

— Eu não encontrei o meu irmão — avisa Lucy, angustiada. — Ele está trabalhando para o duque de Norfolk.

— Então talvez ele esteja fora da cidade, acompanhando a corte — digo, sem muita convicção. — Talvez eles estejam a salvo em Windsor com a rainha.

— A senhora acha que eu devo tirar aquela roupa do bebê? E lavar de novo.

Meu recém-nascido passou metade do dia usando roupa proveniente de uma casa infestada pela peste.

— Sim, acho que sim — digo, sem muita certeza. — E queime ervas, Lucy, na porta e nas janelas.

Elizabeth, a rainha sem coração, não corre riscos com a própria saúde, mas abandona a mim e aos meus meninos no coração de uma cidade pestilenta. Ela se tranca no Castelo de Windsor, e ninguém tem permissão para ir de Londres até a corte. Ela chegou a mandar construir um cadafalso no limite da cidade para enforcar qualquer um que ousasse se aproximar. Um portão e o gigantesco sargento-porteiro não bastam para Elizabeth — ela precisa ser protegida por um carrasco —, mas é capaz de deixar a mim e aos meus bebês aqui, no lugar mais infectado da Inglaterra.

O pior é nunca saber por que uma pessoa é contagiada pela peste e outra é poupada. Em um ano bom, uma rua inteira pode se manter saudável, enquanto uma única pessoa, talvez em uma casinha bem no meio, sucumbe. No entanto, em um ano ruim, uma rua inteira pode ficar às escuras, enquanto uma só casinha, cercada pela morte, mantém uma vela acesa e recorre a todo e qualquer preventivo que os residentes puderem comprar. À medida que o calor de agosto avança, fica evidente que o ano é dos ruins, um dos piores.

Todas as noites, as paróquias são obrigadas a providenciar carroças que recolhem e enterram os mortos, e relatos apontam que cerca de mil pessoas estão morrendo a cada semana.

Cada dia que passa fico com mais medo da minha situação, da situação dos meninos e da situação de Ned na Torre Branca.

— Fique longe dos meus meninos — digo, nervosa, à sra. Rother, Lucy e a qualquer pessoa que entre na Torre, vindo da cidade enferma. — Eu mesma cuido deles hoje. E joguem fora toda a roupa que foi lavada pelas lavadeiras no Tâmisa. E limpem o quarto e varram bem o chão.

Lucy me olha, calada e ressentida. A tristeza por causa da mãe a deixou um tanto amarga.

— Seu filho Thomas dormiu com a ama de leite — avisa ela. — A faixa que ele está usando foi chuleada pela minha falecida mãe. Se a senhora acha que a peste pega pelo toque, talvez os meninos já tenham sido infectados.

Deixo escapar um leve gemido de medo. Acho que, se perder um dos meus filhos, vou morrer de tristeza. E penso: era isso que Elizabeth pretendia. Ela rezou pela minha morte e a dos meus filhos, e ninguém poderá pregar a culpa na porta dela. Serei como Amy Dudley, mais uma vítima de Elizabeth, por todos esquecida.

Penduro um lenço azul na janela para Ned saber que estamos bem e permaneço a postos até ver, como resposta, um lenço azul esvoaçando do lado dele. Sei que ele deve estar andando de um lado ao outro, furioso, escrevendo a todos os nossos amigos na corte. Um ano ruim da peste transforma em sentença de morte qualquer detenção na Torre. Aqui, no seio da cidade, cercados por uma vala malcheirosa, cada roupa que usamos e cada coisa que comemos vem da cidade pestilenta, tudo sendo manuseado por meia dúzia de pessoas antes de chegar até nós.

Eu mesma escrevo a William Cecil, implorando-lhe que remova Ned, minhas crianças e a mim da Torre e nos transfira para o campo. Jamais, em toda minha vida, passei voluntariamente um verão em Londres. Aposto que Cecil tampouco. Ninguém que possua uma casa de campo, ou mesmo um chalé, fica em Londres durante os meses em que a peste varre a cidade.

Espero o dia inteiro por uma resposta; mas não a obtenho. Penso que Cecil já deve ter saído da cidade, transferindo-se para sua linda casa nova, em Burghley, ou talvez esteja são e salvo no Castelo de Windsor junto à corte festiva, escondendo-se atrás dos guardas que vigiam as estradas para a cidade, onde cadafalsos esperam pelos que buscam abrigo com os poucos privilegiados. Como hei de sobreviver a este verão, se todos forem embora e se esquecerem de mim? Como Elizabeth ficaria feliz ao retornar a Londres no outono e descobrir que estou morta e enterrada em uma vala de vítimas da peste, ao lado dos cadáveres dos meus bebês.

Não sei se fecho as janelas, para bloquear o miasma perigoso que emana do rio, ou se as escancaro, na tentativa de refrescar o ambiente tão abafado. À noite, quando as crianças dormem, envolvo a cabeça e os ombros com um xale e caminho pelo jardim do tenente. O oficial recém-nomeado, Sir Richard Blount, que substituiu o pobre Sir Edward, observa-me da janela. Um guarda está sempre ao portão. Sinto-me extremamente cansada e me pergunto se não será sintoma da peste. Se uma exaustão e um mau pressentimento tomarem conta de mim antes que surjam as ínguas, talvez eu nem veja o sol raiar.

Estou prestes a dar meia-volta e entrar em casa quando ouço um som metálico. Não é um toque de alerta, mas um som mais grave, seguido de uns estalos, produzido pela mão de uma pessoa irritada. Ouço o ranger de rodas se aproximando, como se uma carroça, badalando uma sineta, estivesse cruzando o portão, passando pela guarita e se dirigindo ao local no interior da Torre onde reside a criadagem. A sineta não para de tocar, então ouço um grito a cada intervalo do som do badalo.

— Tragam os seus mortos! Tragam os seus mortos!

Que Deus nos ajude! A carroça da peste está agora nas dependências da Torre. Deve haver incidência de peste nos casebres dos serviçais, ou entre os cavalariços, no estábulo. Cubro a boca com o xale, corro para dentro de casa e passo o ferrolho na porta, como se pudesse impedir a entrada da morte.

Recebo um bilhete de Maria, embebido em vinagre. Alguém borrifou o bilhete com vinho azedo, na esperança de prevenir qualquer contaminação.

Estamos em Windsor, mas não foste esquecida. Os lordes insistem que não deves ficar na Torre em ano de peste. Dizem a Elizabeth que é uma velada sentença de morte. Fica longe de todos e não permitas que nenhuma pessoa, alguém além de ti, toque nos meninos. Acredito que serás libertada dentro de poucos dias.

Eu mesma lavo a roupa dos meninos. De manhã cedo, levo Teddy para brincar lá fora; o sol do meio-dia é perigoso para um Tudor como ele, de pele clara e cabelo cor de cobre, e a névoa noturna transporta doenças. Eu mesma lavo nossa louça, mas a água vem do poço da própria Torre; às vezes, noto que está turva e suja, mas não posso fazer nada em relação à comida que vem da cozinha do tenente. Meu bebê é amamentado por uma mulher cujo leite pode estar contaminado. Não tenho como saber, mas não me atrevo a deixá-lo faminto, dispensando-a agora. Lucy continua sadia, e eu fico atenta a qualquer sinal de fraqueza ou febre, e a desaconselho a perambular pela Torre. A sra. Rother manda um recado, informando que a irmã adoeceu e que vai precisar levá-la para o interior. Diz que lamenta me abandonar, mas não pode perder tempo. Os vilarejos nos arredores de Londres estão fechando as portas para qualquer um vindo da cidade e, se ela não for agora, será obrigada a dormir em abrigos com pessoas debilitadas que fogem da doença.

Vigio a janela de Ned e todos os dias lá está o lenço azul, dizendo que ele vai bem. Dou uma moeda de prata a um dos guardas para que ele informe a Ned que nenhum de nós está doente e que temos esperança de sermos libertados. Ele me envia um poema:

> *Meu amor a peste não destrói,*
> *Tampouco o ofusca a claridade;*
> *Meu amor há de varar os dias,*
> *Até conquistarmos a liberdade.*

Borrifo o poema, antes de tomá-lo da mão do guarda, e o leio distante dos olhos. Guardo as palavras no coração, então queimo o papel.

Torre de Londres, Verão de 1563

De manhã cedo, enquanto ainda está fresco, ouço o ruído de muitas passadas subindo a escada em direção aos meus aposentos, o que significa uma visita de Sir Richard, o novo tenente da Torre. Fico de pé, junto ao meu trono em péssimas condições, com o sr. Careta no ombro, Thomas nos braços e Teddy ao meu lado, segurando minha mão. Lucy se posiciona atrás de mim. Acho que parecemos mais uma família pobre de pedintes com a peste que herdeiros reais que povoam os pesadelos de Elizabeth.

A porta se abre; Sir Richard entra e faz uma reverência.

— Desculpe-me — digo —, mas os guardas terão de ficar do lado de fora. Tenho receio da peste.

— Claro — aceita ele, e faz um gesto com a mão para que eles recuem. — Tenho prazer em informar que a senhora não precisa mais temer, pois será libertada.

Sou de tal modo tomada pela alegria que mal consigo ouvi-lo.

— Como?

Ele assente com um meneio de cabeça.

— Sim, milady. A senhora será libertada da Torre. Pode ir embora hoje. Pode ir embora nesta manhã.

— Libertada?

— Sim — confirma. — Graças a Deus... e graças à misericórdia de nossa soberana, a rainha.

— Que Deus a abençoe — murmuro. — Eu posso ir quando quiser?

— Tenho cavalos encilhados e uma carroça para transportar seus pertences.

Faço um gesto em direção à mesa lascada e às cadeiras velhas.

— Não tenho nada que valha a pena ser levado. Lucy pode empacotar as nossas coisas num instante.

Ele faz uma reverência.

— Fico no aguardo de suas ordens — diz. — A senhora deve partir assim que possível, antes que o dia fique muito quente.

— E o conde de Hertford irá comigo? — pergunto, quando ele chega à porta.

Sir Richard volta a fazer uma reverência.

— Sua Senhoria também foi libertada.

— Que Deus seja louvado — digo. — Agradeço a Deus misericordioso por atender às minhas preces.

Em meia hora, empacotamos tudo e estamos prontos para partir. Não permito que nada me detenha. A mobília velha seguirá na carroça atrás da nossa, junto ao baú de roupa. Os pintarroxos seguirão na gaiola, coberta com um xale, e Jô, a pug, vai com seus herdeiros dentro de uma cesta, protegida com uma rede, para viajarem em segurança na carroça aberta. O sr. Careta vai em sua gaiola, à sombra. Levarei Teddy na minha frente, na mesma sela, e a ama de leite carregará Thomas amarrado diante de si. Lucy montará na garupa de um dos guardas e, se Teddy ficar cansado, ela pode levá-lo nos braços.

Imagino nossa chegada a Hanworth, a limpeza da casa, a luminosidade do sol, o aroma do ar, e a mãe de Ned, Lady Anne, nos degraus da frente, esperando para saudar o neto, um menino Tudor-Seymour, o herdeiro do trono da Inglaterra.

Sir Richard nos aguarda no pátio da Torre, ao lado da carroça carregada e de um guarda. Quando veem que me aproximo, eles montam, então avisto meu marido, Ned, surgindo sob os arcos do estábulo, cercado de guardas. Ele atravessa o pátio em quatro passadas. Antes que alguém possa impedi-lo, ele pega minhas mãos e as beija, buscando em meu rosto o crescente rubor do desejo; em seguida, abraça-me e beija minha boca. Sinto um ímpeto de amor por ele. Eu o abraço e pressiono meu corpo ao dele. Graças a Deus estamos enfim reunidos, e naquela noite dormiremos na mesma cama. Eu poderia chorar de alívio, e agradeço a Deus pelo fim das nossas tribulações.

A fisionomia dele está tão radiante quanto a minha.

— Meu amor — diz Ned. — Escapamos da peste e estamos reunidos. Graças a Deus.

— Nunca mais vamos nos separar — prometo. — Eu juro.

— Nunca mais — promete ele.

— Agora, você precisa ver os seus filhos antes de partirmos.

Teddy se lembra do pai, a despeito dos tantos dias de separação, e pula para ele de braços abertos. Ned pega o filho, e vejo como meu menino é pequeno, quando o pai, com toda sua estatura, segura-o nos braços, pressionando-o ao peito largo. Teddy laça com os braços a nuca do pai e encosta o rosto em sua face. Thomas oferece o sorrisinho sem dentes que exibe a todos e acena com a mãozinha melada.

— Como estão bonitos! Como estão saudáveis! Quem diria que seríamos capazes de sair deste lugar tão tenebroso com estas flores tão belas? — diz Ned. — Deveras, é um milagre.

— É mesmo. E agora vamos começar com dois meninos, dois filhos e herdeiros, a nossa vida de casados... na nossa própria casa. Nós vamos para Hanworth, não é?

— Sim. Devemos agradecer à minha mãe pela nossa soltura. Eu sei que ela tem escrito constantemente a William Cecil sobre nós. Ela nos quer em Hanworth.

O tenente se aproxima de mim.

— Milady, precisamos ir agora, se quisermos realizar a jornada sem que as crianças se cansem demais. Vai fazer muito calor mais tarde.

— Claro.

Pego Teddy pelo bumbunzinho gorducho, mas ele se agarra ao pai e insiste:

— Teddy... Papai! Papai!

— Será que Teddy quer montar comigo? — pergunta Ned. — Acho que só vamos conseguir arrancá-lo de mim com um pé de cabra.

— Você quer montar com o papai, no cavalo grandão? — pergunto.

Teddy afasta do pescoço do pai o rostinho exultante e faz que sim.

— Teddy... Papai. Ei!

— Teddy pode montar na frente da sela do pai e, quando quiser descansar, pode seguir nos braços de Lucy, na garupa do guarda — sugiro.

— O cavalo de Vossa Senhoria perdeu uma ferradura — avisa o tenente, dirigindo-se a Ned. — O ferrador o está ferrando agora. Ainda vai levar alguns minutos. É melhor deixar milady iniciar logo a viagem para ter tempo de descansar quando quiser. O senhor vai poder alcançá-la na estrada; a carroça vai bem devagar.

— Muito bem. Teddy pode ficar comigo, e nós alcançamos vocês. Vou segurá-lo bem firme — promete Ned, dirigindo-se a mim. Ele me beija mais uma vez, por cima da cabeça do nosso filho. Vivencio um momento de rara alegria ao abraçar meu marido e meu primogênito juntos, com uma das mãos no ombro do marido e a outra envolvendo o menino.

— Encontro vocês na estrada — digo, levando a mão à face do meu filho.

— Se comporta com o papai, e não tira o chapéu.

— Tá — responde meu menino, com obediência, ainda agarrado ao pescoço do pai.

— Ele está me sufocando. — Meu marido sorri. — Não tenha medo de ele cair. Este menino está agarrado a mim como se fosse o sr. Careta.

Volto a beijá-lo, então subo no bloco de montaria e depois na sela. Todos já montaram e me aguardam. Aceno para Ned e meu filho e sigo os guardas estábulo afora.

— Até daqui a pouco! — grito. — Até breve.

Os cascos dos cavalos crepitam no calçamento do portão principal. Passamos por baixo do arco da guarita e, no momento em que a sombra me cobre, ouço um alarido ensurdecedor. Do outro lado do portão, a viela está flanqueada por guardas e a ponte que atravessa o fosso fervilha de criados da Torre. Enquanto eu passo, os guardas apresentam armas e batem continência, como se eu fosse uma rainha indo ocupar meu trono; quando saio ao sol, ouço uma explosão de vivas e vejo lacaios lançando ao ar seus chapéus, mulheres me reverenciando e mandando beijos para mim. Estou finalmente livre; sinto isso na brisa e na alegria das gaivotas grasnando.

Sorrio e aceno para a criadagem da Torre, e constato que, do outro lado do fosso e da última guarita, os cidadãos de Londres sabem que fomos libertados. Os guardas precisam abrir caminho para nós em meio à multidão que nos saúda, com gente até me oferecendo rosas.

Passo pelo povo como se comandasse um cortejo real. Ainda tenho receio da peste, e, portanto, não me detenho para aceitar as flores; além disso, meus guardas sisudos empurram a multidão, que se abre diante deles. Mas peixeiras e vendedoras de rua, aprendizes, fiandeiras e cervejeiras, todas usando seus aventais de trabalho, desafiam os guardas a atiram rosas a minha frente, de modo que meu cavalo marcha sobre uma trilha de flores, e constato que as mulheres de Londres estão do meu lado.

Passamos por Tower Hill e pelo patíbulo ali permanente, onde a vida de meu pai foi ceifada, e baixo minha cabeça em memória dele, lembrando-me de sua luta inglória contra a rainha Maria. Penso que ele ficaria muito contente em ver uma filha, ao menos, saindo livre da Torre, acompanhada de um filho e seguida pelo nobre marido e pelo primogênito. Dói pensar nele e na morte de Joana, por ele causada; então me viro para a ama de leite, montada na garupa do guarda, com Thomas amarrado à sua frente, e faço um gesto para que ela cavalgue ao meu lado, de modo que eu possa ver meu menino e sentir esperança no futuro.

Então percebo que estamos seguindo para o norte, e não para o oeste, e digo ao oficial que cavalga a minha frente:

— Este não é o caminho para Hanworth.

— Não, milady — diz ele, com polidez, diminuindo o ritmo do cavalo. — Desculpe-me. Eu não sabia que a senhora não tinha sido informada. Tenho ordens para levá-la a Pirgo.

— Para a residência do meu tio?

— Sim, Lady Hertford.

A notícia me traz grande contentamento. Ficarei mais bem acomodada junto ao meu tio, em sua bela e nova morada, do que na casa de Ned, em Hanworth. É possível que a mãe dele tenha escrito a Cecil, em favor do filho; talvez tenha até convencido a rainha a nos soltar, mas jamais recebi nenhuma palavra de conforto, nem mesmo depois de ter dado dois netos a ela. Acho preferível nos hospedarmos na casa de meu tio a ficarmos com ela, desde que ele tenha me perdoado por ter sido obrigada a enganá-lo.

— Ele me convidou? — pergunto. — Ele me enviou alguma mensagem?

O jovem baixa a cabeça.

— Não sei, milady. Tenho ordens para levá-los com segurança até Pirgo. Não sei de mais nada.

— E Ned sabe aonde vamos? Ele achava que iríamos para Hanworth.

— Ele sabe aonde a senhora está indo, milady.

Cavalgamos durante cerca de duas horas, passando por vilarejos cujas casas mantêm a porta resolutamente fechada e por estalagens cujas venezianas foram lacradas. Ninguém quer o menor contato com viajantes procedentes de Londres. Todos ao longo da estrada estão fugindo do contágio, e, quando passamos por caminhantes, estes colam o corpo às cercas vivas para não serem tocados nem por nossos cavalos. Têm tanto medo de nós quanto nós deles. Eu os encaro, tentando detectar qualquer sintoma da peste, e a ama de leite abraça Thomas com mais força e cobre o rosto dele com o xale.

Quando o sol está a pino, batendo diretamente em nós, fica tão quente que não é possível continuar a cavalgada. O comandante da guarda sugere uma parada para descanso à sombra de um bosque denso. A ama de leite amamenta Thomas, e comemos pão com carne fria e bebemos cerveja de mesa. Nossos mantimentos foram todos trazidos da cozinha da Torre; rezo para que a comida não esteja infectada.

— Eu preciso descansar — digo.

Penso que, se Ned partiu pouco depois de nós, logo vai nos alcançar, então poderei cochilar ao lado dele à sombra das árvores; pela primeira vez na vida, poderemos estar juntos sem enganar ninguém. Hei de pegar no sono nos braços dele e acordar com seu sorriso.

— Cuide para que alguém avise ao meu marido, Sua Senhoria, que estamos aqui — advirto o comandante da guarda.

— Deixei sentinelas posicionadas — avisa ele. — E lá da estrada ele pode ver a flâmula da senhora.

Tapetes e xales são estendidos sobre o solo do bosque, e eu improviso meu manto como travesseiro. Deito-me e fecho os olhos, pensando em descansar um instante e logo ouvir o som de Ned e os guardas cavalgando em nossa direção. Sorrio, sonolenta, pensando no quanto Teddy deve estar empolgado por montar com o pai um grande garanhão, avançando além das muralhas da Torre pela primeira vez na vida. Lembro-me de como ele agarrou o pescoço do pai e da ternura com que Ned o abraçou.

Então pego no sono. Meu alívio por estar longe da cidade flagelada é tamanho que minhas preocupações desaparecem. É meu primeiro sono em liberdade depois de dois longos anos, e sinto que o ar é mais puro quando não entra através das barras de uma janela. Sonho que estou com Ned e os meninos em uma casa que não é nem Hanworth nem Pirgo, e concluo que se trata de um prenúncio de que viveremos juntos e felizes em nossa própria casa, no palácio que dissemos que vou construir quando for rainha. Durmo até a sra. Farelow, a ama de leite, tocar meu ombro e me despertar, e constato não estar sonhando: estou livre.

— Precisamos seguir em frente — avisa ela.

Sorrio e me sento.

— Ned já chegou?

— Não. Ainda não. Mas já refrescou um pouco.

Algumas nuvens esparsas encobrem a esfera ardente do sol, e uma brisa fresca desce das colinas.

— Graças a Deus — digo. Olho para a ama de leite. — Ele mamou bem? Podemos prosseguir?

— Ah, sim, milady — responde ela, levantando-se. — A senhora quer segurá-lo?

Pego meu querido menino nos braços e ele sorri ao me ver.

— Acho até que ele está mais pesado do que hoje de manhã — acrescento. — Está mesmo mamando bem.

— Um verdadeiro glutão de Londres — comenta ela, em aprovação.

Os guardas trazem o cavalo, e o comandante me ergue até a sela. Penso que Ned vai me descer da sela em Pirgo — com certeza, já terá nos alcançado —, então pego as rédeas e cavalgamos em frente.

Paira um crepúsculo perolado quando subimos pelo parque até o palácio de Pirgo, com seus frontões imponentes. Meu tio sai pela grande porta principal para nos receber, enquanto os demais residentes da casa, criados, subalternos e agregados se perfilam nos degraus da escada. A saudação é acolhedora, mas ele não sorri; parece ansioso.

— Senhor meu tio! — Espero que ele me perdoe por ter mentido; decerto, há de compreender que eu não tinha alternativa.

Ele me ajuda a sair da sela e me beija com carinho, como sempre fez. Faço um gesto, apontando para a ama de leite e Thomas.

— E esse é o seu parente mais jovem. O irmão real dele, o visconde, lorde Beauchamp, está a caminho, acompanhado pelo pai. Estou surpresa que não tenham nos alcançado; o cavalo perdeu uma ferradura na hora em que estávamos partindo, e precisaram sair mais tarde.

Ele olha de relance para meu filho e volta a atenção para mim.

— É melhor entrar logo — é tudo o que diz.

Meu tio apoia minha mão em seu braço e me conduz através da grande porta dupla que dá acesso a um imponente salão de audiências. A esposa não está presente, o que é estranho, pois seria de esperar que ela me saudasse. Afinal, sou uma condessa e, agora, a herdeira declarada do trono da Inglaterra.

— Onde está Lady Grey? — pergunto, ligeiramente ressentida.

Ele reage como se estivesse sob pressão.

— Ela envia saudações e vai estar com você mais tarde. Entre, entre, milady.

Meu tio me conduz escada acima, passamos por um salão nobre, uma sala menor e finalmente chegamos a uma antessala, além da qual há um quarto espaçoso. Conheço aquele aposento — é o segundo melhor da casa. Elizabeth se hospedou na melhor suíte. Penso em exigir o que há de melhor, mas, antes que eu possa abrir a boca, ele fecha a porta e me faz sentar.

— O que está acontecendo? — pergunto. Sinto um medo crescente, algo que não consigo explicar. Ele costuma ser tão confiante, mas naquele momento se mostra inseguro quanto ao que dizer. Costuma ser eloquente, mas agora parece emudecido. — Senhor meu tio, há algum problema?

— Disseram a você que lorde Hertford viria para cá? — pergunta.

— Sim, claro. Ele veio atrás de nós — respondo.

— Acho que não. Fui informado de que você deve residir aqui sozinha.

— Não, não — rebato. — Nós íamos sair juntos da Torre, hoje de manhã. Ele ficou para trás só porque o cavalo precisava de uma ferradura. Ele está vindo, e traz Teddy... nosso filho, o pequeno lorde Beauchamp. Teddy quis montar com o pai, que o levaria no arção da sela. Suponho que estejam demorando porque Teddy quis segurar as rédeas.

Mais uma vez, ele hesita, então segura minhas mãos com suas mãos frias e diz:

— Minha querida Catarina, lamento muito dizer que o seu sofrimento não acabou. Você não foi libertada, tampouco lorde Hertford. Vocês dois não podem morar juntos. Ele está sendo levado para Hanworth, onde a mãe será responsável por mantê-lo em prisão domiciliar, e você foi enviada para cá, onde devo mantê-la prisioneira.

Fico tão chocada com a notícia que emudeço. Apenas olho para meu tio e sinto minha boca abrir.

— Não — digo, simplesmente.

Ele não pestaneja.

— Receio que sim.

— Mas ela me libertou, atendendo o clamor geral, para que eu pudesse sair da cidade por causa da peste!

Nem ele nem eu precisamos esclarecer quem é "ela".

— Não libertou, não. Ela foi convencida pela corte inteira de que você não poderia permanecer na Torre, correndo tamanho perigo, mas definitivamente não a perdoou nem a libertou. Você tem de ficar aqui, sob a minha responsabilidade, tão presa como se ainda estivesse na Torre, sob a responsabilidade dos guardas. Tenho ordens para que não receba visitas e não fale com ninguém, exceto os criados, que não podem deixar que você... — ele faz uma pausa — saia de dentro de casa.

— Tio, o senhor concordou com isso? Em ser meu carcereiro.

Ele me olha com uma expressão de impotência.

— Teria sido melhor me recusar e deixar você na Torre para ser morta pela peste?

— O senhor vai me prender? A sua própria sobrinha?

— O que mais eu poderia fazer, se foi isso que ela ordenou? Teria sido melhor se ela me mandasse ficar com você na Torre?

— E Ned? O meu marido.

— A mãe prometeu mantê-lo restrito a dois cômodos da casa. Ele também não foi perdoado. Será vigiado pela própria mãe.

— O meu filho! — digo, em um surto de pânico. — Ai, meu Deus! Tio! O nosso menininho, Teddy. Deixei que ele montasse com Ned, pensando que fossem nos seguir. Cadê o Teddy? Ele vem para cá? Vão mandá-lo para cá, para perto de mim?

Meu tio, pálido de desgosto, balança a cabeça.

— Ele vai morar com o pai e a avó em Hanworth.

— Não vai morar comigo? — murmuro.

— Não.

— Não! — grito. Corro até a porta e giro a maçaneta, mas, no instante em que ela se move e a porta não abre, constato que os lacaios de meu tio já me trancafiaram. Esmurro o painel de madeira com ambas as mãos. — Deixem-me sair! Eu quero o meu filho! Eu quero o meu filho!

Dou meia-volta e agarro o braço de meu tio. Ele se esquiva de mim, lívido.

— Tio, o senhor tem de dar um jeito para eles mandarem Teddy para mim — esbravejo. — Ele não tem nem 2 anos! Nunca ficou longe de mim. Ele não é como um príncipe real que passa a vida com os serviçais; nós nunca nos separamos! Eu sou a única companhia dele; eu cuidei dele noite e dia. Sem mim, ele vai morrer! Não posso ficar longe dele.

— Você tem o bebê — argumenta ele, sem convicção.

— Eu tenho dois filhos! — insisto. — Eu dei à luz dois filhos; eu quero meus dois filhos! Vocês não podem tirá-lo de mim. O senhor não pode permitir que ela tire meu filho de mim! Isso vai me matar; vai ser pior que a morte. Eu quero o meu menino.

Ele me faz sentar novamente.

— Contenha-se, calma. Eu vou escrever a William Cecil. Ele ainda é seu amigo. O Conselho Privado está trabalhando para conseguir a sua liberdade; pode ser uma questão de poucos dias. Todos sabem que você é a herdeira legítima por consanguinidade, apontada pelo próprio Conselho. Todos sabem que você não poderá ficar presa indefinidamente.

Calo-me, e ele me observa enquanto giro na cadeira, esquivando-me do seu olhar ansioso, e encosto o rosto no espaldar de madeira.

— Ela tirou o meu marido de mim, e agora tira o meu filho? — murmuro, arrasada. — Por que me salvar da morte, se ela mesma torna minha vida pior que a morte? Eu preciso ficar perto do meu menino. Ele é pequeno... Ainda não tem nem 2 anos. Precisa ficar perto de mim. Eu preciso dele comigo. O que será dele sem mim? Quem vai fazê-lo dormir?

Levanto a cabeça e olho para meu tio, contorcido de tristeza.

— Ai, meu Deus! — exclamo. — Ele vai pensar que foi abandonado. Vai pensar que o deixei para trás. Ele vai ficar de coração partido. Ele precisa de mim. Não posso viver sem ele. Eu juro para o senhor: se o tirarem de mim, eu morro.

— Eu sei — diz meu tio. — Talvez ela volte atrás. Com certeza, ela há de voltar atrás.

Ergo minha cabeça.

— Isso é mais que cruel — declaro. — Eu preferia ser morta pela peste na Torre a perder o meu filho.

— Eu sei.

Palácio de Pirgo, Essex, Outono de 1563

Meu tio e eu estamos redigindo uma petição à rainha. Ele vem a mim diariamente para retocarmos o texto. Ela é instruída; aprecia uma boa redação. Não é tão estudiosa quanto foi minha irmã Joana, mas uma frase bem construída capta seu interesse.

Enviamos uma primeira versão para ser examinada por William Cecil, que nos é devolvida com comentários escritos nas margens, e nós a revisamos. A petição precisa ficar perfeita. O documento precisa convencê-la de que lamento sinceramente ter me casado sem seu consentimento. É preciso convencê-la — sem ser argumentativa — de que estou casada com meu marido e de que nossos filhos são herdeiros legítimos. É preciso lhe garantir que — embora eu seja herdeira de minha mãe e bisneta de Henrique VII — jamais questionarei o direito de Elizabeth, enquanto ela viver, tampouco reivindicarei o trono após sua morte sem sua autorização. Se pudéssemos lhe garantir que nunca perderia sua beleza, jamais envelheceria e jamais morreria, acrescentaríamos um parágrafo nesse sentido também.

Preciso conseguir convencê-la de que sou o seu oposto. Elizabeth é tão vaidosa que não concebe a possibilidade de alguém ser diferente dela. Só é capaz de imaginar o mundo à própria imagem. Mas sou totalmente diferente. Deixo meu coração comandar minha mente, ao passo que ela é sempre calculista. Casei-me por amor, enquanto ela está vendendo o homem que ama, oferecendo-o em casamento à rainha Maria da Escócia. Tenho dois belos filhos; ela é infértil. E a maior disparidade entre nós é que eu não quero o trono da Inglaterra, nem sequer gostaria de ser apontada como herdeira a esse custo — e o trono foi tudo o que ela sempre quis, desde a infância, quando foi chamada de bastarda e excluída da nossa linha de sucessão direta, e é tudo o que ela quer agora.

Não ouso, graciosíssima soberana, implorar indulgência por minha desobediente e impulsiva união sem o consentimento de Vossa Alteza; apenas suplico à Vossa Alteza que mantenha sua misericordiosa disposição para comigo. Reconheço que sou criatura por demais indigna de merecer seu generoso favor como tenho merecido. Meu infortúnio e sofrimento, tão justos quanto constantes, convencem-me diariamente, mais e mais, da gravidade de minha falta, e vossa piedade principesca só faz aumentar minha tristeza por ter esquecido meu dever para com Vossa Majestade. Eis o grande tormento de minha mente. Permita-me, então, Vossa Excelentíssima Majestade, que eu seja a mais humilde peticionária à Vossa Alteza, para que ainda estenda ao meu estado miserável a continuada benevolência e a costumeira misericórdia de Vossa Alteza, o que de joelhos, com total submissão, venho rogar, com as minhas preces diárias para que Deus perpetue e preserve o reinado de Vossa Majestade sobre nós. De Pirgo, VI de novembro de 1563. A serva mais humilde, mais leal e mais obediente de Vossa Majestade.

Por fim, meu tio e eu enviamos a versão final da petição a Robert Dudley, contando com ele como amigo e principal conselheiro da rainha. Por estranho que pareça, o destino do próprio Dudley está em jogo, assim como o meu. Afinal, ele pode se ver na esdrúxula posição de amante da rainha da Inglaterra e marido da rainha da Escócia; pode vir a ser o rei consorte que seu irmão quase foi. Somente um Dudley poderia aspirar a tal desfecho para sua ambição e desejo; somente uma Elizabeth poderia imaginá-lo.

O que não sabemos é o que a rainha Maria imagina. Resta-nos aguardar e ver se o vexame de aceitar o amante descartado pela prima será um preço aceitável a ser pago para ser apontada como herdeira do trono da Inglaterra. Todos esperamos para ver se Elizabeth vai se atrever a elevar Dudley à posição de conde de Leicester para que ele possa se casar com uma rainha e depois ainda mandá-lo embora. Estamos todos esperando para ver se o Conselho Privado vai exigir que Elizabeth me aponte como sucessora, uma vez que ela prometeu seguir a indicação do conselho. Robert Dudley promete apresentar nossa petição no momento adequado, quando ela estiver propensa a ouvir. Todos sabemos que somente Robert Dudley é capaz de atrair o bom humor da rainha, somente Robert Dudley é capaz de seduzir sua felicidade; mas ele é poderoso o suficiente para convencê-la a agir com generosidade? Ele é capaz de fazer com que Elizabeth — a governante suprema da Igreja — perdoe, qual uma cristã?

Não é. Essa talvez tenha sido a primeira questão em que ela não o atendeu. Todos pensamos que ela seria incapaz de resistir a Dudley, que não lhe recusaria nada. Mas essa questão menor — esse ato de perdão, razoável, magnânimo, judicioso — está além dela. Elizabeth sabe que estou de coração partido, separada de meu marido e meu filho, presa na casa de meu tio, obrigada a depender dele para custear minha comida e minha roupa. Meu bebê está encarcerado comigo, sem ter cometido falta nenhuma, meu outro filho foi arrancado de mim, e meu marido é prisioneiro da própria mãe. Elizabeth sabe que isso é crueldade com duas famílias nobres, além de uma ofensa às leis do reino e à justiça. Elizabeth deveria nos libertar — não somos uma ameaça a ela e não queremos nada além de nos amar e ficar juntos —, mas ela não fará isso.

Parece que vou viver e morrer na prisão pelo crime de me casar com meu amado, porque Elizabeth Tudor não pôde se casar com o dela. Isso é inveja elevada a um grau extraordinário. Isso é uma maldade fatal e, quando recebo a recusa, receio que somente a morte há de me libertar. A exemplo de todos os Tudor, ela invoca a morte. A irmã dela matou minha irmã. Ela há de me matar. Isso só pode acabar em morte: na minha ou na dela.

LIVRO III

MARIA

Castelo de Windsor, Outono de 1563

Elizabeth, feliz como um melro em um arbusto de rosa-mosqueta, sai para cavalgar de manhã cedo, e todas as damas têm de acompanhá-la, felizes ou não, querendo ou não. Monto um grande garanhão, sem medo, como tenho feito desde menininha, em Bradgate. Meu pai sempre me fez montar um cavalo de tamanho normal e dizia que, se eu segurasse as rédeas com determinação e cuidasse para que o animal soubesse quem estava no comando, não teria importância ficar ligeiramente torta na sela por causa do desvio em minha coluna e que, se eu falasse com clareza e firmeza, não faria diferença o fato de ser leve e pequena. Ele me disse que eu poderia ser uma grande presença, embora tivesse pouca altura.

Enquanto Joana, minha irmã mais velha, preferia ficar dentro de casa com seus livros e Catarina sempre queria brincar com seus bibelôs de animaizinhos no jardim ou no quarto, eu costumava ir para o estábulo, onde subia em um balde emborcado para escovar os cavalos ou trepava no bloco para montar em pelo no lombo largo e quente dos animais.

— Você não pode deixar que o fato de ter nascido pequena e um pouco torta a atrapalhe — costumava dizer meu pai. — Ninguém é perfeito, e você não é mais atrofiada que o rei Ricardo III, e ele participou de algumas batalhas e foi morto numa carga de cavalaria... Ninguém jamais disse a *ele* que não tinha condições de montar.

— Mas ele foi um homem muito malvado — comentei, emitindo o julgamento implacável de uma criança de 7 anos.

— Muito malvado — concordou meu pai. — Mas o problema era a alma dele, não o corpo. Você pode ser uma boa mulher com um corpo pequeno e uma coluna fora de prumo. Pode aprender a ficar ereta feito um oficial da casa real e pode ser uma linda e pequenina mulher. Se não chegar a se casar, pode ser uma boa irmã para Joana e Catarina e uma boa tia para os filhos delas. Mas não vejo por que você não possa se casar e merecer uma boa união quando a sua hora chegar. Sua estirpe é das melhores no reino, só ficando atrás dos filhos do próprio rei. A bem da verdade, não faz diferença se a sua coluna for torta se o seu caráter for reto.

Fico feliz por ele ter confiado em mim e me ensinado a montar tão bem quanto qualquer um. Ele foi o primeiro a me ensinar a me manter empertigada e me condicionei a isso. Passo dias inteiros na sela, atrás de Elizabeth e seu ridículo mestre-cavalariço, e ninguém pensa em verificar se consigo acompanhar o grupo ou se estou cansada. Cavalgo tão distante e tão veloz quanto qualquer dama da corte, e sou mais corajosa que a maioria delas. Jamais perco minha postura em cima da sela e jamais demonstro cansaço quando minhas costas doem ao fim de uma longa cavalgada. Jamais olho para Robert Dudley sugerindo que está na hora de voltar para casa com Sua Majestade. Jamais espero nenhum tipo de ajuda deles e, portanto, jamais me decepciono.

Não é a cavalgada que me cansa, mas Deus sabe que estou cansada de Elizabeth. Quando passamos pelas pedras do calçamento no grande portão do Castelo de Windsor e o sargento-porteiro, Thomas Keyes, olha para mim com seu olhar castanho e preocupado, eu meneio a cabeça e sorrio discretamente, insinuando que estou exausta apenas por causa da rainha; não é a sela que me causa dor, mas o coração.

Isso porque, em meio a toda essa alegria, enquanto o calor do verão avança rumo ao outono, enquanto Elizabeth passa as manhãs caçando, as tardes em piqueniques e passeios de barco pelo rio e as noites em peças de teatro, danças e brincadeiras, minha irmã está em prisão domiciliar com nosso tio, confinada com seu bebê em três cômodos, afastada do filho amado e roubada do marido.

Nada preocupa nossa prima real! Tudo é motivo de prazer para Elizabeth. Ela se delicia com o calor enquanto Londres ferve e a peste assola o reino. Todos os vilarejos em todas as estradas que saem de Londres têm um casebre com uma cruz na porta e gente morrendo lá dentro. Todas as casas ao longo das margens do Tâmisa mantêm o portão do rio lacrado para que barcaças provenientes de Londres não possam atracar. Todas as cidades do reino cavam valas comuns para as vítimas da peste, e todas as igrejas rezam para que a peste poupe suas congregações. As casas não infectadas fecham suas portas aos viajantes; todos se mostram frios e implacáveis. Mas nada disso preocupa Elizabeth. Ela flerta com Dudley no calor do dia e corre para o quarto dele nas noites que quiser enquanto minha irmã chora ao dormir e sonha com liberdade.

Thomas Keyes precisa ficar de sentinela no portão do castelo, e não pode me ajudar a descer da sela, mas sempre há jovens cortesãos que correm para me assistir. Eles sabem que minha irmã e seus dois filhos são os próximos herdeiros do trono; sabem que minha linhagem foi reconhecida pela rainha. E não sabem até que ponto vai minha influência e o que poderei fazer por eles se me agradarem. Eu mal os percebo. Só tenho sorrisos para Thomas Keyes, o sargento-porteiro da rainha; é o único homem em quem confio nesse ninho de cobras invejosas. Thomas me dirige um discreto meneio de cabeça quando passo por ele, e sei que o verei mais tarde, no momento em que Elizabeth se distrair com alguém e se esquecer de me vigiar.

— Onde está Lady Maria? — pergunta ela, assim que desmonta, como se muito me amasse e sentisse minha falta o dia todo; dou um passo adiante para recolher suas luvas de equitação, magnificamente bordadas. Outra pessoa recolhe o chicote, e ela estende a mão alva para Robert Dudley, que a conduz para longe da luz do sol, adentrando a penumbra fresca do Castelo de Windsor, onde o desjejum é servido no salão nobre e o embaixador espanhol aguarda para saudá-la.

Levo comigo as luvas até as dependências do guarda-roupa real, aplico sobre elas um pouco de pó aromatizado e as embrulho em seda; em seguida, retorno ao salão e ocupo meu lugar à mesa das damas de companhia; sou prima de Elizabeth, filha de uma princesa consanguínea. Todos baixamos a cabeça para uma prece, que Elizabeth faz questão de que seja em latim, mais por exibicionismo de conhecimento que por devoção, e os lacaios trazem jarras e tigelas para lavarmos as mãos. Depois, entram com travessa atrás de travessa. Todos estão com fome após terem passado a manhã cavalgando, e grandes pedaços de carne e pão recém-assado são servidos a cada mesa.

— Tem notícias de sua irmã? — pergunta Bess St. Loe, em voz baixa.

— Tenho escrito, mas ela não responde — digo. — Ela tem permissão para receber minhas cartas, embora o meu tio as leia primeiro, mas não responde.

— Qual é o problema... Ah, não me diga que é a peste?!

— Não, graças a Deus, a peste não chegou a Pirgo. Meu tio diz que ela não quer comer e que não para de chorar.

A expressão de tia Bess é de ternura.

— Ah, minha querida...

— Sim — digo, com rigidez. — Quando a rainha a separou do filho, acho que partiu o coração de Catarina.

— Mas ela vai perdoá-la e vai reunir a família. Ela é generosa. E Catarina é a única herdeira que professa a nossa fé. Elizabeth vai se voltar para ela.

— Eu sei. Eu sei que, com o tempo, ela vai. Mas esses dias de espera têm sido difíceis para minha irmã. E é uma crueldade com os dois meninos, que vivem confinados desde que nasceram. A senhora não pode falar com a rainha?

— Talvez ao menos os meninos pudessem ser libertados... — diz Bess, e se cala quando a rainha se levanta da mesa e informa que vai caminhar com o embaixador espanhol e Robert Dudley pelo jardim cercado.

Três damas vão segui-la, as demais estão dispensadas por uma ou duas horas. Todas ficamos de pé, saímos do salão atrás dela e a reverenciamos quando ela se retira pela porta do jardim, oferecendo uma das mãos a Robert Dudley e a outra a Álvaro de la Quadra. Elizabeth se coloca onde adora estar: no centro das atenções, com um homem de cada lado. Penso que, se não fosse rainha, decerto seria prostituta. Depois que eles se vão e a porta é fechada pelo guarda, escapo pelo lado oposto, em direção ao portão principal. O portão está trancado por causa da peste, mas do lado de dentro, diante do postigo, há um garboso oficial de sentinela. Quando me aproximo, ele se curva e me estende a mão para me ajudar a entrar pela portinhola.

Thomas fica de guarda do lado de fora do portão trancado, com os braços cruzados à frente do peito largo, um homenzarrão uniformizado com a libré dos Tudor, na função de sargento-porteiro da rainha. Sinto que dou meu primeiro sorriso do dia ao vê-lo.

— Lady Maria! — cumprimenta ele, quando surjo abaixo de seu cotovelo. Ele apoia um joelho no calçamento de pedra para que seu rosto fique ao nível do meu, com seus afáveis olhos castanhos. — De quanto tempo livre a senhorita dispõe? A senhorita gostaria de entrar na guarita?

— Eu tenho uma hora — respondo. — Ela está andando pelo jardim.

Thomas manda um dos guardas rendê-lo e me conduz à guarita, onde me observa subir em sua avantajada cadeira, diante da mesa. Ele me serve um copo de cerveja de mesa, de uma jarra guardada na despensa e se senta em uma banqueta, ao meu lado, de maneira que ficamos na mesma altura.

— Alguma notícia da sua irmã? — pergunta ele.

— Nenhuma novidade. Perguntei a Robert Dudley se ele voltaria a falar com a rainha, mas ele disse que não adianta e que ela fica ainda mais irritada.

— A senhorita tem de esperar?

— Nós temos de esperar — confirmo.

— Então imagino que o nosso assunto vá ter de esperar também — conclui ele, delicadamente.

Ponho a mão em seu ombro largo e brinco com a rosa Tudor bordada na gola.

— Você sabe que eu me casaria com você amanhã, se pudesse. Mas não posso pedir nada a Elizabeth agora, só depois que ela perdoar Catarina. A liberdade da minha irmã vem em primeiro lugar.

— Por que a implicância? — pergunta ele, perplexo. — Por que uma grande rainha como ela implica tanto com a irmã da senhorita? O que ela tem a ver com essa questão de foro íntimo? O conde de Hertford tem um nome honrado; por que a sua irmã não pode viver como esposa dele?

Hesito. Thomas tem a visão simplista de um homem honesto. Ele se perfila diante do portão diariamente e responde pela segurança de uma rainha por demais controversa. Há os que amam Elizabeth e que por ela morreriam, que suplicam para entrar em seus castelos e vê-la mais de perto, como se fosse uma santa, para então poderem voltar para casa e contar aos filhos que viram a mulher mais ilustre da cristandade, coberta de joias, gloriosa em sua majestade, deleitando-se com uma ceia. Mas há os que a odeiam tanto por ter distanciado o reino cada vez mais da Igreja de Roma, que a chamam de herege e querem envenená-la ou esfaqueá-la ou induzi-la a algum erro fatal. Há visitantes que a desprezam por sua promiscuidade, outros desconfiam de que seja adúltera, e alguns chegam a acusá-la de fazer uso de magia negra, de ter um defeito congênito, de esconder um filho bastardo, de ser homem. Mulheres e homens de toda espécie passam diante do olhar ponderado de Thomas, e ele sempre pensa o melhor das pessoas, confia nelas ao máximo, manda-as de volta para casa se achar que podem representar algum perigo, e acredita que, de modo geral, são tão boas e amáveis quanto ele próprio.

— Não sei por que Elizabeth não admite o casamento de Catarina — digo, medindo minhas palavras. — Eu sei que ela tem medo de apontar Catarina como sucessora e ser abandonada por todos, e também de que Catarina possa conspirar contra ela, como Margaret Douglas, outra prima nossa, faz. Mas não é só Catarina... Elizabeth não gosta de ver ninguém se casando; não gosta que ninguém atraia atenção, exceto ela. Nenhuma de nós, damas de companhia, temos esperança de conseguir permissão para nos casarmos. Ela não nos deixa nem falar no assunto. Todo mundo na corte tem de estar apaixonado por ela.

Thomas dá uma risadinha, exprimindo tolerância.

— Bem, ela é a rainha — consente ele. — Acho que pode exigir da corte o que quiser. Posso visitar a senhorita hoje à noite, depois que a minha vigília acabar?

— Eu vou ao seu encontro no jardim — prometo.

Ele segura minha mãozinha com sua manzorra e lhe dá um beijo delicado.

— Sinto-me muito honrado — diz ele, em voz baixa. — Eu penso na senhorita o dia todo, sabe, e fico esperando-a entrar e sair pelo meu portão. Gosto muito de ver a senhorita cavalgando, tão alta em sua montaria e tão bonita em seus trajes.

Encosto a face na cabeça dele, enquanto ele se curva sobre minha mão. O cabelo de Thomas é grosso e encaracolado e cheira a ar livre. Creio que neste mundo perigoso e incerto encontrei o único homem em quem posso confiar. Creio que ele não saiba o quanto isso é precioso para mim.

— Quando foi que você começou a prestar atenção em mim? — sussurro.

Ele ergue a cabeça e sorri diante da minha infantilidade, por querer ouvir a história mais uma vez.

— Prestei atenção assim que a senhorita chegou à corte, quando não tinha nem 10 anos e era uma menininha. Lembro-me de vê-la montada num grande cavalo e fiquei apreensivo. Então vi como a senhorita comandava o animal e que era uma daminha de fibra.

— Eu nunca tinha visto um homem tão impressionante como você — comento. — O sargento-porteiro da rainha, tão bonito de libré, alto feito uma árvore, forte feito um tronco, parecendo um grande carvalho.

— Então, depois que a senhorita foi nomeada dama de companhia, eu costumava vê-la entrando e saindo da corte, e achei que de todas elas a senhorita era a mais alegre e meiga. Quando a sua irmã escapulia pelo meu portão, com o capuz cobrindo o cabelo louro, eu sabia que ela estava se encontrando com o amado; pensei em avisar, mas a senhorita era tão jovem e tão bela; eu não queria trazer preocupação para a sua vida. Eu nem me atrevia a falar, até que a senhorita começou a me dar bom-dia. Eu ficava esperando aquele: "Bom dia, capitão Keyes." E eu gaguejava, feito um bobo, e não conseguia dizer nem uma palavra.

— Foi por isso que eu notei que você gostava de mim — digo. — Falava em alto e bom som com todo mundo, mas comigo ficava calado feito um menino. E ficava todo corado! Deus do céu! Um homenzarrão que corava feito um colegial!

— Quem era eu para falar com uma dama como a senhorita?

— O melhor homem da corte — respondo. — Eu fiquei tão contente quando você se ofereceu para me acompanhar quando fui visitar Catarina na Torre. Quando disse que queria me escoltar e que as ruas eram perigosas, fiquei tão feliz com você do meu lado. Foi como caminhar ao lado de um grande e pacato cavalo de tração: você é tão grande que as pessoas saem do seu caminho. E, depois que eu visitava a minha irmã, via que ela sofria tanto que eu não aguentava e chorava com ela, então saía e encontrava você esperando por mim, e sua presença por si só me consolava, feito uma montanha. Eu sentia que tinha um aliado. Um aliado do tamanho de um castelo. Um amigo forte.

— De fato, um amigo alto — diz ele. — Eu faço qualquer coisa pela senhorita, a minha daminha.

— Me ame sempre, como agora — murmuro.

— Juro que vou amar. — Ele se cala por um momento. — A senhorita não se importa que eu já tenha sido casado? — pergunta, falando baixo. — Não vai se incomodar com os meus filhos? Eles moram com a tia, em Sandgate, mas eu bem que gostaria de dar para eles uma madrasta carinhosa.

— Será que eles não vão me julgar? — pergunto, sem graça.

Ele balança a cabeça.

— Eles vão saber que a senhorita é uma grande dama, mesmo tendo de se abaixar para beijar a sua mão.

— Eu gostaria que tivéssemos filhos — digo, timidamente. — Primeiro, vou cuidar dos seus, e depois, quem sabe, podemos ter os nossos.

Ele pega minha mão e a encosta na face morna.

— É, Maria, a gente vai ser feliz.

Permanecemos em silêncio por um instante, então digo:

— Sabe, eu preciso ir agora.

Ele se levanta da banqueta, fica empertigado, e sua cabeça quase encosta no teto. São dois metros de altura, das botas enormes ao cabelo castanho cacheado. Quando me ponho de pé ao seu lado, minha cabeça fica ao nível do cinto de couro lustrado que ele usa. Ele abre a porta e eu me dirijo ao grande portão trancado do Castelo de Windsor; ele abre o postigo.

— Até de noite — sussurra Thomas, e fecha a portinhola, delicadamente, depois que eu passo.

Castelo de Windsor, Natal de 1563

Meu amado me oferece um anel de ouro com um pequeno rubi da cor do verdadeiro amor: vermelho-escuro. Eu lhe ofereço um cinturão de couro. Usando uma sovela de sapateiro, gravo meu nome e o brasão da minha família no couro. Ele pode usar o cinturão com a gravação voltada para dentro, de modo que ninguém saiba das marcas, só nós dois. Quando entrego o presente e ele o retira da bolsa de seda que eu mesma costurei, meu amor fica todo ruborizado, como um menino.

O anel me deixa tão feliz! Cabe no meu dedo como uma aliança de casamento, e ele disse que devo usá-lo no anelar, quando estiver sozinha, pois é uma prova de seu amor por mim e do nosso compromisso mútuo.

— Gostaria que pudéssemos nos casar e viver juntos logo — sussurro para ele.

Estou sentada em seu colo, e Thomas me envolve com seus grandes braços. Ele me segura com a ternura de quem segura uma criança, mas sinto a palpitação do seu desejo por mim enquanto mulher quando encosto os dedos em seu pulso vigoroso.

— Eu também queria — diz ele. — Na hora que disser, eu vou buscar um religioso e testemunhas, a gente se casa. Ou podemos ir até uma igreja. Não quero que tenha de passar pelo interrogatório que sua irmã sofreu. Vamos ter testemunhas e vamos registrar por escrito o nosso noivado.

— Eles não se preocupam comigo — comento, ressentida. — Sou tão pequena aos olhos de Elizabeth que ela não tem medo de mim. Não sou como a minha irmã, assediada por metade das cortes da Europa, que não param de tramar. O meu casamento é questão íntima; não faz diferença para ela se sou casada ou solteira, se tenho a casa cheia de filhos ou só você para amar.

— Então vamos nos casar em segredo? — pergunta, esperançoso. — Você teria coragem?

— Talvez no ano que vem — digo, com cautela. — Não quero fazer a rainha se lembrar da raiva que tem de Catarina. Tenho esperança de que o conselho a convença a soltar minha irmã ainda neste mês. Alguns eruditos estão fazendo uma pesquisa que vai comprovar que Catarina é a herdeira, que o casamento foi válido e que, portanto, os filhos dela são herdeiros legítimos. Não posso pensar em mais nada até que isso esteja escrito e publicado.

Thomas faz que sim. Ele tem profundo respeito pela erudição da minha família, ainda mais agora que Joana foi reconhecida como teóloga, seus escritos foram publicados e estão sendo lidos por toda parte.

— Você está escrevendo alguma parte do livro? — pergunta ele.

— Ah, não. Está tudo sendo feito por um experiente escrivão da chancelaria, John Hales. Ele viu o testamento original do rei e afirma que o documento aponta, claramente, minha mãe e a linhagem dela como herdeiros depois do príncipe Eduardo e das princesas. Hales provou que o casamento da nossa avó foi válido; portanto, a nossa linhagem é legítima, inglesa de nascença e protestante. E agora o marido de Catarina, Ned Seymour, contratou clérigos estrangeiros para provar que o casamento dele com Catarina também foi válido, com votos pronunciados em privado, e que os filhos deles são legítimos. Quando todas as evidências estiverem reunidas, John Hales vai publicar o trabalho, e o reino vai saber que Catarina é a herdeira comprovada da rainha: nascida legitimamente e casada legitimamente.

Thomas hesita. Ele tem pouca educação formal, mas tem muita experiência de vida, e tem sido encarregado da segurança do palácio e da rainha desde que Elizabeth subiu ao trono.

— Agora, minha lindinha, eu não sou lorde nem escrivão, mas não sei se isso é uma boa ideia. A rainha não é mulher de se sentir obrigada a fazer o que todo mundo acha. Mesmo que o reino inteiro ache uma coisa, ela faz o que quiser. Você se lembra de quando ela foi a única princesa protestante que não negou a própria fé? E a irmã dela era a rainha da Inglaterra! Ela não mudou de ideia, embora o reino inteiro estivesse contra ela, desde a rainha e os espanhóis até a plebe. Eu acho que vai ser preciso mais que um livro para convencê-la...

— Mas ela aceitou a nova religião — teimo. — Eu me lembro dela indo à missa e resmungando.

— E saindo antes do fim da missa — lembra ele. — Dizendo que estava se sentindo mal. E mostrando a todos que não haveria de tolerar aquilo.

— Sim, mas é William Cecil quem está patrocinando o livro — insisto.

— E Robert Dudley. O que William Cecil pensa hoje, a rainha anuncia amanhã. No fim das contas, ela vai acatar o conselho dele. E ele, o cunhado e todos os conselheiros apoiam o livro, e o livro vai ser publicado. A rainha vai ter de apontar Catarina como sucessora, se toda a cristandade afirmar que o casamento dela foi legítimo e o Conselho Privado disser que ela é a herdeira.

Ouvimos o relógio bater a hora.

— Preciso ir — digo, mas não quero sair daquele cálido abraço.

Ele me retira do colo e, inclinando-se para a frente, ajeita meu vestido e alisa as mangas. É gentil como uma dama de companhia. Endireita meu capuz e dá um toque no meu rufo.

— Pronto — diz ele. — A dama mais bonita da corte.

Espero até ele abrir a porta da caserna e espiar o lado de fora.

— Agora, pode ir — avisa, e dá um passo atrás, deixando-me passar.

Ao atravessar o pátio, entre o portão e os degraus do jardim, envolta em meu manto para me proteger da precipitação de neve, tenho a má sorte de deparar com a rainha, que estava jogando bocha na grama congelada. Ela usa o capuz de veludo vermelho, forrado de arminho, caminha com a mão apoiada no braço de Robert Dudley, com as faces rosadas por causa do frio, e seus olhos cintilam. Dou um passo atrás e me curvo, retirando do dedo o anel de rubi e o enfiando no bolso do manto antes que o olhar rápido e sombrio dela possa captá-lo.

— Vossa Majestade.

Tomasina, a anã da rainha, segue o casal e me dirige uma careta cômica, como se perguntasse onde eu estava. Eu a ignoro por completo. Ela não tem direito de expressar nenhuma curiosidade a meu respeito. Não lhe devo nenhuma satisfação e, se ela induzir a rainha a me fazer alguma pergunta, hei de encontrá-la mais tarde e dizer que cuide de sua vidinha.

— Lady Maria — cumprimenta Elizabeth, com um tom de voz desagradável. Não sei o que fiz para ofendê-la, mas ela se mostra visivelmente contrariada.

— Terei a honra da sua presença quando eu me vestir hoje à noite?

Sinto, embora não veja, o sorriso confiante de Robert Dudley. Não ouso olhar para nenhum outro ponto, senão para os olhos reluzentes de Elizabeth.

— Claro, Vossa Majestade — respondo, com humildade. — E a honra será minha.

— Então não se esqueça — diz ela, rispidamente, e passa por mim.

Faço uma reverência e, quando ergo a cabeça, vejo o leve sorriso de solidariedade de Robert Dudley e a piscadela de Tomasina. Dudley segue a rainha. Tomasina fica para trás.

— Alguém está escrevendo um livro sobre a sua irmã — informa-me Tomasina. — É por isso que ela está furiosa com você. Ela acabou de saber. Parece que o livro vai dizer que sua irmã será a próxima rainha da Inglaterra. Você será irmã da rainha e tia do próximo rei. Imagina, uma anã igual a mim tão perto do trono!

— Eu não sou igual a você — retruco, com frieza.

— Ah, você acha que vai ficar mais alta com uma coroa na cabeça da sua irmã? — questiona ela, sorrindo. — Será que a elevação dela vai fazer você crescer? Será que vai ficar mais alta se ela fizer de você duquesa?

— Eu não sei do que você está falando.

Dou meia-volta, mas ela segura a saia do meu vestido com sua mãozinha quadrada, tão parecida com a minha.

— O que foi? — indago, irritada. — Largue-me. Acha que vamos nos atracar aqui no pátio, como dois pajens?

— Tem gente que pagaria para ver isso — comenta ela, alegremente. — Mas sempre ganhei a vida como uma dama em miniatura, e não como uma anã palhaça.

— E eu jamais precisei ganhar a vida — digo, com altivez. — E a minha estatura não tem nada a ver com isso. Ficarei grata se largar o meu vestido.

Ela me solta, mas seu sorriso impertinente nunca falha.

— Existe mesmo um livro, Lady Maria — afirma ela, objetivamente. — Alguns estudiosos estão montando o tal livro, parte por parte. Uma página furtada da chancelaria demonstra que sua família foi designada herdeira por Henrique VIII, que há evidências de casamento que comprovam a legitimidade da sua linhagem, e que vocês três, Lady Joana, Lady Catarina e Lady Maria, são inglesas de nascimento, protestantes e têm sangue real.

— Não ouse falar de Joana — digo, advertindo-a.

— Enterrada em um caixão de criança! — exclama, debochando, enquanto lhe dou as costas e me afasto.

Então ouço seus passos atrás de mim. Ela se adianta e intercepta meu caminho.

— Ouça o resto, pois é do seu interesse — continua ela. — Ouça, para o seu próprio bem. Os estudos feitos por eruditos na França e na Espanha indicam a sua irmã Catarina como legítima herdeira. A rainha está furiosa. Se foi você que encomendou os estudos, é melhor mandar os seus contratados sumirem. É melhor dizer ao seu tio que faça uma viagem à França por motivo de saúde. É melhor agir com mais discrição e parar de escapulir para beijar o sargento-porteiro.

Contenho uma reação de surpresa.

— Eu vejo muita coisa — acrescenta ela, depressa. — Você sabe bem por quê. Ninguém presta atenção na gente.

— E por que veio me advertir — indago —, se você vive na sombra dela?

— Porque nós duas somos anãs — responde Tomasina, bruscamente. — Somos duas mulheres pequenas num mundo grande e perigoso. Temos uma fraternidade, embora você queira negá-la. Então estou lhe dizendo: não a ofenda. Ela já está furiosa com a sua família.

Ela me dirige um insolente meneio de cabeça, como se quisesse reiterar o argumento, então dá meia-volta e sai pelo pátio, saltitando, feito uma menina que corre atrás da professora, e vejo a porta de acesso à escada privativa de Elizabeth bater depois que ela passa.

Castelo de Windsor, Primavera de 1564

Do começo ao fim da primavera gelada, sirvo Elizabeth com uma cortesia meticulosa e, embora ela precise estalar os dedos para que eu me lembre de lhe entregar o leque e se queixe de que arranho sua nuca quando prendo seu colar de safiras, ela não encontra nenhum outro motivo para me criticar.

Nem olho para a anã Tomasina em agradecimento pela advertência que ela me fez, e, quando a coreografia de uma dança nos posiciona lado a lado, mudo de lugar, se puder. Não subscrevo à fraternidade dos pezinhos, dos que não crescem. É evidente que reconheço características minhas em Tomasina, em seu andar bamboleado e nas pernas curtas, no jeito como ela sempre levanta o rosto para acompanhar uma conversa que transcorre bem acima de sua cabeça. Suponho que suas costas doam tanto quanto as minhas depois de um longo dia sobre uma sela e que ambas nos indignemos quando nos tratam como crianças, confundindo estatura com idade ou sabedoria. Mas jamais darei a entender que somos feitas do mesmo estofo. Existe uma aproximação em nossa aparência, mas isso é tudo. Por acaso, Elizabeth haveria de se identificar com toda mulher ruiva? E Lady Margaret Douglas, com um cavalo? Aparência não significa nada — o que vale é o berço. E tenho sangue real; não sou anã. Sou toda Grey, e não um brinquedinho bonito. Sou herdeira do trono da Inglaterra, e Tomasina é herdeira tão somente de ossos atrofiados.

Certa noite, porém, no começo da primavera, vamos ao jantar e vejo que William Cecil está ausente, o que é raro, e que o servilismo e o bom humor de Robert Dudley estão um tanto forçados. Elizabeth se mostra ouriçada feito uma gata atingida por um jato de água lançado de uma janela; todos percebem sua irritabilidade. Ninguém, exceto a anã Tomasina, parece saber quem foi tolo o suficiente para contrariar Elizabeth, e eu não me disponho a perguntar nada a ela.

No momento em que os pratos estão sendo retirados, Robert Dudley se curva diante da mão da rainha, e vejo que ela faz um gesto com a cabeça para um empregado, que entrega a ele uma pilha de papéis. Dudley faz uma reverência e os aceita; em seguida, começa a se retirar do salão. Dou a volta, avançando junto às paredes sem ser vista, pois minha cabeça fica abaixo do espaldar das cadeiras, alcanço Dudley diante das portas e me esgueiro por elas quando são abertas para ele.

— Lady Maria — saúda, reverenciando-me.

As portas se fecham, escondendo-nos dos olhares da corte.

— Há algum problema? — pergunto sem rodeios.

Ele se curva para poder falar baixo comigo.

— Sim. Alguém... suponho que tenha sido o embaixador francês... entregou à rainha um livro que sustenta o direito de sua irmã, Lady Catarina, ao trono.

— Lady Hertford — corrijo, invocando o título de casada.

Ele franze o cenho.

— Lady Catarina — repete. — Não é hora de a senhorita defender um casamento que a rainha declarou inválido.

Encaro o semblante fechado do homem cujo casamento teria sido declarado inválido, se a esposa não tivesse sido assassinada de modo tão conveniente.

— Nós sabemos a verdade — declaro, com firmeza.

— E os autores publicaram o que acham ser a verdade deles — responde, serenamente.

— Não foi o senhor que encomendou o livro? — indago, sabendo que foi.

— Não — mente ele. — E os envolvidos vão sofrer. A rainha expediu um mandado de prisão para o seu tio John Grey; para John Hales, o autor; para Robert Beale, o escrivão; e para o padrasto de Edward Seymour, Francis Newdigate. Até para Nicholas Bacon, o guardião do selo do reino, que se expressou favoravelmente a sua irmã.

Fico gélida diante do choque.

— O meu tio... preso? O guardião do selo... preso? Mas e Catarina? — Agarro-o pela manga. — Ah, Sir Robert! Eles não vão levá-la de volta à Torre, vão?

— Não.

— Mas para onde ela vai, se o meu tio vai ser levado de sua própria casa? Vão deixar Catarina lá... com Lady Grey? Ou vão libertá-la? Ah, Sir Robert, vão libertá-la?

— Não. — Ele volta a ficar empertigado. — Lady Maria, eu preciso cuidar de um assunto do interesse de Sua Majestade. Preciso enviar guardas para recolher esses indivíduos para um interrogatório.

Olho para ele, um homem atraente, de cima a baixo.

— O senhor vai mandar prendê-los? O senhor, que nada tem a ver com o livro, vai prendê-los?

— Sim — responde, secamente. — Obedecendo às ordens da rainha.

De nada adianta reclamar que ele só faz o que a rainha quer, que jamais a contraria. Ninguém se torna favorito na corte de uma tirana sem decapitar os próprios princípios todos os dias. O máximo que eu posso fazer é tentar mantê-lo do lado de Catarina.

— Sir Robert, isso é perversidade com a minha irmã e os meninos. Eles não fizeram nada. Ela não fez nada. Alguém encomendou o livro... vai ver que foram até amigos seus... e não foi ela. Alguém escreveu o livro... não ela. Alguém publicou o livro... não ela. O senhor não pode pedir a libertação dela, mesmo que tenha de prender os outros?

Ele balança a cabeça.

— A rainha não vai me ouvir sobre essa questão — esclarece ele. — Não vai ouvir ninguém. Ela tem o direito de conceder indultos a quem bem quiser.

— A nossa prima Margaret Douglas foi perdoada por coisa muito pior!

— A decisão cabe a Sua Majestade. Faz parte do poder dela.

— Eu sei disso! — digo. — Ela é...

Ele ergue uma das mãos, lembrando-me de que não pode ouvir nenhuma crítica à mulher que rege nós dois.

— Ela é determinada — prossigo e, assim que ele se vira e se afasta, murmuro comigo mesma: — Determinada a ser cruel.

Estou na guarita com Thomas Keyes, que, através de uma janelinha, vigia o portão e a sentinela em serviço, quando ouço o ruído de cascos de cavalos. Thomas diz:

— É o defensor da sua irmã, preso, pobre homem.

Ele me põe em cima de uma banqueta para eu espiar pela janela e poder ver sem ser vista. Hales monta um cavalo combalido e atrás dele vejo outro homem, cabisbaixo, cercado por guardas.

— Meu Deus! E aquele é meu tio John, John Grey, encarregado da prisão domiciliar da minha irmã!

Thomas me deixa, levando o bastão preto característico de sua função. Ouço-o gritar: "Quem vem lá?" Em seguida, ele abre o portão, deixa os recém--chegados entrar, volta para o meu lado, guarda o bastão preto no canto e afrouxa o cinturão de couro.

— Mas o que eles fizeram? — pergunta-me ele, com uma expressão de perplexidade. — Foi só porque escreveram o tal livro?

— Sim — respondo, com amargura. — Você sabe que o meu tio jamais faria qualquer coisa contra Elizabeth. Ele tem sido leal a ela desde sempre. E John Hales já disse que sua intenção era única e exclusivamente provar a possibilidade de um sucessor protestante. Ele não queria que Catarina ocupasse o lugar de Elizabeth, mas apenas que ela fosse apontada como herdeira, caso Elizabeth morresse sem deixar um filho.

— O Conselho Privado vai reconhecer isso — diz Thomas, com esperança.

— A menos que faça vista grossa — comento, amargurada.

Palácio de Greenwich, Verão de 1564

Elizabeth convoca minha presença em seus aposentos enquanto se veste para o jantar. Está sentada diante de sua penteadeira; o espelho de cristal veneziano está a sua frente, a peruca ruiva aguarda em seu suporte, e velas a cercam enquanto as damas pintam seu rosto cuidadosamente com cerusa. Ela se mantém absolutamente imóvel, como uma estátua de mármore, à medida que a mistura de carbonato de chumbo e vinagre é aplicada desde a linha do cabelo descendo pelo pescoço até os seios. Ninguém sequer respira de maneira audível. Mantenho-me congelada, a exemplo das demais estátuas no recinto, até ela abrir os olhos, ver meu reflexo no espelho e dizer, sem mover os lábios, pois a cerusa está secando:

— Lady Maria, veja isto.

Obedecendo ao olhar que Elizabeth lança para baixo, dou um passo à frente e, quando ela pisca, autorizando-me, pego o livreto que está aberto diante dela. O título é *Monas Hieroglyphica* e o autor é John Dee. O livro parece ser dedicado ao imperador do Sacro Império Romano, e o extenso prefácio desafia o leitor a considerar que os símbolos dos planetas têm significados em si, podendo ser lidos como uma linguagem ou um código.

Ergo os olhos e encaro o olhar fixo e sisudo de Elizabeth no espelho.

— Examine o livro — ordena ela, com os lábios cerrados. — O que a senhorita acha?

Viro as pequenas páginas. Estão cobertas de desenhos e símbolos astrológicos, letras minúsculas explicando o significado de cada símbolo e como um se encaixa no outro. Vejo que há páginas com cálculos matemáticos, demonstrando a relação entre símbolos, e páginas que parecem conter escritos filosóficos ou até mesmo alquímicos.

— Não estou entendendo à primeira vista — digo, sendo franca. — Eu precisaria estudar o livro durante vários dias para entendê-lo. Sinto muito, Vossa Majestade.

— Eu tampouco consigo entendê-lo. — Elizabeth expira, e uma borrifada de pó branco é projetada no espelho. — Mas acho que se trata de um trabalho extraordinário. O autor reúne símbolos da antiguidade e estudos muçulmanos... Fala de um mundo universal e paralelo ao nosso, detrás do nosso, o qual podemos sentir, embora raramente possamos ver. Mas ele acha que esses símbolos descrevem esse tal mundo e que há uma língua a ser aprendida.

Balanço a cabeça, bastante confusa.

— Eu posso ler o livro com atenção, se a senhora quiser, e redigir uma resenha — ofereço.

Ela dá o mais leve dos sorrisos para não rachar a tinta.

— Pretendo ler o livro com o próprio autor — declara. — Ele está sob as minhas ordens. Mas a senhorita pode ouvir a nossa conversa douta, se desejar. Eu só queria saber o que a senhorita achava do livro à primeira vista.

— Não tenho o privilégio da sua erudição — digo, diplomaticamente. — Mas gostaria de saber mais. Se puder ouvi-los, tenho certeza de que entenderei mais.

— Mas ouço por toda parte que sua irmã Joana era uma grande estudiosa! — comenta ela. — Ouço que Roger Ascham anda dizendo que ela foi a mulher mais instruída de sua era. Está até escrevendo um livro em homenagem a ela. Parece que todo mundo está disposto a publicar algo nos dias de hoje... Essas pessoas não têm mais o que fazer?

— Ele se encontrou com ela apenas uma ou duas vezes — digo, engolindo a vontade de defender Joana dessa inveja tão antiga. — Ele mal a conhecia.

— Eu também estudei com a rainha Catarina Parr, lembre-se disso — declara Elizabeth, remoendo antigas rivalidades.

— E eu também — diz Lady Margaret Douglas, no fundo do recinto, ávida por participar da conversa e fazer lembrar a Elizabeth o parentesco das duas. Elizabeth nem sequer vira a cabeça.

— Tenho certeza de que ela nunca leu nada como este livro do dr. Dee — digo, tentando trazer Elizabeth de volta ao presente.

— Sim. Eu diria que ela não entenderia esse livro.

As damas pintam os lábios da rainha e escurecem seus cílios e suas sobrancelhas. Pingam beladona em seus olhos para fazê-los brilhar. Continuo segurando o livro, aguardando para ver se serei dispensada. Não estou de serviço naquela noite; não estou de plantão para pintar o sepulcro branco que hoje se tornou a velha rainha. Naquela noite eu deveria estar livre para fazer o que quisesse; mas Elizabeth me mantém ali, interessada em verificar se sou inteligente o bastante para entender algo que ela não entende, e preocupada porque minha irmã, falecida há tanto tempo, era uma estudiosa mais bem preparada que ela.

— Em todo caso, a senhorita não acha que se trata de heresia? — diz ela, levantando-se da penteadeira; em seguida, as damas baixam a saia do traje para Elizabeth vesti-la e elas poderem puxá-la para cima e amarrá-la em sua cintura.

— Não tenho uma opinião formada — digo, com cautela. — Vossa Majestade seria melhor juíza para essa questão. Mas sempre ouvi a senhora falar bem de John Dee.

— É verdade — confirma. — E fico feliz que ele tenha voltado à Inglaterra com esse conhecimento! Amanhã mesmo vou começar a ler o livro dele. A senhorita pode se juntar a nós.

Faço uma reverência, como se me sentisse extremamente grata.

— Obrigada, Vossa Majestade. Aguardo ansiosamente pela oportunidade de aprender convosco.

John Dee, de olhos castanhos e veste escura típica de estudiosos, está cercado de papéis. Cada papel contém o esboço de um símbolo e foi posicionado em relação a outro, e em cada papel se vê dezenas de anotações. Percebo que ele desenhou mãozinhas, com um dedo apontado, diante de parágrafos aos quais devemos redobrar nossa atenção. Elizabeth, com o livro aberto no colo, senta-se no meio daquela tempestade de instrução, com os olhos cintilantes e atentos. Tomasina, como se fosse um cãozinho emperiquitado, ajoelha-se aos pés da rainha; eu jamais me encolho no chão diante de Elizabeth.

John Dee discorre sobre os símbolos associados aos astros: a configuração do firmamento reflete o que ocorre na Terra.

— Lá em cima é como aqui embaixo — diz ele.

— Então o senhor pode prever o casamento de príncipes? — pergunta Elizabeth.

— Com grande exatidão, se tiver a data, o horário e a localização dos nascimentos, o que me revelaria as respectivas casas astrais — responde Dee.

— Isso não é astrologia? — pergunto, em sinal de advertência.

Ele meneia a cabeça diante de meu zelo.

— Não, porque eu não prevejo nada nefasto. É ilegal prever a morte de um príncipe, mas não há mal em prever sua felicidade. — Ele volta seu olhar vibrante para Elizabeth. — Posso prever o dia ideal do seu casamento, como previ o dia ideal da sua coroação?

Elizabeth ri, cheia de afetação.

— Não do meu casamento, bom filósofo. O senhor sabe que não me sinto inclinada. Acabo de ser obrigada a desiludir o arquiduque Ferdinando. Eu disse a ele que prefiro ser uma ordenhadeira solteirona a ser uma rainha casada!

— O celibato é um chamado — comenta John Dee, e eu me esforço para não rir quando penso em Elizabeth na condição de freira. Não ouso olhar para Tomasina, que se mantém cabisbaixa.

A pouca distância de nosso círculo entretido, as damas suspiram de tédio e se ajeitam em suas cadeiras. Os cortesãos ficam de pé, próximos às paredes, conversando, e um ou dois se encostam no forro de madeira para descansar um pouco. Ninguém tem permissão para sentar, embora já faça duas horas que John Dee nos lê seu livro. Dee se detém em outra página, exibindo-a à rainha, no momento em que William Cecil entra, silenciosamente, e faz uma reverência.

— Desculpe-me por interromper os seus estudos — diz ele, em voz baixa —, mas a senhora pediu que fosse informada assim que a rainha da Escócia autorizasse a entrada do marido de Lady Margaret Douglas no reino.

O belo menino e meu primo, Henrique Stuart, bocejando no canto da sala, ouve o nome da mãe pronunciado em voz baixa e ergue a cabeça, mas Elizabeth e Cecil estão cochichando, um ao ouvido do outro.

— Não me diga que a rainha Maria consentiu? — exclama ela, escondendo o espanto detrás de um leque pintado.

Cecil faz uma reverência.

— Consentiu.

Ela o puxa pela manga. Somente Tomasina e eu ouvimos a prosa sussurrada.

— Mas eu só pedi porque tinha certeza de que ela negaria a ele ingresso em terras escocesas — murmura Elizabeth. — Só pedi para distraí-la e perturbá-la enquanto ela fazia tratativas com dom Carlos, da Espanha.

— A senhora ganhou mais do que pretendia, então — diz Cecil com a voz tranquila. — A senhora foi mais esperta que ela. Porque ela autorizou a entrada do conde de Lennox e do filho na Escócia e, na condição de papistas, eles haverão de incompatibilizá-la com seus conselheiros protestantes. Eles devem ir ou será mais seguro manter o jovem aqui?

Elizabeth convoca Henrique Stuart, lorde Darnley, um garoto alourado, tão belo quanto uma menina. Ele é meu primo, sendo filho de Lady Margaret Douglas, mas eu não diria que temos grande afinidade. Jamais gostei da mãe dele, que tanto se beneficiou da injustiça de Elizabeth — Margaret permanece livre, ao passo que minha irmã segue presa; sua prole ganha prestígio, ao contrário da prole de minha irmã. Aposto que ela se considera herdeira do trono, embora todos saibam que a herdeira é Catarina.

O próprio Henrique Stuart voltou da França para servir, feito um passarinho preso na gaiola da corte: ele canta para encantar a rainha, mas a porta da gaiola nunca se abre. A mãe o exibe o tempo inteiro, considerando-o irresistível. É público e notório que ela tem esperança de que ele se case com a rainha Maria da Escócia, mas Maria, logo nos primeiros dias de sua viuvez, soube resistir às promessas feitas pelos lábios rosados de Henrique. Agora, ele oferece a Elizabeth reverências profundas e apenas meneia a cabeça em minha direção, mas nenhum de nós perde muito tempo com o outro. Ele é um rapaz vaidoso que não tem grande interesse em mulheres, sejam elas do tamanho que forem. Sua especialidade é agradar mulheres mais velhas, tais como sua mãe e Elizabeth, que gostam da companhia de um rapaz bonito. O que ele gosta é de se embebedar e sair pela cidade causando encrenca, sempre na companhia de outros rapazes bonitos. Seja como for, eu não atraio a atenção de Henrique, e ele não perde tempo comigo.

— Pode dizer ao seu pai que ele recebeu um salvo-conduto da rainha da Escócia a meu pedido — avisa Elizabeth a Henrique Stuart. Ele enrubesce feito uma menina e dobra um dos joelhos. Elizabeth sorri. — Quer ir à Escócia com ele?

— Não se isso significa deixá-la! — exclama ele, como se fosse ficar de coração partido. — Quero dizer, perdoe-me, falei sem pensar. Farei tudo o que a senhora mandar, tudo o que meu pai mandar. Mas não quero trocar esta corte por outra. Quem trocaria o sol pela lua?

— Terá de ir se o seu pai precisar de você — ordena Elizabeth.

O olhar dele brilha quando afasta a franja comprida dos olhos; Henrique Stuart é tão amável quanto um filhote de cocker-spaniel.

— Não posso ficar?

Elizabeth estende a mão e afasta algumas mechas louras das faces do rapaz, aveludadas como pétalas de rosa.

— Sim — diz ela, demonstrando condescendência. — Não posso ficar sem você. O seu pai, lorde Lennox, deve ir e resolver as questões na terra dele, e você vai ficar aqui comigo, no ninho, seguro feito um passarinho.

Cecil arqueia as sobrancelhas diante daquele tom de voz embevecido, mas não fala nada. Henrique Stuart ensaia pegar e levar aos lábios a mão de Sua Majestade. Elizabeth sorri e permite que ele tome tal liberdade.

— Jamais deixarei a senhora — jura ele. — Eu não suportaria.

Sei que com certeza não vai mesmo, pois Thomas Keyes tem ordens para não permitir que ele cruze os portões. Mas isso é a mascarada do amor cortês, algo mais importante que qualquer verdade mundana.

— Eu sei que jamais faria isso — diz Elizabeth, ronronando feito uma gata gorda que gosta de receber atenção.

— Não sou como Robert Dudley! Ele não vai à Escócia para se casar com a rainha? — pergunta Darnley, envenenando o bolo.

A fisionomia de Elizabeth se convulsiona sob a maquiagem.

— Ele vai por amor a mim — afirma ela.

Palácio de Whitehall, Londres, Outono de 1564

James Melville, um galante escocês de fala mansa, designado por sua rainha Maria a persuadir Elizabeth a declará-la herdeira, chega a nossa corte no fim do verão. Os dias ainda estão quentes, mas as noites ficam cada vez mais frias; as folhas estão mudando de cor, reluzindo em bronze, dourado e vermelho. Elizabeth, que adora o clima quente, detém-se nos prazeres do verão e exige a realização de passeios na barcaça real para assistir ao pôr do sol no rio, embora o crepúsculo traga consigo um vento frio que corre vale abaixo.

A rainha convida o diplomata escocês a se sentar ao lado do trono, no centro da barcaça. Eu fico de um lado e Kat Ashley, de volta às graças da monarca, posiciona-se do outro. A anã Tomasina fica de pé em cima de uma caixa na proa, contemplando o fluxo dourado do rio adiante. Desvio meu olhar. Não me agrada vê-la feito uma criança acenando para os pescadores e para os remadores dos botes.

Elizabeth e o conselheiro escocês estão um ao ouvido do outro. Seja lá o que estiver dizendo, ela quer manter o sigilo. Mas sou capaz de ler o sorriso discreto do homem tão bem quanto minha irmã Joana lia grego. Sei exatamente o que ela está dizendo: que ele deve convencer a rainha Maria da Escócia a se casar com Robert Dudley e que, como recompensa, será oferecido a ela o direito sucessório de minha irmã Catarina. Maria será apontada como herdeira de Elizabeth. Ela está prometendo que Catarina será mantida em prisão domiciliar até o dia da designação, que qualquer campanha em favor dela será silenciada, qualquer publicação censurada. Elizabeth quer a rainha Maria da Escócia como herdeira, e minha irmã será ignorada por todos até que o acordo seja firmado.

Não ouso olhar para Kat Ashley, que provavelmente desaprova essa sandice tanto quanto Melville, William Cecil e o noivo relutante, o próprio Robert Dudley. Não ouso olhar para nenhuma outra dama, com receio de que alguém pisque o olho para mim. Nenhuma de nós acha que, chegada a hora de ele partir, Elizabeth será capaz de deixá-lo ir embora. Nenhuma de nós acha que Maria ficará grata ao receber como oferta um amante abandonado. Nenhuma de nós acha que Robert Dudley — a despeito de sua imensa ambição — vai se atrever a almejar uma rainha que sequer se comprometeu com seu flerte. Mas, aparentemente, Elizabeth está decidida, e cochicha e cochicha ao pé do ouvido do embaixador escocês, até que finalmente ele faz que sim, oferece-lhe uma reverência e se afasta.

Elizabeth se reclina no trono e sorri para sua querida Kat.

— Ele vai fazer o que pedi — é tudo o que ela diz. — Vai convencê-la. E ela vai aceitar Dudley.

— Posso imaginar por que ele vai fazer uma tentativa; pela grande recompensa de ver sua rainha como herdeira do trono inglês. Mas Dudley concordará? A senhora concordará?

Elizabeth se vira para Kat.

— Não confio em ninguém junto a ela, a não ser em Robert — diz Elizabeth à meia-voz. — E não confio nela junto a ninguém, exceto a ele. Se ela se casar com dom Carlos, da Espanha, ou com o duque francês, teremos um inimigo na porta dos fundos e pregadores papistas cruzando o Tweed. Mas Robert vai me salvar, como já fez no passado. Ele vai desposá-la e dominá-la.

— Mas a senhora vai ter de deixá-lo ir embora — argumenta Kat, com ternura. — Vai ter de enviá-lo para os braços de outra mulher.

— Talvez ainda demore — diz Elizabeth, vagamente. — Com certeza, os preparativos levarão bastante tempo, não é mesmo? E poderemos ficar juntos, de tempos em tempos. Poderemos ter uma corte no norte, em York, ou em Newcastle, ou em Carlisle, em cada verão... durante todo o verão. Poderemos criar um Conselho do Norte, e Robert pode presidi-lo. Decerto, quando ela engravidar, ele pode voltar para a Inglaterra.

— Engravidar — repete Kat, olhando nos olhos da rainha. — Ela é jovem e fértil. Dizem que à noite chora na cama querendo um marido. E se ela se apaixonar por Sir Robert e eles gerarem uma criança por amor? A senhora já pensou como vai se sentir quando souber que ela está grávida dele? Como a senhora acha que ele vai se sentir quando a esposa estiver grávida de um herdeiro Dudley com direito aos tronos da Escócia e da Inglaterra? A senhora não tem medo de que ele se apaixone por ela? Qualquer homem não se apaixonaria pela esposa nessas circunstâncias?

Noto que Elizabeth empalidece, apesar da maquiagem no rosto. Suponho que o estômago dela esteja revirando de ciúme.

— Ele merece gerar um príncipe. — Ela defende a própria tese. — É um homem totalmente preparado para ser dono de um reino. E talvez demore tanto tempo até eles se casarem que ela já terá passado da idade fértil.

— Ela está com 21 anos — diz Kat, objetivamente. — Por quanto tempo a senhora acha que consegue adiar o casamento?

Elizabeth cobre os ombros com uma pele e se volta para mim com uma expressão furiosa. Encolho-me diante daquele olhar tenebroso.

— Qualquer coisa é melhor que a irmã dessa daí — diz ela de repente, meneando a cabeça em minha direção. — Não vou tolerar uma rival diante de mim. Não vou tolerar a minha herdeira vivendo com um Seymour, acrescentando as armas reais em seu brasão, e todos correndo para o lado dela. Não vou tolerar uma jovem como Catarina Grey na minha corte e todos fazendo comparações.

Palácio de Whitehall, Londres, Outono de 1564

Ninguém acredita que a rainha pretenda se separar de Robert Dudley. Mas ela convence James Melville de que vai fazê-lo, e William Cecil providencia um encontro de representantes escoceses e ingleses em Berwick com o propósito de assinar um contrato de casamento e uma aliança. A anã Tomasina olha para mim com um sorriso disfarçado, como se nós duas, que vemos Elizabeth quando a rainha não está exibindo sua dança, sua música ou sua erudição ao embaixador escocês, soubéssemos mais que os homens que são obrigados a admirá-la. No intuito de tornar seu favorito um pretendente digno, ela resolve torná-lo conde de Leicester e barão de Denbigh, e a corte inteira comparece ao salão nobre para ver Robert Dudley, filho e neto de traidores, ajoelhar--se diante da soberana e se levantar na condição de conde. É preciso que a rainha Maria tenha certeza de que Elizabeth gosta de Robert Dudley como um irmão e o respeita como um lorde. Mas Elizabeth não consegue concluir a farsa sem estragar a cena. No momento em que ele se ajoelha, ela acaricia sua nuca. O embaixador escocês percebe; todos nós percebemos. Foi como se ela anunciasse ao mundo que o amava e que ele está inteiramente sob seu comando. É impossível: a rainha Maria da Escócia jamais vai aceitar os restos de Elizabeth, restos que sequer foram deixados de lado em seu prato. É como se a saliva de Elizabeth ainda estivesse sobre ele.

Palácio de Whitehall, Londres, Inverno de 1564

Em uma noite de novembro, em meio a uma névoa fria que vem do rio e um chuvisco que cerca as tochas do pátio, eu me apresso em comparecer à corte quando Thomas surge da sombra do umbral do portão do palácio como se estivesse esperando por mim.

— Thomas! — exclamo. — O que você está fazendo aqui? Eu não posso parar agora. Preciso chegar ao salão nobre.

Seu rosto enorme está contraído, e o chapéu, todo amassado em suas manzorras.

— Eu preciso falar com você.

— O que houve?

— É um problema para você — diz ele, entristecido. — Ai, Maria, Deus sabe o quanto eu gostaria de poupar você!

Engulo o medo.

— O que foi? Algum problema com Catarina? Com um dos filhos dela?

Ele apoia um joelho no chão, de modo que sua cabeça fique na altura da minha.

— Não, graças a Deus; ela está segura feito um passarinho na gaiola. É o seu tio. Ele morreu.

— Ela mandou decapitá-lo? — sussurro meu maior pavor.

— Não, não. Não foi tão mal assim. Dizem que foi desgosto.

Surpreendo-me ficando imóvel e muda. Ele nunca foi um parente muito afável, mas foi preso por ter apoiado Catarina e foi um bom guardião para ela. Agora que ele morreu, ela perdeu seu guardião. E mais um membro da nossa família se vai em consequência da crueldade de um Tudor. Deveras, são senhores difíceis de servir, impossíveis de amar.

— Que Deus salve a alma dele — falo, sem pensar.

— Amém — diz Thomas, com devoção.

— Mas e Catarina? Ah, Thomas... você acha que a rainha vai libertá-la agora? Ela não pode ficar lá em Pirgo sem ele.

Thomas pega minha mão e a segura entre as suas.

— Não, minha linda. Eis a má notícia em cima da má notícia: ela será enviada a William Petre. Eu mesmo vi o guarda sair para buscá-la como se ela fosse uma prisioneira pronta para fugir. Eles não vão libertá-la; vão deslocá-la, e ela vai ficar ainda mais vigiada.

Franzo o cenho.

— Sir William Petre? Ele ainda está vivo? Pensei que estivesse moribundo. Deve estar com pelo menos 102 anos.

Thomas balança a cabeça.

— Ainda não fez 60, mas estão impondo um peso e tanto a ele. Talvez ele seja o único que carecia de habilidade para escapulir da incumbência. — Ele olha para mim, com o semblante vincado de preocupação. — Talvez não seja tão mal. A casa dele é bonita; talvez ela até goste de lá. Talvez o menino possa até brincar nos jardins.

— Onde? Onde ele mora?

— Ingatestone Hall, em Essex. Você já esteve lá, lembra? Fica na metade do caminho para New Hall.

— Eu preciso vê-la — digo, com súbita determinação. — Eu preciso vê-la. Não aguento mais essa situação.

Espero até Elizabeth acabar de jantar e dançar com o novo conde, Robert Dudley. Ele se desdobra para cativar Elizabeth e fazê-la rir, e todos continuam congratulando os dois pela recente ascensão de Dudley e a ela pelo discernimento em reconhecer o valor extraordinário do sujeito. Mas será que Elizabeth fez o bastante para convencer a rainha Maria a aceitá-lo? Barão ou não, conde ou não, a rainha Maria da Escócia não vai querer um homem enjeitado por Elizabeth sem a promessa de que será contemplada com os direitos de minha irmã, e os conselheiros escoceses e ingleses reunidos em Berwick têm dificuldade para chegar a um acordo. Elizabeth está decidida a promover o casamento de Maria com Robert e indicá-la como herdeira. Maria insiste que a definição da sucessão ocorra antes do casamento. Ninguém pergunta como duas rainhas que confiam tão pouco uma na outra haverão de firmar um acordo duradouro.

Mas ao menos Elizabeth está de bom humor naquela noite. Seguro a camisola de cetim, aquecida diante da lareira, alguém serve docinhos e uma terceira dama de companhia traz vinho adocicado, enquanto os lacaios da suíte real esfaqueiam o colchão e olham embaixo da cama à procura de inimigos, como se todos acreditássemos que ela fosse ficar em seus aposentos mais de dez minutos depois que a porta for fechada. Espero até ela estar acomodada em sua poltrona diante do fogo e todas as suas necessidades já terem sido satisfeitas, então me aproximo e me ajoelho.

— Não se abaixe mais, Lady Maria, para não rolar para baixo da cesta de lenha — diz ela, e todos riem.

Sinto o olhar de Tomasina cravado em meu rosto, enquanto sou insultada diante de todos. Levanto-me imediatamente. Embora já de pé, fico da altura dos olhos hostis de Elizabeth.

— Vossa Majestade, eu gostaria de lhe pedir um grande favor — começo, em voz baixa.

— A senhorita já pensou bem — pergunta ela — antes de me pedir um grande favor?

— Pensei.

Os olhos dela dançam, plenos de divertimento.

— *E qual de vós poderá, com todos os seus cuidados, acrescentar um côvado à sua estatura?*

Fico totalmente ruborizada, enquanto todos os bajuladores riem da agudeza da rainha.

— Minha intenção é aumentar o brilho de sua fama de benevolência, e não minha estatura — digo, em voz baixa.

Sinto os olhos de Tomasina cravados em mim, como se quisessem me queimar.

O bom humor é lavado do rosto da rainha, como se ela tivesse esfregado o carbonato de chumbo com uma esponja.

— Não conheço ninguém que mereça a minha benevolência — observa ela.

— A minha irmã Catarina... — digo, quase murmurando. — Perdemos o nosso tio, responsável por seu encarceramento. Acabo de saber que ele morreu de desgosto por ter desagradado Vossa Majestade. Morreu por não mais poder contemplar o seu belo semblante. Sei que minha irmã Catarina não se alimenta e passa o dia chorando. Ela também sofre por ter desagradado sua ilustre rainha. Receio que ela careça de coragem para viver sem o seu beneplácito. Eu suplico, ao menos permita que eu a visite.

Ela mal se detém para considerar meu pleito. Vejo que Tomasina prendeu a respiração. As damas aguardam. Eu aguardo.

— Não.

Só me resta escrever a Catarina.

Minha querida irmã,

Espero que possas ter conforto em Ingatestone e que teu menininho te traga alegria. Sei que recebeste notícias alvissareiras de Hanworth. Teu primogênito e o conde, pai dele, passam bem e anseiam pelo momento de se reunirem contigo.

Estou bem na corte, e Sua Majestade é tão plena de graça e ternura, tão justa em seu grande poder, que não tenho dúvida de que serás perdoada algum dia em breve. Tenho intercedido por ti.

Ah, Catarina, sinto muito a tua falta.

Com amor,

Tua irmã,
Maria.

Palácio de Whitehall, Londres, Inverno de 1564

Enquanto aguardo e alimento a esperança de obter uma resposta, um belo dia, Sir William Cecil caminha ao meu lado na galeria, diminuindo suas longas passadas para acompanhar meus passos curtos e curvando-se para ver meu rosto.

— Ouvi dizer que a senhorita escreveu a sua irmã.

Suponho que ele tenha lido a carta, assim que a confiei ao meu pajem e lhe pedi que a entregasse a Catarina, em Ingatestone. Na verdade, o segundo parágrafo foi escrito para ser lido pela rainha.

— Sim — digo, na defensiva. — Ninguém disse que eu não podia escrever a ela. Eu perguntei sobre a saúde dela e afirmei meu amor fraternal.

— A carta foi perfeitamente admissível — garante ele.

Em seguida, ele para e, com um leve meneio de cabeça, convida-me a me sentar ao seu lado, diante de uma janela, onde ele pode ver meu rosto sem precisar se curvar. Arrasto uma banqueta próxima e a utilizo para subir no assento. Cecil sabe que não quero ajuda e, depois que me acomodo, senta-se ao meu lado.

— Tenho más notícias para a senhorita sobre lorde Hertford.

Meu primeiro pensamento é que meu cunhado faleceu. Penso que tal notícia vai acabar de vez com minha irmã. Trinco os dentes e não falo nada. Ergo o olhar, encarando-o, e espero que ele prossiga.

— Ele foi removido dos cuidados da mãe e levado para residir com Sir John Mason, em sua casa, em Londres — diz William Cecil.

— Por quê?

O velho cortesão dá de ombros, querendo dizer que não faz ideia e, em todo caso, eu sei tanto quanto ele que não há motivo razoável. Elizabeth não tem motivo para ter raiva de Ned e do menino, filho de minha irmã, a não ser o fato de Ned pertencer à corte dela e ter se apaixonado por outra mulher.

— Lamento — diz, em tom grave.

— E Teddy, o menino, foi com o pai?

Cecil baixa a cabeça.

— Não.

Mal posso falar, tamanho é meu desgosto.

— Para onde ela mandou o filho de Catarina?

— Ele ficou com a avó, em Hanworth. Pode viver mais livremente com ela na residência da família.

— Criado como órfão?

— Na residência da família, pela avó. Ele estará seguro sob os cuidados dela.

— Meu Deus! Catarina vai ficar de coração partido!

O conselheiro de Elizabeth sabe tudo acerca de corações partidos. Ele se limita a menear a cabeça.

Eu me recomponho.

— Nós podemos fazer alguma coisa? — pergunto, em voz baixa. — Qualquer coisa? Podemos fazer alguma coisa para reuni-los?

— Ainda não — responde polidamente. — Mas tenho minhas esperanças.

— Como assim?

— Se o casamento entre a rainha da Escócia e Robert Dudley não for adiante, a rainha Maria jamais será apontada como herdeira da Inglaterra. A nossa rainha há de constatar que não resta outra herdeira, senão Lady Catarina.

— E o casamento entre a rainha dos escoceses e Robert Dudley não irá adiante? — pergunto.

Cecil escolhe bem as palavras.

— Os escoceses pagaram para ver — explica ele, com serenidade. — Disseram que aceitam Dudley, desde que a rainha deles seja declarada herdeira da Inglaterra. Os escoceses o convidaram a ir a Edimburgo, mas, chegada a hora, acho que Sua Majestade não vai ordenar a partida. Não podemos prescindir de Robert Dudley. Ele fica na Inglaterra.

Trata-se de uma notícia bombástica que William Cecil me confia. Mais uma vez, não resta outra herdeira protestante, exceto minha irmã. Enquanto inspiro e sinto um calafrio, William Cecil me observa.

— Que seja realizado o desejo de Sua Majestade — digo, humildemente.

William Cecil assente.

— Tenho certeza de que ela vai fazer o julgamento acertado.

Ele retira uma carta de dentro da jaqueta de veludo preto.

— Isto chegou primeiro às minhas mãos, como tem de ser. Mas é para a senhorita. Lamento informar que a notícia não é boa.

Vejo o lacre aberto. A carta é de Catarina. Sorrio diante da bravura por ela demonstrada. Ela utilizou o lacre dos Seymour — asas de anjos — para selar a carta. O selo foi rompido e a carta, lida. Os espiões de Sir William veem tudo. Ele se levanta, faz uma reverência e se retira para que eu leia a carta de minha irmã.

Caríssima Maria,

Agradeço tua carta e teus auspiciosos votos. Receio que chegaram tarde demais para mim. Acho que meu coração se partiu quando fui separada de meu marido e de meu querido menino, e não consigo me alimentar nem dormir. Meu casamento, que iniciou com um banquete no leito, acaba em fome e em noites solitárias e insones.

Sei que tu e teus amigos fizestes o possível para explicar à Sua Graciosíssima Majestade que nada fiz por mal e que todas as minhas ofensas foram por amor, não por ambição.

Tenho esperança de ser libertada, e meus meninos também. Se eu morrer, Maria, rogo a ti que cuides deles e dize-lhes o quanto os amei e o quanto amei o pai deles. Espero que encontres a felicidade e, talvez, o amor. Se tiveres alguma oportunidade diante de um ou de outro, espero que não a deixes passar.

Adeus, boa irmã.

Catarina

Palácio de Whitehall, Londres, Primavera de 1565

O menino bonito, Henrique Stuart, lorde Darnley, recebe salvo-conduto para ir ao encontro do pai na Escócia, e Elizabeth concorda com a partida. A viagem é proposta com grande entusiasmo pelos dois conselheiros de Elizabeth — Robert Dudley e William Cecil —, por motivos exclusivamente egoístas. Robert Dudley enviaria o próprio diabo à Escócia para se casar com a rainha se isso significasse ficar em casa e em segurança. Cecil acredita que Henrique — francófono, culto, refinado, o primo que tem sido imposto por Lady Margaret Douglas à rainha desde que esta ficou viúva — vai desviar Maria do objetivo de unificar e governar seu povo. Ele prevê que Henrique Stuart há de causar encrencas infindas.

Ninguém, exceto a mãe de Henrique, pensa que a rainha da Escócia vai levar a sério o belo rapaz; Elizabeth jamais levaria. Mas Cecil imagina que Henrique Stuart e seu pai, o conde de Lennox, ao cativar os lordes escoceses, irritar o poderoso pastor John Knox, atiçar antigas rivalidades e reivindicar as terras da família Douglas, vão gerar tamanho grau de confusão em Edimburgo que a situação vai escapar ao controle de Maria. Os lordes escoceses que defendem ferozmente a causa protestante haverão de odiar o decadente menino inglês, papista e francófono, e vão conspirar contra ele, quebrando o frágil apoio já conquistado por Maria.

Robert Dudley, por sua vez, está ansioso para não ser despachado para a Escócia e se casar com uma mulher que há de desprezá-lo por ser adúltero e por ter assassinado a esposa. Ele sabe que, a despeito do que ela disser agora, Elizabeth jamais o perdoaria por se casar com outra mulher. Ele confia que ela não terá coragem de deixá-lo partir e insiste para que ela envie Henrique Stuart no seu lugar, como uma diversão para a corte de Maria — nada além disso.

Ninguém sugere que o belo Henrique Stuart, lorde Darnley, seria um marido e um conselheiro adequado para a rainha Maria, que seria capaz de mantê-la leal à Inglaterra e que pudesse atuar como embaixador inglês e sábio mentor. Ele não tem nem 20 anos e passou a vida sob as asas da mãe papista, sendo por ela mimado e repreendido. Foi educado para ser cortesão; é charmoso, afável, divertido e uma boa companhia. Mas ninguém acredita que possa agir como um diplomata habilidoso e leal à Inglaterra. Todos acham que ele não passa de um tolo, uma perda de tempo.

A meu ver, ele é subestimado. Creio que aquele rostinho meigo esconda um coração ganancioso e que seus belos traços possam encantar a solitária rainha francesa, cercada de homens impetuosos e rudes, homens de ação que insistem em fazer valer seus direitos. Não somos todas como Elizabeth, que sente desejo por um homem que mais se assemelha a um ladrão de cavalos que a um nobre. Mas nem Cecil (embora saiba do que ela gosta ou não desde seu tempo de menina) nem Robert (que desde sempre foi seu preferido) são capazes de conceber a ideia de que outra mulher possa preferir outro tipo de homem. Considero o jovem Henrique encantador para quem gosta de um belo boneco — mas, sendo eu uma bela boneca, tal percepção não deve surpreender.

Nem mesmo eu posso dizer que sou admiradora de lorde Darnley, e vejo que ele deixa a corte sem nenhum arrependimento. Seu entusiasmo diante da liberdade é tamanho que ele esquece a rivalidade existente entre nossas mães e sorri para mim pela primeira vez na vida.

— Quando a minha estrela subir, vou me lembrar da sua irmã — diz ele, com ternura. — Quem pode duvidar do favoritismo que a rainha está demonstrando pelo meu lado da família? Você e sua irmã perderão prestígio, e eu pretendo falar por vocês.

— Ela precisa tremendamente de amigos — digo, com firmeza. — Mas depositamos toda nossa confiança em Sua Majestade.

Henrique acena para a corte, que se reuniu para vê-lo partir. Ele faz uma reverência, com a graça de um dançarino, dá meia-volta e salta para a sela. O cavalo refuga; ele segura as rédeas com firmeza e se mantém aprumado, enquanto o animal empina. Em seguida, tira o chapéu e, com as mãos, manda um beijo para Elizabeth, que sorri em agradecimento. De fato, ele é tão bonito que parece um anjo a cavalo. Eu me pergunto quanto tempo vai demorar, depois que ele desaparecer de vista, para ela se arrepender de tê-lo deixado partir.

Menos de um mês, essa é a reposta! Eu poderia cair na gargalhada, se não precisasse me perfilar, dura feito um pau, enquanto ela esbraveja de um lado ao outro do quarto. Sir William Maitland, conselheiro da rainha escocesa, chega de Edimburgo com uma solicitação inusitada enviada pela rainha Maria, que pretende se casar com o nobre súdito de Elizabeth — Henrique Stuart, lorde Darnley. Elizabeth fica lívida de ódio e se retira para seus aposentos privados. Cecil e Dudley entram e saem do recinto, feito dois palhaços. Quando entram: ouvem Elizabeth berrar que Henrique Stuart é tão falso quanto a mãe, Margaret Douglas, e o pai, Matthew Stuart, conde de Lennox; que Maria é uma idiota, pois ele há de partir-lhe o coração e impedir a chance de ela ser um dia apontada como herdeira da Inglaterra. Quando saem: buscam os lordes do Conselho Privado para ver se há qualquer procedimento legal, qualquer relação proibida ou mecanismo que permita a rejeição do casamento ou — se a união já tiver sido formalizada — sua anulação.

Para mim, é divertido qual uma peça de teatro — uma peça extremamente cômica — ver como aqueles homens poderosos se empenham em destruir o desejo inocente de uma mulher. Eles não pensam em nada, a não ser nos próprios objetivos, na vitória de suas políticas. Não pensam que se trata de uma mulher apaixonada, uma jovem carente de conselheiros, uma jovem solitária que recebe em sua corte rachada pelo ódio um belo jovem e não tem para onde correr.

— Não é como se ele fosse um jovem admirável — comento com Thomas Keyes.

É uma tarde fria e estamos sentados ao lado da lareira no quarto de Thomas, acima do portão do rio. Um de seus guardas está de sentinela no portão principal. O mecanismo para elevar a grade do rio fica do outro lado da parede, e ninguém pode manuseá-lo sem a permissão de Thomas. Ele traz para nós uma jarra de vinho, e o observo retirar do fogo o atiçador de brasas com todo cuidado e introduzi-lo no vinho. O ambiente é preenchido pelo chiado do líquido fervente e pelo aroma de vinho aquecido. Ele serve uma caneca para mim, depois para si.

— É um nobrezinho mimoso — comenta —, mas receio que não siga os caminhos do Senhor.

É uma condenação extrema partindo de Thomas, o meu Thomas, que nunca fala mal de ninguém. Olho para ele por cima da caneca.

— Por quê? O que você sabe a respeito dele?

Thomas sorri.

— Eu vigio o portão — lembra ele. — Ninguém entra sem que eu veja. Eu sei quem o visita... e não são homens muito dignos. E o vejo muitas vezes. Ele costuma visitar os meus guardas — comenta, sucintamente. — Para beber com eles... quando estão de folga. Não vou falar mais nada; não é de bom-tom.

Fico boquiaberta diante do escândalo por ele insinuado.

— Você nunca me contou nada parecido com isso.

— Não é de bom-tom falar disso — retruca. — Nem convém a você ouvir esse tipo de coisa. Minha noiva não é chegada a fuxico.

Sorrio para ele.

— Você me tem na mais alta conta, Thomas. A moeda corrente na corte é o fuxico. Você acaba de me dar uma fortuna em escândalo, se eu quiser vender...

Ele assente.

— Ah, eu tenho uma fortuna em escândalo. Não sou eu que deixo as pessoas entrar e sair a qualquer hora? Eu ouço tudo, mas não repito nada.

— Fico feliz por isso — digo. — Pois eu não poderia estar aqui, se achasse que um dia você comentaria isso com alguém.

Ele balança a cabeça.

— Eu, não.

— Você recebeu alguma mensagem de Sir William Petre? Ou teve alguma notícia de minha irmã? — pergunto.

— Só sei o que você já sabe: que ela está deprimida e que ele não é um bom anfitrião, é um velho cansado e doente. Sir William recebeu ordens para manter a sua irmã bem vigiada e não gastar dinheiro com ela. É uma casa infeliz.

A imagem de Catarina, sempre tão despreocupada e brincalhona, mergulhada em mágoa em uma casa pobre faz minha cabeça pender e meus olhos fitarem as brasas, como se eu pudesse ver ali um futuro mais feliz para ela. Sinto a tristeza dela pesar em meus ombros e a dor de sua fome apertar meu estômago.

— Tempos melhores virão — diz Thomas, animando-se. — E quanto a nós... Não podemos nos casar, nem que seja em segredo, e ficar juntos? Não há como piorar as coisas para a sua irmã e os rebentos dela, não? E a nossa rainha está ocupada com os assuntos da outra rainha. Ela não vai se incomodar conosco, vai?

Contemplo seu rosto grande e sincero, aquecido e iluminado pela lareira. Estou tão cansada de recusá-lo, tão cansada de agir com cautela e ser infeliz. Estou tão cansada de ser a irmãzinha desprezada da santa da Torre e da mártir de Ingatestone, que estendo a mão para ele.

— Sim — respondo. — Que ao menos nós dois sejamos felizes.

Palácio de Whitehall, Londres, Verão de 1565

Encho-me de coragem porque meu prestígio na corte tem crescido, pois Elizabeth se mostra cada vez mais ressentida com a outra prima, a prima papista, a prima que professa a falsa fé, a prima de duas caras, a prima velha, a prima irritante, a prima gananciosa, a prima hipócrita — Margaret Douglas —, que passou a merecer todas essas alcunhas desde que enviou o marido à Escócia, com autorização da própria Elizabeth, seguido pelo belo filho, e os dois têm ascendido em direção ao trono da Escócia e parecem que dele vão se apoderar.

Após dias de indiferença e animosidade, Elizabeth ordena a Margaret Douglas que permaneça em seus aposentos na corte e não receba ninguém; depois de uma semana desse tratamento frio, ela assina um mandado de prisão. Dessa vez, Lady Margaret não será mantida em uma bela casa, com todo conforto, mas faz a curta viagem de barcaça até a Torre de Londres. Ela é culpada tão somente do fato de ter um filho bonito que foi para a Escócia e agora se recusa a retornar. Não existe uma acusação formal contra ela nem pode haver — Lady Margaret não cometeu nenhum crime ou traição. Está sendo encarcerada na Torre apenas para assustar o menino, de maneira que ele corra de volta para perto da mãe. Está sendo usada como uma isca para fisgar o filho.

Mas o esquema não funciona. A família de Elizabeth possui uma fibra mais resistente do que ela própria imagina. Minha irmã, separada do marido e do filho, recusa-se a chamar um de canalha e o outro de bastardo; Margaret Douglas, presa na Torre, recusa-se a chamar o filho de volta para ser encarcerado com ela. Lady Margaret se instala na Torre e aguarda boas novas da Escócia. Decerto, a rainha dos escoceses não vai permitir que sua futura sogra permaneça no cárcere; decerto, os embaixadores da França e da Espanha não vão permitir que Elizabeth persiga uma notória papista. Margaret Douglas, uma veterana mais aguerrida que o marido sensível e o filho avoado, finca o pé e resiste à perseguição imposta por Elizabeth.

A rainha e toda a corte são convidadas para um dos maiores casamentos do ano: as bodas de Henry Knollys, filho de Catarina Carey, prima de Elizabeth e primeira dama de seu séquito privado. Catarina Carey é grande amiga de minha avó de consideração, Catarina Brandon, visto que ambas são fiéis protestantes fervorosas e fugiram para o continente europeu, a fim de escapar do reinado de Maria Tudor. As duas regressaram juntas à corte de Elizabeth e por ela foram recebidas de braços abertos. Evidentemente, por uma questão religiosa, ambas cultuam minha irmã Joana, e eu sempre me sinto como uma versão menor e inferior da nossa grande mártir protestante. Porém, a despeito da preferência, considero-as minhas amigas também, sobretudo minha avó de consideração, Catarina Brandon, duquesa de Suffolk.

Agora, Henry, filho de Catarina, vai se casar com a célebre, renomada e abastada Margaret Cave, em Durham House, e faz semanas que Elizabeth pede a nós que lhe mostremos seus melhores vestidos, a fim de escolher o mais suntuoso, no intuito de ofuscar a noiva e todos os demais convidados.

O amor que Elizabeth sentia pela rainha Maria da Escócia se transformou em ódio, discretamente atiçado por William Cecil, que tem ressaltado que Maria agora jamais poderá herdar o trono da Inglaterra — ela demonstrou ser desobediente, desleal e ainda esnobou Robert Dudley.

O belo jovem Henrique Stuart, lorde Darnley, que recebeu ordens de regressar à Inglaterra, renega a antiga devoção a Elizabeth e a desafia, recusando-se a voltar. Elizabeth está enfurecida diante da desobediência, da deslealdade e — acima de tudo, na minha opinião — da preferência exasperante. O jovem prefere o amor autêntico de uma linda rainha de 22 anos à vaidade caprichosa e incansável da prima de 31. A preferência não surpreende ninguém, exceto Elizabeth. Em sua fúria, ela jura que o título de herdeira jamais irá para uma monarca papista, que a prima Margaret Douglas se tornou sua inimiga e que o marido e o filho dela são piores que traidores.

Exibo um par de mangas suntuosamente bordadas e, em seguida, exibo outro. Nenhum lhe agrada. Esqueço os dois e mostro outro par. Poderíamos ficar ali o dia inteiro. O guarda-roupa real está repleto de vestimentas, mangas e batas requintadas. Elizabeth encomenda trajes novos a cada estação, e nada é descartado. Cada vestido é pulverizado e entremeado com brotos de alfazema e pendurado dentro de um saco de linho para evitar o ataque de traças. Em sua obstinação em estragar a felicidade de uma noiva no dia do casamento, Elizabeth pode se valer de centenas de trajes. Para as damas, é fácil resolver o que vestir — devemos usar preto ou branco. Apenas a rainha deve cintilar em cores entre nós, apenas a rainha deve ser admirada.

Mas pouco me importa o vestido a ser escolhido ou o que serei obrigada a usar, pois não vou comparecer. O dia do casamento de Henry Knollys e Margaret Cave será o dia do meu casamento também, e tenho mais certeza da minha felicidade que da deles. Vou desposar um homem que conheço, amo e em quem confio; o casamento deles foi arranjado pelos pais e autorizado pela rainha, que jamais o permitiria se achasse que a relação envolvesse paixão ou amor. Toda e qualquer admiração deve ser dirigida a ela, e a nenhuma outra mulher.

Enfim, a rainha se decide quanto às mangas, e agora cabe a outra dama abrir a caixa de joias para que ela escolha colares, correntes, brincos e broches. Somente depois de tudo ser devidamente exposto e comparado, somente depois de todas concordarmos que ela será a mulher vestida mais suntuosamente e mais bela entre as presentes, é que começamos a prepará-la.

O cabelo ralo é escovado meticulosamente e preso no topo da cabeça, formando um coque raquítico. Mary Ratcliffe, a dama de companhia de mão mais firme, aparece com uma tigela de cerusa recém-misturada; Elizabeth se senta, imóvel, e fecha os olhos, enquanto Mary aplica a mescla de carbonato de chumbo e vinagre desde a linha do cabelo até os mamilos, em levíssimas pinceladas. O processo é demorado. O pescoço, as costas e os ombros da rainha também são pintados; o traje por ela escolhido é decotado, e nenhuma marca de varíola pode ficar visível através do branco reluzente.

Depois que o rosto da rainha seca, Tomasina sobe em uma banqueta e aplica ruge nas faces murchas e carmim nos lábios finos. Minha tia Bess traz um lápis marrom e desenha duas sobrancelhas arqueadas.

— Senhor! O que eu não passo em nome da beleza! — exclama a rainha, e todas rimos com ela, como se isso fosse divertido e razoável, e não uma tarefa diária absurda para nós.

Com imensa cautela, Bess St. Loe ajusta a grande peruca ruiva sobre o cabelo grisalho de Elizabeth, enquanto a própria rainha segura a peruca na linha da testa. Então ela contempla o espelho, a fim de aprovar o efeito.

Ela retira o robe e se senta, nua, exceto pela túnica lindamente bordada, e estende um dos pés para que lhe calcem a meia de seda.

Dorothy Stafford se curva e, com todo cuidado, calça as meias até os joelhos de Elizabeth, então amarra as ligas.

— Sabe o montante da fortuna que Margaret Cave vai trazer à família? — pergunta Elizabeth.

— Lady Catarina me disse que vai herdar todas as terras do pai, em Kingsbury, Warwickshire — responde Dorothy.

Elizabeth faz uma leve careta, como se pensasse no que faria se fosse uma herdeira desse calibre em vez de uma bastarda preterida pela herdeira legítima. Detrás do sorriso coberto de cerusa, sua fisionomia se mostra amargurada.

A rainha se põe de pé enquanto as damas ajustam o corpete; em seguida, posicionam-se atrás dela para passar as fitas pelos ilhoses, apertando-as. A monarca se agarra ao suporte da cama.

— Mais apertado — pede ela. — Nenhuma de vocês aperta como Kat.

A antiga governanta de Elizabeth foi dispensada, o que é raro. Kat está acamada, queixando-se de falta de ar e cansaço. Elizabeth a visita todas as manhãs, mas, na verdade, só sente sua falta quando as fitas do corpete são puxadas. Só mesmo Kat sabe apertá-las até o corpete ficar totalmente justo sobre o ventre infértil da rainha.

Dorothy Stafford segura a anágua para Elizabeth vesti-la, erguendo a saia até os quadris magros da rainha e amarrando-a à cintura e cobrindo a fita com uma faixa de cetim.

— Vossa Majestade está confortável? — pergunta ela, e Elizabeth exibe uma expressão como se dissesse que sofre pelo bem da Inglaterra.

Apresento-me com as mangas escolhidas no momento em que Elizabeth veste a bata. Enquanto uma das damas amarra a bata por trás, ergo as mangas, então Elizabeth enfia um braço, depois o outro. Ela ri como sempre e diz:

— Lady Bess, pode prender minhas mangas. Lady Maria não vai alcançar.

Sorrio, como se já não tivesse ouvido isso uma centena de vezes, e tia Bess prende as mangas ao corpete, enquanto Dorothy ajuda a rainha a entrar no vestido propriamente dito.

Parecemos um exército de formigas tentando carregar um coelho morto. Ficamos em volta dela, puxando as mangas bufantes através das aberturas da bata bordada, fechando colchetes e ganchos, ajeitando o vestido por cima da anágua, de modo que o tecido suba ao redor dos quadris. Quando nos afastamos, ela diz:

— Sapatos. — E a jovem Jennie se ajoelha para amarrar os cadarços dos sapatos de Sua Majestade.

Ela permanece de pé, enquanto a enfeitamos com joias, prendendo-as cuidadosamente. Elizabeth diz que pretende usar um manto por cima do traje para seguir pelo rio até Durham House, e arrumamos o capuz acima da grande peruca ruiva. Quando ela se ergue diante de mim, vejo-a qual um monstro criado com crina de cavalo, cetim, pérolas e carbonato de chumbo. Penso: hoje é o último dia que sentirei medo de você. Vou em busca dos desejos do meu coração, como fez minha irmã, talvez como fizeram minhas duas irmãs, como você jamais ousará fazer. Graças a Deus, sou tão pequena que você nunca se abaixa para me ver. Graças a Deus, não sendo sua rival em termos de aparência física nem uma ameaça na condição de herdeira, posso me casar com um joão-ninguém, como fez minha mãe, como fez minha avó de consideração, e esconder meu nome no dele. A exemplo da minha avó de consideração, que era Catarina Brandon e agora é Catarina Bertie, abrirei mão do grande nome Grey e serei Maria Keyes.

Elizabeth se dirige à porta dos aposentos privados. Nós, damas, devemos segui-la sem nos determos para nos contemplar em espelhos ou para ajeitar nossos vestidos. Eu vou logo atrás dela, de acordo com minha posição hierárquica. Na ausência de Margaret Douglas, que caiu em desgraça, sou a primeira na corte. Pretendo escapulir quando todas embarcarem.

Caminhamos pelo jardim privado em direção ao cais, onde o pai da noiva trava uma discussão sisuda com o novo embaixador espanhol, dom Diego Guzmán de Silva. Os dois se afastam um pouco ao verem Elizabeth, e, então, Sir Ambrose Cave explica que o embaixador francês estava jantando com ele, em Durham House, antes do casamento, e agora se recusa a ir embora. O embaixador francês não admite ser preterido pelo embaixador espanhol. Obviamente, a rainha não pode se imiscuir em uma rixa diplomática — muito menos quando todos sabem que a França e a Espanha competem pelo apoio à rainha da Escócia quanto a sua oposição à querida prima na Inglaterra.

Por um momento, penso que Elizabeth vai ter um de seus chiliques e ninguém mais vai a casamento nenhum, o que significa que vou precisar enviar uma mensagem a Thomas, dizendo que nosso casamento também terá de ser cancelado. Mas, então, vejo a cabeça e os ombros de Thomas acima de todos os homens da corte, diante do portão de acesso ao jardim privado, esperando para se certificar de que a rainha vai embarcar com segurança na barcaça real. O olhar cálido e castanho dele passa por mim e prossegue, inexpressivo. Sinto-me aliviada por ele saber, por ele compreender, por ele não fazer uma ceninha de raiva e decepção, como aqueles embaixadores idiotas estão fazendo.

William Cecil é encarregado de resolver o problema. Ele e Sir Nicholas Throckmorton, embaixador da rainha na Escócia, vão juntos até Durham House, a fim de preparar a chegada da soberana. Meu Thomas é designado a acompanhá-los. Vejo-os cruzar o portão, Thomas abrindo caminho para os dois dignitários e depois seguindo-os discreta e respeitosamente.

A rainha demonstra uma paciência inusitada. Isso me diz que ela está decidida a ir às bodas de Henry Knollys. Elizabeth quer ir e está disposta a fazer grandes concessões e não se sentir afrontada. Ela se senta, e alguém vai chamar os músicos, que surgem correndo do palácio, pensando que o expediente já houvesse encerrado, e começam a tocar, enquanto os membros da corte se mantêm de pé, conversando, alertas ao menor sinal da rainha, inquietos feito cavalos que aguardam para partir. Em menos de meia hora, o portão do jardim volta a se abrir e meu Thomas conduz Sir William e Sir Nicholas, ambos sorrindo.

— Por obséquio — convida William Cecil, dirigindo-se à rainha. — Por obséquio, embarque em sua barcaça. O embaixador francês fez a gentileza de deixar o jantar, e a senhora pode fazer sua entrada no recinto das bodas.

A situação não poderia ser melhor. Todos estão tão ansiosos para compensar o atraso que ninguém presta a menor atenção em mim.

Toco o braço de Mary Ratcliffe.

— Não posso ir. Estou com uma dor de barriga tão forte que não me atrevo a ficar na capela — digo.

— Você não vai pedir permissão?

— Ela não se importa — respondo, com certeza. — Não quero correr atrás dela e atrasá-la ainda mais. Se ela perguntar por mim, diga que não estou me sentindo bem e que pedi para ser dispensada.

A corte se dirige ao cais, e ouvimos o brado dos remadores, apresentando os remos.

— Vai, logo — digo. — Não a deixe esperando!

Mary Ratcliffe se apressa, e eu fico para trás no jardim vazio. Dou meia-volta, retorno ao interior do palácio e, por impulso, passo mais uma vez pelos aposentos privados e pelo quarto da rainha.

Sinto uma vontade estranha de mexer em algumas coisas. Há tantos itens tão lindos espalhados — tigelas e tintas sobre a mesa, joias dentro das caixas, fitas e laços, fazendo lembrar brinquedos no quarto abarrotado de uma criança mimada. Os criados logo vão chegar para limpar e arrumar tudo, mas nesse ínterim não serei perturbada. Pego a tigela quase vazia de cerusa e aplico um pouco da mistura embaixo dos olhos. Mas logo esfrego e retiro a aplicação. O branco é tão intenso que pareço até um personagem de mascarada. Isso não acrescenta nada a minha aparência; não tenho marcas de varíola nem rugas a esconder.

Baixo o capuz, solto e escovo o cabelo, lentamente, suavemente, com a escova de ouro que pertence à rainha. As cerdas escorregam pelo meu cabelo louro, que cai sobre meus ombros. Largo a escova e faço uma trança, usando meus próprios grampos, e enrolo e prendo a trança junto ao couro cabeludo para cobri-la com o capuz. Penso que naquela noite Thomas Keyes vai retirar meu capuz e soltar meu cabelo; borrifo nele um pouco do óleo de rosas que Elizabeth guarda sobre a penteadeira e sinto o aroma cálido e doce.

Tomo o cuidado de remover meus fios louros da escova, onde eles brilham entre os fiapos grisalhos, e a reponho exatamente onde a dama de companhia a deixara. Aplico nos lábios um toque de carmim e admiro o efeito; passo nas faces um pouco de ruge. Pego o lápis de Elizabeth e desenho minhas sobrancelhas, como ela faz. Os traços ficam demasiado fortes, e removo o excesso com as costas da mão. Sinto-me feliz feito uma criança sapeca que brinca diante da penteadeira da mãe abastada.

Pelo silêncio que impera nos cômodos, sei que a corte toda foi para Durham House; então me levanto da penteadeira e sorrio para meu reflexo no espelho prateado. Há joias pertencentes à rainha dentro de caixas por todo o recinto, mas não me ocorre furtar nada. Sou irmã de Joana Grey; sou irmã de Catarina Grey. Catarina é a legítima herdeira de tudo isso. Tudo isso é nosso; não tenho dúvida de que um dia terei o direito de me sentar ali.

Convidei três parentas para jantar comigo: Margaret Willoughby, minha prima favorita, e as duas irmãs Stafford. Posso lhes confiar meu segredo, mas não posso arriscar que sejam cúmplices do meu casamento, na condição de testemunhas. Em vez disso, mando chamar minha criada, que, na ausência da corte, tinha sido dispensada, e ela corre aos meus aposentos, um tanto esbaforida, querendo saber o que eu desejo. Digo-lhe que espere e verá. Então ouvimos uma batida à porta, e ela se apressa em atender — e ali, preenchendo todo o vão da entrada, baixando a cabeça sob o umbral, está meu amor, meu grande amor.

— São nove horas — diz ele, e ouvimos o relógio bater, comprovando sua pontualidade. — Está pronta, minha querida?

Levanto-me e estendo-lhe a mão.

— Estou pronta.

— E nenhuma hesitação? — pergunta, com delicadeza. — Tem certeza?

Sorrio. Não preciso do ruge para corar de desejo.

— Tenho certeza — respondo. — Eu amo você há muito tempo, Thomas. Terei orgulho em ser sua mulher.

Ele baixa a cabeça, pega minha mão e saímos, seguidos por minhas três parentas e pela criadinha, Frances, atravessando o palácio vazio até o quarto de Thomas, acima do portão do rio.

O cômodo está lotado — o irmão de Thomas e vários amigos estão presentes. Thomas contratou um religioso, que aguarda com o livro de orações aberto. Viro-me para minhas damas de honra e digo:

— Vocês devem se retirar e aguardar do lado de fora. Se alguém, um dia, perguntar, vocês podem dizer que não foram testemunhas, que esperaram do lado de fora.

Estamos meio zonzas de tão nervosas. Elas riem e se retiram, e eu também rio. Em seguida, volto-me para Thomas, ciente da gravidade do ato que estamos prestes a realizar.

— E você tem certeza? — indago, devolvendo a pergunta. — Porque a rainha brigou com todas as outras herdeiras. De todas as primas, sou a única que sobrou. Ela pode nos acolher como família ou pode nos repudiar. Pode ficar contente por eu perder o meu nome ilustre ou pode me odiar por causa da minha felicidade. Ela é imprevisível.

— Tenho certeza. Aconteça o que acontecer. Tenho certeza de que quero me casar com você.

— Então vamos começar — diz o pastor.

Ele procede a enunciar as palavras do matrimônio, que jamais pensei que um dia fossem ser lidas para mim. O homem segura o livro de orações diante de Thomas, que nele deposita uma pequenina aliança de casamento para caber no meu dedo, e juramos nos amar e ser marido e mulher fiéis até que a morte nos separe.

Obviamente, penso na minha irmã. Ela não pediu a mim que testemunhasse seu casamento; ela me protegeu assim como protejo minhas parentas, deixando-as do lado de fora. Mas li todas as evidências do processo e do inquérito instaurado contra o marido dela e sei dos detalhes relacionados ao quarto de Ned, onde havia vinho e comida, sei que Janey Seymour foi a única testemunha e que, depois da saída do pastor, eles foram se deitar, pegaram no sono e tiveram de pular da cama, se vestir às pressas e correr de volta à corte. Sei o quanto ela o amava e que nada a impediria de se casar com ele. Sei o quanto tudo aquilo custou a ela e sei que estou fazendo uma escolha semelhante: desposar um homem por amor, viver a vida intensamente e arcar com as consequências da maldade de Elizabeth. Porque me recuso a aprender a morrer ou a viver a vida pela metade. Quero ser esposa e, quem sabe, mãe. Quero Thomas como marido mais do que quero sobreviver nesta corte árida e decadente. Tenho 20 anos. Estou pronta para a vida. Quero amor, quero uma vida plena, quero um marido.

Jantamos juntos, a família de Thomas e eu. Com orgulho, Thomas me apresenta o filho que teve no primeiro casamento, e eu o saúdo como sua nova mãe. Thomas me apresenta ao seu irmão e ao seu melhor amigo, que insiste em servir de testemunha, e a um velho amigo que trabalha para o bispo de Gloucester. Ficam um tanto intimidados diante de mim e das minhas parentas ilustres, mas, reunidos em um pequeno cômodo, participando de uma celebração sigilosa e de um repasto regado a vinho, toda e qualquer timidez desaparece, e Thomas se mostra tão firme, afável e respeitoso, que ninguém se sente constrangido. Em pouco tempo, conversamos animadamente e rimos, fazendo "Shh, shh", embora a corte esteja distante, celebrando um casamento mais grandioso, porém, ouso dizer, com menos amor.

O melhor amigo de Thomas me diz:

— Nunca vi Thomas tão feliz. Jamais pensei que ele pudesse ser feliz de novo, depois da morte da primeira esposa. Estou muito feliz por ele. De verdade, a senhorita é uma bênção para o meu amigo.

O filho dele me diz:

— Estou tão contente, estamos muito felizes por meu pai ter voltado a sorrir.

Thomas me diz:

— Você é minha.

Cientes da hora e do possível regresso da rainha, eles se vão depois de comer e brindar à nossa saúde. Thomas os acompanha até o portão, e os guardas se surpreendem por ele não ficar de sentinela até o retorno da soberana.

— Não, nesta noite, não — diz ele, em voz baixa, e ninguém o questiona.

Enquanto ele acompanha os convidados até o portão e minhas parentas até seus respectivos quartos, eu tranco a porta e me dispo. Não sei se fico de camisola ou não. Eu trouxe um robe para esta noite, muito bonito, mas não sei se o visto e me ponho diante da lareira ou se me deito nua. Começo a rir de mim mesma por me preocupar com tal questão quando me casei com o homem que amo, sem a autorização de uma rainha notoriamente invejosa, e tenho muito mais com o que me preocupar do que com isso; contudo, sou uma noiva na noite de núpcias. É natural ficar tensa com tais detalhes. Quero agradá-lo; quero que ele respire fundo ao me ver, trajando seda bordada diante da lareira do quarto ou seminua na cama. Quero que nos deliciemos um com o outro.

Não estou devidamente acomodada no leito quando ele tenta entrar; portanto, preciso vestir às pressas meu lindo robe vermelho-cereja e correr para abrir a porta. Ou seja: quando ele entra, não estou voluptuosamente atirada sobre a cama nem elegantemente sentada diante da lareira, mas ruborizada, nervosa e despreparada.

Ele traz uma bandeja com vinho e doces.

— Ai, não, mais comida! — exclamo.

— Não sou um homem pequeno — comenta ele, com um sorriso. — Preciso manter a minha força.

— Gosto de você como está — digo. — Deus sabe que acho você bastante para mim como está. Não me importo que esteja debilitado pela fome.

— Experimente isso — pede ele, e é o doce de amêndoa mais saboroso, preparado na cozinha da própria soberana e furtado para nós por gentileza de um dos mestres-cucas reais.

— É delicioso — elogio, de boca cheia. — Mas o cozinheiro sabe da nossa ocasião?

— Eu disse que ia jantar com a moça mais linda que vi na vida — explica Thomas. — Ele se ofereceu para fazer um docinho para ela.

Tomo um gole de vinho. Thomas olha para mim.

— Quer que eu me deite e você vem ao meu encontro? — pergunta ele, delicadamente. — Será como você quiser.

Percebo o quanto estou ansiosa. Percebo que tenho me esforçado para ter coragem. Percebo que não tenho motivos para temer, que ali está um homem que me ama verdadeiramente. Que ali estou eu, que o amo. O que acontecer neste casamento e nesta consumação será por nós acolhido com verdadeiro amor.

— Já vou — digo, desatando a faixa à cintura do meu robe e deixando-o, com bravura, cair no chão. Vejo os olhos dele contemplar meus seios arredondados, minha cintura fina, a ligeira curvatura da minha coluna que faz um dos ombros se projetar. Afora esse pequeno desvio, sou perfeita, uma beldade em miniatura. Balanço a cabeça e meu cabelo se solta, escondendo meu rosto corado, recendendo a rosas.

— Vem, logo — chama ele, tirando o culote, a camisa e estendendo as mãos para mim. Ele me levanta, nua como estou, e me leva para a cama alta e larga. Deita-se na cama comigo, como uma árvore cortada, abraça-me e me comprime contra seu tórax imenso. — Minha querida — diz, com ternura. — Meu amor.

Não passo a noite com meu marido. Já estou de volta ao meu quarto quando a corte retorna do casamento, e minhas damas me despem e me põem na cama sem perceber que só me juntei à corte posteriormente. Frances, minha criada, remove meus sapatos sem a menor expressão. Penso que ficarei insone, tamanha é minha alegria, mas, assim que deito a cabeça no travesseiro, pego no sono, e só acordo quando a menina entra no quarto, trazendo lenha para acender o fogo.

Naquela manhã, estou escalada para servir Elizabeth; portanto, lavo-me e me visto, então sigo depressa até os aposentos reais, e só quando já estou quase lá penso: ele me ama. Na noite passada, ele me abraçou feito um homem afogado no mais profundo amor. Ele se casou comigo. Ele me ama. Sou sua mulher.

É como uma canção que fica em minha mente o dia inteiro. Enquanto Elizabeth recebe embaixadores, cavalga com Robert Dudley, volta faminta da cavalgada, ávida pelo desjejum, flerta com o embaixador espanhol na esperança de convencê-lo de que ela tem sérias intenções de se casar e ainda ganha dinheiro em um carteado antes de conduzir a corte ao jantar, o dia inteiro tenho um só pensamento: ele me ama. Na noite passada, ele me abraçou feito um homem profundamente apaixonado. Ele se casou comigo. Ele me ama. Sou sua mulher.

Quando a corte acaba de jantar e o salão está sendo preparado para danças e uma trupe de acrobatas, vou até o portão principal e encontro Thomas, grande feito uma árvore, controlando a entrada de cidadãos de Londres que vieram assistir à dança.

— Saudações, Lady Maria — cumprimenta ele em voz alta. — Saudações, sra. Keyes — cumprimenta em voz baixa.

— Saudações, meu marido — digo, erguendo a cabeça e sorrindo. — Vim saber se devo ir ao seu quarto às escondidas, quando a corte estiver dormindo.

— Acho que sim — responde, fingindo ter se melindrado com a pergunta. — Na verdade, conto com você. Conto com a plena obediência da minha esposa.

— Terá a minha obediência — prometo. Vejo um dos homens de William Cecil aproximando-se do portão, sorrio para Thomas e me afasto. — Já dei a você minha palavra.

Essa foi a primeira noite que dormimos tranquilos e abraçados até o amanhecer. Quando a cabeça dele fica ao lado da minha no travesseiro, somos iguais, a testa larga dele perto da minha pequenina, seu beijo suave em meus lábios sorridentes. As pernas compridas vão até o pé da cama, e os pés pendem fora dela, enquanto eu ocupo apenas a metade superior do leito; no entanto, lado a lado, com as cortinas do dossel fechadas, somos iguais, somos um só.

Na segunda noite, acordo à meia-noite, ouvindo o sino da Abadia de Westminster tocando sem parar, o dobre grave que anuncia a morte de alguém.

— Elizabeth — murmuro ao despertar, o desejo surgindo antes da palavra, o desejo surgindo antes do pensamento. Acordo feliz, meio sonhando, meio acreditando que se trata do anúncio da morte de Elizabeth e que minha irmã será rainha da Inglaterra.

Thomas também ouve o dobre fúnebre e pula da cama, abaixando-se para se esquivar das vigas do teto.

— Preciso ir — avisa ele, e se apressa em vestir a libré.

Eu também me levanto, vestindo minha combinação.

— Quer que eu amarre as fitas? — Ele se vira, a meio caminho da porta.

— Eu dou um jeito. Pode ir — digo, sem delongas. Sei que está ansioso por cumprir seu dever de vigiar o portão, seja qual for a má notícia.

Ele sai correndo do quarto, e eu ponho um xale sobre a cabeça, feito uma pobretona, desço a escada e atravesso o pátio. Acho que vou conseguir alcançar meu quarto sem ser vista, mas, saindo dos aposentos das damas, eis que surge Tomasina. Com um simples olhar ela percebe meu estado seminua, meu cabelo despenteado. Mas não há tempo para comentários.

— É para Kat Ashley — explica ela, referindo-se às insistentes badaladas.

— Que Deus a tenha. Nós a perdemos.

— Perdemos? — repito, como uma tola.

— Ela morreu. Foi rápido. A rainha está inconsolável — diz Tomasina. — Ela parou de dançar, mandou tocar o sino e decretou luto oficial na corte. Disse que Kat era como uma mãe para ela.

— Era mesmo — concordo, solenemente, mas penso: mesmo assim, o afeto filial não impediu Elizabeth de expedir um mandado de prisão para Kat e trancá-la na Torre.

Corro ao meu quarto, ponho o capuz e sigo às pressas até os aposentos da rainha, onde tudo é penumbra, com venezianas fechadas e todos comentando a notícia em voz baixa. Nos aposentos privados, os cortesãos mais benquistos trocam observações à meia voz. Muita gente vai sentir saudade de Kat Ashley, mas todos sabem que existe agora uma vaga entre as damas de Elizabeth, que há de ser preenchida por alguma mulher ambiciosa, e uma lacuna entre os conselheiros, da qual alguém há de se aproveitar.

Vou até a porta da alcova real. Tia Bess, parecendo exausta, sai e diz:

— Você pode me substituir por uma hora? Ela quer duas de nós lá dentro, o tempo todo, para sofrer com ela.

Faço que sim e entro.

O quarto está fechado e o fogo, aceso — uma penumbra abafada. Elizabeth está deitada, com os lençóis puxados até o queixo, ainda vestida, apenas os sapatos tendo sido removidos. O rufo está amassado em volta do pescoço, os olhos estão borrados de tinta, a cerusa melou o travesseiro e a peruca ruiva, toda torta. Mas, em sua dor, ela faz lembrar uma criança. Seu sofrimento se mostra tão desnudo quanto o de qualquer órfão que anda pelas ruas. Elizabeth está sempre sozinha, apesar de encher a corte com bajuladores e capachos; e agora, com a morte da mulher que esteve ao seu lado desde a infância, ela volta a encarar a realidade. Kat Ashley surgiu em sua vida no momento em que ela perdeu a identidade. Elizabeth tinha sido uma princesa amada, a filha de uma esposa adorada, e então foi preterida, esquecida, privada do título e do nome. Quando Kat Ashley chegou para cuidar da menininha, encontrou uma criança quase destruída. Ela reconstruiu o orgulho da criança, ensinou-lhe o amor ao estudo e à fé. Ensinou-lhe a sobreviver e ser astuta, a não confiar em ninguém. Kat foi a única mulher do mundo que amou Elizabeth naquele momento, e agora se fora. Elizabeth afunda a cabeça no travesseiro para abafar os soluços, e eu penso: sim, agora ela está de fato sozinha; agora talvez ela entenda o que é amar alguém e ser privado dessa pessoa. Agora talvez ela se compadeça de Catarina, uma órfã privada do marido e do filho.

O próprio William Cecil comparece aos aposentos da soberana, espera até que eu saia da alcova real e pede a mim que leve uma mensagem à rainha em seu leito.

Hesito.

— Ela não está recebendo ninguém — digo. — E Blanche Parry será a nova primeira dama do séquito privado.

Ele se curva para sussurrar em meu ouvido.

— É até melhor que ela fique sabendo por seu intermédio — diz Cecil —, visto que não posso entrar.

— Não sou a pessoa mais indicada a dar más notícias — retruco, relutante. O medo me causa um aperto no peito, embora não pense que a má notícia diga respeito a minha irmã: William Cecil não me torturaria assim se Catarina estivesse doente. — O que houve?

— Henrique Stuart, lorde Darnley, casou-se com a rainha da Escócia — responde, à meia-voz. — Fale baixo!

Ele não precisava me advertir. Sei o quanto isso é desastroso para a Inglaterra. Mantenho-me igualmente impassível.

— Henrique Stuart?

— Sim. E ela fez dele rei.

Agora minha fisionomia se congela, qual uma máscara. A rainha Maria da Escócia deve estar loucamente apaixonada, ou apenas louca, para conferir a coroa e o trono a um jovem passível de ser comprado. Acho que ela queria tanto voltar a ser esposa de um rei que resolveu "fazer" um, optando por ignorar que Henrique é um cortesão totalmente desprovido de sangue real.

William Cecil se admira de meu comedimento e prossegue:

— Ela se colocou numa posição absolutamente impossível quanto à sucessão ao trono inglês... uma papista, agora casada com um fraco. Ela já não nos representa a menor ameaça. Jamais aceitaríamos Dudley como rei da Inglaterra ao lado dela; com certeza, jamais aceitaremos Darnley. Não teremos um rei e uma rainha papistas, nem mesmo os franceses haverão de apoiá-la, casada com um homem como aquele.

— Ela está arruinada — sussurro. — Jogou fora o futuro por causa de um menino.

— Sim — confirma Cecil. — É óbvio que foi convencida de que ele e o pai são capazes de derrotar os inimigos da Escócia. Já a convenceram a recrutar um exército e marchar contra o próprio povo, contra os líderes protestantes: seu próprio povo... os que são da nossa fé. Tornou-se nossa inimiga. Portanto, para a Inglaterra, resta apenas uma possibilidade sucessória. A rainha Maria da Escócia é inimiga declarada da nossa religião, Margaret Douglas é sua sogra; sua irmã é a herdeira que resta. A rainha vai agora constatar isso; portanto, leve você mesma a notícia e, ao fazê-lo, perfile-se diante dela para que ela veja a família leal de que dispõe.

A fúria de Elizabeth diante da rainha rival logo substitui o sentimento de tristeza pela perda recente. Ela deixa a cama, ordena um sepultamento privado para Kat Ashley e irrompe na reunião do Conselho Privado, exigindo uma declaração de guerra aos escoceses.

Eclode uma rebelião na Escócia. O meio-irmão da rainha escocesa, conde de Moray, insurge-se contra a monarca. Embora a tenha recebido na Escócia e a aconselhado anteriormente, o conde é um protestante fervoroso e não tolera uma rainha papista e seu rei emergente e também papista. Ainda que não tenha interesse em lutar por questões de religião, Elizabeth resolve apoiar o bastardo Jaime Stewart, conde de Moray, contra sua rainha legítima e meia-irmã. Ela envia uma fortuna em ouro, como pagamento aos seguidores do conde, e cada mensageiro que chega traz mais notícias da traição e solicita mais ajuda. O Conselho Privado se pergunta, e chega a perguntar a nós, as damas, por que a rainha apoia um indivíduo que se rebela contra uma rainha coroada, enviando recursos financeiros, mas não um exército, fazendo o suficiente para incentivá-lo, mas não para garantir-lhe a vitória. O embaixador francês comparece à corte, com discreta indignação, e afirma que, se Elizabeth apoiar rebeldes protestantes contra uma rainha papista, metade francesa e legítima, os franceses também intervirão... e, de repente, Elizabeth perde o ímpeto de defender a causa protestante e o rebelde bastardo; de repente, ela se recorda de sua lealdade para com uma rainha e parceira. Derrubar uma mulher no poder é ameaçar qualquer mulher no poder. De repente, Elizabeth se torna uma aliada de Maria.

Além disso, as notícias que nos chegam da Escócia clamam o triunfo da jovem monarca, e Elizabeth detesta ficar do lado perdedor. A rainha Maria reúne um exército por ela própria comandado; ela persegue o meio-irmão em uma sequência de batalhas e por fim o expulsa através das fronteiras do reino. Aquartelado em nossa fortaleza de Newcastle-upon-Tyne, ele implora por reforços e, assustado, claudica para o sul, em direção a Londres, onde Elizabeth o surpreende com uma severa reprimenda pela deslealdade diante de sua rainha e meia-irmã. Tomasina e eu trocamos um olhar impassível, quando Elizabeth deixa Moray e a causa protestante escocesa em ruínas e a corte perplexa, sem saber o que a soberana, de fato, pretende.

A mim ela não surpreende. Pois a maneira como me trata, ou como trata Catarina e os meninos, tampouco tem o menor sentido. Elizabeth é movida pelo medo, e toma decisões precipitadas, impulsivas, e depois as revoga. Agora, a rainha Maria da Escócia jamais poderá ser herdeira da Inglaterra; ainda assim, Elizabeth não reconhece minha irmã, demonstrando tanto medo de uma mulher impotente e encarcerada quanto de uma rival armada em suas fronteiras. Ela se recusa a libertar minha irmã, que talvez morra em prisão domiciliar, se não for devolvida ao marido e ao filho. A corte, o Conselho Privado, os aliados da rainha, até os inimigos buscam em vão estratégias coerentes por parte de Elizabeth. Eles não enxergam que é despeito e não estratégia o que faz com que ela se volte contra as primas — minha irmã e a rainha Maria. É rivalidade, e não política, que a motiva. Sei disso porque todas as primas sofrem as consequências da inveja e do ciúme da rainha. Eu também.

Palácio de Whitehall, Londres, Verão de 1565

Estou deitada nos braços de Thomas, escutando sua respiração cadenciada, contemplando o céu através da janela que fica do lado oposto à cama, que vai do escuro ao pálido, e depois enrubesce com os tons de pêssego e rosa do sol nascente. Não me mexo; não quero despertá-lo. Quero que este momento dure para sempre. Tenho uma profunda sensação de paz e alegria ao lado desse homenzarrão, cercada por seus braços, sentindo sua respiração morna na minha nuca.

Ouço uma nítida batidinha à porta e fico imediatamente alerta e assustada. Ninguém sabe que estou ali; não posso ser encontrada ali. Ergo-me na cama e, prontamente, Thomas se levanta e sai do leito. Ele dorme qual uma sentinela — sempre pronto para despertar. Ele se move feito um grande gato, sem fazer ruído, apesar dos pés enormes, e eu agarro o lençol, cubro minha nudez e pulo fora da cama alta. Recuo ao fundo do quarto para não ser vista da porta. Thomas veste o culote, olha para se certificar de que já estou escondida, meneia a cabeça, indicando-me que fique calada e imóvel, e fala, dirigindo-se à porta trancada:

— Quem está aí?

— É Tomasina, a anã da rainha! — vem a resposta urgente. — Abra logo, Thomas Keyes, seu bobalhão!

Ele disfarça um sorriso e abre a porta, bloqueando com o braço a entrada. Ela não precisa baixar a cabeça para entrar no quarto, e consegue me ver.

— Eu sabia que você estava aqui — diz Tomasina, ofegante. — Então é verdade. Você se casou. É melhor se vestir e vir logo. Ela já sabe.

Arregalo os olhos.

— Como?

Ela balança a cabecinha.

— Não sei. Ela mandou chamar você assim que acordou, hoje de manhã. Só Deus sabe por quê... e então descobriram que você não estava na sua cama.

— Vou inventar uma desculpa. — Freneticamente, entro no vestido, e Thomas amarra os laços. — Vou dizer que estava visitando uma amiga doente.

— Deixe que eu faço isso — avisa Tomasina, empurrando-o. — Seu palermão! Não posso demorar. Você não pode ser encontrado com duas de nós no seu quarto, Thomas Keyes! Seria um baita escândalo!

Pela primeira vez na vida, não a corrijo. Não digo que não há duas de nós ali, que há uma princesa e uma anã, que não somos iguais. Não perco tempo, e logo enfio os pés nos sapatos e as meias no bolso do manto. Ela desceu para me avisar porque acredita em nossa fraternidade, uma mulher pequena ajudando outra em um mundo perigoso. Não vou mais negar minha afinidade com ela. Tomasina agiu como uma amiga — e uma irmã.

— Quem contou a ela? — indago. Prendo meu cabelo comprido e enfio o capuz. Tomasina manuseia alguns grampos com rapidez e habilidade.

— Uma das criadas — explica ela. — Ela não se atreveu a mentir. Ela só falou que você não estava na cama. Não disse onde estava. Mas todas sabemos que vocês dois namoram há meses. Vocês se casaram?

— Sim.

— Sem a permissão da rainha?

— Não existe nenhuma lei que nos proíba — digo, com altivez. — *Havia* uma lei, mas foi revogada.

Ela ri.

— A rainha não precisa de lei nenhuma para expressar seu desagrado — retruca ela. — Pergunte a Margaret Douglas. Pergunte a sua irmã. Que Deus a ajude...

Ela dispara porta afora.

— Depressa! — Ouço sua voz e o som dos seus passos na escada.

Thomas dá de ombros, vestido em sua camisa imensa, e pega a jaqueta da libré.

— O que a gente vai fazer? — pergunta ele. — Quer que eu acompanhe você à presença da rainha?

— Não. Você nem sequer pode me acompanhar, se ela estiver no quarto.

— Eu tenho servido a rainha com lealdade desde que ela subiu ao trono — observa ele. — Ela sabe que sou fiel.

Comprimo os lábios e contenho minha opinião acerca da estima de Elizabeth por súditos leais. Pergunte a Robert Dudley sobre recompensas por ter sido leal a ela; pergunte a William Cecil.

— Vou lembrar isso a ela, se ela disser alguma coisa — prometo.

Fico na ponta dos pés, e ele se abaixa para um beijo. Não é um beijo de boa sorte nem um beijinho rápido. Thomas me envolve nos braços e me abraça com força. E me beija com grande paixão, como se nunca mais fôssemos nos beijar.

— Eu amo você — diz ele, baixinho. — Venha ao meu encontro no portão assim que puder para me dizer que está tudo bem com você. Ou envie uma mensagem dizendo que corre tudo bem.

Exibo um sorriso corajoso.

— Irei assim que puder. Espere por mim. Espere por mim.

Corro até o salão de audiências da rainha. O local já está ficando repleto de peticionários e visitantes esperançosos de atrair a atenção da soberana, enquanto ela atravessa a capela. Metade deles veio pedir clemência ou perdão para homens e mulheres detidos por heresia, traição ou alguma suspeita qualquer. As prisões estão apinhadas de suspeitos, e a corte está apinhada de seus familiares. O Conselho Privado acredita que os papistas vão se rebelar contra Elizabeth, em apoio à rainha Maria da Escócia. Acredita-se que minha prima Margaret Douglas tenha conspirado com a França e a Espanha, no intuito de levar ao trono seu filho papista e uma rainha papista. A Inglaterra se tornou um reino assustado, um reino desconfiado, e agora estou eu assustada e sob suspeita.

Sigo pelo meio da multidão até a porta dos aposentos privados. As pessoas abrem caminho para mim — sabem que sou uma das irmãs Grey. Vejo olhares de piedade lançados por pessoas cujas vidas correm risco, motivo pelo qual vieram à corte pedir clemência. Pessoas que estão com o pé no cadafalso têm pena de mim. Há dois guardas diante da porta dupla que dá acesso aos aposentos de Elizabeth. Eles abrem as portas, e eu entro.

A maioria das damas da corte e damas de companhia já está a postos, e é óbvio que falam de mim. Um silêncio terrível se instala quando entro no recinto, olho em volta e contemplo aquelas mulheres que têm sido minhas companheiras e amigas há onze anos. Ninguém diz uma palavra sequer.

— Onde está Blanche Parry? — pergunto.

Trata-se da nova primeira dama dos aposentos privados; ela há de saber o grau da complicação em que estou envolvida. Lady Clinton faz um gesto com a cabeça, indicando a porta fechada.

— Ela está com Sua Majestade, que está muito aborrecida.

Ouve-se um burburinho, mas ninguém se dirige diretamente a mim. É como se não ousassem falar comigo, com medo de serem contaminadas pela traição. Ninguém quer passar por minha amiga, embora quase todas, em algum momento, tenham se declarado minhas parceiras.

— É verdade? A senhorita está casada, Lady Maria? — desembucha uma das criadas mais jovens, reverenciando-me e corando até as orelhas. — Desculpe-me — murmura.

Não tenho de responder a ela, mas tampouco vou negar. Jamais negarei meu casamento ou o homem que amo. Em certa medida, penso no absurdo da situação: uma de minhas irmãs foi executada por reivindicar o trono, a outra irmã foi presa por se apaixonar — e eis-me ali, com uma aliança no bolso e um casamento secreto, nem reivindicando o trono nem desposando um nobre.

— Ela está muito irritada? — pergunto.

Alguém responde afirmativamente com um leve assovio.

— Devo entrar?

— A senhorita deve aguardar aqui — indica Lady Clinton. — Ela vai mandar chamá-la.

— Vou até o meu quarto para trocar de capuz — digo.

Ninguém diz que não posso ir, então me retiro, passando pelo salão de audiências e pelos olhares furtivos, e subo a escada estreita até meu quarto. Minha criada, lívida, escova meu cabelo e prende meu capuz sem pronunciar uma palavra. Tampouco falo com ela.

Quando retorno aos aposentos privados, alguém já convocou William Cecil, que agora está diante de uma janela, falando com minha avó de consideração, Catarina Brandon, e com Blanche Parry. Todos os demais aguardam a uma distância civilizada, apurando os ouvidos, não se atrevendo a chegar mais perto. Assim que entro no recinto, Sir William me vê. Ele me dirige um sorriso um tanto fatigado; atravesso o cômodo e ergo meu olhar para ele. Milady minha avó de consideração se posiciona atrás de mim, como se pretendesse advogar a meu favor.

— Isto sim é um estardalhaço — comenta Sir William, polidamente, e eu penso: graças a Deus, uma pessoa, ao menos, sabe que o casamento foi por amor, que não tem nenhuma importância para ninguém mais além de nós, que nos amamos. Vai ofender a rainha, pois todo amor, exceto sua desalmada encenação, a ofende. Mas eis ali um homem sensato que sabe que o casamento não tem a menor importância para o resto do mundo.

— Peço desculpas por não ter solicitado permissão — digo, à meia-voz.

— A senhorita se casou? — pede a confirmação William Cecil.

— Sim, com o sr. Thomas Keyes.

Um sorriso desconfiado surge no semblante do veterano estadista.

— Acho que ele é o maior cavalheiro da corte, e a senhorita, a menor dama.

— John Dee diria que somos os opostos que compõem uma totalidade — observo.

— A ofensa é muito grave — afirma Sir William, meneando a cabeça em direção à porta fechada da alcova real.

— A ofensa não é grave. Sua Majestade pode se ofender, mas não há motivo.

Ele baixa a cabeça diante de minha retificação.

— Devo entrar? Eu posso esclarecer que tudo não passou de uma questão particular.

— Eu posso acompanhá-la... — oferece milady minha avó de consideração.

Blanche balança a cabeça.

— A rainha não quer receber a senhora — diz ela, brevemente. — Ela está bastante irritada, Lady Maria. Agora mais isso, depois de tudo...

— Isso não é nada — reforço, com determinação. — E quanto a "depois de tudo"... Se a senhorita se refere ao casamento de minha irmã com um jovem nobre... tampouco foi motivo para se ofender. O casamento da rainha Maria da Escócia é questão de importância para todo o reino, mas não tem nada a ver conosco. Minha irmã e eu agimos em caráter particular. — Olho para as outras damas. — Será que não podemos nos casar?

William Cecil pigarreia.

— A senhorita deve seguir para Windsor — avisa ele. — Enquanto Sua Majestade conduz um inquérito.

— Vou falar por você — diz milady minha avó de consideração.

— Um inquérito relativo a quê? — indago. — Houve um casamento privado. Houve testemunhas. A família dele estava presente, uma criada foi minha testemunha. Um pastor pode atestar a validade da união. Não é preciso instaurar um inquérito para saber o que aconteceu. Eu posso relatar. O sr. Keyes pode relatar.

William Cecil parece cansado.

— Talvez. Mas Sua Majestade quer que a senhorita se transfira para Windsor, enquanto ela conduz um inquérito.

Pego na mão dele e o encaro.

— Sir William, o senhor nos informa que existe uma trama por parte da Espanha, com o propósito de financiar a rainha da Escócia. A rainha dos escoceses se casou com o herdeiro do trono escocês e derrotou os protestantes que se rebelaram contra ela. É hora de o senhor e o Conselho Privado se preocuparem comigo?

— Sendo eu tão pequenina? — sugere ele, com um sorriso.

— Não há na corte ninguém menor que eu. As questões do meu coração não poderiam ter menos importância.

— Ela insiste — diz ele, com delicadeza. — Empacote seus pertences.

Eu teria ido diretamente ao encontro de Thomas, no portão, mas duas damas me acompanham até meus aposentos para me ajudar a empacotar meus livros, meus papéis, minhas roupas e minhas joias. Então, quando estou pronta para partir, dois guardas que esperam diante da porta me conduzem pela escada privada até o portão do rio. Procuro por Thomas no portão do palácio, mas ele não está lá, e seu substituto não ergue o olhar, de modo que não tenho a oportunidade de fazer um gesto. Não há luz no quarto acima da guarita onde vivemos juntos como marido e mulher; as janelas estão fechadas. Ou ele está lá dentro, preso e no escuro, ou já foi levado para algum outro local.

— Eu quero ver meu marido, Thomas Keyes — digo para o guarda que está ao meu lado. — Eu insisto.

— Minhas ordens são para levar a senhorita de barcaça até Windsor — avisa ele.

— O sargento-porteiro — enfatizo. — Que possui patente militar e honra irretocável. Eu insisto que o senhor me deixe vê-lo.

Ele baixa a cabeça, aproximando-se de mim.

— Ele foi levado para a cidade — explica ele, em voz baixa. — Ele já foi, milady.

Castelo de Windsor, Verão de 1565

Sou mantida em três cômodos confortáveis, com vista para a ala superior do Castelo de Windsor. A porta principal é trancada à noite, mas durante o dia uma sentinela posicionada do lado de fora me acompanha se eu quiser caminhar pelo jardim real. Tenho livre trânsito dentro das muralhas do castelo, mas não posso ultrapassá-las. Meus aposentos são espaçosos, e disponho de duas damas de companhia e três criadas. As acomodações são melhores do que as que foram destinadas a Catarina na casa do tenente da Torre, e gozo de mais liberdade do que Joana teve lá. É muito bom não ter ficado detida na Torre — teria sido insuportável. Eu não aguentaria caminhar na mesma trilha que minha irmã encarcerada, e não poderia despertar e ver o gramado onde minha irmã foi martirizada. Ao menos, o local onde estou é melhor que a Torre.

Levo uma vida simples. Vou à capela do castelo duas vezes por dia, escoltada por guardas à minha frente e atrás. Leio, estudo, costuro e toco instrumentos. Não há o que fazer, mas ao menos não estou de joelhos diante de uma tirana que me detesta.

Escrevo para minha irmã Catarina, dizendo que também me casei por amor e que tampouco quis fazer mal, mas apenas ser feliz ao lado de um homem bom. Escrevo que, com tal ato, também ofendi a rainha, mas que espero que ela me perdoe, e perdoe Catarina também. Entrego a carta ao comandante do castelo, mas não sei se o documento vai passar pelos espiões de Cecil e chegar à minha irmã.

Escrevo a Thomas Keyes. É uma carta mais difícil. Ao contrário do pobre Ned Seymour, Thomas não é poeta. Nosso romance nunca foi chegado a discursos e palavras bonitas. Escrevo sucintamente, e não tenho esperança de que a carta seja entregue. Mas isso não importa, pois escrevo mesmo para os espiões. Thomas não precisa de declarações do meu amor nem eu preciso das dele. Somos amantes, estamos casados, sabemos o que está no coração do outro. A despeito da brevidade da carta, ele sabe que o amo com a paixão e a intensidade do maior dos poetas, embora as linhas sejam parcas.

Meu caríssimo esposo,

Por vontade de Sua Majestade, estou detida no Castelo de Windsor. Espero que ela em breve nos perdoe, assim que constatar que não nos casamos por mal e visamos apenas à nossa felicidade.

Sinto muita saudade de ti. Amo-te profundamente. Não me arrependo de nosso casamento (exceto pelo fato de haver desagradado a rainha). És o coração de um mundo sem coração.

Tua esposa,
Maria

As árvores do parque brilham feito as correntes de bronze, cobre e ouro da rainha, e as flores do herbário perdem as cores e as pétalas, transformando-se em espetos pelados. O verão chega ao fim com dias longos e quentes, e diariamente subo a escada em espiral até o topo da torre, de onde avisto o rio e o vaivém dos barcos. Embora eu sempre o procure ao sol poente, a barcaça real nunca aparece para me buscar.

Em um fim de tarde, o comandante do castelo intercepta minha caminhada de volta aos meus aposentos e me informa que devo me preparar para partir na manhã seguinte.

— Serei libertada? — pergunto.

Ele inclina a cabeça a fim de disfarçar o constrangimento. Portanto, deduzo que não serei.

— A senhora vai ficar sob os cuidados de Sir William Hawtrey — diz ele, à meia-voz. — Pelo que sei, será uma estada breve.

— Por quê? — pergunto, bruscamente.

Ele volta a inclinar a cabeça.

— Milady, não me disseram.

— Mas por que Sir William Hawtrey?

Ele faz um leve gesto, exprimindo ignorância.

— Eu nada sei além de que devo escoltá-la até a casa dele.

— Pelo jeito, eu tampouco saberei.

Chequers, Buckinghamshire, Outono de 1565

Levamos o dia inteiro para chegar ao nosso destino, partindo a cavalo de Windsor, cruzando o rio e as Chiltern Hills, e minha felicidade retorna assim que me vejo montada e contemplando o horizonte verde, os montes de feno nos campos e os belos vilarejos onde as pessoas saem à rua para nos ver passar: os guardas, eu, meu cavalariço e minha criada, montada na garupa de um guarda.

Não portamos nenhum estandarte; portanto, ninguém sabe que sou prisioneira da rainha. Trata-se de mais um sinal dos medos de Elizabeth. Ela não quer que o reino saiba que mais uma prima sua foi presa sem um motivo justo. Desde que Catarina foi encarcerada, o povo tem exigido sua soltura e se queixado de Margaret Douglas ter sido detida apenas porque seu filho se casou com uma rival da soberana. No entanto, não espero ouvir ninguém chamar meu nome, como chamavam por Catarina e por Joana. Ninguém virá me socorrer — meus amigos estão todos na corte de Elizabeth, a ela subjugados. Minha família já não existe. Meu aliado mais querido e mais confiável é meu marido e eu não sei onde ele está nem como fazer uma carta chegar às suas mãos.

Sir William Hawtrey, um velho bondoso, com quase 45 anos, tendo atrás de si a esposa jovem e rica, recebe-me à porta de sua bela Chequers, pega-me pela mão e me faz entrar na casa. Trata-me com uma estranha mescla de deferência — pois sou irmã da única herdeira do trono — e ansiedade — pois foi obrigado a me manter na condição de prisioneira.

— Por aqui — indica, com amabilidade, conduzindo-me escada acima em direção à ala nordeste.

Ele abre a porta de um cômodo minúsculo, onde só cabem uma cama, uma mesa e uma cadeira. Recuo imediatamente.

— Onde ficam os meus aposentos? — pergunto. — Eu não posso me alojar aqui.

— São ordens da rainha — explica, constrangido. — Acho que a senhora só vai ficar uma ou duas noites. Nenhum outro cômodo oferecia segurança...

— A voz dele falha.

— Sir William — declaro, em tom grave —, eu não fiz nada errado.

— Tenho certeza disso — diz ele, polidamente. — E, portanto, a senhora há de ser perdoada e chamada de volta à corte. Será por pouco tempo, uma noite ou duas.

Olho ao redor. Minha criada permanece na soleira da porta; quase não há espaço para ela me servir.

— O quarto da sua criada fica perto; ela vai passar o dia com você e vai servir suas refeições — continua Sir William. — A senhora pode caminhar à vontade pelo jardim para o seu próprio bem-estar.

— Eu não posso viver assim — reclamo.

— Não será necessário! — garante ele. — Será uma estada breve. Não tenho dúvida de que ela vai perdoá-la e de que a senhora vai voltar à corte.

Ele faz um gesto para que eu entre no quarto, e obedeço. Apavora-me a ideia de que ele toque em mim. Detesto ser empurrada ou carregada. Ninguém deve pensar que pode me pegar e me colocar onde bem quiser sem meu consentimento. Vou até a janelinha e empurro uma banqueta, de cima da qual posso contemplar o parque. É lindo, como Bradgate, como meu lar. Deus do céu! Parece que séculos se passaram desde que Joana, Catarina e eu éramos crianças em nossa casa.

Consigo ver o pôr do sol através das pequenas vidraças da janela. É um belo anoitecer, com o sol se pondo e a lua surgindo. Faço um pedido à lua, conforme tenho feito desde menina, embora minha irmã Joana dissesse que isso era uma bobagem pagã, que eu deveria orar por meus anseios e não desperdiçar meus pensamentos em desejos vãos. A estrela da noite parece um diamante no horizonte, e peço minha liberdade à estrela também, e peço o bem-estar de Thomas a todas as estrelas do céu.

Uma batida e o ruído da porta se abrindo atrás de mim me fazem virar. É o pobre Sir William, cansado e preocupado.

— Eu só vim para ver se a senhora tem tudo de que precisa.

Faço que sim, sem responder. O jantar foi frugal e ele sabe disso. Um indivíduo de sangue real merece ser servido com vinte pratos. Naquela noite comi qual uma pobretona.

— Vou escrever à rainha e lhe pedir que me liberte — digo. — O senhor pode levar minha carta e se certificar de que ela a receba?

— Posso. E vou acrescentar a minha própria petição. Ela precisa se compadecer da senhora, de sua irmã e de sua prima Lady Margaret. E do caçula de Lady Margaret.

Fico assustada com a situação do menino.

— O senhor não pode estar se referindo a Charles Stuart! Ele foi preso? Ele não passa de uma criança!

Sir William assente, com o semblante entristecido.

— Ele está em prisão domiciliar, no norte do reino.

— Mas ele tem apenas 10 anos! — exclamo. — A mãe dele está na Torre de Londres, o pai e o irmão estão na Escócia... Por que a rainha não o deixou em casa, com a criadagem e os amigos? Ele não é uma criança forte e está sozinho no mundo. Não constitui uma ameaça a ninguém. Ele já devia estar se sentindo sozinho e assustado na própria casa. Por que mandá-lo para uma casa estranha e declará-lo prisioneiro?

Segue-se um momento de silêncio. Ambos sabemos por quê. Trata-se de um aviso para todos: o desagrado da rainha se abate sobre nós e nossos filhos, inclusive bebês inocentes, um aviso para todos nós de que ela é como Herodes. Elizabeth só ama os parentes quando estão mortos e podem ser honrados com um belo funeral. Só gosta das primas quando estão encarceradas. Ela as ama no túmulo.

Sir William balança a cabeça.

— Com certeza, rezo para que ela em breve mande soltar todas as primas.

Escrevo a Sir William Cecil, pedindo-lhe que declare a Sua Majestade que Catarina e eu jamais pronunciamos uma palavra sequer contra ela; que, ao contrário da rainha da Escócia ou Lady Margaret, jamais mencionamos nossa proximidade ao trono. Ambas nos apaixonamos, mas isso não é crime. Ambas nos casamos sem a autorização dela, mas isso não é ilegal.

Em resposta, recebo um bilhete anônimo, informando que minha irmã e o filho caçula estão bem, em Ingatestone, o primogênito está com a avó, em Hanworth, e que Ned Seymour continua detido em Londres. Meu marido, Thomas Keyes, está na Prisão de Fleet. O autor anônimo diz que será solicitada à soberana nossa transferência para locais mais confortáveis — sobretudo Thomas Keyes, que se encontra bastante confinado. A questão será levada à rainha "assim que possível".

Permaneço sentada no quarto, com o bilhete na mão, durante bastante tempo, até cair em mim e atirar o papel às brasas da lareira. Percebo que a rainha continua com um péssimo humor e que ninguém se atreve a fazer nenhuma sugestão, nem mesmo William Cecil. Constato também — embora já o soubesse — que ela não tem a menor bondade ou generosidade comigo ou com minha irmã. E agora sei que Thomas está sofrendo por minha causa. Eu me pergunto o que exatamente o autor anônimo quer dizer com "bastante confinado". Receio que tenham trancado Thomas em um cubículo. Há porões na Prisão de Fleet que são baixos e úmidos. Ratos correm pelo chão. Será que trancaram meu marido, tão belo e espadaúdo, dentro de uma gaiola?

Sei que ele vai se sentir humilhado por ficar detido na Prisão de Fleet, cárcere designado a criminosos, charlatões e bêbados. No dia seguinte, quando, antes do meu minguado jantar ser servido, Sir William vem me ver, pergunto se ele tem notícias de Thomas Keyes.

Agora, sei dizer quando ele está ansioso. Sir William olha para o chão, rugas de preocupação surgem em seu rosto, ele toca o cabelo grisalho.

— Não tenho notícias; só tenho ouvido boatos — diz.

— Por favor, me conte.

Sinto uma dor que vai do estômago até a garganta e me dou conta de que é provocada pela tristeza e pela saudade. Amo Thomas e fui a causadora de sua ruína. Jamais pensei que um dia viesse a desejar não termos nos casado, mas hei de fazê-lo, se ele estiver sofrendo por minha causa.

— Por favor, conte-me tudo que o senhor sabe, Sir William.

— Ele foi levado para a Prisão de Fleet. Mas ao menos o inverno está chegando e a epidemia de peste passou.

Então, a carta dizia a verdade, como eu imaginava. A prisão fica à beira do rio Fleet, o mais sujo de Londres. É úmida e extremamente fria no inverno. Os prisioneiros têm de pagar pela lenha que os aquece e pelos cobertores. Se a família de Thomas não enviar dinheiro e comida, ele vai morrer de fome. Já não é jovem; vai adoecer se continuar confinado.

— Ele está preso numa cela minúscula — continua Sir William, falando baixo. Ele olha ao redor do meu quartinho: o espaço exíguo em cada lado da cama, a mesa e a cadeira encostadas no canto, a janelinha no alto, tudo muito apertado. — E, é claro, ele é um homem muito grande.

Lembro-me da primeira vez que vi Thomas, perfilado diante do portão principal do Palácio de Whitehall, com os polegares enfiados no cinturão de couro, os ombros largos e eretos, a presença imponente, o charme. Para um homem imenso, ele tem passos muito leves e pensamento rápido. Lembro-me de como ele sorri ao me ver, como apoia um dos joelhos no chão para falar comigo.

— Quão pequena é a cela? — Não consigo visualizar o que Sir William me diz. — Quão pequena, exatamente?

Ele pigarreia.

— Ele não consegue ficar de pé — responde, relutante. — Precisa ficar curvado. E não consegue se esticar na cama. Precisa se deitar com as pernas encolhidas.

Lembro-me de Thomas com os pés para fora da cama. Ele tem dois metros de altura. Não está apenas preso; está sendo esmagado.

— Ele deve estar sofrendo — comento, secamente.

— E não está sendo alimentado — prossegue, cabisbaixo. — Ele tem caçado pequenos animais e passarinhos com um estilingue na janela do cubículo para ingerir alguma carne.

Levo a mão à boca para conter a ânsia de vômito.

— É uma sentença de morte — declaro, à meia-voz.

Sir William assente.

— Sinto muitíssimo, milady.

Portanto, ela venceu. Vou negar meu casamento e suplicar perdão, qual uma escrava. Ela pode dispor de mim como anã da corte, até como eunuco. Se ela libertar Thomas antes que ele fique aleijado, concordo em nunca mais voltar a vê-lo, em nunca mais mencionar seu nome. Escrevo uma carta a William Cecil, rebaixando-me até não poder mais. Imploro perdão como se fosse a pior das pecadoras. Digo que prefiro morrer a desagradá-la. Assino meu nome de solteira, meu nome antigo: Maria Grey. Não faço nenhuma menção a Thomas. Deixo claro que ele não significa nada para mim, que o esqueci, que nosso casamento jamais existiu. E então sou obrigada a esperar. Obrigada a esperar para ver se ela é clemente em caso de vitória total, embora jamais tenha sido clemente antes.

Chequers, Buckinghamshire, Inverno de 1565

Agnes Hawtrey não nutre grande afeto por mim, visto que meu sustento advém de seus recursos e os vizinhos que a visitam na ocasião das festas natalinas não podem me ver. Ela não ganha nada com minha presença na casa; não pode sequer me exibir. Porém, sendo eu a única pessoa, além de sua velha tia, capaz de apreciar os fuxicos que vêm de Londres, ela é obrigada a vir a mim, pois está sempre ávida por tagarelar.

— Eu preciso lhe contar — começa ela. — Eu preciso contar para alguém... mas você não pode contar para o meu marido nem para ninguém que eu falei da rainha.

— Eu me recuso a ouvir qualquer tipo de traição — declaro prontamente. — Não posso ouvir.

— Não é traição, e todo mundo já sabe — apressa-se em dizer. — Lorde Robert Dudley propôs casamento à rainha, e ela concordou em se casar com ele na Festa da Candelária!

— Não! A senhora deve ter ouvido mal. Eu poderia jurar que ela jamais se casaria com ele ou com quem quer que fosse.

— Ela vai! Ela vai! Eles vão se casar na Festa da Candelária.

— Onde a senhora ouviu isso? — Permaneço cética.

— É de conhecimento geral — responde ela. — O próprio Sir William me disse, mas ouvi também de uma amiga cuja prima trabalha para o duque de Norfolk, que jurou que esse casamento não pode ocorrer, mas que não há como impedi-lo. Ah! — Ela se sobressalta diante do pensamento. — E você? Se ela se casar, será que vai mandar soltá-la?

— Não há por que não me soltar agora — respondo. — Não concorro com ela pelo afeto de lorde Robert. Mas, com certeza, se ela se casar e tiver um filho, haverá menos motivo ainda para manter minha irmã e a mim confinadas. Se ela se casar, talvez permita que suas damas se casem também.

— Vai ser um casamento e tanto! — exclama ela. — Com certeza, na ocasião das bodas, ela vai conceder um indulto a prisioneiros.

— A Festa da Candelária... — digo, pensando em Thomas, esmagado na cela fria, deitado no chão úmido, faminto. — É só em fevereiro.

Chequers, Buckinghamshire, Primavera de 1566

Não há celebração de Natal para mim em Chequers. Receio não haver júbilo para minha irmã em Ingatestone nem para seu marido em Londres, na residência de Sir John Mason. Talvez em Hanworth Teddy tenha ganhado algum presente de Natal da avó ou um biscoito de gengibre; mas ele já deve saber que nunca vai receber uma bênção natalina da mãe ou do pai. Sei que meu marido, Thomas, passa frio e fome. À medida que a temperatura cai e começa a nevar, em janeiro, penso nele, curvado sobre a janelinha, espiando para ver se pega um pardal para comer o pingo de carne preso aos ossinhos. Imagino que cace e coma ratos. Penso nele sentado diante de um fogo fraco, tentando se aquecer. Penso nele encolhido na cama à noite e na agonia de nunca poder se esticar, sendo obrigado a curvar os ombros quando se levanta e a encolher as pernas quando dorme.

Ouço dizer que o júbilo na corte, em Londres, também é quase nulo. Elizabeth foi vencida por uma inveja desesperada ao receber de Edimburgo a notícia de que a rainha rival está grávida. A rainha Maria da Escócia e seu jovem esposo, lorde Henrique Darnley, estão prestes a dar à Escócia um novo herdeiro real e à Inglaterra mais uma criança com direito ao trono de Elizabeth. Quando Sir William me comunica o fato, eu, por um breve momento, fico aliviada por estar longe da corte. Mal posso imaginar o tormento das damas de companhia nas mãos de Elizabeth se a rainha Maria tiver um menino. Como eu gostaria de estar ao lado de Catarina e ouvi-la rir dessa situação. Com a mesma rapidez que Elizabeth nega seus herdeiros, nós damos à luz outros. Seria engraçado se não fosse triste.

Robert Dudley se mantém confiante de que Elizabeth vai se casar com ele na Festa da Candelária, cumprindo sua palavra; no entanto, janeiro vem e vai, depois a Festa da Candelária ocorre, e Elizabeth não se pronuncia. Não sei como ela consegue a postergação — provavelmente por meio de uma nova promessa ou de um novo motivo para o adiamento —, mas o capelão real prega um sermão argumentando que a Festa da Candelária já não existe, sendo agora uma heresia, de maneira que, talvez, a data do noivado de Robert desapareça assim como desaparece a antiga tradição da festa.

A rivalidade indignada de Elizabeth se transforma em temor quando a rainha Maria anuncia que é a legítima soberana da Inglaterra. De repente, a questão de quem sucederá a Elizabeth se torna irrelevante, pois a rainha Maria declara Elizabeth uma usurpadora. Maria conta com o apoio do papa Pio V para fazer tal reivindicação, e toda a Europa se volta contra Elizabeth. Os espanhóis apoiam a rainha Maria por causa de sua religião; os franceses, por laços familiares; e metade da Inglaterra se insurgiria em seu favor, se ela cruzasse a fronteira à frente de um exército papista. Ela teria condições de levar uma guerra santa ao coração da Inglaterra e conquistar o trono por direito, com as bênçãos da Igreja papista. Obviamente, quando tenho permissão para fazer uma breve caminhada de meia hora pelo jardim gelado, penso que minha ofensa e aquela perpetrada por Catarina ficam ainda mais brandas diante da declaração de guerra por parte da rainha Maria. Sei, no entanto, que o anúncio deve ter feito Elizabeth afundar em pavor e inveja. Ela não vai conseguir pensar em mais nada. Não vai falar sobre mais ninguém. Não terá piedade de ninguém.

Escrevo a William Cecil, lembrando a ele que Catarina e eu jamais tomamos nenhuma medida para defender nosso direito de herdeiras de Elizabeth e que jamais faremos isso. Que somos protestantes e correligionárias dele e da soberana; que, se ela for ameaçada por primas papistas, pode contar com nossa amizade; ela tem uma oportunidade para demonstrar a todos que apoia nossa religião em comum. Podemos ficar ao lado dela diante da corte. Podemos apoiá-la perante o reino quanto ao seu direito ao trono. Concluindo, imploro a ele que — se nada mais for possível — conceda a Thomas Keyes uma cela mais espaçosa e permissão para caminhar do lado de fora.

Eu o renego, escrevo. *Que nosso casamento seja anulado, como se jamais houvesse acontecido. Jamais voltarei a vê-lo, se o senhor o libertar.*

Novamente, assino Maria Grey, negando meu amor, negando meu casamento, negando meu próprio ser. Novamente, aguardo notícias.

Sinto-me uma tola por não ter sido capaz de prever o que aconteceria na sequência. Os espiões de William Cecil brincam com lorde Darnley como se ele fosse um cachorrinho de estimação, feito Jô, a pug de minha irmã. Eles o adestram, ensinam-lhe gracinhas. Primeiro, atiçam sua frágil masculinidade, dizendo que ele não é rei de verdade se obedecer à esposa e que agora ela lhe nega o título de rei. Juram que ela não confia nele, o homem colocado por Deus acima dela, mas em seu secretário, David Rizzio. Insinuam que ela só obedece ao italiano, que o prefere ao jovem esposo e até que se deita com ele; talvez a criança que ela carrega no ventre seja dele, e não de Stuart. Com fantasias de luxúria e traição, alimentam-lhe a mente jovem, corrompida e ébria, de modo que ele irrompe no quarto da esposa com uma pistola carregada, aponta a arma para sua barriga e exige a ela que lhe entregue Rizzio. Evidentemente, Cecil e Elizabeth pouco se importariam se a arma disparasse e matasse a criança e a rainha em um acidente auspicioso. Darnley, o garoto bonito, acompanhado de meia dúzia de parceiros, arrasta do quarto da soberana o secretário, enquanto ele grita por misericórdia, agarrado ao vestido dela, e o apunhalam até a morte na escada privativa de acesso aos aposentos da rainha. Uma morte horrenda, um complô medonho. É assim que Elizabeth e seu conselheiro lidam com graves desafios políticos. Devo ser grata porque minha irmã e eu estamos apenas encarceradas.

Tenho esperança de que meu cunhado, Ned Seymour, seja libertado. Seu carcereiro, Sir John Mason, que tanto o odiava, morreu, e o conselho não está encontrando um substituto. Ninguém quer ser guardião de um nobre inglês preso sem acusação e sem motivo justo. Pergunto a Lady Hawtrey se sua amiga na corte acha possível a rainha mandar Ned ficar detido junto a Catarina. O fato de estar com ele transformaria a experiência de detenção. Todos os meses, ouço que ela se afunda cada vez mais em solidão e tristeza. Agnes diz que não — Elizabeth não arriscaria o surgimento de mais um filho de Seymour, mais um herdeiro do trono. Creio, entretanto, que esteja enganada. Considerando as notícias recém-chegadas da Escócia, Elizabeth não haverá de libertar Ned e depois o restante de nós? Ela precisa mostrar ao reino que apoia a causa protestante contra a pretendente papista.

Pois a rainha Maria fortaleceu sua causa e conseguiu virar a história pelo avesso. Com astúcia, acabou se valendo do marido, o fraco garotinho Darnley. Ela negou o medo e o pavor de ser atacada e da morte de seu conselheiro real e arrancou o marido da companhia ébria de seus amigos vis. Agora, Darnley se voltou contra eles e nega ter tido qualquer participação no ataque à esposa e ao conselheiro assassinado. A própria rainha Maria persegue os traidores e reconquista o apoio dos líderes protestantes na Escócia. Agindo com rapidez e bravura, ela derrota os inimigos e estabelece alianças. Elizabeth, tentando não perder o passo nessa dança complicada, agora diz a todos que lamenta os terríveis acontecimentos ocorridos na Escócia e que teme pela segurança da prima querida. Publicamente, ela exorta Maria a tomar cuidado, sobretudo por estar grávida.

É claro que tal atitude não engana ninguém, e todos se perguntam se a rainha Maria da Escócia vai se atrever a deslocar suas tropas para o sul, cruzar a fronteira e nos dominar. Ela já rotulou Elizabeth de bastarda e usurpadora. Já constatou que Elizabeth é uma inimiga cujos procedimentos incluem homicídio e aconselhamento nefasto. A rainha Maria tem agora consciência da própria força. O que ela fará em seguida?

Não posso deixar de contemplar a hipótese de ela marchar contra a Inglaterra, com os papistas rebelando-se e a recebendo como libertadora e salvadora. E, se ela vier, se ela vencer, será que não libertaria as outras primas? Primeiro, libertaria a sogra, Margaret Douglas, e então... por que não Catarina e eu? Será que Maria, com um bebê nos braços, não se compadeceria dos meus sobrinhos? Perco o fôlego diante da ideia de uma rainha papista libertar as irmãs de Joana Grey. Decerto, ela não poderá ser uma prima ou uma rainha pior para nós do que Elizabeth tem sido.

Chequers, Buckinghamshire, Verão de 1566

Cada dia amanhece mais cedo e, da minha janela, vejo as árvores exibirem uma bruma verde-clara que aos poucos se transforma em uma vibrante explosão de folhas. Quando caminho pelo jardim, uso um xale nos ombros, em vez do manto pesado, e o canto dos pássaros ressoa alto ao meu redor. Certa manhã, ouço um cuco gorjeando tão alto e com tamanha nitidez que, por um momento, é como se eu tivesse voltado a Bradgate e Catarina me pegasse pela mão, puiássemos os sulcos de um campo recém-arado e ela dissesse: "Venha! Venha! Talvez consigamos vê-lo. O cuco traz boa sorte."

Tenho grande anseio por liberdade nesta estação. Vejo coelhos embaixo das cercas vivas que começam a brotar e lebres saltando pela névoa nos gramados ao amanhecer. Ouço raposas grunhindo à noite e corujas arrulhando seu canto de amor do topo de uma chaminé para outra. Sinto-me plenamente consciente de minha própria juventude e de meu próprio frescor neste início de estação que irrompe cheia de vida. À noite, não consigo dormir, tamanho é meu desejo por Thomas. Passamos pouquíssimo tempo juntos, mas minha pele se recorda de cada toque. Quero amar meu marido. Quero me deitar em seu corpo maciço. Não me importo onde viveremos, não me importo se formos pobres, não me importo se nos arruinarmos. Se puder estar ao lado dele, serei feliz.

E então recebo uma boa notícia, talvez o começo de alguma alegria para mim, algo ainda tênue como as árvores verde-claras em que as folhas vêm brotando. O carcereiro de Catarina, Sir William Petre, em Ingatestone, está muito doente e já não pode se responsabilizar por ela. Talvez Deus não tenha se esquecido de nós, herdeiras. Primeiro, Ned fica sem carcereiro, agora Catarina também. Chego a pensar que minha irmã será transferida para ficar comigo, ou que todos seremos mantidos sob uma mesma prisão domiciliar. Não seria menos dispendioso e mais fácil nos manter em uma mesma casa? Escrevo a William Cecil, dizendo que ficaria muito mais feliz se ficássemos detidos juntos. Que, decerto, seria mais conveniente para Sua Majestade nos reunir em um mesmo local, que minha irmã precisaria de menos criadagem, pois eu cuidaria do menininho e da alimentação dela, além de lhe fazer companhia.

E seria menos dispendioso, escrevo, com um bom argumento, *pois compartilharíamos o aquecimento e a criadagem*. Pergunto a Cecil se ele não encaminharia meu pleito a Sua Majestade, além do pedido de que Thomas Keyes seja libertado para residir com os filhos em Kent. *Juro que nunca mais o verei, e ele há de jurar nunca mais me ver. É mais crueldade do que aquilo que se vê em rinhas de ursos, manter um homem grande feito Thomas preso dentro de um cubículo. É até falta de caridade cristã. Não se pode manter um boi grande dentro de um curral pequeno. Ele nada fez além de me amar, e jamais teria se pronunciado caso eu não o instigasse.*

Recebo uma das raras respostas de Sir William Cecil. Ele responde, informando que minha irmã Catarina será transferida à guarda de outro leal cortesão, retirado da obscuridade, idoso e com o pé na cova: Sir John Wentworth, que reside em Gosfield Hall. Ela vai se alojar na ala oeste e será servida por suas damas. O filho, Thomas, que não sabe o que é viver fora do cárcere, que em seus três anos de vida nunca viu um céu aberto, permanecerá ao lado dela.

Quanto ao sr. Keyes, terá autorização para caminhar pelo pátio e esticar as longas pernas, escreve William Cecil, com um toque de seu notório senso de humor. *A rainha se mostra inclinada a ser clemente para com ele, e muitas pessoas insistem em um perdão para a senhora e para Lady Catarina nestes tempos conturbados. Subscrevo-me, cordialmente.*

Não sei ao certo o que Cecil quer dizer com "tempos conturbados", pois é isso que temos desde que sua protegida subiu ao trono, mas, em junho, fico sabendo que finalmente aconteceu o pior para Elizabeth: a rainha Maria da Escócia deu à luz. E pior ainda para Elizabeth, que havia instado o marido de Maria a disparar uma arma contra seu ventre: a jovem sobreviveu ao parto. E mais: a criança é saudável. E o pior de tudo: é um menino. A prima papista, assim como a prima protestante, tem um filho saudável e herdeiro do trono inglês. Elizabeth, aos 32 anos, solteira, mal-amada, agora tem duas primas com filhos no berço. Ela não poderá negar a todos.

Ela faz, obviamente, o que sempre faz: foge e finge que nada está acontecendo. O cozinheiro de Chequers é amigo de um cavalariço real, e ficamos sabendo das magníficas festividades realizadas em Kenilworth, nas quais Robert Dudley esbanjou sua fortuna aos pés de sua rainha e amada recalcitrante. Consta que tenha sido construída uma ala inteira de cômodos, exclusivamente por causa da visita monárquica, além da realização de mascaradas e caçadas, a encomenda de uma peça teatral e um espetáculo pirotécnico. Depois da decepção sofrida na Festa da Candelária, ele se entregou a mais uma tentativa de cortejá-la. Ao longo do corrente ano, Robert Dudley se retirou da corte, enfurecido ou desesperado, em duas ocasiões, e em ambas ela se humilhou a ponto de pedir a ele que retornasse. Está claro, para todos, que Elizabeth não consegue viver sem ele. Dudley deve estar se perguntando se tal fato estaria claro para ela.

Sentada em meu quartinho, penso em minha prima Elizabeth vendo os fogos de artifício refletidos no grande lago em Kenilworth e tento aplacar o azedume de minha raiva. Não sou uma prisioneira melancólica, ao contrário de minha irmã Catarina; não vou me render à tristeza. Não posso perdoar Elizabeth pelo tratamento insano que nos dispensa. Para mim, trata-se de uma louca perversa e, quando escrevo uma de minhas cartas habituais, pleiteando um indulto e jurando lealdade eterna, minto como todos os cortesãos da soberana. Ela construiu uma corte de pessoas mentirosas, e eu sou a pior delas.

Chequers, Buckinghamshire, Outono de 1566

Fico sabendo que, novamente, ela deixa Robert Dudley na incerteza, mas isso eu já previa. Creio que ele estará sempre na iminência de se casar com ela, jamais conseguindo fazê-lo. Creio que ela não se casará com ninguém. Falei há anos que seria esse o caso, e agora falo de novo. Ela vai mantê-lo perto o bastante para que ele arruíne a própria vida, mas nunca perto demais para arruinar a dela. Elizabeth deixa Kenilworth e regressa a Londres, e agora é obrigada a convocar o Parlamento. Precisa de dinheiro. Tem gasto uma fortuna criando caso na Escócia — espionagem e rebelião são sempre atividades dispendiosas. Mas o Parlamento se recusa a conceder fundos sem uma promessa quanto à sucessão. Os parlamentares percebem que têm uma chance de ditar algo à rainha. O Parlamento protestante quer apenas uma herdeira: minha irmã Catarina, a ser sucedida pelo filho Seymour.

Um dia, enquanto caminho pelo jardim, admirando as cores fulgurantes das árvores do parque e o redemoinho de folhas douradas em volta de meus pés, vejo diante de mim um quadrado branco no chão. Pego e desdobro o papel.

Vossos amigos haverão de falar por vós e vossa irmã. Não fostes esquecidas. A Inglaterra sabe quem são as herdeiras.

Enfio o papel no bolso e, quando volto ao meu quarto, queimo-o na lareira e espalho as cinzas com o atiçador de brasas. Surpreendo-me sorrindo. Talvez em breve poderei andar dentro de um quarto com mais de três metros e meio de largura. Poderei caminhar por um jardim e sair pelo portão. Talvez na próxima primavera ouvirei um cuco alvissareiro em Bradgate Park.

Meu guardião relutante vem ao meu quartinho. Ele veste culotes e botas de equitação, traz um manto pesado dobrado no braço e um chapéu na mão; não está cabisbaixo, e sim radiante. Faz uma profunda reverência ao me encontrar sentada na única cadeira que há no quarto, diante da janela aberta. Imediatamente, fico alerta como um cervo que fareja no vento a proximidade de cães de caça. O que estaria acontecendo agora?

— Senhora, vou viajar. Vou a Londres — avisa ele.

Meneio a cabeça em sinal de concordância e mantenho uma expressão serena, embora meus pensamentos girem feito um redemoinho.

— Peço-lhe que se aquiete na minha casa enquanto eu estiver fora — continua. — Se a senhora se aproveitar da minha ausência para tentar fugir, o desagrado da rainha há de pesar contra mim e minha esposa. E não tenho condições de enfrentar tal situação. A senhora entende.

— Não tenho aonde ir e ninguém a encontrar; e eu não vou causar problema para o senhor nem para minha irmã — prometo. — Não duvido que a rainha puna minha irmã e meus sobrinhos se eu fugir.

Ele faz uma nova reverência.

— Além disso, espero voltar com boas novas para a senhora e para Lady Hertford, sua irmã real.

Percebo que Sir William confere a Catarina a designação real e o título de casada.

— Ah, é mesmo?

Ele olha para trás, a fim de se certificar de que não há ninguém ao lado da porta aberta. Fecho a janela e me viro para ele. Prontamente, agimos feito conspiradores, prevenindo-nos contra espiões.

— Fui chamado ao Parlamento — explica ele. — Vamos insistir para que a rainha defina a sucessão. Somente o Parlamento pode elevar os impostos pagos a ela, e podemos estipular condições. Dessa vez chegamos a um consenso; não fomos divididos pela manipulação dos conselheiros da corte e estamos unidos com a Câmara dos Lordes. Vamos insistir para que ela defina a sucessão, e a herdeira é Lady Hertford e, depois, o filho dela.

Tenho vontade de pular e bater palmas, mas permaneço sentada, princesa que sou, e inclino a cabeça.

— Fico feliz com essa notícia — é tudo o que digo.

— Quando a senhora for libertada — ele diz "quando", não "se" —, espero que conte a sua irmã, Lady Hertford, que fui o melhor anfitrião possível, dentro das restrições que me foram impostas.

— Direi isso a ela — afirmo, com justiça. — E direi que o senhor foi a Londres, quando convocado, e que não mediu esforços para se unir a outros e convencer a rainha a apontar minha irmã como herdeira.

Sir William faz uma reverência profunda, como se estivesse perante um membro da família real.

— E — acrescento — ficarei muito grata se o senhor visitar o sr. Thomas Keyes, na Prisão de Fleet, e insistir para ele ser solto.

— Vou levantar essa questão com meus companheiros de Parlamento — promete. — É claro que ninguém pode ficar detido sem uma acusação. — Ele aguarda, caso eu tenha alguma outra instrução. — A senhora quer que eu fale em seu favor com alguém na corte?

Abro um sorriso. Não vou identificar meus amigos nem minhas parentas mais próximas. Não vou incriminar ninguém.

— Que tudo seja feito às claras — digo. — Fale de mim e de minha irmã com todos.

Na ausência de meu guardião, tenho permissão para caminhar e me sentar no jardim. Estudo e escrevo; leio a Bíblia e desenho. Arrisco alguns afrescos nas paredes do meu quarto, lembrando-me dos desenhos feitos pelos irmãos Dudley nas pedras da Torre tanto tempo atrás. Penso que, se Catarina e eu formos libertadas, se ela for designada como herdeira e pudermos voltar ao nosso lar, essa história longa e dolorosa de falsidade e desamor entre membros de uma mesma família chegará ao fim, e as crianças inocentes estarão livres. Penso em meus sobrinhos e rezo para que possam crescer na bela residência de seu pai, sob os cuidados de seus progenitores, sabendo que são herdeiros legítimos do trono, confiantes de que ocuparão seu devido lugar. Penso que Catarina será uma boa rainha da Inglaterra — seu poder não resultará de uma usurpação, e ela tampouco recorrerá a informantes e tortura para fazer valer sua vontade. O filho que a suceder será um honrado monarca protestante, um rei Seymour-Tudor, a exemplo do meu pobre primo, rei Eduardo.

Depois de uma semana, Lady Hawtrey recebe uma carta do marido e traz a correspondência ao meu quartinho. Ela bate à porta e entra quando digo:

— Entre!

— Meu marido me enviou uma carta de Londres para me dizer como eles estão se saindo — começa ela, fazendo uma profunda reverência. — Achei que a senhora gostaria de saber das notícias.

— Sim. Por favor, queira se sentar.

Ela se acomoda em uma banqueta ao lado da lareira e eu me sento na cadeira, de modo que nossa cabeça fique no mesmo nível. Lady Hawtrey desdobra a carta e a examina.

— Ele diz que a Câmara dos Comuns se uniu à Câmara dos Lordes a fim de questionar a rainha, e que os ânimos têm esquentado. As duas câmaras decidiram que Lady Catarina deve ser apontada como a sucessora. O Conselho Privado concorda com o Parlamento. A rainha se desentendeu com o duque de Norfolk, com Robert Dudley e com o conde de Pembroke.

Ouço com atenção. Esses são os principais conselheiros e amigos da monarca; o conde de Pembroke foi o primeiro sogro de Catarina. Nunca pensei que ele fosse capaz de discordar da rainha por causa dela. Nenhum desses homens se beneficiaria do reconhecimento da legitimidade de Catarina. Elizabeth há de enxergar que eles agem pelo bem do reino. Tampouco discordariam da rainha, a não ser que estivessem certos do sucesso do pleito.

— Agora ela os proibiu de entrar no salão de audiências — lê Lady Hawtrey, então ergue os olhos para mim. — Que coisa extraordinária, não?

— Sim — respondo, secamente.

— Ela convocou trinta homens da Câmara dos Comuns, e não permitiu que o líder da câmara os acompanhasse — prossegue a leitura Lady Hawtrey. — Meu marido diz que ela se exaltou com eles.

Viro a cabeça para esconder um sorriso. Imagino que os provincianos membros do Parlamento tenham se apavorado diante da soberana, que poderia mandar prendê-los sem mandado e condená-los sem julgamento. Mas eles não se intimidaram. Insistiram no direito de aconselhá-la, e o conselho era de que se casasse, produzisse um herdeiro e apontasse um sucessor imediatamente.

Lady Hawtrey pega a última página.

— Ele está voltando para casa. Escreve que o trabalho está concluído. Escreve que saíram vitoriosos.

— Ela apontou Catarina? — murmuro, descrente. É o único desenlace possível para Elizabeth se ambas as câmaras se mantiverem unidas contra ela. — Ela a apontou?

Lady Hawtrey dobra e me entrega a carta.

— Veja com seus próprios olhos. Ela deu a palavra. O Parlamento concedeu o subsídio, e ela prometeu que eles haverão de decidir a sucessão.

Ela olha para mim.

— Eles conseguiram dobrá-la — diz. — A senhora imaginava que fossem capazes?

Dou uma risadinha um tanto trêmula.

— Eu não ousava alimentar esperanças. Eu me limitava a rezar. Foram corajosos, e ela enfim foi convencida a fazer a coisa certa.

Lady Hawtrey balança a cabeça em sinal de espanto.

— É uma mulher extraordinária; não tem de prestar contas a ninguém.

— Ela tem de prestar contas a Deus — digo, com firmeza. — E Ele há de lhe perguntar por Catarina e pelos meninos, Teddy e Thomas, pelo marido dela, Ned, e até por Margaret Douglas e pelo filho, Charles, e por mim e Thomas Keyes. O Deus que nos prometeu que nenhum pardal caia ao solo sem consentimento haverá de perguntar à rainha da Inglaterra onde estão suas primas nesta noite.

Chequers, Buckinghamshire, Inverno de 1566

A rainha Maria da Escócia perdeu os sentidos depois de uma complicação no baço e está mortalmente enferma em seu reino conturbado. Permaneceu inconsciente durante várias horas, enquanto tentavam aquecer seu corpo gelado. Só Deus sabe o que ocorrerá. Seu filho e herdeiro ainda é um bebê — se ela falecer, não há quem o defenda. Dizem que suas últimas palavras foram para pedir a Elizabeth que seja a protetora do reino em nome do menino.

É como pedir a um cuco que proteja os ovos dentro do ninho. É como pedir a uma coruja que proteja um camundongo. Mas eu percebo certa perspicácia: mesmo no leito de morte, Maria é mais astuta que Elizabeth, fisgando-a com a isca de um menino com sangue real. Se concordar em ser a protetora do herdeiro da Escócia, Elizabeth estará reconhecendo o parentesco. Ávida por ganhar influência na Escócia, ainda dividida entre amor e ódio por sua rival mais jovem e mais bela, Elizabeth não resiste. Recebo um bilhete anônimo, em uma caligrafia que não reconheço, e concluo que o remetente seja William Cecil.

A rainha será madrinha do príncipe Jaime da Escócia.

Apenas isso, mas é o fim da minha esperança. Elizabeth rompeu a promessa feita ao Parlamento e aos lordes. Escolheu Maria, em detrimento de Catarina — a papista, em detrimento da protestante. Ela acha que encontrou uma saída ensejada por Maria, que talvez esteja no leito de morte, mas que tem mais astúcia em seu dedo mínimo gelado do que Elizabeth em toda sua infinita esperteza. A rainha Maria ofereceu o filho qual uma isca, e Elizabeth foi fisgada. Na esperança de que a mãe esteja agonizando, ela vai adotar o órfão. Ele será seu filho adotivo e o próximo rei da Inglaterra.

Envio uma carta de Natal a Catarina, mas não tenho nada com que presenteá-la. Em resposta, ela me escreve e manda uma corrente de ouro.

Ganhei isto, assim como tantos outros mimos, de meu marido, que me envia seu amor por meio de cartas e presentes. Nosso menino Thomas vai bem e está crescendo. Nosso primogênito, Teddy, está com a avó, em Hanworth, e ela diz a Ned que ele vai bem, que é uma criança forte e feliz. Todos rezamos por nossas liberdades e pela tua. Estou residindo com pessoas boas, que fazem o possível para me consolar, enquanto inicio mais um ano, o sexto, encarcerada. Sinto-me exausta e triste, mas creio que no ano que vem, talvez no Ano-Novo, seremos perdoados e libertados. Ouvi dizer que a rainha da Escócia e nossa boa rainha firmarão um acordo por meio do qual tu e eu seremos súditas e primas leais. Quero muito te ver, minha irmã.
Adeus.

Leio e releio a carta várias vezes, até memorizá-la, depois a queimo na lareira do quarto. Penduro a corrente de ouro no pescoço e penso que aquele presentinho veio de uma mulher que tem direito aos tesouros da Inglaterra.

Não é meu único presente de Natal. Meus anfitriões me presenteiam com algumas fitas e minha criada aplica um belo acabamento rendado em uma de minhas combinações. Ofereço a Lady Hawtrey um desenho do jardim visto de minha janela. Se pudesse ver de mais longe, poderia desenhar mais, mas até meu campo de visão está restringido.

Chequers, Buckinghamshire, Primavera de 1567

Lorde Darnley, o filho desregrado e maldoso de minha prima Margaret Douglas, está morto. O menino que ninguém acreditava que faria algo de bom na vida teve uma morte terrível: nu e estrangulado no jardim, diante da própria casa em ruínas. Alguém — e todos dizem que foram os líderes protestantes — explodiu sua casa, Kirk o' Field, com pólvora e o capturou quando ele tentou fugir. Ninguém esperava que ele fosse ter uma morte serena em uma cama — sendo um assassino capaz de ameaçar o próprio filho ainda no ventre da esposa, sendo uma criança perversa, mimada pela ganância da mãe —, mas todos estão chocados com as circunstâncias da morte e horrorizados com o significado do acontecimento para a rainha dos escoceses, que acaba de se recuperar de sua doença e agora está sob suspeita de ter assassinado o marido.

Elizabeth, que mal consegue disfarçar a satisfação diante do desastre que explodiu o acordo que havia entre ela e a rainha escocesa, assim como aconteceu em Kirk o' Field, agora dissimula profunda compaixão pela mãe desconsolada do menino mimado. Nossa prima Margaret Douglas foi libertada da Torre e transferida sob a custódia de Thomas Sackville, em Sackville Place. Seu filho menor, Charles, é levado até ela para confortá-la nessa perda terrível.

A morte do filho homicida e sifilítico, de algum modo, propicia um indulto à traição perpetrada pela mãe. Lady Margaret é solta; Catarina e eu, totalmente inocentes, continuamos presas. Elizabeth pensa única e exclusivamente na resposta que dará a nossa prima rainha Maria.

Quando os irascíveis pregadores escoceses declaram que nenhuma mulher pode deter o poder, Elizabeth é compelida a apoiar a prima. Mas não o faz de corpo e alma. Divulga seus conselhos à rainha da Escócia, ressaltando o contraste existente entre ela própria — a rainha celibatária — e a monarca escandalosa, recém-viúva, casada duas vezes. Uma cópia da carta chega às minhas mãos, em Chequers, e eu a leio, espantada que a rainha se autodenomine uma prima leal e amiga, se diga mais triste com o perigo que Maria está correndo do que com a morte de Darnley e afirme que Maria deve preservar a honra, em vez de se preocupar com aqueles que lhe fizeram o favor de matar seu marido — "como a maioria das pessoas alega".

Não sei se antes da defesa incriminadora apresentada por Elizabeth "a maioria das pessoas" já apontava Maria como responsável pela morte de Darnley, mas tenho certeza de que o farão agora. Vejo a mão de William Cecil por trás disso tudo: o homicídio no jardim à noite, o dano à reputação da rainha papista, a súbita reação de Elizabeth, passando a se mostrar confiante e compadecida. A morte de Darnley arruinou a reputação de Maria assim como seu casamento com ele. E arruinou o acordo que ela firmava com Elizabeth, exatamente como William Cecil planejara.

Não foi um assassinato discreto, levado a termo embaixo de uma escada escondida e depois julgado por um júri venal cuja sentença será "morte acidental". Foi uma grande explosão no centro de Edimburgo, no meio da noite, e a rainha se recusou a dormir com o marido na casa malfadada na noite em questão. Como se ela soubesse, diz o povo. Como se o atentado a pólvora fosse armado por alguém conhecido.

Mesmo trancada em meu quarto, mesmo restrita ao jardim, ouço os boatos. A cozinha em Chequers fervilha de fuxico; os cavalariços são grandes fãs do líder escocês Jaime Hepburn, conde de Bothwell, que sempre defendeu a causa protestante, cujo modo de agir é sempre simples, direto e violento. As lavadeiras morrem de pena do pobre lorde Darnley, morto em uma explosão enquanto dormia, ou estrangulado pelos selvagens líderes escoceses por ordem da esposa perversa. No decorrer da primavera, o escândalo se torna cada vez mais infame e complexo, até que em abril ouvimos que a rainha Maria da Escócia fugiu da capital do reino e em maio ficamos sabendo que ela se casou com o homem que matou seu marido: Jaime Hepburn, conde de Bothwell.

Chequers, Buckinghamshire, Verão de 1567

Comparada com esse novo e desastroso casamento da rainha da Escócia, minha união por amor com Thomas Keyes e até a união entre Catarina e Ned Seymour perdem toda e qualquer importância. Nós nos apaixonamos por homens honrados e desimpedidos. Ninguém sequer sabe se Bothwell tem uma esposa. Mas a rainha Maria se casa com ele sem o menor escrúpulo, trajando um luto requintado: um vestido de veludo preto todo bordado com linhas douradas e prateadas. Peço a Lady Hawtrey que se informe sobre o vestido, e ela descobre que foi, de fato, confeccionado em veludo preto, glorioso e caríssimo, bordado com ouro e provido de anáguas escarlate! Ela foi, ao mesmo tempo, noiva e viúva. Pode mesmo ser uma assassina; decerto, casou-se com um assassino. Está arruinada perante os olhos do mundo, sejam franceses, espanhóis ou ingleses; papistas ou protestantes. Ela se destruiu. Evidentemente, não poderá ser a herdeira da Inglaterra.

Espero que Sir William venha me informar que estou livre. A longa campanha de William Cecil contra a rainha da Escócia — sua trama secreta para nossa sucessão — foi, enfim, bem-sucedida. Não pode haver motivo para minha irmã e eu continuarmos encarceradas. Sir William Hawtrey me diz que Ambrose, irmão de Robert Dudley, visitou Ned Seymour, desafiando a ordem de que meu cunhado não pode receber visitas, afirmou que minha irmã Catarina será designada herdeira e que os Dudley a apoiarão.

Fico impaciente no quartinho abafado. Abro as janelas e olho lá para fora. Quando saio para minha caminhada, perambulo pelo jardim em pleno verão, dando voltas e mais voltas, feito um roedor correndo dentro da gaiola. Todas as vezes que ouço o ruído de cascos de cavalos penso que deve ser o emissário da rainha que veio me libertar. Agora falta pouco.

Lady Hawtrey me mantém a par da boataria de Londres. O marido de Lady Margaret Douglas, o débil pai de lorde Darnley, fugiu da Escócia, sendo acolhido na Inglaterra. Foi chamado à corte, e Lady Margaret recebeu autorização para acompanhá-lo. Ele trouxe relatos de uma Escócia entregue à rebelião. Os líderes protestantes escoceses fazem oposição a Bothwell e à soberana. A rainha Maria — vítima de Bothwell, esposa de Bothwell — não consegue fazer valer sua autoridade monárquica. Conforme Elizabeth sempre temeu, uma rainha casada é reduzida ao nível do marido. Maria chegou à Escócia na condição de viúva da coroa francesa, vestida de um branco luminoso. Não poderá governar o reino na condição de esposa de Bothwell, trajando um preto sensual e anáguas escarlate. Aparentemente, é tratada com respeito, mas é aprisionada no castelo da ilha de Lochleven. A rival de minha irmã, antes livre e poderosa, é agora uma prisioneira como nós.

E, como nós, nossa prima encarcerada agora depende da boa vontade de Elizabeth. Ninguém exceto ela pode ordenar aos líderes escoceses que respeitem sua soberana. Ninguém exceto ela mantém um exército na fronteira, espiões posicionados e a maioria dos nobres na condição de servos remunerados. No entanto, em vez de determinar a restauração da rainha, Elizabeth dá ouvido à nossa outra prima, Margaret Douglas, que exige justiça pela morte do filho: a execução da nora e a guarda do neto, o pequeno herdeiro. Todas as demandas que visam à humilhação da rainha dos escoceses agradam Elizabeth, mas ela não pode acatá-las.

Acima de qualquer outra crença, Elizabeth considera que as leis de um reino não se aplicam às rainhas. Ela quer que todos constatem que uma soberana pode cometer erros — até fatais, em sua vida privada — e permanecer digna de reinar. Se alguém disser que uma rainha não pode se apaixonar por um homem casado, como ficaria Elizabeth diante de Robert Dudley? Se alguém disser que um cônjuge rejeitado não pode ser impiedosamente assassinado, que tipo de correção há de ser feita no laudo do legista que define a morte de Amy Dudley como acidental? Elizabeth gostaria de ter a guarda do bebê Stuart, gostaria de vingar a morte do pai do menino, mas a segurança da mãe dele, em sua condição de rainha, é algo sacrossanto. Nada é mais importante para Elizabeth, filha de uma rainha que foi decapitada, do que o entendimento geral de que rainhas não podem ser decapitadas. Jamais outra rainha poderá ser decapitada na Inglaterra.

Chequers, Buckinghamshire, Verão de 1567

São os líderes escoceses que acabam com o impasse; eles não entendem a rainha inglesa e, acidentalmente, comprometem a própria causa. Anunciam que a rainha Maria, cuja obstinação foi solapada por ter abortado espontaneamente um par de gêmeos enquanto estava na prisão insular, concordou em ceder o direito ao trono. Foi obrigada a abdicar em favor do filho e concordou em ser uma reles prisioneira, desprovida de título. Eles pensam ter triunfado, mas conquistam a imediata oposição de Elizabeth. Agora ela se recusa a reconhecer o pequeno príncipe Jaime como rei Jaime VI da Escócia. Diz que ele não pode ser usado para destronar a própria mãe, o menino não pode usurpar a coroa materna, uma rainha não pode ser derrubada pelos senhores do reino. Jamais, jamais, jamais um herdeiro pode ocupar o trono de um monarca vivo — é o maior pavor que ela tem. Elizabeth achincalha Cecil e jura que o destronamento da rainha Maria jamais será tolerado. Rainhas devem ser tratadas com respeito; não podem ser julgadas e consideradas incapazes. Elizabeth levará a Inglaterra à guerra para defender sua congênere, Maria.

Agora, Elizabeth tem de lidar com a prima lamurienta e recém-readmitida à corte, Margaret Douglas. Lady Margaret exige para a nora, a rainha Maria da Escócia, prisão perpétua ou um julgamento e uma execução pelo hediondo assassinato do marido. Lady Margaret pouco se importa com o que pode acontecer, desde que o menino seja trazido à Inglaterra, ela possa se autodenominar avó de um rei e vê-lo herdar os tronos da Escócia e da Inglaterra.

William Cecil faz seu jogo de sempre — ele mantém a discrição. Aparentemente, ele concorda com a rainha que um ataque a outro monarca não pode ser tolerado, mas assinala que, decerto, a consequência imediata de uma invasão à Escócia seria o assassinato da rainha pelos líderes escoceses. Eles entrariam em pânico, diz ele, com suavidade, contemplando a fisionomia apavorada de Elizabeth. Será bem melhor para a Inglaterra registrar um protesto comedido, negociar com o autoproclamado regente, lorde Moray, meio-irmão e traidor de Maria, e tentar trazer o menino para o sul no momento oportuno.

Evidentemente, os líderes protestantes da Escócia jamais entregarão seu príncipe a uma papista inveterada como Margaret Douglas. E Lady Margaret, depois de estragar um filho, não pode ser encarregada de criar outro. Elizabeth fica tão frustrada diante dos eventos que se recusa a falar com o grande conselheiro e com a prima querida, e tenho mais motivos que nunca para prever que ela há de se voltar para nós. Que família ainda lhe resta?

Chequers, Buckinghamshire, Verão de 1567

Resta Catarina, reclusa em Gosfield Hall, totalmente inocente, amada por metade da Inglaterra, seu filho sendo criado às escondidas, como um Seymour de sangue real. Resta Maria, presa em Lochleven, possivelmente uma assassina, com certeza uma adúltera, detestada por metade da Inglaterra e abominada pelos próprios correligionários, o filho sob a guarda de seu meio-irmão, o marido um fugitivo. Quem será a melhor opção como herdeira? Qual será a melhor opção para a Inglaterra? Obviamente, Elizabeth, em sua monstruosa crueldade, apoia Maria e clama por sua libertação.

Os escoceses aceitam o dinheiro, mas não avançam, e Cecil, habilmente, intercepta toda e qualquer esperança de uma invasão inglesa à Escócia. A obstinação de Elizabeth fraqueja. Cecil sugere que ela excursione com a corte; Robert Dudley lhe promete um verão idílico — por que ela se recusaria a ser feliz? Elizabeth deixa de lado o desastre da prima e parte ao lado do amante, fugindo mais uma vez dos problemas que a cercam.

Chequers, Buckinghamshire, Verão de 1567

Os pardais chegam aos jardins de Chequers e voam baixo à noite. Ouço o rouxinol cantando no bosque ao anoitecer. O verão é a pior época para se estar preso. Sinto que tudo está livre e vivendo, cantando no crepúsculo, menos eu. Sinto que todo ser vivente busca seu par e encontra alegria — tudo, todos —, menos minha irmã e eu.

Estou bastante deprimida nesta noite. Geralmente, tento ler, ou enfeitar meu quartinho com desenhos nas paredes, ou estudar a Bíblia, ou os escritos de minha irmã Joana, mas nesta noite subo em uma cadeira diante da janela aberta, apoio o queixo nas mãos e contemplo o horizonte que escurece, onde a estrela solitária surge feito uma cabeça de alfinete espetada em um manto de seda azul-escuro, então me dou conta de que estou longe da família e dos amigos e de que nunca mais verei o homem que amo. Nunca mais nesta vida.

Sinto as faces molhadas pelas lágrimas e penso que não devo passar a noite assim. Nesse estado de espírito, não me sentirei melhor de manhã e nada terei aprendido por ter mergulhado nas profundezas de minha tristeza. Não sou o tipo de mulher que diz que sempre se sente melhor depois que chora. Na verdade, desprezo esse tipo de mulher. Em geral, mantenho-me ocupada e evito momentos de aflição pela perda de minha liberdade, pela perda de minhas irmãs e pelo flagelo que se abateu sobre nossa família porque nascemos Tudor.

Enxugo as faces com a manga do vestido e busco dentro de mim a obstinação sagrada tão característica de Joana ou mesmo a determinação implacável de minha mãe. Não posso ter o coração mole nem a vulnerabilidade de Catarina ou vou acabar me desesperando, como ocorreu com ela.

Estou prestes a fechar a janela e cair na cama para escapar dessas horas longas e solitárias da noite, tentando dormir até a chegada de mais um dia. Estico o braço e toco no ferrolho da janela, então ouço cavalos vindo pela estrada, muitos cavalos, talvez seis, uma tropa de homens montados e chegando pela estrada que liga Londres a Chequers. É o barulho de cascos pelo qual tenho esperado. Apuro os ouvidos. Sim, com certeza, não seguiram adiante. Saíram da estrada em direção à casa, e agora eu me debruço, olhando atentamente à meia-luz para ver se enxergo algum estandarte e identifico as cores portadas pelos indivíduos que se aproximam em trote acelerado àquela hora da noite.

Se alguém tiver vindo me buscar, emergindo do crepúsculo do verão, alguém decidido a nos libertar, alguém que se vale da excursão de Elizabeth e da licença de uma semana gozada por Cecil em sua nova casa, irei acompanhá-lo, seja ele quem for. Mesmo que me leve para a pobreza na França ou na Espanha, mesmo que me exponha a riscos e rebeliões, eu irei. Não vou passar mais um verão aqui, engaiolada feito um pintarroxo de Catarina. Não vou ficar aqui. Não me importo se morrermos durante a cavalgada até o litoral ou se nosso navio for capturado e afundado no mar. Prefiro morrer afogada a passar mais uma noite nesta caminha, olhando para o teto branco e para meus desenhos pendurados nas paredes. Prefiro morrer nesta noite a viver mais um dia na prisão.

Os cavaleiros surgem pela curva de acesso ao portão, e agora consigo vê-los. O estandarte Tudor os precede. Não é nenhum malfeitor, e sim uma mensagem de Elizabeth, trazida por um lorde que cavalga entre seus guardas, a mando da rainha. Enfim, enfim, deve ser minha liberdade. Ela só pode estar me libertando. Qualquer outra ordem seria trazida por um emissário sozinho cujo cavalo avançaria a passo. Enfim, que Deus seja louvado! Ela vai me libertar, e eu vou sair desta casa maldita e nunca mais voltarei a pôr os pés aqui.

Fecho a janela com força e pulo da cadeira. Balanço minha criada, que cochilava sentada.

— Arrume meu cabelo — peço a ela. — Pegue meu melhor capuz. Sir William vai bater aqui à porta a qualquer momento. Abra quando ele chegar. Ele vem me dizer que fomos libertadas.

Ela logo abre o baú e retira meu capuz, e eu fico de pé, com o coração disparado, enquanto ela prende meu cabelo louro e ajeita o capuz. Tiro a aliança do dedo, beijo-a, coloco-a em uma corrente e peço à criada que prenda a corrente em meu pescoço. Ela amarra os laços de meu vestido, acima das mangas, e de minha bata, e mantenho os braços abertos, feito uma boneca, para que ela ajuste o corpete. No instante em que diz "Perfeito, milady", ouvimos uma batida à porta; olho para ela, sorrio e exclamo:

— Enfim! Que Deus seja louvado! Enfim!

Sento-me em minha cadeira; a criada abre a porta, faz uma reverência diante de Sir William e dá um passo atrás, anunciando-o para mim. Ele entra no quarto e faz uma reverência profunda. Atrás dele vejo, com o chapéu na mão, o oficial que trouxe os homens até a porta da casa; ele faz uma reverência ao me ver, e eu inclino a cabeça.

— Lady Maria — começa Sir William. — Houve uma súbita mudança de planos.

Não consigo conter um sorriso.

— Eu ouvi os cavalos — aviso.

— Vieram levá-la daqui — prossegue Sir William, agitado. — Sem nenhum aviso prévio, é claro. Mas lamentamos vê-la partir, milady.

Escorrego até a ponta da cadeira e dou um pulinho para o chão. Estendo uma das mãos; ele se abaixa sobre um dos joelhos e a beija.

— Que Deus a abençoe — diz, com uma voz rouquenha. — Que Deus seja louvado por vossa liberdade.

— O senhor foi um anfitrião bondoso — elogio. — Mas, obviamente, estou feliz por poder partir.

— A senhora deve empacotar os seus pertences e partir de manhã — instrui. — Espero que esteja bom assim.

Eu sairia dali a pé, abandonando a cama velha, a cadeira, a mesinha e a banqueta. Abandonaria minhas roupas e sairia descalça, de combinação, se pudesse ir para Bradgate naquela mesma noite.

— Perfeitamente — respondo.

Atrás de Sir William, o capitão da guarda faz uma reverência e diz:

— Partiremos depois do desjejum, milady. Às sete da manhã, se for conveniente para a senhora.

Inclino a cabeça.

— Perfeitamente — repito.

Sir William hesita.

— A senhora não pergunta aonde será levada?

Dou uma risadinha discreta. Pensei apenas em minha liberdade. Fazia tanto tempo que eu sonhava em sair dali que não cheguei a pensar em meu local de destino. Pensei apenas que haveria de sair pela guarita de pedra e que estaria livre para ir aonde quisesse. Quero ir a Londres e visitar meu marido, Thomas, se ainda estiver detido. Se tiver sido libertado, irei aonde ele estiver — Kent, suponho. Tudo o que quero é minha liberdade. Quero me ver na estrada; pouco importa aonde ela levar.

— Decerto, eu deveria ter indagado. Aonde serei levada?

— Para a casa de sua avó de consideração, a duquesa de Suffolk. Para a residência dela em Londres. Eu vou escoltá-la.

Para mim, não faz diferença. Quero ir para Londres, a fim de libertar Thomas, e minha avó Catarina é uma das últimas sobreviventes de minha família. Sempre gostei dela, e ela é uma mulher dotada de grande experiência de vida — foi protegida por um rei cuja proteção era caso de vida ou morte. Convém que eu fique com ela, e, quando minha irmã for libertada, também deve se juntar a nós.

— E a minha irmã?

— Não sei o que foi proposto para Sua Senhoria — responde Sir William.

— Mas podemos nutrir esperanças.

Percebo que agora podemos expressar publicamente nossas esperanças. Percebo que ele o faz. Serei entregue à companhia de minha avó de consideração; haverei de libertar meu marido. Sem dúvida, vou encontrar Robert Dudley ou seu irmão Ambrose, porque ambos têm agora interesse em nossa liberdade. Vou encontrar William Cecil; vou visitar Catarina e meu sobrinho e obterei a soltura deles. Finalmente, Elizabeth foi razoável e constatou que não pode apoiar a rainha Maria da Escócia em detrimento de minha irmã e de mim. Só pode haver uma sucessora de Elizabeth: minha irmã Catarina. Haveremos de voltar a ocupar nosso lugar no mundo. Estaremos livres; estaremos reunidas. Estaremos, quem sabe, até felizes. Por que não? Catarina e eu sempre tivemos um temperamento alegre. Estaremos livres para voltarmos a ser felizes.

De Chequers a Londres, Verão de 1567

Saímos à luz perolada de um amanhecer do verão inglês, a melhor hora do dia, da melhor estação na Inglaterra. O sol nasceu atrás de um bloco de nuvens pálidas que se estendem feito fitas em tom creme acima das Chiltern Hills; cavalgamos para o leste e adentramos a luminosidade dourada que permeia a antiga via romana, retilínea qual uma espada, Akeman Street.

Avançamos em um pequeno cortejo. Temos uma vanguarda, depois um pequeno espaço para que eu não fique exposta à poeira; então, seguimos Sir William, o capitão da guarda e eu; atrás de nós vão os demais. Passadas algumas horas, fazemos uma parada, a fim de dar de beber aos cavalos e nos alimentarmos, e Sir William me pergunta se estou cansada.

— Não. Estou bem.

É mentira. Minhas costas doem e minhas pernas estão queimando em consequência da maneira como me sento na sela, pois monto como meu pai me ensinou — não vou na garupa, feito uma camponesa agarrada a um tolo. Monto meu próprio cavalo e mantenho as costas eretas, altiva na sela, mas fiquei tanto tempo espremida dentro de um quartinho que perdi o vigor e a energia. Porém, não perdi a vontade de viver nem o ardente desejo de liberdade. Prefiro morrer de dor em cima da sela a confessar que precisamos voltar a Chequers e fazer a viagem quando me conseguirem uma liteira. Nada me fará voltar à prisão. Prefiro cavalgar com as mãos ressecadas e as pernas sangrando a voltar àquele quartinho e àquela vista da janela de um quadrado de céu.

É como renascer, com o céu formando um arco acima de mim, o vento soprando suavemente em minhas faces e o sol adiante. Ignoro a dor nas costas e em cada osso do corpo. Sinto o aroma da madressilva e das florezinhas selvagens que crescem nas cercas vivas. Quando cavalgamos pelo topo das colinas altas onde carneiros pastam, ouço uma cotovia pairando acima de mim, gorjeando uma cadência sincopada a cada batida das asas minúsculas. Pardais circundam e se precipitam sobre os açudes que abastecem os vilarejos, o povo olha para nós e acena nos campos, cães correm e tentam morder as patas dos cavalos. Ao passarmos por um mascate na estrada, ele depõe a carga no solo e implora a mim que a examine. Fico deslumbrada pela vista e pelos sons do mundo cotidiano — nunca pensei que fosse voltar a vê-los.

Paramos ao meio-dia para um almoço, e às quatro da tarde o capitão emparelha seu cavalo ao meu e diz:

— Vamos pernoitar em Headstone Manor, no vilarejo de Pinner. Estão à nossa espera.

Imediatamente, fico alarmada.

— Eu não serei detida — declaro.

— Não. A senhora está livre. A senhora terá o próprio quarto e seus aposentos privados, e pode jantar no salão, com nossos anfitriões, se desejar. Não se trata de mais uma prisão domiciliar.

— Não serei ludibriada — digo, pensando em Catarina, que saiu da Torre para residir com o tio, pensando que o marido iria ao seu encontro.

— Juro que tenho ordens de levar a senhora até a duquesa de Suffolk — garante o capitão. — Mas não podemos fazer a viagem em um dia. Ainda teremos meio dia de jornada, se sairmos de manhã.

— Muito bem.

⊷

Meu anfitrião, lorde Roger North, recebe-me com plenos sinais de respeito. Nitidamente, estão recebendo a irmã da herdeira do trono inglês. A esposa de lorde North, Winifred, se atrapalha toda na hora da reverência, exagerando ao se curvar, esforçando-se para demonstrar o devido respeito a um membro da realeza, tentando se abaixar a ponto de sua cabeça ficar abaixo da minha, mas reajo com bom humor, e ela me conduz ao meu quarto. Duas criadas da casa trazem água quente para eu me lavar, e minha criada me apresenta um vestido limpo, trazido em uma pequena saca com meus pertences.

Faço minha refeição sozinha, no quarto de hóspedes, em vez de me dirigir à mesa do salão. Sinto-me retraída depois de tanto tempo — quase dois anos! — de confinamento. E desconfio de que haverá informantes, junto aos que me acolhem, entre os comensais no salão. Não estou preparada para o empurra-empurra e o burburinho do jantar socializado. Fiquei sozinha durante tanto tempo que não consigo me acostumar com um vozerio, com muita gente falando ao mesmo tempo.

Na manhã seguinte, despertamos cedo, vamos à capela e fazemos o desjejum, e às nove horas, segundo o relógio acima do estábulo, voltamos à estrada. Meu cavalo descansou e, embora minhas pernas estejam doloridas e rígidas, sinto-me tão exultante com a liberdade, que sorrio para o capitão da guarda; quando chegamos a um trecho seco e reto, digo a Sir William que podemos seguir a meio-galope.

Tenho a sensação de estar voando de tão rápido que cavalgo. Inclino-me para a frente e instigo o cavalo, e o ruído dos cascos, o cascalho voando e o vento em meu rosto me fazem querer cantar de alegria. Estou livre; sei que estou livre. Estou livre, finalmente.

Os vilarejos nas cercanias de Londres estão habituados a viajantes subindo e descendo Watling Street; ao verem o estandarte real, as pessoas me reconhecem e chamam meu nome. O capitão se aproxima um pouco mais de mim.

— Fomos instruídos a não chamar atenção — avisa, em tom de quem pede desculpa. — A senhora teria a bondade de cobrir a cabeça com o capuz de sua capa, milady? Não convém atrair a multidão.

Puxo o capuz, sem a menor palavra queixosa, e penso que a popularidade da rainha deve estar muito baixa, se uma prima tão simples como eu pode constituir uma ameaça se for vista na estrada.

— Cadê a irmã da senhora? Cadê Lady Catarina e aqueles meninos bonitos? — grita alguém, enquanto nos encaminhamos para a entrada a leste da cidade.

— Cadê os principezinhos? — conclama alguém, e vejo o capitão da guarda franzir o cenho. — Cadê os meninos Seymour?

Puxo o capuz mais para a frente e sigo ao lado do capitão.

— É a pergunta que eu também faço — digo, secamente, dirigindo-me a Sir William.

— É a pergunta que eu não posso fazer — acentua ele.

Minories, Londres, Verão de 1567

Montados, chegamos à casa de minha avó de consideração, em Minories. Na verdade, o imóvel tinha sido nosso. Lembro-me de que meu pai me contou que foi presente do jovem rei Eduardo, e também me lembro de me sentir intimidada diante da imensa porta de madeira escura e das galerias de pedra desse antigo mosteiro. Perdemos a propriedade quando Joana foi executada, é claro — quando perdemos tudo.

Minha avó de consideração, Catarina, uma mulher atraente e serena, com seus quase 50 anos, surge de dentro do salão, trajando seu manto de viagem. Leva um susto ao deparar conosco, montados em nossos cavalos suados, diante da porta de sua residência em Londres.

— Maria! Minha querida! Pensei que viria no mês que vem! Fui informada de que você estaria aqui no mês que vem. — Ela sinaliza para um dos lacaios uniformizados e diz: — Ajude Lady Maria a desmontar do cavalo, Thomas.

O homem me ajuda, então milady se ajoelha para me beijar com ternura.

— Estou muito feliz por você ter sido libertada e por ficar sob a minha guarda — prossegue. — Seja bem-vinda, menina. Você parece pálida. Não é para menos.

Ela olha para Sir William.

— Como é isso? Fui informada de que o senhor traria Lady Maria para mim dentro de um mês. Estou de partida para Greenwich.

Sir William desmonta da sela e faz uma reverência.

— Os guardas vieram para escoltá-la, sem aviso prévio, anteontem — explica ele. — Ordens. Mas faz um ano que Sua Senhoria está ávida por ser libertada. Teria sido uma crueldade mantê-la presa mais um dia sequer. Sinceramente, acho que não teria coragem de mantê-la detida nem mais um dia. Ela merece a liberdade, só Deus sabe.

Uma expressão sombria surge no semblante de minha avó de consideração.

— Mas você sabe que não está livre?

— O quê?

Ela se vira para Sir William.

— Lady Maria não está livre — repete. — Está sob a minha guarda. Foi libertada para ficar sob a minha custódia.

Sir William pragueja e se vira para o cavalo a fim de abafar o xingamento. Em seguida, volta-se para nós, corado de raiva e com lágrimas nos olhos.

— Não está livre? — repete ele. — Por ordem de quem... — Ele contém palavras que podem ser entendidas como traição. — Pensei que ela estivesse sendo levada à casa da avó e que estivesse livre para ir aonde quisesse. Pensei que a senhora a receberia e a levaria de volta à corte.

— Entrem — convida milady minha avó, ciente da presença da criadagem e dos curiosos na rua.

Ela nos conduz pelo salão nobre, então entra na saleta do porteiro, em busca de privacidade. Há uma mesa e uma cadeira, além de uma escrivaninha para mensagens e contas. Subitamente exausta, encosto-me na mesa.

— Minha querida, pode se sentar — diz, com carinho. — Sir William, o senhor aceita cerveja? Vinho?

Não suporto a ideia de me sentar. Sinto que, se me sentar, vão trancar a porta e nunca mais me deixarão sair. Permaneço de pé, sem jeito, uma dor nas costas de dois dias de cavalgada, cheia de medo.

— Eu não estou livre? — Mal consigo falar, pois meus lábios parecem inchados e rígidos, como se alguém tivesse me esbofeteado. — Pensei que estivesse livre.

Ela balança a cabeça.

— Você está sob a minha custódia, assim como o seu pobre sobrinho está sob a guarda da avó, em Hanworth. Mas a rainha não vai libertar você. Fui obrigada a prometer o seu confinamento.

— Eu não posso — deixo escapar. Sinto meus olhos se enchendo de lágrimas, estremeço e soluço. — Milady minha avó, não posso ficar confinada. Eu preciso sair. Não vou aguentar ficar presa em um quartinho, feito uma boneca dentro de uma caixa. Não vou aguentar, milady minha avó. Eu vou morrer. Juro que vou morrer se não puder cavalgar, caminhar e sair livremente.

Ela assente, lívida. Então olha para Sir William e diz:

— O senhor a manteve muito confinada?

Ele dá de ombros, irritado.

— O que mais eu poderia fazer? Recebi ordens de permitir que ela caminhasse pelo jardim apenas o suficiente para se manter saudável. Mas deixei que saísse todos os dias, o máximo que pude. Recebi ordens de que ela tivesse apenas um cômodo, um quartinho e uma criada e não recebesse mensagens nem visitantes nem amigos. Ela não podia sequer falar com os meus criados. A rigor, nem eu podia falar com ela.

Milady minha avó se vira para mim.

— Não chore, Maria — diz ela, com firmeza. — Faremos o possível. Ao menos, está sob a minha guarda e pode morar comigo e com minhas crianças: Susan e Peregrine. E podemos conversar, estudar, escrever e pensar livremente.

— Eu preciso ser livre — murmuro. — Eu preciso ser livre.

Minha avó de consideração olha para Sir William.

— Eu estava de partida para Greenwich — repete ela. — Lady Maria pode me acompanhar. Um comboio de carroças, com os pertences dela, está a caminho? Ou o senhor vai enviar tudo diretamente para Greenwich?

— Ela tem poucos pertences — comenta Sir William. — Chegou a minha casa com poucos pertences. Algumas peças de tapeçaria, uma ou duas almofadas.

Minha avó de consideração assimila a informação, desviando o olhar para mim.

— Então, onde estão os pertences dela? Onde está a herança dela? A mãe dela foi uma princesa real, dona de uma mansão cheia de tesouros. Trata-se de uma família rica. Eles eram proprietários de casas, terras, concessões e monopólios. Onde estão os vestidos e as joias que ela usava na corte?

Sir William meneia a cabeça.

— Tudo o que sei é que ela chegou a minha casa como uma pobretona, e não mandaram nada depois. Vou entregar à senhora tudo o que ela possui. Sinto muito não haver mais nada, milady. — Ele assente com a cabeça em minha direção. — A senhora pode ficar com o que precisar lá de Chequers — oferece. — Basta pedir.

— Eu não quero nada. — Balanço a cabeça. — Não quero nada, apenas a minha liberdade. Pensei que estivesse livre.

— Você precisa comer algo, e depois vamos descer o rio até Greenwich — determina milady minha avó. — E, depois, vamos cuidar dos seus aposentos, da sua mobília e das suas roupas. Sua Majestade vai fornecer o que estiver faltando, e vou falar pessoalmente com William Cecil quanto ao seu sustento e à sua liberdade. Não tenha medo. Você ficará livre, minha querida, eu prometo: você, sua irmã e os filhos dela também.

Olho para ela, uma mulher que foi exilada e perseguida por causa de sua fé, que se casou com um homem de classe social inferior para poder amar e viver livremente.

— Por favor, nos ajude, milady minha avó — digo, à meia-voz. — Eu prometo qualquer coisa à rainha se ela me libertar. E libertar Catarina, minha pobre irmã.

Viajar na barcaça de Suffolk é como voltar ao passado, quando eu costumava descer o rio com a corte até Greenwich, ou contemplar os prados verdejantes, quando subíamos o rio até Richmond. O dia está quente, e um calor abafado paira acima da cidade fedorenta, mas é agradável estar no meio da corrente, com o toldo de seda tremulando na brisa que sopra rio acima vinda do mar. As gaivotas guincham no alto e os sinos de Londres badalam as horas, como se celebrassem minha liberdade. Meu estado de espírito melhora quando passamos pelas muralhas de pedra da Torre e pelo portão levadiço de acesso ao rio. Ao menos não farei a lenta caminhada por lá, até as celas. Estou sob a custódia de minha avó de consideração, mas estou indo para um palácio real, na barcaça que lhe pertence, o sol bate em meu rosto, o vento com cheiro de sal sopra em meu cabelo, e consigo ver mais que um quadrado de céu.

O rio fica mais largo quando nos aproximamos de Greenwich, e vislumbro o palácio predileto dos Tudor — nosso palácio predileto —, como se fosse um local onírico, como se estivesse flutuando sobre a água, com o píer dourado à luz do sol e os portões escancarados. Tudo parece tão belo, tão acolhedor, tão pacato, que mal posso crer que, para mim, trata-se de um cárcere — não aquela linda mansão de portas abertas e requintados jardins, gramados e pomares.

Elizabeth não está em Greenwich. Está excursionando no Castelo de Farnham, em Guildford, e poucos criados estão de serviço, ocupados com a trabalheira que é arejar os cômodos, varrendo o junco velho e empoeirado que cobre os pisos e espalhando folhas verdes e ervas frescas em todas as dependências às quais o público tem acesso. Os serviçais de milady minha avó aguardam por ela, perfilam-se diante de seus aposentos no palácio e me dirigem uma reverência quando passo ao seu lado. Quase esqueci a quantidade de criados necessária para cuidar dos aposentos de uma mulher exigente. Habituei-me ao meu quartinho e à minha única criada, a uma janela com um quadrado de céu e silêncio. Milady minha avó segue até seu salão privado, ocupa seu assento no tablado e faz um gesto, indicando que devo me sentar ao seu lado. Lavam nossas mãos com a água de uma jarra de prata e nos servem cerveja de mesa e um prato com frutas e carnes; em seguida, o mordomo de Greenwich se dirige à milady minha avó, relatando questões a respeito da manutenção de seus aposentos, informando a ausência de um dos lacaios, sem permissão, e o aumento do preço do vinho.

Estou sem apetite. Os olhos atentos de minha avó me observam, enquanto ela ouve o mordomo; depois que ele conclui o relato, faz uma reverência e dá um passo atrás, ela me diz:

— Você precisa comer, minha querida.

— Não estou com fome.

— Mas deve estar — insiste. — Você fez uma longa cavalgada, e depois a viagem pelo rio. Seu triunfo é sobreviver e perseverar, você bem sabe. Jejuar e definhar é fazer o que os seus inimigos querem.

— Não tenho inimigos — declaro, com determinação. — Não fiz nenhum inimigo enquanto estava a serviço da rainha, e me casei com um homem por amor, um homem que estava desimpedido para me amar. Não tenho rivais nem inimigos, mas faz dois anos que estou presa. Ninguém me acusou de nada; ninguém testemunhou contra mim. Ninguém tem motivo para me odiar.

Ela faz que sim.

— Eu sei. Não podemos falar sobre isso aqui. Mas, em todo caso, você tem de comer. Sua estratégia é sobreviver...

Ela não completa com "a Elizabeth", mas ambas sabemos o que quer dizer.

— Eu vou — digo e lhe ofereço um leve sorriso. Vejo na obstinação de minha avó a força de vontade de uma sobrevivente, um modelo para mim.

— A senhora sobreviveu.

Ela faz um leve gesto estrangeiro, um dar de ombros herdado da mãe, célebre beldade espanhola.

— Uma cortesã precisa saber sobreviver. Nasci e cresci na corte, e espero morrer deitada em lençóis de seda, nas graças de um monarca.

— Eu posso contar com um funeral grandioso — digo, com pesar —, onde quer que eu morra. A rainha adora homenagear os membros da família quando estão mortos e fora de combate.

Minha avó de consideração dá uma risadinha.

— Pssst — diz. — Se pode rir, então pode comer. Disseram-me que a sua irmã está inconsolável e definhando. Esse não é o caminho da vitória. Vou escrever a ela e oferecer esse mesmo conselho. Minha amiga, a rainha Catarina, sabia disso; sua mãe sabia disso. Uma mulher sábia sobrevive e aguarda as mudanças.

Palácio de Greenwich, Outono de 1567

Meus aposentos em Greenwich são devidamente providos, e a própria rainha envia para mim alguns recipientes de prata para cerveja e vinho, depois que minha avó de consideração fornece a William Cecil uma lista de itens dos quais necessitamos. Acho que ela não mede as palavras ao se queixar de minha penúria. Acho que tampouco deixa de enfatizar nossa competência em se tratando de questões domésticas. Minha avó de consideração perdeu todos os bens de valor durante os anos de exílio, enquanto viajava pelo continente europeu, sempre um passo à frente dos espiões papistas ávidos por arrastá-la de volta à Inglaterra para ser acusada de heresia. Agora está decidida a impedir que ela própria ou a família voltem a sofrer. Caiu nas graças de Elizabeth e aguarda o retorno da corte a Greenwich, quando defenderá minha libertação. Sente-se confiante de que serei libertada, de que Ned será autorizado a seguir para Hanworth, de que minha irmã e Thomas poderão ir ao encontro dele e Teddy, de que a família estará livre e reunida. Ela crê que a devoção sincera de Elizabeth pela religião protestante haverá de superar seu afeto cruel e teimoso pela prima papista, sua prolongada lealdade familiar pela rainha Maria da Escócia e sua defesa medrosa dos direitos dos monarcas, sobretudo em relação a alguém cujo merecimento é tão pífio.

— Coragem! — diz a duquesa, com vivacidade, ao me ver andando cabisbaixa pelos jardins, contemplando o rio, onde navios enfunam velas, soltam amarras e parecem prestes a alçar voo, livres feito os pássaros que circundam os mastros. — Coragem! Na primavera que vem, você vai poder ir aonde quiser, eu prometo. Vou falar em defesa do seu marido, da sua irmã, do seu cunhado e daqueles dois meninos inocentes. Sua vida não vai acabar na prisão; não será como a vida da sua irmã Joana. Estará livre, pode acreditar!

Eu acredito. O marido dela, Richard Bertie, curva-se, beija minha mão e diz que bons dias virão. Todos sofrem neste mundo conturbado, mas Deus recompensa os que a Ele são fiéis. Bertie me faz lembrar que minha avó de consideração foi chamada de volta quando o credo que ela professa se tornou a fé oficial da Inglaterra e, da noite para o dia, ela deixou de ser uma herege maldita e passou a ser uma das eleitas.

— Além disso — continua milady minha avó —, Elizabeth não tem condições de reunir uma força em prol da rainha Maria da Escócia. Ela subornou o clã Hamilton, mas eles se recusam a recrutar um exército para defender Maria. Elizabeth exigiu que os reinos da Europa deixem a Escócia morrer de fome. Mas nem os franceses, antigos parentes de Maria, apoiam sanções à Escócia. Sem o apoio dos espanhóis e sem os franceses, Elizabeth não pode fazer nada pela prima; ela não poderá agir sozinha.

— Ou, em todo caso, ela não se atreve — completa Richard Bertie, falando baixo.

Milady minha avó ri e desfere um tapinha na mão do marido.

— Não é do interesse da Inglaterra restaurar ao trono uma rainha papista — diz ela. — A rainha, a nossa rainha, nunca vai agir contra os interesses da Inglaterra protestante. A despeito de onde seu coração anseie por estar, ela sempre mantém a cabeça no lugar. Pode ter certeza disso.

— Eu posso ter certeza é de William Cecil — intervém Richard Bertie. — O coração dele não anseia por uma papista toda encrencada.

— E, nesse ínterim — pergunto —, o que está acontecendo com Maria, ex-rainha da Escócia?

Minha avó de consideração encolhe os ombros, como quem diz: "Quem se importa?"

— Está presa — responde ela. — Deve sentir saudade do filho que entregou; deve chorar pelos bebês que perdeu. Deve saber que foi uma tola. Meu

Deus! Ela deve se arrepender, de corpo e alma, por ter se casado com aquele menino mimado, por ter permitido que ele fosse assassinado e ainda por ter desposado o assassino.

— Não sei se há evidências de que ela foi responsável pelo assassinato de lorde Darnley — observo.

Minha avó de consideração ergue as sobrancelhas.

— Então, quem foi? — pergunta ela. — Quem mais se beneficiou da morte daquele rapazinho imprestável, se não a esposa abusada e o amante?

Abro a boca, no intuito de argumentar, mas me calo. Desconheço a verdade sobre a questão; desconheço do que minha bela e perigosa prima seria capaz. Mas sei que ela, a exemplo de Catarina e eu, odeia o cárcere e se debate contra as barras de ferro feito um pássaro assustado. Sei que, a exemplo de nós, ela anseia pela liberdade. Sei que, a exemplo de nós, ela fará qualquer coisa para se libertar. Nisso reside a nossa única força. Nisso somos um perigo para nós mesmas.

Acho que Catarina e eu temos uma chance. A sorte que corre contra nós, desde que Joana subiu o rio até Syon, na barcaça dos Dudley, e não resistiu quando a coroa foi enfiada em sua cabeça, enfim virou. De súbito, minha irmã é liberada quando seu velho guardião morre. O evento só surpreende aqueles que tinham esperança de mantê-la no ostracismo e nunca mais pensar nela. O pobre do velho Wentworth estava com mais de 70 anos — fazia objeções ao custo do sustento de minha irmã, alegava que não era sua obrigação mantê-la, e agora escapou do encargo, embarcando no longo descanso da morte.

Estou tão acostumada com más notícias que sinto medo quando milady minha avó se aproxima de mim, descendo pelo caminho de cascalho, no início de setembro, com uma folha de papel na mão. Imediatamente, receio haver algo errado. Meu primeiro pensamento é sobre meu marido Thomas Keyes, detido na Prisão de Fleet, e meu segundo é sobre minha irmã Catarina e seu menino.

Corro na direção dela, minhas botinhas pisoteando as pedras do cascalho.

— Milady minha avó! É notícia ruim?

Ela tenta sorrir.

— Ai, Maria! Você consegue ler pensamentos, feito um anão numa feira?

— Fale!

— Minha querida, sente-se e ouça.

Fico cada vez mais assustada. Vamos até um banco de pedra, no caramanchão de uma cerca viva com folhas douradas. Subo no banco, para satisfazê-la, e me viro para ela.

— Fale!

Ela desdobra a carta.

— É a sua irmã. É a sua pobre e querida irmã.

A carta foi enviada pelo inventariante do morto, um remetente sem grande importância, involuntariamente envolvido em grandes eventos. Ele escreve a William Cecil informando que a viúva Wentworth não tem condições de assumir a guarda de Catarina e do menino, embora queira bem a ela como a uma filha. Hesitante, o sr. Roke Green registra não ter instruções quanto ao local de destino de Catarina ou à vontade da rainha a respeito do caso. Ele é uma pessoa pobre e leva uma vida demasiado modesta para abrigar uma senhora tão ilustre. Ele próprio é viúvo, mas, se tivesse esposa, talvez pudessem oferecer a Catarina um refúgio simplório. Ninguém permitiria, no entanto, que ela ficasse sob seus cuidados sem uma mulher dentro de casa que a assistisse, e o lar é pequeno e espremido, ele sendo um homem pobre. Ainda assim — ainda assim — esta é a terceira carta, e ninguém o instrui sobre como proceder! Enquanto o próximo destino de Catarina é decidido pelos ilustres da corte da rainha, enquanto Catarina não tem para onde ir, será que ele pode recebê-la em sua casa? Com isso, ele não insinua nenhuma solidariedade, nenhuma predisposição a favor ou contra a causa ou a reivindicação feita por Catarina. Mas ela é jovem e frágil, bela e abatida, definhando e desesperada por não saber se voltará a ver o marido e o filho. Mal se levanta da cama; mal para de chorar. O sr. Roke Green teria permissão para abrigá-la enquanto a rainha, em sua sabedoria, decide o que há de ser feito com essa dama infeliz e debilitada? Porque ela não pode continuar onde está e morrerá se continuar sendo esquecida.

Entrego a carta para milady minha avó.

— Ela não tem aonde ir — digo, secamente.

O semblante dela se ilumina.

— É o que ele diz.

— Mas a senhora parece contente.

— Sim, porque é a nossa chance de libertá-la, eu acho.

Sinto o coração disparar.

— A senhora acha que vão permitir? A senhora a convidaria a morar aqui? Ela sorri.

— Por que não? Como fomos alertados, ela não tem aonde ir.

Milady minha avó escreve à rainha, escreve a William Cecil, escreve a Robert Dudley. A corte está no Castelo de Windsor. O regresso a Londres foi postergado, pois o clima está excepcional e ninguém se dispõe a retornar e enfrentar a questão premente de como apoiar a rainha da Escócia — uma prima, uma monarca! — sem com isso fazer oposição aos líderes escoceses, nossos correligionários. Elizabeth não sabe como proceder e prefere fugir do problema, permanecendo em Windsor e namorando Robert Dudley. Milady minha avó é obrigada a escrever a uma corte sem apetite por questões espinhosas. Portanto, ela oferece uma solução simples: que Catarina venha residir com a avó e traga consigo o filho. Ned seria libertado sob custódia da mãe, em Hanworth. Thomas Keyes seria encaminhado à família, em Kent. Todos nos comprometeríamos a não criar problemas, a não enviar cartas, a não nos correspondermos com nenhuma potência ou facção. Mas viveríamos como cidadãos privados e — visto que não cometemos nenhum crime — estaríamos livres.

Ela despacha as cartas: a de William Cecil vai para sua bela casa nova, Burghley House; a de Robert Dudley, para Windsor, onde ele bajula e serve Elizabeth; e despacha também a carta da rainha, em plenas férias. E então aguardamos, esperançosas, pela resposta.

A resposta de William Cecil vem prontamente. Os dois amantes secretos, Dudley e Elizabeth, provavelmente decidiram lhe delegar a tarefa de nos escrever. A felicidade do casal, sua liberdade nos campos ceifados e dourados da Inglaterra, não deve ser perturbada. O clima está bom, a caça tem sido boa, nenhum dos dois quer lidar com questões de Estado. Elizabeth celebra o fato de dispor de mais um ano em que Dudley ficará atrelado a ela. Sei que Robert Dudley falará em favor da libertação de Catarina, mas somente quando entender que pode fazê-lo sem criar problemas. Ele não permite que a felicidade da rainha seja perturbada quando ela está contente ao seu lado.

William Cecil escreve, de próprio punho, que Catarina ainda não pode se juntar a nós. Ele sublinha "ainda". Naquela temporada, ela vai ficar sob a guarda de um homem bom e leal, Sir Owen Hopton, em Cockfield Hall, Suffolk.

— Deus do céu! Quem é ele? — indaga minha avó de consideração, irritadiça. — Onde é que eles encontram essas nulidades imprestáveis?

— Em Cockfield Hall, Suffolk — digo, lendo a carta por cima do ombro dela. — Veja só...

Aponto para um trecho breve. *Sua Majestade insiste que Lady Catarina e o filho sejam mantidos em total isolamento. Não podem receber cartas, presentes, convidados, visitantes nem emissários de potências estrangeiras.*

Minha avó de consideração olha para mim.

— O que eles acham que ela vai fazer? Será que não sabem que ela está tão abatida que mal consegue falar? Que come tão pouco que já não tem forças? Que raramente se levanta da cama, que chora o tempo inteiro?

Engulo meu pesar quando penso em minha irmã, mais uma vez sozinha e levada para um local ainda mais distante de mim.

— A senhora falou isso para eles?

— É claro que falei. E, em todo caso, Cecil sabe de tudo.

— O que a rainha quer de nós? — indago. — Será que ela quer a nossa morte, confinadas e caladas, em algum lugar isolado onde ninguém vai reclamar se sucumbirmos de tristeza?

Minha avó de consideração não responde. Olha para mim, com uma expressão vazia, como se não tivesse o que dizer. Constato que, no ímpeto da paixão, falei a verdade, e ela não tem como negar.

A corte volta para Hampton Court, mas minha avó de consideração não recebe nenhum convite.

— Não quero ser o motivo do infortúnio da senhora junto à rainha — digo a ela. — Sei que a senhora precisa pensar nos seus filhos, Peregrine e Susan; sei que a senhora precisa zelar pela segurança deles. A senhora e a sua casa não podem ser prejudicadas pela antipatia que persegue as primas de Elizabeth.

Ela inclina a cabeça de lado e me oferece seu sorriso sardônico.

— Já enfrentei coisa pior, você sabe disso — diz ela. — Servi a rainha que ensinou a Elizabeth toda a sapiência que ela hoje exibe com tanto orgulho. Servi a rainha que ensinou Elizabeth a governar. Servi a rainha que escreveu o livro de orações e ensinou teologia a Elizabeth... e à sua irmã Joana. Eu a servi quando ela enfrentou uma denúncia de heresia e traição. Jamais esquecerei Catarina Parr, e não é agora que vou ter medo de Elizabeth.

— Eu tenho medo dela — confesso e, ao fazê-lo, sinto um alívio súbito e estranho quanto à ameaça que perpassou a minha vida, desde que fui usada como penhor em alianças firmadas por minha família, uma menina jovem demais para discernir, entregue de bandeja em um acordo com Arthur Grey. — Não vou fingir que sou corajosa. Eu tenho medo dela. Acho que ela vai acabar comigo. Acho que já acabou. Acho que ela deseja a minha morte e a morte de Catarina, e sempre desejou.

Minha avó de consideração, sempre imbatível, oferece-me seu sorriso mais luminoso.

— Você tem de sobreviver — lembra-me ela. — Sobreviver e esperar por dias melhores.

Na França, os dias não são dos melhores para os seguidores da nossa religião. O rei, dominado pela própria família — os Guise —, persegue os que professam nossa fé, até que estes se insurgem em um levante religioso. Obviamente, a Inglaterra, sendo a principal potência protestante, deveria enviar aos huguenotes armas e recursos financeiros, deveria enviar um exército para derrubar os governantes papistas. Mas Elizabeth, como sempre, só cumpre seu dever pela metade. Ela sabe que deveria impedir que os líderes papistas da França assassinassem e aniquilassem nossos correligionários. Mas os protestantes na Escócia derrubaram sua prima — a rainha francesa, de origem Guise —, e ela não tolera nenhuma ameaça ao poderio monárquico. Ela sabe que deveria atuar como inimiga do papa, que, segundo dizem, haverá de excomungá-la — figura a ser desprezada e que pode ser assassinada legalmente. Mas é um líder protestante escocês, John Knox, que define Elizabeth e a rainha Maria da Escócia como um "monstruoso regimento de mulheres" incapazes de governar e exorta todos os homens sensatos a se rebelar contra elas. Elizabeth fica tão enfurecida diante de tal desrespeito, com os pensamentos tão desnorteados, que odeia John Knox mais do que odeia o papa, e conclui que deve buscar uma aliança fraternal com a rainha Maria da Escócia — rainha com rainha — em oposição a Knox.

Envio uma carta à minha irmã, aos cuidados do criado mais confiável de Richard Bertie, que a transporta escondida no pé dos culotes. Não duvido que, ao chegar às mãos de Catarina, estará suada e malcheirosa. Não sei se ela terá condições de responder. Nem mesmo sei se estará viva quando a carta chegar. Não sei como ela está.

Querida irmã,

Rezo por ti, minha querida Catarina, nesta hora de sofrimento. Estou vivendo bem e sou tratada com bondade por nossa avó de consideração, a duquesa de Suffolk, em Greenwich. Resido nos aposentos dela e tenho permissão para caminhar pelos jardins e pela beira do rio. Não posso receber visitas, mas desfruto da companhia de Peregrine e Susan.

Escrevo frequentemente à rainha Elizabeth e aos lordes da corte, pedindo a tua soltura e a liberdade de Ned Seymour e de meu pobre marido, Thomas Keyes. Por favor, não me censures, nem em pensamento, por tê-lo desposado. Ele é um homem muito bom, Catarina, e muito me ama. Nosso casamento foi para ele um desastre. Eu anularia a união, se disso resultasse um indulto para ele. Mas não o faria por nenhum outro motivo.

Ouço dizer que estás fraca e abatida. Por favor, por favor, luta por tua vida. Cuida da alimentação, caminha, brinca com teu filho. Precisamos sobreviver, Catarina. Foi Joana quem disse "aprende a morrer", mas naquele momento ela enfrentava uma inescapável sentença de morte. Ela estava equivocada. Não precisamos aprender a morrer. Eu quero viver. Quero que tu vivas. Hei de viver. Rogo a Deus, que escuta todas as nossas preces e para quem somos mais importantes do que os pardais que tombam, para que tu e eu sobrevivamos e possamos nos reunir um dia. Quando vejo os pardais nas cercas vivas em redor das várzeas abaixo do Palácio de Greenwich, penso nos pintarroxos de Janey e no teu amor por animais e rezo para que um dia possamos ser livres feito os passarinhos.

Não escreverei "Adeus, boa irmã", pois rezo para ver-te em breve e para que ambas tenhamos saúde e felicidade.

M

O criado de Bertie me informa que conseguiu introduzir a carta no quarto dela, no meio de uma pilha de lenha, mas não há como saber se ela chegou a ler. Tampouco recebo resposta.

Palácio de Greenwich, Inverno de 1567

Não chega nenhuma convocação à corte em Westminster, nem para milady minha avó nem para seus filhos nem para mim, mas a boataria corre rio abaixo, de lacaio em lacaio, transportada por mascates e vendedores de velas e repassada pelas ordenhadeiras. Todos em Londres, inclusive nós, sabem que Elizabeth está finalmente preparando-se para se casar, e sua escolha recaiu sobre Carlos II, o arquiduque da Áustria, filho do falecido imperador do Sacro Império Romano, Ferdinando.

Será uma aliança poderosa, unindo a Inglaterra ao grande poderio europeu dos Habsburgo. Estaremos a salvo de invasão por parte de qualquer potência continental, imunes à animosidade do papa. Vamos recuperar nossa posição na cristandade, e não seremos mais considerados hereges e marginais em relação à fé predominante na Europa. Se quisermos, poderemos apoiar a rainha Maria da Escócia. Sua ascensão ou queda não vai nos ameaçar quando tivermos os Habsburgo como aliados.

O feito será concretizado quase sem custo. Elizabeth não será obrigada a mudar de religião, tampouco o reino. Não será obrigada a posicionar o arquiduque, sendo ele seu marido, acima dela. Ele não será rei consorte. Ele é um filho mais novo — está mais que habituado a ser o segundo. E o melhor de tudo, talvez, é que o arquiduque não mudaria de religião. Poderia praticar sua fé na privacidade; haveria uma capela em cada palácio real, e um padre viajaria com ele. Missas seriam rezadas, mas não seriam impostas a ninguém. Haveríamos de demonstrar que neste reino — que já foi papista e protestante e papista e protestante, monarca após monarca — podemos viver em harmonia. Que existe apenas um Deus, mas maneiras diferentes de nos aproximarmos d'Ele. Que a vontade de Deus é que amemos uns aos outros. Em nenhum momento Jesus diz que devemos perseguir uns aos outros até a morte. Nenhum trecho da Bíblia determina a morte de Joana; nenhuma lei do homem ou de Deus determina nosso encarceramento.

Mas não me deixo levar por essa perspectiva fulgurante para minha prima Elizabeth. Se estivesse livre, eu não perderia um minuto do meu tempo com essa questão. Elizabeth convence o conselho de que pretende se casar com o arquiduque. A mim ela jamais convenceria que pretende pôr outro homem no lugar de Robert Dudley, mas o Conselho Privado sente um tremendo alívio com esse desenlace para o problema da sucessão; e então, para engabelá-los de uma vez por todas, ela solicita sua opinião e seu aconselhamento.

Isso tudo é mais para satisfazer os lordes e os comuns que no ano passado exigiram que ela definisse a sucessão e insistiram para que fosse um protestante legítimo — minha irmã Catarina. Agora Elizabeth, qual um saltimbanco de feira que retira moedas do bolso de tolos, afirma que aceitou o conselho de que deve se casar, que decidiu desposar um papista Habsburgo, que o feliz casal (sem dúvida) há de conceber uma criança no outono. Portanto, ela não precisa designar a rainha Maria da Escócia — presa em sua ilha — nem Catarina — trancafiada com Sir Owen. E Elizabeth promete que terá um bebê, um lindo menino, que será sobrinho do imperador do Sacro Império Romano e neto de Henrique VIII, e o mundo inteiro poderá se regozijar que o amor venceu o ódio e propiciou uma renovada harmonia entre o papismo e o protestantismo — exceto, evidentemente, no que concerne a Catarina, a mim e à rainha Maria da Escócia. Nós três seremos deixadas eternamente na prisão e (tomara) esquecidas.

No meio do lixo e nas palavras, a boataria vem de Londres e vai muito além de nós, percorrendo todo o reino. Embora, aparentemente, a rainha Elizabeth esteja disposta a se casar pelo bem da Inglaterra, embora ela tenha convencido o imperador do Sacro Império Romano de que vai aceitar seu irmão, o conselho está dividido e, valendo-se de tal incerteza como escudo, Elizabeth esconde a determinação de viver e morrer solteira. Seu primo Thomas Howard, duque de Norfolk, diz que não há riscos para o reino, apenas benefícios, se ela se casar com um príncipe tão ilustre, e que a religião do pretendente não constitui obstáculo. O arquiduque fez tantas ofertas e tantas promessas que podemos tolerar um marido papista da rainha, um homem que assiste a missas particulares. Não é bem assim, dizem outros membros do conselho: Francis Knollys, protestante ferrenho; Robert Dudley, dudleyista ferrenho. Os lordes protestantes — Sir William Herbert, conde de Pembroke; e Sir William Parr, marquês de Northampton — unem-se para informar à rainha que o reino não há de tolerar um marido papista e não há de brindar à saúde de uma criança papista no berço. Além disso, Robert Dudley insinua que um pretendente estrangeiro não é bem visto. Alguém diz à rainha que ele é feio, que todos os Habsburgo têm queixos inexpressivos; ela pretende mesmo se casar com um homem que parece um esquilo?

Pouco antes do Natal, Elizabeth envia um emissário ao imperador do Sacro Império Romano e, finalmente, informa que não pode se casar com seu irmão, o arquiduque Carlos. É claro, toda a família Habsburgo se sente profundamente ofendida, e toda a cristandade papista considera a Inglaterra recalcitrante e persistentemente herege. Teria sido melhor para todos nós se ela jamais houvesse se prestado à farsa de fingir que estava decidida a se casar. Agora eles nos veem como traiçoeiros. Os franceses, que estão perseguindo todos os protestantes em seu reino, ficaram especialmente azedos, e Elizabeth está outra vez sem herdeiro, a não ser pela deposta rainha Maria da Escócia, que segue aprisionada, e por minha pobre irmã, também no cárcere. Voltamos ao ponto de partida — brincando com a sucessão do reino, enquanto Elizabeth segue livre para amar Robert Dudley.

Palácio de Greenwich, Primavera de 1568

Sir William Hopton, o novo carcereiro de Catarina, escreve a William Cecil implorando-lhe que envie um médico de Londres a Suffolk. Minha irmã, sem apetite e cada dia mais fraca, está gravemente enferma.

O dr. Symondes foi enviado para examinar Lady Catarina, escreve Cecil, diplomaticamente, sem esclarecer quem tomou a dispendiosa decisão de enviar o melhor médico de Londres para ver minha irmã. *Mas essa não foi a primeira visita, e ele não está otimista. Oremos pela alma dela.*

— Preciso vê-la — digo à minha avó de consideração. — A senhora tem de escrever a Cecil e pedir permissão para que eu fique com ela. Ele não vai negar. Ele sabe que ela não pode morrer sozinha. Eu preciso ir.

Milady minha avó empalidece, tamanha é sua ansiedade.

— Eu sei. Eu sei. Vou escrever; você também pode escrever, e vamos enviar as cartas imediatamente.

— Posso ir sem autorização? Posso ir agora?

Ela junta as mãos espalmadas.

— Não podemos nos atrever a isso — diz ela. — Se a rainha souber que deixei você sair de minha casa sem autorização, será levada embora de mim e quem sabe onde acabaria?

— Ela está morrendo! — retruco, secamente. — Não tenho permissão de me despedir da minha irmã agonizante? A última pessoa da minha família?

Ela me apresenta uma folha de papel.

— Escreva — pede, sumariamente. — E partiremos assim que tivermos permissão.

Não obtemos permissão. Recebemos uma papelada do gabinete de William Cecil. No alto da pilha vem um bilhete escrito de próprio punho: *Receio que, mesmo que as senhoras tivessem partido imediatamente, teriam chegado tarde demais. Lady Catarina faleceu.*

Olho para minha avó de consideração como se não pudesse crer que uma notícia como essa me fosse comunicada com tamanha brevidade. Nenhuma palavra de consolo, nenhuma palavra que admitisse a tragédia da perda de uma jovem de apenas 27 anos. Minha irmã. Minha linda, divertida, amável irmã de sangue real.

Milady minha avó desamarra a fita que envolve a papelada e diz:

— É um relato sobre as últimas horas dela. Que Deus a tenha, a linda jovem que ela era. Posso ler para você?

Subo no assento abaixo da janela do quarto.

— Por favor, leia — respondo, apática. Espanto-me por não estar chorando, mas então me dou conta de que passei a vida inteira à sombra do cadafalso. Jamais esperei que alguma de nós sobrevivesse ao reinado Tudor. Milady minha avó alisa o papel sobre o joelho e pigarreia.

— Aqui diz que ela se preparou para morrer, embora os residentes da casa suplicassem que lutasse pela vida. Ela não estava sozinha, Maria... Lady Hopton estava ao lado dela e lhe disse que, com a graça de Deus, ela sobreviveria. Mas ela disse que sua sobrevivência não era a vontade de Deus, e que a vontade d'Ele deveria ser feita, e não a dela.

Minha avó me olha de relance para ver se estou conseguindo suportar tudo isso. Sei que pareço estar calma; não sinto nada além de um desespero gélido.

— De madrugada, perto do dia clarear, ela chamou Sir Owen Hopton e lhe pediu que levasse algumas mensagens. Implorou à rainha que a desculpasse por ter se casado sem permissão e disse: "Seja bondosa com meus filhos e não os culpe por meu erro." — Minha avó de consideração volta a olhar para mim. Meneio a cabeça, indicando-lhe que prossiga.

— Pediu à rainha que fosse bondosa com lorde Hertford, seu marido, e disse: "Sei que minha morte será uma notícia dolorosa para ele." Pediu que ele fosse solto e lhe enviou o anel de noivado, um diamante e uma aliança de cinco elos.

— Eu me lembro — interrompo. — Ela me mostrou. Estava sempre com ela.

— Ela devolveu a aliança e ainda enviou um anel de luto. — A voz de milady minha avó fica embargada. — Pobre menina. Pobre e doce menina. Que tragédia! Diz aqui que ela rezava para ele ser... "assim como fui para ele uma esposa honesta e fiel, que ele seja para meus filhos um pai afetuoso e dedicado." Diz aqui que ela encomendou o anel de luto, com seu retrato em miniatura, meses atrás... Ela devia saber que estava desenganada. Mandou gravar o anel para ele.

Curvo-me no assento, com a cabeça apoiada sobre os joelhos, encolhida feito uma criança magoada, cobrindo os olhos com as mãos. Quase levo as mãos aos ouvidos para não ouvir as últimas palavras de minha irmã, tão carinhosas. Sinto como se estivesse afundando nas profundezas da perda.

— O que foi gravado? — pergunto. — O que foi gravado no anel?

— *Enquanto vivi... tua.*

— Só isso? — questiono.

Penso que cheguei ao fundo do oceano da tristeza. É como se as profundezas se fechassem acima da minha cabeça.

-- Diz que os sinos dobraram por ela e que os aldeões rezaram por sua convalescença.

— Alguma mensagem para mim?

— Ela disse: "Adeus, boa irmã."

Ouço as palavras que Joana disse a Catarina, que Catarina disse a mim. Mas não tenho a quem abençoar. Agora que Catarina se foi, não tenho mais irmãs. Sou uma órfã e estou só.

— Então ela disse "Senhor Jesus, recebei meu espírito", fechou os olhos com as próprias mãos e nos deixou.

— Não sei como vou suportar isso — comento, em voz baixa. Escorrego até a beira do assento e pulo para o chão. — Não sei mesmo como vou suportar isso.

Milady minha avó segura minhas mãos, mas não me aperta em seus braços. Ela sabe que a dor que sinto está além, muito além de qualquer simples consolo.

— O Senhor deu, e o Senhor levou; louvado seja o nome do Senhor — diz a mim.

Obviamente, nossa prima, a rainha, propicia a Catarina um funeral magnífico. Como Elizabeth aprecia funerais, sobretudo os de membros da família! Catarina é sepultada na igreja do povoado de Yoxford, longe de seu lar, longe do local onde descansa nossa mãe, longe da capela que pertence à família do marido, mas Elizabeth decreta luto oficial na corte e consegue estampar no rosto uma expressão de tristeza. Setenta e sete pranteadores oficiais se deslocam da corte para o funeral, além de um arauto e criados; o brasão de Catarina é exibido na capela, em estandartes, flâmulas e bandeirolas. Tudo o que pode exaltar uma princesa Tudor é feito por ela. Na morte, Catarina é reconhecida como digna, embora em vida fosse perseguida e ignorada.

Elizabeth não permite que eu compareça. É claro que não. Só gosta das herdeiras que morrem antes dela. A última coisa que deseja é alguém observando que, se Catarina era uma princesa Tudor, sua irmãzinha também é — e a última da linhagem. A última coisa que ela deseja é uma prima viva, especialmente quando finge lamentar a morte tão oportuna de outra prima. Minha avó de consideração recebe permissão para se despedir de Catarina morta, embora não tenha sido autorizada a lhe dizer adeus em vida; ao regressar, ela se mostra extremamente sombria e diz que a tragédia de sua vida é ser obrigada a enterrar jovens.

Fico em meu quarto, furiosa em minha tristeza. Mal consigo respirar, tamanho é o desalento pela perda de minha irmã e o ódio pelas ações da rainha. Mal consigo comer — os criados me forçam a comer algo ao menos uma vez por dia. Acho que pouco importaria se eu morresse, pois não pude me despedir de minha irmã e, tampouco, posso cuidar de seus filhos. Não posso estar com meu marido e tampouco cuidar dos filhos dele. Elizabeth conseguiu fazer de mim uma pessoa solitária como ela própria, uma filha única como ela própria, uma órfã como ela própria. Acho que o coração dela deve ser tão pequeno quanto o meu, sua imaginação atrofiada na idade em que ela estava quando perdeu a mãe e ninguém a conhecia. Posso ser pequena, mas, ao contrário de Elizabeth, não sou letalmente mesquinha.

Acho que nunca mais vou sair da cama, até que milady minha avó bate à porta e diz:

— Temos visita. Não quer ir ao meu salão de audiências ver quem veio visitar você?

— Quem é? — pergunto, amuada, sem levantar a cabeça do travesseiro.

Ela enfia a cabeça pela fresta da porta, com um sorriso, o primeiro sorriso que vejo em um mês.

— Sir Owen Hopton, o guardião de Catarina, veio ver você. Ele levou o menino de Catarina, Thomas Seymour, para ficar com o irmão e a avó, em Hanworth. Levou também a aliança e as mensagens de Catarina para Ned Seymour. E agora veio ver você.

Afasto as cobertas e pulo da cama. Minha criada surge por trás de minha avó, trazendo meu vestidinho, as mangas e o capuz.

— Peça a ele que espere um minuto; eu já vou.

Milady minha avó se vai, enquanto enfio minhas roupas e vou até o salão de audiências. Um homem alto e abatido está diante dela, com o chapéu em uma das mãos e uma taça de vinho na outra. No chão, perto da porta, há uma caixa e uma gaiola coberta. Quando entro, ele depõe o vinho e o chapéu e faz uma reverência, levando a mão ao coração.

— Lady Maria — cumprimenta. — É uma honra.

Recuo, enquanto ele se ajoelha diante de mim, como se eu fosse uma rainha.

— Por favor, levante-se — peço.

— Lamento muito trazer essa notícia — diz ele, levantando-se, mas curvando-se para olhar o meu rosto. — Aprendi a amar e respeitar sua irmã no breve período de tempo em que minha casa foi abençoada com a presença dela. Minha esposa e eu ficamos muito sentidos com a morte de Lady Catarina. Teríamos feito qualquer coisa por ela. Qualquer coisa.

Vejo que preciso deixar minha dor um pouco de lado para poder responder. A morte de uma princesa não é o mesmo que uma perda privada.

— Compreendo — digo. — Sei que o senhor e sua esposa não podiam fazer nada para salvá-la.

— Fizemos tudo o que estava ao nosso alcance. Cuidamos para que ela se alimentasse. Lady Catarina estava sem apetite e servíamos a ela pratos preparados na nossa cozinha, embora não houvesse provisão financeira para gastos com iguarias.

Quando penso na avareza de Elizabeth, chego a trincar os dentes, mas sorrio para ele.

— Tenho certeza de que ela encontrou um bom e derradeiro lar com o senhor — comento. — E, se eu vier a ter dias melhores, não esquecerei sua bondade para com minha irmã.

Ele balança a cabeça.

— Não busco recompensas. Não vim receber agradecimentos. Conhecê-la foi conhecer uma grande dama. Foi um privilégio.

É uma ironia amarga imaginar o que Catarina acharia de sua ascensão à grandeza. Ninguém além dela própria poderia apreciar comigo o azedume da situação. Limito-me a fazer que sim.

— Eu lhe trouxe alguns pertences dela — avisa ele. — O marido dela, conde de Hertford, disse que eu deveria lhe trazer alguns livros, uma Bíblia e algumas gramáticas. O conde disse que a senhora deveria ficar com a gramática italiana que tem uma dedicatória do autor à sua irmã mais velha, Lady Joana Grey.

— Obrigada.

— E eu trouxe isto aqui — prossegue, com certa timidez. Vejo o olhar de milady minha avó se voltar para a gaiola que está no fundo do salão.

— Não me diga que é o macaco! — exclama ela.

Pela primeira vez em semanas sinto vontade de rir, por mais imprópria que seja a ocasião. Enquanto todos se recordam da tragédia de minha irmã, eu me recordo também de suas tolices e de seu charme. Que seu inventariante tenha feito um triste périplo pela Inglaterra, levando consigo uma caixa de livros e um animal de estimação dentro de uma gaiola, é algo típico de uma jovem que mesclava grandes paixões e caprichos engraçados.

— O que o senhor trouxe para mim?

— *É* o macaco — responde ele, de olho em milady minha avó, que decreta, em voz alta:

— De jeito nenhum!

— Nós não podemos ficar com ele, e a duquesa de Somerset disse que não o queria em Hanworth.

— E eu não o quero aqui! — insiste minha avó.

Sir Owen retira a cobertura da gaiola e lá está o sr. Careta, com a cara tristonha de sempre, sentado no canto, feito um deusinho pagão, tremendo diante da recepção fria. Juro que, ao me ver, ele me reconhece e vem até a porta da gaiola, fazendo um pequeno gesto com os dedinhos pretos, como se quisesse girar uma chave.

— Veja, ele reconhece a senhora. Desde que a dona morreu, ele não pede para sair da gaiola — diz Sir Owen, animado. — Tem chorado por ela como se fosse um cristão.

— Bobagem — ouvimos de milady minha avó, sentada em sua cadeira, mas ela não me impede de abrir a gaiola, e o sr. Careta, mais velho e, acho, mais melancólico, sai e pula nos meus braços.

— Eu cuido dele... se a senhora permitir — recorro a ela.

— Essas meninas! — exclama ela, como se Joana, Catarina e eu ainda fôssemos crianças, insistindo para criar animais de estimação inoportunos.

— Por favor! — digo, e ouço a voz de Catarina na minha. — Por favor, ele não vai causar problema, eu prometo.

Lembro-me de um dia de sol, no quarto de Joana, quando Catarina se recusou a colocá-lo porta afora e mentiu, dizendo que ele não tinha piolho.

— Bem, podemos ficar com ele — cede ela. — Mas ele não pode rasgar nada nem causar desordem nos meus aposentos.

— Vou mantê-lo limpo e comportado — prometo. Sinto-o pressionar meu polegar com sua mãozinha, como se firmássemos um acordo. — Ela gostava tanto dele!

— Lady Catarina tinha amor no coração — observa Sir Owen. — Tinha muito amor no coração.

Alguém prendeu uma fita preta na jaquetinha dele em sinal de luto pela perda da jovem que tanto lhe queria bem. Ele me olha, com olhos tristonhos, e eu o acomodo na dobra do braço.

— O que aconteceu com a gata e a cadelinha?

Sir Owen parece ainda mais cabisbaixo.

— A gata está velha e vive no pátio do estábulo. Gatos não são muito fiéis, a senhora sabe. Não pensei em trazê-la comigo.

— Não — apressa-se em dizer minha avó de consideração. — Não mesmo. Não precisamos de mais gatos.

— E a pugzinha, a Jô... — Ele hesita.

— O senhor não a trouxe também?

— Infelizmente, não pude.

— Por quê? — pergunto, embora ache que já saiba a resposta.

— Ela ficou ao lado da cama o tempo inteiro, durante os últimos dias de Lady Catarina. Não saía do lado dela e não comia. Foi um pequeno milagre. Sua Senhoria mandou a comidinha dela ser colocada no chão do quarto. Ela prestava atenção na cadelinha; não se esqueceu dela, nem quando já estava se entregando a Deus.

— Continue — peço.

— Ela dormia ao pé da cama e, quando Sua Senhoria fechou os olhos, ela emitiu um barulhinho, um leve ganido, e pôs a cabeça nos pés de Sua Senhoria.

Minha avó de consideração pigarreia, como se não pudesse tolerar a cena piegas.

— Foi mesmo? — pergunto.

— Foi, sim — responde Sir Owen. — Precisamos levar o corpo, a senhora entende, e embalsamá-lo. Foi tudo feito como convém a uma princesa, a senhora sabe.

Eu sei. Quem saberia melhor que eu?

— A cadelinha acompanhou o corpo como se fosse a primeira dos pranteadores, e estávamos todos tão abatidos que, sinceramente, não tivemos forças para enxotá-la. Não foi desrespeito, não por Lady Catarina, Deus bem sabe. Mas ela sempre deixava a cadelinha correr atrás dela por toda parte, e então deixamos que ela seguisse atrás, mesmo a dona estando morta. No dia do sepultamento, chegou um belo carro fúnebre, muito digno, coberto de tecido preto e dourado, como convém à realeza, e o arauto marchou diante dos setenta e sete pranteadores vindos da corte, de todos os meus criados e de muitos habitantes locais, além de dignitários vindos de longe. Milady também estava lá. Tudo foi muito bonito. — Ele faz uma reverência para minha avó de consideração. — Todos seguiram o carro fúnebre até a capela, e a cadelinha também foi junto, embora naquele momento ninguém notasse a presença dela diante das bandeiras, do arauto, das honrarias da corte e tudo o mais. Eu não teria permitido se tivesse notado, mas, para ser franco, fiquei abalado como se Lady Catarina fosse minha própria filha... Não quero ser desrespeitoso... Jamais esqueci a condição de Lady Catarina. Mas ela foi a dama mais bela que servi na vida. Não creio voltar a ver alguém como ela.

— Sim, sim — diz minha avó de consideração.

— Ela foi sepultada na capela e uma lápide digna foi posta sobre o túmulo; bandeiras e flâmulas foram desfraldadas, e todos voltaram para suas casas, depois de orar e abençoá-la. Ninguém rezou pela alma dela — esclarece, de olho em minha fervorosa parenta protestante. — Todos sabemos que não existe mais purgatório. Mas todos rezamos para que ela esteja no reino do céu, livre de qualquer sofrimento, e então fomos embora. Mas a cadela não voltou conosco. Ficou na capela, sozinha, a pobre coitada. E ninguém, nem mesmo o cavalariço que tanto se afeiçoou dela, conseguiu tirá-la de lá. Oferecemos um pedacinho de pão e até carne. Ela não quis comer nada. Amarramos uma cordinha em volta do pescoço dela e a arrastamos, mas ela escapuliu e voltou para a capela, para dormir sobre a lápide; então, deixamos que ela ficasse lá. Ela fechou os olhos e enfiou o focinho embaixo das patas, como se estivesse chorando. E na manhã seguinte, coitadinha, estava dura e fria, como se tivesse desistido de viver sem a dona.

Olho para minha avó de consideração e vejo sua boca ligeiramente retorcida, igual à minha naquele momento. Mordo a parte interna dos lábios para não chorar a morte da pugzinha, para não chorar a morte de minha irmã, para não chorar pela destruição da nossa linhagem, e tudo sem motivo, sem o menor motivo.

Permanecemos calados por um momento, então Sir Owen fala.

— Mas os pintarroxos estão vindo na carroça — acrescenta ele, subitamente animado.

— Não me diga que são os pintarroxos de Janey Seymour!

— Os filhotes, ou talvez os filhotes dos filhotes. Ela cuidou deles, que fizeram ninhos e se acasalaram; tivemos de doar alguns, mas ficamos com outros tantos, conforme ela mandou. Mas eu tenho, para a senhora, uma bela gaiola de pintarroxos que não param de cantar; estão vindo na carroça.

Minories, Londres, Primavera de 1568

Bess St. Loe, amiga e outrora aliada da família, conquistou um triunfo no ano passado que me faz sorrir toda vez que penso nela. Tia Bess enterrou o terceiro marido e, na condição de grande herdeira, caminhou até o altar pela quarta vez — desta feita, superando as próprias marcas: fisgou George Talbot, conde de Shrewsbury; e, perdendo apenas para a rainha, tornou-se a mulher mais rica da Inglaterra, proprietária de praticamente toda a região central do reino.

Só mesmo uma mulher pequena mais triste que eu não daria uma sonora gargalhada ao pensar na ascensão de tia Bess. No passado, ela era uma amiga, uma espécie de agregada que não saía de Bradgate; agora é condessa. Tia Bess, que nasceu pobre e enviuvou cedo, que deveu tantos favores à minha mãe, é hoje uma mulher importante por causa do seu extraordinário tino comercial e do seu casamento. Obviamente, penso que a boa sorte dela pode me beneficiar. Uma proprietária de terras como tia Bess, com milhares de casas sob suas ordens, além de fazendas e vilarejos, poderia facilmente me alojar. Ela conta com a confiança da soberana; poderia garantir que eu não fugisse nem enredasse tramas com os espanhóis, tampouco fizesse qualquer outra coisa que a rainha finge temer só para me manter reclusa. Se tia Bess disser uma palavra em meu favor (embora eu não esqueça que ela não disse nada em defesa de minha irmã Catarina), talvez eu possa vir a ser uma inquilina livre nos arredores de Wingfield Manor, do Castelo de Tutbury, de Chatsworth House, ou de alguma das outras tantas casas que ela possui. Se ela for minha senhoria, não precisarei de guardião; livraria minha avó de consideração de suas obrigações e dos desagravos de Elizabeth; estaria longe de Londres e devidamente esquecida — e poderia ser livre.

Digo à minha avó de consideração que acho que Bess pode falar com a rainha em meu favor e que talvez se ofereça para me alojar, e ela me incentiva a escrever à nova condessa e lhe pedir que use sua influência junto à soberana — pois continua sendo dama de companhia, embora hoje alçada a um nível bem mais elevado. Penso que uma casa modesta, uma casinha minúscula em algum vilarejo discreto, seria para mim fonte de grande felicidade. Talvez eu consiga trazer os filhos de Thomas Keyes para residir comigo, ainda que não possa vê-lo nunca mais. E o sr. Careta gostaria de ter um pequeno pomar, com certeza.

Castelo de Grimsthorpe, Lincolnshire, Verão de 1568

Nossa prima Elizabeth reage tão bem à perda de minha irmã Catarina que o luto oficial na corte dura apenas um mês, e as Festas de Maio são celebradas com mais júbilo do que nunca. Ela se recupera tão prontamente da angústia sofrida com a situação da prima Maria, rainha da Escócia, ainda detida, que troca cartas com o captor de Maria e com o meio-irmão da prisioneira, lorde Moray, traidor que se tornou guardião do filho dela. Quando Elizabeth ouve dizer que ele abriu o tesouro real e está vendendo as célebres joias de Maria a quem oferecer o maior lance, ela supera a elogiada angústia que sentia pela prima e faz uma oferta. A abjeta traição e o roubo de Moray à meia-irmã e soberana ungida deixam de incomodar Elizabeth, que faz o maior lance e vence o leilão de um colar de pérolas com cinco voltas cujo preço é incalculável. Penso em Maria, detida no Castelo de Lochleven, assim como eu estou detida na casa de minha avó de consideração, em Grimsthorpe, e em como deve ser doloroso para ela saber que a prima que ela achava que viria salvá-la fechou negócio com o carcereiro e está agora exibindo suas pérolas.

Mas minha prima Maria não perde tempo contando as perdas e chorando os abortos espontâneos. Logo depois, naquele mesmo mês de maio, somos informados de que ela escapou da prisão — uma mulher provida de uma coragem desesperada —, e penso que bem que gostaria de ter a bravura, os recursos financeiros e os amigos para poder fazer o mesmo. Maria atravessa o lago remando, disfarçada de pajem, reúne um exército e desafia o meio-irmão e traidor para um confronto no campo de batalha. Elizabeth deveria enviar um exército — como alardeou que o faria —, mas, em vez disso, envia seus votos de sucesso, que não surtem efeito nenhum. A rainha da Escócia é vencida. Foi sua última cartada, e agora ela fugiu e ninguém sabe seu paradeiro.

Deve estar em algum lugar do inóspito interior da Escócia. A batalha ocorreu nos arredores de Glasgow, a oeste, região que ela desconhece, onde é provável que não tenha amigos. Seu marido e grande aliado, Bothwell, está desaparecido. A prima Elizabeth não faz nada para socorrê-la. Maria está só. Durante vários dias, não temos notícia nenhuma. Então, ficamos sabendo que ela cavalgou quarenta e oito quilômetros depois de ser derrotada na batalha, quarenta e oito quilômetros à noite, por um terreno acidentado. Encontrou refúgio seguro em uma abadia, onde é amada por ser rainha e por sua fé. Se os ingleses a acudissem agora, tudo ainda poderia ser revertido. Maria reconquistaria o trono, e Elizabeth voltaria a ter a bela prima como monarca vizinha.

O reino inteiro sabe — até minha avó de consideração, sua família e eu, banidas da corte, residindo na casa de milady minha avó, em Grimsthorpe, Lincolnshire, sabemos — que Maria pediu auxílio a Elizabeth, enviando-lhe um símbolo. Trata-se de um objeto tão poderoso que Elizabeth não pode recusá-lo: um anel, o anel com um diamante que a própria Elizabeth deu a Maria cinco anos antes, jurando estima e amizade eternas e dizendo que Maria a chamasse em caso de necessidade, que Elizabeth não falharia com ela.

Eu acompanho essa história — o mundo inteiro acompanha essa história — como se fosse um conto de tirar o fôlego, publicado em panfletos e vendido por compositores de baladas. É uma história irresistível: uma grande rainha promete assistência infalível a outra, e agora a promessa é invocada. Mal posso esperar para saber o paradeiro de Maria. Mal posso esperar para saber o que ela fará em seguida.

Penso que Elizabeth deva enviar socorro. Já deveria ter enviado um exército, assim que Maria conseguiu fugir da prisão. E agora nossa prima, embora livre, está vulnerável; agora ela envia o anel no intuito de recrutar o apoio inconteste de Elizabeth. Nossa rainha precisa manter a promessa feita publicamente, precisa defender nossa prima.

Não há nenhuma notícia de transferência de recursos financeiros para a Escócia. Mas, é claro, Elizabeth poderia ter enviado o auxílio em segredo. É certo que não há recrutamento de tropas, pois, se houvesse, ficaríamos sabendo, mesmo isoladas aqui no interior do reino. Talvez Elizabeth se reúna com o Conselho Privado e os convença a apoiar a rainha da Escócia para que a majestade em si mesma não seja ameaçada. Talvez ela convoque o Parlamento e aponte Maria como sucessora — obrigando-se a realizar a tarefa espinhosa de defini-la como herdeira —, de modo que os escoceses se deem conta de que não podem atacar a prima e herdeira de Elizabeth e de que é interesse da Escócia restaurar Maria ao trono, permitindo-lhe legar o título ao filho, com isso, enfim, unindo Escócia e Inglaterra.

Circulam rumores de que os franceses pretendem resgatá-la no litoral da Escócia. Ela é parente deles e está desesperada. E, se a resgatarem antes de nós e a rainha da Escócia cair em mãos francesas, como haverá a Inglaterra de se livrar de um ataque? Será que Maria se casaria com outro príncipe ilustre, reconquistaria o reino e se lembraria da prima Elizabeth como a pessoa desleal que quebrou uma promessa sagrada, uma aliada traiçoeira, uma farsante? Será que ela consideraria os ingleses inimigos, seguidores da falsa fé? Será que tentaria se apoderar do trono à força, um trono que deveria ter sido seu por direito?

Tudo indica que Elizabeth vai acudir nossa prima e restaurá-la ao trono. As razões para agir assim são irrefutáveis. Não há argumento válido para nenhum outro curso de ação. Na condição de prima, de monarca solidária, depois de empenhar a própria palavra, Elizabeth deve ajudar Maria. Não pode se recusar.

Mas nada ouvimos nesse sentido. Escrevo a tia Bess, indagando se, em um momento propício, ela perguntaria à rainha se posso ser libertada e residir em uma de suas casas. Pergunto em nome do afeto que bem sei que ela nutria por minha mãe e prometeu à minha irmã. E também peço notícias. Ela sabe o que está se passando com minha prima, a rainha Maria da Escócia — ela será regatada? Pode me dar alguma notícia?

Antes que eu receba qualquer resposta à minha carta, minha avó de consideração entra em meu quarto, onde estou lendo latim com uma dama de companhia, e diz:

— Você não vai adivinhar o que aconteceu agora.

Pulo da cadeira, assustada. Minha vida não foi marcada pela chegada de boas novas.

— O que foi?

— A rainha Maria da Escócia atravessou o estuário de Solway, deixando a Escócia, atracou na Inglaterra e escreveu uma carta aberta a Elizabeth, dizendo que pretende retornar à Escócia imediatamente, acompanhada e apoiada por um exército inglês.

Acho que eu deveria ficar entusiasmada. É mais uma atitude intrépida, brilhante. Maria está dobrando Elizabeth. A prima inglesa não vai poder prevaricar, como sempre faz, não agora quando nossa prima se mostra tão corajosa e decidida. Mas não sinto o menor entusiasmo; sinto medo.

— A rainha respondeu?

Milady minha avó é uma mulher esclarecida.

— Meu marido, Richard, está com a corte em Greenwich e me disse que Elizabeth e Cecil estão trabalhando na resposta. Elizabeth diz que Maria precisa ser restaurada à Escócia, acompanhada de um exército reforçado. Os escoceses precisam saber (todos precisam saber) que não podem derrubar uma rainha. William Cecil concorda e, portanto, o Conselho Privado também vai concordar. Ninguém vai dizer que uma soberana pode ser destruída por indivíduos como John Knox, na nossa porta. O Parlamento terá de aprovar a liberação de recursos e um exército precisará ser recrutado. A rainha Maria será mandada de volta para casa, em Edimburgo, e Elizabeth terá de enviar tropas para lutar por ela.

— Será que ela vai fazer isso?

— Ela já fez isso antes. Enviou um exército à Escócia, a fim de combater o regente católico. E venceu aquela batalha. Ela sabe que é viável. — Milady minha avó pondera. — Mas a coisa não vai chegar a esse ponto. Os líderes escoceses não querem lutar contra a Inglaterra. Metade deles já está na nossa folha de pagamento. Se Elizabeth e Cecil reunirem um exército, os escoceses haverão de saber que precisam restaurar sua rainha e firmar um acordo de paz com ela. Era Bothwell que eles não toleravam; muitos deles amam a rainha Maria.

— É bom saber que ela está livre — comento. — Sei que ela é papista e talvez uma pecadora, mas estou feliz por ela se ver fora do Castelo de Lochleven, em liberdade, a despeito do que vier a acontecer. Sempre penso nela: tão bela quanto Catarina, quase da mesma idade, e gosto de pensar que ela, dentre todas as primas, está livre.

＋

Uma das primas Tudor não celebra a liberdade da rainha Maria. Nossa prima Margaret Douglas, vingativa feito uma harpia, corre à corte, acompanhada do marido, conde de Lennox, ambos em luto perpétuo pela perda do filho, o imprestável Henrique Stuart, lorde Darnley. O objetivo do casal é se atirar aos pés de Elizabeth, às lágrimas: exigem justiça para o filho. A rainha Maria é uma assassina e deve ser mandada a ferros de volta à Escócia; tem de ser julgada por homicídio. Elizabeth tem de mandar prendê-la, e ela dever ser queimada como assassina do marido.

A monarca se mostra impaciente com a prima. Darnley foi para a Escócia por ordens da mãe e se recusou a retornar à Inglaterra quando assim ordenado por Elizabeth; a rainha jamais se esquecerá disso. Ele pegou em armas contra a esposa; todos soubemos que ele apontou uma pistola carregada para o ventre da mulher grávida. É certo que ele foi uma vítima dos líderes escoceses, que o odiavam, mas não há evidências claras de que a rainha Maria esteve envolvida na trama. E, em todo caso, minha prima Margaret deveria saber que a consciência de Elizabeth é resiliente. Como ela acha que Amy Dudley morreu?

Elizabeth explica, com bastante polidez, que os escoceses não podem julgar a rainha; nenhum povo pode mover um processo contra um monarca ungido. Do mesmo modo, Elizabeth não tem autoridade sobre Maria. Ambas são soberanas, e Elizabeth não pode apreender e encarcerar Maria. Rainhas fazem as leis; portanto, estão acima das leis. Ela tem certeza de que Maria apresentará uma explicação convincente quando se encontrar com a sogra. Trata-se de uma questão particular entre as duas. Em suma, ninguém se importa muito com o que Margaret Douglas pensa. Para ser sincera, ninguém jamais se importou.

No entanto, fico apreensiva à medida que os dias ficam mais quentes e não recebo resposta de tia Bess, condessa de Shrewsbury, seu título atual, e tampouco recebo notícias da corte quanto à minha transferência para qualquer outro local. Fico apreensiva por ainda ser prisioneira, sob custódia de minha avó de consideração, ao mesmo tempo que minha prima, a rainha Maria da Escócia, está sob a guarda de Sir Francis Knollys, no Castelo de Carlisle. Parece que Elizabeth não dispõe de uma acusação contra nós, suas primas, mas ambas seguimos encarceradas. Será que ela pretende nos manter presas até morrermos de tristeza, como aconteceu com Catarina?

Elizabeth envia algumas roupas a Maria; a prima escocesa não possuía nada além do traje de equitação com o qual fugiu. No entanto, quando o embrulho é desfeito, constata-se que o conteúdo vale pouco mais que trapos: duas combinações velhas, duas peças de veludo preto e dois pares de sapato, nada mais.

— Por que ela faz questão de insultar a rainha da Escócia? — pergunta minha avó de consideração. — Por que faz questão de tratá-la com tamanho desdém?

Ambas olhamos para a banqueta velha e para as duas tapeçarias esgarçadas que há tanto tempo fazem parte de meus parcos pertences e contemplamos a velha caneca que Elizabeth me enviou de sua copa.

— Para adverti-la — respondo, lentamente. — Assim como advertiu Catarina, assim como me adverte, de que estamos pobres, pois não contamos com a bondade dela, que somos prisioneiras, pois não contamos com a bondade dela. Ela pode dizer que não tem poderes para mandar prender uma rainha, mas, se a rainha Maria é hóspede de Francis Knollys e não tem permissão para ir embora, o que será ela, senão prisioneira de Elizabeth? A senhora acha que a prima Maria entendeu o recado? Que é uma prisioneira como eu?

Castelo de Grimsthorpe, Lincolnshire, Verão de 1568

O Conselho Privado se reúne no Palácio de Greenwich e anuncia que a rainha Maria da Escócia deverá ser julgada. Não pode ser restaurada à Escócia por um exército inglês sem que sua inocência seja comprovada. Ela deverá enfrentar a acusação de ter assassinado o marido, e a pena por matar o marido — crime de mesquinha traição, pois, além de homicídio, trata-se de um ultraje contra a ordem natural — é morte na fogueira. Surpreendentemente, Elizabeth não repreende o conselho por discordar dela — o que nos revela que o conselho age como porta-voz da soberana, dizendo algo que ela não ousa. Mas Elizabeth determina que Maria não pode vir à corte explicar seus atos, de rainha para rainha. Ela afirma que não pode se encontrar com Maria, que a reputação da monarca escocesa foi maculada pelos rumores. A noção de que uma mulher acusada de adultério não pode comparecer à corte de Elizabeth seria cômica, se não fosse trágica, quando aplicada à nossa prima Maria. Como a rainha da Escócia há de ter um julgamento justo se não tem autorização para falar? E, se o Conselho Privado, que é um coro regido por Elizabeth e Cecil, afirma que Maria será julgada por homicídio sem poder falar em sua própria defesa, a dupla, com certeza, já decidiu que ela é culpada e deve morrer.

Mas Maria é mais esperta que eles. Ela rejeita os retalhos de veludo e os sapatos velhos, chamando-os de um "chamado frio", e Sir Francis, constrangido diante dos farrapos, diz que se trata de um tolo equívoco por parte do lacaio responsável pelo guarda-roupa. Maria afirma sua condição de monarca: usa arminho, tem sangue real. Ninguém pode lhe enviar trajes que estejam hierarquicamente abaixo da realeza. E, do mesmo modo, ninguém pode julgá-la, sendo ela uma soberana ungida — somente Deus pode julgá-la.

Elizabeth retrocede de pronto, como só ela sabe fazer. Escreve à prima que não será um julgamento, pois, decerto, uma rainha não pode ser julgada. Trata- -se de um inquérito a respeito da conduta do meio-irmão da rainha escocesa, lorde Moray. Ela não está sendo acusada — *ele* está. O inquérito pretende apurar se ele agiu como um traidor, e ela será restaurada. Sua reputação será retificada, e ela voltará ao trono. Estará livre do escândalo e poderá recuperar a guarda do filho.

— Ela será libertada — digo. — Graças a Deus, ela, ao menos, será libertada.

Em julho, finalmente, recebo uma resposta de minha tia Bess. Ela escreve sob seu novo selo: um leão rampante. Sorrio ao ver o novo selo e rompo o lacre. Agrada-me pensar em tia Bess tendo em seu brasão um leão rampante; vem bem a calhar.

Caríssima Maria,

Lamento não poder dar-lhe uma resposta melhor, pois seria uma satisfação receber-te em minha casa (em qualquer das minhas tantas casas!), pois tenho por tua mãe e por ti, cara Maria, grande afeto. Mas, antes que eu pudesse perguntar à rainha se seria possível alojar-te, ela pediu a mim que realizasse uma tarefa mais nobre do que o teu alojamento. Meu marido, o conde, e eu receberemos uma hóspede — podes adivinhar quem? E devemos mantê-la em segurança, a salvo dos inimigos, averiguar as cartas que ela receber e relatar todos os seus atos. Será nossa hóspede, mas não deve sair até ser restaurada à Escócia. Será nossa hóspede, mas devemos examinar cada carta que estiver em seu baú e descobrir tudo o que for possível; e caberá a nós avaliar cada situação.

Já deves ter adivinhado quem ficará sob minha guarda e por que não poderei convidar-te! A rainha confiará a meu marido, o conde, e a mim a custódia da rainha Maria da Escócia, até o momento em que a soberana estiver pronta para regressar à sua Escócia natal. Realizaremos a tarefa sem erros, e imagine a honra e os benefícios que teremos por hospedar a rainha dos escoceses e restaurá-la ao trono. Depois que ela retornar à Escócia, perguntarei à rainha, com grande satisfação, se podes ser libertada e residir em uma de nossas casinhas.

Deixo a carta cair no chão. Sinto-me tão nauseada quanto no dia em que Catarina foi levada à Torre e Elizabeth me obrigou a lhe entregar suas luvas.

— Ela jamais será libertada — prevejo. — A rainha Maria da Escócia jamais escapará. Elizabeth a capturou em sua teia, assim como fez comigo. Nós duas vamos morrer na prisão.

Castelo de Grimsthorpe, Lincolnshire, Natal de 1568

O Natal em Grimsthorpe é belo e frio, e minha avó de consideração se encontra na corte; portanto, celebro as festas discretamente, na companhia de empregados e agregados. Tenho permissão para caminhar pelos jardins até o estábulo e por todo o pátio do lindo castelo, mas, quando neva e as alamedas ficam cobertas, não consigo ir muito longe. Não me incomodo se estou presa pela neve, pois sei que haverá de derreter.

Minha avó de consideração envia para mim uma carta com um presente de Natal — uma taça de ouro — e me põe a par das novidades. Escreve com cautela, para impedir que espiões possam dizer que está conspirando comigo.

Tenho notícias alvissareiras de Ned Seymour, conde de Hertford, escreve ela, evitando se referir ao fato de que se trata de meu cunhado. *Ele foi libertado da prisão e vive em liberdade em Wulf Hall, sua residência em Wiltshire. Os filhos, Teddy e Thomas, permanecem com a avó, em Hanworth, mas têm autorização para escrever ao pai e podem escrever e receber cartas tuas. Sei que isso há de lhe trazer grande alegria.*

Faço uma pausa na leitura e penso nos meus sobrinhos, filhos de Catarina, e no pai ainda separado deles, mas penso que, ao menos, podem trocar cartas. Deveras, Elizabeth se tornou uma soberana monstruosamente poderosa. Ficamos restritos aos locais por ela permitidos.

Minha avó de consideração esclarece que o resultado do inquérito cujo objetivo era investigar falsidade por parte do perverso meio-irmão da rainha Maria da Escócia foi completamente oposto ao esperado. Lorde Moray apresentou um baú de cartas que supostamente incriminam a rainha como assassina do marido e amante adúltera de Bothwell. Não era o meio-irmão traidor que estava sendo julgado, mas sim a própria rainha — ao contrário do que Elizabeth prometera.

Nem todas as cartas parecem ser de próprio punho da rainha Maria, explica minha avó de consideração, diplomaticamente. *Por isso, algumas pessoas duvidam que sejam dela.*

Tenho certeza absoluta disso. Suponho que os espiões de William Cecil estejam adulterando e copiando cartas, em um frenesi de falsificação, como crianças aplicadas que se debruçam sobre seus cadernos escolares. Mas, seja como for, Elizabeth carece de coragem para chegar a uma conclusão definitiva, e entramos no novo ano com a rainha da Escócia e eu encarceradas, cada qual em sua prisão, eu em Grimsthorpe, ela no Castelo de Bolton, vestida em seus trajes monárquicos, que fez questão de solicitar a Lochleven, ambas com esperanças de sermos libertadas na primavera.

Maria faz mais do que nutrir esperanças: ela escreve a Filipe II da Espanha, afirmando que foi detida, sem motivo justo, por Elizabeth. A medida pode resultar em sua liberdade, mas, decerto, resultará também em antagonismo absoluto por parte de William Cecil e dos protestantes. Diferentemente dela, não tenho a quem escrever. Minha única parenta com sangue real é minha única inimiga: Elizabeth.

Castelo de Grimsthorpe, Lincolnshire, Primavera de 1569

Mal posso crer que chegou o dia, mas é primavera, a terra foi libertada do inverno, os riachos correm ao longo das vias e minha prima, a rainha Maria da Escócia, e eu, ambas prisioneiras, seremos libertadas. A estação que sempre me cativou com o canto dos pássaros é a estação na qual me verei livre. A rainha Maria deve retornar à Escócia e ao trono. O inquérito contra ela fracassou, e Elizabeth sabe que não pode manter a prima de sangue real trancafiada sem um motivo justo. Tampouco vai manter a mim encarcerada, e eu nem tenho Filipe II e os reis católicos advogando em meu favor. É como se Elizabeth tivesse enxergado o horror por ela própria perpetrado, tivesse percebido a estrada pela qual trilhava. Se o resultado do inquérito fosse uma condenação, ela seria obrigada a executar a prima Maria. Se ela me mantiver detida indefinidamente, não seria quase uma sentença de morte? Inconstante, medrosa, Elizabeth deixa de perseguir suas herdeiras e resolve nos libertar, na esperança de que, estando longe, em Edimburgo, Maria há de criar menos problemas do que se for mantida encarcerada.

— Você será transferida para Sir Thomas Gresham — diz minha avó de consideração. — Sentirei sua falta, minha querida, mas ficarei contente em saber que estará em Londres e, assim que abrir uma vaga na corte, será dama de companhia. Vai recuperar o seu posto.

— Ela acha que voltarei a servi-la? — pergunto, incrédula.

Minha avó ri.

— Vai, sim. É a melhor maneira de demonstrar que não é um risco para ela, que não é uma rival. Lembra que a própria irmã a aprisionou e depois a convocou à corte. Ela acha que pode fazer o mesmo com você.

— Mas serei libertada?

— Será libertada.

Seguro as mãos dela.

— Jamais vou esquecer que a senhora me acolheu — declaro.

— Não foi nada — responde, em tom meio sarcástico. — E não esqueça que acolhi o maldito macaquinho também.

Gresham House, Bishopsgate, Londres, Verão de 1569

Cavalgo até Londres atravessando as terras mais férteis da Inglaterra. Nos dois lados da trilha, os campos de feno acabaram de ser ceifados, e sinto o aroma inebriante de feno verde. Nas colinas além dos campos, carneiros pastam com seus cordeirinhos rechonchudos sob a vigília displicente de pastores ainda meninos. Nas várzeas ribeirinhas, vacas pastam na relva viçosa, e, quando passamos pelo gado à noitinha, vemos moças saindo com baldes em cangas, levando consigo as banquetas para a ordenha.

Estou tão contente por estar cavalgando que não quero chegar ao fim da viagem, mas, pouco depois, cruzamos Bishopsgate e nos vemos diante do belo casarão construído por Sir Thomas, empregando recursos obtidos como conselheiro financeiro de minha família, os Tudor. Foi Sir Thomas que advertiu a rainha no sentido de recolher a moeda desvalorizada e cunhar a nova moeda, foi Sir Thomas que morou em Antuérpia e defendeu os interesses dos mercadores ingleses diante do nosso maior competidor comercial, e foi Sir Thomas que recomendou a construção de um salão em Londres onde mercadores pudessem se encontrar e trocar informações, confirmar a liberação de concessões e monopólios e adquirir partes das companhias uns dos outros.

Chegamos ao seu imponente domicílio em Londres, quase do tamanho de um palácio, lacaios trajando a libré da casa abrem as portas duplas e eu entro.

Não há ninguém para me saudar, exceto o mordomo da propriedade, que faz uma reverência e se oferece para me conduzir aos meus aposentos.

— Onde está Sir Thomas? — pergunto, tirando minhas luvas de equitação e entregando-as à minha dama de companhia. — E Lady Gresham?

— Sir Thomas está acamado; retirou-se em seu quarto, e Lady Gresham saiu — responde ele, visivelmente constrangido com a negligência e a falta de respeito do casal para comigo.

— Então é melhor o senhor me conduzir aos meus aposentos e informar a Lady Gresham que pode me procurar assim que retornar — digo, secamente.

Eu o sigo escadaria acima, e ele me conduz através de uma sequência de portas duplas, até uma porta situada em um canto do casarão. Ele abre a porta. Eu entro. Não é um quartinho, como o que fui obrigada a aceitar em Chequers, mas tampouco é um cômodo belo e espaçoso, condizente com a mansão. É uma saleta, sem antessala, e fica evidente que ali não terei condições de viver como uma princesa com um séquito particular.

Depois da sala, há um quarto, com uma cama de bom tamanho e uma janela com sacada acima da rua barulhenta, de onde posso bisbilhotar, feito a esposa xereta de um mercador, e observar o vaivém dos comerciantes e os empregados entrando em seus gabinetes de contabilidade.

— Fomos informados de que não seria por muito tempo — comenta o mordomo, desculpando-se. — Fomos informados de que a senhora iria para a corte.

— Creio que sim, e estas dependências estão boas, por ora, se não há alternativa melhor — comento, com frieza. — Por favor, conduza minha dama de companhia e minhas criadas aos seus quartos. E traga vinho, água e algo para comer. Pode servir na minha saleta.

Ele faz uma reverência e se retira, e eu olho ao redor. Os aposentos são até agradáveis — Deus sabe, são mil vezes melhores que a Torre — e servirão a seu propósito até eu retornar à corte.

Sucedeu o que de mais favorável e oportuno poderia acontecer — um grande benefício, um prenúncio de felicidade. Só de pensar no ocorrido tenho vontade de cair de joelhos e agradecer a misericórdia divina. Meu marido, meu amado esposo Thomas Keyes, sobreviveu ao frio, à fome e ao severo confinamento da pior prisão da Inglaterra e enfim foi solto. Recebo a notícia em um bilhete expedido por ele, o primeiro que recebo desde que nos separamos com um beijo, com nosso beijo de despedida. É o primeiro bilhete que ele me escreve. Sei que não é um erudito, e não é fácil para ele se expressar por escrito; portanto, valorizo duplamente o pedaço de papel e a caligrafia esmerada. É melhor que um poema, melhor que uma balada; são palavras sinceras de um homem honesto, meu homem honesto.

Vou ser enviado para o Castelo de Sandgate no meu condado de Kent onde já trabalhei como capitão e sei que o alojamento é bom e estou muito feliz por terem me soltado. Rezo por ti e pela tua liberdade todo dia e peço a Deus que ainda queiras ficar comigo, que te amo do mesmo jeito que amava no dia em que te vi quando eras uma bonequinha com menos de 10 anos montada num cavalo grande demais para ti. Vem quando puderes — vou estar esperando. Pois sou e sempre vou ser teu esposo querido e fiel.

TK

Não tenho coragem de queimar este bilhete, embora tenha incinerado todas as outras cartas que recebi. Guardo-o dentro da Bíblia francesa que pertencia a Catarina, onde Ned Hertford anotou as datas de nascimento dos filhos, meus sobrinhos, na folha de guarda. Escondi o bilhete entre as páginas e o contemplo todos os dias.

Minha primeira reação é escrever à minha avó de consideração, na corte, e pedir a ela que pergunte à rainha quando começarei a servi-la.

Não tenho queixas dos meus aposentos, mas estava mais feliz com a senhora. Além disso, Sir Thomas está quase cego de tanto examinar perdas e ganhos em livros contábeis e manco por causa de uma antiga contusão e sua esposa é um tanto detestável. Não gostaria de permanecer aqui por mais tempo que o estritamente necessário. É patente que não me querem aqui. Eles não têm filhos, e a casa é tão amorosa quanto a casa da moeda, onde ele passa a maior parte do tempo.

Posso não gostar do meu alojamento, mas ao menos foi uma mudança de ares e um sinal de que estou voltando à liberdade. Nesse ponto tenho mais sorte que a rainha Maria dos escoceses, que, afinal, não está retornando à Escócia — seu meio-irmão voltou atrás na promessa de aceitá-la, e os líderes protestantes tampouco têm confiança nela. Maria vai continuar sob os cuidados de minha tia Bess, em Wingfield Manor, até que seu regresso à Escócia seja acordado. Ela está em uma propriedade belíssima e tem sido muito bem atendida, mas não a invejo. Assim como eu, ela se encontra em uma espécie de abrigo no meio da estrada, avistando a liberdade, mas não está livre. Ambas precisamos aguardar que a maré da compaixão de Elizabeth volte a subir, e isso é raríssimo.

Gresham House, Bishopsgate, Londres, Verão de 1569

A corte está excursionando quando a notícia mais inusitada chega a Londres. Consta que nossa prima Maria, rainha da Escócia, foi mais esperta que sua guardiã, minha tia Bess, e causou uma ofensa, assim como Catarina e eu. Por mais incrível que pareça, embora esteja casada com o conde de Bothwell, atualmente desaparecido, Maria ficou noiva e — como se isso já não fosse bastante condenável à rainha solteirona — sua escolha recaiu sobre um grande nobre inglês. Estão dizendo que ela prometeu se casar com Thomas Howard, duque de Norfolk, parente de Elizabeth pelo lado dos Bolena, sendo que ele agora fugiu da corte inglesa e ninguém sabe seu paradeiro.

Sir Thomas sai de casa às pressas de manhã cedo e só retorna à meia-noite. Nada é mais detestável aos mercadores que qualquer tipo de incerteza, e, se Elizabeth tiver de enviar um exército contra a família da própria mãe, os Howard, terá de lutar contra quase toda a região de Norfolk, e é impossível prever como isso vai terminar. Seria a Guerra dos Primos outra vez. Seria uma guerra tão cruel quanto as que estão ocorrendo na França — uma guerra religiosa. Seriam duas rainhas lutando pelo futuro da Inglaterra. Seria um desastre para meu reino e para o trono de minha irmã.

Elizabeth cancela a excursão de verão e corre com a corte para o Castelo de Windsor, a fim de se preparar para um cerco. Ela passou a vida inteira com medo, esperando por esse evento, e agora ela própria o ensejou. Elizabeth sempre temeu que sua herdeira desposasse algum súdito poderoso e que juntos se voltassem contra ela, e agora ela acredita que Thomas Howard vai fazer todo o leste do reino se insurgir contra a corte e que os lordes do norte haverão de reunir suas forças aguerridas, a fim de resgatar a rainha da Escócia. Ambas as regiões são notoriamente papistas, e nenhuma das duas tem apreço pelos Tudor.

Ouço a movimentação de grupos de cidadãos e jovens aprendizes treinando para defender Londres. Abro a janela e me debruço para vê-los marchando para cima e para baixo, com cabos de vassoura nos ombros, em vez de lanças.

Dizem que o duque de Norfolk vai atacar Windsor; dizem que os lordes do norte vão atacar a casa de minha tia Bess e levar à força sua hóspede. Tia Bess e o esposo, conde de Shrewsbury, que estavam tão orgulhosos por hospedarem uma rainha, são obrigados a correr com ela, de Wingfield Manor até o Castelo de Tutbury, e se preparar para um cerco. A Inglaterra volta a se dividir em dois campos, conforme ocorreu no passado, e a velha tática praticada por Elizabeth — de jogar uma religião contra outra, um aliado contra outro, uma prima contra outra — sucumbiu e se transformou em pânico.

Os lordes do norte avançam sob um estandarte que exibe as cinco chagas de Cristo. Transformaram a campanha em guerra santa, e todos os papistas da Inglaterra haverão de apoiá-los. Será uma nova Peregrinação da Graça, a exemplo da que quase destronou o velho rei Henrique VIII, e as traidoras paróquias do norte estão fazendo soar dobres invertidos, que traduzem insurreição em defesa da antiga fé e da jovem rainha da Escócia.

Pobre tia Bess! Recebo notícias por intermédio de meu guardião, Sir Thomas, que me faz um breve relato quando me encontra atravessando o salão e me dirigindo ao jardim. Ele informa que ela está fugindo para o sul, às pressas e acompanhada de um pequeno pelotão, tentando escapar do exército que desce do norte, varrendo o território inglês. Tia Bess recebe ordens para conduzir Maria à segurança das muralhas do Castelo de Coventry antes que ela e os residentes de sua casa sejam todos capturados e massacrados pelos lordes do norte. Elizabeth recrutou um exército com mercadores e aprendizes de Londres, Sir Thomas mobilizou os próprios criados, e todos juntos marcham agora para o norte, mas não poderão fazer nada se todo vilarejo estiver contra eles e toda igreja estiver celebrando uma missa e se declarando a favor de liberdade para a rainha Maria da Escócia. É quase certo que chegarão demasiado tarde. O Conselho do Norte, que defende Elizabeth, está encurralado em York, cercado pelas forças dos lordes do norte. Mas ainda não há nenhuma notícia do exército que partiu de Norfolk, comandado por Thomas Howard, marchando para Coventry, no intuito de salvar a noiva do comandante, ou para Londres, a fim de reivindicar o trono para ela.

Gresham House, Bishopsgate, Londres, Inverno de 1569

Sir Thomas me informa que uma armada espanhola está pronta para partir dos Países Baixos Espanhóis com o propósito de reforçar o exército que vem do norte e libertar a rainha Maria da Escócia. Ele diz que é viável uma paz com os espanhóis — que provavelmente se contentarão com a volta da rainha Maria ao trono escocês e sua designação como sucessora de Elizabeth —, mas já não será tão fácil satisfazer os lordes do norte.

— O senhor acha que o duque de Norfolk, os espanhóis e os lordes do norte podem ser manipulados a ponto de traírem uns aos outros? — pergunto.

Ele exibe uma expressão de usurário, uma expressão de mercador de ouro, habituado a sopesar riscos.

— Traição é sempre uma possibilidade — é tudo o que diz. — É só o que nos resta.

Elizabeth tem sorte, Elizabeth sempre teve sorte, e agora a fortuna lhe sorri mais uma vez. Thomas Howard, duque de Norfolk, é o primeiro a ceder, submetendo-se à autoridade da rainha. Ele não reúne um exército e ainda se entrega a ela; como recompensa, ela o aprisiona e o despacha para a Torre. Os espanhóis não se lançam ao mar, pois duvidam que o exército do norte marche com eles; o exército do norte desiste da campanha e retorna às colinas frias, porque, sem os espanhóis, os insurgentes não se atrevem a desafiar Elizabeth; e Elizabeth, que não fez nada além de se esconder detrás das sólidas muralhas do Castelo de Windsor, entra triunfante em Londres e se autoproclama a vencedora agraciada por Deus.

Gresham House, Bishopsgate, Londres, Primavera de 1570

Minha pobre tia Bess perdeu o quarto marido, segundo dizem. Mas, dessa vez, não o perdeu para a morte e tampouco recebeu uma bela herança: ela perdeu o conde para o amor, um amor escandaloso e adúltero, pois todos dizem que ele se apaixonou por minha prima, a rainha Maria dos escoceses, e foi por isso que não soube protegê-la devidamente nem adverti-la do levante.

Isso já basta para que Elizabeth passe a odiá-lo, por se afeiçoar a Maria, além de odiar minha pobre tia Bess, culpando-a pela atração irresistível despertada pela charmosa rainha da Escócia. Bess cai das graças e perde a predileção da soberana, algo que ela passou a vida inteira tentando conquistar. Para piorar a situação de tia Bess, ela e o marido infeliz não podem mais residir em sua belíssima casa (lembro-me de que em uma carta ela se referiu às suas *tantas* casas), pois precisam manter a rainha escocesa sob severa vigília, e a monarca ficará trancada no sombrio e úmido Castelo de Tutbury. Maria é encarcerada, e tia Bess é encarcerada com ela, assim como eu estou encarcerada na linda casa em Bishopsgate e meus anfitriões estão comigo encarcerados.

Mas não há como prever nada. Meu guardião, Sir Thomas, comenta que momentos de instabilidade prejudicam o valor da moeda, e agora ele já não sabe o valor de um xelim em relação a um *sou* francês. Quando pergunto o que está acontecendo, ele diz que lorde Moray — o desleal meio-irmão da rainha Maria e atual regente da Escócia — foi fuzilado, e agora os líderes escoceses clamam o retorno da rainha da Escócia. No verão passado, eles a rejeitaram quando Elizabeth quis devolvê-la; agora a querem de volta, mas Elizabeth passou a temê-la. Em vez da rainha legítima, Elizabeth envia o marido de minha prima Margaret Douglas, o conde de Lennox, para atuar como regente.

Até eu sou capaz de perceber que a escolha não há de ser bem recebida; será que ele vai mesmo levar paz a um reino dividido? Será que vai acolher a nora odiada quando ela regressar ao reino? Será que ele vai fazer algo além de perseguir os líderes escoceses por ele próprio acusados do assassinato de seu filho, com isso voltando a instigar lutas internas?

Gresham House, Bishopsgate, Londres, Verão de 1570

Tenho em minhas mãos algo raro e precioso: uma carta de meu marido, Thomas. Foi entregue no meio de minha roupa lavada; portanto, alguém subornou a lavadeira para que esta página chegasse a mim. O papel é de boa qualidade — ele deve ter procurado algum funcionário do Castelo de Sandgate e comprado uma folha —, e ele escreve com uma caligrafia clara e firme, não em um estilo sofisticado, mas em um facilmente legível, ideal para se enviar uma ordem sucinta a um porteiro posicionado em uma guarita longe demais para ouvir um chamado.

Meu amor, estou longe demais para ouvir um chamado. Mas ouço você. Deus sabe que sempre, sempre o ouvirei.

Querida esposa,

Falei com o arcebispo Parker (que sei que é um homem bom) sobre a nossa questão e perguntei a ele se não é verdade que no casamento ninguém pode nos separar. Ele vai recorrer à piedade da rainha e pedir que eu tenha permissão para viver com minha esposa. Eu vou a qualquer lugar para ficar contigo; eu me juntaria a ti em qualquer prisão, na esperança de fazer a tua prisão menos penosa, assim como pensar em ti fez a minha. Serei teu esposo fiel e tenaz, em atos e pensamentos.

TK

Só pode ser benéfico para mim o fato de Thomas Howard, primo da rainha, ter sido solto da Torre, sem acusação, e mantido sob prisão domiciliar em Londres. Se ele, primo de segundo grau, culpado de ficar noivo de uma rainha inimiga, pode ser libertado e se a rainha inimiga pode ser restaurada à Escócia, não tem o menor sentido me manter presa.

— Pedi sua libertação — avisa-me Sir Thomas, rigidamente, quando vem à porta de minha saleta para uma visita de cortesia. — Obtive a confirmação de que a senhora será libertada no ano que vem.

Escrevo a Thomas:

Querido marido,

Já obtive tantas promessas de liberdade que aprendi a não confiar em nada, mas, se puder ir ao teu encontro, farei isso. Rezo por ti todos os dias e penso em ti com muito amor. Fico muito feliz por estares livre, e meu único desejo é estar contigo e ser uma boa mãe para teus filhos.

Tua esposa tenaz e terna,
MK

Assino "MK", ou seja, "Maria Keyes". Não nego meu amor por ele nem meu casamento com ele; beijo a dobra do papel, derreto a cera do lacre, pingo as gotas no ponto certo e carimbo o selo de minha família. Ele sabe que deve romper o lacre e receber o beijo.

Gresham House, Bishopsgate, Londres, Primavera de 1571

Sir Thomas está exultante, e sua esposa carrancuda, finalmente, tem um pouco de alegria na vida. Elizabeth vem visitar o salão dos mercadores e as lojas que ele construiu, e depois vai jantar na casa deles. É inacreditável, mas será servido um baquete à minha prima rainha nos cômodos abaixo dos meus e não fui convidada. Embora eu esteja na casa por ordens dela, não posso ser vista.

— Não a verei? — pergunto, secamente.

Por um momento, cheguei a pensar que pudesse me inserir no séquito de damas quando elas entrassem e que ela utilizaria a visita para me reintegrar aos seus serviços sem precisar se desculpar por haver me prendido, sem precisar fazer qualquer comentário. Elizabeth tem uma conduta tão estranha e o coração tão frio que cheguei a pensar que fosse capaz de me aceitar de volta à corte sem dizer uma palavra a respeito da questão.

— Não — diz Lady Gresham, irritada. — Pedi ao meu marido que explicasse a lorde Burghley que seria melhor a senhora nem estar em casa para evitarmos qualquer constrangimento, mas ele disse que a senhora deve permanecer em seus aposentos e que não há constrangimento nenhum.

— Lorde Burghley? — indago.

— É o novo título de Sir William Cecil.

Meneio a cabeça, em sinal de entendimento. Vejo que meu velho amigo foi recompensado pela inimizade para com a rainha escocesa.

— A senhora deve permanecer nos seus aposentos — reafirma ela.

— Como a senhora disser...

— E não faça barulho.

Arregalo os olhos diante de tal grosseria.

— Eu não pretendia bailar nem cantar.

— A senhora não deve tentar atrair atenção para si — estipula ela.

— Minha cara Lady Gresham — começo, em tom condescendente, embora o topo de minha cabeça alcance a altura de suas axilas —, eu passei a vida inteira tentando evitar a atenção de minha prima rainha, e não vou chamá-la, aos berros, quando ela comparece a um baquete em sua residência. Só espero que a senhora consiga fazer tudo ao gosto dela. A senhora não tem frequentado muito a corte, creio eu. Sendo uma mulher da cidade, não é mesmo? E não sendo nobre.

Ela engole um grito de fúria e se retira às pressas, deixando-me com minhas risadas. Atormentar Lady Gresham é meu maior divertimento. E uma visita real vai me propiciar muitas oportunidades.

Na verdade, a visita corre perfeitamente bem. Elizabeth faz sua refeição no salão de banquetes dos Gresham e assiste a uma peça que afaga sua majestade e sua grandeza. Em seguida, caminha pelo salão dos mercadores, o grande delírio de Sir Thomas. Os mercadores não se fixam lá, como fazem na Bolsa em Bruges. Os ourives, os joalheiros e os vendedores diversos não se mudaram para as lojinhas construídas por Sir Thomas, preferindo continuar instalados em suas barracas ou no cômodo da frente de suas casas, nas ruas mais movimentadas. Sir Thomas pediu a todos que trouxessem seus produtos para a rainha ver, e ele a presenteia em cada uma das lojas. Elizabeth aceita os presentes e a bajulação com avidez, feito uma gata malhada indolente recebendo comida, e convoca um arauto para anunciar que a partir daquele momento o salão vai se chamar Bolsa Real; Sir Thomas, enfim, vai ganhar dinheiro ali, e seu emblema do gafanhoto formará um enxame em Londres.

— E a senhora será libertada — acrescenta Lady Gresham, enfiando seu rosto desagradável pela fresta da porta da minha saleta no fim do dia. Vê-se que está corada de triunfo e vinho. — Sir Thomas pediu à rainha, e ela disse que a senhora pode ir embora daqui.

— Irei com satisfação — digo, mantendo a voz firme diante daquela feiosa portadora da boa nova, um improvável anjo de anunciação. — Irei ao encontro de meu marido?

— Não sei — responde, sem poder me espezinhar com uma negativa. — Mas a senhora vai embora, com certeza.

Gresham House, Bishopsgate, Londres, Outono de 1571

Aguardo ordens para empacotar meus livros e acomodar o sr. Careta na gaiola em que ele costuma viajar, mas ninguém aparece. Então fico sabendo que William Cecil está ocupado com outras questões. Ele descobriu uma grande trama que visava à captura da rainha Elizabeth. Thomas Howard é acusado de se aliar à Espanha com o propósito de levar Maria ao trono no lugar de Elizabeth. A corte está em um alvoroço de medo, e ninguém vai libertar outra herdeira, outra Maria, mesmo que seja apenas eu e todos saibam que não fiz nada errado. Thomas Howard é devolvido à Torre, a segurança é reforçada na casa de minha tia Bess e, mais uma vez, Elizabeth tem duas primas e um primo encarcerados.

Escrevo a Thomas:

Pensei que já estivesse indo ao teu encontro, mas houve um atraso. Rezo para que não seja nada mais que um atraso. Estou contigo todos os dias em meu coração e em minhas preces.

Tua esposa amada e fiel,
MK

Não recebo resposta, mas isso não me perturba, pois talvez ele ainda não tenha recebido minha carta ou não tenha conseguido enviar um bilhete em segredo. Estou sentada à janela que fica acima da rua de Londres quando vejo o médico chegando e sendo admitido à porta principal, abaixo da janela. Não me queixei de nenhum problema de saúde, e, portanto, me pergunto quem o terá chamado e se Lady Gresham está com algum desconforto causado por sua bile azeda.

O próprio Sir Thomas abre a porta, e o dr. Smith entra em meus aposentos. Então a visita é para mim. Levanto-me, um tanto apreensiva. Se for a notícia de minha liberdade, por que enviaram um médico? Por que os dois estão tão sérios?

Não espero que ele seja anunciado nem que faça uma reverência.

— Por favor, fale — digo, às pressas. — Por favor, fale imediatamente seja lá o que for que o senhor veio me comunicar. Por favor, fale imediatamente.

Os dois homens trocam um olhar e, com isso, dou-me conta de que perdi o amor da minha vida.

— Foi Thomas?

— Sim, milady — responde o médico, com serenidade. — Lamento informar que ele morreu.

— O meu marido? — questiono. — O meu Thomas, Thomas Keyes? O sargento-porteiro da rainha? O homem mais alto e mais robusto da corte? Que se casou comigo.

Penso que só pode haver algum engano. Meu Thomas não pode ter sobrevivido a um inverno na Prisão de Fleet, voltado a Kent, escrito que viria ao meu encontro para então fracassar e morrer antes que pudéssemos nos reunir. Não é possível que nossa história de amor, tão rara e improvável, termine de maneira tão infeliz. Penso que só pode ser outro Thomas, não o meu Thomas, que, alto e empertigado feito uma árvore e com seus olhos meigos, examina todos os que se aproximam de seu portão.

— Sim, milady — repete o médico. — Receio que tenha mesmo morrido.

Osterley Park, Middlesex, Primavera de 1572

Mais tarde, bem mais tarde, eles me disseram que perdi os sentidos ao ouvir tais palavras, que fiquei lívida e que pensaram que eu não voltaria a abrir os olhos. Fiquei muda, e acharam que a notícia tinha causado minha morte. Quando voltei a mim, em minha cama, perguntei se era verdade, e, quando disseram "Sim, sim, Thomas Keyes está morto", voltei a fechar os olhos e virei de costas para o quarto. Voltada para a parede, esperei que a morte viesse me buscar. A sensação que tinha era de que havia perdido todas as pessoas que amava e todas as pessoas que me pertenciam, que minha vida era inútil, uma perda de tempo, que minha vida servia apenas para exasperar a rainha, que Elizabeth havia se tornado um monstro, a exemplo do pai, a Toupeira, a fera que habita as vísceras da Inglaterra e devora seus filhos mais brilhantes.

O fato de Elizabeth ter conseguido dobrar o homem mais vigoroso da Inglaterra, aquele grande homem, dotado de grande bravura, não comprova o poder da rainha, mas demonstra a força do mal quando uma mulher não pensa em nada mais além de si mesma. Elizabeth é movida por sua vaidade. Qualquer indivíduo que insinue preferência por outra mulher deve ser morto. Qualquer homem que prefira outra mulher deve ser banido. Nem mesmo alguém como Thomas, que a serviu com lealdade e cuja preferência recaiu sobre uma mulher tão pequena que, de pé, não passava da altura de seu cinturão de couro, pôde ser feliz, depois de ter desviado o olhar de Elizabeth para outra mulher — para mim.

Sou transferida para Osterley Park, residência de campo de Sir Thomas Gresham, como quem traslada um cadáver. Acham que, no campo, vou morrer de morte natural, e toda a inconveniência chegará ao fim. E esse é meu desejo não expresso. Tem de ser feita a vontade de Deus, e não cometerei a blasfêmia de me matar; mas não consigo comer nem falar. Fico deitada, de olhos fechados, e o travesseiro está sempre molhado, pois as lágrimas não param de verter de minhas pálpebras cerradas, enquanto choro por meu marido, Thomas, acordada e dormindo.

Os dias se tornam mais curtos e, a partir das três da tarde, meu quarto fica escuro como se fosse noite; então, lentamente, muito lentamente, começa a voltar uma luz dourada sobre as paredes brancas, ouço o canto dos pássaros de manhãzinha, o céu clareia cada vez mais cedo, e penso que meu marido, meu amado marido, jamais me aconselharia a desistir. Ele me amou desde que me viu menina, montada em um grande cavalo. Amava minha coragem; amava meu espírito inquebrantável. Talvez eu possa reencontrar tal coragem e tal espírito no amor que sinto por ele.

E penso que, no mínimo, posso negar a Elizabeth a vitória da morte de todas as suas primas. Penso na rainha Maria dos escoceses, aguardando o retorno à Escócia, decidida a voltar ao seu reino e ao seu filho. Penso em Thomas, duque de Norfolk, preparando sua própria defesa na Torre de Londres. Penso em minha prima Margaret Douglas, agora viúva, pois seu marido foi morto em uma briga na Escócia, jamais desistindo de exigir justiça, jamais deixando de reivindicar o trono para seu neto escocês, e penso: eu que não vou poupar Elizabeth do problema de ter de lidar com três herdeiras sobreviventes. Eu que não vou permitir que Elizabeth se beneficie da saída silenciosa de cena de mais uma rival. Sou irmã de Joana Grey — que está sendo chamada de primeira mártir protestante; não sairei de cena em silêncio; Joana não fez isso. "Aprende a morrer!" não significa deitar no chão, como o fez a pug Jô com a pata sobre o focinho, e se entregar. "Aprende a morrer!" significa considerar o quão significativa pode ser sua morte, assim como sua vida.

Portanto, no fim de um longo período de luto silencioso, eu me levanto porque amo meu esposo e hei de viver para prová-lo e porque desprezo Elizabeth e hei de viver para atormentá-la. Quando chega a primavera, saio da cama — simples assim. Saio da cama, arrumo meu cabelo, que já exibe um pouco de prateado em meio ao louro, como convém a uma viúva, encomendo tecido preto às lojas de Sir Thomas, em Londres, e troco ideias com Lady Gresham sobre a quantidade de tecido necessária para a confecção de um vestido preto de luto. Quero um vestido com várias saias e belissimamente confeccionado. Então, ouço dizer que o marido dela, um *idiota* (o homem é um idiota, apesar de tudo o que sabe a respeito de comércio), procurou William Cecil para perguntar se posso me vestir como viúva. Como se a questão importasse a ele, como se importasse a eles! Como se importasse a uma rainha o fato de uma viúva usar preto pela perda do amor de sua vida. Como se uma rainha fosse se dar ao trabalho de se preocupar com as anáguas pretas da menor de suas súditas, como se alguém pudesse me negar um traje preto quando carrego no coração o maior dos amores.

Conquisto meu vestido preto e minha liberdade. Tenho permissão para caminhar pelos jardins de Osterley e até para cavalgar pelo parque. O sr. Careta gosta do pomar de Thomas Gresham e, quando a estação começa a produzir as primeiras frutas, ele pode ser visto com frequência procurando framboesas ou cerejas verdes. Ele colhe as melhores frutas, e desconfio que tenha prazer em irritar nosso anfitrião. Em mais de uma oportunidade em que Sir Thomas envia alguém de Londres para buscar pêssegos cultivados na estufa — e que serão servidos a algum convidado ilustre —, constatamos que o sr. Careta se antecipou a ele. O sr. Careta aprendeu a destrancar a porta da estufa; então, ele entra primeiro e come os melhores pêssegos. Às vezes, dá apenas uma mordidinha em cada pêssego. Cheguei a pensar que Sir Thomas admirasse o método usado pelo sr. Careta para subir o preço em função de uma oferta reduzida; mas ele não admira, não.

Escrevo a William Cecil e digo que, sendo meu casamento agora reconhecido como válido, eu gostaria de viver onde meu marido vivia, em Sandgate, Kent, e criar os filhos do primeiro casamento dele como se fossem meus. Eles agora são órfãos, e eu sou viúva; cuidar deles seria um serviço para o distrito e uma alegria para mim.

Ele demora bastante tempo para responder, mas sei que muitas outras questões o preocupam. Thomas Howard, duque de Norfolk, foi julgado de várias acusações, embora somente uma pareça ter fundamento — mas se trata da mais danosa. Ele preferiu a rainha Maria à rainha Elizabeth, fez planos para se casar com a linda jovem, e Elizabeth há de levá-lo à morte por isso. Ele tinha conhecimento de um complô para resgatar a rainha escocesa, e é possível que tenha até enviado recursos financeiros. Mas não fez muito além disso. Não participou do complô, submeteu-se à rainha e suplicou perdão. Ela não aceitou a justificativa de que ele estava prometido em casamento à rainha escocesa e que, por isso, devia a ela seu apoio. Trata-se da pior defesa do mundo a ser apresentada diante de uma mulher como Elizabeth, que não tolera nenhuma atenção dirigida a outra mulher. Portanto, Thomas Howard foi julgado e condenado, e cabe à rainha perdoá-lo ou não. Nesse ínterim, ele aguarda na Torre de Londres, assim como minha irmã Joana aguardou, como Catarina aguardou, como eu aguardo aqui em Osterley, o pronunciamento da vontade da rainha.

E bem agora, quando Thomas Howard é condenado como traidor por ter proposto casamento a Maria, quando o marido de Bess é humilhado por se apaixonar por ela, de repente, a reputação da rainha Maria da Escócia é destruída. O Conselho Privado autoriza a divulgação de todas as cartas, das célebres cartas do bauzinho de prata — forjadas e ficcionais. William Cecil trabalhou com afinco, e as cartas, antes tão secretas que não podiam ser exibidas nem aos conselheiros reais, são agora publicadas a preço tão irrisório que todos os moleques assadores de carne e todas as ajudantes de cozinha em Londres podem comprar um exemplar e ler que a rainha Maria não tem direitos monárquicos, pois se prostituiu com Bothwell e ainda explodiu o marido com pólvora.

Chocado com tudo isso e assustado com outras advertências feitas por Cecil, o Parlamento exige que Maria seja acusada e executada. Ainda na condição de hóspede indesejada e arruinada de minha tia Bess, a rainha escocesa é obrigada a aguardar e ver o que Elizabeth fará. Meu palpite é que Elizabeth vai manter suas primas — todas nós — indefinidamente encarceradas, até a beleza de Maria acabar, até o exército leal a Thomas se esquecer dele, até todos os corações estarem partidos. Mas ela não vai conseguir me diminuir — já sou pequena. Não vai conseguir partir meu coração — meu coração jaz sepulto com meu marido, Thomas Keyes.

Quando finalmente recebo a resposta de Cecil, ele recusa minha solicitação. A rainha ainda não deseja que eu retome uma vida normal. Não tenho permissão para cuidar de meus enteados; não tenho permissão para criar os filhos de Thomas, conforme ele me pediu. Mas ela que não pense que vou morrer quieta para atender seus desejos. Não por isso nem por nada neste mundo.

St. Botolph-without-Aldgate, Londres, Primavera de 1573

E finalmente... venci. Simples assim, com essa beleza singela. Sobrevivi à maldade de Elizabeth e sobrevivi à sua inveja.

Vi quando ela abandonou minha querida irmã para morrer em consequência da peste, e depois vi quando a deixou morrer de desespero. Vi quando abandonou meus sobrinhos, ainda bebês, no rastro da doença e da negligência. Vi quando executou o primo Thomas Howard e aprisionou a prima rainha — e quem imaginaria ser possível prender uma rainha dos escoceses que é membro da família real da França? Mas vi Elizabeth fazer tudo isso. E finalmente... vi sua antipatia por mim se desgastar com o excesso de uso. Não sou eu que me canso da situação e desisto; é Elizabeth. Por fim, ela me liberta.

Primeiro, permite que eu resida com meu padrasto, Adrian Stokes, em Beaumanor; portanto, volto ao lar da minha família. Em seguida, como se estivesse exausta por ter passado anos me perseguindo, ela me liberta e promete reinstaurar minha pensão. Minha libertação é tão sem sentido quanto foi meu encarceramento. Não represento nenhum perigo a ela agora, e tampouco representava antes. É puro capricho de monarca.

Mas não me importo, não exijo justiça e não me queixo de que ela poderia ter me libertado sete anos antes, de que não precisava ter detido meu esposo amado, de que poderia ter libertado Catarina, de que Catarina não precisava ter morrido. Sei que somos o medo e a sandice de Elizabeth. Mas não me queixo. Ela me paga uma pensão, ela me liberta. Tenho condições de me sustentar. Com um beijo, despeço-me de meu padrasto, de sua nova esposa e dos queridos filhos do casal, compro uma casa e me instalo como residente de Londres, tão orgulhosa e livre quanto Lady Gresham e bem mais feliz que ela.

A cidade de Londres é linda na primavera. É a melhor época. Os vilarejos colados às muralhas de Londres cintilam com campânulas-brancas e se enfeitam com lírios-amarelos que oscilam ao vento. O sr. Careta, agora idoso, sabe que por fim estamos em nossa própria casa e passa o dia na almofada de veludo vermelho de uma cadeira de espaldar alto, de onde pode observar o vaivém da minha pequena criadagem, como se fosse um pequeno sargento-porteiro. Eu o presenteio com um cinturão de couro bordado e uma jaqueta verde-tudor, em memória do sargento-porteiro da rainha, meu marido inesquecível.

Visito os filhos de meu marido, como lhe prometi. A filha, Jane Merrick, visita-me com frequência e me convida para ser madrinha de sua filha, cujo nome será Maria, em minha homenagem. Recebo outras visitas. Recebo amigas dos velhos tempos na corte, minhas damas de casamento; e Blanche Parry, primeira dama dos aposentos reais, aparece de vez em quando para conversarmos sobre o passado. Eu gostaria de voltar a servir Elizabeth; sei que Blanche falará em meu favor, e fico exultante ao pensar em tal possibilidade. Meu lugar é na corte, mas minha insatisfação com Elizabeth é tamanha que talvez eu prefira ficar longe. Ainda não sei. Vou decidir. Tenho liberdade para escolher.

Recebo outras visitas. Minha avó de consideração e seus filhos vêm me ver sempre que estão em Londres, e costumo visitá-los, jantando e pernoitando com eles. Meu cunhado, Ned, escreve e me informa sobre meus sobrinhos, e vou visitá-los, em Hanworth, no verão. O caçula, Thomas, é estudioso como minha irmã Joana e poeta como o pai. Envio para ele livros recomendados pelos pregadores que me visitam para estudarmos e conversarmos sobre a nova teologia, a qual exige mais reforma e mais pureza da Igreja meio papista governada por Elizabeth. Compro esses livros novos, ouço sermões e me mantenho informada acerca das reviravoltas do debate.

Tia Bess, amiga de nossa família sempre que o momento é propício, visita-me quando vem a Londres. Ela jamais se refere a problemas domésticos, mas todos sabem que "meu marido, o conde" esbanjou a imensa fortuna agradando e garantindo a segurança de sua hóspede real, que segue esvaziando seus cofres, pois Elizabeth não a devolve com honrarias à Escócia nem a despeja humilhada na França. Na medida do possível, Bess permanece longe do marido, mas não foi capaz de salvar a fortuna, o que talvez seja seu maior desgosto.

Ela fala com carinho dos filhos e de seus grandes projetos de construção. Tem esperança de preservar a própria fortuna, apesar das dívidas do conde, e de ter recursos suficientes para construir um casarão ao lado da velha mansão, Hardwick Hall, e fundar uma dinastia. O conde pode ter falhado com ela, mas sua ambição é infalível. Só Deus sabe quem ela vai escolher como marido para a pobre filha.

— O que você acha de Charles Stuart para minha Elizabeth? — pergunta ela. — Ele é primo da rainha e irmão do falecido rei da Escócia.

Olho para ela, abismada.

— A senhora acha que consegue a permissão de Elizabeth para tal casamento?

Ela emite um som meio ofegante, como se estivesse apagando uma vela e, por algum motivo, fico gelada.

— Ah, não, então deixemos isso de lado — responde. — Mas me diga uma coisa: quanto você paga para o seu mordomo aqui? Criados em Londres não são absurdamente caros?

Deixo que mude de assunto e resolvo esquecer o que ela falou. Minha tia Bess foi muito bem representada por aquele leão rampante em seu brasão. Ninguém sabe onde ela e sua família haverão de acabar.

Antes que ela se vá, mostro-lhe minha casinha, desde as dependências dos criados, no sótão, até meu quarto e minha sala privada, no andar inferior. Ela admira minha biblioteca e testa a solidez de minha cama com dossel.

— Tudo do bom e do melhor — comenta, falando como uma mulher que veio do nada para outra que perdeu tudo e depois se reergueu.

Mostro meu salão e meus talheres no armário. Vinte pessoas podem fazer uma refeição com talheres de prata à minha mesa, e uma centena pode ser acomodada no salão. Às vezes, ofereço grandes jantares e convido quem eu quero. O sr. Careta nos observa quieto, enquanto admiramos meus tesouros.

Conduzo-a pela cozinha e mostro o espeto de assar sobre o fogo, a grelha sobre as brasas para o preparo de molhos, os fornos para pães e, mais ao fundo, a despensa, o abatedouro, a leiteria, o porão e a adega.

— É uma baita casa — diz, como se achasse que uma pessoa pequena precisaria apenas de uma casa de boneca.

— É. É a minha casa, e demorei muito para consegui-la.

Possuo um estábulo atrás da casa, e saio para cavalgar quando tenho vontade. Cavalgo até onde quero e pelo tempo que desejo. Ninguém vai voltar a me dizer que só posso caminhar até o portão ou que só posso ver o céu através de um quadrado de vidro. Penso em minha irmã Catarina, em sua meiguice e sua infantilidade, em seu amor fiel ao marido e em sua defesa corajosa ao esposo e aos filhos. Penso em meu marido, Thomas Keyes, e em como ele foi enjaulado feito o urso de Bradgate, uma fera imensa e bela, espremida pela crueldade dos captores. Penso em Joana e em sua determinação em falar por Deus quando poderia perfeitamente ter ficado calada e salvado a própria vida, e penso que ela escolheu o próprio destino, assim como escolhi o meu.

Felizmente, ao contrário de Joana, não escolhi o martírio, e felizmente, ao contrário de Catarina, não sucumbi ao desespero. Felizmente, amei Thomas, e sei que ainda o amo. Felizmente, Elizabeth não me destruiu. Felizmente, eu a desafiei e não me arrependo; felizmente, minha pequena vida, na condição de uma pessoa pequena, foi para mim uma vida grandiosa.

Aliso o tecido de meu vestido preto. Sempre uso preto, como convém a uma viúva rica e honrada. Lembro-me de ouvir dizer que a rainha Maria da Escócia usou um traje preto, bordado com linhas de prata e ouro, em seu casamento, e penso: é assim que se veste uma viúva elegante! É assim que se veste uma rainha. A exemplo de Maria, por baixo do brocado preto uso uma anágua escarlate, que enseja gloriosos lampejos de cor quando ando por minha casa ou saio à rua. Vermelho é a cor do desafio, vermelho é a cor da vida, vermelho é a cor do amor, e, portanto, é a minha cor. Hei de usar meu vestido preto bordado e minha anágua escarlate até o dia de minha morte — e, quando isso acontecer, se aquela coisa mal-amada e infeliz chamada Elizabeth ainda estiver no trono, sei que, ao menos, terei um funeral magnífico, digno da última princesa Tudor.

Nota da autora

Este livro se intitula *A última Tudor* e talvez seja o último romance que escrevo sobre uma mulher Tudor. Estou iniciando uma nova série de romances e não sei quando voltarei a essa era maravilhosa que durante tantos anos capturou intensamente meu interesse.

Comecei meu trabalho na era Tudor com a história de uma mulher praticamente desconhecida, Maria Bolena, irmã da notória Ana, e o título levantava a questão de quem seria a Bolena mais importante: *A irmã de Ana Bolena*. A busca inspirou a indagação acerca da história das duas e, na verdade, da história de outras mulheres relativamente desconhecidas, em contraste com outras, célebres e controversas.

Este novo romance também traz uma irmã famosa, uma das mulheres Tudor mais conhecidas, Lady Joana, que preferiu morrer a renegar sua fé, tendo sido condenada em consequência da desditosa e obstinada traição que seu pai impõe a Maria I. As irmãs de Joana quase não são mencionadas nos compêndios históricos do período, mas foram desafortunadas, pois sua irmã mais velha desafiou a religião da Tudor católica, sem com isso conquistar a simpatia da herdeira protestante. A história de Catarina Grey é o relato de uma mulher de sangue Tudor que não conta com a proteção dos Tudor. Sua irmã caçula, Maria Grey, é quase desconhecida, mas se trata de uma figura de grande interesse — uma pessoa com nanismo, com menos de um metro e vinte de altura, ela sequer aparece em histórias especializadas acerca de pessoas com nanismo. Foi uma mulher dotada de uma coragem tenaz, tendo demonstrado forte instinto de sobrevivência, ao contrário de suas irmãs; e, embora o presente romance narre sua vida como ficção, o casamento, bem como as datas e os locais em que esteve confinada são historicamente precisos, assim como sua sobrevivência e sua desafiadora anágua vermelha!

A nomenclatura atribuída aos reformistas da religião varia ao longo desse período e carrega, hoje em dia, significados distintos; portanto, refiro-me a todos com os termos genéricos "protestantes" e "reformistas", visando à comodidade do leitor — espero que os teólogos me perdoem. Citações de cartas e poemas originais aparecem em itálico.

O outro elemento deste livro que me faz lembrar de *A irmã de Ana Bolena* é o próprio tema "irmãs". Escrevo sobre irmãs em muitos dos meus livros — o elo é significativo para mulheres nascidas com poucos aliados naturais em um mundo difícil, e o conceito é importante para uma feminista: todas precisamos ser irmãs. Portanto, este é o livro que dedico à minha irmã, com amor.

Bibliografia

ABLON, Joan. *Little People in America: The Social Dimensions of Dwarfinism*. Nova York: Praeger, 1984.

AMT, Emilie (org.). *Women's Lives in Medieval Europe: A Sourcebook*. Nova York e Londres: Routledge, 1993.

BALDWIN, David. *Henry VIII's Last Love: The Extraordinary Life of Katherine Willoughby, Lady-in-Waiting to the Tudors*. Stroud: Amberley, 2015.

BORMAN, Tracy. *Elizabeth's Women: The Hidden Story of the Virgin Queen*. Londres: Jonathan Cape, 2009.

COLE, Mary Hill. *The Portable Queen: Elizabeth I and the Politics of Ceremony*. Amherst: University of Massachusetts Press, 1999.

DE LISLE, Leanda. *The Sisters Who Would Be Queen: The Tragedy of Mary, Katherine, and Lady Jane Grey*. Londres: HarperPress, 2008.

DORAN, Susan. *Elizabeth I and Her Circle*. Oxford: Oxford University Press, 2015.

GOLDRING, Elizabeth; EALES, Faith; CLARKE, Elizabeth; ARCHER, Jayne Elizabeth (org.). *John Nichols's The Progresses and Public Processions of Queen Elizabeth I: A New Edition of the Early Modern Sources*. vol. 1, 1533 a 1571. Oxford: Oxford University Press, 2014. Publicado pela primeira vez em 1823.

GUY, John. *My Heart is My Own: The Life of Mary Queen of Scots*. Londres: Fourth State, 2004.

HOBGOOD, Allison P.; WOOD, David Houston (org.). *Recovering Disability in Early Modern England*. Columbus: Ohio State University Press, 2013.

IVES, Eric. *Lady Jane Grey: A Tudor Mystery*. Chichester: Wiley-Blackwell, 2009.

MACKIE, J. D. *The Earlier Tudors: 1485-1558*. Oxford: Clarendon, 1952.

MARSHALL, Rosalind K. *Mary I*. Londres: Her Majesty's Stationery Office, 1993.

PLOWDEN, Alison. *Lady Jane Grey and the House of Suffolk*. Londres: Sidgwick & Jackson, 1985.

_____. *Lady Jane Grey: Nine Days Queen*. Stroud: Sutton, 2004.

SOMERSET, Anne. *Elizabeth I* (nova edição). Londres: Fontana, 1992.

SOUTHWORTH, John. *Fools and Jesters at the English Court*. Stroud: History Press, 2004.

STREITBERGER, W. R. *The Masters of the Revels and Elizabeth I's Court Theatre*. Oxford: Oxford University Press, 2016.

STRICKLAND, Agnes. *Lives of the Tudor and Stuart Princesses*. Londres: George Bell & Sons, 1888.

WARNICKE, Retha M. *Mary, Queen of Scots*. Abingdon: Routledge, 2006.

WEIR, Alison. *Children of England: The Heirs of King Henry VIII, 1547-1558*. Londres: Jonathan Cape, 1996.

_____. *Elizabeth the Queen*. Londres: Vintage, 2009.

_____. *The Lost Tudor Princess: A Life of Margaret Douglas, Countess of Lennox*. Londres: Vintage, 2016.

WHITELOCK, Anna. *Elizabeth's Bedfellows: An Intimate History of the Queen's Court*. Londres: Bloomsbury, 2013.

ON-LINE

Calendar of State Papers Foreign: Elizabeth, vols. 1-23. BHO: British History Online, http://www.british-history.ac.uk/search/series/cal-state-papers--foreign.

Lady Jane Grey Reference Guide, http://www.ladyjanegrey.info/.

The Oxford Dictionary of National Biography, http://www.oxforddnb.com.

OUTROS

MERTON, C. I. *Women Who Served Queen Mary and Queen Elizabeth: Ladies, Gentlewomen and Maids of the Privy Chamber, 1553-1603*. Tese de doutorado não publicada, 1992.

Este livro foi composto na tipografia
Minion Pro, em corpo 11/15, e impresso em
papel off-white no Sistema Cameron da
Divisão Gráfica da Distribuidora Record.